二月河
长篇历史小说
典藏版

乾隆皇帝

⑤ 云暗凤阙

二月河 / 著

长江出版传媒
长江文艺出版社

图书在版编目（CIP）数据

乾隆皇帝. 5，云暗凤阙 / 二月河著. -- 武汉 ：长
江文艺出版社，2024. 12. --（二月河长篇历史小说 ：
典藏版）. -- ISBN 978-7-5702-3688-6

Ⅰ. I247.5

中国国家版本馆 CIP 数据核字第 2024RB9412 号

乾隆皇帝. 5，云暗凤阙
QIANLONG HUANGDI. 5，YUNANFENGQUE

责任编辑：黄雪菁　王乃竹　杨　阳　　　　责任校对：程华清
封面设计：璞茜设计　　　　　　　　　　　责任印制：邱　莉　胡丽平

出版：长江出版传媒　长江文艺出版社
地址：武汉市雄楚大街 268 号　　　　邮编：430070
发行：长江文艺出版社
http://www.cjlap.com
印刷：湖北新华印务有限公司

开本：710 毫米×1000 毫米　　1/16　　　　印张：169.125
版次：2024 年 12 月第 1 版　　　　　2024 年 12 月第 1 次印刷
字数：2598 千字

定价：282.00 元（全六册）

目　　录

第一回　　骄大帅骄入崇文关
　　　　　悍家奴悍拒返谈店

　　时值隆冬，零零星星的冷雨不甚大，但仍阴得很重。浓云低低地压在天空下，一块块一团团或青或灰或绛红或暗紫，像说不上名目的一群怪兽在轻霭霾雾间互相挤压重叠沉浮升降。冷得浸骨的雨星星点点洒落下来，打得水塘里的残荷一片沙沙作响，满是潦水的官道已和道边渠塘海子几乎连成一片汪洋，朔风催送着愁波涟漪。远瞭霰雾凄迷，近处微波粼粼拍岸，残芦败苇菅草枯茅都在不胜凄凉地瑟缩抖动。驿道边色泽斑斓的柿树白杨，沉甸甸直垂到地的杨柳，枝叶躯干都湿漉漉的，一阵哨风掠过，五颜六色的叶片不甘寂寞地顺风一扬，又无可奈何地纷纷坠落，浸入驿道车辙的湿泥寒水之中。

　　刚过申牌时分，一队辂车沿西南蜿蜒向北的驿道疾驰，直趋北京紫禁城南的崇文门。车队共是十一辆，一辆轿车，十辆骡车。骡车全都是一色栗壳漆打底，清油桐油挂面，大蘑菇头铁钉轮面，车厢封得严严实实用油布包裹着，不知里边装的是什么物事，还用大铁钩钉钉着加了封条。夹车队二十几个戈什哈一律披米黄油衣骑马随行，马蹄踏得泥花四溅，佩刀马刺碰得丁当作响。打头的轿车更是豪华，乌银戗金丝饰辕，景泰蓝圆帽包头，黑羊皮条纳象眼绿呢车围，万字云头泥金线帷子下面镶一圈红呢——俗称所谓"红围子车"，三品以下官员不得使用这个式样儿——不消说得，这车里坐的必是贵人了。其实再细心一点，就能看见车辕前插遮阳撑伞的槽口旁还有一面明黄镶边宝蓝色小旗，杆上写着一行小字：

　　钦命两广总督太子太保李

不用问便知是当今乾隆驾前一等一的能员干吏李侍尧。只是那旗打湿了，时舒时卷地奄在杆上，怒马如龙车行如风间一晃而过，道旁行人根本无法细辨。一片声响的马蹄踏水声，鞭响车驰夹着戈什哈的吆喝唱道声热闹得淆乱，给这肃杀荒寒的京郊平添出一份喧嚣，沿城根的居民都惊动了，躲雨消寒的人们都探头伸脖子往外瞧。那赶轿车的戈什哈越发来神儿，一手执鞭在空中绕着，一手扶着铜手闸，身子微斜前倾，满是雪珠汗水的头半昂着，"扑"地打个响鞭，兴奋地喊道：

"嘿！崇文门！制台爷——崇文门到了！"

他用鞭梢扫了一下拉梢的骡子斥骂道："日你姥姥的，梢绳弯得弓一样儿了！吃料时候儿你妈的头拱着净拣精料吃，做活儿时没你！妈的——使劲！"接着，"啪"的又一鞭，那拉梢骡子一惊，四蹄猛蹬使劲往前窜，车轮子在一块小石头上颠了一下。车身微微一个仄颤，惊动了正在凝神看邸报的李侍尧。李侍尧放下邸报，摘下老花镜，一手撑着平金软棉垫套子，一手撩开"红围子"帷，果见沉黑苍暗的天穹下灰蒙蒙矗着的崇文门，高大灰暗的城墙横亘东西，雉堞上墙面上斑驳陆离暗红的苔藓，被销蚀风化了的墙面都看得清晰，东一片西一块癞痢头似的十分难看。他呼了一口气，自言自语道："要见万岁爷了……小吴子，咱们且不进城，叫人知会一声崇文门关上，就说我奉旨见驾，派几个人来把车洗刷一下，还要派人去禀军机处一声儿，看看西下洼子宅邸预备好没有。就这城外头打个尖，回去就不用再吃饭了。去吧！"

"喳！"那叫小吴子的响亮答应一声，一手轻轻扳动铜闸，那车已缓缓停下，他腾身跳到车下，招呼跟上来的戈什哈，"老胡老马，你两个搀制台下车，先到那边茶铺子里歇着——老爷，您搓把脸再下车，外头风大，贼冷的，小心着凉了！"说着叽叽叽叽跑去了。

李侍尧没有搓脸，也不等戈什哈搀扶已倏地跳下车来，鹿皮油靴立刻半浸在水里，脚底下透心泛上凉来，从暖烘烘的轿车里乍出来，稀疏冰冷的雨点打在脸上，迎面扑来的风把袍子撩起老高，浑身一个抖擞激灵，倒觉比气闷污浊的车厢里精神一振。觉得又有几点雨珠落在脸上脖子里，李侍尧才抹一把脸，冲崇文门一个微笑，点点头，大步向城脚下一排店铺走去，一头走一头大声吩咐："轮班儿过来吃饭！狗崽子们——累不累？"连赶车的戈什哈共有三十多个，都已列队待命，听这一问，哄然一笑七嘴八舌说道:"标下们不累!""大人走好,泥地儿滑溜得紧!""累是不累,一路不吃酒,嘴里淡出鸟来,请大人赏碗酒喝!"李侍尧正走,站住了脚,偏着头略一思索,笑道:"差使没有交割不吃酒!京里我府里埋着二十几坛子卧龙老烧头锅,今晚刨出来给弟兄们解馋!胡麻子——带这些囚攮的进茶馆,每人一份儿点心,不再吃饭了……我晚间有事,就进这边饭馆胡乱吃几口了,咱们进城!"

"是啰!大人您先吃!"老胡远远兴高采烈答应着,带人进了茶馆。这边饭店老板早迎了出来,满脸堆下笑来,顺身儿一个哈腰打下千儿:"给制台爷请安!咱们蔡家老酒馆跟爷有缘分,爷出京时候儿咱店给爷饯行,如今八抬大轿奉旨还京,还是老蔡家给爷接风!您老回这天子脚下,这就进军机处,这就宣麻拜相,日后飞黄腾达,二十年太平宰相是稳稳当当的!"

李侍尧听得扑哧一笑,看了看店门上匾额说道:"我打潞河驿离京,这里是崇文门!你他娘的倒会瞎奉迎!你这店名字也怪,叫什么不好,叫个'返谈老店'——这里头有什么说头?"说着进店,借着门窗透进来的光看时,是明三暗六一座大座厅,外间瞧着不起眼,窗低门面小,里头装潢却别具风格,三间大厅客座,偏东一间打通了后院厨房,北四西二和大厅相接暗房雅座,一色用桑皮纸裱糊洁净,四匝悬着十几幅名人字画,有写"屈醒陶醉随斟酌,春韭秋莼入品题"的,有写"韩愈送穷,刘伶醉酒""江淹作赋,王粲登楼""看曲槛紫红,檐牙飞翠""有三秋桂子,十里荷花"的……纸色有新有旧,笔调风致不一。最醒目的一副中堂联却是集唐诗联,极精神的一笔颜体,写道:

劝君更尽一杯酒,与尔同销万古愁。

蔡老板见李侍尧凑近了眼看题跋,忙打火燃烛过来,笑着解说:"这是高江村(高士奇)老相国当年进京住的小店。当时我爷爷夜来做梦,祖爷爷说'明儿有贵人来,小心侍候',我爷爷见高相爷虽说穿得叫化子似的,精神气儿里带着的贵重,管吃管喝不要钱住了三天,高爷一高兴,临走写了这幅字儿留下。不瞒爷说,后来我爷和人纷争闹出人命下大狱,家里人带这字当凭据去见高相爷,康熙老佛爷听高相一句话,免勾!可不是神佛有灵，我祖上的福祉不是？爷说离京是潞河驿不假，那边'蔡记老店'也是我家的，当时我还在那边，现今我兄弟掌着那边门面，您老人家跟前说句打嘴的话，熊赐履老相国，张廷玉老相国、庄士恭、王文韶这些有名的状元，前头李又玠、李巨来、勒六爷这些制台，还有您，谁没住过我们店呢？"

"这么着说，"李侍尧莞尔笑道，"你这店真占了龙虎地儿了！"蔡老板一眼见李侍尧的两个跟班亲兵进来，掇凳子沏茶命伙计"掌灯——这二位军爷这边桌子坐——"赔笑给李侍尧布菜，口不停说道："这是缘分，是咱们祖上有德占的坟头冒青气儿！爷先用一口笋片再吃酒，这几个小菜是小的孝敬您老人家的——积德积福神佛自然佑护，那真是加减乘除一丝不爽！您瞧这崇文门外鬼市街，名字多不吉利呐，应试举人老爷都不愿住这，家家客栈都空着多半房，只有我家返谈店，一夜一钱二人争着住，这块辟邪，出进士出状元！"说着招呼，"给二位军爷上菜，军爷们不用酒，红焖鸡条子肉上满海碗！"

"哎——来了，军爷们请！"一个伙计腰围水裙肩搭毛巾，在后院高声答应着托一个条盘大步出来，雪白的馒头两海碗鸡肉热香四溢蹾放在桌子上，两个戈什哈都喜得眉开眼笑，听李侍尧说声"你们别拘束，随便吃"，各自便伸箸淋淋漓漓夹肉送口。李侍尧只一笑，转脸又问蔡老板："你既说人都争着住你的店，我怎么瞧着这么冷清的？"蔡老板看一眼风雨如晦的外间，笑道："爷，您明鉴！我这店东院都住满了的，都是公车举人，雅人想事儿就愣和我们这些人不一样儿。这个天儿，还要结伴儿游西山，爷别看这会子点灯，那是天阴得重！平日晴天，日头还不落山，鬼市还不到上市时分呢！"

李侍尧一边吃，有一搭没一搭和蔡掌柜的闲话，听得外头泥水脚步声近来，知道是小吴子回来了。他放下箸转脸看，小吴子已经进门，身后还跟着个瘦小伶仃的年轻人，料是崇文门关上的，只看了他一眼，问小吴子道："怎么去这么久，关上没有人么？"

"回制台话，"小吴子冻得吸溜鼻子，哈腰赔笑道，"今儿天下雨，眼见要过冬至，所以早早儿就封关了。标下跟留守的书办说了半日，他们才去叫了管关的刘三爷来。三爷，您当面回我们爷的话！"李侍尧这才认真打量这位"三爷"，干筋绷瘦的矮个子，橄榄脑袋两头尖，秃得发亮，鹰钩鼻子扫帚眉配着一脸麻子，两只椒豆眼不住眨巴闪烁，穿一身酱色市布夹袍，腰束得细细的，哈腰立着，脚下一拧一动，一望可知是个泼皮。这样的东西，也配在自己跟前亮"三爷"，李侍尧一咧嘴几乎要笑出来。因问道："你是关上总监刘三爷？"

那叫"刘三爷"的也在偷偷打量李侍尧。这位名震天下的总督他还是第一次见，没想到也是个不足五尺高的精瘦汉子，年纪在五十四五之间，疙瘩眉毛黑豆眼，鬓边还有二寸来长一块刀疤。一般的鹰钩鼻子，一般的满脸麻子，穿一身宝蓝宁绸夹袍套着酱色小羊皮披风毛坎肩跷足坐着，一条腿抖一只脚拧摆，仿佛浑身机簧消息儿一按就动的角色，一条又黑又粗的辫子六合一统帽儿压着拖到脑后，几乎搭到地面，不用问是假辫子。他嘴一咧几乎也要笑，心说"换换衣服咱俩半斤八两"，口中却笑道："这是爷取笑，折煞了小的草料！"说着极漂亮地打个千儿下去，"小的刘全给制台爷请安！刘全——京城里守号人都叫我刘三秃子！"

"哦，刘全——是《刘全进瓜》戏上那个名字？"

"回爷的话，是！戏里刘全是忠臣孝子，小的也是！"

"好！"李侍尧笑道，"只是你这脑袋，再顶个大南瓜，阎王老子近视眼儿，准问'底下那是什么瓜？'"一句话说得几个人都笑，李侍尧又问："虽说要过节，也不是甚的要紧节气。京畿关防朝廷有制度，内务府有规矩，怎么都撂下差使，这么早回家搞乐子，这成话么？"

他起先笑着说，刘全折腰笑听，至此已带了质问口气，刘全忙敛容道："这关上差使并没人敢怠慢。爷知道这关上都是内务府的旗下人，各人都有主子。主子家过节得回府里请安，这是历来定的规矩。就是小人，也不是回自己家，方才这位吴爷是到西直门和爷府叫我来的。小人也知道责任重大，断不敢玩忽的！嗯——呢呐！"说完有棱有角干净利索又给李侍尧打一躬。

李侍尧想想，刘全的话也真无可挑剔，沉下了脸，不耐烦地一摆手道："你既来了就成！立刻开关放行，我要赶快进城！"不料话音刚落，刘全一仰身子回道："大人要进城没说的，不过车子上的货要验关缴税。留下他们看货，明儿卯时开关，小的亲自把货送到府上。"李侍尧冷笑一声，说道：

"这不是私货，是广州海关上的厘金，还有孝敬太后老佛爷的几件东西，验什么，又收的哪门子税？开关！"

"爷要进城只管走，放货进城小的不敢！无论厘金税金，只要带财物进城一律征税，这是奉旨的事！"

"厘金本就是国税，你崇文门敢征国税的税？"

"小的放肆！这是关上历年规矩，从来过往官员，就是王爷，也得验关缴税放行——嗯——呢呐！"

李侍尧已铁青了脸，浓云布满了额头，鬓边刀疤连着筋绷得老高，一抽一动的煞是可怖，疙瘩眉压下来，眯缝着的眼睛里闪着凶狠的光，声音变得低沉嘶嘎："我——要是不让你验货呢？"

"小的端碗吃饭，没法子的事。"在李侍尧的威压下，刘全身上颤了一下，怯懦地看了李侍尧一眼，旋即恢复了平静，语气中却加了小心，"今儿眼见天已经黑了，又下雨。大人宁耐在城外头歇一宿，容我回去禀明我们和老爷，明儿大人和他说清白，一句话的事！"

话说至此，双方都毫无容让余地。此刻在茶馆吃茶的军汉们都已集在返谈店外候命，他们空着肚子喝茶，一个个早已饿得饥火中烧，见这秃子和他们"大帅"一递一句斗口，早已大不耐烦，围在门口盯着屋里乱口高叫：

"大帅别理这王八蛋尿皮癞子！咱们自己弄开城门楼子自己走路！"

"这个囚攘的真不识抬举，天上掉下个脸愣是不要！"

"把他缚起，把他缚起！嘿！这兔崽子，就这么拴驴橛子似的站着和我们大人斗口！"

"妈的，老子进去把他蛋蛋儿阉了，看他是验不验？"

"小子……"

"哼！"

"真的不知道喇叭是铜锅是铁！"

一片嚷嚷嘈杂不堪，附近几家店铺的人都惊动了，只是天已黄昏色暗，风凉泥水大，出来看热闹的人不多。李侍尧一摆手止住了戈什哈们叫闹吵嚷，喝道："这里是北京，不是广州！都退回去听我的令！"转向对刘全说道，"他们跟我出兵放马，打出来的丘八，说话口没遮拦，你别见怪。"刘全却仍是一脸嬉笑，晃头晃脸的满不在乎，回道："他们是痞子，小的也是痞子，痞子碰痞子，弟兄比鸡巴一尿样儿！这个么，小的最没脾气了——""你甭跟我嬉皮笑脸。"李侍尧一口打断了他的话，"就是户部尚书来，他也得给我放行！海关厘金就装着五车，这城外头怎么关防？出了丁点差错，和珅有几个人头？"

"爷为这个担心？"刘全一听就笑了，"无碍的！税关的关丁就驻在对面那排营房里，就为怕有的银子验关，不及进城，我们和爷特地请丰台大营调来一哨人马，关上供应维持关防。就这返谈店，老蔡家支应这种差使不知多少次，从没有出过闪失的——老蔡！"他突然冲老板叫了一声。

"哎，三爷，有什么吩咐？"蔡老板早已听得懵懂看得吃怔了，身子一哆嗦哈腰道，"侍候着您呐！"

"把东院住客迁到后院，"刘全半个主子似的吩咐道，"给李爷腾出东院上房，货车都推院子里。里头由李爷的亲兵看管。外头我去安置关防，把这条街都护住了！"又哈腰对李侍尧赔笑道，"这么着可成？"

李侍尧阴着脸没有言声，刘全如此处置其实没有什么差错。但今夜不能进城他无论如何都觉得是扫了自己的面子。今晚被挡在北京城外苦等一夜，就为明日让和珅验货抽税开关放人！这件事怎么想都别扭，让人受不得。他觑着眼轻蔑地看着刘全：这么个油头滑脑的瘪三，给我的马弁当跟班也觉得蹩脚，居然在自己跟前没上没下跳踉指挥！就是和珅他也略知一二，不过是军机大臣阿桂张家口练兵时候一个跟班儿的大头兵，自己每到军机处，每每见他提着个大茶壶，满口"喳喳是是"，满脸带笑容，逢人便请安，看座儿就倒茶……这么个角色，几年间抖起来，就有了如今这副嘴脸！他看着刘全那副不阴不阳干笑着的脸，蓦地生出一个念头，很想就这么劈面一掌掴将去打他个满脸花……

李侍尧思量着，冷冷一笑说道："我不认得你，和珅么，早先见过几面，现在升到四品官，就这么拿大的？既这么着也好——你回城去禀告你们和大爷，就说下官李侍尧在此奉命专候进城……""不敢不敢……"刘全忙笑道，"大人取笑了——和爷就说来关上亲自迎候大人的，实在是和亲王五爷召见，分身不得，这头的事又不敢坏了规矩，只好请爷委屈一夜……这都是我做下人的难处，大人略体恤些儿，就是周全我的草料了……"李侍尧听听这话还算入耳，透了一口粗气站起身来，说道："不吃了，我已经饱了——告诉和珅，明日皇上要接见我，今晚阿桂在府里等我说差使，叫他看着办！"说罢又吩咐："叫弟兄们过来，东院里把车安置好，店里弄大锅饭先垫垫饥。我们就在这泡着等姓和的。"说罢抽身去了。老板等一众人忙都随了去。

店里只剩下刘全一个人发愣，他还在掂掇李侍尧方才那番话的分量。他心里十分清亮，李侍尧不是个好惹的角色。当年入试贡院，因试卷里错把"翁仲"写作"仲翁"，恰逢乾隆巡视春闱，拣出考卷指正谬误，钦命"罚去山西作判通"。在山西又遇当朝"第一宣力大臣"国舅宰相傅恒带兵打白莲教飘高徒众，自告奋勇出谋划策奇兵奔袭黑查山大获全胜，一举廓清晋陕两省造反徒众。天子门生加上宰相全力扶掖，富贵逼上来挡都挡不住。直升道台又直升户部侍郎，治理云南铜矿又兼管了安徽铜矿，出任安徽布政使旋又擢升广西巡抚，到一处一处政声鹊起，升官升得遍官场目瞪口呆。乾隆屡次明诏表彰"各省督抚中最为出色"，与雍正朝名臣李卫比较，"有其野不失其斯文，有其粗而无其俗，治安理财军政民政可用无疑"。一般的将军总督，惟独他赏穿黄马褂再加双眼孔雀翎子，谁也没比！——但今晚自己拼全力侍候，还是招惹了这主儿。一头和珅，一头李侍尧都是红得紫头萝卜似的，哪个抬抬脚都比自己头高，挤在了夹板缝儿里这可怎么好？左右思量难以两全，他"啪"地自扇一个耳光，一跺脚出店回城。

蔡老板在东院安置好李侍尧上房里歇了，连后店做饭的厨子都叫过来，帮着把车拉进院，卸套苫油布喂牲口。怕冷，又给李侍尧屋里生火点了炭盆子，打了满满一澡盆热水，看着把肉包子粉汤送到各屋，哈腰赔笑进上房禀道："制台爷，这店池水之地，就这模样，委屈您老人家了。小的料着和大人今晚必定来见您的。您要没别的吩咐，小的前店里也得照应一下。这院里原来住着几个孝廉老爷，这辰光怕也快回来了，人家不在挪了房子，得赶着巴结赔不是……"

"那也没什么打紧，大不了少收他们房钱就是了，我这头自然补着赏了你。"李侍尧脸色已经不那么难看，似乎有什么心事，坐在炕沿上双脚泡在热水盆里对搓着出神，一笑问道，"你怎么知道和珅必定来见我？"蔡老板笑道："京里京外谁不知道，傅老相爷在外头出兵放马，尹元长相爷病重，军机处只剩了阿桂相爷和纪晓岚相爷，是傅相上折子请旨让制台爷进军机处料理政务。您要升相国老爷和大人不能不知道。刘三秃——刘爷这么一折腾，他更得来弥缝一下了！和爷，那是天下第一伶俐人，如今又得了圣眷，将来同朝为官天天厮见，断断不肯开罪您老人家的。"李侍尧略一顿，点头笑道："你信息灵动，好长耳朵！去吧——你私自给人挪房搬行李，自然也得去举人老爷那儿'弥缝'一下了。"

"爷圣明！"蔡老板笑得两眼眯成一条线，"那也是万不能得罪的，今日是举人，明日不定就是进士、状元，后日许就是宰相！遍天下开店的不愿接他们这些主儿，就为他们身份位置儿不定不明，谁晓得人家日后做什么官呢？有些穷老爷吃了住了一抹嘴就走，要钱就瞪眼，孝廉老爷就像——我说句打嘴的行话——出了名儿的婊子，难侍候！"

李侍尧听得哈哈大笑："出了名的婊子，名妓——好！还有'身份位置不定不明'，这是'妾身未分明'，小老婆！哈哈哈哈……说得好！"摆手喘着笑道，"去吧……去侍候婊子们吧！"

天已经完全黑下来，隔窗只能看见外间影影绰绰的房屋高低错落，像在暗中窜伏跳跃不定的怪兽倏往倏来，郊外阴寒的风一阵紧一阵慢，发出微微的吆呼声在檐际墙头回流鼓荡，房顶上的承尘和窗纸都像活物一样忽翕忽张，两支蜡烛也随风舞蹈时明时暗，越显得屋里静寂温暖。李侍尧洗了澡，只散穿一件绛红绵里夹袍、散趿一双软拖鞋，适意地在屋里踱着步子，他要理一理思路，明日见乾隆皇帝，皇上会问什么事，又该怎么回奏。

一件是收成，是必问的。珠江今年发洪水，冲了四个县，全省减产一成，有十万难民要赈济安置。离开广州前他早已处置停当，每户拨银一两半，各地建了粥棚，难民入冬前都住进椰树窝棚。广东地气温暖，再不致过冬冻死人，但一是柴草不足，要用钱从邻省买，还有，湿气太大，春暖要防瘟疫，药材须得预备足了，才不致临时手忙脚乱。二件是天理会教匪韦春生在罗定聚众造反，盘踞大云雾山，自己亲自督师进剿剿平，四千匪众溃散被俘，韦春生逃亡梧州，中途落入预设包围，生擒押赴广州……

这是皇上最关心的，虽然早有奏折详明陈说，见面恐怕还得详说。这里头有个分寸把握的事，说得小了不见功劳，说得贼势浩大，又要追究地方失政责任，已经有人讦告他"误杀良民"，都察院御史王平，翰林院编修稽横已经联名弹了一本“贼匪人不过千，而剿杀四倍此数，是以良实百姓首级贪邀朝廷功赏，贼下而欺上，蠹国而害民，该督丧心病狂至于此极!”皇上虽已驳了这弹劾折子，自己恐怕还要有所解说……还有广东天主教传教建教堂，地方百姓擅自入教的事，吸食鸦片的也越来越多，查禁东印度公司运烟趸船的事……纷纷如麻尽入心头，忽然心头一热，想起阿桂给自己的信“皇上有心令兄入值军机，以裨益政务”……任军机大臣参赞机枢，位极人臣，这固是殊恩殊荣，但若不是傅恒在缅甸身染沉疴，尹继善病在垂危，这大的好事一时也落不到自己头上——太高兴了，立刻就会招来皇上厌憎。“轻狂”二字足可断送如花似锦前程……思量着，他已有点意马心猿。听见房顶屋瓦上沙沙一片响，才回过神来，命站在堂房门口的小吴子道：“吴世雄，雨大了，再去看看车上苫的油布，有的物件不能着雨淋。”

“喳!”

吴世雄答应一声转身跨门出来，立刻惊喜地叫道：“大帅，是雪，是小雪珠子！我跟大帅去广东，六年没见过雪啦！哈哈……真是稀罕巴物儿，落到嘴里还他妈甜丝丝的……”东厢里的戈什哈们有的久不见雪天，有的是广东人根本没见过雪，也都出院来，高兴得乱叫：

“又见着雪天儿了!”

“啧啧，到手里就化了，瞧不清模样……”

“要在广州，这会子还热得冲凉呢!”

“少见多怪！碎米似的，有什么好玩的!”

“回屋回屋！失惊打怪的，小心大帅生气!”

“孩子气!”

李侍尧只一笑，没有制止众人。他对军士们满口粗话，其实他自己却是进士底子锦心绣口，也极喜爱雪的，也想出院里张开两臂嬉闹。但如今眼见拜相，要讲究城府闳深气度雍容，略一怔，返转身来回里间半躺在炕上，掏出怀表看才刚刚儿到戌初时牌，一手曲肱而枕，一手把着纪昀新赠他的《阅微草堂笔记》游目浏览……恍惚迷离间，忽然西院前店一阵人声嘈杂，有笑声有骂声，似乎还夹着蔡老板的解说声，李侍尧放下书坐起身来。吴世雄见惊动了他，忙道：“敢怕是那群举子游西山回来了。爷只管安卧，我去叫他们安静些儿!”李侍尧笑道：“你去也无非狐假虎威吓唬秀才。

左右我也睡不安，出前店走走——你们只管看牢我们的车就是。"说着便披大氅，因外头天冷气寒，又换一双乌拉草统履蹬上，漫步踅到西院前店来。

　　回来的举人有二十几个，有的锦袍皮坎肩，有的寻常市布袍褂，有的寒酸得袍褂补丁连缀，一个个冻得青头萝卜似的，吸溜鼻涕的，统手抱肩跺脚的什么怪相都有，七嘴八舌闹着要热汤暖和身子，要"赶紧上饭"，还有要"烫热热的酒来"，有几个举人指着老板鼻子唾沫四溅问："凭什么搬我的东西换我的房？哪有你这样开店的?!"那老板掬得一脸都是笑花，双手抱揖团团周拜一句话一弯腰："列位老爷！别说你们都是天上文曲星，今科春闱一个个都要连登黄甲，天安门楼子底下御街夸官，就是寻常挑脚伕来住店，也都是小的衣食父母，怎么敢怠慢呢……"他解说着，李侍尧听"都是文曲星"不禁一笑，就墙角一个桌边坐下。一个伙计忙就捧上茶来，李侍尧啜了一口，听老板说道："东院几位爷换房子也要千万体恤。官家临时征用，小的哪敢违拗呢？天地良心，姓蔡的要是希图银子故意儿委屈各位，叫我子孙男盗女娼！千差万错阴差阳错总之列位爷大人大量一笑了之的罢！这么着，各位回房歇着，热水正在烧，饭也立马就成，今晚饭钱店钱一概不收，算小的孝敬各位老爷的一点心意——我还希图着各位春风得意，高发了再来小店赏小的银子呢！"

　　那群举人原本不依不饶，听见不收钱，已是神气转了和缓，有的笑有的骂徉徉徜徜散去回了后店。只留下四五个举人，看样子是原在东院住着的，等着伙计领到新住处。老板仍旧一说话一打躬："曹爷吴爷惠爷马爷方爷，嘻……你们换住西院东厢房。且请先回房，小的稍待备酒给爷们消寒。嘿嘿……"李侍尧打量这几个人时，年纪仿佛都在二十四五岁，一色都是黑市布马褂，袍子或灰或蓝或米黄或靛青各不一样，一个个都器宇轩昂举止安详稳重，却都不理会坐在角落里的李侍尧，自顾揖让说话。

　　"今晚本说曹弟做东请客，这店主硬挡横儿要代做东，只好恭敬不如从命了。曹弟，今个诗会你占鳌头，年纪你又最小，又是浙江望族子弟，得这个彩头，高第是必定了的！"站在门口的高个子举人操一口江浙话，笑着对中间一个瘦矮瓜子脸年轻人说笑着，又道："我们要照侬牌头的啦！"那姓曹的年轻人未及答话，身边靠西窗一个胖子说道："阿拉今个西山一游，白相得快活，吴兄的诗，兄弟乡居时就拜读过，今天屈就第二，小弟至今不服，嗯——岚气绰约绕重峰，晚枫回波映绛云——西山秋气一笔揽尽！"
他话没说完，北边饭桌旁立着的一个国字脸笑道："兄弟还是觉得曹锡宝的
诗好——丹心不耐西风冷，绛云出岫绕峦回。霾笼苍碧掩古道，怅望关河
伤心翠——这份沉郁隽永耐人寻味，耐人咀嚼！""马祥祖评得不公，吴省
钦评得不公，惠同济评得也不公！"站在胖子旁边一个圆团脸举人尖着嗓门
道，"曹锡宝的诗颓唐，吴省钦的诗小气，你们的诗我都不敢恭维。""那该
是你方令诚的最好了。"惠同济笑道，"嗯——今日游西山，天气大老寒。
我要穿薄点，感冒准吐痰——多好的诗呐！"

　　一句话逗得众人哄堂大笑，坐在旁边的李侍尧也不禁暗地吞声一呛。
却见方令诚大大咧咧笑着道："回房多气闷呐！我们就这里说话得趣儿——
老板，我们喝茶等饭——诸位兄弟怎么连童子诗都忘了咧？'天子重英豪，
文章教尔曹'——文章八股挣功名，一捆一掌血，一捆一掌血，那叫实
惠！"说话间，伙计已经端了茶来，老板一边布茶一边笑说："小的要说列
位爷又笑小的吹牛了。当年高藩台——高凤梧老大人住我店，他是几科都
没有发迹的。这次遇了贾士芳贾神仙，他问功名，贾神仙说'明儿东厕里
去看'。有个促狭鬼夜里到东厕，用笔在墙上写了个'不中'。高爷第二日
起早去看，谁知他暗中乱画，笔划不连，写的竟是'一个中'！可见功名有
天意、有凤因、有祖德，并不全在文章上头论高低的。话又说回来，列位
爷一个个天庭饱满地阁方圆山根正土星亮，五个人准占满五魁！小人敢打
保票的！"一番话说得众人都点头微笑，老板又过来给李侍尧续茶，却听吴
省钦道："蔡家的这话我信。功名的事谁说得定呢？还要看主考的脾胃，房
师的缘分。今年主考不是纪大军机就是阿桂爷，听说皇上调了广东李制台
进京也不定就主持三十九年春闱。今年的题，难揣摩！"

　　李侍尧一直闲坐微笑着听，原本要起身回房去的，听说到自己，又稳
了稳身子。老板却怕这起子人口无忌讳说出不中听话，一边续茶一边赔笑
小声道："爷在这枯坐多没意思呀！小的到芳红阁叫几个学戏的孩子，东院
上房也宽绰，唱段子给爷听。成不成？"李侍尧情知他的心思，只一笑，指
指茶壶道："这个放这里我自斟自饮。你只管去招呼他们。"

第二回　众孝廉宵夜论科甲
　　　　群举人聚谈侃忠奸

　　曹锡宝、惠同济、吴省钦、方令诚、马祥祖今日西山一游诗酒酬酢，此刻兴犹未尽，竟全然没有理会他们说的"李制台"就在眼前。听见说考官试题，乏也没了，累也没了，饿也忘了。方令诚见伙计端饭供餐，伸脖子看着说道："不就是炸酱面么？先给别房的人送，我们吃最后一锅！"又对众人道："我猜呀，准定是纪大烟锅子点主考！他管着礼部，天下有名的衡文大师，总裁《四库全书》，如今又正蒙圣眷，他不当主考谁当？"他的目光咄咄逼人，"纪晓岚不同阿桂，这是学究天下识穷天下的硕儒。就好比童子给老师作八比，你只管写天人性理这些大道理给他看，看几行就不耐烦，刷了你的卷子，黑脸出场！理要醇正，味气要透着老辣，六经典籍引用精当，既不能小家子气，也不敢随意卖弄。这才能合着他老先生的意儿！"

　　"你是只知其一不知其二啊！"高个子吴省钦支着二郎腿坐在椅上，一手把玩着辫梢说道，"——别忘了他是个大才子！你只管弄些险峻立论子曰诗云胡乱融通，如何讨得他欢喜？也要讲究文采风流，节律比较铿锵，大道存本儒雅相辅，阴阳水火相济，肯定就入了他的法眼！"他顿了一下，"阿桂爷讲究大气，汉唐文章英雄气，他见了就高兴；若是点了刘墉，笔笔下去，层层说理，如絮棉、如剥蕉、如抽丝，讲究的是严谨细密；也或者就点了李制台——他是个粗秀才，一直在外头行伍上办差，从没主持过会试，惟其如此，也许万岁爷因他没有门户之见，秀才瞎蒙儿猜题难——果真点了他，可就难琢磨了。"

　　李侍尧正听得入神，忽然轮到了他，不禁一怔，想想"粗秀才"三字也不算辱没自己，"没有门户之见"还是好话，心里稳住了些，坐着提壶来给自己添了茶听话。却是那个叫惠同济的胖子插话，他身子靠椅背半仰着，伸直胳膊按定了茶碗盖，一脸笃定的神气，说道："现在兆惠将军出兵新疆，桂中堂管兵部，断断不能分身主持春闱。天理会白莲教几处闹事，刘石庵大人也点不出这差使。你们读过盛时彦给纪中堂的《阅微草堂笔记》写的序没有？"他有点自豪地睨视众人一眼，清清嗓子背诵道：

> 文以载道，儒者无不能言。夫道，岂深隐莫测秘密不传，如佛家之心印，道家之口诀哉？万事当致之理，是即道矣。故道在天地，如水泻地颗颗皆圆；如月映水处处皆见。大至治国平天下，小至于一事一物一动一言，道无不在焉。文，其道中之一端也。文之大者为六经，固道所寄矣，降而为列朝之史，而为诸子之书，而为百氏之集，是又文中之一端，其言皆足明道……

他抑扬顿挫尚未背完，方令诚笑着打断了道："依着惠贤弟说，要是纪大军机主考，我们先得把经史子集四库全书都背过来才能敷衍？你说的什么呀？明白些儿，赶紧说几句能懂的话吧！"

"兄弟只一句话就明白了。纪中堂不好侍候。"惠同济一下子笑了，"李皋陶（侍尧字）好糊弄！"

李侍尧咭的一口茶咽了，心里笑骂："你妈的胖猪佬，老子'好糊弄'——等着瞧！"偏转脸看时是那个团圆脸举人叫马祥祖的在反唇相讥："李侍尧好糊弄？你别瞧他待下头人一口一个'妈的屄、操你娘'，似乎是个行伍粗人，赏起人来也豪爽，其实心性儿最是睚眦计较细如毫发的人。这都是带兵带出的毛病——他到江西视学，搜捡进学秀才。那哪里是查夹带？直是官府捉了江洋大盗搜贼赃！说出来辱没斯文丢人现眼，连袍子补丁都拆开了，叫秀才弯腰掰屁股查看——"说至此众人已是笑了，李侍尧确有此事，傅恒还专门写信骂他是"市侩无赖之举。损人之身伤己之德，必为士林所嗤"。今日对景儿果真撞上了，心里一烘便觉脸热上来。马祥祖哪里理会得到角落坐的这干老头子心思，只顾自说："这群秀才真是个个切齿，又无可奈何，当时有首诗就是说他的。"他清清嗓子，怪腔怪调吟道：

> 天教吾辈受飞灾，司寇今年视学来。

岁考诸生伴告病，乡场多士怕遗才。

老童怀挟都搜尽，新进手心俱打开。

纵使明刑堪粥教，须知桃李要培栽！

众人哄笑声中，李侍尧木着脸端茶一啜，却是半点滋味也没，放下茶杯起身回了东院。

"李爷李爷……"老板一直站在旁边提心吊胆，见他沉着脸拂袖而去，紧追几步出来，傍着身子陪走，慢声细语笑道，"爷别计较他们后生们……小人这块开店多少年，这种事见得多了。嘿嘿……品评考官揣摩试题有口无心的话，这耳朵进去那耳朵出来就得！那年湖广李巨来抚台也是，几个举人评论说他是'伪君子真小人'——那是多狠的话呐！真教人吞不了咽不下，李抚台也只一笑就撂开手了。嘿嘿……别看这会子他们信口胡诌，真到出龙门看龙虎榜拜房师那时候儿，照样儿狗颠尾巴似的绕着你转着撒欢儿……"李侍尧笑了一下，说道："我的度量不见得比李抚台小，不计较！把他们名字抄给我的跟班，或许我还照应些个呢！我回去歇着，和珅来了随时禀我。"蔡老板觑着眼看他脸色，果真不似发怒的光景，又夸说几句"真真的宰相度量公侯气派"，蹩脚儿退回前店，拱着手对几个孝廉赔笑道："爷们出去遛了一天，虽说坐轿往返，山上转悠也能把人腿悠直了。都乏透了的人，天儿又冷，吃碗炸酱面，再喝碗羊血汤，暖暖和和钻被窝儿，多美呀！"招呼着伙计上饭，口不停说道："作文章写诗，大展才学的日子有着呢……"众人于是忙着吃饭，曹锡宝端碗喝了一口汤，说"好"，夸老板道："这也不亚于西安老东门的羊肉脍汤了——老板能说会办事，怪不得生意兴旺！""借曹爷的吉言！"老板忙笑回，"爷这回必定高魁得中，日后稳坐堂皇太平宰相二十年，日进斗金！"

"这老小子真是八面玲珑，顺手就灌一大碗米汤！"惠同济小口嚼着一片肉笑道，"锡宝有福携带一屋，你能辅政二十年而且是日进斗金，咱们是小秃跟着月亮走，人人都要沾光了！""功名的事谁说得定呢？"方令诚已吃完面条，用勺子在肉汤里搅着捞肉，笑道，"我朝相国做到二十年以上的，康熙爷跟前的熊赐履明珠索额图也有二十年。朱光标、尹泰不是正牌子。张廷玉不消说，从二十几岁机枢参赞，七十悬车不许归隐，是异数。乾隆爷手里傅六爷是头号红军机，纪中堂虽说早进军机处，去年才拜大学士，阿桂中堂尹中堂也都年头儿不够……我朝公明正道的二十年宰相还真是不多——"他突然想到，熊赐履明珠索额图三位前朝名相都是或黜落或囚禁；张廷玉几番蹉跌才得了死后荣名；庆复讷亲甚至做了刀下之鬼，傅恒尹继善虽然圣眷不替，年纪不大都病得七死八活……"而且本朝宰相多不善终"一句话生生吞回肚里。

众人见他突然打住，不言语低头在汤里捞肉，一副神情专注的模样，都觉得好笑，吴省钦叹道："宰相在位时日长短与国运相关，大凡治安稳定国祚绵长，宰相也就坐得稳。汉周勃是三十四年，灌婴三十年；唐郭子仪二十六年，文彦博五十年，赵普二十九年，李林甫是十九年，杨士奇是四十三年，杨荣三十年，谢正廷三十年。至于南宋末年宰相甚至数月一换，明崇祯十七年五十四相……这些宰相也都是人中之杰，奈何国家气数已尽，也就跟着倒霉的了。"方令诚笑着反驳道："国运不昌宰相就换得勤？魏司马懿是二十三年，隋杨素是二十七年，五代冯道长乐老子历事四朝，改朝换代都无碍的！还有曹操，建安三年拜司空，到丞相魏王终，在位二十五年——你倒说说看！"

"令诚说的是。宰相在位长短与国运无关。祖上有德，自己修德，忠臣辅佐明主，自然锦衣玉食，大官做得长远。"马祥祖一直侧耳静听，忍不住插话道，"别的我不敢说，曹操就是大忠臣，司马懿也是，这样的臣子执掌朝纲，皇上哪有个不放心的？圣眷好，自然做得长远。"

马祥祖平日为人并不迂腐，沉湎制艺，八股制艺为苏东之首，曾出过几部墨卷讲章的，他突然冒出这么一句，众人以为他调侃戏谑，都不大在意。只方令诚读过他的文章，知道些底细，见马祥祖一脸郑重其事栗栗敬畏神情，试探着问道："足下读过《三国演义》么？"马祥祖剔着牙缝吐了口什么，无所谓地说道："哪还有大过四书的书？家父打我们懂事就教训，关汉卿的《红楼梦》、施耐庵的《搜神记》、罗贯中的《北游记》……这些书统可一火焚之！《三国演义》不是蒲留仙写的么？是才子书，我小时偷着看过一遍，那里头都是稗官野史齐东野语不足寓目，再不然就是说鬼说狐、讲神说佛的因缘故事，很没有趣味……后来大人见了，打一顿，书也烧了，从此我不读那些书。"他舐舐嘴唇，又旁若无人喝汤。众人早已听得痴痴茫茫，至此才明白此人竟是经史子集一概懵懂，野史小说统统糊涂，不禁一片笑不可遏。方令诚因正色说道："令尊庭训风范令人敬佩。如今还有几人懂得这个道理的？其实就是司马迁的《史记》、屈原的《离骚》这些书也都很可以一火焚之的，留下一部《论语》《孟子》《大学》《中庸》足够我辈读书人受用的了。"马祥祖道："是，这正是家父教训的。"

"不过呢，入场总为做官，忠臣的名字不能不记得！"方令诚一脸肃然，冲着发愣的马祥祖道，"像马兄方才说的曹操、司马懿都是吾辈楷模。但马兄知不知道，史上头号忠臣可并不是曹操，那是有个'凌烟阁排行榜'的！"

"那……谁是头号呢？"

"赵高。秦时的。"

"哦……再接着呢？"

"王莽。"

"这是第二了。"

"再接着才是曹操、司马懿。"方令诚忍着一肚子笑，掰手指如数家珍，"这只能拣着有名的说，隋朝杨广是圣明天子，手下都是忠臣，到了唐朝，像杨国忠、李林甫、卢杞，宋朝的蔡京、高俅、秦桧，明朝的严嵩、严世蕃爷俩，王振、魏忠贤——这都是臣子榜样，要记得牢了，将来金殿晤对，万岁爷问'马祥祖，你做臣子以史上何人为典型？'你就只管磕头，说'臣要学曹操，鞠躬尽瘁死而后已，当一个丞相魏王辅佐吾主！'——那多得意！"马祥祖忙摆手逊谢道："我哪里有那样福气！能做到魏忠贤就不错了。"

话音刚落，已是笑倒了一片。惠同济捂着肚子在椅上直不起腰，吴省钦笑得眼泪都流了出来，一手指着方令诚，一手扶着椅背吭吭咳咳着道："该剜舌割头，真真的口孽！"马祥祖兀自瞪着眼问："这有什么好笑的？"曹锡宝拭泪笑道："仁宅兄上了他的当了……你真该从《三字经》好好读起……叫他们这么着诓你！"方令诚此时才笑得开怀，又擤鼻涕又擦泪，对吴省钦道："马仁宅要做魏忠贤，那先得割掉下头那活儿才玩得转呢！……不说了不说了，也该歇下了……我还要和锡宝弟说点事。请他捉刀作篇文章。老板把我俩安排一个屋——不和你们逗乐子了……"蔡老板诺诺连声答应着，又命伙计收拾碗筷。众人纷纷起身，惠同济犹自问询："什么文章？要不要我们马老兄来做？"忽然听见店外有人问："蔡家的，我们和大人来了——李大人歇着了么？"说着便见刘全进来，接着又是几个衙役跨门而入，一阵冷风随人鼓进来，吹得烛火摇动，举人们顿时都敛去了笑容，随着店伙计散入后店。蔡老板忙叫伙计"快到东院禀制台爷"，一路小跑迎出店来，果见和珅已经下马，站在拴马桩前灯影里两手对搓着，似乎在出神。

这是个生得十分俊气的年轻男人，看上去只二十出头。略带长弧的方脸上一双杏仁眼，像用墨笔描过似的眉又黑又细，高鼻梁下的鼻翼微微翘起，面白如玉唇红齿白，溜肩细腰，穿一件雨过天青宁绸夹袍，束着玄色绣金线卧龙带，上身套着一件玫瑰紫巴图鲁小羊皮风毛背心，黑缎六合一统帽上还嵌着一片汉玉，一条粗细匀称的辫子极仔细地从脑后直垂腰间。蔡老板天天见他还是头一次这么近迎这位贵人，心下不禁暗想：和爷这体态相貌扮得赛会观音了，口中却笑道："给和爷请安——爷吉祥！大冷天儿，天又下着雨，爷快请里头安置！"和珅仰脸看看天，伸出掌试试，笑道："说不清是雨是雪，这只能叫老天爷打喷嚏——丢星儿，不能叫下雨。"说着便进店，一头走一头道，"皋陶大人住哪？带我去见。"

"已经进去禀告了，大人就这里稍待。"蔡老板和一众四五个伙计磨旋儿般围着和珅一群人殷勤侍奉，抹桌子掸椅子给和珅沏乌龙茶团团乱转，又叫"端包子来给爷们点心"。和珅笑着摆手止住了，说道："你甭张忙，我还有事，见过大人就走。"也不落座，只在地下转悠。一时便见进去禀报的伙计带着小吴子从东院侧门进了前店。小吴子仰着脸环视一眼众人，冲着和珅客气地一点头，语气里带着毫不掩饰的冷淡："您驾就是和珅和大人？"

和珅脸上凝着笑容，微一点头说道："是。"

"我们大人正在写折子，刚焚上香，请和大人在这里等候。大人说，这里不比广东衙门，简慢处请和大人谅解。"

"务请回禀制台大人，我今晚是抽空儿出来拜见的，还有急务要办。大人要忙，容下官先回去。明早再来请安。要候见时辰短，我等大人写完折子见过再回去。"

"请和大人稍候。"

小吴子说罢，将手向椅上让让，趔转身就去了。和珅也不理会，掏出表看看，在屋里悠着踱了几步，问道："你这店名儿怪，透着雅致，谁起这名儿？"蔡老板从伙计手中接过热毛巾捧给和珅："爷擦把脸——这店名有来历的，有个故事儿呢！早年我爹开店时候，北京有个活神仙叫贾士芳，常来店里吃酒。有一回显神通，当着众人把个酒坛子皮布袋似的翻了个个儿，陶面朝外釉面朝里——这事传扬出去，远近都叫我们'翻坛店'。这名儿谐音儿不好听，不知道的人常问'是不是老鳖翻潭的意思？'改成昙花的'昙'，又有人说像庙名儿。后来一个孝廉老爷给起了这个名儿——说是雅俗共赏的。有这股儿神仙气，意思好名字又好，老爷们都爱住。"

和珅听了连连点头。他的品级在北京城虽说只能算个芝麻官，但一头连着军机处，一头挂着内务府，本人是二等虾还兼着銮仪卫指挥差使，关税收上的银子七成缴大内使用三成回缴国库，官不大，六部和顺天府、步军统领衙门，没有哪个官衙真正管得了他，外省进京的官，京差外差回程过路都要在这里撞网，看和珅脸色，锱铢较量分毫必争，留买路钱，最是能扫官员体面的小衙门。偏是和珅毫无架子，此刻一点官派也没有，家长里短和蔡老板谈，从家务到生意，说天气又讲到年景，絮絮娓娓如对家人。蔡老板受宠若惊，一一小心周到应对。听和珅问起门外鬼市，忙笑道："这种天儿不成，天太冷，湿气又大，逛市的少，练摊儿的自然没了兴头——爷想买点什么稀罕物儿，自己不方便来，小的给您跑腿物色。""也没什么忌讳的。"和珅留神听着东院动静，笑吟吟啜茶说道，"想买几只鸭子张的料器烟壶，几令宋纸，一直弄不到真货，人说鬼市上货全，不知道真的假的。"

"真的！除了龙蛋凤凰蛋，没有鬼市上寻不来的。"老板嘻嘻笑道，"东城根、御河桥、棋盘街和崇文门外四大鬼市，数这里货全。为甚的呢？一种贼赃，在城里头销怕官府失主逮住了，逃都没处逃；一种大家子破落了，卖古董怕熟人撞见不好意思。这地府儿偏僻，鬼市就兴旺。这道半街巷子，打西头看起，胡家店玉器、瓴子张的顶戴花翎、云林斋的京装绢扇、冰玉斋的首饰。再过来就是南纸、宋纸、古墨端砚、汉瓦、书画、旧书、碑帖、烟料，什么古剑旧书唱本膏药花木，各种细狗……爷要烟壶宋纸，有！小的跟老刘说，准定给您弄来地道真货……"他又说又比方，谁花二两银子买了一张古琴，到云林斋估价，竟是东晋时的物件，能值一万，某某买一盒围棋子儿，打翻了碰破漆皮儿，原来是金子做的……旗下破落户子弟怎么着不成器，背着老爷子掏弄古董出来换钱，董香光字画、高士奇的字、宋徽宗的鹰、吴道子的《观音送子图》，都值仨不值俩地出手了……

　　和珅和他兜搭闲话，只为挨时辰等李侍尧的信儿。又看表时已过戌末到了亥初，里边仍是毫无动静。刘全早等得焦躁，心知李侍尧有意拿大，消遣自己主仆，咽着唾沫禀道："和爷，诚亲王家二十四爷夫人买的几个女孩子今晚在府里演习，几个侧夫人都在看，颙珠爷也在。再回去迟了不说我们有事，倒像是故意儿简慢人家，还有您从五台山给二十四爷请的吕洞宾像，邯郸玉枕，您不亲自回去，怎么好叫家里人给人家？这么着，奴才在这等，李爷要问着，就说明白了，明早儿爷一大早就过来招呼。这么着可成？"和珅咬着下嘴唇略一沉吟，笑道："我和皋陶公并没有过节儿。你进去再禀一声儿，就说我再三致意，确实有急事，请李大人拨冗接见。李大人实在忙，明日天亮我再赶过来请罪。"说着站起身来立等。脸上仍旧笑微微的，对老板道："你晓事，明儿有空来看看你家那个坛子，再带我鬼市上头转悠转悠。"

　　刘全到东院一遭转眼就回来了，已是气得红头涨脸，脖子筋鼓得老高，径对和珅道："哪里是写他娘什么奏折？明摆的欺负人！上房一溜都黑灯瞎火的！敢情在挺尸叫我们等！那姓吴的说，李大人的禀性儿，黑着灯躺床上打什么'腹稿'，叫我们老实等！——这不是纯拿我们爷们开涮么？"他呼呼直喘粗气，脸上浑不是颜色，放粗骂道："王爷我见过，军机大臣我见过。他人尿不是人尿，树根不是树根——"他没说完和珅已喝止了他："放肆！你以为你还是三唐镇的拼命赌徒？你还是刘家当铺的少掌柜？讲话要有分寸！李大人打完腹稿还在草章，夜深不便再搅扰他老人家。相烦蔡老板代禀一下，横竖我一早就过来的。"温存文静一番吩咐，屋里忿忿不平的书吏衙役都回过颜色来，没有人再吵叫鼓噪。老板直送他们一行出巷子口才踅回来，想想和珅度量器宇，犹自感慨不已。瞧瞧东院毫无动静，北院东厢窗上灯影煌煌，是方令诚曹锡宝在合计写文章，他也不敢就睡，只坐外店静待东院出来问话……方正蒙眬间，小吴子进来，劈头就问：

"人呢？和珅人呢？大人要召见！"

"唔，啊！"老板一愣，醒过神来，才想到是问自己，忙起身赔笑答话，将和珅离去时情形委婉说了，又道，"和爷极敬重李制台的，再三致意道歉，请制台谅解，明儿一早就过来给制台老爷道乏……"他没说完，小吴子已经去了。蔡老板犹自站着发呆：这么着一比较，这位制台怎么也透着不近情理，故意找茬儿生事模样，何必呢？

小吴子进东院上房一长一短转述了老板的话。李侍尧一时没言声，一手挽袖轻轻在砚中磨墨，望着幽幽烛光，瞳仁黯得像土垣里嵌着的黑石头，腮边肌肉抽搐了几下，嘴角吊起一丝狞笑，说道："这个小白脸，我要给他点颜色看看，哼！"

"大人，"小吴子惶惑不解地看着他的上司，"您要弹劾他？"

"弹劾！——他配？"李侍尧咬着牙笑道，"这不是你问的事。叫弟兄们装束齐整，明天摆队进城。谁敢拦，听我的令，只管拿人！"

小吴子瞪大了眼，失口道："爷！这可是北京城啊！"

他还要往下说，但李侍尧的眼神制止了他，喳喳连声退了下去。李侍尧这才铺纸濡墨，焚着了香，在奏事折子上写道：

> 奴才李侍尧跪奏：前奉旨垂询，尔之离任广州，谁可代之？着李侍尧秉诚据公举荐，以备核实任用。钦此！按奴才自乾隆十二年蒙恩授副参领，旋擢参领，历任正蓝旗副都统，热河都统，乾隆二十年任工部侍郎，即调户部，同年末署广州将军。其间虽屡膺京职，乃其实多赴外差，或理铜政，或办军务，或协办查案，未尝一日居机枢横览全局。奴才素性疏澹，与人落落寡合，惟知奉主以诚勤谨办差耳。虽君子之交不废私谊，然奴才之私友实无堪当此大任者也。

他住了笔，沉吟片刻接着写道：

> 督抚大员乃国家屏障，代天牧一方疆土百姓，为最要之缺。广东广西邻接海域外藩，华洋杂处汉夷混居，且民风阴鸷刁悍易于聚

众滋事，是以历称难治。以奴才所知，云南巡抚孙士毅聪察干练，湖广巡抚勒敏敏于历事，或可当此任也。

写至此，上下文连贯起看，立时便显出了毛病：表白卖弄。慢说两广总督任缺远不及两江任缺，即使真的是"天下第一难"，也不宜说得非自己莫属。他嘬吮着嘴唇仰身出一阵子神，又提笔疾书：

奴才质本愚鲁才具中平，历任封疆，皆蒙天语谆谆教诲，书简密折事无巨细直通九重，皇上宵旰余绪朝夕指授方略，始得差使粗具无虞，然离任细检，遗误失漏之处在所皆有，近当赴阙面君，一则以喜，又得慰奴才渴想恋主之情；一则以愧，恐奴才平日错失之处，致劳主上之忧。荒寒郊驿青灯孤影，临颖念主之恩，不禁慨然涕下……

他又看看，满意地放下了笔。听听屋外动静，仍是一阵一阵的风，呼呼的声音似乎大了些，时而有细沙撒在窗上一样的屑细沙沙声，窗纸都有点发潮，灯下看去颜色暗淡。惟其如此，更显得静谧安宁，祥和温馨，暖烘烘地催人欲眠。他伸欠了一下，说道："不早了，我要睡了……"

李侍尧多年养成习惯闻鸡即起，早课也有一成不变的章程，起身先读半个时辰书，打一套长拳，吹一曲洞箫然后办事，因此寅初就起来燃烛读书。一群随行戈什哈素知他的规矩，都齐整站在厢房檐下屏息待命。寅正时牌李侍尧准时出院来，在清冽的寒风中伸开双臂深深呼吸几口，拉开架势正要冲拳，听到前店有人声，想是和珅来了，便吩咐："和珅来了叫他外头等着。"话刚说完人已进院，却不是和珅，原是自己在京府中管家李八十五和先期回京的师爷张永受联袂而入，来接自己的。李侍尧皱皱眉头道："昨晚小吴子没说么？叫你们在家等着。万一大内有什么旨意，你们都出来了，难道叫女人们接旨传话？"

张永受和李八十五赶着几步上来给李侍尧请安。李八十五笑道："桂中堂府里传过来话，说傅相爷今天回京，已经到了潞河驿。万岁爷有话，李侍尧要到京，先见见阿桂，然后引见。纪中堂接傅相去了，军机处没人，桂中堂说偏劳李制台径直去军机处,万一主子要见就不费什么事了。和张师爷商量了一下,我们就来给您报信儿了。"李侍尧听乾隆有话,垂手一哈腰道:"是。"回身叫道:"小吴子!"

"在!"

"套车,进城!"

"喳!"

一阵马嘶骡踢腾人忙乱,骡车已经停当。蔡老板一众伙计也都赶来开门送行,李侍尧也不再坐骡车,骑马从东大车门出来看时,天色微曙而已,巷道里和珅派来的营兵提着灯笼星星点点,仍在来回巡弋,满街的车印泥迹都曝住了,几个起早背书的举人站在街边远远地看。李侍尧也不理会,鞭梢向后一扫,车队便望崇文门辚辚萧萧而来。返谈店和崇文门其实只是咫尺之遥,出门向东一箭之地再向北约许半里便是。李侍尧犹恐进城迟了误事,紧赶着催骑,顷刻便到崇文门,只见城门已经开了,拉水拉豆浆的车、柴炭煤车、烧土车、运萝卜车吆吆喝喝隆隆轧轧时断时续往城里运,几个当值税丁坐在门洞口,点着气死风灯收钱,除炭车每车三文外,其余都是一文过门,虽说这么丁点的生意,收税也是正儿八经一丝不苟。李侍尧见税关衙门还没有开衙,便命李八十五和小吴子:"你们去看看!"

"是啰!"李八十五忙应一声,便和小吴子赶过来。那收账的是两个人,见他二人过来,觑着眼看时,小吴子鞭杆子在桌上梆梆敲了两下,说道:"喂!叫这些车让让道儿。和你们和爷说过的,我们大人要过关!"收账的见他气势都吓了一跳,盯着看时,其中一个认出李八十五来,笑道:"是八十五爷嘛!这么大早李大人就进城?和爷昨晚交代有话,李爷跟别个不一样,叫我们小心侍候。他卯正时牌前一定赶到,亲自送李大人进城。"李侍尧在马上勒着缰绳,暗中看不清什么脸色,语气却甚平和,说道:"等到卯正就太迟了,我要赶着进军机处。你们和大人来,代我致谢就是。"李八十五也笑道:"阿桂中堂专候着我们爷呢。"说着,不言声给两个税丁各递一个小包,挤眼儿道:"格舒老弟,回头这里弟兄,我还有点意思。"

那个叫格舒的似乎是个头头儿,手指掐破纸捏弄一捏弄,便知是小金饼子,嗫嚅了一下,冲守护栏的税丁喊道:"有官车过——前头的进去,从这辆车拦住!给李制台让道儿,哎!你干什么?退后一点,老子不收税你敢过这道门？喂，瞅什么？说你呢！把你那头老叫驴往后拖——快！"说着冲李侍尧龇牙一笑，说道："和爷说过亲自来接您进城的。您这都是官中银子，抽税也有限，请爷先带车进去，回头我们和老爷再去找您，按账本子结算得了——"他话没说完，城门里边一串四盏灯笼，都可有西瓜大小，灯笼上写着碗大的"和"字，逶逶迤迤蜿蜿蜒蜒近来。格舒一笑，说道："和爷来了。"李侍尧"嗯"了一声，看着灯影里和珅哈腰下轿，趋前参拜，说道："生受你了，起这么大早来接我。"

"这是卑职的差使，从来不敢怠慢的。"和珅面带笑容，不卑不亢站直了身子，"请大人衙门里奉茶说话。"

"我急着有事进城。万岁爷有旨着军机处叫我进去。"

"大人要进城，没说的。"和珅将手一让，说道，"您驾请了——不过，骡车要留下验关缴税。"

李侍尧腾地红了脸，按捺着火说道："车里是海关厘金，是皇纲——你懂么？"

"大人，除了军饷，有兵部勘合皇封标印，其余都要验——这是卑职职责所在。"和珅目光游移看着别处，脸上仍旧带着牢不可破的微笑，徐徐说道，"昨晚卑职请示了内务府堂官赵畏三，他兼着户部侍郎的职。老赵说，海关厘金可从免验，从内务府和户部折算输赢账，但其余财物还是要查。单说大人，原没说的，但这里差使直对万岁爷负责，每隔五天养心殿来提银子都要一一查账。您这么大官，断没有不问的理。再者说，大人这次不查，下次再来总督巡抚也没法查。卑职只是皇上在崇文门的看门狗，自有不得已的苦楚，请大人务必鉴谅。"说完，舔舔嘴唇垂手低头。

李侍尧看过铁头狻猊一副刀枪不入架势，很想夹头一马鞭打将去，嘴角肌肉抽搐了几下，阴沉沉问道："这里头没有我李侍尧一文钱私货，我也不像有些个狗杂种，头削得竹签子似的四处钻刺。除了厘金，都是内务府交办下来的，给那拉主子娘娘，钮贵主儿采办的东西，难道也由着你搜捡抽税？"

"大人请看，"和珅似乎压根没听见他话中讥刺意味，手指向排成长龙的车队后边，"那几车猪，几车羊，还有那水车活鱼，进城就拉东华门进大内，御厨里当天用的，也都要缴税。这是内务府请旨定的规矩，卑职不敢孟浪。"

"我要不肯呢？"

"回大人，那卑职只好关门。请旨定夺！"

"妈的个蛋！"小吴子在旁耐不住，破口骂道，"别说你个狗颠尾巴小小道台，就是直隶总督、巡抚，能把我们大人拦在城外吗？吃草料长大的东西——给脸不要脸！"几个戈什哈早就烦躁得乱拧乱动，"刷"地卸下肩上火枪平端起来，一个戈什哈叫道："给老子让路，不然就他妈牺牲了你！"跟车的亲兵们也都用手扣刀，稀里哗啦一阵怒目盯视着和珅。税丁们平素只会对老百姓吹胡子瞪眼，哪里见过这阵仗，一时都傻了眼，有个提灯笼的忘神，一松手灯滚落地下，其余的税丁都缩到门洞边儿，一个个脸色煞白腿肚子抽筋。只有刘全十分野性，双手叉腰一个虎步挺身出来，冲众亲兵大喝道："北京城还轮不到你们！——妈的，有种就开火！"

和珅眼中闪过一丝怯懦，旋即冷静下来。他自己就曾跟着阿桂当过亲兵，不过阿桂为人平易，不似李侍尧在外久任封疆，自负文武全才，养得一身骄悍跋扈之气。思量着，喝退刘全，对李侍尧又一躬，说道："我也是当兵出身。在西大口跟阿桂中堂剿过马贼。但请制台约束下人，不要无礼。这里是我的辖地，验关又是我的差使，卑职不敢难为大人，大人也不必让卑职过于难堪。这里多少人看着，失了官体大家不好看相。"

李侍尧在马上回头张望，其时已近卯时，天色渐渐朦胧清亮，果见不远处人头攒动，拉货伕、进城的乡民被税丁拦着，痴痴茫茫伸脖子瞪眼看着这边。他绷紧了嘴唇，从鼻子里透一口气，说道："这个你看看。"说着从袖中抽出一封明黄缎子小包递给张永受。张永受捧转给和珅，和珅展开看时，是李侍尧奏说广东任上百姓私自勾结西洋人，学说西洋话的折子。尾处敬空赫然写着御批。和珅忙跪下展读，上边写道：

> 览奏甚慰。丈夫一怒，血溅明堂五步，卿之诛刘亚匾一举何伟哉！今广州之宵小匪类，罔顾天朝体尊，蔑视理法政令，或图斗升小利，或存枭獍之志，乃效鹦鹉学舌于西夷，擅自教授外人华语。事虽琐细而体大，卿宜防微杜渐，卿之斩刘某，圈禁洪仁辉于澳门，处置甚善，非惟无须请罪，朕且发旨礼部、四夷馆着天下周

知，恩旨表彰矣。卿其来京再作详奏。钦此！又，圣母皇太后七旬华诞，为铸发塔所用黄金白金，卿可于海关厘金中可动用者，暂行兑换一二千两，以资急用，由户部盈余补出。此事宜密，慎勿外泄，切切。

下面钤的是乾隆随身小玺：

长春居士

和珅心里轰然一响，大冷天儿，额前蓦地冒出一层细汗，原以为自己占足了理的，这一道密谕，把自己的"理"剥得精光。这怎么处?! 他毕竟是天分极高机警过人的人，心知李侍尧有意给自己穿小鞋，但此时只要一开口，说什么都是错的。"宁肯不说，绝不说错"八个字在脑海中一划而过，因什么话也不说，头轻轻在地下碰了三下，双手捧还折子。

"走!"

李侍尧冷笑一声，朝马屁股一鞭。骡车队滚滚而过，圆头包钉轮子在门洞石板地上隆隆辗过，发出像坛子里那样的闷声。

第三回　忠傅恒染恙归京
　　　　能和珅八面玲珑

　　"侍尧，你来得极是时候。"李侍尧递牌子进军机处，阿桂刚刚接见一批官员端茶送客，二人相交多年，见面没有寒暄，头一句话便道，"这里有几份奏折夹片，我已经叫他们拣出来，都是白莲教徒异动情形，你先看看。皇上今天上午未必能召见你，除了任上的事，这些事见了你也是要问的，你心里要有个数。"

　　李侍尧接过一叠子厚厚的奏议夹片折页，轻轻放在炕桌上，他毕竟不肯失礼，就地打个千儿请安，说道："中堂吉祥！"觑着看阿桂时，气色还是十分好，只是看去老相了许多，原来方正英毅的面孔比先拉长了，还不到五十岁的人，眼睑已经松弛，胡须也带了杂色，一双三角眼深邃得黑不见底，只在顾盼时精光一射慑人心目，挂了霜一样的浓眉也是灰色，压得低低的，布满了鱼鳞纹的眼圈也有点发暗——这是中年人劳倦过度百试不爽的证据。李侍尧慨然笑道："几乎天天有书信公事，却是远隔万里云山——上次进京中堂去了青海，我们有七年没见面了，中堂的背都有点驼，看去也老了，只是精神去得，深沉得叫人心障。"

　　"你还是盛壮，那么精悍外露。"阿桂莞尔一笑，"前头折子已经拜读了。圈禁洪仁辉，收监黎光华，粤海关监督李永标剥官袍顶戴，当堂四十脊杖流配三千里。一刀劈下刘亚匾血流满地。赫然震怒之下胥吏股栗变色，有个衙役的水火棍都唬得落在地上——可都是有的？"李侍尧笑道："桂中堂露出当年本色了。这番话活似茶馆里鼓儿词儿说《刘统勋私访济宁府》。"阿桂指指窗外等候接见的人们，提起笔道："你先看吧。今年霜落得早，冬天也来得早，四处遭灾，四十多个府要赈济，冬粮、春小麦种粮，还有冬衣、口外军队被服更换——他们等我的批条去户部办理。忙过我们再谈。"说着便伏案疾书。

李侍尧点头称是，偏身上炕，依在窗边看那些夹片。这些夹片都是外省督抚道府随奏事折子附寄到军机处的，有的和奏章直接关联，有的只是另外附加说明地方情势，以便军机大臣阅读时明了奏章本意，大大小小有几十件，长的上万字，短的只有几十字，没头没脑甚是杂乱。李侍尧却甚有条理，先把夹片分省份各自挑出看，却是川楚陕甘豫五省的占了约八成，其余直隶、山东、福建占一成多，其余都是零星事件。这么着，大体心中已经有数。接着又挑出省送文案，再从题目中挑出要紧的。夹片讲究要言不烦，因此写得长的必定紧要，或者是军机处批转命其详述的，再挑出来。约一袋烟工夫，夹片已经分出急旨、缓旨和约旨三类，他信手拈起一件，便看住了，是河南巡抚徐绩的夹片文字：

> 据查鹿邑县有混元邪教。混元与收元、无为及白莲教等，均属同教异名。据荣柱审讯樊明德，供出入教者三十七人，所有毗连鹿邑之安徽亳县民人丁洪奇、张菊业经拿获，其余伙党仍彼此关会踩缉。并据裴宗锡报，访获丁洪奇、张菊二犯，搜出抄经一本，现附呈阅。至抄经内有"换乾坤，换世界，（反乱年）末劫年"等悖妄字样，与山东王伦等编造惑众之语相同，非寻常邪教可比……

他放过这一折，山东王伦邪教与甘肃苏四十三、王伏林聚众谋叛，和台湾的林爽文其中都有声气呼应勾扯丝连，统称"天理教"，其实仍旧不出白莲教范围。但自己从未涉及办理这类案子，逆教教义、怎样呼应联络、教中人从教规矩，一概满脑子糨糊儿，因翻山东的折页，却没有此类文卷，只有一张附在里边的九宫八卦图，一边写着"三十六将临凡世"，一边写着"二十八宿临凡世"，下空"末劫年，刀兵现"字样被水浸了，字迹已漶漫不清。再看，有一张户盛海等结拜盟誓单，写着"照抄《刘梅占红布》"字样，上边写着：

> 自古忠义兼全，未有过于关圣帝君者也。溯其桃园结义以来，兄弟不啻同胞，患难相顾疾病相扶，芳名耿耿，至今不弃。我等仰尊帝忠义，窃芳名聚会。天地神明五谷地主韩朋，日月星光财帛

星君韩福，玉皇上帝司命五帝郑田，观音佛母五雷神将李昌国四大将军，上天神丹二剑神将玄天上帝福德龙神关天成、李色弟、方大洪、张元通、林永招五房大哥……自盟之后，兄弟情同骨肉……不敢口吐亵句，不敢以大压小，不敢谋骗兄弟财产、奸淫义嫂，不敢临身退缩……

接着是天神共降富贵绵绵诸类话头，下边是几副对联：

> 身背宝剑游我门
> 手执木棍打江山
> 英雄豪杰定乾坤
> 万里江山共一轮
> 争天夺国一枝洸
> 泄露军机剑下忘（亡）
> 飘飘摇摇影无踪
> 万物静观日已红

还有什么"一拜盟心王宝明，二拜誓愿招过上天神，三拜社公肝胆尽忠义，四拜交付一家四海人……"共是八拜，末了是"八拜后日称帝名封天"。

他这边坐着看得专注，阿桂已分拨儿接见几批大员，又叫了兵部武库司堂官，说及河南山东淮北早霜天寒，穷民无衣难以度冬，张家口大营军队被服换下来，不必就地发卖，调运内地交户部赈灾使用。武库司叫苦，说当兵的换下的衣服只可造纸泡浆用，卖了给军队打牙祭，是历年规矩，调出来军中有怨言。

"就你知道爱兵？"阿桂皱眉说道，"张家口都统说旧衣被都就地散给贫民了，喀布尔的兵衣说缴了兵部！我自己就是将军出身，不知道这些小伎俩么？统统户部收了——由各地驻营管带将领直接和户部办理，不经你兵部了——去吧！"

那司官吃了硬钉子，端茶哈腰诺诺连声退下，阿桂一转眼见李侍尧看夹片看得聚精会神，笑道："歇歇儿吧。你才上手，许多事不知首尾。回头叫刑部谳狱司堂官给你譬说一下就明白了。"李侍尧含糊答应两声，才明白阿桂是和自己说话，放下夹片折页子，笑道："接见完了？我看进去了，只听人声嗡嗡，话语谆谆。说些什么，究竟没有听见一句。听你的话，这次调我回京，有意让我去刑部了？"

"分派你什么差使现在没定。圣意尚在犹豫不决……"阿桂仿佛不胜怠倦，缓缓晃动着身子，闭目养神，伸出手指掐着鼻梁侧睛明穴又揉又按，透着长气一边调息一边说，"刑部没有汉尚书，满尚书英阿其实是个泡衙门的，整日在印结局，跑光禄寺、大理寺，除了秋审决狱任事不管，要管的事就是油锅里捞钱——偏他是三爷府里颙珅贝勒的奶哥子！贴身贴心的包衣家生子儿。弘时三爷人虽不地道，毕竟是皇上亲哥哥，又死了多年，孤儿寡母的，没有大错儿，皇上不忍叫寡嫂伤心，再不肯折损他的体面的。只可再配一个能干的汉员把衙务料理起来……"这其实都是外间难以知晓的要紧话，李侍尧听得极专注，点头喟然叹道："弘时当年几次下手图谋皇上。皇上这片心……唉！太仁德了……不过话说回来，如今旗人里头，真能做事的也实在是凤毛麟角。我几次建议整顿旗务，折子奏上去都留中了。真的没法整顿了么？"

"没法整顿了……"阿桂悠长叹息一声，脸上似喜似悲，带着毋庸置疑的无可奈何，说道，"圣祖爷天纵英明千古一帝，世宗爷那是何等的刚决果毅！几次痛下决断整顿，结果呢？整一次出一次大事，整一次回过头来更加败坏！旗人一落草就注定有份皇粮，谁肯用力读书习武？当官容易升官容易，赏重罚轻已经成了规矩，谁肯真正为国家出实力做事？……像一块烂透了的肉，臭鱼烂虾，能整顿变成鲜肉？不但旗务，就是吏治，你做两广总督在外，比我清爽，还能不能整顿？唉……这些事不如不想，越想越糟心，越惊心。只合住眼睡觉，醒来做事，能着些尽力尽心维持罢了……"说着，眼角竟浸出泪花来。

他如此忧虑国是，李侍尧又惭愧又感动，忙劝慰道："《红楼梦》里说'烈火烹油鲜花着锦'，盛极难继，历代皆有的事。旗人败坏腐烂，充其量也就百余万人，但吏治我看事尚可为。把住这一头，不致出大乱子的。"

"你说的我也想过，吏治上确乎不敢松懈。"阿桂已恢复了平静，自失地一笑说道，"我说的是隐忧，根子上败坏了。《红楼梦》里还有一句'百足之虫死而不僵'，外面儿上瞧还在熏灼鼎盛之时，正因事尚可为，皇上才加倍勤政事必躬亲宵旰不懈，你看，尹继善已经累垮了。上次看他，半日才认出我来。傅恒就是平日上朝，走道儿都蹒跚晃荡，这次病在缅甸，看来也难……就是我，当年你最相熟的，能挽三百斤硬弓，五十斤石锁玩得滴溜儿转，是如今这模样么？眼见又轮到你了……"

"六爷的病到底怎样了？"李侍尧问道。他起始发迹靠的就是傅恒，一路平步青云，其中傅恒奥援也不无着力，他的身体李侍尧自然关切逾常，身子一倾问道："一路听官场风言风语。有说只是疟疾，也有说瘟瘴的，说路过湖广，勒敏专请叶天士看过，说无碍的、说不好的都有。你知道傅公待我极有恩情的，我一路不高兴，就为怕见六爷病重……"他低垂下了头，叹了口气。

阿桂眯着眼端坐不语，似乎在斟酌如何对答。许久，他叹息一声道："无论德、才、资、望，事上待下公忠仁义，大节纯粹小节谨慎，本朝人物是没人能比得了，就是前代先贤，比起来也是难有其匹！人，太全了不成，唉……他是招了造化所忌……"这其实是把话说透了，傅恒病在不测！李侍尧心中一阵慌乱。他蓦地觉得一阵空落，此刻才明白，自己一生原来都在信托和依赖此人，一旦抽去这根主心骨，竟有些魂魄不能自主的意味！他的脸色有些发白，喃喃说道："连叶天士也束手了？这……这……"阿桂其实和傅恒交往更深，但他久在中央机枢养成的深沉城府，讲究"万事不激动"，见李侍尧一副失神模样，安慰道："你、我，还有过去了的继善，就连纪昀在内，都是半生闯荡，一直仰仗着六爷，万岁爷更和他有骨肉之亲托着君臣之义，他实在是我们乾隆朝的柱国顶梁之臣。不但你心里不好过，大家都是一样的。他患的是瘴疫，叶天士开的药方用'以毒攻毒'，砒霜下的分量很重，万岁爷和傅恒家人都劝阻不许用……这是一半人事一半天命的事……他打熬得好筋骨，体气原本壮实，回京慢慢调养，也许有些转机……"他那样老成干练的人，说着话已是泪光莹莹。李侍尧还待说话时，门上太监进来禀道："养心殿卜公公来了。有旨意！"阿桂和李侍尧忙都下炕来，已见卜义掀帘进来。

"皇上有旨。"卜义十分习惯地进屋站定，对两个鹄立待命的大臣说道，"傅恒已经到京，皇上即刻发驾至傅府视疾。皇上旨意，阿桂、李侍尧亦可前往探视傅恒。钦此！"

"喳！"二人齐声答道，"奴才们遵旨！"

见二人还要跪，卜义忙笑挽住阿桂，说道，"主子吩咐过免礼的，请爷们这就过去。"又对李侍尧笑道："这多年没见李爷，还该给您老请安的……"说着扎手窝脚便要打千儿。李侍尧却和他十分熟稔，一手拉起，笑道："你这条老阉狗，还不知是想我呢还是想我的小东道！——瞧你这身行头，如今是养心殿的老大了吧？"卜义却似乎有点怕阿桂，不敢放肆说笑，怯怯地闪眼瞟阿桂一眼，说道："如今仍是王八耻的头儿，不过他在圆明园那块，我在内城里侍候。大人虽是玩笑，小的可当不起呢！"阿桂已经更衣齐整，淡淡说了句："你回去缴旨吧。"便和李侍尧联袂出来。到西华门口，阿桂才问道："你骑马来的吧？"

"是。"李侍尧突然觉得阿桂与几年前已大不相同，体态举止笑貌音容都变了，透着一股冷峻，令人难以亲近，因见问，忙道，"不过骑马去探视六爷太显摆，也不合体例，我还是叫他们备轿吧。"阿桂笑道："家里人未必想着给你预备轿子。何必那么生分，就坐我的轿吧。省事省时辰。"说着上轿。李侍尧犹豫了一下，忙也上了阿桂的四人抬，一边挤着在阿桂对面落座，笑道："如今外任道台都有坐八抬大轿的了，你这么大官还坐这个！什么事呀，一到北京就变了！"说着，觉得一动，像滑动似的轿身已经徐行，连轿外舆夫的脚步声都听不见，李侍尧想说什么，看看阿桂脸色，没言语。

傅恒府在城东老齐化门一带，离着鲜花深处胡同不远，其实从东华门出来要近许多路。但东华门是当年崇祯皇帝亡国出逃的门，不吉祥，满洲人初入关，不在乎这一套，康熙年还尽有在东华门递牌子的，雍正以后相沿成习都从西华门出入。东华门大早开门，宫中采办的活猪活羊鲜菜柴炭从这里进宫——已经成了规矩。但这一来，轿子就绕了远，几乎多走半匝紫禁城。见阿桂一语不发，默默望着轿窗外灰不溜秋的街衢，纷纷回避的行人，似乎若有所思，又似乎什么也没想，李侍尧耐了许久，问道："佳木公，你在想什么？"

"我在想……"阿桂眼睑微微一抖，从沉思中憬悟过来，"傅恒在老官屯被困，好容易等到援兵，他自己又病成这样，这个仗打不下去了，该是见好就收的时候了……"

"皇上，皇上怎么想？我在广东接见过六爷军里去采办药品的人。仗打得太艰难了，遮天蔽日都是老树林子，满林都是青蛇瘴疠，蚊子蠓虫儿蝎子小咬……不知死了多少人，毕竟和缅兵打仗倒是伤亡不多……但这事关乎国体，又只能打下去，皇上恐怕未必肯罢手言和。"

"噢，你说得对。但缅甸不同于蒙古，也不同于新疆，缅甸即使打下来，也还是和朝鲜、安南、日本、琉球一样，是外藩属国，难以法统归一。现在缅王已经修表，认罪请和，是讲和时机，就怕皇上那性子，一味要灭此朝食，再增兵派将。如果不能速战速胜，这锅夹生饭就难吃了……"

"你和六爷通信，他的意思怎么样呢？"

"六爷是统兵主将，他不宜主和的。"

"皇上呢？"

"皇上还在两可之间。有些小人不懂政治军事，只是一味逢迎，投君所好，撺掇挑唆着添兵增将打下去……六爷这次病重，如果不治，他也还要违心主战……"阿桂沉重地透一口气，仿佛心中有吐不尽的忧闷忧愁，徐徐说道，"所以……难呐！"

这一来，李侍尧也陷入了沉思。他在外历任封疆，一天到晚没完没了的钱粮刑名，属官任免地方治安，忙得不知所以，此刻才掂量出什么叫"国家大事"，什么叫"军政要务"，刚刚到"天上宫阙"，已经觉得"高处不胜寒"了……心下思量着，试探地说道："皇上圣明，高瞻远瞩。据我所知，军机处没有小人。至于三院六部、宵小太监，能左右圣躬视听的也没有，佳木公不必这么忧心忡忡。"

"我正要提醒你。"阿桂随轿身微起微落，皱着眉头悠悠说道，"国家有制度，大臣有体。和太监这类人来往，要有分寸，要循礼不悖。"

李侍尧腾地一阵脸红。

"你若在外任偶尔来京，我这话可以不说。"阿桂沉静地说道，"宦官是变了性儿的人妖。我说循礼不悖，就是要用'礼'镇压他的性儿。亡汉亡唐亡明，就是赵匡胤'烛影斧声'，死得不明不白，没有太监帮忙，成么？——这是殷鉴！太监性阴，真正的小人。你和他玩笑，他觉得可以近欺，就和你没上没下，日子久了不知生出多大的事！这在军机处是大忌……"

他没说完，李侍尧已明白是自己错了。他是个十分聪颖机警的人，立刻举一反三——自己在外是一方诸侯，可以随意调侃左右，这里居九鼎之侧，视听言动只有一个尺子：礼，想到昨晚和和珅斗气，顿时也觉大为不妥。他立刻觉得不安了，搓着手沉吟良久，红着脸说道："今非昔比，我真是跟不上你的脚踪儿了，我在外随便惯了，又深蒙主子恩遇宠礼，生出了骄佚的心，佳木公这一提醒，深自愧恶，这些年不读书，连心都荒芜杂乱了……"因一长一短将进崇文门的事说了。

"你小看了这个和珅。和他相处，其实和太监相处是一个道理。"阿桂喟然说道，"他是我的跟班出身，跟了两年，只觉得勤谨媚巧，是小意儿，有时又落落大方，办事处人都好，而今越来越瞧不透了。参劾他，他没有错处，而且官也太小，但他一天到晚不是宫里就是王爷府，到处都有他的影儿，人人都在说他的好话，户部、内务府说是他的上司，他的官位又在銮仪卫，又晋了侍卫，竟是个盐鳖户①，哪里也管不到！我们见皇上，一是递牌子，二是传叫，他是一抬脚就能进养心殿、进澹宁居……我和纪昀议论过他，纪昀说他是皇上——"他突然觉得颇难措词，纪昀的原话是"皇上裤裆里的虱子"，但这话无法引用，话到口边变成"皇上身上的御虱，没法捉"。李侍尧听得一笑即敛，阿桂却道："是和亲王叫我举荐选的侍卫，又晋升观察道，他那么好人缘儿，差使又没什么失漏，想拿掉他也难呢！你和他怄气，大约也是听了这些话，江苏巡抚陆公举是你的知交，他过崇文门税关纳不起税，只身进京，你借皇上这道密谕替公举出这口气，可是的？"

李侍尧眼中波光闪烁，点头道："公举，那是多清廉刚直的人呐！硬要一万两！他病在武昌，我去看他，拉着我的手只是叹息，说'当清官难，见皇上一面还要缴一万两税银，这世事变局，没法弄了'……""一项议罪银子，一项官员入京关税，都是和珅建议。"阿桂自嘲地一笑，"贪官犯罪缴了银子免议，清官进京缴不起税——真有意思！我去问皇上是谁的建议条陈，皇上说是他自己的主意，还说这两条有弊病，要取缔，却又没有取

---

① 盐鳖户：即蝙蝠。

缔的明旨，总而言之是小人可畏，小人难防——"他还要往下说，轿一顿，已经轻轻落地，便住了口。李侍尧已听得心旌动摇，有点晕轿的模样，苍白着面孔道："现在还不知道圣意如何。若还没有定，请佳木公美言，还放我出去当总督。"

"这要看情势。"阿桂抬手示意他先下轿，说道，"你留军机处是我的建议，皇上没有旨意，说到京看情形再说，现在什么话也不能说。"说罢二人下轿。

李侍尧下车看表，刚刚过了辰时正牌。三年未到此地，傅府与原来变化不大。只是原先三楹的抱厦门依着公府规模改为五楹过厅楼门。此刻时已隆冬，万木萧森间红瘦绿稀，一改李侍尧心目中万木葱茏形景儿，满墙密不透风的常青藤叶子已变成墨绿色，间或盘结的蒿藤虬根蜿蜒仍旧苍劲有力，但叶片已经凋零，或隐或显藏在金银花藤中，像老人手背上凸起的蚯筋。墙内远近分层的石榴、槐杨榆柳树已经几乎完全落叶，密密的枝桠像一带微紫色的雾霭绵延到远处，不时有成群的麻雀、乌鸦、老鹳之类的鸟翻起翻落觅食。偌大一个公爵府，虽是笼在暝暗秋空之下，丛树密林连绵夹着苍竹老桧雪松黑柏，仍显得蔚蔚蕴茵气象峥嵘。若在平日，傅恒府前此刻热闹还了得？墙对面沿海子一线长堤到处是车轿，舆夫轿夫长随伴当成群结伙在凉亭等候进府谒见的主人，大门前迎来送往的官员尽都衣紫腰玉翎顶辉煌揖让出入；东侧小门是来府拜见夫人的内眷，也是呖呖莺莺笑语寒暄之声不绝。但此刻因皇帝要驾幸此地，一切闲杂人早已屏退，扫得一根草节一片树叶皆无，显得格外空旷开阔。内务府前来净街侍驾的太监有三十多人，还有傅府家人长随一百多人，都垂手侍立在门前石狮子旁待命，见他们二人远远在海子凉亭边下轿，早有一个家人飞也似跑来，两个人也不挪步儿，立定了等他传话。待近前来看时，都认得，是傅府的二管家胡敬阁。

"桂中堂、李爷到了！"胡敬阁临近放慢了步子，又趋跑几步打下千儿道，"万岁爷还有半个时辰才到。和亲王爷已经来了，还有兆惠军门、海兰察军门，都在东书房候着，请二位爷过去奉茶。"

阿桂点点头，向李侍尧一会意，一前一后随胡敬阁进府，只见府门、甬道、角门、府内各个偏院都是步军统领衙门的亲兵关防，佩刀快靴目不斜视挺胸凹肚直立，傅府素以军法治府，家人们也都各按方位束带冠顶站得笔直，一路竟是鸦没雀静，一声咳痰不闻，只听脚下靴声橐橐在廊壁回音，反而更增寂静。二人沿正门甬道直北而进，过公府正厅时，阿桂留意了一下，这座正厅上悬着乾隆御笔匾额"敕封一等公府第"，平日从不开启的，现在各个隔扇门都洞敞着，是十几个苏拉太监守门——从东侧过去再向北，再向东趄过一带花篱，进月洞门，便听东书房有人声，却是和亲王弘昼的声气：

"我料着是阿桂来了，去瞧瞧！"

接着门帘一响，一个人哈腰闪身出来，二人都是一怔，原来竟又是和珅！正应了阿桂方才说的"到处都有他的影子"。李侍尧也不禁一怔。和珅却似什么事也不曾发生过，只冲二人含笑一躬，一手挑帘，一手相让，说道："李制台也来了——请，王爷在里头呢！"阿桂面无表情，"嗯"了一声便和李侍尧前后进房。李侍尧看时，果然兆惠海兰察都在，兆惠比几年前胖了些，脸颊上添了一道二寸多长的刀疤，双手按膝，一座塔似的端肃而坐，海兰察却不见老，仍是墩个子，黑胖圆脸，嘬嘴吮唇的不安生，还冲二人背转一个鬼脸。中间炕上坐着五十多岁的弘昼，却是满脸烟容，两颊和眼眶都松弛地陷落下去，暖烘烘的屋子里，还穿着镶貂皮酱色巴图鲁背心，套着的蟒袍里边似乎揣着暖炉，瘦弱的身躯依在窗边大迎枕上，鼓鼓囊囊的看去有点可笑——这就是乾隆惟一的亲弟弟，遍天下皆知的"荒唐王爷"弘昼了。阿桂见他只二揖一躬，李侍尧因久不见面，便要屈身行大礼。

"罢了罢了，你这秀才兵痞！"弘昼手里两个铁胡桃转得刷刷响，笑道，"大将军八面威风，和珅那么玩得转的人，都叫你给弄蒙了——"他偏转脸笑看众人，"摆火枪队，扛王命旗进崇文门，你们听说过没有？你——"他又面向李侍尧，"这回进京，又有什么好物事孝敬我？我要的土带了没有？"

李侍尧到底打了个千儿才起身，笑道："五爷也照照镜儿，瘦得统成个骷髅了，还要烧泡儿抽！我给爷带了几斤上好的银耳，还有西洋参补补身子。爷要的法兰西香水，白兰地酒也有一箱子。烟土是东印度公司的，比云土要好得多，有心违五爷的王命不带来，想想五爷待我的情分——爷知道，这干碍禁令的——衙门里搜缴上来垛在马厩里，我还是给爷带了些来，还有叶天士配的戒土膏，我也弄了几大包，爷都用用。能着些戒了最好，可怜见的爷这么体弱的，奴才也心疼！"

连鸦片带戒烟膏一块奉送，李侍尧说得风趣，众人都笑了。弘昼打着呵欠笑道："这么说真的是体贴你五爷了！掏钱难买老来瘦，人贵适意——你他娘的狗屁不通，带兵在外称王称霸，撒野惯了，原先读的书都当屎拉出去了！"海兰察笑道："奴才原说过的，五爷是满腹经纶锦心绣口，我们这号子一肚子马绊筋，侍候不来爷的风花雪月。"和珅在旁插口道："我算服了爷们这些出兵放马的大军门了，李爷的火枪队要走了火儿，这会子和珅的游魂儿不知在哪浪荡呢！"

本来这是极好的和解节扣儿，李侍尧只消回敬一句玩笑话，一天大小事肚里嘀咕怨气也就消解，但李侍尧外面上爽明豁朗，内里倨傲自矜乃是与生俱来胎里带的毛病，只看了和珅一眼，却问兆惠："老兆几时进京的？如今建牙开府，带兵还打头仗？这块刀疤还是不久才落痂的——你看人家海兰察，养得红光满面的，你这脸色怎么瞧都像酒色过度，淘虚了身子的模样儿。"兆惠本是个严肃冷峻人，在金川打仗和李侍尧混熟了，玩笑惯了的，只在椅上一欠身，微笑道："你不用操心我，叫王爷照镜子，你也照镜子看！人都说广里女人高额头深眼窝儿黑脸蛋，不好看，怎么你就不嫌弃，弄得瘦猴儿似的，还耀武扬威回京见主子！"

"我当太湖水师提督，鱼虾米饭一天三饱一倒，自然红光满面。你是个登徒子，寡人有疾寡人好色，所以淘干了。"海兰察嬉笑道，"人说叶天士不通世务，是个医痴，也不是的。我听人说去给五爷看脉，说五爷是'双斧劈柴，要戒酒戒色'，一抬眼见侧福晋愣着眼看他，忙又磕头说'即使不能戒色，也要赶紧戒酒'——五爷，可是有的？"

一席话说得众人都笑了，只是一来候驾，二来傅恒正病，大家来探视，都笑得不敢扬声儿。弘昼笑得颤着身子，指着海兰察道："这猴崽儿敢拿我开心——你问和珅，他给我府里采办东西，三天两头见福晋，侧福晋他也都识得，问他有这种事没有？"和珅便觉讪讪的，红一红脸笑道："爷哪是那种人！没有那种事的。"

"咱们说笑几句给六爷冲冲晦气，还要适可而止。主子身子不好府里下人们听见我们高兴，算是怎么回事呢？"阿桂听他们谈笑风生，早已心里不喜欢，只碍着弘昼面子敷衍迎合而已，此刻见机说道，"前头一路驿站送军机处的滚单，傅六爷过了高碑店病况见轻。我今儿其实有很多事要请示他。这里先给五爷禀说禀说，您虽不管军机处，还是总理王大臣——缅甸战事不宜再打，趁他们修表谢罪称臣，稍加申饬允许求和这是难得的机会。"弘昼烟瘾犯了，鼻涕涎水地连打呵欠，和珅三步两步上炕，侍候他烧了两个烟泡，这才回过精神，因道："这事何必跟我说？直奏皇上就是了。"阿桂赔笑道："我是担心傅六爷劝皇上接着打，也担心万一六爷不虞，激恼了主子决意用兵到底，所以要请五爷调停。万岁爷最听五爷的，您说话准成！"弘昼听得眼一亮，手指敲着炕桌说道："成！五爷给你帮忙！"还要往下说时，听得外头脚步声快捷近来，张眼隔玻璃看看，对众人道："圣驾来了，卜义叫我们呢——咱们快换衣服。"

说话间卜义已经进来，果然是乾隆御驾到了，为防惊动傅恒，一切乐队仪仗不用，已在府门口降舆，吩咐先到诸臣不必接驾，径到西花厅傅恒卧榻再行见礼。当下众人一阵匆忙更衣，都换了朝冠补服，弘昼打头，依次阿桂、李侍尧、兆惠、海兰察、和珅尾随在后，从月洞门鱼贯而出。趔至正厅前，大太监王八耻已带着三十六名太监分两行徐步而入，捧着巾栉、嗽盂、银瓶、银炉、更替衣冠肃穆雍容款款在西厅站定，接着是十几个嬷嬷、谙达、宫里有头脸的侍从女官簇拥着乾隆皇帝近来。弘昼为首打袖提袍，率众人衣裳窸窣跪了正厅门前阶下，伏身叩头。李侍尧偷眼看，只见乾隆穿一身驼色缎棉袍，外边套着石青缎面小毛羊皮褂，头上戴一顶青毡缎台冠，腰里束着条金带头线纽带，青缎凉里皂靴踩得石板地面囊囊作响，已是六十岁出头的人了，发辫看去仍油黑发亮，弯眉下一双黑瞳瞳的瞳仁闪烁生光，修饰得极精致的胡须似隶书"一"字两头微微下捺，因离得不近，看不清脸上的皱纹，只这体态步履容貌，乍一看怎么瞧也像个不惑之年的人。思量着："主子英姿清爽，怎么调养来的？"听见脚步声近来，李侍尧忙低伏了头，觉得脚步已到头顶，停住了，连呼吸都变得急促起来，窝着背尽力屏息着，用头轻轻在地上碰了碰。

"是李侍尧嘛！"乾隆果是站住了脚，离着李侍尧头顶只二尺远近，问道，"是几时到京的？"

"奴才李侍尧——恭请主子圣安！"李侍尧一口大气透出来，身上才松泰一点，忙大声回道，"原来算计路程，腊月十五能到京，心里念着想早点觐见主子，走得急，昨天晚上赶到的。"

乾隆点点头，说道："朕已经知道。白问问你。待看望过傅恒，下午你递牌子进来。"李侍尧方连连叩头称是，乾隆对众人道："弘昼和阿桂起来陪朕先见傅恒。你们几个进房里候旨。福康安福隆安，带朕去见你父亲。"

阿桂二人站起身来，这才看清是傅恒的儿子福隆安和福康安接驾引导。福隆安是乾隆和嘉公主和硕额驸，兵部尚书。福康安和阿桂私交更笃，现任金川定边将军，是朝野有名的"小周郎"，能诗能文且是极其好武。年将而立，看去仍顾身玉立，目若朗星面如冠玉。他赶回京城，一来侍奉父亲的病，二来是阿桂要亲自带兵西征，点名要他跟从带兵参赞军务。此刻却都不便见礼说话，只点头会意，随他兄弟逶迤到了西花厅傅恒下处。军机大臣纪昀是专陪傅恒的，已是守在阶下。

"药香太重了。"乾隆进院便皱眉说道。看着跪在廊下的几个太医，又道："药香也是药，和主药混起来，就没有时辰火候了。而且还杂着檀香。"他顾盼着，一眼看见傅恒夫人棠儿跪在门内，料是檀香是她燃来敬佛礼拜用的，便不再说这件事，跨步进门，嘘一口气说道："棠儿，别跪着了。你看看你，熬得这样憔悴了……这里侍奉的事有儿子们就成。好歹也留心自己，你再病倒，傅恒怎么安心疗治？去吧——书屋里歇着，朕看过傅恒接见你。"

棠儿伏身听着，不知是激动还是感动，已是热泪涌眶而出，身子颤抖着抽泣，已经花白了的头发丝丝抖动，只泣声说道："奴婢遵……旨……"乾隆这才进了里屋，福隆安兄弟拽起床上帐帷便长跪在地，傅恒已清醒得双眸炯炯，只是虚弱得没有一点气力，见乾隆俯身看自己，他也用目光搜寻乾隆，紧紧地盯住了，像是恐怕一眨眼乾隆就会消失似的，有些失神地盯着，许久，大滴大滴的泪水断线珠子似的从颊边涌淌滚落出来，喃喃说道：

"主子，主子……奴才侍候不了您了……奴才没用，连礼也不能给主子行，说话提不出气儿来……唉……没有想到我傅恒也有今日……"

乾隆心里一阵酸热，一拱一动，已是眼中满含泪水。他用无限疼怜的目光凝望着奄奄一息的傅恒，这是个英雄一世的满洲汉子，因是富察皇后的亲弟弟，自幼就选了乾清门侍卫，朝夕跟从自己，弱冠之年选散秩大臣出外办差巡阅太湖水师治军整顿，剿灭江西山盗，进袭山西黑查山，一举生擒白莲教飘高，以招抚大将军出征金川，逼得一代英豪莎罗奔自缚请罪俯首称臣，主持军机处二十三年，文政、河务、兵事、钱粮、明刑……哪里事繁任巨，都有这个傅恒一力料应，且是待人诚挚有礼，循礼有体，人人心目中无事不能的英杰，如今到了末路，竟成如此光景！

第四回　慰良臣乾隆探相府
　　　　防伦变天子指婚配

"老六，你何至如此？"乾隆勉强一笑，沉缓地说道，"别这样英雄气短嘛……你今年才五十岁，朕还指望着你侍候下一代主子呢！你从缅甸回来，朕原本替你担心的，要翻多少山过多少水，还要穿老树林子，怕你挺不住。现在到了北京，这就是你命大，这么多好医好药，你又不是什么绝症，何必像个女人样儿自艾自叹？"

傅恒脸上绽出一丝微笑，苍白又略带黄色的面庞像将要沉山的月亮，带着似悲似喜的凄凉，一眼不眨地凝望着乾隆，嘴唇嗫动了一下。乾隆顺势坐了榻前椅上，身子斜倾着聆听。

"能再见主子一面，我去得心满意足……"傅恒声气微弱地说道，像远远随风飘送过来的一缕游丝，却是十分清晰，连鹄立在乾隆侧后的弘昼几个大臣都听得到，"皇上当年龙潜，在雍和宫读书，我就当过伴读……在皇上眼前读书，还跟皇上淘气……"他眼睑闪动着，仿佛在如烟的往事中追忆到了自己一生最美好的辰光，嘴角撇着，竟带出孩子气的笑容，然而只是一瞬间他又回到了眼前的场景："……四十多年了，都是皇上训诲教导，提携着走过来的。人……一辈子能有这大的福，还有什么别的所求的？只是……只是……我守住了老官屯，却没能再有……再有尺寸之进。用兵之初，军机处和大臣里主战的不多，是我……执意请缨……没有打胜仗，且是牵掣了西北兵力，虚耗多少钱粮……这是奴才留下的最大憾事，皇上要重重处置，奴才才能安心走路……"说着，已是泪如雨下。跪在床前的卜义忙从小太监手里抽过手帕轻轻替他揩了，乾隆柔声细语说道："用兵是不得已的事。如果说错了，也是朕头一个承当。当初收复孟拱，朕赏你三眼孔雀翎，你写奏章说，待全胜而归再领赏。既然没有克服敌巢，翎子缴回就是了。你虽不是全胜，毕竟已逼得缅甸上表请罪求和，也还是胜了。不要这样自责，朕听了也不好过……"他眼中噙着泪，声调温和得像长兄对一个小弟弟说话，"别胡思乱想，一切往后放放，安心调治，病好了再说。"

傅恒抿住了口，像在聚集全身的力量，眼睛一刻也不离乾隆死死盯着，许久，脸上泛出一丝潮红，吞咽了一下，说道："缅甸政局已经稳下来了，再战不利。如若拼倾国之力打下来，又不能设流官政府常驻统辖，很不值得。从云南到缅甸，水陆军三万一千，现在仅存一万三千。不但军需药品供不上，兵力调动也极难，我军……我军阵亡的其实不多，都是水土不服瘴疫毒疠病死的。天时地利人和都不利，所以请主子下旨撤兵，将来再看情形施为。不战而屈人之兵才是上胜。"

站在一旁的阿桂先是一下子放下心来，接着一股敬佩仰慕之情油然而生，当初出兵傅恒是主战的，现在退兵师劳无功而返，单就承认自己"错了"，不但责任非轻，面子更是扫尽，一世英名举朝崇敬也全然不顾！这要多么大的定力，多么忠忱的志量！审视着傅恒平静的面庞，阿桂心里一阵烘热，含泪说道："春和公，别想这些事，也别说了……主上圣明烛照洞鉴万里，自然有妥当安置的。"弘昼也垂泪，说道："傅老六，留着点气力，皇上指望你做的事还多着呢！我那里好吃的好玩的东西要什么有什么，想着了只管要——上回你说高士奇那幅字画，没舍得给你，今儿带来了，给了棠儿……"说笑着，已经带了哽咽。

"五爷也有儿女情长了……"傅恒微微笑了笑，轻轻咳了一下，说道，"这些话我不说，皇上和军机处碍我的面子也不说，于朝廷更无益……待到不得不说时再说，皇上的体面更要紧……我都写在折子里了，那……"他虚弱地抖着手，指着桌上叠得齐齐整整的文卷，"……都在那里……我的遗折……唉……鸟之将死其鸣也哀，人之将死……"他突然剧烈地咳嗽两声，呼吸也变得急促起来，随着鼻翼翕张，胸脯剧烈地起伏着，纪昀忙叫："谁当值？当值太医进来！"

乾隆已立起身来，怔怔地看着两个太医忙活救治，看着跪在床里的两个丫头服侍喂药，傅恒的脉息又渐渐平和下来，只是脸色蜡黄，像被抽干了血，又像晒干了的生姜那样泛着土色，已经不能再说话，兀自努力张着眼睑，用无神的瞳仁洞视着乾隆。乾隆见他这样依恋自己，心里一发酸楚，替他掩掩被角，轻轻抚了抚他额头，温声说道："宽心无为静养，守时而不违命……朕去了，你稍好些再来看你。需用什么东西让儿子们找内务府，已经有了旨意的……"像是怕再看到傅恒的目光一眼，他说了句："纪昀留下看护……"便转身出了花厅，径往书房而来。弘昼阿桂李侍尧诸人只向傅恒默默注目片刻，也跟了出来。花厅书房原本是通连一排的上房，棠儿早已知道这边动静，自跪在书房门口迎候，见乾隆过来，叩头说道：

"拙夫犬马之疾，劳动圣驾玉趾亲临，奴婢阖府荣宠蒙恩。感泣主上悯怜臣下之德意，矜念万岁谆谆慰抚之纶音，虽糜身粉骨不足报也。棠儿一女子，该当勤谨侍疾，日夕不替，倘上天垂怜拙夫忠忱之情假之以年，必留以有生之余奔走驱驰继之以死。皇上万几宸谟宵旰劳动，不宜以万乘之躯久羁臣下之居，恭请回銮，棠儿昏晨焚香尸祝，遥祈皇上龙体康泰福德万年……"

这篇陈词自是棠儿精心结撰的奏对，本来的陈词滥调花哨敷衍文章，偏她有真情，说得凄楚不能自胜，乾隆听得悚然动容。待了一待，乾隆将手一让，说道："棠儿，我们至亲无碍的，进屋说话。"

"是……"

皇帝没有说话，跟从的人似乎有点无所适从，李侍尧试探着挪了半步，弘昼在旁拽了拽他衣襟，看阿桂、福隆安、福康安都没动，舌头一舔嘴唇退了回来，跟着弘昼他们远远在竹丛旁站定守候。

屋里只剩下乾隆和棠儿两个人。这一众人等中，只有弘昼知道他们二人二十多年前是有过一段旖旎情韵的。但如今一个年逾耳顺，一个将知天命，虽然同在一城，分属君臣且男女有别，也已十余年没有相对单独絮话了。坐在书案前的乾隆看着棠儿忙着给自己摆点心斟茶拧热毛巾，忽然觉得有点恍若隔世如对梦寐，斯人斯世斯情斯景如流光倒移石火不再，怔怔地默坐，不知话题从何说起。不知过了多久，他才憬悟过来，缓缓啜茶道："不要忙着侍候了，朕用过早点来的，回去还要和臣子一道用午膳。"

"是……"棠儿答应一声退立在一旁。

"家里没有什么难处吧？"乾隆问道。

"家里都好。只是康儿晋升太快，我怕外人闲话。还有福灵安、福隆安、福长安……怕摆不平……"

"这个无碍的。"乾隆将茶杯放在案上，"论功行赏，以能授职嘛！朕自问没有偏私，怕什么闲话，也没什么摆平摆不平的，刘墉的功劳没有康儿大，治理民政比康儿强，已经封了侍郎加尚书衔。比较起来，康儿还委屈了呢！"顿了一下又问道："你还常进宫去么？"

棠儿的头更低垂了一下，说道："隔三错五的，还常进去的。进去给老佛爷请安，抹抹纸牌，陪着上上香。有时偶尔……隔远远的能瞧见皇上一眼……"

"还该常进去走动走动。三年不上门，是亲也不亲嘛……"乾隆叹息一声，说道，"先头娘娘薨了，如今是那拉做皇后。她虽然知道——但朕深知的，她心里并不厌你，常说你好话的……论起来，按小家子百姓说头，她是你们续姐姐。她也闷，进宫常请安，说说家常什么的，于礼上也该当的。"

"是。皇上说的奴婢都记下了……"

至此，二人语塞。静穆的沉寂中，乾隆站起身来，看见桌上摆着一幅画，画的是水墨图月下塘荷，因年代深久，纸色已经黯黄，上面写着一联：

霞乃云魄魂，
蜂是花精神。

极精神的颜体字，因问道：

"高士奇的字画？"

"嗯。"

"弘昼送来的？"

"嗯。"

"这是圣祖爷时候，伍次友老先生给苏麻喇姑题赠的一联。"

"嗯。"棠儿的脸色愈发苍白，低声道，"奴婢知道——这不是奴婢要的，是傅恒求五爷赏的……"

乾隆有点意外，但他很快就明白了。他听说过傅恒剿灭黑查山飘高聚众谋反时，和女匪娟娟的一段恋情，娟娟葬在山上的桃林中已经二十多年了，早已玉殒香消了，傅恒大约这段情结还没有销蚀。人、情，真真是不可思议！他站在画前仔细玩味了一会儿，像是突然触到什么心事，乾隆瞳仁倏地闪了一下，问道："有个叫国泰的旗人——山东巡抚国泰，平日和傅恒过从多不多？嗯——记得是傅恒的门生？"棠儿再没想到乾隆会突然问到这里，抬起头诧异地看了一眼乾隆，摇头道："他做到巡抚，肯定和傅恒有来往。我见过傅恒的门生题名录，不记得有这个人，哦——记得有一次老十六亲王府演戏请傅恒去看，傅恒刚下值，累得不想动，又却不过老亲王面子，发脾气说'这都是国泰的过！一个外任封疆，动不动往宗室里跑，斗鸡走狗又演戏——攀着王爷和军机套近乎——我这里题本奏折叙片看不完，正经事办不完，还得和这些人兜搭！'还是我说着劝着才去了——皇上怎么忽拉巴儿想到这儿了？"乾隆没有回答她，却又看画儿，说道："这画儿这联语虽好，只太阴惨太凄楚了，不是福祥兆头。前头明珠、索额图、隆科多、讷亲都存过，不吉祥。缴到大内的好。"说着把画幅卷起。

棠儿敏感地看了一眼乾隆，明珠、索额图、隆科多、讷亲都是宰相军机大臣，不是抄家圈禁便是杀头，可这和画儿什么相干，又和国泰什么关联？她再寻思不出其中缘故来，只好说道："那就请皇上赏收，皇上福大如天，什么晦气都冲解了……"乾隆把画握在手中，叹了口气，说道："朕看傅恒的病，只能勉尽人事了，万一有不忍言之事，你要好生保重。儿子们都大了，也都很争气，教他们好生做官办差，朕自然更要照应。你有什么难处事，叫儿子代奏就是，朕去了……你要保重，侍候病人也要顾自己，不妨疏散一下，到潭柘寺大觉寺放放生，烧烧香什么的，一来给傅恒消灾解厄，二来你也调息作养了身子……"他又叮咛几句，才转身出屋，棠儿送了两步，突然脱口喊道：

"皇上！"

"唔？"乾隆止步转身，关切地问道，"有什么事？"

"噢，是我莽撞，叫得急了，"棠儿的神情显得有点忸怩，脚尖趾着地偏着身子轻轻拧着地，轻声道，"……是康儿的婚事，老简亲王喇布家睿亲王多罗家先前来说，都是旗下顶尖的贵人、郡主格格，小冤家一个也不中意。他那性子皇上知道，我也拗不过他……"

乾隆早已回过身来，问道："傅恒呢？傅恒怎么说？"棠儿道："他是无可无不可的，说儿子婚事自有天命，大丈夫何患无妻什么的这些道理……康儿自己也是个争强好胜的，那年去扬州救下个女孩子叫鹂儿，两个人处得好，我瞧这丫头本分伶俐，人也生得好，可她毕竟是个罪人家属，配康儿终是不宜，就把鹏儿收到我房里隔开。谁知这种事竟是隔人隔房不隔心的——"棠儿不好意思地一笑，叹道，"我没法子，干脆给鹏儿开了脸，指给康儿当了姨少奶奶。这都不是大事——前日诚亲王家弘畅——就是新袭了郡王的那个，他福晋来说，要进去请老佛爷和那拉娘娘懿旨，配皇上的十五格格和英公主——"她没有说完，乾隆已经急了，问道："你怎么说的？"

"我说老爷现今病着，正在路上回京。这么大事体得他来做主。"棠儿说道。乾隆刚舒了一口气，棠儿又道："诚亲王福晋是个风风火火脾气，最是简捷明爽的。一听我的话就说'十五公主你没见过？那真是——羞花闭月之貌，沉鱼落雁之容！'她莞尔一笑即逝，'——你家一门贵盛，一对玉人天地般配。大爷福灵安是多罗额驸，二爷福隆安是和嘉额附，死了的三爷不说，福康安是你家千里驹，又是皇上最爱重的，我去说合，准保人人欢天喜地——正为傅中堂有病，天降下这件喜事，什么灾星都冲了！'"

至此，乾隆也怔了，听棠儿接着说道："这真叫我左右不是，还得装出满心高兴，说，'现在没见着老爷，不知道病情，再者说人家一个金枝玉叶用来冲喜，老佛爷娘娘面上不说心里也未必情愿。等傅恒回来，我约你一道进去说。'这才勉强打发她走了，临走还说'皇上和傅相是郎舅，最亲最近的，又是皇上最得用的。傅相也没有不答应的理，本来的好一对儿，就冲冲喜也是捎带的——官官是舅，在河之舟，苗条是女，君子好求么！'说完扬长去了。"

乾隆起初听得呆呆的，及到福晋咏诗，忍俊不禁"扑哧"笑出声来。略一思量，诚郡王福晋是个好事的妇人，母亲也喜欢兜揽撮合这类事情，真的各路说通了，自己反而难以驳回了……一边想着，已是有了主意，笑道："你叫那个鹏儿过来，朕接见一下。立时指给康儿作夫人，一件大事烟消云散。"棠儿一怔之下，顿时恍然大悟，脸上立刻带了笑容，转身出了书房，对守在门口的丫头说了几句什么，那丫头飞也似的进内院传旨去了。竹丛旁站候的几个大臣不知出了什么事，正面面相觑交换目光时，只见两个丫头夹侍着一位二十四五岁的少妇款款进了东北角侧门，径由廊下进了书房。福隆安小声对福康安道："是鹏儿——她来做什么？"福康安摇头道：

"不知道。"正说着，见棠儿在门口招手叫"康儿进来"。福康安答应一声便大步进屋，已见鹂儿跪在书案东侧，便挨她身子跪了。

乾隆仍在仔细打量鹂儿，只见她穿一件蜜合色百褶裙，外套米黄小风毛坎肩，枣花祆滚边掐金线绣百合花儿，配着一线雪白的里子，一双小巧玲珑的手垂在膝前，刀裁鬓角，一头乌鸦鸦的浓发绾成一个髻儿垂在脑后，鹅蛋脸羞得绯红，弯月眉腻脂鼻端端正正，只颊上酒窝处微有几颗雀斑。通身上下几乎没有什么值钱的首饰，只腰边月白汗巾子上的璎珞荷包半露着，坠着一枚汉白玉护身符儿，乾隆一眼便看见是自己赐给福康安的。他脸上掠过一丝难以觉察的笑容，看一眼棠儿，见棠儿点头，便问话：

"今年多大了？"

"回万岁爷……"鹂儿的声音有点发颤，"奴婢今年二十四岁。"

"你叫鹂儿？"

"……是。"

"跟福康安多久了？"

"八年了……"

"嗯。"乾隆顿了一下，又问，"听说会弹琴会书画？"

"奴婢是跟少爷学的，书画只是粗通，琴也弹得不好。"

"读书么？"

"只识得几个字。太太说女人不要懂得太多，指着叫读《二十四孝》《女四书》这些书。"

乾隆坐回了椅子里，说道："傅恒夫人说的是，女子无才便是德。有灵有秀要用在正经地方儿，孝敬公婆相夫教子上下功夫，你要记住，德容言功头一条便是'德'字。"鹂儿忙叩头道："奴婢记下了。"乾隆又转脸对福康安道："你父亲的病势不好。方才接见你母亲，朕的意思要给他冲冲喜，鹂儿出身虽然寒贱些，一向在你身上照应得好，朕看也是宜男贵相，就指着配给你。你觉得怎样？"福康安没有想到是这个题目，怔了一下，忙叩头道："万岁爷龙目审定，自然千妥万当，奴才草芥之人驽钝之才，主子如此关爱，实在是福康安一门之幸，父亲知道，也必定欢欣鼓舞的……"

"就是这样吧。"乾隆笑着说道，"福康安今日就算见过朕了，明天傅恒夫人带着鹂儿进宫给老佛爷和娘娘请安，磕头谢恩。"他掏出怀表看看，起身出了书房。守在外边的一大群臣子太监家人像被风忽然吹伏的草一样"唵"地跪倒一地，乾隆含笑点头，大声道："傅恒家有喜事，朕已经指了福康安的侧夫人鹏儿为他的正配。既然是朕指婚，军机处礼部自然要来拜贺。傅恒现今卧病，告诉他们不许喧扰，一切从简，到合卺时候儿再说。"一边徐步下阶，款款说道："五弟身子也不好，不必从驾回宫了。兆惠、海兰察他们就在这里守着，代替纪昀看护。有些军务上的事傅恒清醒时也可随时给他们交代。"众人谁也没料到乾隆在书房是和棠儿计议的这档子事，面面相觑间乾隆已徐步下阶，忙都伏身叩旨，福康安兄弟二人直送出大门才踅回身来。福康安道："二哥，您要累了只管先回房歇着。我去看看兆惠、海兰察就到西花厅——我瞧着您脸色有点瘀肿，敢情没睡好的模样儿。"福隆安淡淡说道："大家自己兄弟，彼此何必呢？"说着，徉徉地踱向西花厅。

东书房里兆惠和海兰察仍在喁喁谈心，那和珅练就的一身"帮边子"本事，插不上正经话，只在旁续水添茶打磨旋儿，握一卷《资治通鉴》装幌子，遇到能跟溜儿的闲话顺势儿嘈几句，两个将军秉性不一，却是几十年一道儿出兵放马，刀枪剑戟丛里炮灰坑里厮混出来的好友，也不理会和珅，只顾自说自话。和珅在旁闲听，这才知道海兰察并不是在太湖水师任上，"鱼虾米饭一天三饱一倒"，竟也是跟着傅恒在缅甸打仗回来的，比傅恒到京只早了十天左右。亏他是在老官屯厮杀了七昼夜，刚刚从死人堆里爬出来的人，犹自天真诙谐嬉笑自若得像个顽童，和珅也不能不暗自佩服。

"缅甸兵其实不经打，比起来蒙古人、回人，五对一也不是对手。"海兰察一脸憨相，笑嘻嘻的，嘴里鼓鼓囊囊嚼着槟榔，手里把着只内画鼻烟壶，像看西洋景儿似的闭一只眼觑着瞧，一边和兆惠说话，"——他们信佛，其实是群和尚兵，一见血就吓得脸色雪白合十祷告。不过那鬼地方儿天天是雨到处是水，老树林子里一钻，日里鬼似的眨眼就不见了。去年十一月初三，天上下大雨，二十步以外看不见人，什么也看不见！一万缅甸兵偷袭傅大帅的中军，大帅传令我从右侧，阿里衮从左侧攻。我带一千五百人，打赤膊冲出去，迎头一阵截了他的前队，杀了五百多人，尸首血水冲下去，听着下头叽里哇啦一阵惊叫，他娘的就退兵了。其实只要把他左翼的兵调上来，半个时辰就能把我的寨子踹平了！嗯，这个那个——老海可就没得玩的了!"他挑着鼻烟往唇上一抹,"啊啾!"一个喷嚏,和珅已笑着递过毛巾。

兆惠是个性子持重人,不动声色听着,说道:"我那里缺的是水,粮食菜蔬运不上来,从我到大头兵每人每天就是那么一葫芦水。有些战机,眼见打下去就能包了他们饺子,白瞧着人家逃走,不敢追,因为没有水。天黑了,兄弟们又是鸡视眼,都变成瞎子——多少次都这样儿。恨得我牙痒痒,可也没法子。"海兰察叹道:"妈的!我算了一下,朝廷拨过去的军饷,有一半能到当兵的口里,就能少一半减员,送去的防瘴防毒药都是药铺子里扫仓底的陈年渣子,黢黑,一股子霉味——当兵的都骂,'陈年老酒留给猪喝了,陈年霉药给仗的吃了。'日他娘的,如今兵部户部的黑心厨子可真多!"和珅也叹息,说道:"我给兆军门算过一笔账,户部拨出去给兵部的银子,先打一层折耗,二分,到兵部自留二分,发往西安一站是一钱二分,再到兰州又一钱四分。还没到军队,每两折耗三钱银子没了——层层的军官再克扣,当兵的能用多少天晓得!给兆军门送饷的那起子贼,一个个在北京起房盖宅修花园刨池子——肥丢丢的,油泡过的老鼠似的,那不都是喝兵血?"兆惠听了点头,说道:"和珅说的是。"

"你是个顺沟子溜的角色。"海兰察笑着对和珅道,"哪一路神仙都攀得上。这话我和兆惠最爱听!岂止是办军需的那些个龌龊杀才们发了,如今刑部的官儿、办河工的、赈灾的、关税上头的、吏部就更甭说了,冰敬、炭敬、姨太太的生日、儿子的汤饼会、死了老爷子、病了太太的,只要有缝儿就钻刺弄钱。你管崇文门,大约也穷不了!"他本意是厌了和珅,像只苍蝇在这屋里嗡嗡嘤嘤挥之不去,操个没趣让他走了和兆惠清静说话。但和珅偏是个绝无脾气、最能受气的角儿,笑着听了笑容不减,说道:"海军门这话我也爱听!《诗经》所谓'硕鼠硕鼠,无食我黍'就是这档子事儿!一等是读书'学而优'当了官,十年寒窗下苦功,熬的自家心血,是本钱;一等是掏钱捐出来的官,一层层掏钱选出来,也是本钱;还有我这样儿的,有祖荫,当本钱,自个巴结差使仍旧是本钱。官场和市面儿齐根儿说没有两样,都是将本求利。像前头的史贻直、孙嘉淦、刘统勋,清廉耿直一辈子苦做,那是将本求名。像二位大军门,杀得尸横遍野,自己也血葫芦儿似的,封伯爵加禄荫,升官又发财有名又有利,也是本钱挣来的。"说完,他舐舐自己舌头。

这是又一番理论，连兆惠也是一个莞尔，说道："天下老鸹一般黑，洪洞县里没好人。照你这么说傅恒、高恒①没分别，秦桧也是文天祥了！"和珅嬉笑道："大将军没读过《庄子》？有做不龟手药的，楚国的兵用了这药，到北方打仗不得冻疮，仗打胜了，楚王赏他五乘车；楚王得了痔疮，屁眼儿不受用，另一个郎中用舌头给主子舐痔，舐得他舒服，赏他一百乘车！——这是多大的分别！如今国家鼎盛人民殷富圣明在上，好比河里的鱼多，现成的便宜，大家都来捞。大利在前，又容易又实惠，谁能记起来孔子说的'富贵于我如浮云'？将本求名的越来越少，那是因为太苦了，当清官熬苦差落得家贫如洗，子孙连饭都吃不饱。现成的银子白亮亮对黑眼珠子，谁肯苦巴巴地枵腹从公？"

"你听听你听听，他这都是一套套儿层出不穷呢！"海兰察笑道，"赖猫死老鼠胲鱼汤，鸡巴毛炒韭菜——这什么样儿、什么味儿呢？"和珅却换了一脸正容，说道："我有自己一本经。义，我所欲也；利，亦我所欲也。利和义不能兼取，宁可舍利而取义，这是学《孟子》的心得。我跟阿桂老军门打过仗，二位问问我是不是尿包软蛋！侍候乾隆爷这样的圣明主子，要有品有才有见有识，一句话，得是明白人。不能勘透世情，且是不学无术，自己就是个混虫，叫主子哪只眼瞧得上？实不相瞒二位，出了鲜花深处胡同口，那家'永茂'当铺就是我的产业。指着我的那点子俸，一家子几十口子，喝西北风儿么？——再不然就当贪官！这也是没法子的事。"还要往下说，见福康安进来，便住了口，起身站在一边，海兰察和兆惠也都起身来。

福康安传了乾隆口谕，待兆、海二人行礼领旨了便坐了桌边，嘘了一口气，说道："老爷子刚刚见过驾，着实疲累了。那边有我二哥就好，这里一伙人都拥过去，又要见礼说话反而不好，我们这里歇歇，等太太她们回内院再过去不迟。"和珅似乎有点怵这位青年亲贵，捧上茶来低眉顺眼退到一旁，说道："四爷，关上还有些琐碎事务要料理。家里人等着我呢——给傅中堂采办的药大约也就到货了，我先去了，回头再过来给中堂请安。"说

---

① 高恒，皇贵妃之弟，因贪贿被乾隆诛杀。

着，偷觑福康安一眼，见他点头无话，小心辞了出来。从月洞门往外瞭瞭，乾隆还没有出仪门，一大群太监谙达嬷嬷簇拥着正往外走。和珅不敢过去搅，径到东下房厩房牵了自己的马，不言声从东角门出来，打马抄近道径从东华门入宫，晃荡着过了天街到永巷口，见太监们刚刚吃过午饭，三三两两正回宫去，跟趟子和几个太监说笑答讪着也就进去了。守门的善扑营兵士三天两头见他进宫，知道他是去养心殿报花账的，又是侍卫，问也没问就放行了。进了养心殿垂花门，穿堂风"呼"地扑面一吹，凉得脖子一缩，和珅才意识到天又下雪了。略定定神，搓了把脸便进院来，径入了管事太监房。管账太监王廉正在兑账，见他进来，推开算盘离椅一揖，笑得满脸堆起花来，说道："我的活财神来了，正等着你呢！恭喜恭喜，请坐，和大人您呐！"

"你等我做什么？"和珅刚进暖烘烘的账房，被他兜头一句说得发蒙，嘘着寒气瘟头瘟脑问道，"有什么喜事？别跟我扯淡！"

"真的真的……"王廉连推带让请和珅坐，"我的和爷……您听我说。等着您呢，是园子里王义来说，那边宫女今年脂粉钱又添十万，老公儿月例又加二两装裹银子。园子里添了，咱们这头是正经大内，大家伙儿预备过年，二十四两银子加加炭堆儿不是？说恭喜——"他突然放低了声儿，手卷喇叭凑近了和珅耳朵。和珅受不得他嘴里那股子味儿，皱眉笑听他说道，"阿桂大军机昨儿进来，万岁爷说'二十四诚郡王爷说和珅这人能，会干事，外头里头诸事照应得好'，想请旨给你调缺，到光禄寺当副卿。阿桂大军机说您曾跟过他，他不方便上这个折子，想请纪大军机出票。后来主子说不用这么转弯儿，先派您出外差，或者去阅兵劳军，或者选副学政主持春闱，再不然看有什么案子，历练历练再题本票拟。和大人，这不是您的官运发动了么？大阿哥、庆亲王、十贝勒夫人，有时运没时运的，宫里宫外都叫好儿，您这升官前程，那可真是——渺茫着呢！"

听他把"远大"说成"渺茫"，和珅本来专注神思，一个咳呛连鼻涕眼泪都呛出来，说道："有他们的自然也有你们的份儿，你自己单另的一份规例银子比王八耻少一两，我叫刘全给添上，只别声张就是了——皇上呢？这会子还在里头批折子么？""和爷敢情不知道？皇上去了六爷府了。"王廉笑着道谢了说道，"——就在我这屋里坐，待会儿回来肯定打这亮窗前头过，您就出去请安。多自然呐！"他自己也端一杯茶坐了，吹着浮沫又道，"山东国泰抚台给老赵来一封信，他一个表侄子在武库司当掌库吏目，想调个缺，到关税上头去。老赵说叫我撞撞您的木钟，要成呢，就叫他过去见您；不成，我就回了他。"说着便看和珅，和珅笑道："武库武库又闲又富，还嫌不足么？——既是国大人的亲戚，叫他到我那见见再说，要不是你，我也懒得理他。"王廉喜得还要道谢时，远远听得一声吆喝："圣上回驾啰！"忙起身来挑帘向外照了照，回头对和珅道："主子没带仗驾——和爷赶紧出去！"

和珅三步两步跨出账房，才发觉雪已经下大了。仍旧是雪粒子，如椒盐似细粉，先是零星丢落，渐渐地，像绛红的天穹上有一张巨大的细箩在筛面，随着飘风疾速斜签着荡落。此刻，养心殿大院已铺严了薄薄的一层，殿上黄琉璃瓦上，迎门照壁上，院中铜鹤、铜麒麟、凤凰上也都盖上了晶莹得几乎透明的雪。从大铜鼎和颙颒口中袅袅散出的香烟一缕一缕的不肯散去，被风鼓得摇荡着游动，天上也开始落雪绒，连同轻盈的雪片盘旋着转动着，杂在霏霏的细雪中缓缓降落。混混茫茫一片清亮中，反衬得大殿殿门、大玻璃亮窗黯黑深邃，更增这百年老殿一种神秘莫测氛围。和珅这几年为敷衍场面很读过一些书，六经、廿史之类，不拘甚么只要有用一捞食之，看着这般景致，也自神往莫名。刚要下阶，便听南边一个公鸭嗓儿叫住了："哎——别——别下去！这院里的雪不许踩！好好的雪平展展白亮亮的，你弄几个朝靴印子，叫主子瞧了败兴吗？"和珅一偏脸回头，才见是王八耻说话，乾隆皇帝貂帽雪裘立在轩廊口——原来他不经院子回殿，不知什么时候已经进来了。和珅也不顾地下潮寒，一提袍角便跪了下去：

"奴才和珅给主子叩安！"

"是和珅嘛！"乾隆的目光游移着仍在看雪，漫不经心问道，"是进来结账的？——站在这里做甚么呀？"说着轻轻抬手示意他起身。

"奴才在看雪。"和珅小心翼翼起身，神色庄重地说道，"起初奴才想作诗，景色分寸尺码儿都觉得把捏不住，后来又想，这雪下大了，城里城外有一等穷人家没有烧炭，揭不开锅的，又冷又饿的，再有的房子原本秋雨泡过，土坯墙干打垒年久失修，大雪再一压，也就倒了，怎么办？想叫关税上挤点银子周济一下，又怕顺天府衙门听见不受用，像是奴才越俎代庖似的……只顾了出神，没瞧见主子……"

作诗还有分寸尺码儿"把捏"，乾隆听着不禁一笑。听到后来，不禁认真打量起这个青年官员来。和珅是常进来走动的，乾隆公事累了出院中散步常常见他，偶尔也叫过来询问一下关税钱粮上的事，说提拔他，也不过内务府、宗人府几家近支宗室王亲都举荐夸奖他，以为不过是小意儿巴结，各处人缘功夫做得地道，现在看，此人不但勤学勤劳，还有一份关心民疾的志量，从小局顾大局，又兼虑着衙门与衙门的瓜葛干连——这就不是平常循吏志量所能局限了，想着，乾隆便款步向殿内走去，边走边道：

"传旨，午膳后阿桂、纪昀、李侍尧递牌子，和珅进来，朕接见你。"

第五回　蒙恩宠瑶林初诏对
说赈灾吏治警帝心

"是，奴才领旨！"

和珅忙叩头答应一声，待起身时，忽然觉得两腿有点发软，头也有点眩晕，这突如其来的幸运袭来，把个精明伶俐的人弄得有点恍惚，连周围的景致都霎时间迷离了……荡荡悠悠跟着引见太监王八耻进了养心殿，在正殿对着朝觐时乾隆的须弥座行了礼，满殿富丽堂皇的摆设，什么人来高的大金自鸣钟、金玉如意、珐琅盆盂，攀着梯子才能开启使用的大金皮柜、两人合抱粗的特大号瓷瓶……这些物件平时也见过，此刻便觉布得到处都是，金碧辉煌紫翠杂陈晃得人眼花，直到跪在东暖阁前光可鉴人的金砖地上，双手前额据地碰头，他才清醒过来。这是个玲珑剔透的人物，立刻意识到，此刻就是地震了也要把持好自己，言语行动不但不能出错儿，还要铆足了劲儿邀好儿！两手拇指使劲掐着中指节，已是镇定下来，提足了精神等乾隆问话。

乾隆却似乎一点也不理会他的心思，像平日一样盘膝坐了暖阁大炕靠玻璃窗一边，抽过奏折拔掉笔筒，把朱砂池摆过来，若有所思地看着外面大雪，问道：

"以前你在哪里当差？朕瞧着有点面熟的样儿。"

和珅身上一动，怔了一下。显然他没有想到头一句话会问这个，思量着碰头说道："奴才原在正红旗下。家道虽说中落，因是勋臣之后，荫着三等轻车都尉世职，儿时进过咸安宫读书，父亲死后，又到阿桂军中补一份钱粮，夤缘进军机处当差，常常得遥觐圣颜。皇上瞧着奴才眼熟，是奴才的福分。"

"唔，正红旗下的，是在德胜门内么？"乾隆正视着和珅又问道，"你的满洲老姓是什么？"

"奴才的满洲老姓是英额支的钮祜禄氏。正红旗不在德胜门，德胜门是正黄旗领下属地。"

乾隆点点头，又问："既有世职，又是旗下老姓人，父亲又当官，自然有一份该当的钱粮，怎么又到阿桂营里当兵去了？"

"回主子！"和珅加了小心，头在地下碰得砰砰作响，回道，"父亲虽任福建都统多年，其实家中没有积蓄，弟弟和琳聪颖好学，为他聘师、游学开销，就有些入不敷出。趑趄艰难之中，奴才不忍母亲给人洗衣缝穷，胡乱寻个差使周济家用……因为这是背着母亲去当兵的，临走告知她老人家，她急怒之下一掌把奴才打翻在地，奴才起身磕头谢罪，她老人家又把奴才搂在怀里号啕大哭，'我的儿……这不怨你……这怨你爹无能，你娘也无能……'"说到这里和珅往事如潮涌上，已是泪如泉涌，嗓音也嘶嘎了，唏嘘喑哑着叩头道，"因奴才除了汉语、国语①，蒙语、西番语都能熟通。阿桂军门也极赏识的，十五岁就提拔了武职把总……"

他半真半假，连泣带诉娓娓陈述，说得自己也满腔凄惶。其实当年出走的真正原因，是他每天在棋盘街大廊庙这些地方"撞食"，结交一帮狐朋狗友赌博，斗鸡走狗卖荷花②，挨了母亲的责罚，一怒之下顶名当兵的，倒是临别母子抱头痛哭说的话是实。当年阿桂听了曾感动得热泪长流，今日故伎重施，乾隆竟是闻所未闻，心里一阵酸热眼圈已经红了，暗自嗟讶：这竟是个忠孝两全德才兼备的良实之臣，难得旗下子弟还有这么有出息的……因叹道："没想到你年纪轻轻，身世如此坎坷，闻之令人酸心动容！"改用满语又道："不过你毕竟学术不精。办差虽然勤谨，还该多读些书，多向阿桂傅恒学习些。有些事单凭好心是不成的。"

他突然用满语说话，和珅顿时竖起了耳朵，静静听完，思量着必是自己议罪银建议和崇文门关税差使上有人非议，也难保李侍尧已经背地叽哝了自己什么，略定一定，也用满语回道："和珅自幼失怙，母弱弟幼，迫于生计不能专心学习，不但该向傅恒阿桂学习，就是刘墉、李侍尧也是奴才的学习模范。议罪银条陈，奴才是据《礼记》经注八议制度，议亲议贵议

---

① 国语，即满语。

② 卖荷花，诱骗良家少女卖给大户人家，从中吃回扣。

功勋，为偶然失足犯罪官员开一线自新之路，所以有这条建议。至于崇文门关税，确有弊端，奴才以为不在于巡察过严，而在于公私不分，凡属公差皇纲过关或外省官员缴纳规例银两的，过关应该免税——因为这道关税规例从前明至今没有更动，奴才掌管整顿急于求成，惟恐轻易改弦更张给胥吏上下其手有可乘之机。这其中认真起来，一则是奴才胶柱鼓瑟不知变通，二则有的官员不知情，以为奴才中饱私囊，因此有些误会。蒙皇上如天之恩亲加训诲，奴才只有反躬自省，重加修订制度，待奏请皇上后按规矩严加施行。"因将李侍尧过税关情形捡着能说的淡淡述说一遍，回避了二人生分意气情节，又道："奴才准备设计大秤，崇文门关税，从此称私不称公！"

"好！"乾隆听他奏对详略分明条理清晰，已是心中十分嘉悦，至此不禁大为赞赏，"称私不称公，好！设议罪银的道理讲得也还透彻。尽管如此，还是不能下明诏推行实施，因为容易给贪官留下侥幸之心，启动他的贪害之心。关税严一些没有错，开议罪银之便，朕也不是为了聚敛，朝廷西北西南用兵，内地一些白莲教众也在蠢动，本来就是漏掉的税，拿来派上用场，是两全俱美的事。收取官员议罪银，既不扰民伤民，不失宽大为政大体，又能补充国用，儆戒官员又给他们开启自新补过之路，究其根也是善政。"他挪身下炕来，悠着步子踱着，许久，点点头说道："你跪安吧，朕要用膳，还要召军机处会议，好生回去把差使料理清白，朕还有恩旨给你。"说着一摆手。和珅忙又行三跪九叩大礼，却身细步退出了养心殿。行到账房门口时，王廉早几步迎了出来，双手展举着件油衣就往他身上披，结了钮子系带子，一边低声笑说："看是不是和爷？金钟玉鼓如应如响！爷这有点像晕殿模样，脸都雪白！您看这大的雪，徜徉到西华门外，靴帽子袍摆子都得湿透了……"说着，一双木齿草履又给他套在脚上。和珅这才似一场大梦回醒过来，搓脸跺脚地一阵活动，道谢出了垂花门，仰脸看时，已是乱羽纷纷，万花狂翔了。

军机处里阿桂、纪昀、刘墉和李侍尧四个人此刻刚刚吃过午饭。这里大伙房供应当值军机大臣的饭菜例有定规是四菜一汤，一份黄豆胡萝卜猪肚烧三样，一份冬笋爆里脊，一份拌青芹，一份青椒炒羊肝，中间一盆豆腐面筋粉汤，褶面包子馒头管够，都已吃得干干净净，连盘子都热水涮了。

听得太监来说"万岁爷刚刚吩咐传膳"知道"叫进"还早，李侍尧便急着要到天街看雪，阿桂便笑："石庵陪他走走，我和纪昀拥炉军机，静观落雪，也有一番情趣呢——把皇上赐我的那件鸭绒裘给皋陶。"刘墉料是他二人还单独有话，笑着给李侍尧递上裘衣，自披了件油衣，让道："李兄，你前头，我跟着。"——于是二人先后出来。

所谓"天街"，其实就是从隆宗门到景运门那么短短的一段，从军机处一出门便已到了"街"上。此刻刚过午时，又是这种天气，六部三司各衙门都在歇衙，没有万分火急的军情，再没人到这里来挺冻儿的，二人逶迤向东漫步，但见琼花纷纷淆乱，落羽摇荡着坠落到平坦广袤的广场上。北边玉带碧水汉玉桥栏，过桥就是高大的乾清门，南边遥遥相对是巍峨的保和殿，中和殿隐在保和殿后，霭雾迷蒙间，太和殿仍绰约可见，都是雪翅插天雕瓮峥嵘，黑沉沉静幽幽压在雪地上，沿宫墙一溜雁序两排十六个大金缸下边都生着炭火，袅袅轻烟受了惊似的在风中散融迷失，由乾清门到隆宗门、崇楼、后左门、后右门……周匝都挺立着善扑营护卫值岗，一个个都成了雪人，兀立在铺天盖地的雪中纹丝不动。威压森严的龙楼凤阙经造化这样装点，更给人一种冷峻壮丽的感觉，两个人徐步踏雪，一时都没有说话，直到景运门前才站住脚，脸上手上已都是融融雪水。

"看看这里，真令人夺气。"李侍尧喟然说道，"什么十年寒窗金榜题名，什么建牙开府起居八座，封妻荫子光宗耀祖，都变得渺小不堪一言。崇如你在这里久了，是司空见惯，我真是有点到了天上宫阙的味道。""我不敢这样想。因为'天上宫阙'后头紧接就是'又恐琼楼玉宇，高处不胜寒'！"刘墉的声音干巴巴的（雪天雪地里说话，声调永远都带着这种沉闷。读者不妨一试），"家严在世说，他当县令，盛暑天下乡巡视，坐一驾二人抬小轿，又热又渴通身大汗。隔轿窗见路上妇女和小孩子吃西瓜，满嘴满脸瓜瓤瓜水儿，直想下轿讨一口吃。听那妇人教训孩子说：'你看看人家，坐到凉轿里人抬着走，下轿走哪人见人敬——都是个人，人家就在天上！你想天上去，只有一条路，好好念书作文章！'人哪，境遇不一，思量的事也就不同。"

李侍尧默默点头，映衬着雪光打量刘墉，这是个长相十分像他父亲刘统勋的人，只是刘统勋精干利落，他却显得有点不修边幅。上次进京刘墉出差没能见面，算来已经七年没见，刘墉面相几乎毫无变化，只瘦了许多，古铜色的方脸腮颊凹陷了不少，原来的雪雁补服已换了锦鸡补子，宽大得有点像套在身上的一条大布袋子，半眯着眼睛凝望雪景，有点像冻河沿上雪地里觅食的一只老鹳，不知他在想些什么。良久，李侍尧慨叹道："你的背有点驼了。"

"罗圈腿，再加驼背，后头已经有人叫'刘罗锅子'了。"刘墉神情爽然若有所失地微笑了一下，"不瞒你说，除了见驾、办事见人，每天伏案至少五个时辰，走路都耷着个头想事情，还有个不驼的！父亲是上朝的路上，死在轿子里，皇上亲临祭祀，入贤良祠盖陀罗经被，御制祭文，我只能拼命报效，不敢爱身了……"他又是一个笑叹，"……也不敢爱名。有人说我是'刘青天'，因为我手里没冤案，也有人说我是'刘屠户'，是酷吏，我也笑纳了。我带黄天霸的十二个徒弟到山东泗水县捕拿刘其德、刘贤鲁父子，几千抗租佃户把我围了三天三夜。福康安带兵解围，我一堂审下来，拉出衙门杀了七十四人，天下着大雨，满街都是红水……泗水县的刁民听见我的名字都打哆嗦——这还不是'屠户'？其实他们不知道，那起子大户人家，旱得寸草不生，铁板租一粒不肯减，逼得人没有活路，这些地主我也很想杀他几个。可他们没犯王法律条，只能杖责训诫了事——我是亲眼瞧见了暴民起事的情形儿，那真是一夫倡乱万人景从，村村起火树树狼烟，到处都是红了眼的佃户，榔头铡刀锄头镰刀……连擀面杖菜刀都用上了，滔天洪水般涌上来，一层打退又一层涌上来……至今思量心有余悸呀！这宫，前明时候就有了的，李自成还不照样打进来了？我读《甲申纪事》，三月十九李自成进北京，宫中万余人走投无路，劫财逃命的自杀的横尸满宫，就我们站的这些地方都垛满了人的尸体……"他嘘了口气，打了个寒噤不再说下去。李侍尧曾几次带兵弹压过抗租造反的徒众，却从没有被暴动的农民包围过，听着想着，竟似亲历亲见那般真切，怔了许久笑道："跟你一道赏雪，你想的是雪里埋尸，真扫兴——你画了一幅多阴惨可怖的画儿给我看呀！"刘墉也笑了，道："我累成罗锅子，也就为了不让人真的看见这幅画儿，你倒起了心障。"将手一让，二人又徐步往西趱，待回到军机处签押房门口，二人衣帽领袖上已满是厚厚一层白绒。

一进门，两个人都愣住了。只见阿桂盘膝坐在靠窗，纪昀隐几坐在炕北卷案下，都是神情木然呆若僵偶。炕下跪着一个官员，起花珊瑚顶子已经摘了红缨，一望可知是个丁忧居丧的二品大员，浑身湿漉漉的，地下汪着化了的雪水。因外间雪光刺眼，刚进屋一团黯黑模糊，定了定神才看清，是尹继善的儿子庆桂！李刘二人几乎同时目光一触：尹继善殁了！

"世兄请起……"许久，才见阿桂无力地抬抬手。两个太监忙过去搀起了庆桂。阿桂又道："这真是意外之变。这几日因傅恒中堂卧病回京，忙着照料这件事，没有过府探望。昨儿个小儿代我去看，回说元长公精神尚好。哪里想到骤然之间他就撒手仙去……"他不胜其力地咳嗽了两声，便取手帕拭泪。纪昀说道："树斋节哀珍重，你现在不宜见驾。我们这就递牌子进去，奏明圣上，必定还有旨意的，礼部那边，也由我来咨告安排。"

庆桂听一句躬身答应一声"是"，泣道："几个太医诊脉，都说立冬前恐怕是个关口。那几日，见老爷子还能起床走动，叫孙子去背书，家里人都放了心，以为已经过了劫数。前天那日格外欢喜，叫了全家都到他房里，一道吃过饭还叫小妹咏秋给他抚了一曲《鸣泉》，笑着说：'毕生之快事莫过于此。我像咏秋这年纪随父亲热河迎驾，能琴能诗受知于圣祖，为官五十余年中虽不能说尽善尽美，自问心无遗憾，三代主子对我都是恩荣始终，以抚琴始以听琴终，上苍真厚爱我了……'又谆谆嘱告了许多话，说是临终遗言，家人觉得不吉祥，劝住了才歇下。谁知第二日就懒进饮食，时眠时醒的。看去不像大病，他素来节食，家人也不惊慌。昨晚阿必达世兄去，还有说有笑，世兄去后一个时辰，老人忽然要沐浴，侍候着洗浴了，躺在炕上静息，全家人和太医都守在外间房里，天黎明时，听老人说了句'天好冷啊！路好长啊……'我们拥进去，已经没了脉息……"说到这里，庆桂已经哽咽不能成语，气噎声嘶得直要放声儿。

但这个地方是不能放声哭丧的，阿桂待他稍定住神，下炕来抚着庆桂肩头道："世兄且请回府，家里多少大事等你操办，万万要节哀顺变。阿迪斯阿必达两位世侄要多替你担待一点，我们这就进去。"又命太监，"搀了庆桂大人出西华门，送他回府回来报我。"

这边庆桂出去，卜义一头一脸雪进来，传旨道："万岁爷已经用过午膳，叫阿桂、纪昀、刘墉、李侍尧进去。"四个人忙躬身答应，急急忙忙结束停当，跟着卜义径赶往养心殿而来。王八耻早已候在殿外檐下，见他们进来，帮着脱油衣，换靴子，擦掉头脸上雪水，收拾干爽了才引导入东暖阁见乾隆。

"方才内务府的人进来禀事，尹元长今晨寅卯之交已经去了。"乾隆没有像平日那样盘膝坐炕，他站在地上，只散穿一件酱色江绸薄棉袍子，手里把着一块汉玉，似乎在想心事，又似乎在看北墙上的字画，脸色平静，语气也一如平日，看也不看众人说道，"免礼，都坐到杌子上。"这才转过脸来，踱至榻边椅子上坐了，端茶吹着杯面上浮沫不言语。

四个大臣目不转瞬地望着乾隆。

"李侍尧，"乾隆黑得深不见底的瞳仁看着末座的李侍尧问道，"广东今年收成如何？"李侍尧忙一欠身，回道："回主子，粤西自经匪患，兵匪交战过后男丁稀少，去年今年其实是绝收，但粤东大熟，三季稻下来，连着两年市价斗米只买二钱三分。奴才恐谷贱伤农，按三钱官价收购余粮，用来赈济粤西，这样两头摆平，粮价也升到了三钱二。"乾隆沉思着又问："这样，广东藩库堂不又出了亏空？"

李侍尧道："奴才不请旨不敢动用藩库银两。银子有两个出处，一是洋商，统都赶到口外岛上，想上岸缴治安保护钱。我剿匪维护平安，他们缴这个钱天公地道。再一就是从缙绅身上募捐，道理也是一样。"这是他任上最得意的一件事，做得干净利落，原预备周详奏明的，料知此刻乾隆厌听絮语唠叨，因也剪断截说，明白无误而已。坐在旁边的阿桂二人暗自掂掇吃茶佩服。

但乾隆对此却饶有兴味，脸色由凝重变得霁和起来，点头道："很好。不过怕这群财主们善财难舍罢？人家要问出来，我们上捐纳税，你剿匪还要另征'保护钱'？你怎么办呢？"李侍尧笑道："回主子，铁公鸡身上拔毛是奴才的看家本事。总督巡抚广东臬司衙门会审洪仁辉、洪仁轩一案，三衙皂隶全部调齐，又从绿营调七百名军士关防，从大堂到仪门外二里地戒严，到处是刀丛剑树旗幡号角。'请'那些阔佬来观礼，当堂提铃喝号，不分洋人华人抓的抓、囚的囚、打的打、杀的杀，一堂没过完，'观礼'的已经吓昏了两个，余下的也都个个面如土色——审完拿着'乐输'簿子请他们乐捐。主子在陛辞时再三训戒奴才的，这叫'恩威并用'。这些铁公鸡们自己拔毛奉送，奴才并没逼迫他们——这么着，钱就有了。洋商们是勒令，不给钱没有粮菜也没有淡水；缙绅们是劝募，给不给他自己情愿，事体稳稳当当就办妥了。"这都是早已想好了的奏对，说得不枝不蔓又绘声绘色，杀伐决断凄厉恐怖的场景中又不失时机加上"颂圣"言语，将政绩功劳统归美于君上。众人都听得悚然动容。

"办得好！"乾隆听得眉头舒展，抚膝叹道，"封疆大吏应有这种风骨！可惜现在外任督抚并没有多少肯这样实心谋国为民的。你是从湖南、江西、江南沿水路来京的吧？一路看过来，河工怎么样？几个省水旱情形大约也留心到了？"

李侍尧沉吟了片刻；这些事即使"不留心"也能说个八九不离十，但只要一开口，河工之糜烂、水旱蝗灾之肆虐、百姓之困苦、官吏之贪酷横暴就难以讳饰，沿途各省督抚便都开罪无遗。但说"不知道"立时就要失去上意，两端皆害取其轻，他清了清嗓子说道："奴才还绕道武昌去看了看勒敏。湖广今年是大熟，义仓都是库满囤尖，勒敏原本奏报是十二分大丰收，通省上下对他啧有烦言。他跟我叫苦：'说实话呢，下头说我邀功卖好，说假话呢，将来见了主子脸红，怎好瞒主子呢？'冲折衡量报了个十一分年成给户部。他愁粮食没处放，霉变了是大事。库房也多年失修了的，买粮又不敢动库银。奴才给他出主意，径直给兆惠写信，新粮供军需，兆惠从军费里开支过来，不但节省时辰，少了克扣环节儿，当兵的吃新米也高兴。江南的情形——"

"慢着，"乾隆摆手制止了他，问道，"别忙说别的省。有十二分收成报十二分，是天经地义的事，下头有什么'烦言'？又是什么人从中梗阻？说说看！"

"皇上高居九重，垂裳治天下，哪里知道外任官这些宵小伎俩？"李侍尧叹道，"就是阿桂、纪昀，没有做过地方官，刘墉是专管刑狱的，也未必体察周全。比如我接任县令，一是要和前任比，必定要把前任亏空算到十足，那真是锱铢较量分厘无差，我一上任就把亏空补起来。这就有了政绩。银子从哪里来？我不能屙金尿银，火耗又归公，只能从年成上打主意，有八分年成我报五分。天灾的事嘛！皇上最留心的，一定给我补出来。明年九成年，我报六成，不但县里宽裕了，上头也看我'一年比一年强'！勒敏这么足尺足秤，原是想去年库存盈余已经不少，今年实报不伤众人进项。

别地儿有灾，主子调剂起来手头宽裕些，想不到各司衙门就传言他想巴结进军机处，已经拟好的折子又改写了，奴才这话还是清官，要是赃官，又不管刑名，又没有耗羡银子，不从年成上打主意哪里捞钱呢？"说罢叹息一声。

乾隆咬着牙没言语，明知是极大弊端，不知有多少银子从这隙缝里无声流走了，但又是绝无办法的一件事。正思量着，阿桂恶狠狠说道："皇上如天之仁，年年蠲免钱粮，为的是百姓居室温饱，这些官竟是如此悖理蔑法，情殊可恨！奴才请皇上下旨切责，有瞒产邀买人心媚取考成的，着吏部核实验明不但不能升官，还要重重处分！"乾隆摇头道："不成。这和赈济灾民事不同而理同，明知赈粮赈银下去，一层层中饱私囊！到了饥民口中十成仅存四五，但该赈的还要赈，不发赈粮，立时饥民就要饿死，官逼民反他就上梁山。"

"圣上明鉴万里洞若观火！"李侍尧觉得话缘投机，一发的来精神，俯仰说道，"此真仁心通天之言！难就难在真假难辨，真的有灾若不加赈恤，那是必定要出大事的，什么都能糊弄，独是百姓的肚子不能糊弄。奴才一路过来，灾情最大的是淮北一带。秋天八月过水，庄稼绝收，饥民二十余万逃往鲁南、江苏、河南、湖广趁食，留在黄泛区的都是老人女人和幼儿，有的地方几十里地一片荒寒沼泽，村村断垣残壁不见烟火，有十几个村子人都靠吃观音土过活，拉不下大便撑胀死的人天天都有。听说皖西山区有开人肉作坊的，穷极人家甚至卖儿卖女卖妻子到作坊里供过往客人食用的，闻之令人毛发倒竖惨怛惶惧不遑宁处。奴才途中曾写信给安徽巡抚，请他救急救火速发赈粮，尚不知现在情形如何。这样的天气，更不知多少人殍尸雪中！"他皱紧了眉头，想着那般凄惨可怖的千里黄泛道路上的场景，脸色变得苍白，长长透了一口气，咬着下唇没再说下去。

一时间殿内死一般寂静，只能隔窗看见殿外狂舞斜飘的雪花在无穷尽地疾落，只能听见大金自鸣钟单调枯燥"咔咔"走字儿的声音。刘墉想起方才在天街和李侍尧的对话，想着淮北道上昏鸦饿殍西风落叶的阴霾人世地狱，暖烘烘的兽炭炉旁，竟一个接一个打心底里起寒栗儿。阿桂和纪昀是辅相，原也知人间疾苦和官员们报上来的颂圣文章不啻万里云泥之别，却没想到竟凄苦一至如斯，他们的心都一直往下沉，往下沉……想到乾隆元旦训诫"天下有一室不得安,一夫不得食,即宰相之责",立时又觉不安起来。偷看乾隆时,只见乾隆端端正正坐在椅子上,一双眼像要穿透墙外的风雪般遥视着远处,咬着牙一句不言语,两只手紧握着椅把手,一动也不动。一时间,殿内的气氛骤然紧张起来,连立在暖阁外的太监们都感觉到了,加了小心,更低垂了头,一口大气儿不敢出。许久,才听乾隆问道:"阿桂,八月黄河决溃,当时是你拟的旨,后来户部调集赈粮,限令重阳节前赈粮到户,各省是怎么回报的?"

"啊,皇上!"阿桂正在沉思中,受了惊似的一颤才回过神来,忙道,"当时征集河南、直隶、湖广、山东、江南五省,各调二十五万石粮给安徽。湖广布政使回文,存粮按前旨意调粮一百万石给西安,转拨兆惠军用,现今湖广大熟,平抑粮价也需用银两,请户部兵部拨银购粮。户部拨银,兵部驳回,说银两成色不足,所以钱没有发下去。每年北京要用粮四百万石,因黄河泛滥漕运阻塞,直隶省现欠粮三十万石,到军机处请示先调进五十万石,确保北京用粮,余粮调入安徽。江南的粮已如数调给淮北。河南收成持平,请减十万石,已调入十五万石,山东的粮调入安徽,安徽布政使窦光鼐因粮质太差拒收。所以真实调入淮北的只有四十万石左右,明春的种粮还没有着落……奴才职在机枢,本当为君分忧——"

"不要往下说了!"乾隆轻拍一下椅子扶手,止住阿桂谢罪的话头,他的额头已是布满了乌云,仍强抑着激愤,声音变得沉缓滞重,挟着无可抗拒的威压,嘴角吊着一丝冷笑说道,"人已经饿死,百姓已经背井离乡,轻飘飘说几句谢罪的套话,人民就能安居乐业了?"

四个大臣谁也坐不住了,身子一倾就机子前齐齐跪了下来。

"水淹六个县,一百万饥民一百万石粮。朕算清楚了的。若有一半发到穷人手里,人均五十斤,日均八两,可以勉强过冬。明春再赈一次,不至于逃荒出去,夏粮也就接上了。"乾隆的声调不高,一如平日接见外省官员那样不疾不徐,但从他嗓音中金属般的颤音中可以明显听到那种雷霆即将发作的震怒。倏然间仿佛一个疾雷,他提高了声音:"朕哪里想得到,部和部、省和部、省和省之间,置百万嗷嗷待哺之生民于不顾,至今仍在扯皮?!传旨——户部尚书德柱、兵部尚书潘思源着即撤差,就本署降为侍郎。罚俸两年!安徽布政使窦光鼐着革去顶戴,降三级留用,赈灾之后再行议处！"

　　四个大臣早已唬得面色焦黄，伏在地下连连顿首。刘墉心里明白，纪昀在修《四库全书》兼礼部刑部部务，赈灾的事与他干系不大，但既在军机处，就不能临事卸责；李侍尧还是觐见外省臣子，也不便说话；阿桂除军机掌总，要全力调度西北西南两路用兵，加之尹继善傅恒沉疴在身，已经忙得恨不能长出三头六臂，部务偶有失疏是决然难免的事。这种情势只有自己还能说话，因叩头道："皇上体恤民瘼赫然震怒，臣子耽玩失职有当诛之罪。但据臣所知，窦光鼐操守甚好，颇知治民之术，拒收赈粮必有其缘由。西南军事虽然暂弥，西北和卓部之乱，大军云集压境，德柱潘思源两部事繁任巨，不宜更易生手。求皇上委一大臣前往芜湖、江西、清河等处，专办赈济，兼查河防漕运。明岁凌汛之前杜绝黄河大堤决溃隐患，然后督责浚疏运河，确保漕运畅通。不然，明岁冻河解封、五月菜花汛洪水冲下，恐更有不堪言闻之事……"

　　"皇上……"阿桂此时也清醒过来，膝行一步泣道，"方才在军机处奴才就是正在与纪昀商计此事，山东巡抚国泰为弥补藩库亏空，借赈灾旨意，收购民间库存霉粮，每石仅合六钱银两，所余二两四钱一石计三十万石，应该是七十余万两，尚待核查再报。军机处慢旨玩职，罪在不赦，皆是阿桂无德无能所致，已与纪昀合折请罪，求皇上重加处分，以为臣下儆戒而示皇上至公至明之德……"纪昀也连连叩头："淮北水患过后赈恤不力，臣早有所闻，因国泰贪渎不法，圣上已有旨着员撤查，愚以为有些道路传言不足为信，因此未即时奏闻。方才在军机处见到窦某呈来山东赈粮粮样，方知灾情之重、人民之苦远出臣之逆料。臣与阿桂同在军机，罪愆断不可恕……"乾隆便目视阿桂。阿桂战战兢兢从怀中取出一只荷包大小的灰布口袋，双手呈给乾隆。

　　乾隆接过来看，布袋口的线是拆封了的，约合装有三两重的粮样，倒出少许在手心里端详时，倒也还有小米杂在其中，有沙子有草芥，还有说不清楚、有点像烧过的香灰似的物事，有的米手指一捻便成了粉末。散在掌中看，还能算是"米"的约可只占不足一半，嗅一嗅也不知是什么味道，总之是没有米味。乾隆原是深知窦光鼐的，当年南巡，在仪征槐林苦谏巡冶，犯言冒撞直批龙鳞，风骨直声震撼朝野，乾隆虽赏识他胆量豪气，却也觉得他太过憨直。救济灾民，能填腹糊口就好，还计较什么粮食成色——以为他犯了书生呆气。此时看，这"米"真的是连猪都不堪食用，难怪窦光鼐断然拒收！转思国泰，已经人言籍籍说他婪索属官财物，此时尚敢如此胡作非为，真也匪夷所思！他冷冷地将粮袋丢了炕桌上，接过王八耻递来的毛巾揩着手，思索着说道："军机处人手少，你们办事人有你们的难处，此次记档，不再另加处分了。但——民命即是天命，几十万绝粮农民就聚在几个县，离着抱犊崮、孟良崮还有微山湖那么近，万一其中有陈胜、吴广之流振臂一呼，这遍地干柴燃起来，扑灭何其难也——这类事岂敢有丝毫的怠忽?！嗯？"

"奴才们有罪……"

"起来吧。"乾隆深深叹了一口气，叫过王八耻，"你去尹继善府传旨，朕已知继善鹤驾西去，闻惊不胜哀恸。即着皇八子颙璇持陀罗经被前往致祭，并赐白银五千两治丧。所有丧仪事务，由礼部拟注后施行。"王八耻复述一遍却身退出去，乾隆又道："方才说军机处人少，要增添人进来。一个是大学士于敏中，一向兼着上书房大臣，毓庆宫皇阿哥总师傅，着补为军机大臣，领侍卫内大臣。刘墉授协办大学士，兼直隶总督衔，加工部尚书衔，同在京师，军机上的事忙不过来可以就近帮办。还有一个新进的，原銮仪卫总管和珅，着补军机处行走，李侍尧嘛……"他偏脸看了看端坐不语的四个大臣，"你改任京师步军统领，兼署直隶总督实职，明年春闱由你和于敏中主持。春闱之后补军机大臣。"他啜了一口茶，坐回了椅子上。

这一串任命事先和谁也没有商议过，四个人一时都愣住了。于敏中他们都熟悉，是乾隆三年的状元。少年高第，才学既高，性气也极大，就是人常说的"不与凡人答话"的那种主儿，主持理藩院不与礼部来往，主持翰林院、国子监又和同行闹翻了一窝儿，迁东宫总师傅，连那群谁也不敢惹的皇阿哥、黄带子宗室见他都绕着他走，像个不吃人间烟火食的，见谁都仰着个脸板牢了面孔，乾隆怎么想的，选他进军机处当大臣？再一个和珅，四面应酬八面玲珑，一时一事见人换一个面孔，拼命结交巴结人的人，也要进军机处参理国家大政？几个人都在想。但乾隆并没有征询意见。阿桂心中暗暗叫苦，但他和纪昀刚刚引罪，无论如何不能谏阻。刘墉轻咳一声正要说话，李侍尧已经开口：

"于敏中学术是纯正的，品行也无可挑剔。为人守正不阿是他的长处。但据奴才所知，和珅其人军政民政法司狱政都无出色建树，且其资望甚浅，骤入军机，恐有骇中外物听，请皇上慎思明断。"

"你说于敏中的长处，是半句话，想必还有短处，不必藏头露尾，也说说看。"

"奴才与于敏中公私交往都不多，只是耳闻。"李侍尧已经听出乾隆语中不满意，忙躬身正容说道，"或因恃才而有所傲物，刚愎不能容人，奴才恐为璧中微瑕。"

"于敏中不好，和珅也不好，你以为谁德才兼备，既能军政又能民政、法司狱政都好，比之傅恒阿桂有过之而无不及的？举荐来朕听听！"

这一句既出，李侍尧顿时语塞。他不是那种不识相的人，立刻便谢罪，红着脸说道："是奴才冒撞，口无遮拦。奴才知过了。"他看一眼阿桂三人，都木着脸毫无表情坐在一处。不禁深悔自己多口。刘墉对和珅其实并无恶感，但于敏中走一处换一处，从不能与人为善好生共事的，这是尽人皆知的事，入机枢当政，这是大病。现李侍尧一开口便碰了不硬不软一颗钉子，他就有一肚皮话也只能憋回去。只索宁耐稳坐听乾隆说话。

"朕自认还是有知人之明的。"乾隆见这形容儿，知道他们未必都服气自己，因放缓了口气说道，"在位的军机大臣，除了刚刚过世的尹继善是受知于先帝，连同你们几个，哪个不是朕亲自识拔，特简任用上来的？可曾有什么错误？就是讷亲，也是他自己逞能，不听朕的教训调度，所以失误干罪，虽然朕将他置之于法，追思他在军机处作为，仍不失为贤能辅相。"他忽然觉得自己说话满了，没有留出余地来，又从容缓下陈词，说道："自古无赤足完人，必定要找出孔子周公那样的人来入军机，恐怕也是求全责备。于敏中崖岸高峻，有刚愎自用的毛病，朕取他的守正刚直，于整饬吏治还是有益的，和他谈过几次，他也深悔自己锋芒太露皎皎易污，少了容人之量。有过能知能改就是好的嘛！你李侍尧在这里说和珅不好，和珅却在背后说你的好话，比较起来，倒是你更欠了风度器量！和珅没做过地方官，军政民政不是熟手，你们可以帮他嘛！他理财还是一把好手，做事勤勉恭谨，是军机处用得着的人。阿桂，你是他的老上司，他学习行走在军机处，你仍是他的上司，可以多训导教诲他些，历练几年也就出来了。"

　　阿桂一边听一边想，原也知乾隆近来数次接见于敏中，料想不过为明春春闱贡试的事，要点这位老状元当主试官，到此刻才明白自己"料想"得离题万里。他在军机处，当然少不了听于敏中的官箴为人，都说他难共事，"不好搭伙计"，当他下司上司都"难受"。但见面礼恭揖让，于敏中落落大方徇徇儒雅、举动言语并不惹人厌。乾隆乍一说他进军机，阿桂就一直颠来倒去回顾二人交往情形，一边听着不敢漏掉乾隆言语，忙中抽暇又想心事，已有点神思不守，听乾隆突然问到自己，憬悟之下忙躬身回道："和珅是孝子，忠良出于诚孝，主子目力再不错的。现既拔入军机，同列为臣，朝夕得皇上教导，必定更有进步。奴才一定和于敏中同心协力，为皇上竭尽绵薄。"说着，他已完全定下了心，沉吟着又道，"军机处为圣命出入，景从天下之地，密勿献替近尊弥密，所以号为宰相。奴才跟从主子多年，有两心得，一是慎密，慎密则不泄；二是通敏，通敏则不滞。不滞不泄，决疑定计周行天下，机枢的责任也就尽到了。愿和于敏中和珅共勉，并不敢因和珅曾在行属存轻忽怠慢的心。"

　　"实在这话才得了大臣之体。"乾隆大为欣悦，本来黯淡的神情顿时开朗起来，抚掌叹道，"这是真读书真做事的大臣才能想出来的道理，纪昀也要记住——你们都要记住。"

　　纪昀看一眼阿桂。这话是他去年夏天在阿桂水榭子亭里说给阿桂的，阿桂现在现搬即用，皇帝反要自己也"记住"，不觉好笑，却又不敢笑，恭恭敬敬答道："臣谨记在心！"

第六回　于敏中受命入机枢
　　　　慈宁宫阿哥受庭训

　　"且跪安吧。"乾隆抬手说道，"纪昀和李侍尧去翰林院给于敏中宣旨，阿桂回去再到傅恒府看望一下，把朕的旨意告知傅恒，也见见海兰察兆惠。山东国泰的案子由刘墉去一趟济南，就地查办——你预备一下，雪停就上路。"

　　四人已经俯伏行礼，其余三人都已立起身来，只刘墉顿首道："臣领旨！自古王命刻不延时。臣略加准备，明日卯时臣望阙行礼，即冒雪启程。皇上有机宜指示，臣何时再递牌子进来听训？"

　　"这和阿桂已经商计过了。你是正钦差，和珅既已入军机行走，他是副钦差。"乾隆说道，"还有都察院御史钱沣，你们可以见见这个人，胆量、才识、器宇都好，难得的资质俱佳的一个儒生——首参国泰的就是他。不必忙于一时，三天，三天之后再上路。啊——索性你且在军机处候旨，朕去给太后老佛爷请过安，叫进说回话。"

　　"是……"

　　待四人躬身却步退出殿，乾隆踱至殿口，看外边的雪时，仍在纷纷扬扬旋飞旋落，一股寒洌的风鼓帘透入，顿时激得乾隆浑身一个哆嗦，沉闷冗长一阵议事之后，浑身木钝昏沉一扫净尽。他从不在大臣跟前打呵欠的，此刻只有些太监在跟前，禁不住放肆地大大伸欠了一下，顿觉精神大振，隔帘问道："雪有多厚了！有停的意思么？"王廉就守在门口，忙赔笑说道："主子放心，这雪有的下呢！别瞧天亮，那是雪地映的，阴得重着啦。只是头场雪儿，一边儿下一边儿化，才盖严了不足二寸。主子要出去别穿鹿皮油靴，上头雪下头雪水贼滑的，就皂靴子套上乌拉草木齿履子，干簌簌地过慈宁宫最好！"王八耻在乾隆身后道："主子问你什么答什么，不懂规矩？快去备轿！"

"不必了，朕正想雪地里走走——他也是一片好心嘛！"乾隆笑骂道，"你有时比他还嚼老婆舌头。不用你跟朕了，就是王廉侍候朕过慈宁宫去。"王八耻便觉讪讪的，说道："奴才也是听主子旨意办事儿的。"忙着张罗给乾隆披裰子穿坎肩加斗篷蹬草履，又命小太监报知太后，这里乾隆才和王廉出养心殿重花门，由永巷向南，逶迤前往慈宁宫。

出殿乾隆才知道王廉的话不多余。养心殿的雪不许扫，但永巷的雪却是旋下旋扫，地下浮雪扫净了，冷风穿巷雪水凝成薄薄一层冰，穿着木齿履子走起来铮铮有声。在巷中扫雪的都是各宫派出的低等小苏拉太监，都还在孩提之间，一边做活计一边撒欢儿，不时有人咕咚摔个马趴坐墩子，惹出一阵哄笑。乾隆是便装简从，风雪迷离间人们谁也没认出他来，只顾说笑着用木锨、推板、扫帚拢着雪堆雪人雪马雪狗之类。见王廉要吆喝众人，乾隆笑着止住了他："你一叫，他们做神做鬼的，就没趣了——朕幼年随圣祖爷雪天狩猎，热河屯子里的小孩子们就这样儿！"王廉不解地问道："那我们养心殿的雪怎么不扫？叫些小孩子在院里扫，爷隔窗户看，岂不有趣？"

"你不懂。就要个自然，装出来的东西像戏，就没意思了。"

"爷呀，戏也好看的哪！"王廉边随乾隆趋步走着，赔笑道，"奴才是个猪脑子，想不懂怎么叫个自然。去年我去和亲王府传旨。五爷正看戏，《高宠挑滑车》，嘿！高宠四面靠旗一个大翻身，纪中堂刘中堂还有大群官儿满堂彩，老庄亲王跟醉了似的，胡子一大把，哼着词儿在台底下跟着比划。这么扭，这么扭，扭着扭着腰就转了筋——大家笑得高兴！"他连说带比划给乾隆凑趣儿。不防脚底下一个打滑，一屁股蹾在冰地上，疼得龇牙咧嘴，想笑又想哭，远处立时传来一阵叽叽嘎嘎的笑声。忙咬牙忍疼爬起来，"啪"地照脸自扇一个耳光，"没成色没福气的，好容易跟主子一趟差使，就地一个现世样儿！"乾隆笑着往前走，一边说道："你不懂什么是'自然'，这就叫自然。你乔模乔样做张做智着跌跤逗朕乐子，就瞧着恶心了。"

说着，不觉已到慈宁宫大门前空场。慈宁宫大约已知乾隆要来，总管太监秦媚媚带着十几个人迎候，一个个缩头耸肩统手跺脚儿等着。这座宫是独家庭院，门前一片空场，白茫茫一片开阔地，更见大雪凌空而落的雄浑气势，乾隆正举步上阶又停下来，看了看天色，对王廉道："王廉，你不要进去了。去想办法弄两头驴。"

"两条鱼?"王廉冻得直吸溜鼻涕,一下子没回过神来,也没听清乾隆的话,只诧异地望着乾隆,说道,"啊——喳!御厨房里有的是鱼,主子要鲤鱼还是鲢鱼——""朕要两头驴!"乾隆笑骂道,"你不但是猪脑子,也是猪耳朵!朕给太后请过安要出宫走走,一头朕骑,一头给刘墉,你跟着。就便儿传知刘墉换便装——去吧!"王廉这才明白过来,皮脸儿一笑说道:"主子这差使可难住奴才了,马要一百匹也有,宫里就是没驴——有了,东华门有往宫里驮炭的驴,奴才这就去牵!"说罢浅打一个千儿回身就跑。

"慢着!"乾隆叫住了他,"不许告诉侍卫处和王八耻他们,仔细揭了你的皮!"宫里太监和外头的官这上头心性儿一样,都巴不得单独跟皇帝侍候差使,王廉得了这道玉旨纶音不啻喜从天降,踢腾着腿欢跳着跑了。门上秦媚媚们这才看清是乾隆来了,忙不迭跑过来,又是张伞又是拂落雪,捏弄簇拥着进了慈宁门——从这里进来中轴向北慈宁宫、大佛堂、西三所平日是锁锢的,由回廊向西折北进又一重院,是宫中之宫,再向北过寿康宫到后殿通是封窗游廊。暖烘烘的热气扑人,满都是妙鬟倩妆的女官侍女,连棉衣都不用穿,见乾隆进来都僵手退到两侧让路。乾隆徐步走着,已听里边莺呢燕啼几个女人说话夹着太后苍老的说笑声,他脸上已带了笑容,疾走几步进来,笑道:"母亲高兴!"却见是定安太妃,十贝勒福晋陪坐在炕上,炕下椅上坐着皇后那拉氏,旁边侧立着贵妃魏佳氏、钮祜禄氏、陈氏、汪氏、金佳氏和一群答应、常在、精奇嬷嬷,原来侍奉富察皇后的几个有头脑的丫头已进了赞善、才人女官的彩云、墨菊等人,有的在炕下抹纸牌开交绳儿赶围棋,有的簇拥在白发如银的太后旁边捶背捏腿,说笑逗乐子,一片融融熙熙笑语喧闹,见乾隆进来,除了太后,呼的就地跪倒一片。皇后也缓缓起身含笑迎接。

"老佛爷高乐儿呢!"乾隆笑嘻嘻说道,"儿子怕外头大雪,老佛爷又要出去览幸,着了凉不是玩的,太妃和十婶也过来了,一堂和合喜乐的,我真该早点过来也享享这天伦之乐——这么着就好,又暖和又大家一处,隔窗能看雪,也不得寂寞……"说着便要打千儿,彩云彩卉几个大丫头忙过来扶起。太后见太妃和十贝勒夫人要偏身下炕给乾隆行礼,笑道:"这又不是正经宴筵朝贺,闹起虚礼来就没趣儿了——皇帝坐着吧!有外头好听的古记儿笑话说给我们听听，你还办你的正经事去——你们大家该怎么玩还怎么玩，这么着随和儿我瞧着受用。"

她这么说，众人只好都答应着，做张做智仍归位去"玩儿"，但乾隆在场，怎么做派都透着假，鸦默雀静的一声咳嗽也没有，更无人敢放肆说笑。太妃和贝勒夫人也都木着脸端肃而坐寻不出话来闲扯，乾隆笑道："看来太后就像《红楼梦》里的贾母，我就是个贾政。我一来都变成了避猫鼠儿了，母亲放心，我只稍坐坐就走，刘墉在军机处等着我。这雪天怕房子压坍了砸了人，我们要一道儿出去走走。"

"敢情是的！"太后绽开满脸皱纹笑道，"他们跟我说《红楼梦》是禁书，皇帝原来也读的么？""江南校书局原来开的禁书单子听说是有《红楼梦》。"乾隆笑道，"这书的名声太大了，连八阿哥都自说是'红迷'。我叫内务府给寻来看，并没有什么违碍的去处，那写的是明珠的家事，是才子之书。开四库全书，查禁违碍字样，是为端正学术有益世道人心。有些个诋毁列祖列宗的，大逆不道的，妄作华夷之辨的，煽动民变的严办了几个，下头办事人不能体谅朝廷用心，宁可过些子不肯不足，招得一些人杯弓蛇影疑神疑鬼也是有的。上回一个知府，人家死了爹，墓碑上刻了'皇考'两个字，也报上来要打要杀，我说你读过《离骚》没有？'朕皇考曰伯庸'，那还自称是'朕'，连屈原也是乱臣贼子了？——如今已经好多了。"众人听得都是一笑，乾隆被打起了兴头，接着凑趣儿道："上回还有好笑事。斋戒宫那个太监叫高云从的，有人告他夜里吃酒赌博，他说吃酒读书是有的，没有赌博，和慎刑司的人嚷着折辩。我从那过，心里诧异：太监还有这么雅的？叫了来问他读谁的诗，他说最喜欢王士禛的《咏雪》。叫他背给我听。他说，'记性不好，头一句是什么什么尘，第二句是什么什么魂，第三句忘了，第四句是狠的狠的狠的意思'……"

一席话说得满堂哄然大笑，底下"玩儿"的一个个都控身躬背弯腰捶胸，太后笑得连连咳嗽，端着茶杯浑身直抖，水都洒落出来。丫头们一边笑一边给太后捶背，擦桌子抹水，只定安太妃十贝勒夫人是修炼到火候的老嬷妇，又坐在乾隆上首陪太后，不敢放肆，莞尔而已，一时太后笑得缓过气来，说道，"记性果然不好，四句诗一句也记不得。亏他还说是'最喜欢'的呢！"说着又笑，众人也都笑。皇后那拉氏笑着替太后揩干褂子摆上的水渍，说道："难得皇上今儿个兴致高，太后喜欢，就是皇上孝心到了。我也凑个趣儿——有个人，不认得字，也没进过城，布告招贴儿也没见过。这天进城，他爹说'进城见事不要乱说，不懂问人，省得人笑话'。他进城到城门口，见一群人看告示，也凑进去傻着眼呆看，总归是不懂怎么回事，就问旁边一个人，'那是什么呀？'"

"旁边那人也不认字儿，手里拿着个烧饼吃着装着看，听人问话没法回。木着脸说：'烧饼。'"

"'我知道是烧饼。我问那上面是什么。'"

"'芝麻。'"

"'我说那些黑点子是什么物事。'"

"'是烧煳了的芝麻'……"

她笑话没讲完，众人已经笑倒了，乾隆笑得打跌，说道："哑巴问话聋子打岔，真个好问好答！"一时间殿内叽叽咯咯笑语盈室，初进来时那种庄重拘谨呆滞的气氛不觉已经化尽。

"你方才说刘墉，是不是刘统勋的儿子？"太后笑了一歇，更显着红光满面神定气足，因问乾隆，"听你上次说，不是放了道台了？"乾隆大笑道："皇额娘，那是几年前的事了，刘墉的官早就比道台大得多了，如今其实是把他当军机大臣用的，这就要放钦差出差去了。""阿弥陀佛！"太后啧啧称赏，"他爹是忠臣，这又轮到他出来给朝廷出力了！还年轻着的吧？皇后，像这样的臣子，往后还要给你儿子使。先头薨了的皇后就待刘统勋厚。得便儿我娘儿们也接见接见，主仆情分上头他就更加尽心不是？"

那拉氏脸上已没了笑容，她心中此时另有一般滋味。在乾隆的三十几位嫔妃中，若论姿色，她原是最出众的，乾隆翻牌子临幸，她占了一少半，但只是子嗣上头艰难，头胎生个公主，还没有取名就夭亡了，二胎是儿子也没保住。三胎生下阿哥叫颙璂，总算成立了，却似个"药罐子"托生的，任凭人参补药当饭吃，仍是今日伤风明日感冒，瘦得一把干柴，风吹过来都摇晃着要倒，身体不好，读书功课自然也就不成。在毓庆宫坐红板凳的十有五六是他，于敏中虽不便打他的手板，出来进去的不见好颜色，连皇后也面上无光。自从端慧太子逝世，乾隆私地说话，兴许是祖上风水有关，大清皇后的嫡子没有一个循位登基的，就是日后遴选太子，颙璂这形容儿也断没有指望。刘墉就算是"保国老臣"也保的不是自己的儿。因此这话只能吊起她心中一缕酸味，勉强赔笑道："老佛爷说的是！"乾隆却想不到她此刻心境，微笑道："老佛爷看得长远，刘墉办事沉稳干练，相貌也像他父亲，他的字比纪昀还好呢！太后皇后一见就知道了，于师傅也要进军机，还有和珅、李侍尧。刘墉和珅一道出钦差，回来我安排他们进来给太后皇后请安——这好办！"

"和珅这人怎么样？我耳朵听他名字聒出茧子了。"太后说道，"好像是管着崇文门税关上的？""和珅轻财好义伶俐可喜办事干练，处的好人缘儿。"乾隆思索着说道，"书读得不多但记性极好。近些年来也颇知读书养性。他下头人缘好，上头平常，进军机历练几年就好了。"太后枯着眉头想了想，说道："他常进来到慈宁宫账房结账。我隔窗见过，似乎伶俐太过，带点子柔媚小意儿，就是我们老屯子里的'能豆儿'那种人。阿桂这几个上头办事的奴才原都是好的，选跟前的人得留心，别叫一个耗子搅坏了一锅汤。"她顿了顿，又道："论理我不该问这些事。只是要忠臣，别哄弄了你。我不过白嘱咐一句。"乾隆笑道："母亲从不干政，这更不是干政，这是金石良言。放心，我当然还要查考他们。告诉母亲一句话，儿子不是个好糊弄的。没有实在的政绩，说得天花乱坠，单是乖巧会说话就大用，那我不成秦二世了？崇文门关税一百多年荒着，收的银子不见影儿，有时收税有时又不收，没有一点规矩。经和珅一整顿，关税上的月例朝廷是免了，户部内务府平白每年得一二百万的进项。说外头闹亏空，我们皇家也是一个样儿，为填亏空，都从各宫下等太监宫女衣裳饮食上头克扣。今年您看就不同，大伙房里伙食好了。不用吃黑心厨子的馊饭涮锅水了。太监换行头，宫女们头面银子也涨了。老佛爷要在观音堂修个铜柱暖亭，多少年没办到，说起也就起了。还有您八十大寿我给您铸的金发塔，金子也差不多敛齐了。银子不能从国库里出，又不能从百姓身上打主意，哪来呢？这就是和珅的功劳，就是穷京官也都说和珅好，关税理好了，每年规例银子多了，能不叫好儿？和珅好就好在他是从官员身上打秋风，没有伤到百姓。所以我才用他。"

乾隆左右譬喻，深入浅出说了崇文门关税和议罪银制度的好处，怎么开源节流，如何缓减户部开支，于朝廷于官员于百姓有利，说得头头是道，太后听得慈眉舒展，连一屋子宫嫔妃子都听住了。太后笑道："堪堪的听明白了，铸金发塔是你的孝敬。我看宫里连锁上的金皮都揭下来了，心里不安，怪道的都又换了新锁，原来你军机里添了个活财神。"说得众人都粲然一笑。太后见他要去，说道："天阴得重，风小雪花儿轻，这雪有的下的，你不要尽着自己跑，叫州县官们去料理才是正理。"乾隆笑着起身，对皇后道："晚膳就在你那边用。给预备点热的。不要御厨房里的温火膳。"

"是。"皇后款款起身敛衽笑道，"郑二的儿子如今制膳也出息了，比他老爷子还强些。我传懿旨叫他侍候，他们送进来的野鸡崽子、野鸽子、鹿肉，难为还有那么鲜的黄瓜茄子，都留着呢！"乾隆一笑，不再说什么，又向母亲一躬，转过身来，却见十五阿哥颙琰、五阿哥颙琪、八阿哥颙璇、十一阿哥颙瑆哥儿四个一溜行儿从屏风后转过来，迎头照面遇上，便站住了脚。四个阿哥本来面带笑容，一见他，连脸上的笑都僵凝住了。颙琰打头一个，接着颙琪颙璇颙瑆提线木偶般都跪了下去，参差不齐颤声说道："给皇阿玛请安！"

"这么早就下学了？"乾隆脸上早挂了霜，盯着几个儿子问道，"今儿是谁讲学？"

他其实对自己几个儿子都十分疼爱，但清廷皇室祖宗家法，只有一个字："严"。老子训儿子，儿子怕老子是祖传规矩，恼上来又打又罚，不像是亲人，倒像冤家对头，儿子见皇帝比外臣入觐还要格外地栗栗惴惴。几个阿哥听他问得不善，都低下了头。只颙琰硬着头皮赔笑回道："于师傅要交割差事，今儿回国子监去了，今儿进讲的是钱沣钱师傅，儿子们各写一篇文章，一首咏雪的诗，钱师傅又讲了半个时辰的《中庸》，国语功课完了，时辰到了才散学的。阿玛瞧着早，是外头雪地亮得刺眼。平日这时候也散的。儿子不敢说谎。"乾隆"唔"了一声掏出怀表来看，果然申时已过。板着脸扫视儿子们一眼说道："你们自己照照镜子，像个金尊玉贵的皇阿哥？走路脚步声都轻飘飘！颙璇把你腰里那个水红线荷包给我撤掉，你是女人么？颙瑆看看你的靴子，宁绸里面儿，地下都是水，这靴子是踩水插泥玩儿？颙琪你真出息了，辫梢儿还打个红绳结儿，看戏本子看迷了么？"他又挑剔地看颙琰，颙琰穿一件半旧酱色江绸袍子，勒着米黄卧龙带，巴图鲁背心偏角上还极仔细缀着一小块补丁，粗一看根本看不出来，实在也无可指责。太后见乾隆无话，笑着在炕上招手道："好孙子们都过来，给你们留着好东西呢！皇帝你去，你去吧。"满屋众人这才都回过颜色来。乾隆方回身向母亲笑着退出，颙琰是贵妃魏佳氏的儿子，她一直捏着一把汗在旁边看，至此才一口大气儿无声透出。

乾隆出了慈宁后宫便见王廉已在抱厦门过庭等候，因见他怀里抱着几件袍褂，在过庭穿堂风地里连吸溜鼻子带跺脚，问道："你怀里抱的是什么？"王廉抱着衣服不便行礼，哈着腰赔笑道："主子爷得换换行头。出去人认出来奴才就死了。军机处有纪中堂的换洗便装，奴才给您取来了，瞧身量儿还成——灰市布老羊皮袍，小羔皮黑绸子套扣坎肩，又压风又暖和，就是重些儿……"他一边说，一边张罗着带乾隆进门房，几个太监一阵忙乱帮他换了，乾隆满意地上下看着，微笑道："你晓事，会侍候——你们不许说出去，谁嚼舌四十竹篾条！"几个守门太监忙不迭答应着，乾隆已拿脚走了。王廉带着乾隆，也不出西华门，仍由永巷向北，绕过御花园，由顺贞门直出神武门，果见金水桥北白茫茫雪地里站着刘墉在等候，两头黑得墨炭般的老叫驴已等得大不耐烦，打着喷气"闷儿劣——闷儿劣——"直叫。乾隆只一笑，摆手示意刘墉一同上骑。王廉见乾隆不惯骑驴，把紧了缰拽着走，一边问道："主子，咱们哪儿去玩？"

"到苇坑、西下洼子、烂面胡同、驴肉胡同一带去。"刘墉见乾隆看自己，忙道，"那几处外地进京跑单帮的不少，一片都是坏墙草房，住的都是穷人——再过去是红果园、白云观，又是好景致，兜一圈儿，从西华门回去也很便当的。"

乾隆没有留心刘墉的话，他被眼前的雪景迷住了。从这里望出去，北面的煤山已被重雪盖严，几缕冬青、老竹在雪峰上划出几笔翡翠似的碧痕，像一块硕大无朋的美玉直接天穹，山天界限都不甚分明。左边金水河，煤山西几处海子封了冰盖了雪，坦坦荡荡浩浩渺渺浸在万花狂翔的宇宙中，海子边的柳树都带了雪挂，千丝万缕摇曳生姿，时而朔风漫卷，轻盈的雪尘雪粉像粉尘又像白烟在池面和巷道里流移。平日灰不溜秋死样活气的民居、酒肆亭楼，千篇一律的四合院，甚至枯燥得像板凳似的青石条，经这么一番造化装点，都变得晶莹艳亮，玲珑不可方物。他眯着眼，瞳仁里闪着孩子一样惊喜的光，又像一个突然闯进装满宝藏的山洞里的穷汉，远观近览不知该看哪一样的好，许久才憬悟过来，说道："好好好，你说哪里就哪里！"又遥指紫禁城西北一带海子问道："那些人是做什么的，还有人拖着冰溜子玩儿。这冰结得厚不厚？别破了掉进水里，这天气可不得了。"

"啊——那个呀，"刘墉看了看，丧气地说道，"回主子，我有个近视毛病儿，瞧着一条黑线似的，心里也正诧异呢！敢情是人？"王廉笑道："溜冰的是宫里当值的侍卫，平常人还能到这儿玩？皇上忘了，那年有个侍卫不会滑雪溜冰，您罚他去了奉天！那群人是拖木头的，宫里修缮用剩的木头，趁冰封好往外运，听说是户部调到贡院修至公堂去了——您说这冰，爷放心，就走大车也是无碍的。"

说话间已行至外城，北玉皇庙向西一带市廛，趄过一座贞节牌楼，忽然进入了闹市，但见不长的一道街衢上，竟是人来车往熙熙攘攘，各家店铺都开着门，因为外边亮，屋里看去都黑黢黢的，茶铺里票友唱戏的、隔着布袋讲牛羊经纪讨价还价的、举着招帖子卖字画的、算命的，饭馆里伙计招客声报菜声算盘子儿打得稀里哗啦，焦葱肉香和热气腾腾的油烟顺矮檐向外弥漫，外边一街两行卖果子汤饼油煎汤锅一应小贩子都张着大油伞，张嘴大冒热气一声接一声唱歌似的吆呼招徕：

"哎——鸭子张汤锅味哎！大冷天儿喝一碗，管叫您浑身舒坦冒汗哎——"

"香椿饺儿！丰台地道货，一口咬您鲜三天！"

"酥油薄脆好吃不贵——"

"冰糖葫芦两文一串儿……"

乾隆一下子从清净玻璃世界到了这里，望着满街拱背缩头在雪地里钻来钻去的人，不解地转过脸对刘墉说："咱们下驴吧——这里怎么这么热闹？"刘墉也是懵懂，忙扶着乾隆下驴，王廉给乾隆套着草杌子木履，笑道："玉皇庙的集——不分节令天气儿——今年天冷得早。明儿是姑奶奶回门归宁日子，来往送东西，不能空着手。天上不下刀子，这集不能散！"一边说，三个人亻亍而行，乾隆因听有人叫卖"半空子不贵"的，便问刘墉："什么意思？"刘墉笑道：" '半空子' 就是瘪花生，卖主从贩子手里剩余的买十斤八斤，炒焦了布袋背上沿街叫卖，这冬日大长天儿穷人家买来，一家子坐炕头也算一味点心，边吃边穷唠耗时辰儿——卖主买主都是穷人，不过是穷家子一点天趣儿。"说话间听路北茶园子里有人"啪"地一拍响木说道:"话说乾隆爷下江南,保驾的便是刘墉刘大人!"

三个人都吃一惊,顿时立住了步子,少顷,定过神才想到是说书,乾隆刘墉不由相顾莞尔,听那说书的道:"宫里有只铜鹤,因为不得随驾伴君,心里不受用!列位须知万物有灵,通灵之物和人一样,那文武百官都是一门心思巴结皇上,讨皇上欢心好升官发财桃花运不是?就是房顶上的兽脊,宫门上的兽头,驮石碑的王八也都一样!圣天子出巡那是风伯清尘雨师洒道,能跟着走这么一遭嗜!那是多大的荣耀!这铜鹤因为值日守殿不能前往,它心里能不难受啊?"三个人听他一字一咬抑扬顿挫说得流畅干脆,眨巴着眼都愣住了,却听说书的发科:"这也是一门心思尽忠报效,想着:主子就刘墉独个儿保驾,这透着玄乎,不成!我也得去!那天夜里守过庚申,趁着更深人静天街无声,这铜鹤'日'——这么一声冲霄而去,到江南护驾去了!"

"乾隆爷正在扬州私访高国舅抢劫民女欺门占产一案,夜里和刘大人出来仰观天象,忽然听得天际鹤唳之声,仰脸一看,好啊!我没旨意,你这畜生竟敢私自出宫!当下龙心大怒取过雕花宝弓,右手如抱婴儿左手似托泰山,弓开如满月箭去似流星,'嗖'的这么一箭射将去!那铜鹤在天上躲闪不及哎哟!这儿——就这儿,中上了!"

三个人在店外,想必是说书的在比划形容,也不知"这儿"是哪儿,听得一片哄笑声,料想不是什么好地方儿,不禁也笑,那说书的又道:"就这么着它又赶紧悄悄儿回来了——可见世上万事都有个缘分,是你的谁都推不掉,不是你的要也要不来,那铜鹤还不是一片好心?它起了非分之想嘛!"刘墉因为自己的大名也在"书"里,一直担心这卖艺的臭嘴说出什么犯禁忌的言语,招出是非来兜揽不起,至此才略觉放心,王廉却笑道:"这是书帽子,有点像唱戏跳加官一样的意思,下头才是正书,主子要听,我们进去拣个座儿。"果然里边戒尺一拂,已经"书归正传,上回说到锦毛鼠白玉堂初探冲霄楼……"却是《七侠五义》的段子。乾隆便道:"齐东野语稗官小说也好,戏文唱词也好,于世道人心有益就是好的,这是劝人安分守己循良自爱的话,王廉要有零钱,进去赏他一点。"王廉摸了摸腰里,笑着进去了。

　　两个人站在当街等着，互相看见头上脸上都是雪，不禁都一笑，乾隆正要说话，忽然听见远处隐隐筛锣声渐渐近来，因为雪大隔音，锣声沉闷得像蒙了一层布，慢慢才听清了，是本地里正传事："本地居民听了"——喤喤——"崇文门税关总监衙门——"喤——"前来给我们宣布德音——"喤喤——"凡有鳏夫寡妇孤儿无依者，凡有家中老人年过六十者，凡有外地逃荒寄居本地者，凡有残疾孤独无依者——"喤——喤——"每人一份度岁钱粮——凭本里户籍引子到土地庙去领！"喤——喤——"和大人设有粥棚，酉时开棚供饭——"喤喤——喤——"凡有外地进京会试举人，及无籍进京衣食无着者——供饭！"喤……喤……从西边喊边敲锣，到东又趄北，又拐向南，一路愈喊愈远了。

　　街上人群立时炸了窝，先是不知猫在哪里躲暖儿的一群乞丐，扬着破布袋，敲着烂碗兴高采烈从玉皇庙那头喊叫着"吃饭了——"呼啸而过，还有一群破衣烂衫的小叫化子有的披着麻袋，有的穿开花棉袄吼天叫地从满街人缝里乱窜乱钻向西跑去，接着茶馆里也起哄儿了，戴着破毡帽，穿着老棉袄的一群"茶客"拥挤吆喝着一拥而出，原来在房檐底下统手跺脚的闲汉也都加入了人流鼓噪向西而去——这是本地在籍的穷人，脚步也稍从容些，一边说笑一边远去，只顷刻间这个集已经冷落下来，只剩下一小半人，稀稀落落的不成热闹气象，雪花渐乱中小贩们仍在叫卖，因为人少，已经不那么带精神气儿，显得有点懒散无力了。偏是远处有个草驴叫了一声，乾隆的两头叫驴立刻大起精神，竖耳朵喷鼻儿跶蹶子拧绳绞劲儿不安生，王廉抽了几鞭子，被那倔驴子拖得几乎一个马趴，气喘吁吁道："主子，咱们去西下洼子吧，还有一程子路呢！"乾隆眼睛一闪，沉吟了一下，问道："我要出来，你没有跟人说过么？""奴才哪敢呢？"王廉抹着额前雪水油汗笑道，"就这两头驴，奴才去借，也说的是五爷要使。谁也不晓得爷要出门。"

　　"我明白了。"乾隆一下子想起来，笑道，"和珅说过要赈济的，只没想到说做就做，这么快的——走，瞧去！"刘墉原也疑是和珅弄神弄鬼在乾隆跟前卖好儿，思量着无论如何时间来不及，至此不能不佩服和珅轻财好施，似乎并非全然一个哗众取宠之辈。回道："这是顺天府的事，他们早该这么办的。回头我问郭英年，看他羞不羞！"说话间一转脸，已没了笑容，小声道："主子，您瞧那不是和珅？"乾隆一怔间已经看清，果然和珅从西头缓步过来，已经走得很近，穿着件黑贡呢马褂子套着老羊皮袍，头上戴一顶半旧六合一统帽，两只兔毛耳套子耷着，似乎在想心事，低着头踱步儿。乾隆不愿这时分和他厮见，左右看看，移步到街旁一家古玩店，张着眼看货架上的器皿等和珅过去。老板是个四十多岁的瘦子，抱着个手炉子取暖等客，见他们三人过来，忙起身相迎："老客来了！您发财——一瞧就是通家！想要点什么？"乾隆未及答话，一杯热茶已经递了过来，接着又是铜手炉："您暖和暖和。货架上的不如意，里头有硬俏货。越王剑、商鼎、宣德炉、汝瓷大鸳鸯盘子——除了姜太公钓鱼钩、卓文君卖酒壶，您要什么都叫货出地道！"

乾隆不禁一笑，看货框架上，果然琳琅满目古色古香。字画、瓷器、铜鼎、古钱、古玉、端砚、汉砖、瓦当、薛涛笺、宋墨、古琴、烟料烟壶……摆得错落有致典雅堂皇，乾隆指着左壁一幅画道："这《太宗八骏图》是董香光的字画？取过来看看！"老板笑嘻嘻答道："瞧瞧我说的，爷眼里有水！董香光字画，您走遍北京，未必找出这么一幅呢！"

"你这有董香光字画？"正走到店门口的和珅突然站住了脚，趔身进了店，见乾隆三人也不留意，只就着案细看那画。乾隆暗自好笑，也不言语。那和珅蹙额皱眉，几乎脸贴在柜面上加意审量，良久，失望地直起了腰，说道："又是他娘的一幅赝品，不过算是高手作伪罢了。"待要转身出店，一展眼看见了乾隆，惊得一乍，瞪圆了眼，指着说道："你不是——您是……"刘墉见他如此惊诧，生恐他一嗓子喊出来，忙道："这是龙四爷！怎么不认得了？我是刘崇如！"和珅转眼间便"明白"过来，傻乎乎一笑说道："您瞧我这眼神，这是我的本主，怎么敢不认得呢？我得给您请安了！"

他一边说一边就要行礼，乾隆笑道："起来吧，门口地下湿，过来看画儿。你怎么辨得出真品赝品，倒不知你还有这一手儿。"老板道："这位老客走了眼了，您别信他的。"刘墉笑道："这是和大人，你别胡说八道。"乾隆道："我那里很有些董香光字画，这幅纸色墨迹勾画裱背仔细看了，像是一幅真的呢！"

"龙爷您来看。"和珅已完全稳住了神，指点着说道，"如今作伪并没有照画临摹的。找一张宋纸来，比如这是桌子，上下两层玻璃，真品放在下头，再下头一层是一面镜子，把太阳光返照到桌面上，下头的画一笔不落彩映在宋纸上，用细炭条在上头照画描，然后仿画着色，这种画无论如何都和真迹一模一样。只是印章——你瞧，到印章这就露馅儿了，炭条仿不出印章那种灵动、精神。太真了像现加上的，太虚了又出不来韵味儿，只好虚拟，依样葫芦加上作伪人自己的笔意。我说是高手，就是印章仿得好，一不留神还真的叫蒙了去！"说罢不禁笑了。乾隆刘墉听他说得活灵活现，凑近了仔细辨认，果然见印章笔画做作，不禁爽然。老板在旁听着头都胀了，丧气地说道："我两千两进手的货，前日有人出到三千五都没出手，还以为是镇店之宝呢！"和珅笑道："我不揭破，再有人买，两千两赶紧出手就是。"

老板被和珅揭破了底儿，似乎有点慌神，忙着给和珅也倒茶，说道："今儿庙里来了真神，别的货您也瞧瞧，我也长长见识。"

"别的嘛——"和珅转着眼珠子审量货架，"那些古钱是真品，这只汝瓷碗——"他敲敲手里的茶碗，笑道："只怕你店里货卖干净，也不抵这只碗价！那尊阿舍那佛像也是真品——你把那只老徽竹雕取过来看。"

此时众人已服了和珅，只见老板战战兢兢，小学生向房师交卷子般捧过那只虬蛟盘藤老竹根雕笔筒，和珅接过来笑着指点道："主子您来看，这只竹雕要卖出一千五百两，其实只值五十两。到宣武门外房那里把毛竹脚手架下头一截锯回来，请行家雕成这样。浸到粪坑里泡半年，出来又红又老，这就带了古意，用艾叶烟熏过，用鬃毛刷子打刷了，里头装好茶叶，埋在香灰里，摆在架子上卖！老板我告诉你，几百年的东西，又这么好看，这个玩了那个玩，又看又摸的，这竹雕上没有挂浆儿，直就透出了假！——你找行家打桐油，再涂几遍清漆，一是体沉，二是上头有浆，摸起来琥珀似的，就好卖假了！"老板头点得鸡啄米似的，连连道："是……是……"

乾隆大笑出店，一边下阶一边说道："想不到你如此精于鉴赏。回头我库里珍玩你也给瞧瞧！"和珅道："真正的鉴赏主儿不在古玩店，拉出个出师的当铺朝奉都比他们强些儿，当铺人要走了眼，一件古董就送终了他——我府里有个叫刘全的，是个'夜壶锡'。我这点眼力还是跟他学的。"乾隆便笑问："'夜壶锡'何意？"和珅道："天下七十二行里头，当铺是最拿大的，因为只有人求他，他是万事不求人。当铺伙计失业了，换了别的营生仍旧老天爷第一我第二，侍候不来人。所以叫'夜壶锡'。好比破夜壶，锡虽是有用之物，做过夜壶的锡却又腺又臭，还好派什么用场？就是这一行，再改就不堪用了。"这么一解说众人都明白了，连刘墉想着也是这么回事，跟着笑起来。

和珅见出了闹市，又道："爷，那幅字画我把价钱已经压下来了。明儿换个人把它买下来。那还是个真品。"说着又笑，"您没有留心，左上角敬空那里还盖着一方图章，是真的，只年代久了漶漫不清，卖主是个懂行的，又照别的画上图章新造一枚押了印，真品上头作伪，就变假了。从圣祖爷世宗爷到您，都收藏董香光的字画，逢见一幅不容易，我晓得主子喜爱，就挑出它要命的毛病儿。给他两千两他也欢喜。这下我至少给主子省下三千两银子呢！"刘墉发呆道："原来你和他砍价？梼杌铸张为鬼为幻，哪一句是你的实话？你还算个读书人！"

"当然跟主子说实话。"和珅笑道，"崇如，不一定左顾一声'诗云'，右盼一声'子曰'，事事处处敬肃如对大宾才叫君子，与君子交处以义，与小人交处以利，这种历练出来的见识也还有用处的。"乾隆道："牛溲马勃败鼓皮旧窗纸皆入药，和珅练达世事可谓精细入微。"和珅知道今儿在宵小事务上显摆本领过了头儿，便思量宛转缓回，因自嘲笑道："我知道我这是小意儿，这都是枝叶之学市井伎俩。这几年蒙主子训诲，四书都背了，又读了纪公的《滦阳杂记》，你的《石庵集》也拜读过了。回头我带窗课本子请崇如给我改削改削。"乾隆却道："多懂些事有什么坏处？勘透世态人情又有大道作根基，做官更好。刘崇如也真是的，他又没有欺君卖友，也没有离经叛道，你指责他做什么？"刘墉笑道："我不是指责，这也是生意经济。我是奇怪他怎么懂得这么多。"

说着闲话，已经出了北玉皇庙市。和珅不便再随驾，刚要辞去，远处白茫茫雪地里一个人跑得飞快，像个游移的黑点渐近来，和珅目光极敏锐的，远远便看见是关税衙门的税吏，便喊道："那不是格舒么？这么急脚鬼似的，有什么事？"

"回和爷……"格舒说话间已跑到近前，已累得翻白眼儿，大张口喘得上气不接下气，"咱，咱们粥棚上……和顺天府……顺天府的人……他娘的打……打起来了！"

第七回　邀恩幸舍粥济穷民
　　　　贿贪臣和府拆烂污

　　"你不要急。"和珅吃了一惊，飞速睨了乾隆一眼，皱起眉头道，"慢慢说——是我们的人招惹是非了么？我平日怎么告诉你们的？这是天子辇下皇城根儿混饭差使，北京城里衙门比树林子密。要和各衙门和气相处，怎么有事就忘了？"

　　他话说完，格舒已透过了气，只瞟了乾隆三人一眼，回道："我们也不晓得顺天府的人发的什么邪火！一味尽让着，他们一味紧逼，吃了枪药似的都红着眼。今儿上午雪起，我们来架粥棚。在土地庙南边那块空场上，还是这里里长指的地方。又背风又向阳，天晴了来蹭饭的一边吃一边能晒暖儿，雪天能进土地庙避避。说话他们也来人，看看没言声走了，方才他们又来，说顺天府也要设棚施粥，这地方他们要占。爷——米都下锅了，已经快熟了，硬要我们立时迁走。我问他们迁哪？他们说'迁玉皇庙北去！'我说'玉皇庙北临着海子，大北风连棵遮风的树都没有，海子冰面儿上怎么支锅？'来的人姓胡，他先开荤的，说'凭你什么鸡巴衙门，就是六部三司在北京设棚，也要问问顺天府！'我问他'法源寺、大觉寺、圣安寺、妙应寺、大钟寺设粥棚跟你们禀没有？和尚们都行我们不成？'姓胡的人们叫他胡总爷，说我'顶他'，铲起一铲子雪就撂进了锅里。那儿等着吃饭的有二百多，他们都激恼了，有个小伙子揪住姓胡的扇了一耳光。顺天府的人就起哄儿，说崇文门关税上的打人。这就动手要拿人，两下里就打起来了。"说罢又一个大喘气儿，和珅问道："现在什么情景儿？打伤了人没有？"格舒道："他们人少，吃粥的几百人都和咱们一气儿，一下子就都打翻了，倒是没有伤人——现在那里僵着，他们派人回衙门，说要来拿肇事造反的，我跑过来给您报信儿——这地步儿您瞧怎么办？"

　　乾隆和刘墉听着，心里都已冒火：设粥济贫是你顺天府的本分职责，不但自己来晚，还刁难别人。这事从哪头说都是顺天府的人惹是生非，乾隆未及说话，和珅冷笑一声说道："你们那一套当我不知道？没理还要强三分哩，占了理还得了？你这一面之词说得光鲜，料想当时说话做事也未必是你说的那般温存！"格舒急得两眼瞪得铜铃似的，赤脸暴筋指着后头喊道："和爷您去看看！就他那几个人，二百人拥上去，他们都得死！是我们拦劝着，众人才没揍扁了狗日们的！"他还要说，和珅摆着手道："去吧去吧，我晓得了，我这就去。告诉他们，谁轻举妄动，我准开销了他，叫他哭天无泪！"格舒愣了一下，横着膀子跑去了。

"主子，奴才不能陪您了。"和珅待他去远，转身对乾隆赔笑道，"我底下人也尽有撒野的，得我亲自去约束。"乾隆问道："你打算怎么料理顺天府的人？"和珅道："无论哪个衙门还不都是皇上的奴才？顺天府有顺天府的难处，京师大衙门多，都和他们闹起来，他们日子就没法过了，我自己要面子，也得给人留面子。同是一朝臣，不定日后主子叫我去顺天府，他老要来崇文门，得留着见面地步儿。怕的那群又冻又饿的人激怒了，做出事来就给主子惹麻烦。这是下头人的事，老郭也未必知道，奴才不和他们搁气儿。和和顺顺是吉祥。"

乾隆原本要亲自去看的，听和珅这么说，竟觉得比自己想得还要周到大方，点头说道："你去吧！叫顺天府的人另找地儿舍粥——他们自己不做事，还妒忌。混账！"

"这个人太能替别人着想了。"刘墉望着和珅渐去渐远的背影，嘘了一口气说道，"我原来还疑他沽名钓宠，看来不是的。行伍里能出这样儿的角色，真也难得。"又道，"主子说的极是，顺天府的人发邪火，还是因为自己的差使让和珅抢了先。"乾隆看看天色，笑道："顺天府也出动了，西下洼子那边就不用去了吧！刘墉回军机处，给直隶总督巡抚发廷寄，召见一下顺天府尹，就是这场雪，看有多少遭灾的，如何赈济救济的，写成折子奏上来——晚上不用回去，皇后有话，她预备的野鸡崽子汤要赏你用呢！"刘墉边答应着又谢恩，帮着王廉侍候乾隆骑好了驴，又道："我送主子到神武门——还有要问一问他们安置春耕种粮的事，也要报上来。有冻饿死的，衙门也要安葬。这些都不是小事，听说有些地方把种粮都吃了，官府也不管！"乾隆在驴上点头首肯。

这里和珅赶回土地庙粥棚，双方仍在对峙僵立。粥棚前二亩地大一块空场上尽是雪水泥浆。还有满地丢弃的破布烂絮，半截打狗棍儿，烂碗碎罐片儿，一看便知这里方才是热闹打斗过。姓胡的那个总爷带着十几个衙役站在粥棚西边，棍子、绳、镣、铐、枷诸刑具一应俱全，一个个都是脸色铁青，盯着粥棚，粥棚旁边站的是崇文门关税上的税丁，也都浑身湿透，衣上点点污污满是泥浆，也都满脸狰狞斗鸡似的盯牢了"胡总爷"一帮人，似乎都在等自己的长官来"做主"。那群来蹭食的男女老幼都有，只一个税丁照料，排着队等粥，有几个年轻人腰里别着宰羊刀，守在粥棚门口，横着眼看顺天府的人。三下里都是气色不善，看样子顺天府只要一动手，立时就要大打出手。和珅赶到，已颠得一身热汗，几个小伙子迎面逼上来，呵斥道："你是顺天府的？不许过去！敢拆这灶火，立时叫你三刀六洞！"税丁们喊着"那是我们和大人"，人们才给他让出路来。和珅见没出事，才透了口大气，问道："刘全，刘全呢？他没有过来？"

"刘全在左家庄，收的尸首都运那去了。"格舒说道，"化人场烧尸首要钱，烧一个人二钱，刘总爷原在西直门外粥场，把他叫去了！这年头真日怪了，送去冻殍烧化还要钱！"

和珅没理会他牢骚，转身正容对顺天府那群衙役道："我是和珅，二等虾，銮仪卫指挥，兼崇文门关税总督，你们哪位是管领？请借一步说话。"

那边没人应声，只那位胡总爷不屑地撇了撇嘴。

"听我说。"和珅的脸上挂了霜，直了直腰朗声说道，"崇文门关税用厘金余额设粥场，事前是请旨施行恩准了的。我皇上如天之仁，列祖列宗传下的规矩，凡逢饥馑灾荒，各衙通力施救，这是善举，不是崇文门关税滋扰地方。现在京里骤降大雪，各王府也都有施舍寒衣、饭食的。别说是我，就是京里殷实人家富户大贾开场施粥，也断没有禁绝的道理。"他指着列队待食的人又道，"这都是皇上的良善子民，或因天灾，或因家道寒贫，无奈流落北京。你看看他们，是何等循规蹈矩！这大雪天儿，我们在京里有茶有饭老婆孩子热炕头，他们在雪地里衣不蔽体等一碗饭吃，不可怜么？就算我崇文门不设这粥棚，他们这天气这形容儿讨饭到你门上，施舍不施舍听你的便，可总不至于往他粥碗里掺雪吧？"

这番话立时化解了人们阴森暴戾一腔怨气，顺天府衙役们不禁面面相觑。场上一片嗡嗡嘤嘤的议论称羡声："你看人家和大人，真没想到这么恤贫怜穷的……""谁说当官的没好人？衙门里头好修行！""妈的，顺天府的人真是吃屎长大的，不懂人事儿！"……就有人喊一嗓子，"和大人公侯万代！"

"公侯万代我不敢当。"和珅异常冷静，目光幽幽闪着，"只是尽我的力各处应付周到就是了——我刚刚从万岁爷那里过来，要见你们郭太尊。劳烦你们传禀一声，请他过来说话！"

这一来，顺天府那群人顿时都乱了分寸，几个人交头接耳匆匆议论了几句，就有个衙役飞也似的去了。那个姓胡的犹豫了片刻，像一头怕踩到机簧的野兽，迟迟疑疑踱过来，僵僵地打了个千儿，嗫嚅道："标下胡克安给和大人请安——方才是标下无礼，请大人包涵！大人方才的话都在理儿，可是话说三样，样样有别，贵衙门上下也忒不把我们当人——"

"不谈这个不谈这个。"那和珅毫无架子，笑道，"下头人说话有什么分寸？都计较起来还得了？不打不相识，你们郭太尊也是我的朋友嘛！格舒——那边席棚子地下弄张杌子，叫弟兄们进去避雪，叫他们灶底下烧壶茶给沏上——去吧，都消消气儿，一个北京城里头衙门对衙门，抬头厮见的，一是要讲理，二是要和气，对不对？"见粥棚那边大冒热气，知道开锅了，便过去招呼："叫开饭！今儿天冷，就这三几百人，管够管饱，不够再下米！"

人们立刻一片欢声鼓噪。那格舒办事颇有章法，匆忙之中还约合了十几个乞丐，就饭场里打起莲花落子，齐叫：

> 我皇恤苦又怜贫，
> 遍地草木施春霖。
> 吾侪生来命数苦，
> 八字不齐造化钝。
> 或因家乡遭水旱，
> 或为病疾落老贫。
> 本是盛世良善民，
> 背井离乡真可悯。
> 真可悯，动龙心，

饥施粥饭寒舍衣。
犹如观音甘露水,
恩施万方无漏遗……

莲花落子唱声中夹着满场吸溜吸溜的啜粥声、孩子的叫闹声、母亲的呵斥声,缤纷的雪中人们端着大碗来来往往,棚里钻出钻进,景观也颇奇特。和珅自觉料理停当,掇了一个凳子坐在席棚底下,那靴子湿透了,换了一双干的,统着手看雪,又回思今儿一天变幻不测光怪陆离的事儿,想到已蒙皇上青睐,即将大用,兴奋得呼吸都有点气促,转念又想军机处几个人平素待自己不凉不热,怎么才能融洽无间起来?又怕年轻高位招人妒忌,焉知哪里暗处就有人使绊子设圈套儿跟自己过不去,又该怎么处?胡思乱想中,见远处一乘四人抬暖轿蹒跚着过来,只有五六个人跟着,料是顺天府尹来了。带的人少,就不是挑刺找事的模样,忙收摄心神,叫道:"格舒——郭太尊来了,叫人去玉皇庙不拘哪个小饭店定几个菜——不许过了五钱银子——你替我迎一迎儿!"说着站起身来,脸上挂起了笑。

…………

天傍黑时分,和珅才回到家。这一天高兴真是从所未有,尽管浑身劳乏、裤脚袍摆子都湿透了,结了一层薄冰,走起路来都打晃儿,仍旧不想进院子,仍旧觉得还该做点什么,把所有的精力全部耗尽。大约那几杯玉壶春的作用,醺醺然眄目半饧望着玻璃世界冰雪乾坤,直想闹一嗓子二黄,其时天上雪已小了许多。刘全指挥着家人到后头马厩清扫积雪回来,见他兀自站在门洞里发呆,忙道:"老爷回府了——赶紧知会太太——爷,您怎么独个儿站风地里,也不怕着凉!"几个家人笑呵呵迎着跑上来,拍雪拂落泥一阵忙活,簇架着和珅直到二门,只见里院扫得干干净净,二太太长二姑、管家姨姨吴氏已带着一群老婆子丫头等在天井里,见他进来,长二姑打头蹲了个万福,说道:"伙房里的饭已经送过来,现成的冬至团子,四糙发极黄米粥,还有南边庄子送来的起荡鱼,自己场里给你特特赶制的饴糖。咱们自己窖里新开的酒,爷暖暖和和吃几杯,祛祛寒气……"

"太太呢?"和珅笑着听了,一边往上房走,一边说着,"太医看过了没有?这会子还睡着呢么?"说着便听上房里一个女人声气说道:"老爷回来了……扶我起来坐坐……"和珅快步走进去，回身道："二太太和吴姐儿进屋，把饭桌子抬这屋来吃饭，留一个丫头侍候就是，人多了，出来进去的带冷风儿，防着太太再感冒……"说着进来到炕边，双手对搓着笑道："外头冷得紧。我都冻成冰棍儿，屋里真暖和……"手伸到炭炉子上烤着，一边觑着太太气色，又道："你别下来了，炕上头摆桌子，你就歪着。喜欢的就吃一口；吃不动的就不吃，这么着随便些儿更好。"

和珅的夫人冯氏，是大学士英廉的孙女，她刚坐月子满月，月子里又受了风，落得有个头疼的病，因此看去很是慵懒。这是个刚满二十岁的少妇，一身酱色剪绒褂，极考究镶着金钱百合花滚边儿，头上绾着一蓬松松的喜鹊髻儿，乌鸦鸦偏垂在肩上，这样一身深色衣服，配着多少有点苍白的面孔，一双玲珑小巧得牙琢玉雕般的手，半支着身子歪在炕上，很像一幅古色古香的仕女图。见丈夫呆呆烤着火看自己，她不好意思地低头打量一眼身上，颦眉微笑道："院里说话都听见了。你外头忙大事的人还这么婆婆妈妈的，像个贾宝玉。"和珅一笑，想说"你倒真像薛宝钗的脾气，林妹妹的体态"。见吴氏和长二姑指挥两个老婆子抬进饭来，便咳嗽一声，问道："哥儿呢？这会子还在睡？"

"在奶妈子那屋里呢！"长二姑接过话，一边拾掇炕桌布菜，又扶着冯氏稳稳靠了大迎枕上。一边笑说，"今儿来了个算命瞎子。二十四爷家世子福晋也过来了，一处听他算，说哥儿生就的一世富贵，十八岁发迹，十九岁掌印。过了七十五岁有灾，过河骑马要当心——说的到了七十五岁，吃东西也要留心。我们听得笑得前仰后合。到那时候儿我们这群老妖精还不知在哪儿呢！"和珅听二十四福晋世子夫人也来过，眼睛一亮，问道："她来有什么事？求二十四爷给哥儿起名儿的事办了没有？"

冯氏原本有病，懒懒的，一家子都聚一处有说有笑，顿时精神好了起来。说道："起了名儿了，叫丰绅殷德，字字都是好意思！我们笑，哥儿在一旁瞪着黑豆眼，瞧瞧这个，看看那个，搌胳膊搌腿的也笑，笑着笑着就撒尿——真是个爱巴物儿！我封了三两尺头赏了那先生。不为他算得灵，难为逗得大家欢喜高兴。"吴氏虽不是和珅亲眷，但她也不是家中仆妇。当年和珅去凉州查案，病倒在三店镇破庙，吴氏当时还是个丐妇，亏得她和女儿怜卿全力救护，和珅才捡了条命。和珅是知恩的人，这娘俩是他命中

"贵人"，因此回京就带上了她们，算是一门恩亲，上下都称"吴姨姨"。此刻和家人一样围桌吃饭，笑问和珅道："老爷，二十四福晋带了许多头面，还赏了两千两银子。说是给哥儿添喜，可也忒厚重的了，我们都心里纳罕呢！"

"这个么——"和珅喝了一碗滚热的鱼汤，已是暖得遍身通泰，左手拿馒头右手伸箸夹着菜，笑道，"没有天上往下掉馅饼的事，回头你问长二姑。"吴氏便看长二姑，长二姑含笑娇嗔道："这种事也好直说的？只告诉爷，她说爷的法子真灵，再问就笑，又拉我背地说了许多话——对了，今儿二爷带了于遂清的家人——就是那个叫高云从的老公儿的弟弟——来了，带了一包东西，说是什么案子亏得老爷和刑部关说了，才得了个公道。他们说打山东过来，是国泰抚台带的东西。原说等你回来的，左等右等不到就走了。"和珅咀嚼着一团羊肉听她讲话，半晌才道："他们保定去了，五七天就回来。要是我不在家，一定留住他们。这些东西是不好收的。"又问，"还有什么人来过？"

长二姑给冯氏盛了一小碗四糙米粥，笑道："太太，这米新春下来的，您胃口不好，就着这盘高丽咸白菜，容易克化——还有个叫海宁的，原来是贵州粮道的观察老爷，说调任奉天知府，打北京路过。倒是没带东西，说是老爷的朋友。上午来的，说还要过来——这早晚不来，或许就不来了的。"她一边说，和珅一边"唔"，说道，"海宁是朋友，咸安宫上学时还是同学，他既来京，肯定要见见我的——"他突然打住，像是想起了什么要紧事，盯着灯烛不言语了。

他常常这模样儿的，家下人也不觉为异，冯氏便笑问："又琢磨到什么事儿了，这么着傻子似的？头一回见你这样儿，我还以为你有什么症状呢！"和珅便低头扒饭，说道："没什么。我是想起关税上头一笔出入账，待会儿吃过饭我和吴姐商量一下。海宁不过来，我就早点歇，他要来，二太太也别等我，说话到深夜了，还有几封信要写，今晚就在前头办事厅里睡了——叫他们把屋子弄暖和一点……"

众人听了俱各无话。一时饭毕，丫头们过来收拾饭桌，和珅心满意足地伸欠着打个饱嗝儿，笑道："告你们个喜讯儿，皇上今儿见了我两次，有许多恩礼的话，看来富贵到了挡也挡不住，肯定是要升官了。越是这时分里里外外丁点差错不能有。大家和合众人拾柴，这就旺发起来了——凡来人小心侍承，不要轻易收礼，这个时候鬼神捉弄，容易出毛病儿。偷鸡不成蚀把米的事儿有的是呢。你们都敬佛，该敬到的要周到圆融。人使劲神帮忙，没个不好的——吴姐姐，你房里去！"又回身叮嘱冯氏："好好歇着，饭后屋里走几步消消食儿，煎的药要按量吃完……"这才出来，到东隔院吴氏房里来。

这是老北京城万变不离其宗的套环套四合院儿，中间冯氏居正堂是四合院，再进、三进仍是四合院向东西两翼列舍也是大同小异的小四合院，只是房子低一等，西厢是正院，东厢、上房一明两暗是吴氏居住，东房住人正房和西房是她召集家人布置家务用的，因没有南北过庭，这院里反而格外避风，几株石榴树上的浆果都没摘，吊在挂了雪的树上累累垂垂，软软的枝条几乎垂到地下，夜色朦胧中都看不甚清晰。和珅因和冯氏说话后来一步，进屋时吴氏已经点着了灯，她的女儿怜卿也在东屋，她才十一二岁，已经很懂事，在炕上帮着母亲叠衣服，见和珅进来，忙下炕蹲福儿，说道："和叔叔老爷吉祥！我给您沏茶！"说着，一个丫头已从东厢房提着一大壶开水过来，和珅笑道：" '叔叔老爷'叫得有趣，一里一外的名儿都叫上了。我要进了军机，又该叫'叔叔老爷中堂大人'了，多拗口哟！来，你还气力小，我自己来，等你长大了，我也老了，说声'怜卿茶来！'就给我斟上来，那才得趣儿——"说得连那丫头也笑，和珅拍拍小怜卿肩头道："梅香，带怜卿过东厢去，我和吴姐说事儿。"

"和爷，方才你说进军机是真的？"吴氏坐在炕桌对面纳鞋底子，手里忙活着问道，"那不是也和桂中堂一样官封宰相，出入八抬大轿？说句该打嘴的话，我如今也是见过点世面的人了，多少人混个进士、举人，在乡里就张牙舞爪地横得螃蟹似的，你这么年轻，下头那一大群胡子老头子们能服你？"和珅盘膝坐在炕南，啜着茶道："有点影儿，听圣旨到了才作得数儿。军机处就好比大家子里的管家，'宰相'是外官的逢迎话——因为有权，日日能见皇上罢了——我这身份儿能进个侍郎就不错了，和阿桂他们比不得——你说老高家从国泰那带来物件，是什么东西？我瞧瞧。"吴氏笑道："喏，就在你身子后头，那一包就是。我也没看它。"

和珅回头，果见窗下炕上放着个包裹，掂起来觉得甚是体沉……就灯下打开看，是三个书匣子模样的小箱子，上头标着封签：

　　致斋大人先生亲启

没有题头也没有落款。他小心拆了封签，第一匣打开便吃惊得倒抽一口冷气，原来是一把青铜剑，斜宽从狭前锷厚格圆茎有箍式样儿，通体漆黑发亮，霜刃在灯下熠熠闪光，地地道道的"古漆黑"，小心捧起来看，上有篆文"李斯珍用"四个字，旁刻回字不到头菱形花纹。他看老了古董的，一眼瞥去已是瞳仁闪光：这是地道的战国古剑，坐定是李斯遗物，此剑价值在十万两白银以上！吴氏见他发呆，笑道："这是什么物件？哪个铁匠炉里淬黑了的，也拿来送礼！"和珅觉得心头扑扑直跳，又打开第二匣，却是一方端砚，本身并不十分出色，但砚座砚边都用厚厚一块整金嵌定，用的金子足有五六斤，黄黄的锃亮，闪着耀目光芒……连吴氏也停了活计，看呆了。和珅觉得手指头都冰凉的，微微抖索着又揭开第三匣封条，里边红绫包裹挽成个喜字儿，拿起来轻飘飘的，展开看时是几张银票，都是一万两见票即兑的龙头银票，一崭儿新。还有一张纸，却是官契，题头写着：

　　　通州东官屯庄园一座，计佃户一百二十四家，场院、牛棚、马厩、
　　猪圈、羊圈一应列单于左。田土计三千二百亩，北至惠济河堤，
　　南至通渠双闸，东至接官亭南侧，西至大柳坡堤。庄头郝发贵率
　　财计钱粮上人、针线上人、作坊上人并护园庄丁十二名恭叩主子
　　和大人讳珅金安金福……

这又是赠了一座庄园，零碎的不算，单是通州三千亩地，合计银子就值小五十万两银子！和珅看着后边密密麻麻的庄园财物清单，已经头晕，眼前字迹也花了，蝌蚪一样在纸上游走……他失神地放下那张折页，心里一片空白，似乎想收摄心神，清清亮亮地想事情，但一下子又乱得一塌糊涂。吴氏见他这个样儿，笑着问道："你发什么愣呢？还有难住你的事儿么？"

　　"唔——噢……"和珅这才惊醒过来，指着三个匣子道，"你知道这份礼值多少钱？八十万两银子！"

　　吴氏手里正用锥子穿鞋底儿，一个失手扎了左手中指。激灵一哆嗦，

见已经出血，忙放在唇上吮着，又丢了手失惊道："天爷！国巡抚这么有钱，这么大方的呀?！你给他办了什么事，这么谢你的?"和珅用手指头搓着眉心，此刻心里才清明起来——在官场人场市面世面一直打滚儿，至此才算知道总督巡抚这等"诸侯"的手面。直是府道厅级官员们梦想不到的阔绰！但既肯出这么骇人的数儿，也必有骇人的事儿要托自己斡旋料理——说是"谢"，其实自己在刑部替国泰家人说的几个案子压根不值一谢，那么就是有大事求自己了。但自己现在能帮国泰办什么大事？又觉得毫无把握……良久，他喟然一叹，说道："国泰的鼻子比狗还灵，耳朵比兔子还长啊……他是知道我在万岁爷跟前如今走动得，预先放个地步儿……"他也想明白了，便不肯在吴氏跟前露出小家子气，他的口气已变得无所谓："这也不算什么大不了的事儿。东西先放这，他们必定还要和我细说的，当然能办的就帮，不然就退还给他就是了。"吴氏道："我就宾服你这一条。多大的事拿得起撂得下——这事搁在器量小点人身上，骨头都要唬软了呢！"顿了顿又问道："你接手崇文门关税时候，前头清理账目，那笔遗财也有七八万两。原是不能动用的，这过了几年，咱们家添人进口，摊子也大了，俸钱月例都是寅吃卯粮，已经挪用了五千多，那钱放着也是死钱，不如放出去收些息，家里也能得些添补。"

"那几件东西当初还是一块心病。几万两银子的东西竟没主儿，没账可查！"和珅笑道，"现在看来和眼前这几个匣子大约是一回事。因为来不及办两造里都败了，又都不敢说！这就是老天爷关照我和珅了——你不要放债，传出去名声不好。用怜卿的名儿或你的名儿办一处当铺，常流水的进项，家里也就宽裕了。"说着收拾那个包裹。隔桌打量吴氏，只见她穿一身蜜合色对襟儿湖绸夹褂，梳得光可鉴人的一头乌发绾了个苏州橛儿微微偏右项后，露着白生生的脖项，这几年舒心日子，原来微黄的脸已变得粉白红润，已近四十的人了，眼角连鱼尾纹也没有，那双小巧的手挽着活计，微微露出雪白的腕臂。微笑着，左颊上灯影里看得若隐若现，酒涡都粉莹莹的……和珅手一颤，顿时有点意马心猿的。

吴氏不觉察这"和大爷"神情已经变了调儿，一边抽针，笑道："用我的名儿敢情是好，你就不怕我起了黑心昧了你的?"说着一抬头，见和珅形容儿，顿时心头一颤，便觉耳朵发烧，讪讪起来道："你茶凉了，我给你续一杯。"和珅没言声，回身撩开窗帘子隔玻璃向外看看，还绰约能见绒绒细雪飘落，满院雪色微微泛白，静得一点声息也无。回身过来，恰吴氏端茶过来，微笑着接了放桌子上，不待她走，双手便紧紧握住了她的纤手，颤声叫道："吴姐……"吴氏先是像触电了一样身上一颤，想抽手，但和珅握得太紧又挣不脱，她脸绯红，偏转了脸一声不言语。

"吴姐，"和珅站起身来，缓缓扳过她肩头，已把吴氏拥在怀里，一手搂着腰，一手抚着她头发，轻声问道，"这么着好不好？"吴氏偎在他宽阔的肩头，像吃醉了酒，觉得浑身都稀软了，轻轻摇头道："这么着不好……叫人知道了算怎么回事……"说着，情不自禁也抱住了和珅，觉得他腰间那活儿隔着顶到小腹上，更是软瘫得像一团泥，直要往下溜，睁眼看着和珅，忙又闭眼偏转脸去。和珅把她搂坐到炕沿靠在大迎枕上，只见这婆娘星眸垂睑满面娇羞，一抹酥胸微露出来，呼吸急促间胸上乳峰微起微伏，更具美艳不可方物，用嘴吻了一下她双唇，接着全身都压了上去，手搂足交两唇相接，将舌头伸进她口中乱搅着狂吻……吴氏起初只是由他撮弄，情窦既开欲火如炽间再也顾不得羞耻，也把舌头伸过和珅口中又吸又吮又抽送又搅动，欢极呻吟着直要喊出来。和珅也不再说什么，一手扯开自己腰带，硬邦邦地挺着拉过吴氏的手把捏着，一手就解吴氏裤带，手伸进中衣，呜呜着舌头腾空儿说话："姐姐，你的也湿了……"吴氏久寡怨女，被他淫戏得欲焰蒸腾，一边自用手解着上衣钮子，轻轻拉和珅的手抚摸自己乳房，一边颤声道："……好……受用……好和爷，使劲压……压不坏的……"和珅回头"扑"地吹灭了灯，顺手推开炕桌，将吴氏带的肚兜儿一把扯开，就和吴氏浑身贴肉滚在炕上……一头纵送，一头喘着气道："早就想报你的恩……天天一处，竟等了几年……"吴氏也不答话，只胶胶糖似的全身夹定和珅，恣意品嚼那滋味。

一时鱼水之乐至极，两个人都揉搓得成了一团，仍相抱不起。和珅亲吻着她问道：

"吴姐，怎么样？"

"……"

"在三唐镇，你洗澡，我……偷看过……"

"知道……"

"当时只隔一层板壁……你不知道我有多急……"

"那怎么不过去？你呀……"

"我过去你肯么？"

"……我不知道……也许一耳巴子打了你出去……"

"真的那么狠心？"

"……不知道……我看你还是个毛头孩子……脸面性命要紧……我是个女人，就有万般的苦也只好自己咽了……"

"亲亲的，今晚怎么肯了？"

"我……仍旧不知道……饱暖思淫欲吧……我也变坏了……你也坏……坏到一处了……你真坏……占了我便宜，还说是报恩……"

说着二人才起身来，打火点着了灯。吴氏一边整衣梳头，飞红着脸不敢看和珅。和珅却满不在乎笑嘻嘻的，披袄半裸着趴在她肩上小声道："别不好意思的吴姐。大家子都这样儿。铁门槛里头出纸裤裆么，何必这么认真的？隔个十天半月，我来报一回'恩'，这么着你也不得孤凄……"吴氏低头听着，忽然"哧"地一笑，回身替他打整衣服，见那活儿撅撅地又要往起挺，轻轻弹了一指头，帮着系着汗巾子小声笑道："吃了媚药么？这么不老成的！——你既这么待我，我只有忠心耿耿当你和家的保国臣——咱们人前人后可要正经些儿，下头有怜儿也大了，家里这起子人都贼眼骨碌的，别叫看出什么了。奶奶太太平素待我厚道，就怕她们知道了不受用。""怕什么？"和珅笑着捏一把她脸颊，跷起二郎腿坐稳了椅子上，"别忘了这是和珅府，老子提起裤子不认账！摁住屁股，翻身赏嘴巴不说，恼了一纸休书给她，看是谁吃亏？我在外头和陈惜惜魏宝宝好，冯氏、长二姑都知道，只敢给我吃补药，谁敢二话？不过你说的也是，这么着阖家和睦、没事太平才是旺相。"正说着，听见外头有脚步声，踏着雪咯咯咯到了上房檐下，和珅便看表，吴氏扬声问道："是刘全家弟妹么？这早晚有什么事儿？"接着便听一个女人声气在外答道：

"老爷在吴姨姨这里说事儿么？外头我男人进来说，有个叫海宁的大人来拜。"

"知道了！"吴氏冲窗说道，"老爷这就过去。"和珅拦住了，接口道："你带他到这里来。吴姨西房里见，这屋里暖和。谈晚了我们就歇西屋——

你就便儿知会议事厅那边的人一声，不用等我!"听刘家的答应着去了，和珅回身笑道:"今晚真是天缘凑美，该当的咱两个……"嘴凑到吴氏耳边细声说道:"你的那个比长二姑的还紧，就只不大会使，今晚我教你几套——"说着又要乱摸。吴氏打开他手小声笑啐道:"你肚里的弯弯儿可真多! 太太二太太，还有外头的什么惜惜宝宝爱爱，上房里的兰妮、梅香还不够你出火的? 怎么就馋得饿狼价似的……我给你打盆水洗洗，你手脏的，看叫客人嗅出什么味儿罢!"又扬声喊道:"蔡家的，小惠! 老爷要在西屋见客，掌灯，往炕底下加炭!"

一时便听东下房有人应声。和珅在水盆子跟前挽袖子，手伸到鼻子跟前，说道:"好香的味儿，是麝香!"接口便听院里有人笑道:"我不但给你带的有麝香，还有冰片呢!"和、吴二人都是一怔，不禁失笑。和珅咳嗽一声掀帘出了正房，见一个中年人已在门口，方白脸小髭须五短身材，穿着青缎马褂开衩皮袍正往壁上挂油衣，和珅笑道:"润如兄，久不见面了，仍旧好精神!"

"致斋大人!"海宁见他出来，笑吟吟趋前一步，口中说道，"今非昔比，我得给你请安呢!"和珅一把拉他起来，笑道:"别扯他妈淡了! 忘了宗学里挨罚，一条板凳你跪一头我跪一头——咱们是患难之交，和我论什么臭规矩!"海宁一边随和珅西屋里去，一面笑道:"这么晚了，打搅你和夫人好梦，真过意不去。可我明日上午去礼部，还要去吏部，再引见。下午要赶着赴任，今儿不见就没时辰了……"和珅道:"我如今是骑虎难下，忙得昏天黑地的，起居都不分时辰。方才还在写折子，累得头晕眼花的，你来正好聊聊，我也换换精神，再接着写——不误事儿。来，给海大人看茶!"那屋里吴氏听见要笑，忙控住了口。

和珅和海宁在屋里分宾主坐定，细看时才见海宁脸色有些苍白，一边啜茶，笑道:"赶路累了吧? 怎么瞧着打不起精神? 上回来信收到了，因为知道你要调缺，左右是要来京引见的，就没有回信。贵州粮道虽说是肥缺，到底离家太远，家里人去，你回来，来来回回都花用到道儿上了。奉天府清淡点，却是要缺，那里勋贵旧臣多，皇上也时时去祭扫祖陵，升官是极容易的事，粮道观察是兵部专差，俗称'粮耗子'，窝在里头上不沾天下不着地，几时指望着吏部能想到你? 我费了好大精神才把你弄出来，信里头意思还像不如意？你有什么想头，说说我听。”

“我不是为调缺的事儿别扭。”海宁苦笑着摇摇头，“说贵州储粮道是肥缺那不假。就是不贪，单是新旧粮食换仓，往来运输折耗，每年也有五六万的进项。我四十出头的人了，钱也挣够了，再有几年提拔不上去，就怄死在那里了，所以到奉天我还是乐意的。我是生孙士毅的气，原说过我走之后，储粮道的缺指给我内弟的。他为这事打点巡抚衙门师爷上上下下，也花了几万，头天说好第二日挂牌子的，第二天兴冲冲去藩台衙门，挂出来的是李淳英！”

和珅听着点点头，说道：“这在官场是寻常事，不稀奇。”

“我内弟自然不依，回过头又到抚台衙门去问。”海宁接着说道，“几个书办师爷也都莫名其妙，也帮着打听，原来李淳英把贵阳三春楼的头号婊子桃春娘赎出来给了孙士毅当五姨太太，连头面银子一并奉上，花了十万！再一问，李淳英是广州总督李侍尧的远房叔伯弟弟！”

至此，和珅已经心如明镜，拍拍他肩头道：“要这么说，我已经明白，你银子没人家多，根子也没人家硬。你原来是讷相的包衣，讷相坏事了，朝里没人当靠山，这才受人欺侮。忍一忍吧，孙士毅和李侍尧是穿一条裤子还嫌肥的朋友。他还想补广州总督的缺。李淳英就一个子儿不花，也得把缺让给他！”海宁道：“我也不是省油的灯，带着我内弟到巡抚签押房去见他。平日见他还说说笑笑的，突然和我打起官腔，说粮道是军需重中之重，没有军功保举不能补缺，李淳英吏部考功、兵部考核过的，两部部文特荐，所以难以推辞。说要派我内弟到黔西运粮道上去，两年保出来，调个更好的缺也不是难事。我恼了，说‘大人正在运动到广州，两年后我们到广州去给您当戈什哈？’他端茶我也端茶，不欢而散。”他顿了一下，又道，“我昨天到京，先去吏部，又到兵部打听。才知道吏兵两部压根没有李淳英的字号——查不出来，没他这个角色！先来寻你不见，我又去了怡亲王府，给五爷诉说了。王爷说我‘你他妈是个窝囊废！孙士毅我一看就晓得不是个好东西，看人戴帽儿溜勾子舔屁股的红顶子官儿，上回进京各王府跑遍了，在乾清门见我避过去。这样的王八蛋，你给我整他！写折子来，我直接给你呈皇上跟前！’——和大哥，虽说我挨了王爷臭骂，心里真的痛快，当着王爷我哭了呢！”说着，深深透了一口气。

第八回　反攻为守密说侍尧
　　　　承恩绸缪惊心往事

　　和珅却抽了一口气，已经明白海宁急切见自己要讨主意，这里边纷繁复杂，事里有人人搅着事，关连着两个封疆大吏，纠扯着上书房，牵缠着王爷们之间的瓜葛，一个主意出错了，顷刻祸起不测。眼见就要到手的锦绣前程就更不必说了。他盯着窗户上档，眼中幽幽放出绿光，显见是思虑极深，许久才问道："你如今什么打算？"

　　"孙士毅不是好官。"海宁恶狠狠说道，"就凭他私娶娼妇有伤官体败坏风气这一条，就能参他一本！还有，傅大帅在缅甸发文调粮，他把粗粮都运去，江南运的白米都囤起来，到春荒卖高价，追究起来是喝兵血。这一条皇上知道了不能饶他。贵阳知府姚青汉原来不过是孙某人的跟班，且是个和尚还俗的，选了首县又选首府，因打官司两造里吃贿叫窦兰卿给参掉了。李侍尧从贵阳到广州上任，他沿路派工派差修路，盖驿馆修接官厅。李侍尧一次生日，他就送了二百两黄金，听说还送给李侍尧一个戏班子。还有……"他说得口干舌燥，端杯喝茶时和珅笑了。

　　"听我说老兄。"和珅已想定了，说话便十分从容，凝视着海宁道，"你说了那么多，那都不是'罪'，而是'错'。封疆大吏为一方诸侯，建牙开府玉食一方，这点子错误谁没有？他担待得起！你来我这里说，是瞧得起我和某人，说到朋友份上，我可以帮你拿个主意你自己裁度着办，如果说公事，我就不敢说话了。"说着一笑，仰身靠向椅背，凝视不语。海宁原也不是笨人，知道和珅怕沾包，因道："我还当你是宗学里的和大哥就是了，你素知道我的，我也是条汉子！当年不知谁在张师傅的扇子上画了一条狼，铁尺子打遍了，是我掐头儿出来认了——其实到如今我也不知道是替谁顶缺认过！"这事和珅当然知道，因为画画儿的就是他，提起这事儿他也不禁莞尔，因道："我知道。既此此，我来告诉你，李侍尧好比是皮，孙士毅就是毛。皮之不存，毛将焉附？私娶青楼女子只不过是点风流罪过，以次粮充军用也可说是为贵州人着想，姚青汉的案子，那是下属失察，比起他在贵州垦荒造田、安抚苗夷的大功，只能算是小疵。你来吹毛求疵？好，他轻轻一个谢罪折子，李皋陶在里头居中稍加调停，立时就化解了，回头来看你，这么挑剔上司，你是个什么人呀？就是给李侍尧送礼，我看可以做文章。他是行贿，李侍尧是受贿。如今黄金昂贵，二十四兑一，二百两就是四千八百两银子。李侍尧做一次寿总不至于只收这一家礼，核一核，就送了他的终了。李侍尧这人事上灵巧，事下跋扈，得罪的人多了，军机处把你折子往邸报上一刊，贵州原任上的、广州任上的人就会风起景从，一窝蜂儿弹劾他！没了这张皮，孙士毅算什么？”

他说着，海宁连连点头，说道：“这一层我也想到了，不过李制台素来和我没有过节，无冤无仇弹他一本，心里不过意儿的。再说他的圣眷比孙士毅要好得多，没的打不到黄鼠狼惹一屁股臊，不合算。”

“只为无冤无仇，你才是尽公尽忠秉笔直书。扳不倒他，也不至于倒算你诬陷罪名。”和珅笑着往海宁杯中续水，“皇上因为吏治不清日夕焦虑，正要激励风节，表彰孤节忠直之士，断不致因为你弹劾李某人怪罪你的。窦光鼐当面冲撞，在仪征碰树血流被面，谏阻南巡，皇上没有取他的建议，照样升他的官。告诉你，要不是为窦光鼐脾性不好，早就进东宫当太子师傅了！傅恒六爷那是多大的权势，何等的面子？他从金川班师回朝，高恒贪贿的案子定谳死罪。傅六爷请万岁爷循‘八议’规例从轻发落。万岁爷问‘贵妃的弟弟犯罪可以不杀，皇后的弟弟犯罪怎么办？’一句话问得六爷脸色雪白！高恒是皇上的小舅子尚且不饶，李侍尧算什么！”

海宁听着已是精神大振，拳掌一击眼中放光：“好！实在你瞧得透！要说李侍尧，广州公行聚起来他解散，解散了又聚，不知捞了多少银子，真正是个里通外国欺君罔上的贼！致斋公，你知道公行是什么？就是英国人在广州的买办，英国人不通华语，招募广州十三家商行代做生意，李侍尧上任时候向皇上表白政绩，下令解散了，说是为防宵小匪类与洋人里外勾结狼狈为奸，设华夷之大防，以免天主教乘势收录华人入教。其实他在广州任上一直都是禁而不止。也为怕后任去了发觉这事，公行摸透了他这阴微心思，不知送了他多少银子，这次离任时候又宣布恢复公行。又说是为了感化外夷，布达天朝之隆誉……"

"你一定要秉公奏陈，不要存私意。"和珅对公行的事也早有所闻，觉得这条罪名成立比二百两金子的寿礼要厉害十倍，但恢复公行是奏请乾隆批准实施的。远隔万里的事，自己在北京无从置喙，听了海宁解说，更是吃定了李侍尧手脚不干净，却不肯明白直说，字斟句酌说道："要言之有物，言之有据。如果是风闻，就老老实实写'风闻'，皇上圣睿天聪，来不得半点虚伪。"

"那我此刻就写折子。就请和公代转！"

和珅格格一笑，手指点着海宁："你笨了不是？放着怡亲王不用，我一个小小銮仪卫说话有多大分量？别忘了怡亲王爷是皇上的同祖父弟弟！我要进军机，管取你的折子刊行邸报，皇上召见问话，要是我转送的折子我回话无私也是有私，至公也是无公！你要信得我不是胆小怕事，光明正大的事儿，要做得磊落堂皇才漂亮。"海宁听着想着，和珅虑事竟是处处高自己一码，不由跷起拇指嘿嘿笑道："我是真正的五体投地！咸安宫学里那么多满洲老人儿子弟，你是头一号！将来功名准能盖过阿桂！"说着，回身取过一个油布包裹，就灯下打开了，和珅看时，里边齐整码放着匣子标着红签，果然有冰片、麝香，还有银耳、虫草、西洋参、藏红花、鸦片烟土之类。另有几封桑皮纸封包儿，一眼便认出是银子，三百两上下。和珅哪里看得上这点钱？笑道："我们知己同学，还弄这一套！银子你带着路上使，算我送你的盘缠，别的物件留下就是。"又问："那瓶子里是什么？"海宁鬼祟地眹眼儿笑道："这是送给尊夫人的，只要一点点弹到酒里就见功效，你一试就知道灵验无比！"

和珅便知是女人用的春药，就不再问。穿戴停当，亲自送海宁到府门口，待他升轿去了，看看满府里都熄灯了，径又踅回吴氏房中，吹熄了西屋里灯又到东屋。吴氏一见他就笑，说道："你呀——西屋里说话我都听见了——见人是人、见鬼是鬼！还不赶紧回议事厅去睡，你还不足？"和珅笑着一口吹熄了灯，黑地里脱得一丝不挂，饿狼般扑上炕去帮着吴氏剥净了衣服，说着："这种事儿越吃越饿，越喝越渴！哪有个足？好姐姐，瞧着我的龙马精神……"吴氏娇喘着不吱声，一双手抚抚他发辫摸摸他脸，又羞缩着捏弄他下身，忽地一翻身把和珅压在了身下，恣意尽情淫戏，口中道：

"你有一回说，吹了灯都是鬼，我还不信……我也变成鬼了……寡妇一失身，一回一百回还不都一样？使劲来吧……"听外头雪幕迷蒙中梆声沉闷"橐橐——梆梆梆！"正是子夜三更时分了……

　　…………

　　乾隆当晚回去，在皇后那拉氏的坤宁宫里用餐。贵妃钮祜禄氏、魏佳氏、金佳氏、陈氏、汪氏陪着进膳。他轻易不在这里吃饭的，那拉氏叫厨子头儿郑家的着意侍候，小伙房里现炒现吃，除了常用的象眼小馒首，中间炭窝子挂炉野意火锅、烧鹿肉，还有清蒸鸭子、宫保鸡丁、爛猪肉、竹节卷小馒首、葱椒羊肝、炒鸡丝、海带丝诸如此类堆了满满一小桌，比之平素大筵不足、小筵有余，也算迎九消寒一番意思，乾隆居中而坐随意吃着，左右看看，那拉氏、钮祜禄氏都已年近五十，虽说加意修饰，徐娘风韵已见凋零，陈氏、汪氏举止寨滞，有帝后在上更显着拘泥僵板，魏佳氏是最年轻的，也有三十多岁了，面容仍旧姣好，不过她生过两胎之后，形容发胖，腮边的肉都鼓了起来，有点像新贴在墙上的灶王奶奶画像，也不见好处去，想起和珅有一次说，"越是年轻时候标致的女人，老了越打扮越似个妖精。"一个要笑，几乎被鹿尾骨给卡了嗓子，忙掩饰着咳嗽。几个宫女忙上来替他捶背，乾隆摆手止住了。皇后关切地道："皇上敢怕是有点着了凉了，这么冷的天还出宫到外头去。您也有年岁的人了，比不得年轻时候儿了。这王廉也忒粗心大胆的，连禀也不禀进来一声儿。"

　　"你不要怪着王廉，这不干他的事。我要出宫，连你也不能拦着。"乾隆似笑不笑说道，"我是想起来不知不觉就老了，你们老了我也老了，有点感慨——这个野鸡崽子汤不要上来，用棉兜子包了送军机处赏刘墉。这是皇后赏他的——再过十几年，我们一群没牙儿老头老太太一处进膳，才有意思呢！"

　　几个后妃左右相顾，也都笑。那拉氏笑道："几十年跟一场梦似的，醒过来头发都白了。皇上还是气血两旺的，我们都不中用了。"汪氏道："我瞧着皇上精神气儿一点也不见老！"陈氏也笑："到皇上一百岁，咱们五世六世同堂，一同在圆明园给爷做寿，一群白头发老婆子说笑，也蛮有意思的。"魏佳氏却道："想那么远做什么？我倒觉得这场雪好，明儿请旨咱们园子里去，堆的那须弥雪山、雪象，坐小轿曲里拐弯游着走着，现得趣。

陪主子进膳，说到老境，没的也丧气——还有，这雪天顺天府必定要出去赈恤穷人的，我打算捐点头面银子出去，也是积福功德不是？"

"好好！有这心肠就是菩萨！"乾隆听得高兴起来，"咱们是皇家，天下事无非家事，能虑到这里就见大了。这功德比进庙里烧香贴金要实在得多。"魏佳氏笑道："我在娘家苦过来的，这天气不许我们进院子，躲在门洞里头娘带着我跺脚儿取暖，心里就想'老天爷，别下了……也别刮风，能叫我们拾根干柴烘烘身子多好！'哪里像如今，只盼着雪越大越好，坐暖阁子里抱手炉子看着好玩儿。敢情是饱汉子不知饿汉子饥。"乾隆道："这就是格物致知，以己之心详推物理。设身处地将心比心，其中就有个'道'在里头。颙琰质朴简约不事奢华，我看你这做娘的还算教子有方。"

六个儿子只夸一个，魏佳氏脸上放光，钮祜禄氏、金佳氏和皇后便觉心里酸酸的。陈氏心里雪亮，便忙着调和，说道："阿哥爷们都是好样的！琰儿自然没说的，琪哥儿上回和皇上说话，先用国语，又用蒙语、吐蕃语，一大嘟噜儿一大嘟噜儿的，皇上不夸他是'千里驹'么？颙瑆开得硬弓，火炮打得准，皇上赏他黄马褂进来给娘娘请安，走路噔噔地响，谁不羡慕！璘哥儿生就的禀赋，琴棋书画拿起来哪样哪样成，上回在老佛爷那儿弹琵琶，一套子《昭君出塞》，皇上都流泪了呢……璇哥儿那是才子，文章好，诗词更是了不得——上回尹继善家夫人进来，说他家小女儿怎么着读璇哥儿的诗，怎么着着迷。我见过那妮子，可惜他老爷子竟去了，不然我还真想在主子娘娘跟前提提，配起来是好一对儿！"

"这倒也是一门好亲。"乾隆听她一套一套夸赞几个阿哥，自然晓得她的用意，也悔着不该只夸颙琰一人，听她说到这里，便看金佳氏，"尹继善世代簪缨之家，必定调教的好女子，叫人合合八字，只要不冲克，请皇后懿旨钦定就是。"皇后笑道："我看使得。尹老爷子去世，可可儿的皇上就派颙璇去吊祭，可不是天缘巧合？方才说园子里去，现在只怕太冷。如今钱上头虽说宽裕，宫里头动土修地龙子火墙，到春日又使不上了。太后也想去游幸的，不如把澹宁居西边那片屋子收拾暖和了，一大家子都去赏雪，也乐了玩了，也不得太费工费银子。"乾隆笑着点头，说道："还是和珅有办法，单是太后慈宁宫修整就使了二十多万两，指望内务府，年年都来哭穷——这费不了大钱，交给卜义他们去办就是了。"那拉氏却道："卜义土木上头本事有限，叫王八耻过去照料几天，园子里现成的料，从王廉那里拨些银子。要紧的是太后的居处，其余的人只要暖和就成。"乾隆听了无话。

恰卜义端了绿头牌子盒儿来，乾隆左右看看，竟没一个中得意的，想翻陈氏的牌子，上头蒙着红布，知道她正在月事里，眼见几个女人都用目光睨那盒子，胡乱掇起魏佳氏的牌子翻了，笑道："一个个都如花似玉的，朕竟不知道翻谁的好了。"女人们都知道他反语调侃，不禁相视一笑，乾隆便站起身来，除了魏佳氏和皇后，宫嫔们意兴阑珊，跪送他出去各自散去。这里王八耻便张忙着替那拉氏收拾床铺，展着被子，对外头太监吩咐道："今晚我当值侍候娘娘，你们弄点细炭，后半夜冷，偏就你们也挺尸，熏笼里不加炭，地龙子里头也不加！"听外头答应着，见那拉氏坐着啜茶，赔笑小声又道："主子娘娘又照应奴才个肥差，今晚奴才准教您舒坦到云眼儿里头，报答您呐！奴才给您弄来那匹沐浴用的玉马，您试着好不好？马脖子上那个玉把手儿，叫玉工们做粗一点，就他娘的不肯，说再粗了像棒槌，不好看也不趁手，只好这么将就了。"

"本来就是将就事儿，哪能那么如意呢！"那拉氏正在出神，听得"哧"地一笑，看左近无人，红着脸啐一口笑道，"说起玉马还有笑话儿呢！上回钮祜禄氏问我'做什么使'，我说浴池子里头骑着洗浴，打了胰子又太滑的，做个把手握着不至于跌着，她听了说设计得蛮巧的，也要照样做一个……"她欲言又止，半晌才又道："你要不叫人阉了，还不知骚成什么样儿呢！我可告诉你，人前人后还得像个奴才样儿，不然我不敢招惹你这坏小子，远远打发你打牲乌拉去！"王八耻扮鬼脸儿挤眼一笑，咕哝着道："这叫主子有事，奴才代其役，瞧着万岁爷光景，那事儿渐渐不济了……"说着伏侍那拉氏脱衣上炕，安稳躺了，坐在她身边接着撩情做兴，两只手伸在被窝里摸了乳又摸脸皮，滑着向下……那拉氏被他摸得浑身燥热脸色红光，隔被伸出一弯雪臂摸他裆下，喘着叹道："又吃那药了？硬了的，可惜太小，像只蚕儿似的。唉……好好一个人，刀子硬割得残了——"她像突然想起什么，缩回了手，问道："你这残的，吃了药还能这样儿，颙琰阿哥身子那么弱，能不能给他也配点药？我现是皇后，子以母贵，要封太子还得是他！"

王八耻也缩回了手，那拉氏做贵妃时就和他有这一脚了，她的心思从来没有这次说得直白，瞧她眼巴巴望着自己，也觉虽是贵为天下之母，其实怪可怜的，怔了片刻叹道："娘娘，您晓得十二爷身子怎么作残了的？就是吃这个药吃的了，听老赵说，和亲王爷给了阿哥爷个戏班子，里头很有几个狐媚子，小爷向和大爷要了些助战的药，就吃伤了身子……这只可慢慢儿调理，寻个好郎中打补肾上头着手，也就缓过来了。爷还年轻，好好儿用药不碍的，只千万不敢乱用虎狼药的。不过奴才还得劝娘娘别太痴了，听万岁爷说的，咱们大清气数里头皇后的儿子当太子不利——不管哪个阿哥当皇上，您都是排排场场的皇太后，都是您的儿子，何必指定自己亲生？"说着，试探着手又伸进被子去摸。

"唉……话虽这么说，不是自己的肉，终归贴不到自己身上啊……"那拉氏眨着眼看着黑处，"皇帝待我面情儿上和气，其实和前头皇后比，十成里没有一成好……也不知他打的什么主意，问也不能问。"王八耻笑道："娘娘不用问，继位诏书早就写好了，就在正大光明匾额后头金皮匣子里！宫里人传言，是颙璘阿哥！"皇后身上一颤，按住了王八耻的手，偏转脸问道："真的！这么大事你怎么知道的？"

王八耻把嘴凑到那拉氏耳边，用极细微的声音说："……那个高云从娘娘知道吧？不哼不哈的心眼子灵极了！去年元旦他侍候上书房笔墨，皇上那天焚香斋戒写的诏书，折着页子放在奉先殿香案前头。旁边就搁着金皮盒子，就眼见皇上放进去，加锁加封，叫阿桂和巴特尔送进乾清宫去的！"

"那你怎么指定是十七阿哥（颙璘）？"

"娘娘伸手……"

那拉氏伸开手，王八耻在她手心里慢慢写了一个"璘"字，到最后一笔用了点力，说道："那纸虽然折着，这一笔画得长了一点，露出一竖来——你想想看，除了早死了的颙璋阿哥，哪个阿哥名字最后一笔是竖着写的？"那拉氏没有言声，颙琰、颙琪、颙璇、颙理、颙瑅直到颙璘……果真只有颙璘名字最后是一竖画！这就是说，即使颙瑅立即康复，能横枪跃马，能弯弓射雕，也只能跟在魏佳氏的儿子身子后头一口一个"皇上圣明，臣弟无能"了！暖融融的热炕被窝里，她突然觉得从脚底下泛上一阵寒意，竟不自禁打了个噤儿，脸色也变得苍白了。

“娘娘！”王八耻忙问道，“您不受用么？哪里不舒服？”

“没有。”那拉氏双目炯炯望着殿顶的藻井，幽幽地说道，“你说得是，颙璘也是我的儿子。”

“那您……”

那拉氏半裸着撑起身子，看看灯，突然一笑，说道：“得过且过，得乐子且乐吧……吹灯上来，听我跟你说……”

…………

外面的积雪已经半尺厚了，北京的头场雪很少有下得这么大的，广袤黟黑的天穹上浓重的阴云在夜里根本看不清什么颜色，也不知道它是厚重还是稀薄，它就那么浮动着，低低地压在这座死寂的、阒无人声的古城上。落雪其实已经不是那样“崩腾”而下，却仍在时疾时徐坠落着，落在城垣上、茅屋顶、雕甍兽脊上和大大小小曲曲直直的街衢胡同里，这个时候登上景山顶，可以说真的是“眼空无物”，一片迷茫混暗，但假使你手中有一支魔杖，一挥之间揭掉所有的屋顶，就能看见各个屋顶底下或悲愁或喜乐，或慷慨激昂或蝇营狗苟，勃谿口角嬉笑怒骂文章词赋英雄气短儿女情长……什么样儿的应有尽有。

乾隆在魏佳氏的屋顶下。这里又是一番光景。王廉送乾隆一进屋，照规矩便要退出，一边打千儿请辞，口中道：“那幅画儿要是主子还要，奴才明儿一早过去给您买过来，和大人已经把价钱砍下来了，防着店主急着脱手，去迟了怕弄不到手。”乾隆手托着下巴想了想，说道：“做生意的也不容易，和珅这么一闹，今晚他是要苦恼一夜的了——把画儿买到手，真真实实把底细说给他，给他加五百两银子，这么着朕也安心。”见王廉要走，又叫住了问道：“娘娘怎么知道朕出宫去了？是你禀的？”

“奴才哪敢！”王廉唬得腿一软，看看乾隆不像要发怒，才定住了神，说道，“主子爷呀，您前头有话，奴才就死了，怎么敢乱说一句？再说的了，能在您跟前侍候，这里头的人谁不是小心上加小心！就为往后还能多巴结，奴才又何苦掰屁股招风自己坏自个的事儿？再说——”

“别说了。”乾隆摆手止住了王廉，笑道，“朕谅你也不敢。再说皇后是朕的正配，她也该当知道的。朕是诧异，出宫时候儿没人见着我们呀！”魏佳氏一边斟茶捧给乾隆，笑道：“这起子贼王八太监眼亮着呢！就是出神武门，也有守门的苏拉太监和善扑营的人。主子爷大白天大摇大摆出去，还不给人瞧见？"乾隆想了想，无可奈何地摆摆手命王廉退出，叹道："宫禁严些原是好的，连朕也不得自在出入！圣祖爷当年常出宫访查的，还在白云观那边读过书。放在今日那还了得？军机处的、内务府的，还有你们，都炸窝了！"一边说，笑着打量魏佳氏。

大约因屋里热，魏佳氏早已脱掉了外边褂子，头上挽着个喜鹊髻，松松的已经半松下来，里边的紧身小袄箍在身上。裹得伶伶俐俐，正忙着往银瓶里倒水，见乾隆这么看自己，忙也上下看了看，不好意思地笑道："奴婢太胖了，招主子笑……"乾隆笑道："肥环瘦燕①，各有各的好处。看你这双腕子，雪白生嫩的，像一截玉藕，皇后倒是每日节食，说是'惜福'，其实是怕胖，摸起来骨头都一节节儿分明。"魏佳氏挽首半嗔一笑，抻着被子道："主子玩笑了，我怎么和娘娘比呢？连摸……娘娘的话都说出来了！告诉主子一句话，娘娘是个细心的，不像我没心思，胡吃海喝过日子，三个饱一个倒，怎么不胖？"

"你不懂佛法，"乾隆由着魏佳氏褪掉外头的金龙褂，顺手拧了一下她颊边，笑道，"天造地设的，就是这等没心思不算计的才得个大福！你的两个儿子也调教得好，老四朴拙无华，诚实庄重，老十七才华横溢英气勃勃，又方正不轻浮。这都沾了你出身艰难，知道人间疾苦的光儿。"魏佳氏听他夸儿子，不禁脸上放光，眼中也熠熠有神抿嘴儿一笑，说道："有其父必有其子，六个阿哥都是好的。我也不希图非分福，讨吃化子似的一步儿一步到这儿，还不算大福？还不知足？再有什么想头，老天爷也烦了我贪心了！"乾隆点头道："都似你这么想就好了。"

说着二人上炕，少不得有一番夫妇敦伦之举，轻车熟路的顷刻了事了，听自鸣钟响了一声，才正丑时时牌。魏佳氏意犹未足，偎在乾隆身边，一边用手摩弄，轻声叫道：

"皇上……"

"唔。"

"还能不能……"

---

① "环"即杨玉环，"燕"指汉代名妃赵飞燕。

"唉……老了……只能务务虚了……"

魏佳氏搂紧了乾隆，小声道："不是万岁爷老了，是我老了，不好看了……您瞧，您这不又……"乾隆也笑，说道："你这么锲而不舍地揉摩，还有个不硬的？"魏佳氏吃吃笑着道："不是我贪，好容易到我这一次……我听说兆惠他们在西边打仗，捉了个回部女人叫和卓，美得天仙似的，自小用野花瓣儿泡水沐浴，喝花蜜吃花儿长大，浑身自来的花香，说要献给您。她要进宫，那可真是三千佳丽成粪土，六宫粉黛无颜色了，我就想再见皇上一面儿也难！何况……这么着呢！"

她喁喁而言，乾隆只笑着听，被她抚摸得渐次情热，回身抱了笑道："回部和卓族里标致女人多是真的，可朕又不是山大王，怎么能'捉了个'就当压寨夫人？三千佳丽六宫粉黛在哪儿？不就你们十几个人嘛！说得朕似唐明皇似的……你说的这姑娘不叫和卓，和卓就好比我们这里的王爷、亲王贝勒这些名目一样。霍集占兄弟造反，他们全部落迁到伊犁，现在前线跟着兆惠的大营围困反贼，她父兄想把她送进宫来，也有点昭君和亲的意味。朕这把子年纪了，原也不想再往身边收女人，也有个联姻抗敌的心思，人还没来，你们就'无颜色''成粪土'了！来，亲亲的……现放着你这朵花儿，朕再采一次……"

不知是魏佳氏这次绸缪有方还是因提起回部姑娘调起乾隆兴头，这次翻云覆雨足足折腾了一顿饭时辰，各自尽兴安生，但两个人都走了困头。魏佳氏怕惊他睡不稳，一动不动忽闪着眼，想着颙琰、颙璘两个儿子和别的阿哥比，揣摩乾隆说的"大福"，是无心流露还是随口之言，转思金佳氏，是个能得一按机簧浑身都动的角色，钮祜禄氏更是城府深严，就是皇后，自也有儿子，谁不在乾隆跟前用功夫？回思陈氏的话，"这宫里就像龙潭虎穴，能够料得自己平安就是天幸，人人都盯着那一个人一个位子，想吃人又怕人吃……"反觉可畏可怖，前头皇后富察氏连生两胎，百般防着，还是有人进染了天花疾的百衲衣，都没有保住。又想起乾隆头次南巡，自己留在北京。刚生下来的颙琰被强行抱离，钮祜禄氏又要给自己迁宫居住，和亲王不避嫌疑，闯宫将自己安置进十贝勒府，孩子染痘症几乎丧命。贵为妃嫔太平日子居然在外间避难，又令人怕得起栗。她替乾隆掖掖被角，自己也掩了掩，思量着宫外禁城里阴沉深邃狼蹲虎伏鬼影幢幢……更靠紧了乾隆，靠着这个有力的男人她才觉得安全，像暗夜里走路的行客，不至于被哪里窜出的鬼魅猛兽攫了去……乾隆也没有睡着，回想白日遇到和珅，总觉得太巧合了，由和珅想到顺天府横霸欺人，又思量召见来训斥，转念"衙门碰衙门"互相不服气，又是寻常事……由身边的魏佳氏推想皇后一干嫔妃，都觉得乏了爱恋情欲，是看折子见人从事太累的过，还是真的老了？和卓姑娘真的那么美那么香么？听说换下的衣裳洗过都嗅着是香的！别真教魏佳氏说中了三千如粪土，六宫无颜色罢？一时又想外头的雪连绵几万里直抵西域，几万大军围困和卓，主将兆惠海兰察远在北京，"敌人要是乘雪踹营呢？隋赫德这奴才独当一面，能虑得到么？不行，明天就召见兆惠海兰察，还有阿桂。他们得立即返回大营！"又思及傅恒的病，春闱要开，山东国泰的案子要查……纪昀居官还算谨慎，家里人胡作非为逼死人命，他居然不引咎请罪！他是这样，保得住阿桂的家人就那么循规蹈矩？还有李侍尧呢？比来比去还是傅恒好，但傅恒眼见怕是不中用了……新选上来的于敏中又如何……这么迷迷糊糊的，见傅恒进来，乾隆不觉已经起身，笑道："正说要你递牌子进来的，不叫自到了！"又道："看去气色还好。"

"奴才已经大好了！"傅恒行了礼，打千儿起身道，"这就要上路，来给主子请安辞行。"

"上路？"

"主子忘了，您派我去天山南路。再去和霍集占打一架！"

乾隆恍惚间已经忘情，笑道："你有打仗的瘾啊！还是阿桂去吧！有功劳也分别人些儿是吧？"傅恒笑道："阿桂去得，阿桂去得，奴才让贤！奴才听旨意，于敏中、李侍尧、和珅、刘墉他们都要大用的了。奴才思量着再给主子出把力，打仗回来退到上书房去。该是福康安他们这一代办事的时候儿了。"乾隆忖度他的意思，是想请旨让福康安也进军机处，因道："朕比你盼福康安出息的心一点也不差。他是至亲，什么时候选上来一句话的事儿。太年轻了下头不服，性气也得磨一磨，将来用上来才得个长远平稳。"

傅恒听着脸上似喜似悲，渐渐地竟变得苍白起来，良久，勉强笑道："奴才要去了，国是日非，纷乱繁复，主子宜多留心保重，《三国》里诗，'试玉要烧三日整，辨才还须十年期。'军机处诸人新进，良莠请多考察，这关乎社稷气数的……"说着，便见形容有些异样，身影渐渐淡漶，犹如一团暗烟，在黢黑的殿中散荡着湮灭无迹。乾隆惊异得睁大了眼，一手扶着须弥座椅把手，倾着身子叫："傅恒！傅恒……傅老六！"

蓦然间他醒转来，但见殿宇如故窗纸清亮，定神移时，才知是南柯一梦，犹自心头突突乱跳。魏佳氏正在妆奁台前梳头，所见声息，转脸见乾隆已经起来，穿着小衣坐着发怔。忙丢了梳子三步两步过来，紧着替他穿衣，跪在炕边给乾隆系着腰带，说道："我的爷！也不怕凉着了？还早着呢，您瞧外头亮，那是雪下白了……您有点怔忡的模样，是……夜里没睡沉实么？"

"妖梦入怀啊……"乾隆含糊不清地说道。自趿了软履起身洗涮，青盐擦牙漱口毕，坐在圆漆桌边，由着魏佳氏梳头总辫子，问道："雪住了没有？"魏佳氏小心梳理着，赔笑道："没住呢，只是小得多了。花絮似的零零星星往下落。房檐上的雪还是半尺来厚，夜来是没有怎么大下。天仍旧阴得重，主子放心，还有得下呢！有道是'麦盖三重被，头枕馍馍睡'。就这个雪，最滋润小麦的了，蝼蛄什么的虫儿都冻死了，地上墒情儿也好……这里两根白头发。拔了吧？"

乾隆漫不经心听着，摆手道："不要，白头天子最好！你如今也嘴碎了。朕就问了一句，就絮叨了这么多——看看养心殿人过来没？"魏佳氏笑道："人老嘴碎，所以我说皇上不老是我老了——王廉过来了，窗户外头站着呢！叫他东厢里候着，他不敢，说主子在这，不是奴才的歇地儿。"乾隆说道："叫进来吧。"便听王廉在窗外不高不低地公鸭嗓子应道："奴才王廉侍候着主子了！"接着趋着步儿进房来，又打千儿赔贺："给主子请早安！"乾隆道："王八耻有差使到圆明园，朕身边由你侍候。"

"啊喳！"王廉这一喜真非同小可，踮着脚尖一哈腰，身子几乎要飘起来，"这是主子的抬举，是奴才的福气！"

"朕的规矩你知道？"

"知道——奴才晓得！养心殿那边撒有一把规矩草，千年万年永不变：一不许过问朝廷的事儿，有干预者杀无赦；二不许结交大臣，有泄露机密者杀无赦；三不许出京城，没有皇帝特旨出京一步者杀无赦；四不许议论是非，有私议国政者杀无赦——"

"好，不要背了。"乾隆板着脸摆手道，"祸福是非只在你心头，没有那么多道理给你讲，一个忠心谨守规矩就成，你没办过外差，所以再提醒儿一下——瞧你那样儿，浑身骨头没四两重——不许轻狂！有指着朕在外头作威作福的，拿住也是杀无赦！"王廉唬得忙跪下叩头，说道："奴才不敢为非作歹，不敢轻狂！奴才是欢喜得忘了形儿了。"

乾隆不再听他啰嗦，站起身往外走着，说道："今儿你们几个还过慈宁宫多陪陪老佛爷。朕下午办完事再去请安——王廉去内务府工匠上头问问金发塔的事，看几时能铸好，催着他们快些儿。到傅恒府看看他的病，顺便传旨兆惠海兰察立即递牌子进养心殿。传于敏中、纪昀、阿桂、刘墉、和珅、钱沣也到养心殿会议——去吧！"

"是！"乾隆说一句，王廉躬身应一声，又重述一遍，打个千儿倒退一步转身出房，蹑脚儿走几步放开了跑出去。乾隆听着脚步去远，又听"嗤——腾"两声，仿佛什么重物捶在地上，便看魏佳氏。魏佳氏笑道："薄冰上头盖了层薄雪，贼滑的，准是这奴才跌倒了。"乾隆一想不错，也笑了，出了屋门，对守门苏拉太监道："备轿，去养心殿。"

王廉一出垂花门便摔了个狗趴，一个骨碌翻起身来，试了试只是膝盖碰疼了，别处没事，倒欢喜起来：太监们最是迷信的，人交了好运，常常招促狭鬼嫉妒，摔跤子给鬼解了气也就不再有晦气——昨儿一跤"自然"，今儿又自然一跤，足证时运不赖。笑着颠出永巷，到侍卫房里传旨会议，自到上驷院领了马，骑了赶往傅恒府，"看望"傅恒，并带给兆惠海兰察传旨。

照别的大臣府传旨规矩，只要一声"有旨意"，阖府大小人等都得开中门放炮出迎，跪接聆听，但这里是真正的相国公府，一般的闳深森严，自有的威势夺人心魄。旨意是传给兆惠二人的，傅恒那边只是"看看"，这份"钦差"身份不好抖落，不待到仪门，王廉便下了马。里头福康安的贴身亲卫王吉保出来问道："是王廉啊！有什么事？"

"咱是奉旨来的。"王廉看了看王吉保，还不到二十岁年纪吧，已经是八蟒五爪袍子雪雁补服，留着小胡子一身铮劲，一睨一睥都带着小瞧人的神气，咽了一口唾液笑道，"主子要见兆军门海军门，叫立即就去养心殿见驾，我还要见见傅中堂，看看病势儿，好回去禀主子爷。"

王吉保审贼似的上下打量王廉多时，一笑说道："你照镜子看看，脸上一块青一块红，额角还鼓起个包，真的不像好人！兆军门海军门跟我们四爷去了尹继善府。我们老爷除非皇上有旨要当面宣，现在不能见人。来，我带你见我们主母。"说罢，带了王廉逶迤进了西花厅隔壁的书房来，王吉保先进去禀了，便听棠儿在里边道："既是万岁爷派来的，快请进来，我身上不适，不能迎了。"王廉这才进屋，低声述说了乾隆看望问候的旨意。

棠儿扶着椅背艰难起身听了，说道："叫账房封二十两银子给王公公吃茶——我也发热，身上无力，不能给主子叩安了……烦王公公回去上复皇上，傅恒昨个儿起一直昏睡，脉息也弱。昨晚半夜醒了，还说梦见了主子说话。太医说这场雪只怕于他身子有碍，要能到立春，阳气复盛，就能添三分指望。请皇上自己多保重，不要为傅恒的病多分心……"说着心里酸楚眼圈已经红了。王廉见银子送过来，忙打千儿谢了赏，说道："太太放心，皇上福气大，傅爵相也是大福人，佑护着些不妨的。要需用什么，早就有旨意的，交代给我，我就能给您效劳……"正说着，隔壁的家人胡克敬过了这屋，这也是福康安的贴身小厮，也已是六品服色了，垂手向棠儿道："太太，老爷醒了，听这边皇上派人来看，叫请过去说话。"棠儿点头，由两个丫头搀着，将手一让，请王廉到花厅去——花厅书房是打通了的，两边夹着两道屏风，王廉由人导引着，小心翼翼绕屏过门进了花厅。

傅恒双眸半开半闭，仰面躺在榻上，脸色苍白得像天色将亮的窗纸，面色十分平静，像是在认真思索着什么，又像在回忆自己壮阔波澜的一生，听见王廉进来，嘴角翕动了一下，竟带出一丝微笑，极低地极清晰地说道："是王廉啊……坐吧。有几句话，就几句话，趁我心里清楚，你转奏皇上，我……没有气力再写折子了……"

"我是王廉。"王廉搭着身子半坐到榻前瓷花墩上，像是怕惊了傅恒，又像怕惊了自己，小心翼翼说道，"谢六爷赏座儿。主子委我来瞧瞧，六爷有什么事儿，缺什么东西，只管告诉我，我准能一字不落回奏给万岁爷。"

傅恒干咽了一下，喉结动着说道："我梦见主子了，主子身体好，我真欢喜。代我给主子再请个安……"王廉欠身说道："是……六爷放心，这回我替六爷请安，赶明儿个六爷康复了，请安见面的日子有着呢！"傅恒不答这个话荏儿，自顾自接着说道："一件事是，西北驻军事权要统一，一个天山大营，一个蒙古察哈尔驻军，一个西安大营驻军，还有准噶尔驻军、哈密驻军……过去各有统帅，兆惠海兰察虽是有名战将，只是在内地和云贵川声望高，没有掌握过这大局面。阿桂在军机掌总，原是阿桂去前线最好，可主子身边万万不能没有阿桂——这个话要紧——阿桂不能久在前线，无论兆惠还是海兰察，主子要给他权，各路人马、粮秣供应都调得动，升降黜杀有权，权出于一才成——要知道……和卓的事和准噶尔的事是连着的，西北通着外国，又信的伊斯兰，这个仗不是容易打的……"

说着，他便喘息，王廉趁他休息，便在椅上复述他的话，也亏他好记性，一句一顿，竟说得一字不落一字不多。傅恒满意地透一口气，接着说道："和卓人崇信伊斯兰教，人民善良、团结，比汉人干净，一人有事八方援助。一味军事痛剿不是上策，要剿抚并用。内地回民更要安抚防着内外串连，不妨由五爷出面，修一下牛街礼拜寺……要知道，天下回民是一家……就是和卓部，霍集占兄弟也并不全然一心。不服我天朝法统，自外于朝廷的，想立什么伊斯兰汗国的要剿，其余平民要抚、要宣布朝廷的德音——这是军事上的事，求主子体察留意。"

待王廉复述了，傅恒徐徐又道："吏治上的事遗折里头已经写了，有两条补遗的。一是刑狱，要守住秋决这一关，万不敢杀错了人；二是钱粮，要守好春秋两季，防着急征暴敛，防着八月十五主佃算账时民事究端；三是乡试、会试科取人才，主考官遴选极要紧。这话刘统勋在世时候我们反复谈过，什么时候人命官司也婪取贿赂、秋季粮仓上场胥吏挤榨得人过不得；什么时候公开贿卖试卷、人才竞进路子堵了，人才就会流向盗贼，就到出大事的时候了……"

王廉听着听着，立刻觉得不安了。棠儿在一边也皱眉头，这些话都由太监转奏乾隆，无论如何也是不妥当的。王廉嚅动一下嘴唇，刚说了句"中堂太劳乏，这么要紧的话，待精神好些，当面——"没说完，见棠儿摆手，便止住了。棠儿对傅恒道："王公公是奉旨来看看你，这些军国大事代奏着不合规例。我在你遗折里再添补个夹片，细细地你再斟酌，奏上去更好。王公公只要回去代你请圣安，就说还有遗物夹片奏上来就成，这么着可好！"

"是我糊涂了……糊涂了……"傅恒蓦然憬悟了一下，竟张开眼看了看王廉，略带失望地又闭上，"我是梦见主子，想说这些话……王廉去奏只会给他招麻烦……给赏王廉银子。且请去回旨吧……"

第九回　赴丧府和珅闻俪歌
召金殿钱沣蒙知遇

　　……王廉出了傅府，心头才轻松下来，他明白，傅恒已是到了弥留关头，心里若明若暗，把自己当成了哪个王公大臣，才娓娓陈说自己的政见。真的由自己"代奏"，傅恒是三天两天就去的人，倒霉的自是他王廉而已！棠儿只叫请安回旨，顿时解脱了他，想着还要去尹继善府给兆惠、海兰察传旨，便不再留茶，忙忙地打马径奔鲜花深处胡同北口的尹府。

　　尹家比傅家热闹得多。王廉久不来传旨，已经几乎认不出这地方儿了。一则是大雪，把尹家的门楼和一大片青堂瓦舍都混一染上了，二则南侧一带大约哪家王公贵人兴盖府邸，海子都填平了，横着白茫茫一片大空场，原来狭窄的一条弄巷一下子变得异常开阔，整条街都变了模样。只见沿府门南墙一溜都搭起了灵棚，一道墙全用白幔幛围了起来，旁边大轿小轿、八人抬的绿呢暖轿、二人抬的竹丝软轿排得密密麻麻拖出有半里之遥，满街都被人踩成了稀泥雪浆，家人们都披麻戴孝，有的吆喝号子从侧门往里抬"太平杠"，有的在墙外设"执事"，放引魂轿，摆椅轿，往执事架上插"曲律旗"，忙得团团转，叽里哇啦的响器中响着深沉的倒头鼓锣闷响，官员出出进进里夹着引丧执事人高声报唱官名的声音……甚是热闹淆乱。只有八字墙外那杆四丈余高纛旗也似的"嘟噜幡"，在稀疏的雪花中迎风猎猎抖动，幡上荷叶宝盖、彩球、彩绸、流苏、飘带也在风中凄凉地飘舞，似在诉说丧主不凡的生平，也似在哀惋他红尘一瞬风华不再。见到那块竖立在府门顶上的"敕封一等侯爵府"，满汉合璧蓝底金字的匾额，王廉一下子变得踌躇了：我是给兆海二人传旨的，给灵牌叩头不叩头？见了尹家人怎么说话抚慰？一头闯进去传了旨就走，尹家的自然不欢喜，对景儿时候就是事儿！钱，他倒是带的有，还有傅家的赏银，一则他舍不得送赙仪，二则太监给大臣送丧礼也没这规矩。正思量得不得要领，见尹府门政上老肖头头上缠着白布吭吭咳着出来，吩咐门上家人"还缺二十个斛食楼子①，叫他们赶紧去买！"这是熟极了的人，王廉忙迎上去拉过一边，如此这般说明来意。

"你进去瞧瞧吧。"老肖头忙得有点不耐烦，指着门洞过庭东房道，"迎送客人的事儿是我儿子肖本山管着，他那里名册上有就是来了。这会子没有坐客，来了又走了也没准儿。"说着又忙着指挥家人："往灵棚里送茶水！"

王廉只好自己进府，但见满府里都是官员，有的进灵堂有的打灵堂出来，三三两两聚在一处说话的，张着眼寻同年找故旧的，递赙仪单子的，京里六部的和外任官都有，偶尔也有面熟的，叫不上名字，也不好打招呼，只缩在人堆里乱钻。乍然间听得两声梆响，瑜伽焰口唱起压倒了满府嗡嗡嘤嘤之声。笙、管、笛、九音锣、法鼓、忏钟按节起乐，镗、锅、手鼓、引磬、木鱼打着板点，齐奏《莲池赞》，梵音法鼓足压尘嚣，满府立刻陷入极度的庄严、悲悯、沉浑的气氛中，领唱的和尚头戴毗卢帽、身披木棉袈裟，手举佛尺半咏半唱：

　　莲池海会，弥陀如来，观音势至坐莲台，接引上金阶。大誓弘开，普愿离尘埃……

坐在仪门外灵棚里的和尚们个个精神抖擞齐诵佛号，礼赞地藏王菩萨，歌声响入云霄：

"杨枝净水遍洒三千，性空八德利仞天。饿鬼免钟咽，天罪除愆。火焰化红莲，南无清凉地菩萨摩诃萨！"

"万德圆融相好光，紫露碧雾镇坛场。雨花动地空中坠，参礼毗卢大法王……"

便见那上师接步踱罡登上法座台，口中字字句句咬得真切：

"圆明一点本非空，了证无为向上宗。咦！三世诸佛那一步，权留宝座吾即登！"

---

①　丧家摆放施食焰口用的侟侟之器具。

正傻着眼看，王廉觉得背上有人拍了自己一下，吓了一跳，回过头却见是海兰察。海兰察就是板着脸也带三分喜相，觑了觑左近没人留心，悄声道："瞧这群贼和尚，唱着焰口，乌溜骨碌碌一双眼只看女人！你他娘的下头没蛋，看女人不是望洋兴叹！"王廉忙道："这会子可不敢跟爷说笑——万岁爷在养心殿，叫我传旨，您和兆军门立即去进见！"

海兰察一怔，左顾右盼了一下，说道："方才见他和福康安、和珅说话来着，这会子钻哪了？"王廉道："和珅在哪儿？他也叫进呢！"海兰察用手向东一指，说道："那不是？正在和阴阳仙儿排出殃日子呢——你去，我去叫兆惠。"说罢转身去了。这边王廉忙过来，果见和珅和个道士扯谈，正说得唾沫四溅：

"尹中堂是十一月寅时故者，丑日丑时出殃，你排得不错。可你这殃榜写得太粗了。一个天干一个地支各为殃的一个尺数。殃高几丈几尺？没有写出来。'甲巳子午九，乙庚丑未八，丙辛寅申七，丁壬卯酉六，戊癸辰戌五，己亥则四也'——要推详明白。鼠马鸡兔这四个属相的回避写对了，没说'亲丁不忌'，难道要孝子也回避灵棚儿？再说……"他一边说，尹家管家的捧着一叠子纸单子，王廉看时，有的点神主要请的点主官，襄立官、左执事右执事名单，点主用的各项仪仗物事单子，冥府封车祭库、番、尼、道、禅四棚经文箱……诸如此类花花绿绿的纸头等着他过目，王廉便知是尹家不熟悉北京红白喜事排场，请了和珅来当"里外通"，总揽丧事参赞的。但这时候儿再"不便打搅"也要打搅，因插口进来，将乾隆召见的话说了。

"这样。"和珅将手头一堆纸头递给管家，"你们不要慌张，骑马到崇文门把刘全找来，叫他带着长二奶奶来你府，统由长二奶奶主持，里头你女人，外头刘全帮着你照料。我进宫去办公事，请阿桂中堂点主，纪昀中堂为副。管取是又风光又体面。待我下朝再过来帮着料理。"和珅这才挤出人堆，对王廉道："走——"又高声对管家道："叫他们给我备马——这里和尚们——念《骷髅真言》——起念！"

一声"送和大人！"各灵棚斩衰期哀孝子男丁一齐出送叩头。和珅忙得一头热汗，要热毛巾揩一把脸笑着道："元长公地下有灵准得谢我。照家里人那么弄，都是江南风俗儿，都要七颠八倒了。"说话间马已备好，和珅坦然受了众人的礼，出门上骑打马而去，府里和尚们诵焰口声音已从背后传来：

昨日荒郊去玩游，忽睹一个大德骷髅。

荆棘丛中草没立，冷飕飕，

风吹荷叶倒愁！

骷髅！骷髅！

你在涸水河边卧洒清风，

翠草为毡月作灯。冷清清，

又无一个来往弟兄。

骷髅！骷髅！

你在路旁，这君子

你是谁家一个先亡？

雨打风吹似雪霜。

痛肝肠，泪汪汪。

骷髅！骷髅！

看你苦落得一对眼眶。

堪叹人生能几何？

金乌玉兔往如梭……

　　凄婉的歌吟声中，和珅了不为意，骑在马上嬉笑自若直趋禁城。王廉直导引他进了养心殿宫院才退出去，自到北玉皇庙市去买画去了。

　　养心殿里会议早已开了。和珅进来时李侍尧正在奏说修葺贡院的事，乾隆一手执笔坐在炕上，一边批折子一边听他说话，抬头见和珅进来要行礼，皱眉说道："不要行礼了——你哪里去了，四处寻不见你？"和珅到底还是打了个千儿，笑着把去尹府帮丧的事回了："他们家没有治丧里手，外头的事虽有礼部操办，府里头太乱，奴才送赙仪去的，瞧着不对，就留着帮忙了。"

　　"帮忙也是对的。"乾隆想到和珅在尹府蹿上忙下的情形儿，嘴角绽过一缕微笑，手虚按着示意和珅坐靠隔扇前的杌子上，说道，"以后身份不同，是大臣了，一要讲体态尊荣，二是无论到哪里，要跟军机处打招呼。要有大事寻你不到，渎职了是要黜罚的。"

和珅已经坐下，忙又半起身哈腰道："奴才记下了。万岁爷随叫随到！"

"方才说的几项，明伦楼、至公堂，还有棘城城垣，只有木料石料现成，其余工料银子核计七万四千零十六两，工部请旨要皇上御批，户部才能提银子。"李侍尧接着说道，他起身双手将一个折页捧给乾隆，"请皇上御览，没有讹漏就请恩准。"

乾隆接过来，没言语，一边想着什么一边随手翻览。和珅这才留神，一屋子共是七个大臣。兆惠坐在紧挨乾隆炕北边，南边是海兰察，都是雄赳赳按膝端坐，活似两尊门神，挨着兆惠依次环转，坐着阿桂、纪昀、于敏中、刘墉和李侍尧，南边靠窗墙角大自鸣钟旁还侍立着两个宫女，炕上一个宫女双手垂膝跪在墙边，随时预备着侍候乾隆笔砚茶水巾帕。肃穆安静中乾隆看完了折页，用朱笔批了"依奏，按军机处所议处置"。写罢说道："以后这类事由军机处统筹之后奏上来，不要单独列奏。送到朕这里的文卷不看完怕有要紧遗漏，所以小事不单列——你方才说军事上还有建议，接着说吧。"

"是！"李侍尧欠身说道，"奴才听了兆惠、海兰察的奏陈，准噶尔的阿睦尔撒纳败于我天山大军，和卓族的霍集占兄弟昔年败于准噶尔——这就是说霍集占是我败军之将的败军之将。好比弈棋，我能赢准噶尔，姓霍的输给准噶尔，所以霍集占根本不是我军对手，奴才以为这个思路不对，轻敌了。就是下棋，三角儿转互有输赢的事也常有的，不能依照此理推论我军必胜。"他咬了一下嘴唇顿住了。

乾隆脸上毫无表情，用笔在朱砂砚中空蘸着，说道："嗯，说下去。"

"西北地势高寒、广袤万里，回旋余地大，逼急了，敌人可以逃往帕米尔，也可以逃到罗刹国去。"李侍尧接着说道，"步兵我强敌弱，骑兵势均力敌，但这一战我是客军，天时地利人和，满打满算只能说略占上风。"

乾隆撂下了笔。正要说话，于敏中插口道："依着你说，霍集占蕞尔小丑盘踞一隅顽抗我军会剿竟是不能必操胜券？"他开口说话，言词里就不善，仿佛指摘李侍尧长敌志气。李侍尧脸上掠过一丝不快，礼貌地一点头说道："于师傅，兵凶战危，既是动干戈的事，应该事前多绸缪、多思量，打仗就少吃亏些。必操胜券的事也要小心去办。"这么不软不硬顶上一句，于敏中便觉得脸上有点挂不住，他初入军机，要学宰相度量，宽容地微笑了一下，身子向后仰了仰，不再言语了。乾隆也觉李侍尧解释得有理，又提起了笔听。

"我二十万大军散布很广，都在青海西部、天山南北麓集结过冬。"李侍尧似乎忧虑很深，枯着眉头凝视前方缓缓说道，"眼下大雪封山，道路遥远，运粮极为艰难。每天军需三千石，实际运上去一石要耗去二十石，那就是六万石粮食。前敌兵马要有两个月的储备，一万人吧……是九千万。就是内地每天总共要准备六十一万石粮集运上去，阿桂计划秋天全线进军，粗算一下总计要四千五百万石！主子，四千五百万石粮——那是一座粮山！陕、甘、宁夏、青海、山西、河南，现有存粮可供军用的有二千万石，明年夏粮征上来才能源源补给。"他掰手指头算计着，像口中含着一枚味道极重的橄榄，皱眉品味着说道："所以，我建议大军合围向后推一推日期。青海和天山两处大营以掎角之势遥遥控制局面。不要秋季进军，而是——"他艰难地蹦出一句话："后年春季全线进军！"说罢，坦然向后坐稳了，又加一句"这才是万全必胜之策"。

他前面的话说得细致入微，众人都是侧耳聆听，末了结论却否定了乾隆和阿桂既定"八月进军"的决策，又听得大家心头一震，都不禁悚然动容。

"你方才说开支浩大，"纪昀是个瘾君子，特旨允许御前会议上吸烟的，但今天屋小人多，他不敢，手里把握着大乌木烟斗会意而已，一边听着，沉吟道，"日期再推两季，岂不是更加役大投艰？"

"大军收缩回营，只用常例供应，牦牛、帐篷、车马、辎重、被服——一大笔运输消耗也就省下了。"李侍尧似乎有点渴，干咽一口看一眼乾隆的茶杯，又移到了别处。阿桂笑道："我还是主张秋季进军，秋季草高马肥，利于骑兵长途奔袭。"李侍尧含笑说道："我想敌人集中在南疆，若论草高马肥这一条，无论如何我们也比不上霍集占。"于敏中道："春季进军冰雪融化，道路翻浆，不利于行军，这是我听隋赫德说的——你这个建议奇！"

李侍尧瞟一眼这个新贵，看见于敏中这副故作雍容的模样他就生厌。但这是在乾隆面前，又是头一次议计军国大事的御前会议，无论心里怎样想，人人都是温文尔雅器重沉稳姿态，他吭了一声，说道："你说得对，春季出兵，敌人万万料不到，正应了一个'奇'字，隋赫德在天山，有些道路确实春季翻浆，但青海向西一路沙漠瀚海，最缺的就是水。没有翻浆的事，我倒担心士兵用水供应不上呐！"

兆惠和海兰察对视一眼，都又避开了去。兆惠是从前方赶回来的，海兰察也曾去过乌鲁木齐，他们都是带久了兵的老行伍。李侍尧这些话可说是都是一矢中的之言，但乾隆方才说过：将军怕打仗、文官都爱钱，如今的事还了得？平息阿睦尔撒纳叛乱，兆惠没有用本部人马，带了额敏和玉素布两部五千人直捣敌穴，不旬日间就荡平了准噶尔，将军意气何其雄也！若不是雅尔哈善玩敌误国，库车城早已拿下来了。海兰察也在乾隆跟前立了军令状，"灭此朝食时不我待！"又训斥六部："畏难怯战，一味招抚，连天朝大体都不顾！"……急于取胜心切溢于言表……他们自己觉得已经被乾隆的话"挤"到了退无可退的角落。尽管李侍尧的话都对，不敢也不愿附和，那样，乾隆就太失望了。

"春季进军，李侍尧想的是。"乾隆突兀说道，众人都发怔间，乾隆咬牙狞笑道，"但不是后年春。会议之后，阿桂、兆惠、海兰察要即刻离京，明年开春由兆惠前敌，速平和卓之乱。"

现在已是十一月——明年开春进军！即便此刻立即散会，还要和六部紧急磋商筹备，调度各路粮秣供应，商计进军计划，还有六千里冰天雪地遥途才能赶到哈密大营——所有人都被他这突然冒出的决策震惊了，一时竟人人僵坐如偶！乾隆刹那间心中闪过一丝犹豫，但帝皇至高无上的威权和自尊阻止了他改口，他很快就平静下来，暗自嘘了一口气，格格一笑，问兆惠、梅兰察："二位将军，你们看如何？有什么难处，只管说！"

"皇上睿圣天纵，英断明决，奴才遵旨！"兆惠情知此刻无论如何不能扫了乾隆的兴，一边心里急速转着念头算计"难处"，应声答道，"霍集占兄弟忘恩负义人心丧尽，回部叛众穷蹙一隅势单力薄。再者，他万万想不到我军明春进军，以有道灭无道，以有备攻无备，可操胜算！"说着，心里已有了章程，一俯身又道："皇上，这样打，不能全军齐推，只可大军遥相呼应逼近和卓。奴才愿带五千人直插和卓，请万岁下旨六部，一是马匹、二是粮食、三是草料，三月之前必须运到乌鲁木齐。运不到，也请以军法从事！奴才请旨，由海兰察掠军策应，这样，我们老搭档合力作战，我在前头打得放心。"海兰察心思灵动精密还在兆惠之上，接口就道："万岁爷养活我们厮杀汉作么？你只管在前头扫荡，把我营里马铳鸟铳药枪都给你，咱们给主子作脸看，就是马革里尸，我这头出不了疏漏！"

本来一派紧张严肃的气氛，海兰察一句"马革里尸"顿时逗得众人一乐，阿桂此时也已想明白，乾隆要急战，臣子万万要比他还急才能惬怀圣意，算了算也有一多半胜机，紧凑着一劳永逸了也罢，这样想，心头略宽了些，笑道："这么着，明日我亲自主持兵部户部会议，主事以上堂官一律出席，由你们二人按需项提出来，是哪个司的差使就当堂布置了。然后我三人就辞驾出京。差使办不好，咱们三个都'马革里尸'回来见主子！"纪昀笑道："军机会议上都闹出'马革里尸'了，海兰察读的好书！"和珅笑道："那叫马革裹尸——海兰察认真看清了么？——他在下头也是八面威风，就说错了也没人敢正他的误。"海兰察红着脸一摸头笑道："主子，怪不得上回在兵部说马革里尸他们都笑，高凤梧还说'都不告诉他，叫他糊涂到死！'如今才恍然大悟过来！"

"这才是个振作的样子！"乾隆大笑道，"兆惠前锋，海兰察殿后，直插叶尔羌，给朕痛痛地剿！班师凯旋日子，朕十里郊迎得胜将军！"

"喳！"海兰察、兆惠挺身起来昂然答道。海兰察皮脸儿一笑又道："奴才们准能揍得霍集占兄弟恍然大悟过来！"

众人立时又哄堂大笑，乾隆笑着摆手，说道："阿桂、侍尧和两位将军，你们跪安吧。阿桂传旨给礼部、内务府，兆惠、海兰察的儿子授三等车骑校尉，补进乾清门三等侍卫！去吧！"

"喳！"

四个人齐伏叩地大声答道，起身哈腰却步退出殿去。

炕下八个人去了四个，顿时空落了许多。乾隆坐得久了，想挪身下来，又坐回了身子，神色变得凝重起来，呆呆地盯视着暖阁隔扁瓶架，良久，叹息一声道："军务上的事，由着将军们去筹划吧。叫了你们进来听听，也好知道朕为政之难。眼下一是赈灾，发放冬粮，春耕种粮；二是春闱科考，不能再闹出舞弊卖官的拆烂污事儿——这都是大局。阿桂去了，自然是纪昀、于敏中同李侍尧办理，务必不能荒怠了。朕在京，可以随时进来请旨的。国泰的案子一直拖下去不好。他是诸侯一方的封疆大吏，也是受国恩的满洲簪缨子弟，朕一直等着他有个谢罪折子，能不惊动朝局缓办了最好。看来，他还真的是天各一方皇帝远，仍旧在那里为所欲为！"说着抬起脸来问窗外卜义："钱沣进来没有？"

"回主子！"卜义在窗外应声答道，"来了有半个时辰了，奉旨在王廉房里等候召见！"

"叫进来吧。"乾隆吩咐一声，端茶啜着，已见钱沣步履从容，橐橐有声踩着临清砖地进殿来，乾隆微笑着看他行礼，温声说道，"起来吧，挨着和珅坐——朕来介绍：这是纪昀，这是于敏中，这是刘墉，这是和珅……都是你闻名不曾谋面的……"

他一边说，纪昀已在审视钱沣，只见他穿着獬豸补服，头上戴着的蓝宝石顶子端正放在机前的茶几上，靛青色的薄棉裤洗得泛白，套在九蟒五爪袍子里。脚下官靴里套的布袜，还有马蹄袖里的衬衣都是浆洗得干干净净老棉粗布，瓜子脸上一双细眉又平又直，眉梢微微下垂，黑瞙瞙的瞳仁闪烁着，几乎不见眼白，下颏略略翘起，绷着嘴唇，似乎随时都在凝神聆听别人说话。纪昀不禁暗赞，怪不得乾隆垂爱，这份凝重端庄练达器宇，一见就令人忘俗！何况这么年轻的！于敏中也掂掇：此人少年老成。刘墉也觉此人大方从容。只和珅想，这要算个美男子了，颧骨似乎高了点？鼻梁又低了点……钱沣没有理会众人注目自己，听乾隆介绍着——领首欠身操一口昆明腔说道："谢皇上！不敢当皇上亲自介绍——学生钱沣久在奉天，多赴外任，疏于向各位大人聆听请教，日后奔走左右，盼能时加训诲！"

"朕还是要介绍清白。"乾隆微微笑着又道，"他与窦光鼐是同年进士，十六岁入翰林院为庶吉士，十九岁进教馆检讨，二十岁选江南道监察御史、改授奉天御史。高恒一案他第一个明章弹劾，勒尔谨、王亶望一案已经写好奏章，刘统勋告知了朕，是朕特旨改为密奏——朕是深恐他得罪权贵太多啊！所以特简调入奉天……这次国泰之案，他又是首发。"他顿了一下，又道："他与窦光鼐有所不同，窦光鼐指奸摘佞，只是勇猛无前，不计利弊，此人发微见著毫不容情，但却执于中庸、衡以大道，这就比窦光鼐更为难能了。"

他很少这样长篇大论评价人物，更遑论钱沣还只能算个部院小吏，几个大臣都听得不自在，目视钱沣时，虽然也有点局促，却不显得慌乱无措，双手抚膝端坐，红着脸道："这是皇上勉励！臣草茅后进识陋见浅，出于蓬蒿进于青紫，皇上特简不次超迁，受恩如此深重，焉敢不尽忠尽职继之以死！今蒙皇上盛赞金奖，仰视高深扪心俯愧，请皇上暂收考语，留作臣进步余地。"说完，已经完全平静下来。

"嗯。你这个话也是题中应有之义。"乾隆也觉得自己前头的话没有留出余地，笑道，"要是直受不辞，也就不是钱沣了。当日勒尔谨、王亶望事发，一案株连府县官吏死了七十余人，钱沣同陕西巡抚毕沅曾两次署理陕甘总督，也有奏疏弹劾。嗯——他奏折里怎么写来？"他突然问纪昀道。

纪昀被问得一怔，这已经是几年前的事了，时过境迁，每天不知看多少奏折文卷，冷不丁地抽问出来，如何能够记忆？但乾隆披阅的奏章他读得多了，时有勒过红杠下笔痛斥的，有用指甲掐出痕迹的是他在心留意之处，有的连连勾圈，皆是他心悦嘉赏的字句……循这个道儿厘清思路，一时就有了。纪昀仰着脸呆想一阵，笑道："日子久了，臣不能全忆，只记得几句精警之言，'冒赈折捐，固由亶望轨法。但亶望为布政使时，沅两署总督。近在同城，岂无闻见？使沅早发其奸，则播恶不致如此之甚；即陷于刑辟者，亦不致如此之多！臣不敢谓其利令智昏，甘受所饵，惟是瞻徇回护，不肯举发，甚非大臣居心之道……'别的臣不能背诵了。"

"这就是春秋责备，仁者诛心之论，"乾隆说道，"所以国泰的案子不能再拖下去，因缘瞻徇，不知还会有多少官员陷溺进去，跟着国泰倒霉。今日就下旨，刘墉为钦差正役、和珅为副，与钱沣三人赶赴山东，彻查此案。"

"是！"三人一齐离座叩头，"臣等领旨！"

乾隆没有叫他们起来，目中余光瞭了于敏中和纪昀一下，注视着三人说道："国泰不同于高恒、王亶望，真正是树大根深。他父子两个连任封疆，父亲文绶门生故吏周遍天下，中朝内外身居要津的很多，一案牵动全局，办理不善，不单是山东一省局面的事，波及大局就不好了。所以一要快，二要谨慎，蔓生枝节的事可以存疑，留待日后逐一去办。如果此案中人事与你们几人谁有瓜葛，就在这里说明了，你们都是朕的股肱信用大臣，也无须回避的。"他像是要留给众人思索余地，挪动着发酸的腿下炕来，出去"更衣"了。

和珅心里一阵慌乱，他现在吴氏房里放着几十万的宝物房产就是国泰送来的供献！要不要当"瓜葛"认承出去？——无须回避——话是这么说，一口就供出这么多，国泰凭什么送你这么厚的礼？总得说明白吧？说得清楚吗？当日鄂尔善收受两万两银子，乾隆也曾说过"信任"鄂尔善，招出来没事，认了供，不但兵部尚书撤了，接着大臣们一个会议谳审，定了斩立决，"从宽恩减"了仍旧是赐自尽！再说，迟不说早不说，特特地乾隆问出来才缴，你和珅算怎么回事儿？崇文门税关是天下有名的肥缺，你在任外能收这么多钱，任内呢？今年你收了这么多，去年呢？前年呢？……联想下去干脆是不能想！和珅想到这里也就不想了，总之是万万不能说，没根没梢的事就像男女合奸，按不住屁股不认账，蹬上裤子也不认账！这么着思量，他的胆气立刻豪壮起来，竟认真审量起壁上的字画来。一时乾隆回来，洗了手仍复升炕，于敏中在旁躬身说道："万岁，钱沣在奏疏里劾奏的还有于易简。于易简是臣的堂弟，乾隆三十年放缺山东布政使。前次皇上召见，臣已经向皇上明白直奏。现在既查他的案子，臣还是该引嫌回避。"

"朕说过无须回避，于师傅只管安心，不要过问这案子就是了。"乾隆颜色霁和，轻松地微笑道，"当日世宗诛杀张廷璐，首辅张廷玉也说有株连。"他看了看三个跪着的臣子，笑道："既然没有瓜葛嫌疑，你们放手去办。时下正是隆冬季节，今日递来山东晴雨表，山东也在下大雪。去了要督催地方官紧着些赈灾，明春度荒粮、种粮牛具都要未雨绸缪，兖州府秋天夺佃，有几处佃农聚众闹事的，刘墉办过那些案子。闹过事的地方人心不稳，要加意抚恤。有些个为富不仁囤积居奇的业主，也不能放纵偏袒。凡事都有个理在里头，不偏不倚是谓中庸——你们是驿传去山东，还是一路查访走路？"

这么一问，钱沣和珅便都看刘墉。刘墉道："皇上委臣等钦差，煌煌明诏昭示天下，还是驿传走路为好。我们三人同行同止，有事可以随时商量，也不必拘定大摇大摆到济南。路途有事，臣等随时缮折奏明，请旨施行再办。"和珅道："奴才以刘墉马首是瞻。"钱沣却叩头道："国泰于易简多年经营，盘根错节，京师省垣有说不清的人事瓜葛。为防着他有所预备，或串通供词隐匿物证，转移财物，臣请封锁山东巡抚衙门驻京看折子师爷书房①，所有驿站与山东交通书信，山东发往北京的一概不问，北京发往山东的一律拆检。因驿站是兵部管辖，所以要请旨办理。"乾隆点头，说道："奏的是，纪昀回去，由军机处发文兵部照准。"

"是！"纪昀忙离座躬身答道。和珅眼见众人都要辞出，忙道："主子，奴才这就要出差，崇文门关税上的事已经不能兼顾。请辞去关税总监一职，请皇上另委妥当吏员主持。办了交割奴才才好上路。"乾隆道："一时怕来不及吧？交割得太匆忙，反而容易疏漏的。"和珅笑道："关税账目款项收支虽然烦琐，都有章程规矩管着，日清月结明白。现在交割，一文钱不清楚奴才也能说出下落，这一去或三月或半年，怕回来又出糊涂账。崇文门税关衙门税收杂乱，容易混淆，账目一乱，容易给小人混水摸鱼了去。奴才恳请主子早点派员接管——这是肥缺，钻营的人多，旷的日子多了极容易出事的。"

乾隆笑道："好啊！你要一身清白上路，免去后顾之忧？朕成全你这段好心思——福康安上次荐了一个人叫舒格的，是内务府的笔帖式，就由他暂署崇文门关税衙门。"说罢便叫："你们去吧！"

五人辞出养心殿，踏着冻得铮铮作响的永巷出来，到永巷口分手，纪昀和于敏中回军机处，刘墉三人却从西华门出了紫禁城。其时已近午时时分，天仍阴得很重，却已经住雪了，西华门外拆掉了张廷玉当年的办事府邸，也拆掉了北边的太医院，大雪白皑皑野茫茫一片，空寂寥廓的空场上西北风狂烈地肆虐，卷起的雪尘像一阵阵白雾，又像屑细的白烟串地流移……三个人心思不一，眯着眼站在石狮子旁边伫立多时，和珅问道："崇如大人，我们几时动身？封锁看折子师爷书房的事怎么办？"

"我们动身由礼部奉旨后安排，仪仗、护卫关防按定制章程办。"刘墉静静地望着前方，"封锁书房有两个办法，一是由顺天府出票把他们全部拿下，案结以后再放人；二是密切监视，明松暗紧看牢了他们，不得传递消息到山东就成。东注，你看怎么办好？"钱沣沉思着道："密切监视似乎好些，顺天府拿人声势太大，北京这么多人，总有去山东的，我们不能禁绝，

---

① 当时各省总督巡抚在京都设有此类办事机构，专门测探朝廷重大事件动向。发往军机处的奏折都由这些看折子师爷先行过目，如有不妥即留扣不发，避免错误。

容易走漏风声的。"和珅却笑道:"圣旨一颁钦差出京,已经招摇得地动山摇了。密切监视其实也'密'不了。不如这样——顺天府只管拿人贴封条,不说奉旨,只说这几个师爷聚赌嫖娼行为不端,拿到顺天府取保候审,这样就拘得他们动不得。即使将来案子情节罪名不重,我们也留有退步余地。二位大人,这么着成不成?"

钱沣和刘墉都听得一怔,和珅的办法无论如何都叫出邪,带着阴损,但这办法确是左右逢源进退裕如,没有一点后患,就大体而言,其实也"封锁"了这个书房,无辱于大局。和珅见他们沉吟,笑道:"我知道你们心性儿清高,这法子不够君子,崇如大人心里明白,如今刑狱上的事比这黑十倍的都多得是!举大事不拘小节,我觉得不宜胶柱鼓瑟!这么变通一下好处是明摆着的。崇如大人要觉得不妥,我说过以你的马首是瞻。"

"就这样办,我负这个责任。"刘墉终于下了决心,"和珅这就去顺天府传我的指令,我和钱东注在刑部签押房等你,有些细务还要商量。"和珅笑得满脸开花,说道:"我还要到税关上交代一下差使,上午过不来了,下午申时我赶到刑部。"说着便匆匆升轿而去。刘墉呵了呵手,见钱沣站着不动,问道:"东注,你在想什么?"

钱沣看着和珅的轿飘飘摇摇远去,良久,嘘了一口寒气,说道:"没什么,我想得远了……我们走吧。"

西华门到崇文门并不远,一刻工夫和珅已经到了衙门,风风火火下轿来看,崇文门外大雪封道,几乎没有人进出关门,只刘全带着衙门的人在清扫照壁前后的积雪,见和珅下来,所有的人都住了活计,原地垂手站着让路,刘全迎上来笑道:"爷这早晚才下来?衙门里家里人都知道了,爷进了军机大章京。除了军机大臣,这是天下头等红差!弟兄们备了份子,家里也预备了酒,说连衙门的人都请去高乐儿一天!吴姨姨长二奶奶……"

"先不说这些无用的。"和珅笑道,"这里的差使我已经辞了,福康安哥儿的门人舒格来管。账房上头听了,把账簿子预备好,库存的银子,余羡都盘结齐整,新总监来了要交割得瓜清水白——我放了钦差要去山东,回来还要过问这里的事,仔细着我扒了你们的皮!办得好我自然还要赏你们!"众人忙不迭答应着,和珅又道:"我走得急,这次既不能吃你们酒,也不得请你们了,从我月例里拨二十两银子,就由这里的老夫子代理,到六合居办十桌上好席面儿，从伙夫杂役到各房吏目一个不落都请，等我出差回来咱们一处再乐子——这么着可好？"

"好！"

人们欢呼雀跃，一蹦老高答道。有的叫"祝和老总公侯万代！"有的喊"全仗和大军机提携！""和钦差顺风万里一路平安！"……乱糟糟一片声嚷。吵叫闹声中和珅拉了刘全上轿，对轿夫们说道："先回府去，略一停再到顺天府——辛苦些儿，每人给你们加二两赏银！"轿夫们兴奋地"噢"地一叫，轿子已经飘飘离了地。

"和爷这么忽张的！"和珅的轿子不大，两个人挤进去，中间的横板就得去掉，刘全斜签着坐在轿口，觑着和珅脸色笑道，"是万岁爷的旨意下得急么？"

轿子在街衢上穿行得很快，黑白相间的光线不断变幻着透过轿帘映进来，和珅的脸色一时阴一时阳，显得有点阴森，他稳稳坐着，透纱幕看着模糊不清的街井，绷着嘴唇似笑不笑的，良久才道："我要去查办国泰的案子——那包东西怎么办？"

"啥？"刘全眼皮急速跳了一下，随即就笑起来，"这是老爷的财福——没有人证也没物证，没字据没收条，国泰要是不倒，这是顺水人情，算老爷你保的他，往后更得照应；国泰倒了，树倒猢狲散，各人顾各人，他一个家奴敢来找事儿？一个挟嫌报复攀诬大臣就送他打牲乌拉去给披甲人为奴！"和珅摇头，冷笑道："你那一套给街痞子赌徒们玩玩还行。几十万的东西丢进水里还听个响儿呢！朝局里头的事好比浪里行船，顺风时候要想顶头风来怎么办。一到对景儿时候，墙倒众人推，别说这大的事，马蹄坑里雨水还淹死人呢！国泰，你以为他是吃素的？平白送我银子，然后由着我整治他？"这一说刘全也没了主意，想了半晌，说道："爷就是钦差，想保他也容易的，只要山东早点预备，查不出人家毛病，国泰是清官，也就万事大吉！"

和珅默然不语移时，突然一笑，说道："我是副钦差，还有正钦差呢！那个钱沣不哼不哈，也不是好招惹的主儿。国泰要是清官，哪来这么多银子孝敬我？事情要掩得住，也不必白白贡献我这么多——我来告诉你，知道了我放钦差，这人正急得狗不能过河似的要见我呢！"

"那您见他不见？"

"不见。"

"他找您容易呀！"

"找我容易见我难。去过顺天府我就到刑部衙门，钦差挂牌免见客人，他见不到我。"

"他要闹起来怎么办？"

和珅傲然仰了仰身子，说道："你跟了我这么多年，半点长进没有！他要闹反而好办，乱棍一顿就黑了他——他不敢，他是替国泰在我这儿关说人事的，指着我保国泰，先和我翻脸？……不过……国泰如果立刻拿下，他也许就要张扬了。"至此，刘全已经明白了和珅拉自己上轿的用意，咬牙狞笑一声说道："黑了他，他就不能张扬了！"

一股寒冽的罡风卷着雪粒子扑了轿帘一下，吹进的冷风凉得和珅一缩，许久才道："那是万不得已的事。你可以承许他一万两银子，叫他远走高飞。他要是不肯，再想别的法子。"

"成！我亲自去见这杂种！"

"不成！"和珅道，"我如今是什么身份？我这就要保举你当税关副总监，放出去顶得一个知府了。这名分出去杀人，闹出来，天下虽大，没有你我立足之地！"

"那您说……"

"你是要我掰着手教你啊？"和珅微微笑着，手里把玩着汉玉佩，声音阴沉又喑哑，"忘了上回司尚贵告税关前任余额下落不明的事了？听我说，你带三万两银票去见你把兄姚天龙，他是这里青帮老大。他一万五，送东西的一万五，事成之后再给姚天龙两万。那人要知趣，带银子走路，不识抬举，叫姚天龙看着办。这么着，事情稳稳当当也就办下来了。""出这么大价钱，姚天龙肯定办！"刘全高兴得脸上放光，"没来由的我也不乐意杀人，你说一万，怎么又给一万五？"和珅笑道："留出五千给姚天龙克扣嘛——记住，只和姚天龙一个人打交道，只说话递银票，半点字据不能留，明白？"

刘全满面都是笑容，连连点头道："明白明白——不过那人我只见过一面，连名字也没留下……"

"你放心。"和珅裹了裹衣襟，"他肯定找上门来。也许此刻就在府里等着我呢！"他招手命刘全附耳过来，细细又叮嘱吩咐了许多……

第十回　委钦差山东查巨案
　　　　听谣传侍尧畏"黑砖"

　　和珅推详物理人情可谓料事如神。轿子在和府大门口下马石旁一停，门洞里一窝蜂般拥出一群京官，有内务府的朋友，也有銮仪卫里的同事，还有上书房军机处的笔帖式、书办、师爷甚至杂役，这些人都在眼巴巴地等他下朝，拜贺他荣升军机外放钦差。刘全一眼便见那夜替国泰送礼的人秃着个头也挤在里头。见和珅下轿，这群人有的媚笑有的谄笑有的憨笑有的傻笑有的微笑有的大笑，各自身份不同笑容也就有异，都是满面堆笑迎上来，作拱打揖的请安礼拜的，拍肩握手的，有的故作豪爽放声打趣，有的有意矜持诚挚寒暄，有的见缝插针套牢交情的，牛鬼蛇神各行其道。嚷着"这是天大的喜事——和大爷一步青云，要请客！""少壮得意平步青紫前程不可限量！""好爷的乖乖了不的！这一钦差出去，起居八座威名传遍天下……我跟了您去吧？""和爷这么年轻就宣麻拜相，大清开国没有先例……""圣眷优渥，独占先枝了！""天寒路遥，一路留心身子骨儿……"如此等等不一而足。

　　和珅从容大方站在当地，听众人说着一囤一车的颂圣言语，谦逊地微笑着一一点头，待人声稍歇，双手一拱说道："兄弟不敢。侥幸得蒙天恩，所以能有今日。一是圣恩不可负，只有勤勉努力，兢兢业业仰报高厚；二是贫贱之交不敢忘，糟糠之妻不下堂。诸位不嫌弃我，仍旧和平日一样常来走动，该照应当照应的和珅不敢推辞。在家靠床睡出门靠墙，也还盼朋友们多多帮衬。今儿个来的都不要走，家常便饭留客——不过兄弟不能相陪了。我回来带上行李就得到钦差行辕报到，有什么事等我出差回来见面说话！"说罢，笑嘻嘻地一个长揖，抬脚便进府去了。

　　"各位大人，各位大人！"刘全眼见众人又要向府里追和珅，伸开双臂虚拦住了，大声道，"钦差大臣奉旨之日不见外客，这是规矩。和大人有话请客，我刘全代办——府里议事厅又宽敞又暖和，摆起桌子来，咱们吃他个一醉方休！"哄着撺弄着，和几个家人把这群狐朋狗友们都让请进了府里。因见那个送礼的站在石榴树下逡巡，笑吟吟过来，双拳一抱说道："这位尊兄贵姓、台甫？既然来了，请一同入席。"

那人左右看看没人，也抱了抱拳，皮笑肉不笑道："尊驾'滚刀肉'刘全，真个名不虚传，这么好忘性么？我叫毛祖辉，是山东巡抚衙门的钱粮师爷——"

"噢——噢噢——想起来了！"刘全恍然大悟，一拍脑门子笑道，"您瞧我这记性！毛老夫子，久仰久仰！"他倏地压低了嗓门，阴笑着道："现在人多眼杂，不是说话时候。和老爷此刻也不能见您。您送来的东西没启封，还在后屋礼品架子上堆着。主人很感国大人厚意，这次山东去见着面了要好好请国大人喝几杯呢！"

毛祖辉听得品不出滋味，见说"没启封"，脸上变了颜色，嘿嘿冷笑，抚着酒坛子似的光脑门子道："和我儿戏！老子吞刀吃火，也不是好惹的角色——只要我胳膊这么一扬，喊一声'和珅接了国泰一百万两银子！'钦差也就不钦差，大人也就变成小人了！""要喊你就喊，喊出来你就是疯子。"刘全笑道，"喊出来准要了国泰的命，我们和大人一根汗毛你也扳不倒！"

"走吧，先吃酒，"刘全见毛祖辉发愣，推了推他膀子，"一切包在兄弟我身上。等吃完酒，我和你细谈——告诉你，此刻和大人已经离府出去了。奉旨知会顺天府，要封锁你们衙门看折子师爷所！"

毛祖辉像是突如其来后脑勺上挨了一闷棍，脸上惨白得没半点血色，站在当地晃了一下才站稳了，喃喃说道："封书房了？还没到山东查案，这边就动手了？这……这……"

"别你娘的这副熊样儿，还'吞刀吃火'呢！"刘全拍了一下他肩头，吓得毛祖辉浑身一哆嗦，"这是奉旨的事儿，谁也挡不住！你就住在看折子书房吧。我给你另安置——我们和大人有的是办法，别他娘的这么丧魂失魄的。人瞧了算怎么回事？"说着，拉了形同白痴的毛祖辉进屋，向大家介绍道："带个新朋友大家相识，这是驻藏大臣阿穆哈大人跟前的师爷白修文先生！来来来，请入席说话……"

　　和珅回府确实是打了一个磨旋儿就走了，先到后堂夫人屋里，说明了奉旨就要上路的话，长二姑也在，又叮嘱了"家里家外都忙你一个，一是太太的病，再寻个好郎中瞧瞧，和吴姨姨好生相处。要有什么要紧事，和吴姨姨商量好了再办……我那头起居饮食，凡百事情都有人照料……"又说"甭记挂我在外头串胡同找女人，钦差大臣动一步，几十个人跟着做规矩。怎么弄？何况我也不是那样人……"说得一本正经，长二姑和上房丫头们都偏脸儿嗤笑。躺在床上的冯氏也不禁莞尔，说道："别这么婆婆妈妈了，我们都省得……"

　　和珅笑着出来，又到吴氏房中，见一屋子媳妇老婆子站着回事儿，摆摆手道："你们出去。"吴氏已笑着迎起身来，只神情里带着几分忸怩，张忙着还要倒茶。和珅道："我立地就要走，你不用忙，有一大笔银子出项，你交给刘全办，我特地回来就为这个。"因将刘全支用五万两银子的事说了，又道："这一项你支十六万，给刘全六万，那十万两是你的体己银子。我走了，你和长二姑处好，万万不要闹生分，家政上的事她说怎样就怎样。我在外头给皇上出力，你们别弄得后院失火。"吴氏道："前头你已经给了我一个庄子，我要那么多银子作么？银子都放出去了，账上能动的只有十万多个零头，还要翻盖宅子，打得太紧了府里人受委屈……"和珅见她容光焕发，目中奕奕有神，凑近了小声儿笑道："真真的体贴心疼可人意儿的……你就瞧着办吧！等我回来再酬劳你……"说着手伸过去，隔衣裳在她胸前捻了一下，吴氏嗔着打落他手，和珅笑着出门，一回头见正房卷案上一封一封的桑皮纸包儿，站住了脚问道："这都是哪来的？"

　　"还不是前院那起子龌龊官儿！"吴氏抿嘴儿笑道，"见你得意儿升官，都赶了来送礼的！"

　　"嗯……这样不成。"和珅皱眉道，"叫刘全原封都退还给本人。就说'君子之交淡如水'，该给大家办事还办，每人送他们一包好茶，算我没有慢客之意。往后这样银子一律不接——我去了。"

　　这里出门打轿急行，走了约少半个时辰，隔轿窗遥遥便见顺天府高大灰暗的三间倒厦门。顺天府因是附郭皇城的首都政府，管着大兴和宛平两个附郭县，下辖固安、霸州、昌平、通州、三河、香河、玉田、良乡、房山、蓟州、怀柔、顺义、平谷、遵化……二十八个县治东西六百九十一里南北五百一十里，号称"天下第一府"。其衙门规制，主官品秩都不同于外省，知府衙门府尹是正三品官位，和奉天府尹官级一样，衙门与各省布政司平行齐观。轿子渐渐走近，和珅见一大群衙役列队站在府仪门外照壁前大空场上，几个吏目正在清点人数，诧异着下轿来，便见顺天府尹郭英年穿着孔雀补服，双手捧着手本一路小跑迎了上来。和珅情知府里已经得了消息专候他来，站着等他行了礼，也不接手本，双手虚抬一下笑道："郭瑶草，你这是弄什么玄虚？"

"今日上午于中堂、纪中堂接见了我。"郭英年笑得两眼眯成一条缝，"说让我在府里等着大驾，有吩咐奉旨要办的大案——今儿午饭我都是让大伙房里开伙，刑名上的人一个不落都得给我等着……哎呀呀！上午内务府赵堂官来说，约我一同到府上拜贺，后来又见着福四爷，说不用过去了，和钦差今儿一天忙得未必落屋呢……啧啧……还记得上午马二侉子请客，席上吴铁嘴神相，说您，五岳齐光山根明亮印堂生彩，二十五岁交大运，如来洪水猛兽不可阻挡，事事承意，行来百无禁忌。看看，应了不是？有旨令请先吩咐，完了事我请客！"

和珅一边听一边笑，说道："一大堆废话，只有最后一句有用——你知道山东省巡抚衙门看折子书房不知道？""知道！"郭英年道，"挨着屎壳郎胡同北头，西折那座四合院就是——怎么，要抄宅么？""要抄。"和珅沉重地点点头，"不过，要掉一点花胡哨儿，不能明冲硬来……"说着，扯他过一边墙角嘀嘀咕咕又交代了一气。

郭英年边听边点头"嗯"着，末了笑道："这是外府里如今弄钱的法子。把堂子里的野鸡都捉起来，审问哪些当官的去嫖过，然后抓人，连吓带镇乎，取保走人，送了钱没事儿——只是这是犯规矩，不是犯王法，您要查检书房里的奏折书信，我不能往里头搅和。文卷取走了，山东巡抚衙门追问，我不好交代。可这又是奉旨的事，您要查看，只管查就是，就当我没看见，这么着可成？"和珅笑道："怪不得人都叫你'琉璃蛋儿'，滑溜得像条泥鳅——好，就这么着两便当！"郭英年还要解说北玉皇庙粥棚纷争的事，和珅一拍他肩头道："放——心！瑶草你我谁跟谁呀！下头人磨牙咬屁股的事往后还有着呢！——走，办差去，等我山东回来，你给我弄桌好席面，吃了一抹油嘴儿，咱们好朋友！"说得郭英年咧嘴儿直笑。

　　封了山东巡抚衙门看折子书房，天色已经向黑，冬日昼短夜长，和珅看表时尚在酉正刚过不久。上半天会议，下半天城南城东又绕城西，家事公事搅着办，足足奔波了五六十里地，饶是他顽筋泼皮，腿脚心思连轴动，也觉有点乏上来。抄检书房时，别的衙役们都趁火打劫，旮旯缝隙地搜细软扑金银，他有心的人，只情拣着国泰的私人信函，一网包儿收取，也来不及翻看，两只袖子里塞得满都是信。郭英年还要请他吃饭，再三笑辞了，升轿直返绳匠胡同刑部衙门来。其时已经散衙，除了门上守值衙役，前院后院静悄悄的苍麻儿黑，连个人影儿也不见。他觉得内逼上来，到东厕里倒了吕梁缸似哗哗一阵子，这才轻松了，挽着裆系着裤带出来，遥见签押房也黑着灯，自言自语道："说是在签押房等我的么……怎么不见人？"正自诧异，见几个衙役提着灯，列队缓步过来，走近了才看清，领队的是刑捕厅的堂官邢建业。和珅和他极相熟的，叫住了，笑道："老邢，吃过饭了？刘司寇和钱沣不是在衙门么？这会子签押房黑洞洞的，都到哪去了？"

　　"啊——是和大人呐！"邢建业已年过耳顺，身子还健得像头壮牛，见是和珅，呵呵笑着声如洪钟似的，拱拱手说道，"都在后堂呢！于中堂、纪中堂还有李军门，奉旨来给三位钦差送行——瞧我这眼神儿，还以为您是谳狱司的师爷下值了呢！老了……不中用了……我带老爷过去……"说着便前头走。和珅知道此人也有侍卫身份，也就不敢拿大，一边走一边笑道："论说你也不容易，这么大岁数了也该歇歇儿的了，还要来这里查夜值岗——回头我跟崇如大人说说，这些差使叫年轻人做就是了。"邢建业道："万岁爷亲自点我跟你们出差，这么体面的事有什么累？再者我是个使力不使心的，一歇就有病，犯贱！我三个儿都叫他们跟着，我得叫他们见识见识什么叫办差！他们太嫩也太娇了……上回叫他们跟刘大人山东去，叫人围了，一封告急信愣送不出去，回来还傲得大腊头似的跟我说嘴，叫我照脸啐他们一口：几百个泥脚杆子就吓得你们躲庙里乌龟不出洞儿，还敢在老子跟前显摆！什么十三太保，邢家三雄——熊包儿！"

　　和珅听他唠唠叨叨说"当年跟乾隆爷下江南"——这是连黄天霸的十三太保都捎带进去了，笑着心里一动，问道："这次都谁跟钦差，除了您一家父子，黄天霸的徒弟们去不去？"邢建业道："尿太保！十三个人儿打架累死一个，剩下十二个，只有黄富光、黄富宗、黄富扬、黄富名五六个人还囫囵，剩下的不是断胳膊就是瘸腿，还'太保'呢！这回万岁爷还点有梁富云跟腿儿，也在里头呢！唉……话说回来了，也不能说这些太保无能，如今太平久了，他娘的人都变了性儿！都像躁气得了痰症，动不动就发邪火，操家伙就想打架！一招就一群，打东家抗官府，灭门抄家都不带寒碜的——山东泗水刘贤鲁，就为缴租过秤的时候说了句'里头稗子糠壳儿也忒多的了。你家风车子要坏了好好修修'，这不是闲话一句么？就打起来！——几千人一个招呼就起来砸东家粮仓！为这一句话，福四爷杀了七十多个人——你说说如今这事儿还成世道？"说话间已到后堂天井，果见上房灯火通明，因为里头亮，隔着竹帘看得清爽，八仙桌上摆着菜肴，刘墉、钱沣、于敏中、纪昀、李侍尧都在，居然还有福康安和户部郎中郭志强！心里诧异着跨步进去，除了刘墉，众人都从座中起身见礼。和珅估量座次，正中是刘墉，挨次于敏中左陪，右边下首第一位是钱沣，主位右边椅子空着，料是给自己留着的。还待逊座，刘墉拍拍椅背说道：

"当仁不让么——你该坐这里，不要让了。我估着你还要一刻才得来，他们还有事要回去商办，就做主先坐下说话了。"

"没干系没干系。"和珅笑着一揖入席，接过衙役献上的茶，说道，"要不然还能早一刻回来呢！有两个师爷带家眷住京，几个婆娘拖着不让拿人，又吵又闹，杀猪价哭啼撒泼儿叫撞天屈，说她们男人'是正经人，花酒都不许他吃，哪有逛窑子的事？'又说要撞景阳钟告顺天府……好容易我才哄住了……"纪昀笑道："你怎么哄人的？"和珅道："我说你们真是一嘴吃个砂锅——只知道脆不晓得牙碜！你们告过御状没有？那都是冤沉海底死绝命亡万般无计昭雪的人才肯走的道儿！先在刑部门口拦轿，扒掉裤子光屁股揍三十棍，再滚钉板背状纸，没准儿还不接你的状子，官司打赢了你还落个'以民告官'发配出三千里去苦役——你们男人也就是个风流罪过，犯事儿极小，过堂取保平安回家，照样吃饭过年——你们这么折腾，本身罪过比你男人更大！来，她们抗拒官府，咆哮阻扰公务，统都给我拿下！这么一哄，都不闹了。"

说着众人都笑，和珅看那席面，虽然热香流溢琳琅满目，满桌都是碟子，什么青芹拌莲菜片儿、苹果片、桃酥、清蒸酥肉，还有五香鱼、干贝烧菜心、水晶虾、白斩鸡、炖火腿、烧二冬、烩三鲜诸类各色，没有什么贵重菜，通算也就值二两六七钱的光景，只正中摆着一个盘龙汝瓷扣碗，莹白如玉的糯米扣碗儿上面嵌满了小红玛瑙珠子似的樱桃，名字叫得好听"雪山红玉"，其实也并不贵，提耳处贴着名贵标签，上边写着"ＸＸ厨子敬制"，"坐"在紫檀木台座儿上格外出眼，一望可知是御赐的膳菜，和珅顿时明白了，不是纪昀、于敏中小气，既然皇帝赏菜，别的菜都不能比它更贵重。见刘墉起身小心夹了一粒"红玉"，忙也照样办理，其余众人也都依样葫芦，这才大家随意。

座中诸人都是位极人臣的中朝贵介，人人要讲规矩摆气度，于敏中、和珅、郭志强三人还是第一次与纪昀等人同桌就席，又有个"礼送荣行"的大题目在里头——这样的筵席永远都是摆摆样子而已——宁可"吃过"了回去再吃也断不肯在这里饕餮饱餐的。因此，刘墉动箸、纪昀劝菜，大家也便动箸、寒暄让菜，都像提线木偶般僵板呆滞，三巡敬酒"一路风尘保重"草草具食，刘墉说声"方便，多承厚意"便起身，众人也就纷纷离座，都"饱"了。

"于易简昔年和我曾一同受教于黄老先生英年征君。那时文章人品也都还好。"一时撤席散坐，于敏中拈须叹道，"谁知世间物情鬼蜮为幻，说变就变了。三位大人去，万万不必和他客气，查出眉目就拿人抄家，替我狠狠地揍他！他这样不争气，真叫我扫尽颜面，辱没祖宗败坏门庭，想起来就气恨悲苦。可他毕竟是我的弟弟，待到结束，我还是要去求皇上恩典，保不住他也是他的命，一碗凉浆水饮我还是要送他的……"说着，泪水已经涌眶而出。众人无可安慰，都只黯然不语。刘墉不能沉默，叹道："中堂不必过于神伤，这话我听着也觉心酸，目下先要把案子查明。国泰婪索属员贪贿不法，于易简有多少染指还不甚了然。他是布政使，国泰卖官鬻缺，没有他作伥什么事也办不成。倘若只是媚上逢迎，那就只是另案处分的事，如果陷得很深，兄弟只好待谳明之后去向皇上求情，公义明白，私谊权衡，于大人见得是。"钱沣忖度着，原以为于敏中必定要痛斥于易简，一味"严办"口风，撇清自己塞住众人的口，听他说得有理有致有情，且是沉痛诚挚，也不禁心里一阵空落，徐徐说道："刘大人这话也是我心里要讲的言语。就是亲兄弟，也有柳下惠、盗跖之分。他早已独立门户，又远在千里外做官，近墨染皂只能怪他自己不修德品。于大人方才说的，学生听了十分感动，足见大人风节，也知大人情怀。"

和珅原是最能帮闹凑趣儿说话的，俗语说的"混子"，能把场面搅得热闹欢悦起来，但此刻几次欲言三缄其口。一是觉得了自己"不上台盘"，这么得体有分量的话措词不来，自惭形秽"太俗"；二是"副钦差"身份局定了不能乱说。更要紧的是他袖子里鼓鼓囊囊还塞着些"不好意思"的东西，无论如何带着鬼祟，"人话"不能说得气壮，憋了半日，蹦出一句话来："请中堂放宽怀些。"于敏中却转了话题，偏转脸问郭志强："方才你和福康安赶来，说有事要禀，是什么事？"

福康安腾地苍白了脸。他的大名从来还没人敢这样直呼过，在座的纪昀一向叫他"世兄"，刘墉以下从来都是称字而避名，"福四爷""福爷""四爷"，连乾隆本人，私地时常也叫他"康儿"。他立有军功封着侯爵，身在一等侍卫之首，素来心志高傲，一心出将入相，图绘紫光阁名垂竹帛。于敏中这样粗疏，直是视他一个相府衙内，他的自尊心被于敏中轻轻一刺，立刻滴出血来，嘴角吊起一丝冷笑，偏脸对郭志强道："你给他禀。"众人立刻鸦雀无声。

"有两件事要禀纪中堂、于中堂。"郭志强在压得透不过气的沉默中说道，"一是隋赫德从天山大营给户部发来谘文，秋天发了泥石流，从天山到乌鲁木齐有一千多里道路冲坏了，得赶紧维修，这笔银子已经拨过去一半，就再拨完了也不够使，请示从军费外再调拨二十万两，总计是六十五万两。这个时候正是冬天，部里想着春天雪化后好走路，隋赫德又给傅中堂写了信，说没有现银招募民工极难。傅中堂现病着，就由四爷带我过来了——这是一件。"他舔了舔嘴唇又道："再一件是芜湖粮道发来的，福四爷去年九月带兵弹压泗水县刘贤鲁父子倡乱民变，从粮道上借了饷银五万两，现在亏空银子得赶紧补上，芜湖粮道去年上缴库银四十八万两，有旨意明年春天备荒，备荒的银子稍有短缺，道里能自己设法，但旨意里说泗水等地民风刁悍易于生变，大兵刚刚征剿过，'盗户'要加意抚恤防范，不要等春天时措手不及，这样算下来，户部应得拨给芜湖道十万两银子才能弥补差使。请中堂裁度。"说着，双手捧上一叠文书请纪于二人过目。

纪昀接过来只看看封面便交给了于敏中，笑道："到处都在伸手要银子，银子真是好物件啊！往常都是傅中堂料理这些事，后来又是阿桂，我这大学士只讲琴棋书画，不问摸爬滚打，要多听听众位的意见，福世兄你有什么章程？还有侍尧，今晚怎么这么寡言罕语？"话音刚落，于敏中问道："什么叫'盗户'？"

"盗户就是匪属。"郭志强道，"还有从匪造乱的人家统称'盗户'。这些人都是赤贫，又都信奉邪教，互相串通联络救护，一家有事百家呼应，所以极易受人煽动铤而走险——我在山东当过县丞，听见'盗户'两个字，衙门里无大无小一齐头皮发麻！"纪昀笑道："老于没读过《聊斋》么？里头写一个狐狸精，已经让道士收进葫芦里，还在里头大叫：'我盗户也！'"几句调侃，本来已经带了戾气的屋里氛围顿时一缓。大家都笑了，只福康安一脸漠然，双手按膝端坐不语。

李侍尧今天一直都在发闷，今晚送别刘墉，几乎没有说话。上午在军机处听得小军机乌拉苏递了个悄悄话，叫他谨防有人"砸黑砖"，说内廷过来消息"口风不好"。什么"黑砖"，又是什么"口风"，却一点也摸不到头脑。他带兵打过仗，又干过铜政司"银台"，出任巡抚又当总督，管钱管物又管人，一向雷厉风行杀伐决断刚明，得罪的人到底是谁，有多大来头，又是什么事由，一时心里乱麻一样，理了多半天也毫无头绪。直到纪昀点名问话，才觉得自己心思太重，连眼前的场面都顾不上了。趁着几句笑语他稳住了心思，说道："我有几句刍荛之见。请二位中堂酌定。既然出了泥石流的事，运银子万不能等春天，春暖冰化，道路更难走。隋赫德要六十五万，是打着虚头的。因为户部不比兵部，给银子从来勒掯，'漫天要价就地还钱'，预备着你拦腰一刀。这一层不必向隋某人挑明，只说各处用银子多，请将军体恤户部难处，戴顶高帽子给他，银子四十五万两即刻拨去，实在不敷用再补。在天山招募民工那是扯淡。建议隋将军把这银子补入军费，赏给军健补进伙食，那些兵就是强劳力，一个顶得三个民夫，又有赏银又打牙祭，当兵的没个不欢喜的。这么着，天山大营准没话说。"

一顿话说得纪昀连连点头，连福康安也暗道："父亲说李侍尧浑身是计，果真不假。"刚绽出一丝笑容，于敏中说道："皋陶说得切实中的。既如此，先拨四十万去用，不够了再补。就是盗户的赈恤，也不能太大方，有些毛病是宠出来惯出来的。每次都打得富富余余的，宽了又宽，骄纵出来不得了。"这话原也不错，但谁都知道福康安赏赐士兵最"大方"，动辄千两万两挥金如土，是有名的"威福将军"，此刻说来，竟似专门指责他的。连带着前头的话余波未息，于敏中不知不觉已连连伤了福康安，福康安倏地收了笑容，虽不动声色，眼中已闪着阴寒的光波。纪昀现在名位还在于敏中上列，听他言词不逊，连个商量也没有，也是一阵不快，转脸问道："世兄，你看怎样？"

"我还想听听于中堂补给芜湖道的事怎么安排。"福康安端坐不动，一脸假笑说道，"当时刘司寇被围在皇路集，我在曲阜代皇上祭孔，告急信传到我那里，江南大营驻兖州的营兵调了二百五十名，加上府衙、泗水县衙的衙役，还有我的亲从马弁，共是五百人。饷银是我借的，责任也是我的，所以也很关心。"

于敏中眼皮急速跳了一下："什么？五百人，五万两饷银？！"福康安脸上笑容不改，笑道："是！怎么，多了么？""多了。"于敏中这才留意到福康安神气不对，满脸的傲慢简直毫无掩饰。他当然知道福康安"圣眷优渥"，但他自己生性本就是个刚愎人，"守正不阿难为强曲"是乾隆给他的考语，福康安这样恃宠骄纵，不能向他委屈下气，因不紧不慢说道："一百两银子是小康人家的一户家产，阵亡有功人员也只是这个数。你这样赏银，天山的隋赫德，还有兆惠海兰察都照此办理，把圆明园卖掉也不够用。"

"就是要给征剿士兵一个小康，就是要按阵亡人员赏赏！"福康安扬着脸垂着眼睑，满都是"'就是'要顶你一下"的神韵，口气硬得像钉子，措词却不肯失礼，"于中堂，大军征剿与小队奔袭是不一样的。泗水县暴动鲁南鲁西震动，不但饥民，也有教匪四处煽风点火。我接报是'四千暴众'，一夜奔袭到达，已有两万人围攻——那是人海！桑叉、菜刀、斧头、镰、铡、锄、镐举得树林一样！敌众我寡如此悬殊，不用银子激励士兵用什么？我发银子时就大喊'按阵亡的例发给赏银，冲到那个高台上去杀人！'老实说，我至今还有后怕，后怕许的银子少了呢！于中堂，万一扯旗放炮，各地白莲教香堂聚合起来，朝廷不知要耗几百万两库银才能平息下去！"

众人此刻都听得目眩神摇一阵阵心悸，李侍尧想起刘墉在天街的话，和福康安说的印证，不禁叹道："山东人真难惹。""不错，'坑灰未冷山东乱'千古名唱，岂可掉以轻心？"福康安道，"要人家卖命，就不能吝惜买命钱——这就是福康安的章程。"和珅紧接着凑上一句："福四爷处置得是，这事一是干得快，二是铲得净。不单是个军事，弥乱于初萌，剪暴于俄顷，花小银子省了大银子，有政治、有经济之道。"说罢，一看纪昀、于敏中，身子向后靠了靠，"国家在西部用兵，中原不能后院失火，这次去山东，除了泗水，其余的州府也要着意留心赈恤。看似费了，长远说是省了。"

"听来倒是惊心动魄的。"于敏中自嘲地一笑，"不过芜湖的银子还是照数给吧。不是我勒掯吝啬，用钱地方太多了，到捉襟见肘时候儿着急就迟了。山东的事也不要弄得风声鹤唳，左不过是些么小丑跳踉作乱，乌合之众能成什么气候？不但山东，还有江西、贵州、山西、河南、淮北，哪年不蠲免几百兆粮食？皇上仁德年年免赋，库入自然减少，用项又年年加增没有底没有头。上次见皇上，旨意再三谆谆告诫，不能寅年吃了卯年粮。我也是不得已儿。"

朝廷开支浩大，这谁都知道。但福康安听着却左右不受用。谁"风声鹤唳"？又是什么"乌合之众"？惊心动魄还来个"倒是"！在在处处都似在说自己张大其辞哗众取宠，因冷笑道："有些事坐在翰林院永远想不懂，坐在军机处也照样懵懂。寅吃卯粮我也晓得不好，那和大头兵们有什么干系？国库空了，老百姓穷极了，银子是谁吃了？该问问那些黑了心的墨吏！整顿不了吏治，民不聊生国将不国，恐怕相公们难辞其咎。财库匮乏，扫一扫外省督抚们的库缝儿只怕也就够了。隋赫德跟随家父练兵多年，不才也和他十分相熟，他不是个说假话的人，请二位中堂留意。"说着看表起身端茶一饮，"家父卧病沉疴，侍奉汤药不敢久废，少陪了。"向众人团抱一揖，拿起脚便走。和珅见众人尴尬坐着，一笑起身道："我代崇如大人送送。"便随出来，已见福康安站在东院门前，挺立着喊："胡克敬，给我备马！"一回身又对和珅道："不敢劳动相送，两个相爷在上头，你还回去陪他们！"说着，胡克敬已牵着马出来，便往外走。

"四爷别生气。我在旁边听着，是话赶话的误会了。"福康安的步子跨得很大，和珅几乎是碎步小跑着紧随，口中紧忙赔笑说话，"要是傅中堂、桂中堂在，断不致有生分的。纪中堂向来管的礼部，于中堂又是生手，文治上头是好的，军务上头真的是懵懂。他刚来军机，不但理事儿不能有疏漏，也还要有所建树才能立起威信。四爷您得成全他……"

"呸！"

"看看，看看，还是生气了不是？"

"他就是小瞧人，以为我不过就是傅恒的儿子，皇上的内侄！要叫这种人带兵，敌人没上来，先吃自己戈什哈一刀！"

"人情势利我不敢说没有，皇后薨了公爷病着！虽不这么想，恭敬心减了的事也是有的。纪中堂我看无可无不可的，于中堂心里不好过，为于易简的事犯着嘀咕，言语说话不养人，这都听得出来，也不过压一压您的盛气，别的心思我敢保没有。四爷今儿说话也有不检点处，那还不是因为家中老父病重，这边公务又不顺心——所以我说是不痛快人遇见了不痛快人，心里都窝着别的火，话不投机是自然的事。"

"笑话，我有什么'不检点'的？"

"……您讲……相公们难辞其咎。于某人是刚进军机的，军机首辅大臣还是令尊大人呐！"

这还真的给挑出"不检点"了，而且挑得堂堂正正无懈可击——福康安站住了脚，望着刑部仪门口在风中晃荡的两盏米黄大西瓜灯，嘘了一口气，说道："他们这般存心，可见本来就不是什么正人君子，不是好料——老和，你到山东，给我狠整！不要怕，不要手软，只要秉公，管他难受不难受！什么国泰、于易简，只管拾掇——要我说话，我就到皇上跟前给你说！"

"四爷，我有直奏皇上之权，一定尽心办理。"和珅说道，天色太暗了，看不清他是什么脸色神气。

第十一回　零落客夜济零落妇
　　　　　风尘女蒙救委风尘

　　李侍尧同着于敏中、纪昀、郭志强等人辞出刑部大院，在仪门口栲栳大的灯下各自揖别。他站着迟疑了一下，想约众人一道去自己府里聊聊，但于敏中神气落寞，边和纪昀说："明日见驾要报奏旌表各地节妇烈妇的事，纪公拟的名单似乎太滥了些。一座牌坊按二百五十两计，加上红花鼓吹总计又要十五万两银子，请纪公回去再酌减一点。"又要郭志强随他到军机处，还有军需上的事要问。纪昀也显得有些意兴阑珊，敷衍着说"请于公裁定"，又说还要再去傅恒府……眼见此刻约谈不合时宜，嚅动了一下嘴唇收住了口，只举手一揖道："明儿再见……"想再说几句场面话，也都懒得饶舌了。李府就在绳匠胡同东口北街，须臾间轿子已到了家。小吴子早已守在门口，忙迎上来哈腰挑帘扶他下轿，笑道："军门这早晚就下来了么？我知道您准吃不好，咱府里小伙房弄了点清淡的。禄庆院有大戏，新编的《恶虎村》，吃过饭弟兄陪您看戏去……"

　　"八十五和永受他们呢？"李侍尧没有理会小吴子的话，一边进门，问道，"还没回来么？"话没说完便住了口，他已看见张永受和李八十五从天井西厢里掀帘迎了出来，却都没有说话，一边一个站在门口吊着的纱灯底下垂手迎候。

　　有时候一个人的面孔就是一部书，一个眼神一个琐细动作，一颦抑或一笑就是一篇文章，李侍尧只瞟了他们一眼，便知没有带回什么好讯儿，蓦地一个不祥的预感袭来，身上直要起栗儿。他顿了一下，大声吩咐道："泡普洱茶来，要酽的！"

　　"东翁，我们也是刚回来。"坐定之后，张永受顾不得啜茶，立刻切入话题，"今儿我和八十五串了十几家，高永贵、方恩孝、骆本纪、马效援……这些知己朋友家都去了。遵您的钧令，每家送二斤茶叶，留客问话的旁敲侧击聊聊，不留客的放茶叶走人。各家回赠的礼都比我们送得厚，也没有留客，看不出什么端倪来。恭王府、庄王府、怡王府、和王府……也都去了，送的是我们带的阿芙蓉膏和西洋玻璃杯，都赏收了，没有拒收的，太监那头几个相熟朋友，是每人二十两暖和银子……"

"不说这些，"李侍尧打断了他的话，"拣要紧的话。"

"这些风言风语，根儿是从高云从那里出来的。"张永受看一眼侍立在旁的李八十五，说道，"我们见了军机处的小德张，又找小吴子才见着高云从。他接了银子，又说这种事他帮不上大忙——他说大约有人写了密折给万岁爷，说您在贵州任上、广东任上手脚不干净，不但卖缺贪污，官司打赢了，也收人家胜家的谢仪……别的事他就说不上来了。"

李侍尧腾地涨红了脸，总督并不管着刑名官司，他有关说人情的事，都是叫了巡抚私地交代，"秉公处置"，胜诉事后，受惠人送来些许土产孝敬，也还是收的，却从没有收过大宗银子。至于卖缺，也是一样的道理。朝中六部九卿好友同行介绍的人事，交代藩司衙门挂牌子补缺，事后小小不然的谢礼也是受的。和各省督抚相比，他其实还觉得自己廉洁得"太过矫情"了！——指着这两条"砸黑砖"？还真有敢以卵击石的！李侍尧一阵恼怒接着一阵宽怀，冷笑了一声，说道："由着他告去！这不定是哪个龌龊腌臜杀才给藩台塞了银子，没有放缺，放屁辣臊没处泄气，暗地里玩一点小把势挑刺儿——我怎么没听说高云从这号角色？卜仁卜义卜礼卜智卜信，从王孝到王八耻我都知道，你们没问问这些大太监？"

"老爷见过姓高的。"李八十五在旁说道，"傅六爷府里他常去。就是那个高挑个儿麻子脸，蜜蜂儿眼奶奶嘴，有点驼背的。别瞧长得不起眼，不哼不哈的，在里头侍候万岁爷专管来回递折子，往皇史宬送文卷。在太监里头，人缘儿最好，上下左右都蹚得开。一里一里地就露头了，日后盖过王八耻都是指望得着的。"李侍尧笑道："他这位分，有点像前明司礼监的秉笔太监，魏忠贤就是靠这职司发迹起来的。不过皇上制御太监最严，一旦发觉他交通大员，只有一个'死'字。这种人沾惹不得。我们有事不要再找他打听了。"他看一眼张永受："嗯？"张永受和李八十五忙道："是！"

李侍尧站起身来，无声舒缓着透了一口气，事情一旦知道了底蕴，也就没有单听"砸黑砖""有人告状"那么叫人悬心惊悸。他其实还有很重的心思，连这两个贴心亲信也难以告诉，广州十三行原就是西洋雇佣的中国买办经纪人，十年前初任广州总督，因陛辞时乾隆再三吩咐，"严于华夷之辨，谨防洋教泛滥，事关国体大政上头不得有丝毫怠忽宽纵。"所以一上任雷厉风行，下令撤掉了这些洋行，查办了"勾结洋人妄行传布天主教"的翻译买办。但他很快就明白了，英国人葡萄牙法国意大利人既在广州，又都是买卖贸易的事，要压制中国人不和他们"勾结"真是难于上青天！不许明的来暗的，十三行压根是从来也不曾"撤销"过……由严禁到弛禁，从弛禁到睁一眼闭一眼，说白了，压根从来也不曾"禁"过！离任时就这么个情势，若不请旨"恢复"，新任总督一去，一切全都昭然若揭，即使是自己的亲近好友接印，也是难乎为继，如是对头接任，一封陈情折子上去，非但十年"卓异"名声保不住，指不定还要背上"欺君"罪名。做张做智，在乾隆和洋行商人两头说合弥缝，事情总算稳妥办好，公行里为感谢他"在万岁爷跟前为民请命、奔走说项"，送了十万两银票给他作"荣行程仪"——他真正的心病在这张银票上。所以一听"砸黑砖"，就像初次偷情的小媳妇乍闻"野汉子"三个字，立时就慌了神。既然是一场虚惊，李侍尧倒觉得自己杯弓蛇影的一惊一乍太不沉稳的，自嘲地一笑，刚说了句"蚍蜉小虫不足为虑"突然打住——从高云从处听来的只言片语靠得住么？他皱了皱眉头，接口又道："我家属都在广州，来北京就成了无根之萍，防人之心不可无。你们还要留心探听，一是不能露出我关心这事；二是舍得银子，要弄个水落石出。"

"东翁说的是。"张永受道，"我们比不得桂中堂、纪中堂，有一点子事儿，立马就有许多人透消息献主意殷勤讨好儿。东翁的根子不在北京，在万岁爷跟前得用，又容易招来嫉恨。人在暗处我在明处，一不小心就要落人家套套儿里头。"李八十五道："不是我说爷，爷和和老爷闹生分就很无谓。可不是他得罪外任官，撺掇着爷拿爷当枪使的过？要不然，像这些事儿出来，去问问和老爷，底细立时就清楚了，我们爷吃亏就吃在太直太刚上头。"

"好了好了……不说这件事了。"李侍尧越听越心烦，将一件猞猁猴皮坎肩套在袍子外头，一边扣着纽子，一边笑道，"算我知过了还不成么？我出去走几步缓散缓散，你两个再商计个稳妥办法，务必把事情来龙去脉弄清白——有人来，没有急事请他明日枉驾到军机处见面。"说罢，背抄着手踱出去了。

此刻已是酉末戌初时牌，正是风急天暗之时，稀薄的云层像是被一位初学作画的童蒙蘸了淡墨，胡乱鸦涂搰染一通，淡黄深紫轻褚微褐混杂交融，月亮像得了黄病的人的脸，死样活气地透过时隐时现的流云窥视着人间，照得残雪斑驳的街衢屋顶一片朦胧，像满街都是花里胡哨的怪兽在窜伏跳跃，给人一种诡异凄凉的感觉。李侍尧站在门口，被暗陬里裹着细雪的寒风扑面激得浑身清冷，混乱烦躁的心绪似乎驱逐了不少。从这里自西向东望去，一片浑蒙的夜色远处便是徽班在京新建的大戏园，宫灯、绣球灯、纱罩西瓜灯、串儿灯五颜六色，艳光交织，园子外卖汤饼小吃的羊角灯、气死风灯、孔明灯像被一层雾岚笼了，若明若暗若隐若现地幽幽闪烁，也像是有点跳跃不定的样子，急弦繁管之音远远传过来都不甚清晰，只隐隐断续听一个女子声息随节高唱：

> 细袖湿夭桃，乍惊回云雨潮……云横树杪，雨余芳草。画眉人去走章台道。望迢迢，金鞭惜臾，谁分玉骢骄……

李侍尧漫无目的信步顺歌音向戏园踱着，蓦地听见道旁有人"唉……"地长声叹息一声，因为离得极近，叹息声音又极似一声闷得好容易才透出的一声呻吟，阴森森的，猝不及防间竟把他唬得身上一颤，毛发根儿都倒竖起来。略定定神偏转脸看时，却是到了江浙会馆楼门前，黑魆魆的门洞无遮无挡，似乎里边有一团毛茸茸的物事在动。他觑着眼凑近了瞧，才见原来是一对讨饭的母女蜷缩在墙根，暗地里看不清爽，那妇人仿佛中年，小姑娘十二三岁，都是面目模糊，靠墙偎在一床破被子里，似乎都在瑟瑟发抖，李侍尧问道："贼冷的天儿，怎么窝在这里？"

"啊！"那女孩也不防这个时候会有个男人悄没声走近了问话，吓得一个紧缩，噎着冷气惊呼一声，问道，"你，你是谁？"

李侍尧无声一笑，说道："别怕，我不是歹人。路过这里瞧你们歪在这里，我还以为你们是妖怪呢！北边就有座马王庙，到那里生堆火暖暖不比这里强？这是你娘么？她有病？"

"这里几个破庙都住满了……"女孩子不知是冻的还是吓的，迭迭打战说道，"住的都是男人……我娘又发高热，人家怕过了病气，到处去就撵出我们……"

李侍尧听得心里一沉，看一眼昏沉不醒的妇人，叹道："讨饭的还讲究什么男人女人？都到了这份儿上，不拘哪个庙里神库里也比这里强！"他摸摸腰间，里边装的是银票，从袖子里掏掏，有三四钱碎银子，取出来说道："拿这点钱掏换点药，不拘哪个干店安置你娘吃点热饭，受凉的病只怕就好了，这么挨着可不是事儿。"那小姑娘伸出一双温润得潮乎乎的手捧着接过银子，抽咽着说道："谢爷……谢爷的赏……"挣着起身跪了下去："我给爷磕头……我们不是讨饭的，是来北京投亲不着，花完了盘缠……"

李侍尧的心抖了一下，乾隆十一年他公车赴京应试，用完了钱，落魄在庙里蹭食，也曾有几个月"投亲不着"的经历。他还是个举人，在京里有同乡有同年也有朋友，一说"借"字，全都是容颜惨怛哑口皱眉，口气之支吾，言语之嗫嚅，举止之张皇至今音容宛然，总之一个"为难"而已。眼下见这母女饥寒窘迫至此，不禁大起恻隐之心。他咬着下唇思量片刻，又问道："你有什么亲戚在北京？他是出了远门还是举家搬迁走了？"这一问那女孩便答不上来，晃了晃母亲，轻声呼唤："娘，这位爷台问我们话……"

"噢……"那妇人呻吟着答应一声，暗夜中眸子闪烁了一下，艰难地说道，"这位爷台真是善心人……多谢您了……我们娘们的事……难办……说是亲戚，其实也不是亲……人家现今做了大官……又不在京里……就是不做官……我们也是奔人家来讨口饭……"李侍尧听着，一笑说道："这真是'你不说我还明白，你越说我越糊涂'了。我自己就是个官，你说的谁呀？"

"和珅和老爷……"那妇人悠悠说道，"他在扬州帮衬过我，真是个善人呐……要不是他，这孩子……这孩子生下来就冻死在五通庙里了……我欠着和老爷的情，日子过不下去又来奔人家，还不定收留不收留我们呢……"

李侍尧听是来投奔和珅，不禁呆了一呆，和珅还有这份善性？皱眉想了想，回头见李八十五远远跟着站在黑地里，喊了声"你过来"，对妇人道："和珅老爷今非昔比，已经放了钦差出去了，你这个样子，家里又不识得你，未必就收留你们。我和和老爷也是朋友，要信得过，我先叫人安置你们母女寻个店住下，抓服药吃吃，病好了再想法见和老爷，这么着可好？"说罢盯着那妇人等她回话。但她却没有言声，垂着头靠墙歪着一动不动，只微微闻得她呼吸之声有点急促粗重，李侍尧试探着触了一下她额头，觉得火炭似的灼手，忙缩回手来，对李八十五道："快！叫几个人来，就照我说的办——她晕背了气了！"李八十五犹自说："这犯忌讳……老爷赏银子就什么都有了……"那女孩子已"哇"地放声大哭，晃着母亲直叫：

"娘！娘……娘啊……你醒醒，你这是咋的啦？啊……你可不能死……肖三癞子要卖我，你死了我可怎么办……啊……"

昏月陋巷，风寒气冽中听她嘶嗄凄绝的恸哭声，李侍尧浑身一阵阵起栗，心里发瘆。此时李家几个长随已经赶来，忙着张罗用藤条春凳子撮弄着抬人，李侍尧满腹郁闷，见这凄惨情形儿更不是滋味，说了声"派人去请郎中"。正要走，见西边一个人提着盏白纱灯晃晃荡荡过来，口里吱吱喝喝，含糊不清说着："死了么？头疼脑热的……呃！哪里就死人了呢？亲亲的……你死了我的钱可怎么办……"说着已是走近了，脚下趔趄步儿，满口酒屁臭气，大着舌头，愣着眼问道："你们……呃！是……是……是打更的么？这……呃！这女人呢！你们……她死了……抬走……呃！这妮子得给我留……呃下！她们是……是我的……呃人！"

"你是什么人？"李侍尧冷冷问道。

"肖……肖……肖……"

"肖三癞子？"

"呃！——你怎么知道？"

"既然是你的人。"李侍尧道，"她现没死，你请郎中给她治病。"

肖三癞子冷不丁地被他说得一愣，他有酒的人了，头摆得拨浪鼓似的晃了又晃，竟想不出该怎么回话，麒眼黑地里看，又瞧不清李侍尧面目衣着，咕哝半日方道："管闲事挡横儿么？是我的……呃！不是我的关你鸡巴的事……你……你拿银子来，人……人就归你……"李八十五道："爷是何等样人，和这种人斗口？您只请散步儿，奴才来料理这王八头儿！"李侍尧伸手虚挡他了一下，说道："——她欠你多少银子？我给了！"

"三——"肖三癞子人虽醉了，说到银子上却心里清明，脱口说了半截，生生又加十两，"哦十三两！"李八十五大怒，口里叫："妈的个屄！诓人么？"扑身就要上去打，那女孩子也哭叫："哪来的三两十三两？我们欠胡家客栈二两四钱房钱，二十文药钱，行李铺盖都顶上了，你揽到自己身上，说是欠你的！北京是天子脚下，怎么这样儿欺负我们外乡人？也不怕雷劈了你……老天爷呀……"肖三癞子经这么一折腾，反而连口齿也变得利索了，嘿地冷笑一声说道："胡家客栈欠我的，你欠胡家客栈的，账是转圈儿过来的账，你敢赖？小贱妮子，敢再砢碜我，卖你下三堂子里！门头沟煤黑子们撕叉了你——"

他夹七夹八满口污秽还在骂，李八十五一个跃步跨上去，一扬巴掌"啪"地给了他一记耳光。肖三癞子被这一巴掌打得酒也醒了，伶丁后退一步，尖声叫道："你不就是个臭打更的么？找三爷的事儿——老虎掌上挑刺儿么！"看看对方人多，一跺脚道："好——你狗日们的等着！"

"算了算了。"李侍尧皱着眉摆手道。他心里划算明白，和这种流痞斗气，胜之不武，纠缠起来没完没了，传出去名声也不好，因道，"给他十三两叫他去，从此两不相干——现在治病要紧，紧着和他夹缠什么？"李八十五骂骂咧咧从腰间褡包里掏摸了半日，一把碎银子掼了地上，"呸"地啐一口，说道："这是十四两二钱——给你买孝帽子去！"肖三癞趴在地下紧忙划拉着捡银子时，李侍尧已经去了。

他原本是因心境郁闷出来散心，经这么一阵吵闹搅和，倒是舒阔了许多，心不再像浸在浊油中那样混混沌沌黏糊糊腻歪歪地想不成事情，信步穿过一带杂着矮房茅屋的菜园子，前头灯火渐多，已到了贡院街。只见北面贡院一带黑鸦鸦乌沉沉静悄悄老大一片高房瓦屋压地坐落，外围院墙足比寻常民宅高出两倍不止，墙头上栽满了酸枣树，密密匝匝的，夜地里看像墙上有一层紫褐色的霾雾镶边儿，直到看不见的尽头迤出去，中间至公堂、明伦堂，"天下文明"坊的虞门……高高矗在暗夜中，朦胧可见飞檐翘翅上的残雪，绰约能辨龙门前铁麒麟雄姿。远远看此处灯火稠密，此刻走近了才知道，只是伯伦楼大戏楼一带热闹些，街巷上汤饼摊儿油条麻花豆腐脑儿担子这些小买卖，都是点着荧荧如豆的小纱罩油灯，吃客也不多，吆喝声也不热闹，倒是园子里开了戏，铛铛铛铛的锣鼓声里笙篁齐鸣丝竹聒耳，也听不清楚唱的什么。正观玩得无聊，贡院东墙外突然响起几声清越的琵琶声，像是在试弦的模样。稍一顿间，乐声又起，勾抹挑滑之间，但闻那琵琶声切切嘈嘈，或如雨落秋塘，或似雹击夏荷，时而激流湍漱，倏而一转幽咽，犹同寒泉滴水，曹溪婉转潜流，细碎如春冰乍破……正游丝几不可闻时，忽地急弦骤起，冰河决溃汩汩滔滔汪洋巨澜齐下……李侍尧仿佛觉得一腔愁绪都融了进去，回肠荡气随乐逐流冲波逆折，不由得长长嘘了一口气，却听一个女子曼声唱道：

> 柳阴直，烟里丝丝弄碧。隋堤上，曾见几番，拂水飘绵送行色。登临望故国，谁识京华旧客？长亭路，年去岁来，应折柔条过千尺……闲寻旧踪迹，又酒趁哀弦，灯映离席。梨花榆火催寒食。愁一箭风快，半篙波暖，回头迢递便数驿。望人在天北……凄恻，恨堆积。渐别浦萦回，津堠岑寂，斜阳冉冉春无极。记月榭携手，露桥闻笛。沉思前事，似梦里，泪暗滴……

李侍尧不觉已经痴了，觉得颊上凉湿，抹了一把，才知是自己流泪。寻声移步看时，曲声自一家客栈中传出，却是三间门面，通着后边大院，门首吊着两盏米黄西瓜灯，一盏上头写"胡记老栈"，一盏写"茶饭两便"，已经上了门板，虚掩着心知便是方才肖三癞子说"转账"的那家客栈。此刻走近了，才听里边人声嘈杂，有的高谈阔论，有的随口说话，似乎在评曲，又好像在论文，都听不清楚。推门进来看时，李侍尧不禁一怔，店里坐着十几个人，居然大半见过面，有五六个都是崇文门外原来往返谈店的举子，还是那一拨儿人，除了吴省钦和曹锡宝，都叫不出名字来。还有两个是礼部的笔帖式，往军机处给纪昀送文卷时见过面的，也都同桌散坐着听曲儿吃酒，见李侍尧进来，二人似乎怔了一下，立刻变得有点局促不安了，李侍尧便知他们认出了自己，笑道："这位是丁伯熙先生，您是敬朝阁先生吧？礼部出缺要应明年春闱了？哦，我是户部的木子尧，在军机处见过面，还识得二位。"

"木子——尧？"丁伯熙犹自眨着眼愣神儿，敬朝阁已经认出了李侍尧，见他这身打扮，像煞了是个屡举不第的老孝廉，又没带随从，显是微服游访来的，心里转着念头，暗地捻了一把丁伯熙，起身笑着一揖给李侍尧让座，说道，"是木老先生嘛！快请一道坐……我和丁年兄今年下场，已经摘了印。这里几个朋友对会儿会文，请了嘉兴楼的姗姗姑娘——也是我们方令诚老兄的红颜知己——来唱曲儿助兴。您来得正好，就请给我们品评品评。"说着——介绍，说到马祥祖，指着笑道："我们这位仁宅老兄，心存忠义专尚程朱之学，书不读秦汉以下，八比制艺落笔文不加点，将来芥拾青紫，必定名垂竹帛，与操莽前后辉映！"李侍尧前头点头虚应着，及末一句不禁惊诧。疑思着，丁伯熙将马祥祖"要学曹操作忠臣"的趣事讲了。李侍尧不禁放声大笑，说道："你的府试乡试同年竟没有一个存心忠厚的——他们是要叫你一直糊涂到殿试啊！"众人也都笑，马祥祖也笑着解嘲，说道："我们家古书一概不读，只说是天子重文章，不必论汉唐，府试我是第一名，乡试又是解元——他们存了一份不利孺子之心，坑得我好……"说话间，弹琵琶的姗姗已起身敬酒，一手执壶，红绢帕子托了酒送到李侍尧面前。李侍尧小心避开她手指端起来饮了，笑道："姑娘弹的一手好曲，我是闻声慕名而来的啊！唱得也珠圆玉润令人销魂！二十年没有听过这样的妙音了……能为我们再奏一曲么？"姗姗笑道："老爷这么夸奖，教人不好意思的……我识字不多，原来以为琵琶就是枇杷果树那两个字儿呢！前儿方大爷又教我学了苏子瞻的《贺新郎》，胡乱唱唱给爷们解闷子可好？"

"妙！"惠同济鼓掌笑道，"方令诚在京巧逢烟花知己，曹锡宝捉刀代笔求方老太爷恩准允婚，今日又来贺新郎，为我酸丁措大吐气扬眉，正是一段绝好佳话！"方令诚笑道："所以我才做东啊——姗姗真的是不识字，为'枇杷'的事我还有首打油诗呢！"因轻咳一声吟道：

> 如何琵琶误枇杷？如今蒙师打娇娃。
> 倘使琵琶能结果，场中笙箫尽开花！

于是众人哄然喝彩。李侍尧这才仔细打量姗姗，只见她穿一件高领蛋青点梅小袄，斜披着件枣花蜜合色蜀锦昭君套儿，水红绫裙掩着双半大不大的脚，站在东墙下桌旁凝眸调弦。一头青丝松松绾了个苏州橛儿半垂下来偏在肩上，白生生的瓜子脸上两弯黛眉含烟笼翠，鞏着嘴角似笑不笑，左颊上一个晕涡若隐若现。李侍尧不禁暗赞：这副容颜也就罢了，这身条儿如此盈盈楚楚，真是人间尤物！正自寻思得没章法，姗姗已经摆弄好了调子，大大方方含睐一笑向众人蹲礼万福，一个摇步手挥五弦目送归鸿，琵琶声已穿云裂石响起，曼声唱道：

> 乳燕飞华屋，悄无人，桐阴转午……晚凉新浴。手弄生绡白团扇，扇手一时如玉。渐困倚，孤眠清熟。帘外谁来推绣户，枉教人梦断瑶台曲。又却是，风敲竹……石榴半吐红巾蹙……待浮花浪蕊都尽，伴君幽独。浓艳一枝细看取，芳意千重似束。又恐被西风惊绿。若待得君来向此，花前对酒不忍触——共粉泪，两簌簌……

清幽婉转的歌声袅袅四散，举座举人都是倾神聆听——曹锡宝就坐在桌子南边东首吴省钦旁，听着清冷的琵琶声，和着歌音闭目按节拍膝，眼中已是沁了泪水。吴省钦却是张着口大睁着眼看姗姗歌舞，一脸呆相。方令诚双手合节点头摇膝，马祥祖、丁伯熙傻着眼跟着姗姗转，其余的人都是端茶垂首静听，李侍尧却是双手按膝踞坐，他本就是个心雄万丈傲睨天下的人，在外是红极天下的总督，又深蒙乾隆青睐。这番奉调入京，满心的旋枢社稷匡佐圣主，置天下于衽席之上的雄心大志。岂料数日之内便觉屡屡蹉跌，步步行来步步荆棘，竟没有一件事顺心满意的，思量宦途风险，世路无常，听着这如诉如泣的歌声，心下不禁万分感慨，却又品咂不出滋味来，是辛辣？是酸楚？是怅惘失意？是……连他自己都说不清楚。正满心不可开交时，听得惠同济问马祥祖道："仁宅，方才这曲儿是谁写的来着？"

"是苏子瞻。"马祥祖道，"姗姗姑娘方才不是说过嘛。"惠同济挤眼儿一笑，又问，"前头那曲子呢？"马祥祖偏转脸看看他，见他一脸不怀好意笑容，知道又要消遣自己，已是木起了脸，却没有发作，说道："姗姗也说了的，叫周邦彦。"

惠同济见马祥祖已带了恼意，一笑收住不再调侃，吴省钦却在旁问道："周邦彦是哪朝人哪？"偏着脸似是问曹锡宝和丁伯熙，又向敬朝阁笑，敬朝阁笑道："这自然还得请教我们马兄。"马祥祖自觉像个小丑样被人拨弄，这下子脸上再也挂不住，他却甚有涵养，抖着手煞白着脸在桌上点了两下，站起身来道："马某不才，失陪了——有些事真的是娼妓才懂，再不然就是大茶壶也晓得——你该问他们去。"说着便要抽身。

"哎喂——"方令诚原也在笑，一见他认了真，忙一把拖住，笑道，"何必呢？大家都是同乡，你和老惠还是同年，将来料不定还是同行！要不是心里亲近当是自家兄弟朋友，谁肯开玩笑儿涮着玩儿？老惠，还不赶紧赔个不是？"惠同济忙笑道："老马别认真儿，我没有不敬你的心思，有好几篇制艺还要请教你批讲批讲呢！你这一去岂不耽误了我的锦绣前程？我是想逗姗姗姑娘跟我们说李师师故事儿，不料就恼了你。别走，愚兄这厢有礼！"说着，学了戏里小生，一展袍子躬身一礼。众人见了都笑，乱哄哄纷纷挽留马祥祖。马祥祖被惠同济的怪相逗得撒了气，无可奈何一笑归座，问道："李师师是谁，他是哪朝人？"

一句话又惹得众人哄笑。曹锡宝宅心厚道，不待众人嘲讽，在旁解说道："李师师是宋徽宗时名妓，周邦彦是当时名士，两个人一时相好。有一次正在调情温存，徽宗皇帝驾到，邦彦惊慌无计，钻到师师床下躲避。徽宗和师师笑闹嬉戏听了个不亦乐乎。由此怡情大发，还填了一首《少年游》的词，载在《词苑》，无人不知。这词传到徽宗耳中，惹得龙颜大怒——""别忙别忙！"敬朝阁不待他说完便拦住了，笑道，"我不怕人说我孤陋寡闻——绝妙好词不可不闻。先生给我们咏哦咏哦。咳，吟诵吟诵。"众人也都吵着"要听"。曹锡宝笑道："正为这词，徽宗下旨罢了邦彦的官，逐出国门。"因轻声诵道：

> 并刀如水，吴盐胜雪，纤指破新橙。锦幄初温，兽香不断，相对坐调笙……低声问，向谁行宿？城上已三更。马滑霜浓，不如休去，直似少人行。

众人尚自品味间，李侍尧一眼瞥见李八十五站在门外，趁着没人留意抽身出来，看了看外边，问道："没什么事儿？怎么带这么多人来？"李八十五笑道："没什么事，家里人听那个姓肖的痞子发酒疯，怕来寻老爷的事，我就带他们来了——那女人叫刘湘秀，女娃子叫歌霞，已经安置好了，爷放心。不过天也好早晚的了——"他没说完李侍尧已经转身回了屋里，听曹锡宝还在说："……方才姗姗唱的，是周邦彦去国时留给李师师的，李师师又转呈给徽宗，徽宗感动，又令授邦彦为大晟乐正……"李侍尧听着，低声对身边的敬朝阁道："这位曹兄，倒是博学多才的嘛！"

"那是自然。"敬朝阁含笑不卑不亢说道，"上回江浙会馆会文，夺了榜首呢——"他忽然转过脸去，对方令诚说道："木先生想拜读一下曹兄代兄写的那封信。我们来吃你的酒，一来沾光儿瞻仰瞻仰姗姗姑娘芳容才艺，二来这也真是我们文林一段佳话——木先生，话说我朝乾隆三十九年，江右孝廉方令诚应试入京，病卧大佛寺中，北京香艳国中有一女子来寺进香，邂逅解囊赠金延医为方孝廉解围祛厄，由此夤缘由事入情，因情生爱，二人遂私订白头之约……"众人见他突然转了语调，一口茶馆说书切口，一愣之下，都鼓掌喝彩："好——！"敬朝阁一本正经，右手虚拟堂木"啪"地一拍桌子，又道："只可叹红颜薄命身在青楼，方令诚江右望族文献世家，名门子弟格于礼教之防，岂容他与烟花女子结缘生情？于是大兄连连修书严词切责方公子当以功名为念，切勿寻花问柳，宁负苏三一片痴情，莫为王三公子落魄京师。方公子内窘缠头之金，外迫长兄严命，姗姗女左畏鸨母无厌之求，右惧方家门第森严，两人竟是情同一心命各一方。一个在高楼以泪洗面，一个在羁旅临风踯躅，一个玉容憔悴，一个百结愁肠，一个是倾国倾城貌落汤，一个是多愁多病身招风。哎呀呀……如此下去，岂不是要'茜纱窗下我本无缘，黄土垄中卿何薄命'地闹起来么？再说——"

他还要往下说，姗姗已经捧了酒来，啐着一笑打了他手背一下，说道："从前个儿我也常去二十四爷府唱堂会的，在那儿见敬爷，怎么瞧都是个恺悌君子，怎么还有这像生儿？也不怕人笑话！"丁伯熙和众人笑着，将一叠子纸递给李侍尧，说道："下头就不用他张牙舞爪地表白了吧！——这是曹先生代'方公子'致兄弟，请看，真的是才气横溢！"李侍尧接过看时，淋漓累累竟是数千言一封长信，原是有点不耐，但只看了几行，便被引得欲罢不能，由着众人闲话说笑，看那信写道：

信来，得奉严教，感激惭恧不可胜言。自先人没后，得吾兄提携，

> 以有今日。弟虽不才，沾雨露之润，获庭诲之益亦既有年。虽有童心，粗知名教，若夫逐野水之鸳鸯，忘堂上之鸿雁，赋闲花之曲，背霜后之筠，即死不为也。但一时迷昧，忽忽如梦，今事定情牵，有不能顿遣者，谨以陈告恳布。
>
> 缘斯人三年离嘉兴酒楼，即居虎坊桥巷，不意入室之柳叶，遂成结子之桃花。兄与弟皆艰子息，没得一儿，蒸尝有托，如莫愁之产阿侯，胡婢之生遥集。近有以红粉妖姬育青云上客者，兄所熟知，天下事不可局量，淤泥出莲花，粪土产芝菌，此不能顿遣者一也。

这是说姗姗已经怀胎，不能随意弃遣，这头一条理由便下得十足。李侍尧瞟一眼姗姗，果见她下腹微微隆起，不禁莞尔一笑。再往下看，一条说姗姗已经因为自己开罪了鸨母，现今走投无路，设如驱走，其实是逼她自尽；一条说姗姗从良恪尽妇道，夜勤刀尺相伴膏火，"弟每遇枯坐，文思不属，微闻香泽，倚马万言，出鬼入神，惊天动地。两仪发耀于行中，列星迸落于纸上。江左烟月繁华，六朝金粉旧地。谢家调马之蹊，尚余芳草；王氏鼓楫之流，仍有文波。一旦怀蛟变化，立致青云，岂留连烟月，即属尘下士乎？"这么一路层层说理，恳恳述情悠悠叙怀，姗姗之良贤，情事之无奈，己身之抱负，将古比今，揆情设议，娓娓汩汩，滔滔不绝，洋洒挥霍之间豪气毕现。飞流湍漱之余，又见小桥溪幽，李侍尧直看得情思并茂气荡肠回，见那收煞之处，密密麻麻重加圈点，显是前头众人传阅时所加。

> 自古英雄，不能不豪情于帷幕。苏武于啮雪吞毡之时，而犹有胡妇之娶，而金兵破竹南下，能于黄天荡上，几制兀术于死命者，乃娶妓女梁氏之韩蕲王也。及张德远辈，彼恂恂谨饬，王安石辈，终生无声色。何益于国家生民，社稷兴衰之数。
>
> 惟兄赦弟之罪愆，发其不能顿遣之情，解三面之网，令弟得遂私愿。发二酉之藏，竞三余之秘，见子雪之肠，反思王之胃。不弋取大物为一家兴宠者，愿兄摈绝之，以为荡子之戒。皇天后土实闻斯语……人去匆匆，言辞无叙，幸惟原宥！

李侍尧看得情不自禁，忘神间一拍大腿说道："好！"却见后边还附有其兄家书，写得亦颇有风趣，却是一封短简：

> 书悉，初意吾弟正当龙门之跃，青灯黄卷，铁砚磨穿尚不遑移情之时，乃游悠青楼，金灯销磨，妄作登徒子之思，是以致书薄让。今见字甚讶，与弟别未数时，笔下便已如此，弟不坠读书上进之志，新妇有相夫宜男之德，兄亦何求全责备于爱弟？即当下帷苦读功课，试毕第与不第，速归故里，汝嫂亦思得见弟妇雅容也。

他笑着将书信还递给丁伯熙，说道："方兄，看了令兄的信，我才一块石头落地，原来我还真替你捏一把汗呢！"方令诚正和身边的吴省钦说笑，见李侍尧和自己说话，忙转身问道："怎么呢？"李侍尧道："曹生在里头替你立了军令状，名落孙山断魂归乡，新妇要扫地出门的哟！"

"木先生也忒胶柱鼓瑟的了。"曹锡宝一手执杯小口啜着笑道，"所谓此一时也彼一时也，那时候侄儿也给他生下了，还能真的下了那个狠心留子逐母？"方令诚道："无碍的，我哥哥是个善性人，不过盼我替他争口气就是，他也是屡科不第的秋风老秀才了。"吴省钦道："有这封皇皇巨书发科就是吉兆，方兄这回必定飞黄腾达的。"

方令诚似乎有点泄气，自嘲地一笑说道："这种事哪有一定之规呢？走一步说一步罢咧，先太祖方灵皋天下骚坛执牛耳二十余年，康熙朝做到上书房白衣宰相，也终究没能跃龙门一步。我长兄十二掇芹十三次入考，老之将至不能入鹿筵一席，考得悲心丧志，考得灰头土脸，考得闻考变色！像窦兰卿、王文韶、尤明堂那样一路春风连进三甲的，毕竟都是异数。我辈哪能指望这个侥幸呢？"

李侍尧起初还听得专注，至此忽然心中一动：乾隆已点了自己主考，今儿和这群应考诸生泡堆儿算怎么回事？思量瓜田李下之嫌竟是一阵慌乱，勉强一笑，说道："也不是尽人都这样儿的。我见过多少人，都是下第之后发几天牢骚，骂骂考官瞎眼，然后撕文章烧墨卷，立誓再作冯妇。过不几时，气平技痒依然一个故我，寻朋友会同年比文章买讲章再搏龙门。几到榜上有名，牢骚也没了，瞎眼的也成了慧眼，哪里还想得起当日落魄时的光景儿呢？啊唷——忘了一件要紧事，我得赶紧回去了！失陪——回见了！"说着，忙忙起身，向众人略一点头致意。丁伯熙、敬朝阁眨着眼，巴巴地看着他去了。

第十二回　说差事牵连及邪教
　　　　　遣余兴君臣游御苑

　　李侍尧算计着乾隆要召见自己和于敏中安排春闱的事，一连几天在军机处守着，却都没有单独叫进。军机处纪昀和于敏中两个大臣轮班倒，都是和着六部官员一同接见议事。他心里还在为有人暗算自己忐忑嘀咕，想窥探乾隆的心思意向，但与兵部的人进去，说的都是兆惠海兰察进军和阿桂的驻节关防，某处该架桥，某处道路要修整，火药要防潮，营具应更换，淡水怎样供应诸事，有时和户部进去，说的又是灾馑赈济，河防漕运春耕种粮牛具一类。乾隆显得很累，满脸倦容听了，或允或不允一句话就了事跪安，几次想会议之后单独留下，苦于自己没有要紧公务奏对，看看乾隆脸色，只好随众退出。

　　这日召见工部官员，由纪昀带着引见，王八耻到军机处传旨："着李侍尧一同进来。"李侍尧正在大伙房吃早饭，听见旨意丢下碗便起身出来。纪昀已经等在门外，上下打量一眼李侍尧，笑道："才进京几天日子，怎么瞧你没了机灵气儿？像是有点怔忡，再不然就是没睡好觉？赶紧把李大人的朝珠取来！"李侍尧这才觉得了，忙从太监手里接过朝珠挂在项上，一边随纪昀走，口里笑道："在外头没上司，在这里没下司，凡事都得自己操心料理……上回递牌子忘了带牌子，亏得了高云从撞见，才算进了乾清门。"

　　"这就是京官和外官的分别。"纪昀点头道，"这里一个小章京就是四品，放出去到地方就不得了，在军机处想吃茶得自己提水，衣服脏了得自己洗！所以有'进京的和尚出京的官'这一说。你忘了戴朝珠，那年白云观道箓长张真人也是的，走道儿上一提醒他慌了神，怕见了皇上失仪。我说你不是能驱鬼传狐调遣神将么？打一道令牌，着六丁六甲神将速速把朝珠取来就是！太上老君急急如律令！"他一脸诙谐又说又比，李侍尧和两个太监听了都笑。因见工部侍郎陈索文和宝源局、河道沟渠处、火药局、管理街道衙门的几个司官都站在养心殿垂花门外等候，便站住了，问道："这不是索文吗——你们王司空没来？"

"王司空出缺丁忧了。"陈索文因这里是内苑禁地，不便行庭参礼，带着几个司官一躬为礼，笑道，"如今是黄克己署理工部衙门。他去奉天查看太庙修缮工程去了。内廷请旨由我带着来见皇上。"纪昀一笑即敛，肃然说道："进见罢。"便带着众人鱼贯而入，由王八耻引着进东暖阁跪了。

但此刻乾隆却不在殿中，王八耻只说了句"各位大人跪候，主子少时就来"便挑帘出去了。几个人跪在八宝琉璃屏前也不敢交谈说话，四个司官大约还是头一次到这个所在，悚息屏声伏在地下大气儿不敢出，陈索文垂头长跪目不斜视，李侍尧皱眉想着乾隆不知问什么话，自己又该怎样回奏，只有纪昀放松些，隔帘望着院中融融的阳光，也不知在想什么心事。满殿太监宫女几十个人，各按职事方位立定，静得连檐前雀鸟啾啾叫声都清晰入耳。一时听见王廉在回廊转角处说道："主子回来了，茶水毛巾侍候！"接着便听得外头一阵脚步声进来，杂沓响动，似乎不止乾隆一人。几个宫女也动起来，蹑着脚步打热水涮毛巾，端参汤。连纪昀在内几个臣子忙都低伏了头。听着太监挑帘声，乾隆青缎凉里皂靴踩在金砖上铿锵的囊囊声，纪昀以头轻轻触地，说道："臣等恭候万岁圣驾！"

"纪昀已经来了？"乾隆说道，"你是工部的人吧？——免礼，都进暖阁来吧。"因为离得近，乾隆的声音几乎就在头顶，纪昀、陈索文忙叩头答"是"。抬起头时，乾隆已经揩过脸，示意不要参汤，把毛巾放在银盘子里，进了东暖阁里。几个人望着他背影又磕头谢恩，方才起身趋步入内，见乾隆摆手示意，小心翼翼斜签着身子坐了木杌子上。陈索文觑着眼偷看，乾隆已经盘膝坐了炕上，正好目光也扫过来，忙又低了头。乾隆一笑，说道："今儿外头风和日丽，连着几夜没有睡好，到御花园走了走，看几个阿哥练布库，朕也跟着疏散了疏散，这会子倒觉畅快了不少——颙琰、颙琪、颙璇、颙瑆、颙璘——你们几个进来。"只听窗外颙琰的声气答应一声，接着几个阿哥衣裳窸窣走进来，向炕上打了个千，一齐退后跪在隔栅子下面。暖阁里顿时便显得有点人满为患。

人们望着乾隆，等着他说话，但乾隆一时却没有言语，脸色也变得有点不快，良久才道："做什么脚步这样轻？一头是你们的皇阿玛，一头是外头办事的臣子，蹑手蹑脚的全然没有皇家阿哥的雍容气度！再说了，纪昀也是你们毓庆宫的书房师傅，怎么大样得连个礼也不行，一句问安的话也没有？嗯？"

他声音虽然并不严厉，但挑礼挑到这个分上，连纪昀也是头一遭遇上，李侍尧和工部官员们更是闻所未闻，一下子都僵住了。目瞪口呆坐直了身子，心头突突乱跳，手心里都捏出冷汗来。几个阿哥一下子都煞白了脸，面面相觑不知所措。纪昀脑门子上也沁出一层细汗，他素知乾隆家法与康熙一脉相承，内臣严于外臣，宿卫近侍严于朝臣，子侄严于外戚——愈是贴己亲近，揆情撰礼愈是苛酷。要阿哥气度雍容，给师傅行礼原本无错，但这样挑剔到当众，无论受礼的和行礼的情何以堪？眼见阿哥们试着起身要谢罪行礼，纪昀一急，忙离座跪了赔笑说道："爷们偶有失慎，是因为见了君父栗栗敬畏不敢造次——这是何等样尺寸森严之地，又是会议政务之时，臣焉敢坦然受礼？请皇上免了臣局促不安之苦——各位爷，下不为例，下不为例……"

"你们都是三岁认字，六岁总角受教。天地君亲师，'师'在五常之内，岂能轻忽怠懈？读了书若不养气修德，就会变得自大轻狂，比之无知还要令人厌憎——既是纪昀求情，那就下不为例吧——今日回去作文，题目是——"乾隆想了想，"《克己复礼为仁，斯善莫大焉》——可听着了？明日把窗课本子进呈御览！"

"是！"阿哥们如蒙大赦，一齐叩头谢恩，"谨记皇阿玛圣训！"

乾隆这才颜色霁和了，看着陈索文道："你叫陈索文？"陈索文余惊未息，一愣之下忙离座时，乾隆笑着摆手道："坐，坐着奏事，都这么闹起虚礼来就办不成事了——你是今年夏天引见到部的吧？"陈索文见乾隆随和如同家人，这才镇定了些，躬身回道："是。"乾隆偏着脸想了想，又问："福建布政使有个叫陈索剑的，你们是一家的吧？"

"是，万岁爷记得不差。陈索剑是臣的胞弟。"

"好嘛，你父亲教子有方，兄弟两个一为方面大员，一为朝廷卿贰之臣。"乾隆点头笑道，"这不多见。"陈索文听皇帝提到自己父亲，忙离座叩头回奏："这是皇上如天之恩，臣家祖上积德，遂能仰邀圣朝雨露，得侍于尧舜之侧——更有回皇上的话，臣父陈模祖于臣弟产后六月已见背于世。

臣与索剑自幼失怙，全赖母亲纺绩缝穷洗衣过活，苦节操持使我兄弟得以成人，至今已四十年。今兄弟朱紫朝贵，母亲未晋诰命，几次申报请予旌表建坊，都无下落……"说着已经沁出泪来。乾隆听着便看纪昀，见纪昀微微摇头，因道："这个事礼部有定例规程的。下去详明写奏章交给纪昀，自然还有恩旨。你们黄仕郎尚书从奉天回来再奏。"他扫视众人一眼，说道："说差使吧。"

按工部乃系六部最末一座，虽说都是"部"，就按职权责任而言，远不及吏礼刑兵户诸部那般繁紧冲要。大约是冷衙门的缘故，唐代干脆就叫冬官，尚书就叫冬官尚书，侍郎就叫冬官侍郎。清沿明制，工部的权已经大得多，管着河工、水利、海塘、江防、沟渠、船政、矿物、陶冶，什么屯田、营作、修缮、柴炭、桥梁、渡口、渔辅、漕运、舟楫、军器作坊、造钱工场……大到民生国脉，小到鸡毛蒜皮，但沾一个"工"字儿就和工部干连。其余五部的要缺官员和尚书侍郎大抵都要先在这个薄荷油衙门先磨几年，磨得什么都懂，什么都能敷衍而后就升迁出去。就它本衙门而言，实在是既没有权也没有钱且没有木钟可撞，离不了它又没有大施展余地的冷曹部。所以陈索文奏事只拣着乾隆关心的河工漕运、屯田水利、火药工场几件细说，又让管理街道衙门说了拓展圆明园拆迁民居需索银两的情形。

李侍尧在旁一边听一边心里算账，这些用工支项太浩大了！单是拆迁民居一项，就耗用了四百万两银子，占了其余各项总和还要多，到底是天家京城气派，这要放在省里，真是连想也不敢想……纪昀却在心里一笔一笔加减算着输赢账，和户部支出银项相互印证，时而点头，时而诧异。大约一顿饭工夫，几个司官说完，陈索文接着又奏："红果园向西约百二里，原是飞放泊外官道。那里原是有一座玄女庙，自从康熙朝伪朱三太子案子之后已经倾圮，这几年忽然香火又旺盛起来，善男信女每天有几千人进香。这里正当圆明园西门，工部去拆，上万的香客跪地拦阻。顺天府的衙役家属也有信民。工部前任尚书王化愚担心硬拆激起事端，说暂时留着，待请旨后施行。现王化愚丁忧出缺，黄仕郎出差去了奉天，请万岁旨意裁夺。"

"唔——玄女庙?"乾隆一边听司官回事，一边执笔在纸上点画录记着什么，听到这里停住了，问纪昀道，"玄女庙是正祀还是淫祀!"纪昀忙道："回万岁，玄女为上古神女，又称九天玄女，俗称'九天娘娘'。黄帝战蚩尤于逐鹿，玄女下降助战，制夔牛鼓八十面，遂破蚩尤。载在《黄帝内经》，是正祀。不过既已倾圮已复兴旺，其中难说没有别的缘故。方今京师直隶盛传天理邪教，往往借庙借神倡言造乱，名为祭神，其实假神道传布邪教以售其私，也不可不加留意。"乾隆放下了笔，沉思着说道："朕幼年听圣祖说过，伪朱三太子杨起隆的巢穴就在红果园，在藩邸也听邬思道先生说过周培公平息吴应熊变乱的事。这件事你奏得好——李侍尧。"

"臣在！"

"这件事不要顺天府办。你已经署理步军统领衙门，这是你九门提督的应份职事。"

"是！臣即日就去查看！"

"查看一下回奏。"乾隆说道，"如果真是应祀正神，不许惊扰，由礼部派员祭祀，颁旨另选新址迁庙——其实园子外边有座庙护门也未尝不好。如果是邪教借庙煽惑愚民，聚众有所图谋，那就不单要拆庙，还要捕拿追究奸徒，以肃视听。"

"是！臣查明之后立即奏明请旨！"

乾隆颔首吃茶，回到了本题："一条是造火药，是兵部监制，开矿用的，西路军事和福建水师军用火枪火炮用药，蜡封要再加厚些，要与民间制爆竹用药有所不同。安徽和云南铜政司有题本发给你们看，那里梅雨季节火药受潮，一库一库地坏掉，翻晒炒干后炸力也弱。一条是宝源局制钱，是户部监制收管。广州送来钱样，那里流到市面的钱都是私铸的，又薄又轻，这是怎么回事？户部要查，工部也要查。李侍尧写信给孙士毅，让他查明据实回奏。"李侍尧忙答应一声："是！"陈索文道："如今制钱造得太好了。铜六铅四化出的钱锃亮金黄，民间多有收集乾隆钱熔化了再铸铜器的。雍正爷的钱是铜四铅六，成色字画是差了，却杜了这个弊端。日本国没有铜矿，海上流出去的为数不少，都是先从福州私运台湾，再转运日本，虽说有定制，每船携带不得超出二百四十斤，其实查获的不到一成。造圆明园用铜更多——铜矿铜产翻了两倍仍是不敷使用。以臣愚见，不如制钱仍用先帝遗法，铜四铅六，成色是差了，字画也稍有不清，但用这钱私铸就不合算。日本国私运回去，来中国买货物仍旧又带回来。似乎这样更便利些，伏惟圣裁。"

　　这是绝大的民生政务，陈索文的建议可说头头是道。旁跪的五位阿哥，仪慎郡王颙璇常到四库全书编纂房借书，和纪昀混熟了，二人也曾说过钱法之弊，只是没有这样透彻见底。听到这里不禁偷看父亲脸色，又扫视几个臣子，恰与纪昀目光一触，忙又闪开来。纪昀因也听到有人在乾隆跟前捣鼓自己小话，不敢贸然发言，指望颙璇附和一下，但颙璇等人早奉有明旨，听政学习，不得妄加议论，只好低了头不言声。

　　"不要轻易更动法。"乾隆沉默移时，低垂着眼睑说道。刹那间，人们觉得他平日议政时那种精神流移奕奕焕发的神采消失殆尽，显得有点老态龙钟，倦怠得说话也带了闷声，仿佛在缓重地叹息："先帝有先帝的难处，有彼时的情势。比起来，还是圣祖的钱法才是处常之道。乾隆钱已经用了近四十年，如今为了省铜，忽然改了铜四铅六，成色差了，字画也不好，流通民间，老百姓用不惯也看不惯，容易起疑虑的心思。即你们说的也是实情，一来外国用乾隆钱，也有个仰慕向化的意思在里头。况且日本琉球爪哇暹罗诸国人，盗运铜的不少，一个乾隆子儿能换三十枚本国钱，谁舍得熔了造器皿？二来铜匠化钱铸物，毕竟是私铸，拿住了是要斩立决的。钱度这个人是杀了，他虽人品不端，整顿钱政还是不错，这上头的折耗也有限。现在用铜最多的是圆明园，正出正入的国家大事。待圆明园告竣，这场开销也就没了。所以缺铜是一时的，只要防着铜矿上小人作乱聚众不规，还可再加增工人，多开掘些也就是了。"他长长嘘了一口气，加重了语气又道："纪昀那里集着不少制钱，历代的都有。你们可以看看。但凡治化盛世、太平光景、国运隆昌，制钱的成色就好，分量就重。到了民生凋敝天下倾荡烽烟四起时候，钱就制得又轻又薄——这里头有个治乱兴衰的大题目，不是省铜费铜的人事。"

　　暖阁中十几个阿哥大臣，原是都觉得陈索文之建议条陈有理有据剖析详明。初听乾隆驳议，谁都是一脸的"唯唯"相，心里却都不甚佩服。及至后来，愈往深里说，愈见乾隆高屋建瓴思深虑远。陈索文头一个坐不住，伏地叩头道："臣学术不纯一叶障目，聆听皇上训诲如拨乌云而见日月，不胜钦服感佩！"接着李侍尧纪昀和工部小臣们也都没口价称颂"圣明高远""庙谟高深""察微知著""洞鉴今古"……直说得乾隆尧舜再生孔颜重世。

　　"好好！你们去办事吧。工部的差使琐碎，事事都关乎民命营生。自唐而后，愈来愈为朝廷看重，万不可轻忽怠堕。陈索文下去把河工上的利弊拟个细细的条陈，呈进来御览。"乾隆被众人赞得满面笑容眼中放彩，摆手命众人跪安，又命，"纪昀、李侍尧和颙琰留下接着议事。"

于是众人纷纷跪辞趋出，一阵缓重杂沓的脚步声后，殿中恢复了宁静。三个人六只眼睛盯望着乾隆，却见乾隆笑着起身下炕，说道："外边天气这么好，坐在殿里太气闷了，随朕到御花园里走走，如何？"

这自然是巴不得的事情，纪昀高兴得粲然嬉笑，从靴页子里掏摸着烟锅子，说道："虽说皇上恩准臣御前会议上吃烟，毕竟怕熏着了您。这么着随意，皇上也散了步，臣的烟瘾也过了——皇上体天格物真是无微不至！"李侍尧外头装矜持，心里紧盘算，要不要乘机含而不露说外头有自己的流言？口里笑道："奴才还是中进士那年进过一次御苑，今儿个这福气是异数，奴才真是不胜欢呼雀跃！"颙琰按捺着一腔高兴，却是满脸恭谨，说道："毕竟外头冷些，墙根儿上残雪都没化呢——皇阿玛还该穿暖些儿。"又对王八耻道："把皇阿玛的大氅带着听用。"

御花园离着养心殿并不远，君臣父子四人沿永巷向北，过储秀宫向东趄，坤宁门对面北边便到。因太阳尚未正午，永巷高墙遮阳，阴地里走还有点凉意，及进御苑大门，立时便觉一下子豁朗开阔。但见湛青无云的天际东南一轮金乌明媚光艳，慷慨地将阳光洒落下来，宫中金瓦红墙都融融与与沐浴在一片灿烂耀目的瑞光之中。园中翠柏、苍松、茂竹、万年青、金银花、女贞子……诸多常青花木老叶幽碧峥嵘苍翠，无数落叶乔木，虽没有树叶装点，但或如虬龙夭矫，或似蟠螭相结。枝干桠杈交错，老根横亘盘结，比之树叶繁茂之时，另有一股遒劲雄浑的意味，乾隆一边走一边沉吟，似乎是在打腹稿作诗，又像在思量什么，几个人亦步亦趋跟着，一边观景，心里紧忙揣测着应对乾隆说话。乾隆一直微笑着不言语，绕御亭一周匝，忽然转脸问纪昀："方才会议，你有一阵子直想笑，是什么缘故？"

"啊——是……"纪昀冷不防他张口头一句问这个，怔了一下笑道，"臣是在想，皇上御极四十年，春秋鼎盛间已经天下大治，臣钝驽之材青蝇之志，能附于圣朝隆化之中，名垂竹帛之上，自然不胜荣耀欢洽。"

乾隆不禁呵呵一笑，说道："若说你此刻有这个想头，朕信得及。方才会议时笑，不为这个。"纪昀见乾隆高兴，笑道："臣的心思难逃圣鉴。是因了工部尚书侍郎的名字有趣，又想起和阿桂说过的笑话儿来，肚里有点忍俊不禁。"乾隆笑道："几年事冗任繁，不听得纪晓岚说笑了。你本是天性豁达诙谐人，磨得快和傅恒一样深沉了，闷葫芦儿似的有什么好？有笑话就说，逗朕一个乐子。"

"皇上必定还记得，"纪昀说道，"黄尚书四年前调京后有个夹片折子，请调鸿胪寺或者是大理寺任卿贰。因为他本名'仕郎'，又姓黄，同年们就给他起诨名儿'黄鼠狼'，恰在工部当侍郎，官名儿凑起来仍叫黄鼠狼——竟是坐定了这名儿！所以一听他改任就想笑：黄鼠狼上树（尚书）了！"

众人一听都笑起来。乾隆想起来黄仕郎确实当面跟自己诉过苦，那脸吃了苦药似的委屈无奈相至今宛然在目，听到"黄鼠狼上树"，一手加额看天上的树影，笑得前仰后合："再说一个，再说一个……"

"下一个是陈家兄弟的。"纪昀一本正经说道，"是他们入贡那年，我还没有进军机。在傅六爷家吃酒，讷亲、阿桂、敦诚、敦敏都在。我去得迟些，在门外听他们说笑行令，讲到场里文章，两兄弟都吃醉了，硬要众人听他们背文章。皇上记得那个敦诚，最爱说笑的，在旁边挖苦，说一个是狗吃屎文章，一个是狗放屁文章。"

说到这里，众人想着当时热闹情形儿都已笑了，纪昀接着道："……两下都半恼了，闹得沸反盈天，不依不饶的。我一进去都拉着评理，又要再背一遍给我听。皇上，你知道听这类文章多受罪呐——乱糟糟地听有人罚我迟到酒，就说了个笑话骂他两个，逗得大家喷饭一笑也就罢了。"说罢舔舔嘴唇。众人听得正兴头没了下文，不禁诧异，李侍尧道："怎么，轰轰烈烈的，突然炮捻儿湿了？"乾隆也问："什么笑话？"

"我说在家睡觉，梦见了宣圣王①，"纪昀款款说道，"宣圣王说你的文章我都见了，连你的门生同年，写的那些高头讲章恶臭无比，失忠恕之道，存苛察之心，空言义理性命，罔顾国计民生，一类是吃屎文章，一类是放屁文章！我说，'臣愚昧，实在不懂宣圣王的意思。'宣圣王说，'你没见过狗吃屎，狗放屁？'我赶紧回礼谢罪，说：'回王爷，狗吃屎乃是臣所见（陈索剑），狗放屁乃是臣所闻（陈索文）！'"

---

① 宣圣王即孔子。

众人一怔之下随即都放声大笑。乾隆正展臂伸欠，突然憬悟忍俊不得，差点走岔了气，弯了腰咳嗽加笑。颙琰便忙着过来，笑着给他捶背。跟从的太监们也都笑得打跌趔趄，李侍尧一手捧腹，一手指着纪昀，浑身笑得乱颤，结结巴巴直叫："口孽……口孽……也不怕主子笑闪了身子……"纪昀便忙着过来要水端给乾隆，又拧毛巾递上，说道："皇上轻易不得闲暇的，臣想逗您痛乐子，不觉就放肆了……"

"无碍的。"乾隆笑过一阵，觉得浑身松快通泰，说道，"纪昀诙谐，有点像先帝爷手里的刘墨林。他在世时朕在藩邸，朕也是很器重的……"他沉思着，已是变得有些感慨："一晃就近半百年……刘墨林是遭了年羹尧的毒手死的。如今怕也是墓树已老木已拱了……"这件人事，李侍尧倒是多少知道一点，忙道："奴才去西安给尹继善送军饷，拜望过这位前辈先贤的住城。坟场护得很好，苏舜卿也合葬在那里。奴才还栽了两株合欢树在墓前。他们泉下有知，皇上五十年后还这么着谨念追怀，必定感激无地，求报于生生无既了。"

苏舜卿，纪昀是耳熟得很了，只道她是京师雍朝名伎，死得节烈，不料是和刘墨林有这一段缠绵凄情。见乾隆感伤，忙劝道："李皋陶说的是。臣思量圣上有此一念三界皆知，不但刘某，苏氏也无比蒙宠不胜荣耀！"见乾隆脸上绽出微笑，忙又凑趣儿："上次他们几个翰林挽苏舜卿，写诗写赋的，总归儿女子旖旎情长，臣这会子忽然有了警句——此固一时之雌也，而今安在哉！"他灵机一动，扬声诵出这么一句"警句"，又惹得众人一阵欢笑。乾隆因道："你的《滦阳续录》朕已经看过。有人说文章诋毁宋儒离经叛道。朕看诋毁宋儒有之，离经叛道则无。它的宗旨是劝善惩恶么！程朱那一套就没有可疵议的？名为'存天理，灭人欲'，其实是标榜自家门户！责备起人来没完没了，危言耸论惊世骇俗，其实朱熹自己也算不得甚么赤足完人。像苏舜卿，虽然操业不雅，一遭践污就仰药殉情，还不是烈女？要弄个道学家，不知编排她什么呢！毕竟他自己心里是怎么个脏，真是天知道！"他忽然想起陈索文母亲的事，换了正容问道："陈索文为母亲请命的事，似乎你有话要说？"

"回皇上。"纪昀也敛去笑容，一躬答道，"索文母亲陈安氏旌表建坊一事，二十年前就报到了礼部。当时礼部尤明堂派人去查，当地有人指证，安氏未嫁之时曾被海寇劫掠挟持四日，赎金放回的。这件事只好放下了。后来陈氏随单寄来了索文祖母、姑姑和邻居王嬷嬷证单，指证陈氏过门时确系处女。臣览阅之后大为诧异，一来事过四十余年，家中存有当年婚时处女见证，此事闻所未闻，二来即当时她的婆婆、夫姐妹和邻居，何由能知她是处女？又为什么有此一验？事出诡异，礼部引为笑谈，就又放置了下来。"乾隆不禁骇笑："他母亲当年嫁人还有身是处女证言？还是婆婆小姑子证明？""是。"纪昀说道，"臣心中有疑，即着礼部复查，得知竟确有其事——是安氏被劫赎回，陈氏即还帖退婚，所有亲朋好友左右邻舍无人相信她未遭污践。两家姻亲为此反目，诉到彰州府也无法决断，两造人一造拒婚，一造要嫁，闹得沸反盈天举城皆知。陈安氏情急之下，白日素衣闯入陈家，说：'陈家不要我，是怕我已经破了身子。外边我现今又是这个名声，又要经官动府，我已经走投无路。女人清白不清白一验就清楚，与其在外头丢人现眼，不如在婆婆姑嫂间断个清白，请邻居王妈妈作证。'——说完直入内室脱衣解裤，验明正身清白……一场轰轰烈烈的热闹传言顿时消弭了下去。"

本来都当是一段笑话，纪昀绘形绘色铺陈渲染，说得惊心动魄，连乾隆都听怔了，半晌才问道："既是如此，陈安氏原本清白，又苦节数十年课子成名，为什么不能旌表？"纪昀叹道："她太泼辣了……部里几次议，几位老先生都说，此事难以置信，即使是实情，也是有贞节无淑静，不是安分女人行径。听派人再查，回来说她母亲一直出入富户为人浆洗缝补，是当地有名的'大脚婆'。时或也进妓院帮工……这样，就更难具奏请旌了。我曾和于敏中议起过这件事。他说'名教'上的事，宁可严些不可人稍有疵议。立起坊来查出有误，更扫陈家颜面。臣想这么着无论如何都是为索文兄弟好。多少穷乡僻壤深山野林里的女人毫无瑕疵终老一世，谁能想起为她们建坊表彰？苦节原为守志，何必汲汲去求那个虚名？私下里也劝过索文，谁想他还是当面奏明了。"

"这可就是俗语里说的了——哪个庙没有屈死鬼呢？"乾隆叹了一声，转脸对颙琰道："这都是小事，里头存着一个'道'字，你可明白？"颙琰忙恭敬答道："是。据儿子听，陈安两家纠葛各有其理也各有其情。陈氏当生死存亡之时铤而走险，礼部揆情也是据理而言，纪昀、于敏中权衡利弊，也都有不得已之情。据之于天理，揆之于人情，即是道——儿子的见识愚钝，请皇阿玛训诲。"乾隆问道："难道没有是非？""回皇上。"颙琰从容答道，"大事国事须是非分明，小事家事宁可朦胧视听。要在取于忠恕之道，不以苛察折衡，或能近于中庸。一存偏执之见就难以公允了。"说罢低眉垂首听训。

乾隆沉吟了一下。说道："也还罢了，却也不是什么了不起的见识。你今年整十五岁，正是志学之日。听说下学只是闭门读书，朕还是取你这一条，不过，民间有长兄如父这一说，杜门不与兄弟们往来，也就带了偏执之见了。朕带你出来，并非你有什么惊动人的好处——已经拟定了李侍尧的主考，由他给你拟三十篇文章你作，春闱你下场去考一考。"他转脸看一眼随从太监，"你们谁活够了，只管往外说！"

皇子以公车举人身份入试春闱！所有的人都愣住了，纪昀目瞪口呆，李侍尧懵懂发闷傻子似的张口结舌，颙琰那样老成谨厚的人也一脸呆相，都茫然注目这位至尊，不知他葫芦里是什么药。

"朕不是好奇心盛标新立异。"乾隆说道，"不讲圣祖、世宗爷和朕，都是办差办出来的，经过多少大惊大险艰难竭蹶，才领略了人间疾苦世事艰危——你们讲，单在毓庆宫听听师傅讲学，看几行圣人书，朕能不能手造今日极盛之世？"他凝视着爬满了藻须样紫藤的宫墙，似乎思虑极深，眯缝着的眼睛幽幽放光："……颙璘年岁还太少，颙璇和颙瑆从明日起进军机处参赞行走，学习政务。颙琪朕昨日已经接见，到江南清江视察河务。朕像他们这么大，早就独自出外办差了。朕在高堰，天上雷鸣电闪，大河洪水滔天，暴雨倾盆如注……指挥数万河工堵决固堤——像你们，见那阵仗先就软瘫了！在高邮，命王府护卫连斩三名鼓动闹事暴民——像你们，给你们一只鸡不知道怎么杀，手都发抖，还要替它念《往生咒》！——朕要那些窝囊废物稀泥软蛋阿哥做什么？！"他突然厉声喝道："要历练！——懂么？！"

颙琰吓得浑身一个哆嗦，已是苍白了面孔，要跪，看看父亲脸色，没敢。但皇帝问话是不能不回的，因颤着声气说道："儿子都记下了。儿子下考场也是历练，能知士人甘酸苦辣，他们来自五湖四海，也能从他们口中明了外间世情。皇阿玛，儿子必不辜负您的苦心厚望，做一个有守有为的贤王……"乾隆把目光转向李侍尧，说道："本来，他进考场也不为希图功名。你是主考，他又没有举人身份，又不愿让礼部知道，怕场里误会了，反倒物议沸腾。你安排一下，他的墨卷若能过了房师这一关，你就取他贡生，也不必顾全他脸面特意取中。会试过后他就到山东赈灾，不要再殿试了。阿哥们平日是不作制艺文章的，叫你给他出题试做，练一练手，不至于出丑就成。"

"如今满京城都是各地来会试的举人。"李侍尧这才明白了乾隆"圣意"所在，满心狐疑消散，一腔忐忑俱安，笑道，"十五爷既要历练，奴才的意思，文章要作，也不妨和这些举子们有些个文事往来，会会文写写诗什么的。晚间就住奴才府里，到会试时随奴才的文办师爷们进场，余下的事就好办了。这么着不显山不露水平安稳妥，只是委屈了爷些。不知道王爷意下如何？"颙琰整日憋在宫里，一步路不多走一句话不妄言，和别个阿哥一样，面上尊荣光鲜，其实如身在囚牢，巴不得李侍尧这一说，已是听得喜动颜色，刚要答应，乾隆一摆手道："怎样安排都不委屈！——你们下去自己商量。去吧！"

颙琰随着李侍尧退下去了。乾隆回头吩咐王八耻："你们退到园外去。"说罢，向御亭旁走去。纪昀愣了一下，蓦地一个念头升上来，皇上有要紧事要和自己说！此时也无从揣测，屏息稳了稳神快步跟了上去。走在乾隆侧畔，不时用目光睨着他的神色。

乾隆却似乎有点漫不经心，缓缓移着步子在一片万年青花盆摆成的卐字不到头花架间徜徉，末了在御亭石阶前站定了，抿着嘴一声不言语。这里北边是一带花房，因天气晴暖，房顶的草苫都卷揭了起来，一排的暖墙上密密匝匝摆满了各式各样的盆景花卉，吊兰、海棠、西番莲、凤仙、云竹、墨西哥仙人掌、荷花令箭、月季、玫瑰、蝴蝶花，各色各样的草药都分畦栽种，在阳光下湛青碧绿郁郁蕴蕴，娇艳不可方物。更有丛梅、馆梅，或箭枝茂生，或桠柯交错、新苞如豆，粉、白、黄蕾艳色横陈……都洒了水的，映着日光像镀了一层透明的琥珀，显得异样精神。纪昀正看得目不暇接，乾隆在旁笑问道："纪昀，你进军机处多少年头了？"

"啊，回皇上。"纪昀忙道，"连同进军机处学习行走，整二十五年了。"

"二十五年，是一世光阴。"乾隆随手掐一段骨节草，在手指上捻着把玩，又问，"你今年是多大年纪了？"

"臣今年犬马齿五十又六。"

"唔。看上去身子骨蛮好的——朕知道，你不甚进谷食的，照旧还是吃胙肉？"

纪昀满面赔着笑容，心里提着劲回道："食谷者生，臣哪敢不进谷食呢？《左传》里又讲'食肉者鄙，未能远谋'——所以搭配着进食。先时初入宦途，薄俸不足食肉，先孝贤皇后娘娘特许臣随侍卫们进食胙肉。其余军机大臣都没有荣与这个恩典，日子久了，也不好吃得太实在。如今只初一、十五两日吃，以示敬诚不忘本，其余日子当值，就在军机处大伙房就食。"

乾隆含笑点头，说道："能不忘本就好。倒是'不好吃得太实在'说得有意思——阿桂和你同岁吧？"纪昀道："阿桂比臣小一岁。"乾隆漫步走着，抚抚大丽花，摸摸龙须草，又到玫瑰丛前扯过枝条嗅那花蕾，直起身子趸到一片空场上，摸摸石凳子，觉得不凉，就阳地里坐下了，又问："这是什么地方？"纪昀不知他问话用意，便道："是御花园。"乾隆一阵笑，"你和朕打模糊儿——朕问这片空场，这月台是做什么用的。"

"皇上，这是拜月台呀！"纪昀加了小心笑道，"每年八月中秋，内苑都要在这里团会拜月，臣等也常常蒙赐荣与的……"乾隆凝视着那座半月形石砌的月台，因为年深月久，月台上的石桌石凳，拜月用的石案脚下，沿落地的石基上斑斑驳驳都是暗红的苔藓，还有不知名的枯藤，无声地沿着墙基，仿佛要向人诉说什么。许久，他叹了一声，说道："这个地方出过一件大事，外间的人绝少知道。康熙四十六年，圣祖爷在这里家筵拜月，八叔、九叔、十叔、十四叔是一拨，二伯伯、三伯伯、十三叔又是一拨，就在这里窝里炮，大打出手……"他脸上带着难以形容的笑容，徐徐说道："为说笑话说恼了的，体尊也没了，脸面也不顾了，那份子天潢贵胄的雍容华贵温文尔雅都没了，有的打，有的骂，有的吵，有的叫，十叔打得头破血流，十三叔当场要撞阶自杀……六十多年了，一晃过去又是今日。朕每到这里总不禁想起这件往事……"

纪昀的心一下子沉落下来：康熙朝九位阿哥王爷为争嫡反目为仇，鱼龙翻覆雷霆大作数十年才得平息，他自幼读雍正的《大义觉迷录》就知之熟稔了。却不知这方寸幕后还有过这样一场阋墙恶斗！但他此刻更不知乾隆因何提起这段往事——这是国家不幸，也是家丑，怎么回话呢？

第十三回　　说宫变纪昀布诚心
　　　　　　憾纪律提督整衙务

　　纪昀毕竟天分极高机敏过人，心里一阵紧思量已回过神来，一撩袍角跪了下去，说道："记得皇上御极之初，即下旨令天下收缴《大义觉迷录》，同时诏告天下'从此以宽为政'。臣以为不是这本书有违碍失实之处，恰恰是为它太真太实了，与皇上以宽为政仁施天下大旨有所不合。子曰'民可使由之不可使知之'，即令大道，亦不可对下愚言之，何况此类天家勃豀内廷争角？臣愿皇上从此不言此事，臣亦从此缄口。我皇上诚孝通天，仁义遍施寰宇，内外法度肃然，天下境内隆治，宗室藩篱敦睦，不宜以无谓之思致劳圣躬之神，则是天下之福，臣工之福，皇子阿哥之福！"

　　"你起来，这又成了奏对格局了。"乾隆笑道，"你是朕的心膂股肱么，朕随意说说的，就这么郑重其事起来。"纪昀没有起身，叩头又道："皇上，君无戏言。"乾隆"嗯"了一声，又道："起来吧。"

　　纪昀小心爬起身来，正要转换题目岔开了说话，乾隆又道："风起于青蘋之末，也不是朕在这里无病呻吟。圣祖何等天纵英明，晚年只做了一件事，就是《洪范》五福里的'终考命'！就是阿哥，八叔九叔十叔从根上说难道是坏人？大利当前形格势禁，不得已就进了铜网铁阵。朕跟前这些阿哥，没有早早给他们差使，一来朕身体康强，用不到他们，二来'差使'就是'权'，给他们权太早，就容易结党生事。但总归不让他们办差，到头来就会变成一群一无所能的废物、饭桶，或者像李后主那样的，只会吟风弄月的亡国之主——你说这事何其难也！"

　　纪昀至此才大悟了，乾隆特特留下自己，是要咨询这么一件特大政务。这固然是人臣难遇的信任遭际，但也事关天家骨肉亲情，一言之失即是万劫不复之祸！秦二世胡亥之变，蒙恬受难；汉七国之乱，晁错遭诛；说到根上，岳飞惨死风波亭，秦桧只是参赞，真正的缘由是宋高宗惧怕这位将军迎回徽钦二帝……自古往这种事里搅和的，十有八九不得善果，其中也不乏才智卓越的贤勇之士！他皱眉思量良久，从容说道："皇上，此种大事惟是圣躬独裁，外臣岂敢妄作违言？既蒙皇上垂爱器重，臣有点驽钝想头直奏不隐。皇上虑得太深了——康熙朝与乾隆朝是不大相同的，不宜等量齐观。"

"哦？朕事事法天敬祖，以圣祖之法为法，怎么'大不相同'？"乾隆问道。

纪昀一顿首，说道："历朝各代兴替，称祖皇帝的只有一位，但我朝却有三位。太祖是肇基之祖，世祖是开创之祖，圣祖名为守成，实同开创，所以也称为'祖'。皇上万年之后，只能称'宗'，这就是不同。"他抬头看看，见乾隆笑容呆滞，一个微笑接着说道："'皇上不必为'宗'字懊丧，其实史上最为出类拔萃的倒是唐太宗——大凡祖皇帝所遇，都是烽烟四起、天下板荡之时。扑灭各路诸侯，收伏天下英雄，初定太平。因为收拾金瓯破碎，接的是民不聊生的烂摊子，所以容易见功。我皇上继圣祖世宗谟烈，发太祖世祖余绪，接的是如花似锦的大好江山。人知创业难，殊不知守成发扬更难！皇上文治汉唐之下无与伦比，武功直追世祖圣祖，英明天纵千古一帝已成定论。这就与圣祖大不相同。这是一。"

"嚯，还有二？"乾隆仍在笑，却已不再"呆滞"。

"不但有二，还有三。"纪昀定住了心，更说得畅若流水，"圣祖早立太子，请阿哥协理办差，各拥重权。当时三藩之乱，继有准噶尔之变，且有台湾作战。虽为的是安邦定国，有形势不得已之处。但阿哥久处藩邸，又有两立两废太子之变异，就酿成夺嫡惨变。圣祖是仁德之主，阿哥，皆非不孝之子，都为形势所迫，演成遗憾。今皇上立极已四十年，有金册注名，宫藏立储制度，阿哥出则专办一差，入则退居东宫读书，并不知大位传之于谁。且皇上春秋鼎盛乾纲在握，阿哥们毓华茂德，父子敦睦内宫熙和。臣以身家性命担保，断不致有狼子野心觊觎大位的，这又是与圣祖大不相同的。

"其三，前明灭亡，缘由甚多，皇子分藩而居，尸居素餐百无一能也是其一。圣祖反其道而行，各阿哥建牙开府手握重权，与太子分庭抗礼，彼有好竽我有好瑟，争胜斗奇难分轩轾。太子失位群龙无首。圣祖晚年倦政，

168

又有太子丧德失行之乱。阿哥们各自雄踞，才有后来尺布之忧。今皇上独揽圣裁，并无分权之举，这又是不同之处……臣愿皇上勿以在位日久自疑，也不疑各位阿哥，这就是天下社稷之福了。"

乾隆听得极为专注。这番议论滔滔不绝，有些事他并不是没想到过，由纪昀口似悬河分理详喻，顿时心目为之一开，不禁抚膝慨叹一声，说道："精当！倘若心怀一毫私念。必定以机密心腹言语揣度朕的心。左一个条陈右一个建议要朕预做防范了！"纪昀说道："记得初入军机处皇上即有训诲，谋国不谋私，举大不务细，臣岂敢忘怀呢！"乾隆若有所思颔首不语。移时，说道："朕不是无端起疑，宫里眼下有流言飞语，说是某某阿哥格外蒙受宠赐，某某阿哥已经金册立名为储君，藏在'正大光明'匾额之后。言之凿凿，某日朕进谒奉先殿，某日已告太庙，某日和亲王弘昼和侍卫巴特尔奉金册安置……有鼻子有眼绘形绘色地传言这些无稽之谈。这些话传出外臣那里，必定私议纷纷惊骇视听，不及早杜绝，就演出党争之祸，朕也是不得不关心啊！！经你这么一说，朕是求之过深了……"

"怪道得臣见皇上圣容稍见憔悴。莫说宫掖之间，就是寻常草野大户殷实之家，老爷子听见这类话也会不安的。"纪昀笑道，"这类纯属小人造作谣言，乃是鼠窃狗盗行径！历来是太监们的拿手好戏。皇上不必疑阿哥、疑宫嫔，更不必大加张扬追索。只需对太监严加约束，申明家法整束宫禁，消弭反侧乱言自息。据实追究，本来没有的事反而更加张扬了。"乾隆轻快地站起身来，伸展双臂甩晃了几下，笑道："这个朕倒是想到了的，所以接连几天见这几个阿哥，一是历练差事，二是给他们一份安心。就这样，你去办你的差去。今日既有这些话，朕也让你安心。于敏中是个真道学，人是个正派的，只是处世历事稍欠干练。傅恒那个样子，阿桂又远离在外，尹继善又殁了，你们要相帮着，里里外外把差使办好。"说着便踱步出园。

纪昀今日见乾隆奏对和谐功德圆满，原本十分"安心"的，听乾隆这几句话，似乎于敏中说过自己什么话，又似乎交代自己不要对此有什么芥蒂，模棱两可看虚似实的，反倒有点不安起来。但此时情景实不宜再饶舌套问解释，更不能说于敏中处事长短，只好陪着乾隆出园，行礼告辞。至永巷外天街口，看看太阳又看看怀表，还差半刻到午时，一头惦记着要再去看望傅恒，一头又想是在伙房吃过饭再去！又怕午后滋扰了傅恒。还惦记着文华殿《四库全书》编纂房有几份挑出的违碍书籍，怕吏员们不知道取走编校，重新修订缮写要费不少事……心里转着念头犹豫不决着，听军机处轰然一声称"是！"似乎会议刚散的模样，一个一个官员鹊步哈腰鱼贯而出，有的搓手顿脚活散身子，有的交头接耳窃窃私议，有的打哈哈说笑离去。见纪昀摆着方步过来，打头的几个都站住了脚，"请中堂安""纪中堂好！""刚见过皇上么？""上回求您的字儿……"一片嘈杂问询寒暄。纪昀看看，一大半不认识，只笑着点头敷衍，因见自己的门生刘保琪也在里头，叫住了问道："你不是调到九门提督衙门了么？今儿开的什么会？"

"回老师的话，没什么大事，年年都有这个例会的。"刘保琪也是个佻脱诙谐的，见问，睐着眼笑道，"于中堂叫了顺天府，还有我们衙门的司官以上狗头官儿，年关要到，元宵也要到了，一是防火一是防贼一是防白莲教。安置布防的事，嘻嘻……学生调出礼部，老师把我忘了。葛麻子说今晚给师母做寿，我那里没有老师的请帖！这可真是奇哉怪也……""你调出去原说去了外任，哪里送帖子去？"纪昀一笑说道，又问，"李皋陶在里头么？"

"李帅——李帅今儿没来。"刘保琪无所谓地说道，"军机处这头知会来开会，他说要到通州有事，带两个亲兵和他家的人就走了。我猜他老人家心里不欢喜。"见纪昀看自己，刘保琪又道："您想啊！李帅虽不是军机大臣，也日日都在军机上行走见驾的。于中堂召集会议，又事关京师年节关防，事先连个商量没有，连个招呼也不打！所以李帅一听他叫，脸色都变了，一句话不说，带上人就走了。"

纪昀想想其中情事确有道理。李侍尧秉性高傲跋扈，于敏中又刚愎得刀枪不入，一人不听一人不信，活似庙里关帝尊神。想着调停也无从措词，因笑道："侍尧也不至于那么小气的。我知道他奉旨有要紧差使的——上司中有什么，你作属员的不要掺和，这里头人事牵连，不好相处的。"说罢，便不再进军机处，径往隆宗门走去。刘保琪也随步出宫，笑道："我这几年先在都察院，又到翰林院，到礼部又到步军统领衙门，混得还是不坏。同年里升到从四品的，我是头一份呢！老师，我是颇有心得呀！"纪昀一边走，偏转脸笑道："噢，混得有心得？说说看！"

"一是无论上司同行，见面只管说笑；二是无论上司合气不合，谁吩咐什么事，只管朗声爽快答应着；三是点卯应差别迟到，点过卯该会朋友，该串房聊天儿、想游玩，甚或想回家睡大觉侍候老婆，不言声走人，连招呼都不用打！"刘保琪扳着指头如数家珍，满脸嬉笑，"衙门里的差使是橡皮筋，你就两眼一睁做到吹灯也办不完。你任事不做，每日到得早，笑着见上司，他也觉得你'勤勉晓事'。在部属衙门和道府县这些外官绝不相同，那是'要政绩'，这里是'不出错'。上司觉得你好，你就是好官。做事愈多嘛……就愈是容易'出错'，你黑着个脸一心操劳国事忙得马不停蹄，上司非但不领你这情，反而觉得你'总是出错'，谁抬举你？各衙门长官都是一满一汉，他们合气，反而要费力些，因为你不但要混人，也要混事，混得都觉得你干练随和能办事才成。他们搁气，此说'你向东'，彼说'你向西'，这倒好，你们只管说，我想哪去哪——只敷衍得他们觉得'不是和我过不去'就成。"

纪昀自己每天忙得七荤八素，恨不得生出三头六臂办差使，听这番高论，真是又好气又好笑。但又情知刘保琪外圆内方秉性并不狎邪，说的也是实话，一笑说道："你要碰到老刘统勋那样的上司，或调到刘墉跟前，看你这泥鳅往哪里滑？——我调你《四库全书》修纂上去，大约你也溜不出去。""那是那是！"刘保琪仍一脸皮笑，说道，"不过我走了这多衙门，各衙门同年朋友也常闲话，并没碰到刘统勋、刘墉那样儿的。秦桧赵高也不见。倒是苏模棱、马糊涂、王混混儿居多——像老师这样儿操劳国事重谨民生的，如今更没处寻去……"眼见已到西华门，外头车轿林林总总，门口候见官员甚众，顺手灌纪昀一碗米汤，刘保琪已收了嬉笑，恭恭敬敬跟在纪昀身后，老实肃穆又带着微笑，像个刚入学的童蒙跟老师去文庙参拜孔子。直到出门，纪昀笑道："明日才是你师母生日，是葛承先哄你，要你白跑一趟的——帖子不给你了，到时候来吧——记住，带文章不带礼，你送礼来，我就轰出你去！"

"喳喳！是是……学生记住了……"刘保琪唯唯连声肃然退立。待纪昀升轿，方才去了。

李侍尧其实并没有去通州，和衙门里交代一句，他去了红果园。这个地方处在西直门北侧城外，前明时是西厂所在，归内廷秉笔太监管辖，专门替皇帝作耳目的内廷衙门。名儿叫得好听，叫"司礼监文书处"，其实进去走一遭就知道，这里和"文书"毫不相干，倒是"阳世森罗殿"来得更贴切些，什么剥皮亭、揎草桩、烹人油锅、钉板刀山、犁人铧……只要十八层地狱里寻得出的名目，在这里要什么有什么……无论民间官府，只要这里的"公爷"儿们探出你有什么"不应"之罪，也不经官动府法司过堂，大到庙堂之事紫衣朱贵人物，小到牧童贩夫鸡子尿湿柴的小事，一个不对抓进来，饶你是活神仙也要脱三层皮！常常有夜行院外的，听得里头惨叫号哭、啾啾如闻鬼声，令人毛发森竖……太监们一头杀人，又偏偏信神怕报应，就在里头盖了一座九天玄女娘娘庙厌镇邪祟。明亡之后这里成了一片榛莽蒿野之地、瓦砾废园荒寒之地，野狐獐兔出没其间，亦时时昼日见鬼见魅的，等闲人宁可绕道儿，不敢随意独身穿行这块忌讳地儿。

六年前李侍尧进京，这里还是一片长草荆棘，密不透风的黄蒿灰菜茖帚野茅长得人来高，甚至齐房檐峥嵘杂生，几间破房残垣都掩得"风吹草低"才得半露萧瑟之境，但今天来重游故地，李侍尧几乎已经认不出它了：这就是那片长草接天野坟连陌的红果园？——沿草堤一片西厂残垣已经全部拆平，厚厚的腐草层铲除得干干净净，煤渣掺五色土夯得平实，正中一条石甬道都用临清砖镶边，善男信女们有的双手捧香，有的三步一跪五步一叩，有的两腮钉上纺锤合十趋步，有的独身，有的阖家祈福。许愿的、还愿的、唱道情说姻缘的、看相算命的，并各色卖汤饼小吃的贩子们人来人往。腰挎香袋，口诵神号似吟似诵，俱是一脸虔敬之容，来往如蚁趋之若鹜。甬道直北是玄女正殿，轨制倒也并不高大，三楹殿门碧瓦金粉，连墙面丹垩一新。庙西侧垛的砖像小山一样，石灰坑料浆热气腾腾，山门和庙墙都没有修整齐整，看样子是香客筹金要大兴土木修整扩建。座殿中门南是一座人来高的大铁鼎，鼎前的香灰足有囤子来高，焦火紫焰蒸腾缭绕。进香的犹自争先恐后把成捆成封的香往上垛，离得丈许远就觉得炙面灼身不敢靠近。李侍尧隔门向殿中窥望，也是香烟袅袅缠散，因为暗，却看不清爽，但觉帐幔旗幡层层遮盖，供着一尊女神像，宝相庄严绰约可见。倒是楹上联语是新挂上的，黑漆木的镏金大字在阳光下耀目不可逼视：

神光流移万载呵护苍生福田何遗漏

灵风追抚四方恤佑黎庶善念如应响

一笔钟王隶书十分潇洒精神，却无横额，无题头亦无落款。转脸向东看，庙祝住的小屋门前摆着一张四脚撑素面桌子，小屋小得像个土地庙，窗上还贴着张黄表纸告示，桌上摆着纸笔，桌前还有个功德箱，显见是为建庙敛钱的，人来人往甚是嘈杂。李侍尧回头看看，李八十五几个人挤在算命摊子上伸着脖子听讲卦，自逕身到小屋前，看那告示写着：

> 苦海众生，三毒孽深十恶障重，死后打入地狱受尽苦难，永无出期；在世现报，灾疾重重，人不能堪。玄女娘娘本悲天悯人之慈怀，秉敬法自然之至理，于兹光大山门人天欢喜佳日良辰，广开方便之门，托梦千人指示，许以善行消当世业弥来世业。铜山西崩洛钟东应斯灵如神。南无阿弥陀世尊！南无观世音慈航真人！南无吕纯阳真人！南无济颠大罗汉真人！太上老君急急如律令！道场之上，亿万斯灵神佑护善人信民。切告

李侍尧看得"扑哧"一声几乎笑出来：这都是什么乱七八糟的章法，各路神仙都请来给这位娘娘弄钱！却见来捐供奉的人们都是栗栗战兢，有的遍身罗绮珠光宝气，十两八两的出手阔绰，有的衣裳褴褛老病贫弱，三两个制钱也塞进功德箱。两个庙祝也是一僧一道，都是十七八岁眉清目秀的少年。一个合掌一个执拂站在桌边，凡供钱者无论贫富多寡，一律稽首敬礼。李侍尧见来礼拜供献的多是妇女，有的携家带口一大家子来的，都不便问话。在旁等了一会儿，见一个中年汉子双手持着个黄表纸包儿，拜了又跪，塞了钱又叩头，这才起身。李侍尧跟了几步叫住了："这位大哥，来捐香火钱的么？"

那汉子眯着眼看看李侍尧，见他穿一身八成新灰市布棉袍，千层底布靴是黑冲呢面儿，上身套着件酱色江绸面大褂也是缝工精细——这身行头说贵不贵说贱不贱，倒似个应试举人，却又年纪偏老，因道："我是还愿来的——这位爷台是求功名的么？可着您的力供娘娘吧，准给你个效验！"李侍尧笑指着神殿问道："灵吗？"

"灵！真真实实的灵！爷台千万甭轻慢了神祇啊！"那汉子道，"我是西直门外卖烧土的。我妈病眼，媳妇儿生孩子血漏不止，德生堂的胡太医都说我女人不中用了。头十天我来许愿，好了我女人就好了我一家，愿把我妈压箱底嫁妆贡给娘娘。嘿！这就见效，这就好了！就是这儿的香灰儿圣药，服下去半个时辰，就说肚里受用，一天三遍儿连服三天，血漏没了，颜色回过来饭也能吃，能下地走道儿了！昨个第九天，断了半年的奶水也下来了。更奇的是我妈的眼——女人一吃圣药那日她就眼疼，疼了五天又流泪，紧着吃斋诵念神号，一天好一天，昨儿天不明，在炕上直嚷嚷娘娘托梦给她，说罪孽已经消完，说她的眼也好了。我还以为她说梦话，谁知一点灯她就叫'看见了，看见了，真的看见了！南无慈悲无边大灵大圣九天玄女娘娘！'今儿找先过来还愿，她赶到门头沟姥姥家，要舅舅一家赶紧过来供奉娘娘。这可不是灵异！神圣就在这里头，我有半句假话，叫我一门死绝！"他说得恳切至诚，眼中满是感激神色望着神殿喃喃说道："媳妇病好，三个孩子就有人照料了，我娘眼好使了，能看个门，媳妇能帮我刨刨烧土拉拉什么的，我们这一家不是又能过活了么？这恩德呀……永世都不能忘了玄女娘娘的……"

他一头说，早已围上一群来看热闹的闲汉。旁边的香客也七嘴八舌讲颂神道灵异，这个说"我老爹的喘气包儿好了"，那个说"我哥的痨病都说过不了年，昨个已经起身进花房侍弄花儿了""我娘……""我姑父……"乱纷纷说得李侍尧直愣神儿，也有不少说娘娘托梦的，都是煞有介事。更有人忙着去捐钱，进殿喃喃祈祷，出来趴跪在香火堆旁揽拢那"圣药"……此刻早已换了别人宣讲神仙灵迹，李侍尧回头看跟自己的从人，里三层外三层挤拥不动都是人，也找不见李八十五，仄着身子挤出来，却见李八十五和小吴子几个人都在圈外等着，和和亲王府的管家王保儿正说闲话磕牙儿。王保儿一眼见他挤出来，笑着迎上正要行礼，李侍尧摆摆手，问道："你怎么也来了？"

"我们五爷身子热得邪乎，"王保儿道，"王奶奶急得没法儿，听二十四爷家姨奶奶说这庙神灵签儿应，着我过来求签儿求药。这几日我天天往这跑腿儿。方才见马二傻子也来了，求了个签忙忙地就去了，也不知签上写的什么。"李八十五道："这儿的签灵应，请爷也去抽一支吧！"李侍尧因见王保儿手里拿着签票儿，取过了说道："这是五爷的？我看看！"展开看时是一首诗：

> 五十年来一梦清，黄粱未熟几番惊。
> 衣裳冕旒与生俱，问君何须卜前程？

王保儿道："我问里头老庙祝，说是上上大吉签。可爷病得颠倒不省人事。这是怎么说？求爷批讲批讲，指点迷津。"李侍尧细详词意，无论如何都是凶兆，但事关乾隆亲弟弟生死卜问，他如何敢信口开河？因沉吟道："五爷是给自己做过几次冥事生祭的，所以有'几番惊'这一说。详这词意，是让五爷顺天知命，五爷自己就是吉人天相，不必再问前程。"

他说得顺理成章，王保儿心里想知道的仍旧语焉不详。死呀活呀的直言相问他又不敢，接回签子只是发呆。李八十五几个在旁极力怂恿："请爷也抽一根。"小吴子已颠到功德箱那边代李侍尧捐了香火资。王保儿几个人簇拥着他进殿上香抽签，哐哐摇了几下，跳落出一根，也是一根上上签，换了签票出来看时，上头写道：

> 朱衣紫贵少年头，从容步履侍龙楼。
> 欲待凭栏眺烟江，碧水寒枫雨正骤。

下注：

> 讼事宁　官运平　婚宜迟　慎远行

李侍尧原本是个"姑妄"为之随意消遣的意思，见这签条竟触了心事，凭几个从人解说逢迎着，站着只是发呆。许久才一笑说道："小吴子说的是，我是最爱上高楼看江色的，不过这回是秋天，景致也太凄寒了些。"说着便往外走。见王保儿要辞，叫住了道："回去代我给五爷请安，我还打广州给五爷带的有冰片银耳，你回头到我府先给五爷取过去，看等着用。小吴子李八十五他们回头还要找你有事商量——你回去侍候五爷吧！"王保儿连连答应着去了。李八十五凑到李侍尧耳边小声道："老爷，那个肖三癞子也在这儿——在庙后头指挥匠人们摆料桶码木材，像是个管账的，又像庙里的檀越居士。"李侍尧道："今日走马观花。回去再说吧——你们把它庙里那张招贴告示记牢了，看外头如果还贴的有。悄悄揭一张带回衙门。"轻轻一顿足，去了。

李侍尧回到衙门还不到巳末时牌。偌大的衙门空空荡荡雀啾鸟鸣连个人影儿不见，问守门的亲兵，说衙里司官笔帖式都开会去了，不知哪里召集会议，也不知谁叫走的。李侍尧不禁诧异，几步到书办房问管文案的马书办，才知道都去了军机处，听于敏中布置防务。李侍尧本就心思不畅，窝着一肚皮无名火，闻言不禁大怒。"砰"地举拳一击桌子，笔筒儿、砚儿、镇纸、茶杯、手炉儿齐跳起老高："你——你是叫……"

"标标……标下迟本清……"那书办冷不防这位提督突然光火雷霆大作，吓得几乎软倒了，一个顺势溜到桌下跪了，"军军门……这不干标下的事……"他突然疑心李侍尧"是不是犯了痰症"，偷眼看时，只见李侍尧面赤筋暴，脸上麻子都涨得血红，目光却晶莹有神，气势凛凛盯着自己，忙低下头去。

"好，迟本清，你办三件事！"

"是……"

"嗯?!"

"喳！"

"通知大伙房，按人头做饭，这是一。"李侍尧喑哑着嗓子道，"把护卫处、文案处和衙里办杂役的统统编队集合。由你传话，现在出去找人。到军机处开会的，在西华门外等着，回家的分头到家去找。现在是……"他看着怀表，"差半刻到午初。午末时牌我要升衙。这是二——第三，派人去顺天府，传令给他们府尹。我有奉旨要差，调他们刑名房三个师爷过来听用！"

迟本清听他厉声训令，已是心旌摇动目眩神惊，腿肚子都直要转筋，强宁住了神，回道："大人，集合叫人传饭都好办。里头还有几位堂官……我只是个未入流，怎么好给人训话呢? 请大人亲自……"

"这好办。"李侍尧狞声一笑，拽过案卷撕了一张纸，提笔濡墨写道：

> 即着迟本清一员，委为步军统领衙门大堂理事协办，武秩从六品，提调衙门事务。此令——李侍尧

交给迟本清，"训话前先叫人宣读这个——你去吧。"说罢趱身去了签押房。

一时便听院中有动静，先是一阵嘘嘘的哨声，饭堂那边破锅似的钟声也响起来，接着听人吆喝呼应，脚步声急促杂沓向南赶去，遥遥从仪门传来列队口令声，衙东的伙房烟囱也滚滚冒出黑烟来。李侍尧站在签押房窗前瞭了瞭，似乎气平了些，嘘了一口气，见小吴子和胡学庸、马玉堂几个戈什哈都站在檐下，叫道："你们几个进来。李八十五呢？还没回来？"吴世雄和几个人一边答应着进屋，一边说道："方才见他和张师爷说话，敢情解手去了，一会儿准来。"说着便见李八十五在前，张永受在后脚步匆匆赶进来。张永受将一张抄好的玄女娘娘庙告示放在案上，和众人却步靠墙后立。

"张老夫子坐。"李侍尧左手两个铁胡桃转得刷刷响，右手抬了一下，说道，"大家都听见了，北京风水和广州不一样。有道是打虎还得亲兄弟上阵还是父子兵。你们少说也是跟我六七年的了。我想了想，在这里没个官衙儿，他娘的未必有伙房的狗吃得开！八十五即授中军总监，吴世雄你三个授千总实职，带来这三十个弟兄都有武职，都补到巡捕营去做把总！张师爷我给你补个参议道，不过这个职分得叙保请旨。你先来个'署理'，我告诉一声吏部，具本时候我再见皇上说。"

"谢军门提携！"

李侍尧手指点了点那张告示，接着说道："既然皇上委我来做这个九门提督，提督衙门就得是我说了算。衙门下辖的两万六千官兵要调动运用得像我这手指头一样，要它怎样动就怎样动！眼下年关将至，各地白莲教天理会活动猖獗。北京京畿天子辇下，不许出一丝一毫差池。现下要弄清这座庙，到底敬的哪路神仙？香客有没有结香堂拜堂主的事？有没有密地演法布道传教的事？没有，那好，我还要给它装金修庙。若有，一是要弄出主传人，二是要防着有人趁年关在京师捣蛋——"手指将纸一推又道，"这布告我一看就气味不正！顺天府的人来了，张老夫子和你们四个专门合议

这件事，人手不够再到刑部去，看黄天霸的徒弟能不能来帮一手——总之是要把这个年过平安！"

"是！遵军门令！"

"京师不比外省，无令不许妄动！你们要事事请示，听令而行，有事我才能替你兜起来，听见了？"

"是！遵令！"

"你们先到下伙房吃饭。"李侍尧颜色和缓了些，"饭后到大堂摆队，按期归衙的登记名册，升衙放炮后才到的一律挡在仪门外听我发落！"

"喳！"

众人行礼纷纷离去了。李侍尧至桌前坐了，先给广州家里写了一封平安信，又给孙士毅写信述说来京情形，让他"勤于差使、谨于行事、慎于小人"，总觉得有许多话要说，却又难以形诸笔墨，想了想，又加了几句："原十三行归复旧制，乃请旨而后施行。该行刘东洋感激皇恩，筹金十万两以为修葺旧衙所用。弟时将赴京，且思此金入衙即为群小瓜分，于地方实无所益，徒得逗宵小之辈欲鏊，是以不讳瓜李之嫌暂令家人收存。今公既已到任，合应缴公。弟以为此款项可用修文庙为宜，切请留意匆匆不云。"但这一加，反复看去倒觉更加不妥：这不等于白送一个把柄给孙士毅？——他自问一生为官刚直清廉。就为这十万两银子动了心，好比斋公偷吃了狗肉那么腻味。入京处情不能理直气壮，遇事不能通达，就为有这块"心病"。情知外省多少督抚富可敌国，吞这点银子玩儿似的，偏自己就没这本事胆量！终归自己一向有个"好名远利"的名声通国皆知的缘故——算了，专门派人回广州，缴公干净！……这么一想，顿时轻松了下来，将信揉成一团扔了纸篓里。偏转脸看，墙上贴着一张已经泛黄的白纸，上头写着"敬惜字纸"，李侍尧叹了口气，又把那团纸捡出来，晃着火折子焚化了，这才安心。一时便见迟本清满头冒汗，喘吁吁跑来，禀道："军门！午末时牌就到，升衙不升？"

"升！"李侍尧恍然间看表，果然短针已指到"1"，长针也逼近"12"，霍地站起身来，一边去摘墙上悬着的剑，冷冷命道，"叫门政上头放炮！所有护卫衙役一律执事上岗！"他却甚是仔细，抚冠束带，从从容容衣袍都拽舒展了，将腰间宝剑丝绦流苏都打理得纹丝不乱，这才出门，摇着方步迤逦到大堂后侧。迟本清早已先来一步站在侧门哈腰躬候。

大堂上早已是森严肃杀济济一堂。沿公案桌下四十八名衙役四十八名亲兵戈什哈分两列直延到二堂门口，衙役一律黑红水火棍双手拄地；戈什哈身着补服腰悬大刀目不瞬睫兀然挺立。三十多个书办、笔帖式袍靴楚楚鹄立堂柱西侧，东侧是二十多个武职官员，都是游击、参将职衔，翎领辉煌衣色鲜明直立候命，靠公案左侧是衙内四司堂官僚属，右侧三把交椅，是步军统领衙门三名副都统，两万余名禁城营兵的带兵管带。因都有副将职衔，位份贵重，所以特设座椅。这些人今日上午有的去军机处会议，散后直接回了家，衙里没了主官堂官，下属僚役如鸟兽散，有的会局子，有的约同年搓雀儿牌叫堂会。甚或有泡花酒约会被迟本清的人叫回来的。刘保琪是文案司堂官，也站在左侧，左右思量衙里没有什么要紧公务，却也没有大中午会衙议事的例，不知是真有什么要紧事，还是这个李猢狲新官烧火大弄玄虚？想起上午和纪昀西华门说话，肚里想笑，忽然觉得周匝静得出奇，便知李侍尧要出来了，接着便听"咚——咚——咚！"三声炮响，迟本清可嗓门儿高唱：

"大军门升堂啰！"

衙役们都练出来的功夫，"噢——"地齐声呼叫堂威，提线木偶般一齐提足后退一步，接着文官武将们"啪啪"打得马蹄袖一片山响。便听李侍尧脚步声橐橐从东后侧门出来，径升座据案而立。

"请提督大人安！"

庭里庭外上百的人一齐打下千儿去，声音震得大堂嗡嗡作响，院里老梧桐树上一群乌鸦受了惊，"忽"地扑棱起翅膀，飞得满天盘旋。

"诸位起立。"李侍尧脸上毫无表情，干巴巴说道，"三位将军请坐！"

人们似乎松了一口气，北营管带穆阿玛、西营管带阿成、朝阳门管带图门朝上一拱，双手据膝落座。其余文武弁佐归位垂手肃立，不时用目光偷睨公座，李侍尧也坐下了，偏脸吩咐："迟本清，点名！"

"是！"迟本清轻轻取过案上花名册，不知怎的，他的脸色发白，手也有点哆嗦，犹豫了一下，大着胆子点，"图门军……门！"李侍尧一挥手止住了他："点名不带尊称！"

"是……图……门！"

"到！！！"

"穆阿玛……"

"到！"

"阿成！"

"到啰！"

三个人三个答法，一个气如虎吼，一个恬淡自若，一个吊儿郎当。人群中立刻传出"嗤嗤"的偷笑声。李侍尧知道他们这些人，都是满洲亲贵子弟，并没有把自己放在眼里，也不理会，心里打着主意，听迟本清接着点：

"李国强！"

"到！"

"冯云畏！"

"到！"

"关效英！"

"到！"

…………

一时统计下来，共有十五人缺席未到。李侍尧接回花名册，手指点着问道："这十五个是怎么回事？"

"回军门。"迟本清自觉办差尽力，显得心安理得，回道，"本衙门各司除了三名请长假的，都知会到了，还有一名借调到四库书房去的，不便通知。大营将官是通知各管带、军门书房师爷按名分级知会的。既然没有来，想必是营务分不开身也是有的。"李侍尧哼了一声，翻着花名册，问道："穆阿玛，这个游击叫柴大纪，怎么没来？"

穆阿玛听问，忙转身道："柴大纪是四营管带，负责西直门防务，那里居民外地入京落居的多，四营会同顺天府端了个教匪窝点，抄出许多违碍书籍。礼部奉旨'就地销毁'，他带人烧书去了。"李侍尧点头，又问阿成："纪大发、吴诚、苏得贵、冯克俭——这四个是你营里的，他们到哪里去了？"

"出差了……出差了……！"阿成一脸的不在乎，笑眯眯看着李侍尧，"您知道，快过年了。标下大营万数来人，总得弄点吃的给弟兄们打牙祭，一向的规矩不许在北京城里头采购，我派他们到房山、良乡、密云一带乡里买点猪羊山货，打几头野牲口。还没回来呢！"他是阿桂的本家侄儿，却和乃叔大不一样，矮个子小骨胎儿，一身结结实实的肥肉袍褂都绷得满满的，溜尖的橄榄脑袋稀毛小辫子，抹了一层油似的泛着光，眨着眼像看什么稀罕物似的望着李侍尧。李侍尧暗自吞了一口唾液，刚要问图门，图门扯着大嗓门说道："一样一样——我派他们西山采购去了，还派了一棚兵去大兴打猎，咱们也得过年不是？"

李侍尧伸手用劲摁了一下公案，说道："派人采购，成——把你的一棚兵给我调回来！别说你，就是我也没权把一棚营兵调出去打猎！这件事都察院知道了，御史们是要弹劾的！"

"御史？"图门不屑地一扬脸，"御史们现在也忙着到印结局领银子，去户部哭穷撞木钟，借着弹劾敲诈外官是他们的看家本事。我们除了饷还有什么进项？怕他个屌！"阿成也道："大冷天的，调回来也是闲着！"

他们的话其实都是众人心里想说的，立时引来一片嗡嗡嘤嘤的议论声。有的说"管钱的衙门有钱不求人，管人的衙门有人送钱，我们除了大头兵，有什么？"……"这话是，有门生的靠门生送，没有门生的靠外头送冰敬，谁给我们送？""国子监、翰林院是清水衙门，你到人家后院看看，送的那些年货垛成山！"……纷纷纭纭都是揭不开锅的穷话。李侍尧不动声色端坐着，心里掂掇着如何教训这群鱼兵虾将，忽然见门政上头匆匆进来禀道："有四位游击刚到，要不要放进来？"

"唔？都是谁？"李侍尧问道。

"一个叫蔡畅明，一个叫罗佑德，一个叫苏得贵，一个叫柴大纪。"

李侍尧便看三位副将，直勾勾盯着一言不发。阿成心里一阵慌乱，强笑着说道："苏得贵回来了？这家伙——准是带的钱不够，叫进来我训他！"图门也道："叫进来！"门政口里笑着答应，看李侍尧神色，却不敢出去传叫。

"你去——"

"是！"

"你忙什么？"李侍尧冷笑一声说道，"先问明他们做什么去了，奉谁的差，或向谁请的假，报明了再说！"

"是！"

本来满庭乱嘈的议论突然停滞了，一股凉意袭进来浸得众人心都是一缩。

第十四回　丘八秀才本色毕露
　　　　　风流天子意马心猿

一时门政便回庭来报："罗佑德和苏得贵是去兵部领打靶用的鸟铳火药；蔡畅明是和亲王的包衣奴才，散了营去王爷府请安；柴大纪是去烧什么书，回营才知道衙门开会，就赶着来了。"

"嗯哼？"李侍尧目光霍地一跳，已经黑沉了脸，脸上的麻子都涨得紫红，咬牙狞笑着道，"只有柴大纪烧书情真，放他进来会议——图门、阿成，你两位为什么谎言欺瞒本统领？"阿成在他冷电似的目光逼视下，似乎不安地缩了一下身子，接着便变得嬉皮笑脸，拍拍光脑门子说道："军门别生气。值当的么？哎呀你看看你看看……我这记性！苏得贵是去领火药了。"图门是个满脸横肉的暴烈武夫，梗着脖子道："就是领火药也是堂堂正正的差使！我说提督大人，既然会议，有差使你说就是了——难道就为点名开这个会？"

李侍尧"啪"地拍案而起，满堂人都唬得一个齉觫："就为点名我也有权召集会议！"见柴大纪进来行礼，一挥手命"迟到班里"，接着恶狠狠说道："我有奉旨要办的差使，谁有工夫和你儿戏？昨天晚间已经知会今日升衙议事，你们是何等地轻慢，而且敢当堂撒谎欺蒙本督！"这三人都是副将实缺，挂着副都统衔，品秩仅比李侍尧低半级，向来在衙门也是说一不二的人物，被李侍尧当众指着鼻子训斥，脸都涨得血红，拉得老长。图门霸道惯了的，哪肯受这个气？刷地立起身来道："你奉旨来点名，发威折腾人么？我也是奉旨来带兵的！阿成、穆阿玛——走，咱们不侍候这爷！"阿成也虎起脸站起了身。穆阿玛想动，又坐了回去。

"封门！"李侍尧厉声喝道，"吴世雄，撤掉图门和阿成的座！李八十五！李八十五！"

满堂部惊怔了，李八十五没经见过这阵仗，吓得两腿发软，半日才结结巴巴道："奴……才在!"

"看来不见血，他们认不得我李侍尧。"李侍尧满脸假笑，在一片寂静中说道，"李侍尧与他们二位素昧平生，他们没来由轻慢我。说假话谎报军情，还抬出于什么人抗旨。他们是轻慢军法，轻慢皇上!——去，请出我的王命旗牌! 大门口预备着放炮，升我的纛旗!"他突然翻起脸怪眼盯着李八十五，断喝一声："发什么呆? 去!"

"啊——喳，喳喳!"

死寂的大堂上蓦地一阵恐怖气氛生起。文官武将衙役亲兵倏然间毛发森竖，不知是谁心里紧得绷断了弦，一个发晕"咕咚"栽倒在地，更唬得人们一个惊悸。此刻站着的阿成和图门已是面如土色冷汗淋漓，白痴似的瞪着眼如对梦寐。穆阿玛坐在一旁也是面白如纸。一时便听李八十五带两名戈什哈进来，把那件神龛似的宝蓝色令旗供在当案。李侍尧徐步下来恭肃行三跪九叩大礼，起身收了恭敬之容，轻蔑地哼了一声，踱近了图门，用冰冷无情的目光打量着两个吓得魂不附体的将军，声音却柔和了许多："我方才说了，与你们无怨无仇，今日行法至公无私。你们去后，我自然另有赙仪送到府上。"他回身摆手，恶声命道："拖出去，不要等后命，立即行刑!"

这一声令犹如平空惊雷掠庭而过，简捷明了斩钉截铁没有丝毫余地。眼见庭口几个戈什哈戎装佩剑，脚下马刺踩得叮叮叮叮进来，阿成头一个撑不住，双腿一软跪了下去，满头豆大的汗珠淋漓而下，哀声恳告语不成声道："皋、皋陶大大大……大帅……请请请……刀刀……刀下超生……是我噇了黄汤——不不，是我吃屎不长眼……心里怪您多事，顺口敷衍轻薄……"图门先还以为李侍尧只是唬人，心里打鼓脸上硬撑门面挺立，眼见戈什哈们大步走来，一个个凶神恶煞般目露凶光，心里一急也就"扑通"跪倒："大帅……是我不懂事……想着没大要紧的……嫌您啰嗦……再不敢了……"见李侍尧一脸佯笑仰面朝天不理不睬，几个戈什哈扑上来架起二人就往外拖。穆阿玛心中虽然惊慌，也隐隐有个"敲山震虎"的想头，听到"不等后命"，已知自己小看了这个心狠手辣的提督，就椅中扑翻身跪倒，扬臂叫道："慢!"——膝行数步紧紧搂住李侍尧双膝，泣声恳求道："大人息怒……息息怒……标、标下笨嘴拙舌，不知该怎么求情……这两个人虽罪有应得，一来念及征剿苏四十三有功；二则平日治军办差还算努力，三则您刚上任，他们狗眼不识金镶玉，胡乱冒犯了……虎威。一到任就杀大将，于您也不利不是？且寄下他们人头，以观后效。标下担保他们再不敢了……"说罢，回顾一干将校："还不赶紧求情具保？"

那二十几个将校这才恍如梦醒过来，忽地一齐跪下，文官们也就跪下。从公案前到二堂口，割麦子似的都倒伏在地，齐为图门、阿成求情。

"你们大约以为，我是虚张声势下马威。"李侍尧格格笑着倏地一收，"再者说，我这三根筋挑着个枣核儿头也难以入你们的法眼。所以，就目无皇差，目无上宪！"他的声音带着金属碰撞的颤音在大庭上回荡，眼睑压着，目光幽幽闪烁，"老子二十三岁前白手游天下，二十三岁天子面试赐进士，二十六岁随傅中堂打黑查山，活捉飘高斩首三千！一主铜政两入金川，草寇杀了无数，违令将军也割倒了十几名。我是天下头一号丘八秀才，这顶子就是人血染红的！跟随万岁爷几十年，深知某虽不才，圣明高深，但凡诛戮秉公无私，皇上没有不原宥我鲁莽的！论起你二人，杀掉你们我要受小小处分，可这皇皇京城天下都城的九门提督衙门，是宿卫宫禁天子安居垂裳治理九州万方的要差，没有规矩还成？嗯?！"

听这凶狠无伦的逼问，所有的头都低伏了一下。

"既然令衙为你们求情作保，本提督也不为已甚。"李侍尧缓缓踱步，旁若无人地在公案前游走着，气沉丹田徐徐说道，"我杀人虽多，本性却是书生，不是好杀之人——死罪虽免活罪难饶——推到廊下，每人四十军棍！不许呻吟呼号！"

在噼噼啪啪的肉刑声中，李侍尧的神情恢复了常态，吩咐众人"请起"，命人将公座搬至公案前稳稳端坐了，说道："这次圣上召见，蹙额慨叹京师衙门纪律不整衙务废弛。步军统领衙门虽然也缉盗捕贼，也有纠劾查考百官纪律责任。有政务也有庶务，但它说归根是九城防务，有几万兵，是个军务衙门。因此皇上谆谆告诫，要以整饬纪律为首，肃清纨袴习气，给京师各衙门一个榜样。就这一条上说，'点名'就是差使，图门也说得不错。跟我来的有三十多个人，你们可以问问他们，他们在外头尽有调皮捣蛋撒野惹事的，谁敢点名不到？谁敢这般样跟我轻慢支吾？"

"而今天理会教众、匪徒四处煽惑人心，传布邪教结堂奉香，在直隶、山东、河南已成蔓延之势。京师京畿也是党羽爪牙密布——名为'天理'，其实仍是白莲教变种流毒！"李侍尧一口南腔北调抑扬顿挫，侃侃而述，"西方霍集占之乱正炽，台湾福建教匪啸聚，江北六省水旱频仍人民流离，一旦为教匪所乘，三尺之童皆为敌国，皇上为此焚膏继晷昼夜劳倦，一头是整顿吏治，一头是安定民心。这岂是我们臣子荒唐嬉戏怠慢公务之时？京师教匪有异动，惟我是问，这是皇上圣谕，也是我立下的军令状。皇上给了我杀人权，我杀谁？"他目光凛凛扫视四方，"谁误我的事，我先宰了他狗日的！——奶奶个熊！"

他温文尔雅说着，突然放粗，"丘八秀才"本相毕露，众人不禁憬然相顾。

"我们想过年，教匪们未必想让我们安生过年。这就是形势。"李侍尧侃侃言道，"少不得要大家辛苦一回。我有别的差使，要抓案子，军机处的差使也不能误，所以不能每日到衙视事。我不在，穆阿玛就代理行务，一要有事立即禀我请示，二要把各营纪律整顿好，闻风即动，无风静如泰山，三是所有文案、书办、各司各堂都把自己手里的差使理清楚，向我禀明施行，按时点卯散衙，不想干，老子就开你的缺！第四条，我们也要过年。明天，我带穆阿玛、阿成、图门巡视各营，兵士们过年的肉、菜、鱼、蛋、被服、武器装备、营务取暖，该用钱的，问兵部要，打出一份余额，衙中文职官员的年货由迟本清会同李八十五统筹采办。总之是年要过好，平安严谨人天欢喜——完了！"

李侍尧说完，一端茶碗起身略一哈腰扬长而去。至侧门口小声交代李八十五："两件事：叫那个柴大纪进来见我。再就是叫伙房弄桌上好席面，请穆阿玛留步，晚间我给图门和阿成设筵压惊，咱们带的还有精制的棒疮药、云南白药都带些来，让郎中给他们调治。"说完，看一眼纷纷散去的人众一笑去了。

李侍尧在步军统领衙门大逞雄风，四十记杀威棒打得阖衙丧胆。这是大清开国一百余年没有过的新鲜事儿，消息儿不胫而走，第二日便沸沸扬扬传得满世界都知道了。李侍尧一大早来到军机处，便听几个军机章京在门口说笑议论这件事，也不理会，径自进来，却见于敏中盘膝端坐在炕上，一手执笔，一手揉着腕子，恬淡静穆得像个刚睡醒的孩子。因笑道："昨晚又是一宿没睡么？我瞧着你眼圈儿发暗呢——"见高云从似笑不笑垂手站在门角，又问道："等着给皇上送折子么？"

"回李爷的话，"高云从忙赔笑道，"于中堂昨晚一宿没睡，淮北七个县秋天过水，鲁南十二个县是旱灾。直隶清河、献县、宝邸、邢台、三河、武清、巨鹿、沧州教匪趁年关串门儿联络，说是'普天之下皆兄弟'，兄弟受难不能瞧着不管，分头敛钱收粮收冬衣要送到受灾地儿去。这头于中堂给受灾各县写信，防着教匪派人演法布教送东西收买人心，叫直隶总督衙门巡抚衙门盘查通往外省道路可疑人员，又从河南、湖广调避瘟祛邪的药材运往灾地儿。万岁爷四更天就起来，每封信都加朱批，用六百里加急递送出去。我就管来回传递信件和通封书简。"正说着，纪昀也来上值，一见面就笑，说道："昨儿李皋陶大逞淫威，提督府阖衙魂不附体——纪昀一大早遇见你，今日一天不得吉利！"于敏中倦怠得似乎话也不想说，微笑着点点头，偏身下炕，迈着方步儿解乏，良久才道："方才王廉过来传旨，大约要出考题了，叫你们一来就进去，还不赶紧去见驾？"

纪昀、李侍尧对视一眼，忙垂手答应一声"是"。纪昀方笑道："于老夫子也忒道学的了，累极了伸伸懒腰打个哈欠，甚或踢两腿活泛活泛身子，只要不悖礼，就是孔夫子、孟夫子也不禁止的。"于敏中不愠不火，只用手捏弄揉搓着印堂眉心，说了句："惯了。从小不敢放肆，有人没人一样。夫子说'割不正不食'，不是因为肉切得不够四方就没滋味儿，那是修行规矩。"纪昀道："这也算放肆么？修行是修品，孔子说的是'道'——陈蔡绝粮那时辰，他老人家饿得肚皮贴着后脊梁，端一盘烧得稀烂的德州扒鸡给他，未必有这个讲究。"说着一笑，拉了李侍尧去见驾。

二人联袂进养心殿垂花门，便见王廉迎上来，小声请了安，说道："二位爷稍停下子再请见。老爷子方才发了脾气，这会子正在训阿哥呢！你们进去，阿哥爷们脸上挂不住。"李侍尧看看，果见院中侍卫太监一个个都受了惊似的，虾着腰脸色苍白，断了线的木偶似的立着，大气儿不敢出。因和纪昀并肩立在廊下，侧耳静听暖阁中动静。

但暖阁中没有动静，像一院子人都睡沉了，一些儿声息不闻。两个人既不敢说话也不敢走动，屏息立了足有一刻时分，才听乾隆在里头吩咐：

"叫两个畜生进来!"李侍尧吓了一跳,以为是叫纪昀和自己,看纪昀时,只见纪昀微微摇头摆手,便听殿中王八耻的声音:"主子爷息怒了,二位爷请进去,多给主子赔着点小心,这就没事儿了……"接着便听谢恩声,起身衣裳窸窣声、脚步声、进殿磕头谢罪声:"儿子们错了,往后再不敢胡逛了。儿子不争气,怨不得阿玛生气。求阿玛息怒,别气坏了身子,儿子的罪过就更大了……"至此李侍尧才知道,是两个皇阿哥犯过,在里头挨乾隆的庭训。

"方才教训了你们那许多,其实你们的错只有一个:忘了身份。"乾隆说道,"忘了身份就是忘了名。圣人设教重名节,要记住'名'还在'节'前头,可见是多么要紧!"

"是是……"

"出宫到部里听政,是朕的旨意,这不是过失。到街上走动,只要不为斗鸡走狗寻花问柳,也不是错。看见有妖人演法,本应知会李侍尧或地方官查拿——要那样,朕还要褒扬你们——可倒好,你们和街痞子一样,围观、看稀罕热闹!回到宫里,又和太监一样嚼舌头说新闻儿!"

"是是是!"

"抛开金枝玉叶这一层,你们是国家干城,与国命脉休戚相关,这就是名!"

"是是是!"

乾隆似乎沉吟了一会,又道:"再说,千金之子坐不垂堂,你们出去,也不和敬事房说,也不向师傅请假。一旦外头有个什么错失,怎么料理?"便听一个阿哥似乎赔笑解说:"儿子们不敢惹事,想着京师辇下防禁严肃,再不得有甚么意外的。皇阿玛这一教训,已经明白过来了——""你不明白!"乾隆断声喝止了他,冷笑道,"你这仍旧是混账想头——谁担心你安全来着?比如李侍尧带兵拿人,连你们一索子绑了游街,你们还做人不做?——蠢!去问问你们师傅纪昀!"

纪昀和李侍尧二人面面相觑。见王八耻小心翼翼挑起帘子,纪昀忙拽一把李侍尧褂角迎了上去,却见是八阿哥颙璇、十一阿哥颙瑆哥儿两个垂头丧气出来,正想给二人避道,颙璇二人已先避在窗下。颙璇笑道:"纪师傅来了!我们犯了错儿,皇阿玛有旨意,回头过去再听师傅教训……"纪昀笑着点头，未及说话，便听乾隆在里头道："纪昀李侍尧进来——别理他们！"

"是！"纪昀忙答应一声，又向二人点头致意，和李侍尧哈腰进殿径趋暖阁，一边行礼，一边偷看乾隆脸色。乾隆却没有想象的那样疾言厉色，案上放着一幅画，是《太宗八骏图》，半展着，还有几块血玉佩环什么的古玩摆在案角，似乎乾隆正在赏古玩，突然叫了两位阿哥大加训斥。他站在炕边，一边翻起那画角端详，一边问道："你们刚进来？"

"臣等已经进来多时了。"纪昀生怕李侍尧顺口说假话，忙抢先赔笑道，"知道皇上正琢荆山璞玉，皇子方蒙过庭之训，没敢进殿惊动。""当面教子，背后劝妻嘛。"乾隆一笑道，"进来听一听，于他们有好处。"李侍尧道："皇阿哥与臣等也有君臣名分，我们该当回避，给两位阿哥稍存体面。"

乾隆微笑命坐，自己也坐了炕边椅上，舒了一口气，说道："这个想头不错。李侍尧也长进了。他们出宫到部里，回来绕道去北玉皇庙，听说朕去买过这幅画，也去买了两块玉。见有个道士施法卖药，大冬天的现剜现铲，种出一棵葫芦，摘了葫芦就倒出药来，也有不给钱的，也施药结缘。围了上千的人看，他们就也围着看，回到宫里还和哥子兄弟们嘀咕他的'神通'——太没心思了！""阿哥爷们过去只在毓庆宫读书，是少了点历练的缘故，臣敢保再不会出这类事了。"纪昀沉吟着说道，"这是师傅们的责任，讲《资治通鉴》时很该提醒阿哥们，留意历代造逆奸邪之徒的聚众蛊惑手段的。阿哥爷们毕竟初涉政治，万岁似乎不必责之过深。"李侍尧道："顺天府来请示过我，我说没有摸清底细之前，天理教、红阳教这些教匪活动，只要没有骚扰治安，一律不动。摸清首犯窝底巢穴，一夜就连根拔掉它了。眼下年关逼近，我的差使就是京畿平安祥和度节，不敢败坏了太平熙和盛世景观。京师里到时候朝觐的外国人也不少，闹出宋江元宵大闹东京的事来，就坏了皇上的大局，死一百个李侍尧也抵不了这个罪呀！"

"虑的是，想的是，说的是！"乾隆赞赏地看着李侍尧，已是满面霁和，"你这样想就有古大臣之风，不局限于你那个衙门差使了。军机大臣不兼九门提督，是先帝留下来的规矩。因为两个职位权都太重了，责任太大也不能兼顾。你虽不入军机处，军机上有事还是要你来办。听说昨天整肃了一下衙门？整得好！不要怕闲话，不要怕人砸黑砖盘算你。朕以宽为政，以圣祖之法为法，不是要放纵天下这些龌龊杀才官儿。仁育义正相辅相成，也要有一批敢杀敢砍的烈直之臣！如今的庸臣陋吏是太多了，多如牛毛！不能用，也不敢尽都罢黜了。"他轻轻叹息一声，"毕竟这些人是政府根基，要靠他们行使政令啊……"

李侍尧听乾隆这样殷切勉励，心里一股暖流冲腾逆折、血脉偾张间脸都涨得通红，多少天来疑思、焦闷、沮丧……蒙在心头的阴霾一扫尽净，欲待陈词谢恩，一时竟寻不出话来。又听乾隆慨叹吏治艰难，更觉治理乏术，不禁暗自叹息。纪昀也叹，笑道："扬州有轻薄少年套《陋室铭》作《陋吏铭》，不知皇上听过没有——官不在高，有场则名。才不在深，有盐则灵。斯虽陋吏，惟利是馨。丝圆堆案白，钱色入秤青。谈笑有场商，往来皆灶丁。无须调鹤琴，不离经。无刑名之聒耳，有酒色之劳形。或借远公庐，或醉竹西亭。孔子云，何陋之有？——这还只是说盐务之官员，其余牛鬼蛇神为魍为魉就更是一言难尽了。"

"这种事几乎每次朝会觐见都要说说。"乾隆苦笑了一下，"却也只是说说而已，'而已'而已。翻遍二十四史，吏治中平时多，好的时候屈指可数，总归没有什么一治就灵的药方子……不说这些烦心事了。叫你们进来，是议一议春闱考题。纪昀虽不任主考，学术是好的，李侍尧是个粗秀才，参酌着拟出来封存了，就不再商议这事了。"李侍尧赔笑道："皇上说臣粗是实。当年我入闱，错把'翁仲'写成'仲翁'，成了'二大爷'，皇上还有诗'翁仲如何作仲翁？尔之文章欠夫功。而今不许做林翰，罚去山西做判通！'这才去了山西！我听皇上安排，请纪公草拟。"

纪昀一笑，说道："说到学术，哪个人及得我们皇上？我差着十万八千里呢！反反复复一部四书考了几百年，题都出得重复，千奇百怪出花样儿。臣以为今年不要出截搭题，也不想着偏、怪、奇、涩，堂堂正正直出直入地出，只怕他们想破了脑袋也意料不到呢！"乾隆笑着点头，说道："这么着倒好。别看朕读四书，韦编三绝，真的弄险弄怪出奇出诡编题目难人，未必编派得来的。那桌上有笔，纪昀你记，头一题：恭则不侮——如何？"纪昀忙到隔栅旁小桌前提笔援墨写下了，沉思着说道："这宗旨极堂皇的，和社稷天下相连就更大了。加上'祝鮀治宗庙'，皇上看成不成？"

"好！"乾隆大为高兴，"就是这样，算一个题目。"转脸对李侍尧道：

"你也拟一个来!"李侍尧道:"也要防着有人尽往大处想——'年已七十矣',与'万乘之国'联题,不知可用否?"纪昀见乾隆点头,就写了纸上,端详着两道闱题,忽地若有所思,目光一闪微笑了一下,说道:"总是要体尊君亲为上,'万乘之国'改在前头似乎好些。"乾隆笑道:"随你,你可再出一题。"纪昀说道:"臣的题目是'天子一位'和'子服尧之服',请圣裁。"说罢又重抄一遍双手呈上。

乾隆看了一遍,满意地押了玺印,小心折叠起来,取过一个压金线通封书简,在封皮上写了几个字,把考题封锢了,封口都钤上印,开了靠墙大金皮柜,双手把书简放在上面一格,又锁锢了,这才归位,说道:"这把钥匙只有朕有,太监私启这个柜子是要处死的。题目只有我们三人知道,泄露出去,君臣之义也没了,功劳情分也没了。张廷璐是为这个腰斩的,杀倒在西市,上半身还没死,用手指蘸自己的血,蜿蜒连写了七个'惨'字——你们不要学他!"他脸上带着一丝惘然的微笑,平平淡淡述说了雍正朝真真切切发生过的一件往事,说家常话那样娓娓而叙那极阴惨可怖的场景,纪昀和李侍尧只觉打心底里泛上一阵寒意,袭得人直要打噤儿。纪昀勉强笑道:"国家抡材重典,我们参与机要是皇上莫大的荣宠信任,岂敢见利忘义,以身家性命儿戏?""朕知道你们不会,不过白嘱咐一句。"乾隆仍是带着那种莫测高深的笑容,下意识地抚着案上那几块血玉,却转了话题,"如今看来,山左山右倒还不如江南安定。于敏中忙了一晚上,也就是部署防止教匪异动这件事,看来朝廷也有'年关'呐!老百姓是逃债还账不好过,年节人民闹,聚起来不定出什么事,金吾不禁是盛世,禁止百姓社会、祭祀、串街热闹庆升平,那是没有这个理。什么'天理'教?仍旧是白莲教的苗裔捣乱!西边的军事阿桂掌握,东边是国泰的案子,文事武事都不能出乱子,哪个地方出病,就要稽案追究主官责任,你们要记清了!"

"是!"纪昀忙答应道,又试探着问,"刘墉就在山东,查案是差使,赈灾和铲除教匪的事可否一并办理?"李侍尧也道:"国泰是山东巡抚,现在查他贪贿,虽然没有夺职,他心里志忐着未必能尽心办差。刘墉也不能把心思放在民政上通揽全省政务。和珅精明强干,请皇上下旨,命和珅全权办理。责任攸关,就不至于互相推诿。"

乾隆想了想,摇头道:"朕看和珅这人,有点精于人事疏于政务的样子。小事办得太漂亮，大事就不见得中用。于敏中既管了这事，无故换人也不好。十五阿哥明天启程去山东，就便让他巡视督察就是，也不宜为几个教匪折腾得如临大敌——朕倒是关心春闱，李侍尧要用心选些有用人才上来。真正的硕儒、文学之士，八股文章倒未必作得好。要让考官从文卷里用心体察。你们平日瞧着好的，也可以荐给朕用。"李侍尧笑道："考生里还是人才济济。一头臣用心体察，一头也要瞧他们运气。"因将曹锡宝几个人会文的光景笑着说了"我抄了他的信，真是连篇绝妙好辞，上一场毕竟也没能侥幸"。乾隆微笑着，听得很专注，却没说什么，只道："真有好文章，抄录进呈朕看，能解颐一笑也好嘛！你们跪安出去办事吧。"

"是。"

纪昀、李侍尧答应着行礼，躬身却步退出去了。乾隆嘘了一口气，睨一眼暖阁角的大金自鸣钟。王八耻哈腰小步进来，赔笑道："万岁爷今儿起得早，昨晚儿又睡得迟，只进了两块云片糕，这会儿准饿，奴才叫他们传膳成不成？"

"不用了。"乾隆站起身来说道，"朕要过去给老佛爷请安。老佛爷这会子只怕也在进膳，就便在那里进就是了。"说着便更衣，两个宫女紧赶几步过来忙活着替他收拾。王八耻出去传旨知会慈宁宫，抱着件貂皮风毛大氅进来，笑道："外头天变了，风贼凉的。主子防着热身子出去受冷……"乾隆也不答话，由着他们披上大氅，结了项间绦子，径自出了殿。果然一出殿门便觉身上乍然一凉，冷风扑上来，衣服也似乎薄了许多。抬头看天，半阴半晴的，团团云块吞吞吐吐托着一轮冰丸子似的太阳若隐若现，宫墙外西南天穹漫漫荡荡一带层云似乎带了阴天味道，移动却十分缓慢。他站在殿门口沉吟了片刻，说道："王廉到内务府四值库领三件貂皮大氅，要厚重暖和些的，不要带明黄颜色，传旨兵部用六百里加急送西宁，阿桂、兆惠、海兰察每人赏一件。"说罢抬脚便走。

太后宫里一如往昔，仍是暖得融融如春。她正在榻上开纸牌，旁边一边跪着定安太妃帮她看牌，还有二十四福晋跪在她身后轻轻替她捶背，见乾隆进来，丢了纸牌笑道："皇帝来了！训了儿子又来侍候老娘——方才他们过来说了，要在我这里进膳。我刚刚已经进过，况且今儿斋戒，那些素餐太淡味，也怕你进不香，已经知会汪氏过来给你现炒。你且坐着我们娘们说话，等着，就好了的。"乾隆笑着给母亲请了安，见何云儿和丁娥儿也在，坐在炕下陪着说笑，因笑道："都免礼了吧——方才说天变了，想着青海那块地气酷寒，赐了貂袍给兆惠、海兰察，这边就遇见你们。好啊，都晋了一品诰命了，这身服色瞧着更是福相了。"又对定安太妃和二十四福晋道："你们安生侍候老佛爷，别下来行礼了。"说着在炕沿偏椅上坐下。

"谢主子恩典。"何云儿和丁娥儿到底还是蹲了福儿才坐下。两个人都有身孕，给乾隆打量得不好意思的，斜签着身子半面朝乾隆半面向太后。何云儿是个腼腆的，微笑着不言语。丁娥儿笑道："皇上的恩真是比天还大一倍！我跟前那个猢狲小子狗儿也封了车骑校尉。昨儿我打发他到他爹海兰察跟前去。我说你封校尉有甚么功劳？还不是皇上体恤你爹在外头冰天雪地里头出兵放马，给皇上出力卖命过？儿子你听我说，真福气还得靠自个挣，自在不成人，成人不自在，你给我穿暖和点，到大营里头当个真校尉，一点一点巴结差使往上挣。前三十年看父敬子，后三十年看子敬父，你给我们挣后三十年的脸面去。"何云儿也道："这说的是。我妈娘家那庄里有个黄员外，二十年头里挂千顷牌，宅院一片连一片，黑沉沉的一座城似的，那家的公子哥儿、小姐这屋那屋里去，几步道儿都是丫头搀着。说败落，几年光景儿，房子拆的拆卖的卖。尊荣的不尊荣，体面也没体面了，儿孙们卖浆的、刨煤的、下地种庄稼的各奔前程，挑担子走几百里，谁替他？"说着就笑。

两个人絮语说家常比故事儿，连太后一干人在炕上都听住了。乾隆听得目光炯炯，连连点头叹道："这些道理听似俗话，真是有绝大一篇文章在里头，很可以讲给阿哥们听听。多听这些，敢不警惕戒惧天命无常么？嗯……前三十年看父敬子，后三十年看子敬父——真真的要言不烦！"又对太后道："八阿哥、十一阿哥来请安过了？大约又是哭丧个脸撒娇儿告屈的？皇额娘有精神就教训他们，懒得说就别理他们——颙璨是身子弱，养着也罢了，其余的要一律出去办差。母亲放心，儿子疼孙子和先帝爷母亲疼儿子的心是一样的。力所能及的叫他们历练，断不致委屈他们的。"

"没有。"太后听得笑了，"他们没有告屈，端端正正请安说了一会话就去了。"二十四福晋半卷着袖子给太后捶背，见皇帝说着话几次瞟自己，有些觉得，已微红了脸。见太后理牌，就势儿歇住了手，放下袖子帮着整牌，笑着对乾隆道："孙子们都蛮好的，又听话又有学问，怎么皇上还是不足意儿——颙璇的诗、颙瑝的画儿都刻成了本子，我虽不懂的，瞧着比外头坊里买回来的还要强些儿呢！依我说也就罢了——倒是颙瑝说了，他去看给老佛爷造的金发塔，说是金子仍旧不够使。我说我再捐二百两，老佛爷就笑了，说也不争我那点体己，皇上瞧着哪里再挪动几万两，只怕就宽裕了。"

她是康熙最小的儿子诚亲王允祕的继福晋，满洲老姓乌雅氏，是乾隆祖母的娘家侄女儿，论起辈分是乾隆的亲婶子，论起年岁却才不过二十七八岁。一身干脆利落能说善笑，见乾隆都不大避讳的。乾隆一向在她身上都不大留意，今日不知怎的忽然觉得她异样俏丽娇媚，见她巧笑生晕流眄含睇，银铃儿般脆声宜人，不觉心中一动，笑道："二十四婶说得是——不就几万两金子么？咱们从户部库里搬来使不就结了，连这宫这墙都镀上金，贴上金箔，多富丽堂皇呐——婶子进来不易，今儿有空儿，陪老佛爷多说一阵子话，算代我们行孝了，好么？"乌雅氏听乾隆调侃，掠鬓一嗔一笑说道："我一个妇道人家懂得什么，皇上只拿我取笑！你二十四叔这两日病得不好，想同着和亲王福晋去九天娘娘庙求药。昼儿说那是巫术邪教，咱们这样人家可不能沾那个边儿。他们爷俩儿脾气一样，都说是生死有命，连医生都不叫看！不信神又不看医，那不是等着——"她捂了一下口，"原先回过老佛爷的，老佛爷说就宫后小佛堂里去给观音菩萨上香，守斋许愿。那屋里太冷，这会子在生火呢！"

炕上坐着的太后、定安太妃都是老眼昏花，炕下丁、何两位夫人都是玲珑剔透聪明绝顶的人。见这光景儿二人目光一会意，娥儿便道："时辰不早了，家里还有一堆事，也要写信给海兰察，说说我们沐浴皇恩，臣妾这就辞了。"太后笑道："你们很合我的脾性，勤着些进来给我说话解闷儿。"乾隆也道："家里要缺什么，或者有什么事，进来禀你们皇后娘娘，或者告诉内务府一声。你们见了阿桂夫人，把这个话也说了。"微笑着看二人辞出去，转脸对太后说道："造这个金发塔是我的心愿，把老佛爷梳落的发都藏进去。儿子知道您节俭，不过这是儿子的孝心，要让后世当太后的都羡慕您老的福气！大清既然现在是极盛之世，这也是极盛的气象么！金子不够想法子再凑，发塔底座掺些银子也使得。和珅现在出差了，这种事他回来办，他有办法！"

　　说着话，饭菜已经上来，定安太妃便起身辞出。乌雅氏下炕帮着在小案上布了菜，也向二人蹲福说："去小佛堂。"乾隆吩咐："告诉汪氏，晚膳在皇后那里进，还叫过去侍候。"又道："去人到养心殿把镇纸那柄如意送过小佛堂，赏乌雅氏。"乌雅氏谢恩去了，这才坐下吃饭。太后叹道："我的儿！我虽不出门，外头进来请安说话的也多，也约略地知道些事，不少地府儿出灾了呢！有些传言很不好哟，也要有个开流节源的法子！"乾隆噗地一笑，说道："母亲，那叫开源节流。'开流节源'还了得！"

　　"就是这么个意思。"太后也笑，说道，"如今进项大，康熙爷、雍正爷时候没法比，可出项也吓人！修园子、打仗，那是金山银山往起垛！和珅也不能屙金尿银，还不是羊毛出在羊身上？我是人间福都享尽了，一门儿心盼着你好儿孙好，这就能合眼去见先帝爷。咱们自家能省的，用到官上去也能办不少事救不少人，那不是积德？"

　　乾隆一头吃一头胡乱答应着称"是"。一时饱了，手帕子揩着脸又漱了口，过来给母亲捏肩捶背，娓娓说道："额娘说的都是正理。儿子心里有数，都记着呢！哪里有灾，儿子比娘还要经心赈济！不但粮食，还有寒衣、防毒传瘟的药，这种事出毛病就不是小事。可恨的是下头这些官，层层儿地装塞自家腰包儿，这里倾盆大雨，到下头就变了毛毛雨！娘听我说，我尽孝一层是自己的天性，一层要教天下人都讲孝道。有了孝才有忠，所以这也是大道理上的事。一个崇文门关税，一个议罪银子，虽说也是羊毛出在羊身上，毕竟隔了一层，不是从百姓身上急征暴敛，数目有限，咱们宽裕了，也给官员们开一条自新的路。这里头也有个'教化'的意思……和珅军政、民政都不是大才，理财上头别人还是不能及他……唉，天下这么大，事情这么多，要想处处周全也真的是难……儿子还不是为这些一夜一夜地熬灯？"他一边说一边心里感慨：议罪银子和关税内务府抽成入大内使用，其实就是官银入私，成了皇家的"体己钱"，能哄了太后，哄不住外头文武朝臣，只合睁一只眼闭一只眼，不肯下部议明白诏告，也就是有这份不可告人的隐衷。可紫禁城圆明园等处宫人比先朝增了差不多十倍，又不能明白正道从户部增支银两，不这样也真是没办法。又絮絮说了几句家常，见太后眯着眼有了睡意，小声吩咐秦媚媚："好生侍候着。"悄没声退出了慈宁宫，看表刚过午初，对守在宫外的王八耻说道："朕有点乏，要进里头略歇息一会儿，你们回养心殿，叫王廉在钟粹宫门口候着，未时朕回殿办事。"王八耻一干人答应着退去了。乾隆独自散着步子沿永巷向北。在钟粹宫门口迟疑了一下，还是跨步走进了佛堂小院。

其时正将午正时牌，太监们都到伙房吃饭去了，小佛堂的几个带发修行尼姑也都在里院西厢用斋，隔墙只微闻诵经声音，反觉院中更加幽静。乾隆游散着，摸摸这只铜鹤，看看那尊香炉，又隔玻璃看摆在里头的盆景，一眼瞥见乌雅氏盘膝坐在观音堂卷案下蒲团上，便踱进去，笑道："婶子功课做得虔诚！"

"是皇上来了！"乌雅氏早已觉得乾隆到了，故作惊讶轻呼一声，就蒲团上撑起跪了，磕了头，不易觉察地抿嘴儿一笑，低了头不言声。乾隆随随便便一笑，说道："刚用过膳，出来散几步。想起婶子在这边给叔叔上香，也就顺便来随喜。二十四叔比朕还小着六岁，打小儿就一道儿读书，骑马射箭都一道儿，想不到就几年不起。"说着，至佛案前拈起三炷香，就佛灯上燃着了，双手插进香炉里，退后一步双手合十，喃喃念诵："唵喀哩哆，喀哩哆，哗吒唎，娑婆诃！唵，三没哆，莜折啰喻，萨嚩贺！"诵毕将手一让，说道："请婶子东厅坐了说话。"

东厅是观音佛堂东边的宴息厅，和观音堂其实相连着的三间大厅，专供后妃礼佛歇息随喜所用。乌雅氏早已瞧出乾隆那点题外的意思，左右看看没人，不禁蓦地一阵慌乱，心头扑扑急跳，觉得脸颊发热，大约已是红了——起身路过门口，见一个小尼姑过来，忙镇定住心神，说道："万岁爷过来给诚王爷进香。你送点菜来！"这才跟乾隆进了东大厅，陪着乾隆稳儿而坐。乾隆也是意马心猿不定，看着尼姑送茶进来，说道："放着，你们不要过来侍候，朕要静一静儿。"小尼姑嘤声答应一声蹑脚退了出去。屋里静下来，乌雅氏更觉不好意思地低垂着头双手搓着衣角，半晌，嗤地一笑。乾隆偏脸瞧着她，笑问："你笑什么？"

"我笑皇上——"她忸怩着，忽然乍着胆抬起头来，"您念的什么经？我怎么一句也不懂？"乾隆见她云鬓半掩桃色满面亦娇亦嗔作态，半边身已酥倒了，笑道："不但你不懂，朕也不懂，那是梵语经咒，一为消灾解病，二为益寿延年。"乌雅氏俏生生一笑，说道："听人家说皇上是居士。您这么一祷告，连玉皇大帝也知道了，我们爷的病也就不相干了……"

乾隆放声一笑，说道："玉皇大帝难说，观世音肯定是听见了……"说着伸手把壶要倒茶。乌雅氏忙起身取过壶替他斟，说道："这是我们女人的事，您渴了吩咐一声就是。"方要放下壶，乾隆一把揽住，攥住了她的手。

一时间空气好像凝住了。

第十五回 妒皇后掩妒说蛮女
　　　　　谐相臣亲情对谐语

　　乌雅氏一手提壶半身屈着，站不是坐不是跪也不是，轻轻抽手，却被乾隆握得紧紧的，夺手不出。头垂偏在一边通颈都羞红了，半晌才低声道："皇上……别……看人瞧见了……"乾隆嬉笑道，"瞧见了又有什么相干？她们谁敢胡言乱语？把壶放下——怎么这么忸怩？"乌雅氏不由得轻轻放下了壶。乾隆一把便把她揽在怀里，见她满面娇羞闭着眼，已是欲焰升腾，轻轻在她腮边吻了一下，小声笑道："什么婶子？说是小姨儿差不多……真真是人间尤物，二十四叔大约就是禁不起你这容色，才得的痨疾吧……"那乌雅氏原就不是安分女人，丈夫久病形同居寡，乾隆虽说年岁大些，养护得好，比允祕看去还小了十几岁，顾身玉立渊亭岳峙的伟男子，这么着揉搓，早已情浓如饴，软得一团柔绵也似，羞得头埋在乾隆怀中，喃喃说道："皇上，这么着不好……就论娘……娘家辈分……您还叫我……小姨呢……"

　　"朕就说过你是小姨儿嘛……"

　　"皇上……您这个也不老成的……这么硬邦邦顶人家腰眼……这是啥子东西？……"

　　"这个么？这是龙根！"乾隆淫兮兮偎着她在腮边笑道，"你不是说'渴了'？它要喝水呢……"说着，如掬婴儿般抱起乌雅氏到北墙大春凳上，一手紧紧抱着她肩，一手撕掳着胡乱解缚，"朕这阵子忙得这上头没半点兴头，和谁也没这么着亲切过。你能叫朕解乏，功不可没……"说着，全身压了上去……

　　一时事毕，断云零雨未绝，二人犹自相抱不起。乾隆见她腮边有泪，用舌尖轻轻舔着，问道："怎么，你不高兴？是怕？"

　　乌雅氏摇头，说道："都不是……一个女人，能得皇上这么亲爱，死了也值了……"

"那为什么?"

"唉……您不知道,没法说,怕您听了说我轻佻……"

"怎么会呢? 你说罢……"

乌雅氏在乾隆颊上轻印一吻,说道:"起来说话,没的白叫人瞧见。我倒没什么要紧,皇上体面名声儿上不好……"说着二人起身整衣,乾隆见她敞着怀,发髻散落下来半遮着一对白生生的乳房,轻轻替她掩着手指儿拨弄着笑道:"'软温新剥鸡头乳',你还真和处女似的……"乌雅氏打落他手,笑着一啐,扣了襟上纽子,十分麻利地绾好头发,又搓了搓脸,俨然又复是个端庄俏丽的贵妇人,颦眉嫣然一笑,向乾隆蹲下身去:"谢谢皇上雨露之恩……"

"雨露之恩!"乾隆哈哈大笑,"这倒也不是应酬套语。"手让着,二人又回窗前坐下。乌雅氏替乾隆换了茶,端端正正坐了侧面,已变得低眉顺目。乾隆道:"方才说了一半,你接着说。"乌雅氏低垂了头,半晌才道:"您知道,二十四爷前头福晋是我堂姐,四十岁不到殁了,我才进的王府。我当时才十八岁,王爷大我三十多岁,起初待我真是'放在手里怕破了,噙在口里怕化了',亲得没个白天黑夜的……"她顿了一下,"男人都这样儿,日子久了,他又买了个妾侍叫燕儿,一里一里地就淡了我,任是怎么也不能教他回心转意……"乾隆笑着颔首,说道:"朕明白了。你是怕朕也厌弃了你,是么?"

乌雅氏摇头,说道:"今儿跟做梦似的,到现在好像还没醒。没有想也来不及想皇上将来怎么待我——后来不知怎的,又厌了燕儿,或许是想起我昔日什么好处,又待我好了些。"她咂了咂口儿,不言语了。乾隆原想她不知怎生难为,见她冰冷无味住了口,不禁诧异道:"这有什么难过的? 他待你好了,不是很好么?"乌雅氏通脸一红,低声道:"待我好了,他的那……他不中用了——我起初以为是燕儿这蹄子狐媚的,后来才知道他有了男宠,是戏班子里几个杀才误了他。得了——唉,其实是色痨,任是吃什么药,都泼到沙滩上一样儿……皇上您这么着……我又欢喜又难过,难过是觉得对不住他……就这么一次,好么? 多了,有了身孕,也是不得了的……"乾隆笑道:"还道怎么难为的事呢,原来为这个! 自然是贝子贝勒,有出息就封王，就制度也亏负不了他。""皇上别忘了大世子弘畅，现今就是贝勒。"乌雅氏帕子在手里绞着，说道，"他晓得他父亲的病儿，我再产……闹起来就甭过日子了。"

弘畅是允祕的长子，乾隆怔了一下，笑道："你虑得太远了，哪里一度露水风流就招出许多麻烦呢？这种事出来，家里也只有掩住，再没有张扬的道理。爹娘的事儿管那么细么，子不言父母之过，他敢胡来，朕就能惩治他！"乌雅氏下意识地抚了一下腹部，她已经两个月没有来经癸了，很疑是肚里已经有了，听乾隆这般说，自然心里暗喜，口里缓缓说道："皇上这么说我也就放心了。我盼有个儿子比谁的心都切呢——只您这么忙，宫里又这么大规矩，也不知哪年哪月才得再见皇上一面……"说着，垂下泪来。

"看看，又来了不是？"乾隆笑道，"你进宫尽容易的，来了告诉秦媚媚一声知会了，朕就能安排见面的事儿。朕惦记着你，没听人说'侄儿想婶子，想起一阵子'，哪阵子想起来，也有旨意给你的。"乌雅氏流着泪"扑哧"一声笑出来，说道："皇上可真逗——那叫'外甥想妗子，想起来一阵子'！说的也不是这种羞人事……"她凝眸望着乾隆，轻声轻语说道："我听人家说隋赫德在西边带兵，逮了个标致大美人儿献给皇上，是回人，人叫'香姑娘'，就要送进京了。说是比一比，宫里这些女人都成了烧火棍，皇上可别……忘了我这炉子外头的煤核儿罢？"

这件事是有的，只乾隆想不到外头是这般传言说话，思量着慢慢说道："说朕多情是有的，说朕好色朕断然不受。你与朕来往不能犯妒忌，这些话定必是宫里那些姜妃们添油加醋说出去的。这个女子确是西域人，论起来和霍集占兄弟还沾亲。她父兄都是深明大义的人，隋赫德打到叶尔羌，她的叔叔和哥哥举兵协同官军平叛，立了不小的战功，朕封了台吉的。她进宫不同于其余嫔妃，是她父兄表明心向中央不肯割裂中华疆土的赤忠心迹。朕还没见这个女子，但无论妍媸，进宫就要封贵妃，表彰她族部这份忠敬，朕也用的是怀柔仁爱之心，这和其他女人不同。后妃们谁敢妒忌，说三道四，朕不但不受，也是不容的——要有人再和你说起这话，你就把朕这话传出去。""皇上一说我就明白了。"乌雅氏道，"是和亲的意思，有点像昭君出塞？不过这是昭君入塞。蛮好的一件事！"乾隆一笑，说道："说得好！昭君入塞——那和出塞大义一样，意味有点不同，断不至于孤雁黄沙飘萍凄凉，那么悲悲切切的。"

这几句话说得意味深长，乌雅氏听得似懂不懂，合掌笑道："阿弥陀佛，堪堪的我才明白了。这个娘娘进来，是朝廷的大喜事嘿！我还听人说要立太子了，这可不是双喜临门！"

"立太子？"乾隆本来已经要走，在椅上一跌又坐了回去，问道，"你听谁说要立太子，立谁当太子？"说着，恰见王廉在外佛堂门口一探头，摆手道："有事再等一会奏！"

他言语虽不是厉声厉色，这么着郑重其事，乌雅氏已经吃了一吓。脸上带着笑容，已是加了警觉，说道："主子，是不是我说错了话？就错了也是无心的……我是听家里下人说的，问他们哪里听来，他们说是老公（太监）们往府里送药闲聊带出来的言语，有时也派人进宫领赐接赏，风言风语说哪个阿哥爷要升太子……我都不大留心——""哪个阿哥？"乾隆截住了她话问道。大约因心里震惊，话说得突兀，乾隆自己也觉得了，一笑道："啊——你别惊慌。你并没有错。这种话本不该传到你那里，你听见了了奏朕，朕还要赏你呢！"说罢面带微笑凝视着她。

"我真的就知道这些。"乌雅氏咬着下唇，认真地回想着说道，"只说是闲话，这耳朵进来那耳朵出去的，并没有认真——当时我也问家人，是哪个爷要升了？他们也都稀里糊涂的，只说有这个风儿。我傻里巴叽的也不晓得干系大，方才信口就说出来了。万岁爷要查，我回去一个一个拷问他们！"乾隆摇头道："朕在宫里也听到了这个'风'。不要查——一查就叫登得满城风雨，皇阿哥就谁也不用想安生了。要是偶然听到是谁造作谣言，密奏朕就是了。不言声见怪不怪的，慢慢和息了也就罢了。"说着起身来，转到乌雅氏身边，拧了一下她脸蛋，笑道："不要想这件事了，'傻里巴叽'的人就最有福。勤着点进宫给老佛爷请安说话，啊？"乌雅氏一笑，缓缓下跪，看着乾隆出去了，恍惚之间，犹如做了一场奇怪的梦。

乾隆在小佛堂与乌雅氏春风一度，出来但觉浑身松泰脚步轻快。见王廉兀自守在钟粹宫外门口，便问："是外头有什么事要奏么？"王廉哈着腰道："方才军机上头纪昀送进来几份折子节略①。皇后娘娘也有懿旨，问皇

---

① 节略：指臣工奏事，为皇帝阅读方便，将文件摘要录出备览。

上在养心殿不在，说有事要奏皇上裁夺。"乾隆问道："你怎么回话的？"

"奴才说万岁爷在小佛堂给二十四爷、王爷和傅恒拈香求平安。"王廉赔了小心回道，"未初烧好了高香就出来。"乾隆脸上掠过一丝不易觉察的笑容，"嗯"了一声，一头往翊坤宫走，一头说道："朕去见皇后，叫王八耻他们过来侍候。你去军机处叫高云从把节略送过来。"说着，已到体和殿前翊坤宫门口，已见那拉皇后的贴身侍女菁儿迎了出来。乾隆不待她行礼，一笑入内，经过琉璃照壁，又穿一带花草暖房，便听皇后说话的声气，都像是正在给皇子们告诫什么："……指的这几个丫头，都是上三旗里选出来的。你们不是寻常王子公孙，金尊玉贵天下第一。皇上常说人惟自重，夫然后人重之，人惟自侮，然后人得侮之。福晋就是福晋，侧福晋就是侧福晋，和一般人家一样，讲究的是各安其分各就其位。你们除了福晋、侧福晋，下头姬妾少的也有五六个，还没有个餍足，除了丫头老婆子，还有叫戏子，弄那些事我都说不出口！一则是坏了自己名声儿，叫人瞧不起；一则也伤了身子骨儿，几下里不落好儿，何苦来！"乾隆听着后头几句，像煞是数落自己，一怔之下，才想起那拉氏昨天奏过，要从入宫秀女里选几个稳重些的指给阿哥们作侧福晋。这是阿哥们进来谢旨的说话了。只一笑，跨步进了殿中，果见除了颙琰、颙琪、颙璇、颙瑆、颙璘几个都在，一个个微笑拱立在正殿偏柱下，恭敬听皇后训话，见乾隆进来，几个阿哥收起笑容提袍跪下了。皇后从座中款款立起，笑道："皇上来了。"就请乾隆坐了自己座儿，自坐了侧边雕花瓷墩上，说道："昨个儿告诉过您的，指那几个丫头给阿哥。这都不是寻常人家姑娘，都是上三旗老人家的，怕他们委屈了人家，叫进来叮嘱几句。"

乾隆接了宫女捧过的参汤呷了一口，把碗放在桌上，隔门见王八耻一干人已赶到，叫进高云从要过奏章节略放在案上，这才说道："皇后的话朕在外头听了，都是一片婆心，谆谆至理名言。里边说的'自重'二字，更要着意体味。有句俗话说'篱笆扎得紧，野狗钻不进'，你们生在皇家，与生俱来的福，只要自家慎独守礼，再没有什么无妄之灾招惹得来。"他觉得顺这个话题，很可以说说谣传太子的事，想了想只能点到为止，因放慢了话说道，"既然各自都分了差使，就要把心思都用在读书和办差上，少和外官有那些不三不四的来往，少听些不三不四的风言风语，外头的宫里的有些个希图富贵党援攀结的小人也就收了非分之想。务外非君子守中是丈夫，纵观古今宫闱中父子间离群小倡乱，你不要怪小人拨弄是非，仔细体察那父子相疑兄弟阋墙的缘由，都打不能持正而来。你篱笆扎得不紧，野狗进来狂吠咬人，就上下不得安生。"

几个阿哥听着，这已经和皇后的训戒题目岔出十万八千里，颙璇、颙理料必还要拿他们"游玩荒唐"发作一顿，各存着一份躺倒挨捶的心思，却听乾隆道："阿哥们从大节上说朕看还好。颙瑾在病中还抄《古文观止》，给太后抄《金刚经》，这就是持正。颙琪、颙璘、颙琰不但办事谨慎，文章也很可观。颙璇、颙理的诗词朕也赏识，在部里理事认真又不张狂，很好，很有分寸嘛！"颙璇、颙理都觉得意外，伏着身子想偷看乾隆神气，动了一下，没敢。乾隆这才意识到要和皇后的话接卯对榫，口风一转说道："皇后给你们选侧福晋，也是宜尔室家裨益身心的意思。你们都是家国一体的天潢贵胄，'言寡尤，行寡悔，禄在其中。'是孔子的话，可不好好思量？——去吧！"阿哥们齐叩了头，心里如蒙大赦，脚底下规矩蹭步出去。那拉氏道："还是皇上说得堂皇明白，我满心的话，说出来口不应心。言寡尤呀什么的，干脆就听不懂。"

"那是圣人特为士大夫说的，贵族说话言语不过分，行动无错误，就能安享禄命。"乾隆笑道，"原本过来进晚膳的，说你有事见我，从这路过，就进来了。"要了笔砚，就盘坐在皇后榻上便看纪昀送来的奏章节略。却见都是纪昀一手抄写的小楷：

> 一、榆林厅粮道奏，通往银川道路为风沙掩埋约九十里，请调骆驼驮运军粮，应支民瞭脚力费至明春需二万两；
> 二、河套保德府奏，今冬气寒，黄河结冻比往年为早，为防明岁凌汛之患，请调炸药八万斤备用；
> 三、兆惠军已至黑水河歇马渡，请调二百架牛皮船应需；
> 四、福建按察使高凤梧奏，"一枝花"易瑛余党林爽文潜入大陆传教筹银；
> 五、刘墉已至德州（另发请安折）；
> 六、缅甸国贡进驯象八头；

七、英咭利国使臣柯马利携贡物为太后献寿，请求大皇帝接见；

八、……

密密麻麻折页纸一扎老长，都只简捷三言两语注解明白。乾隆指着第二十六条对高云从道："奉天府尹海宁的一件，这上面注明是弹劾李侍尧的，密封留存，告诉纪昀不再传阅。把英咭利国贡单送老佛爷挑选，选后全部缴礼部入库。其余请安折子，除刘墉的留下，都送养心殿放着；晴雨表也不要留这里。稍停片刻朕就过去。"说完，抽出保德府的折片看，便伸手取笔。因见皇后不言声递笔，笑道："你有事只管说，我听着呢。"

"我是说和卓氏的事。"皇后捧着砚往乾隆手边挪挪，"这事不急，只想问她几时入宫成礼，封什么位号，园子那头和宫里要给她办置住的地方儿。"乾隆迅速浏览着保德的奏章，下笔在敬空上写道："所奏甚是，着该府知道。然地方民工炸凌，易招火药流失浪费。使用不当，历年皆有伤人等事，且有取火药炸石取利者。着就近移文河曲绿营，责成军伍熟手士兵办理。该府能预做绸缪防患于未然，朕甚嘉悦焉。已着河南、安徽、江南及河道总督衙门有所预备矣。"写完，对皇后说道："这位和卓氏与别的嫔妃有所不同，她叔父堂兄现在乌鲁木齐打仗，包抄霍集占兄弟，她家在回部里位分极高，素著威望，要给足面子，就封贵妃吧。圆明园依照伊斯兰格式盖宝月楼，就是给她修的。这边禁宫把储秀宫指给她，你们来往也方便些，成么？"

人还没进宫，是阿修罗天女或是黑丑番婆儿面都没见，就有这么大的铺张！那拉氏打心里泛上一股说不清的滋味。但她跟从乾隆几十年了，知道他的秉性，这种事万不能扰他的兴，且是昔年为棠儿的事"犯妒忌"几乎翻身落马，至今心有余悸，见乾隆疾笔批榆林厅奏折"知道了，着由兵部军费支用，钦此"，小心取过晾那墨迹，说道："万岁这么着安排最好！我也盼着她住得离我近些儿，我们姐儿们说话解闷子方便。我看就把新选来的四十八个秀女补到她跟前侍候。女官、嬷嬷、灯火上人、针线上人、答应、常在，这些近身的人，就从各宫调配。原来预备放出宫的四十个宫人，且就留下再用几年，就是耗费，也很有限的。这么着可好？"

"你想得已经很周到了。"乾隆凝视着刘墉的请安折子，批了"朕安。

天气寒冷，倒惦记卿等羁旅在外……"觉得有许多话要叮嘱，一时竟想不出头绪，索性放了笔道，"可以再选四十个岁数小点的进来。回头叫宗人府、吏部、礼部把未婚的旗员名单送进来，朝夕侍候老佛爷和你的，能好就配给侍卫，其余你指婚就是。不为几个钱，人家姑娘一进宫就十年八年，这里再好也不及在家当小姐姑奶奶。都过了二十五岁了，再磨几年，珠子也黄了。加增了人，钱自然紧，叫王廉他们和内务府商量着，从关税和赎罪银子上挪借一点。等和珅回来回奏了再说，千万不要从户部库银那头打主意。开了例不得了。"

皇后请见，真心想问的是颙璘"立太子"的传言的事。她自己怀胎，生一个殇一个，已是绝了指望，见乾隆满腹心思都放在外头公务上，倒不好开口的，想想难得夫妻单独相处说话，因加了小心，笑道："皇上方才说阿哥们，又是父子相疑、兄弟阋墙什么的，我听着有些惊心呢！还有说小人们有'非分之想'——难道有人作怪不成？"

"宫里有谣言说颙璘要封太子，名字都注了金册，放在乾清宫'正大光明'匾额后头。"乾隆笑道，"你甭试探，我料你已经听见了。一件，这是没有的事；二件，不能张致得成了'事'；三件，查到这丛起风青蘋，不能留情，寻个别的由头杀一儆百！"乾隆语气很重，那拉氏听见"杀"字竟唬得一个哆嗦，已是脸色苍白，听乾隆接着说道："我还十旺八旺，立什么太子？立太子早了，又像圣祖爷倦政那会样儿，你抠我鼻子我挖你眼，一个个盼着老子兄弟早死快死，有甚么益处？这事于你日后很有干系，不可掉以轻心。"见那拉氏听得发怔，受了惊似的脸上没点血色，乾隆放缓了口气，又道："十七阿哥是我们最小的儿子，人品学问待人处事都好。大约小人们因我在位日久，从这几条里头揣拟出来的。这么一传，本来就是能，也断不能立国储了——宵小奸徒坏我大事，想起来我就恨极。就是这些，你心里有个数，年关前敬事房、慎刑司他们召集太监时，你也不用多说，只重申一条，太监宫人有妄言国事、议论主子是非者，举报人有功升赏，拿住这些混蛋我生剥了他皮！"

皇后已听得心惊神悸，不胜其寒地打了个噤，说道："我原是想打听一下，看是哪个孩子要晋位，我得多关照些给自己留步儿，皇上这一说，忒是个惊人！这里头的学问道理怎么大的——要真的他哥儿们闹起家务，人也甭想过安生日子。皇上这么一说，我倒真的得多长个心眼子呢！""就凭你这几句话，足证你是老实人。"乾隆笑道，"也不必失惊打怪的，现今这些闲话掩过了也就拉倒。后妃们常在一处，言来语去暗地提醒她们些个就有了。"说着起身，"纪昀他们只怕已经在养心殿等着了，我这就过去，今晚我住你宫里，有话尽能说的。"说罢去了。

纪昀傍晚散朝回府，已是天色麻苍。今天是他夫人四十整寿，虽然严加吩咐不得张扬，但他位极人臣，主持学宫科考不计其数，门生故吏们谁肯靠后？三进大院中女眷在内莺声燕语，男宾在外揖让寒暄笑语联翩等他回来。他一进门便都围了上来，"纪公""中堂""亲翁""老师""太老师"，少说有一二十种名目乱叫一气，打躬的作揖的行堂参礼的执手说笑的，行礼也是五花八门。纪昀但见满院红灯映着，张张笑脸绽得花一般，看得眼花缭乱，好一阵子才定住神，才留意到老状元王文韶、同年探花王文治、亲家卢见曾、翰林院过去一房办事的陈献忠都来了。皇商马二傍子混在一群门生堆里和绰号"葛麻子"的内务府笔帖式、刘保琪等人大说大笑，也赶了过来笑道："纪老相公，方才我数了数，好家伙，单是春闱十八房考官、老相公的门生、门生孙儿就占了十个：这一回春闱过后、门生玄孙儿您都有了呢！"

"没听说过还有'门生孙儿'这一说。"纪昀笑着又点头又摆手八方应酬，对马二傍子道，"听说你要到爪哇国给内务府采办东西，你可要小心，你那银子都从圆明园工程里来，那里头有冤魂——小心翻船了！"马二傍子虽已年过五十，胡须都苍白了，却仍是红光满面，精神矍铄得像个顽童，头摇得拨浪鼓价笑道："人说是羊毛出在羊身上，到我这是皇银出在皇身上！万岁爷的福气我托着呢，采办的东西又是老佛爷八十圣诞用的，不但不得翻船，升官发财桃花运如潮滚滚来，不废江河万古流——也未可知！"纪昀听得呵呵大笑，说道："那好那好！有什么火鸡、烧猪之类的好吃的，装船带回来给我！"因见葛麻子几个人交头接耳嘀嘀咕咕的，便踱过去，问道："葛华章，你们几个小子，说什么呢？鬼鬼祟祟的！"

葛华章转脸见是纪昀，皮脸儿一笑，说道："听说师母病，我们家里的原都去了大觉寺烧香许愿的，马师母如今康泰，当得还愿，我们商量着凑份子叫一台大戏，过年时候带上家人来吃老师大户儿！"旁边王文治对王文韶道："老前辈，你瞧瞧！这真是物以类聚人以群分，纪晓岚是个滑稽诙谐的，就带出这么一群赖皮学生！"王文韶已年过古稀，论起来纪昀还是他"门生孙儿"，一脸庄重慈祥，听着又是拈髯微笑。刘保琪却是个活宝，对王文韶道："太太老师，您甭听王老师的。纪老师那年拿王老师名儿调侃，他是报一箭之仇呢！"王文韶有点重听，侧耳问道："什么？"

"雍正爷赐给张衡臣老相爷的春联，"刘保琪怪里怪气大声笑道，"纪老师有一回对王老师说'尊夫人近日新封"光华夫人"可喜可贺！'王老师说'哪有此事？'纪老师说'雍正爷亲笔写的"皇恩春浩荡，文治日光华"——文治日光华呐，还不是"光华夫人？"'——王老师多年都耿耿于怀啦！"旁边人听了片刻方大悟过来，于是一阵哗然大笑。王文治道："刘保琪你别说嘴，我们都是你老师呢！一会儿少不了你得磕头。对了，我有一联，'门生今日头磕地'——你们谁对个下联？"卢见曾是纪昀的亲家，在旁笑道："这有何难——就对'师母昨夜脚朝天'，可好？"

这是连纪昀也扫进去了，众人顿时跌脚鼓掌，哈哈……嘿嘿……嘻嘻……有的前仰后合，有的蹲身捧腹，有的掩口葫芦，有的背身噎呛……已是一片笑得东倒西歪。纪昀道："昨晚亲翁亲母过来，看皇上赐给我的新袍子，走了之后，我忽然来了诗意，念给你们听如何？嗯——"他故作庄重地沉吟片刻，众人止笑听他吟道：

昨夜亲母太多情，

众人都一笑，纪昀接着又咏：

为看新袍绕膝行。
看到……三更人静后，

吟到这里打住，说道："今儿来的不是老师就是门生，熟不拘礼亲不形仪，是我上辈老师平辈同年的和我同桌，其余散坐自便。门生们送来酒肉一概不拒，也快到过年了，作一夕畅饮也不为过——大家请，上屋厢房随便，凉菜已经上来了！"他诗没吟完，忽然安排座席，众人都不免诧异，卢见曾问道："这诗难道只有三句？"纪昀道："第四句没什么说的，无非'平平仄仄仄平平'罢了。"

于是众人又复一哄而笑，随纪昀进上房安席，虽说不拘礼不形仪，各人台面儿自己了然，说笑归说笑，该有的仪节谁也不肯僭越苟且，须臾间已是各自就位。这头家人忙得穿梭似的，高烧绛烛启封开樽，四个筒子炉烧得满屋暖融融的，肉香酒香四溢扑鼻。因王文韶等老宿儒在座，马氏夫人不便出来受礼，门生同年也有二十多个，分拨儿进内拜寿出来，嘻嘻哈哈谈天说地。有的一副馋相盯着席面，有几个饕餮的便试着想动箸。陈献忠是个黑矮粗墩胖子，绰号"栗子"，袖子捋得老高双手撑桌，满头油光闪闪，瞪着一双小眼睛满桌骨碌碌乱转，鼻子嗅着道："咦呀——老师的菜真香啊！"马二侉子是惟一没有进士身份的人，因赐着三品顶子，坐在首桌，笑谓王文韶道："您老状元出来，做到文华殿大学士，也是桃李满天下。我也去吃过您的筵席，哪有恁么不斯文的学生！"王文韶莞尔笑道："一个人一个秉性，我其实也爱这份融洽热闹，只是学不来，勉强做作反倒透着假了。"

一时举酒共贺"夫人寿比南山！"接着便是觥筹交错，下面桌子上门生们行过了礼，更是不拘形迹，有拇战猜枚的、行酒令的、说笑话的，满堂喧闹。纪昀在桌首把盏劝酒，一一双手斟了，给卢见曾使了眼色，说声"方便"便出院来，接着卢见曾也徜徉着出了天井，问道："春帆，有甚么事么？"纪昀没言声，转过一道角门，听听厨房里没人，站住了脚问道："你原来在盐道上有多少亏空？"

"有个十四五万两吧？"卢见曾偏脸看天想了想，"这里头连高恒手里的呆账都窝着呢，前任盐道有个五万多，其实我手里只有三万多两银子的账——怎么，又要查了么？"

纪昀没有回答，又问："从信阳府调运茶砖在古北口换三百匹军马的事是你经手吧？有没有茶引①？"

———

① 清政府规定，与蒙古以茶叶交换马匹，必须执有内地地方官政府出具的证明，即"茶引"。

"有。"

"马匹茶叶数目和兵部、信阳府交发的数目相符不相符?"

卢见曾一听就笑了,说道:"你道还是康熙初年,茶是茶马是马瓜青水白的?单茶叶就分着精茶、细茶、粗茶、茶砖、奶茶……十几个等次呢!不给蒙古王爷的管家塞饱了,谁给你匹马?一路关卡一路剥皮,从信阳到古北口或到山西马坊,你算算是多少路?脚夫骡夫的工银也涨了,不打亏空谁能办下这差使?"

"我不问情由,亏空是多少?"

"也有个一两万罢!"

纪昀沉默了一会儿,说道:"我今儿遇到荣王爷,他到兵部户部勘查,司官们回事儿说起了你亏空的事,荣王爷问起了我,'卢见曾是不是你的亲戚?'"卢见曾道:"五阿哥他懂得个屁!叫他跟我走一趟差看——真是不生孩子不晓得肚子疼——""王爷是关心!"纪昀一口截断了他牢骚,"都是因为自家人,特意地关照,你反连他也怪上!司官们要回到军机处,我敢不如实奏明?老弟,不要在京泡了,赶紧回任上把差使理清白。出了事我压根护不了你!别看军机处似乎多大的神气,军机大臣是什么?是皇上的狗!不管是狼狗猎狗看家狗叫儿狗,一个失势就是丧家狗!"说着,听见远处有脚步声,便住了口。

二人"解手"回到正厅,屋里依旧热闹得笑语欢腾,只首席桌上几个老宿儒显得矜持稳沉,时而和上来敬酒的"门生孙儿"们碰杯沾唇,说说场中闹墨文卷,讲讲哪家子弟放了什么缺,近日得了什么诗词,见纪昀二人进来,忙拉他们入座,纪昀便问:"哪位又有什么好诗了!"王文治微笑道:"王老师正在批评拙作。记得前年你在圆明园当值,三天没回家,眼都肿了,皇上问起,你说你有个隐疾,不能鳏宿——三天不沾女人,因此眼睛赤肿——你那两个妾,蔼云、卉情不是那次皇上赐你的?我有一阕《浪淘沙》单咏此事——大家都说不才是佳作呢!"说着曼吟道:

> 昨夜遇神仙,天赐姻缘。分明醉里亦醒然。今宵做得同床会,连举烽烟。

"这是上半阕了。"王文治接着咏：

> 眼疾已愈否？卿卿相怜？两柄快斧砍连连。传于春帆纪学士，此
> 是盐坛！

纪昀听了笑道："这是实咏，算得你回敬了'文治日光华'了！"待要细品月旦，葛华章冒冒失失凑过来问道："老师们有好诗，怎么不叫学生们都鉴赏鉴赏？"卢见曾笑道："是太老师说起'烟锁池塘柳'①，是鳏对，晓岚公说世间无鳏对，当年伍次友老先生对的是'烧坍镇湖楼'，你倒耳朵长，就听见了！"

　　"卢公这话不对！"葛华章已经有了酒意，摇着通红的麻子脸道，"兔子才耳朵长呢——就是'烧坍镇湖楼'，也含的金木水火土五行，照搬上下，也并不见好——"说着听见陈献忠在偏桌上说笑，晃晃发晕的头，说道："对了，我有更好的了！献忠是冀州人，又叫'栗子'，我出'冀栗陈献忠'如何?！"说着端起桌上门盅"咽"的一口咽了，"——东西南北中给他对上！"他酒带半醉憨态可掬，如此风趣调侃，一时悟过来，连王文韶也禁不住呵呵一笑。一片哗笑中早已有人把话传给了陈献忠，陈献忠也有三分微醒，晃着过来，笑着给纪昀等人一一斟酒相敬，说道："老师们别太宠着他，没听说过'麻子不是麻子，是坑人'！"众人粲然展笑间陈献忠一拍手道："甭说嘴，我也有了，就以麻子华章为题我也有佳句！"因拿腔作势踽步咏哦：

> 犹似明月逢中元，
> 如何星光更璀璨？
> 若非尊苑恰同好文章，
> 老天因甚乱圈点？

咏声甫落，立时一片鼓掌喝彩哄堂大笑。连葛华章也笑得直噎气儿，回桌

---

　　①　烟锁池塘柳——因偏旁带有"金木水火土"五行，因此极难对应。

上夹菜，哆嗦着手夹不起来。一时纪昀转过来到刘保琪这一桌，给陈献忠、葛华章等人劝酒，问道："你们方才嘀咕的什么？我听着，似乎也在说文章上的事？""这也没有甚么避讳的。"刘保琪笑道，"我们在猜今科春闱的考题。"说着，毕恭毕敬双手给纪昀捧上一杯酒，"来，恭祝老师师母白发齐眉寿比南山！"

"恭祝天子万年！"纪昀笑道，"你们这一桌大都是春闱房官，要好生留意给皇上遴选人才！"团团照应着都饮了，又道："保琪今晚老实，平日这场面上葛华章、陈献忠都显不出来，倒是你今晚像个隐士。"陈献忠道："他？今晚木讷得深沉！他要调到四库书编纂房去了，和老师是对头儿上下司，自然不敢随便放屁。"刘保琪道："老师别听他胡扯。换了他，这会子比老师的跟班还老成呢！"他看看周匝各桌仍在热闹说酒令罚酒敬酒，没人留意这边，压低了嗓子说道："方才黑栗子问我，不知老师族里有没有进场的。我说纪老师是咱们大清第一才子，族里子弟们学问自然都是乖乖了不得，少说也是第二才子第三才子罢！还用着你们几个措大关照？——再说，这也不是说话地方儿呀！"纪昀笑道："怪道得你们几个交头接耳一脸暧昧之色！今科主考不是我，在这里议议考题也无妨。我没有要嘱托的人，就有，我也不敢——我自己是夹着尾巴做人，子弟和族里我更不许他们飞扬跋扈。上次我一个族侄来给我看他的文章。我指着里头一个'也'字教训他：'这个字是最常用的，加水能养鱼虾，加土能种庄稼，加人不是你我，加马走遍天下——这么中平的字，你像是画了一条狼，尾巴翘得老高！'从此他写文章，'也'字连勾也不敢挑了。"说罢乱语又道，"你们随意吃酒，就是家常些的好。这又不是公廨，那么拘谨的反而不得。"说罢笑着去了。

这其实已是将作弊的暗号都说了，却是丝毫形迹不露。他的这些门生都是精明透顶的人尖子，谁也不再提这事，刘保琪只揎掇着葛华章，"你方才的故事儿没讲完，老师来了打住了。还接着说——难道和珅和这位王妃还有一脚不成？"葛华章喝得满脸放光，喷着酒气说道："有一脚没一脚咱不敢说。这事是二十四爷戏班子里葵官跟我说的——其实王爷后来买的这个妾侍，模样儿远不如福晋标致……"旁边一个叫田汉光的笑问："看你家三太太漂亮不？"陈献忠道："你别打岔儿，听葛麻子说！"

"那不能比，我是什么人？王爷是什么人？眼光尺码儿分寸都不一样。"

葛华章道，"——小家碧玉，另有一番情致。撒娇弄痴小意儿温存，王爷的正配福晋万万不能及，就哄得二十四爷朝朝暮暮舍不得离她寸步——却说福晋，听了和大爷的妙计，卸掉了凤冠霞帔，洗去了铅华脂香，一身淡素青衣荆钗布裙，只闲常料理家务，督责侍候王爷，每天诵经念佛，绝不再来兜揽王爷。王爷偶尔来房，小坐片刻，就催王爷去小妾那边……如此这般三月过后，正值孟春季节，花香鸟语柳拂青丝艳阳天气，王爷照样的要踏青游春。阖府人都集齐了，请出福晋来，你们猜怎么着？"他瞪着眼环周扫视着这些同年朋友，人们也都直着眼盯着等他下文。葛华章一按桌子道："变了！变出一个新福晋来！只见她穿一件枣花蜜合色大褂，月白绣金梅镶边儿，石青撒花裤合欢鞋子，汉玉坠子葱黄璎珞，刀裁鬓角喜鹊髻儿，一头青丝梳理得光可鉴人，配着一张杏子脸桃花腮，眼含秋水眉黛春山，笑一笑晕生双颊，走一走步摇生春……"他咽了一口口水，"真个是施朱则太赤，施粉则太白，增之一分则太长，减之一分则太短！满府里人眼都直了，这是那个穿着靛青市布裰子，每天指挥众人扫地擦桌子、盘膝坐蒲团容颜枯槁对古佛的福晋？真是秦可卿莲步天香楼，嘿！洛神女乍还洛浦！哎呀呀……"

此刻所有的人都已止箸停杯听得入神。葛华章说得得意，抚案又道："诸位，这就是易旧移新之计！我学生昔年听说邬思道老先生有过'登龙十二术'之说，哪里想得到被和珅大人运用之妙如薪火之传，放在情场上，勃谿纷争上竟一样的管用！我敢断言，和珅大人功名赫奕，在座无人能及。"他忽然觉得有点失口，又补了一句："当然我们老师另当别论！"

纪昀随众人一笑。他没有听前头的张致，只听一个尾，大致是说二十四福晋夫妇失爱，这妇人着急，求和珅帮着出主意，用"易旧移新"之计重得新宠。但和珅乌雅氏一男一女，外言何由入内，乌雅氏怎样以退为进韬晦待机，如何欲擒故纵消弭反侧，终得夫妇重归于好，都没有听得详细。和珅现在深蒙乾隆器重青睐，在军机处行走，其实和军机大臣一样使用，和纪昀列在同行，这种场合议论他，无论如何也觉得有些不妥。因笑着转圈乱以他语，道："说人家家事这么津津有味的？还说酒令罢！"

"是！不说了不说了！"葛华章笑道，"罚我一杯酒，我起一个令！"爽然举杯一饮而尽，说道：

> 青枝绿叶开红花，
> 我家庭院也栽它。
> 有朝一日花事尽，
> 树上结满大疙瘩！

"这是石榴。"葛华章道，"该'栗子'说了。"众人鼓掌喝彩中陈献忠念道：

> 青枝绿叶不开花，
> 我家庭院也栽它，
> 有朝一日大风刮——

他忽然打住，想不出词儿了，旁边刘保琪推他："说呀说呀！怎么闷住了？"陈献忠脱口而出：

> 格啰格啰又格啰！

"这是什么？"上首席中王文韶笑问道。

陈献忠取酒一饮，说道："是竹——刮风时候就这样。"众人立时又一阵哗然笑语。王文治笑得弯了腰，举着杯道："我今晚笑得一肚皮抑郁都没了，回去准能睡个好觉。来，为'格啰格啰又格啰'干一杯！"刘保琪笑道："我也有了"——

> 青枝绿叶勺儿花，
> 单栖凤凰不落鸦——

王文韶道："这是梧桐了。"卢见曾笑道："不过借意而已。梧桐树上也是什么鸟都有。"刘保琪道：

> 有朝一日大风刮，
> 咔嚓！

念完便饮酒。陈献忠便问："怎么了?"刘保琪道："这树太大，虫蛀了，折了。"

众人方要月旦评讲，忽然一个家人匆匆进来，在纪昀跟前耳语几句。大家都静了下来。纪昀已经缓缓起身，先向王文韶一揖，对众人道："傅恒病情极危，皇上有旨命我到傅府诀别。欢会有时盛筵终散。今晚老师和众位赏脸，很尽兴。就此请回步，来日还当奉谢。大家回去要好好办差，忠勤工事，哪个门生都要争口气，不要扫我体面。"

他说着，众人已经起身，纷纷辞行间，刘保琪兀自问葛华章："王爷出去踏春，你故事儿没讲完，好歹跟我说说……"葛华章随着纷纷人流往外走，笑道："说尽就没意思了。回去被窝里和你太太研究——总而言之是——折了。"

第十六回　慈爱母宫阙别皇子　郁颙琰观风入山东

　　因傅恒病重弥留，乾隆下旨辍朝一日。不到辰时，乾隆便吩咐"预备乘舆"到傅府"视疾"。遍宫嫔妃中，贵妃魏佳氏是和傅家渊源最深的，思量若论恩义，无论如何这时候该去傅家安慰安慰棠儿。但昨晚在皇后处请旨，乾隆却没有恩允，只说"这里有个规制限着。朕去已经是殊恩，你们一窝蜂都去，傅家怎么接驾？这会子他们都是心乱如麻，驻跸关防都应付不来。十五阿哥又要出远门，你们娘母子也该说说话，安顿他上路。你就惦记傅家恩情，也不在这些虚礼上头斤斤计较"。因此，魏佳氏一大早盥洗斋素，到佛堂给傅恒上了三炷平安香，回储秀宫默默打坐，想着傅府现在不知什么光景，又思量起当年落魄，连天大雪被逐出门，多少悲酸凄惶事，已是泪眼模糊。正在思绪如潮涌动不定，小太监进来禀道："主子，十五爷来了！"接着便听见儿子不轻不重的脚步声渐渐近来，忙拧涕拭泪换了微笑，吩咐身边一个丫头："桂香，你十五爷来了，把屉子里放着那坛龙井泡上茶！"

　　说着，颙琰已经挑帘进来，规规矩矩到魏佳氏面前打了个千儿，说道："母亲安详。我今儿就离京，给您请安辞行。"起身觑了觑魏佳氏气色，又道："娘脸色有点苍白，是夜来失眠么？又像刚哭过似的。"

　　"坐罢。"魏佳氏淡淡说道，眼中微波闪动凝视着自己的儿子。这是天下任何寻常人家母亲中极少见到的那种神态。一头说，他是王爷，是载在王府的天之骄子，是国家社稷的擎天梁柱；一头说，是她终生的靠山，是她将来退归太妃之位后的归宿主人。就眼前说，乾隆训诫、皇后训诫、东宫师傅训诫——天子、君臣、师傅都可以"训"诫，那是圣人制在"三纲"里的纲。她这个"母亲"名、位、分，都只能依附在这光焰与日月比齐的辉煌之中寄生仰息，她顶多只能"劝诫"。这眼神里除了那种与生俱来的母爱：慈祥、温柔、期待、关怀、牵念……还夹着一份对皇家严威的凛凛敬畏，自持身份的尊荣。所有常人歌笑悲喜母子无间的亲近情分，都被这道无形的高墙湮灭殆尽。她就这么端详自己儿子，才十五岁，这么周周正正的，像个小大人。这么大点儿出远门，若在民间，母子相抱痛哭一场也是常事。但她不能，只是觉得离得这样近，还是太远了，她只能隔"墙"这样努力眺望。

颙琰却万难体会母亲此刻心境，见她这样瞧自己，有点奇怪地看了看自己身上，又抬起头道："我要出远门了，不能过来请安。路上递请安折子，也不能单列给娘。您得多保重。"

"我吃得饱穿得暖，又住在宫里万事不愁。你甭记挂我，你好了我什么都好，你不好要好也好不了。"魏佳氏收摄心神，回到现实境中，轻嘘一口气笑道，"虽说不能单列给我信。你给皇上写请安折子，附一句给皇上娘娘请安的话，我就能见着了，也就心满意足了。"

"是，我记住了。"

"你这是钦差。走驿道住驿站的吧？"

"那是仪仗，照规矩都有的。"颙琰听到母亲言语中的颤声，心头一拱一热，眼圈有点发红，一躬身道，"我和毓庆宫侍读王尔烈一道骑驴走，要顺道看看百姓吃什么住什么，有什么难处。"

魏佳氏一听便笑了："那有什么看头？你娘就从那里头过来，问我就什么都知道了——王尔烈？听你跟我说过，三十九年的进士吧？他也是个书生，只能帮你在差使上出主意。我只担心一路吃喝拉撒睡没个知疼着热的人照料，再说听说外头闹教匪，不多带些个人，出事哭黄天也没泪！"说罢又拭泪。颙琰笑道："娘，你又来了。平日你怎么教导我来？掰着手一五一十，当初怎么走投无路，怎么举目无亲四处遭白眼儿，怎么在人房檐底下蹭饭吃……还是你说的'人受挤兑本事高'。轮到真个的，你该给我鼓劲儿才是呀！""我说说也是白说说，哭哭心里畅快。"魏佳氏一边揩拭，泪水仍不住地往眶外涌流，"娘那时候儿是没人疼没人怜不得已儿。你是金枝玉叶，娘宁可你平平安安没事儿，不愿你出去独个闯荡。"

颙琰心里滚热，脸上笑着听她絮叨，见桂香捧了巾栉来，忙起身拧了一把热毛巾捧给魏佳氏，退回座中说道："我来看娘，倒招得娘伤心！安全

上的事王尔烈自然有安排的，一路官道也没听有什么江洋大盗剪径。您到
潞河驿看看就知道了，多少江南商客，安徽、山东的行商，还有广东广西
云贵来的，比山东远得多。您说过，我比别的阿哥皮实，儿子难道还不如
那些客商?"一顿说得魏佳氏高兴起来，说道:"你就是皮实，不哼不哈的
心里有数儿，面情上不大外露的。娘苦寒出身，平日三言两语说着劝着，
你比你哥子，还有你弟弟都俭省，能受委屈耐摔打——单是生你，眼看出
花儿没指望了，皇上千里迢迢送了个叶天士来，还是救了你的命……我是
想，还是得带个有本事常出门的跟着岂不更好?"又叹口气道:"可惜傅六
爷病得深重。不然我带出个信儿，不论福隆安、福康安谁跟你做个伴儿，
我也就放心了。"

"没有他们跟，儿子照样能办好差。"颙琰说道。他的自尊心受了母亲
一刺，立刻脸上微微泛红。福隆安是公主额驸，福康安是棠儿的掌上明珠，
都是贵胄子弟，不但奢侈且是自视甚高，自小和颙琰诸阿哥一道读书，骑
马打仗领诸贵玩耍，不像别家大臣子弟事事处处容让这几位"阿哥爷"。碍
着母亲情面虽没有生分，但颙琰天性深沉木讷，心里深处瞧不惯傅家兄弟
骄纵傲慢，又隐隐觉得傅家有"居恩"自高的味道，更让人每一念及就受
不了。他瞟了一眼母亲，又怕她吃味儿多心，一笑说道:"他们孝顺傅大
爷，跟我孝顺皇阿玛和您是一样的心。别说六爷到了弥留关头，就是小病
小灾，我也不忍心割人家的父子之情。"

魏佳氏哪里知道儿子一霎儿辰光动了这若干的心思，一笑说道:"这说
的是了。就是这么着，也不图你在外头轰轰烈烈显身立名，平平安安回来
我就欢喜。"说着起身进内房，亲手挽着个包儿出来，都是昨日晚间灯下预
备的——打开了看，放在最上头的是一封"护身平安符"，米黄布袋上拎着
白云观的道篆印，殷红色的，血一样醒目。旁边一个小盒子，魏佳氏挪动
了一下道:"这里头是紫金活络丹。那包是金鸡纳霜——你有个疟疾根儿，
觉着要犯病的光景儿就赶紧吃……"还有一封一封大小不一的桑皮纸小包，
里头小银角子小金瓜子、碎银子什么的都有。魏佳氏不无遗憾地说道:"这
都是和老佛爷、皇后抹牌时零碎赢的。想着要这些没用处，都赏了人了。
早知有这档子事，倒该留着给你的。我的月例在这宫里是节余最多的，有
三万两在账上呢! 只是一动这钱，可世人都知道了。我倒没什么，给你招

来闲话就没意思了……"

颙琰听母亲——安排嘱咐，似乎浑不知自己是地动山摇的钦差大臣，倒像是小门小户家孩子出远门那般琐碎细小叮咛，肚里只是暗笑，听着听着不知怎的心一直沉落下去，眼中已噙了泪花，强笑道："钦差秣马食宿，一路都有驿站供应，我稍稍当心一点就是了，娘不必这么费心。"魏佳氏道："我知道，在家千日好出门一时难，谁背着房子走道儿呢！——家人要个靠实的跟着，一路汤汤水水的好侍候。早知有这回事，我该指个丫头开脸给你。男人侍候人终究不得法。"颙琰笑道："就有妾也不能跟我的钦差扈从啊！家人是王小悟跟我——前年福灵安送我的，人也很机灵的。"

"嗯，我知道。"魏佳氏不再唠叨，退回了座中，凝望颙琰多时，决绝地一摆手道，"好生办差去吧！"

七天之后，颙琰一行四人已经到了沧州，时值腊月隆冬，枯水季节，朝阳门到通州的运河段干涸得能见河底，顺天府征的民工沿河都是，蚂蚁般清理河床淤泥。过了通州到天津卫码头这一段，运河冻得镜面也似，根本不能行船。他原想一离开通州就另走小道，但沿途人口辐辏城市弥密，地方官早已接了李侍尧的知会滚单，这边八人抬大轿起行，那边城市文武官员已经知道，探马缇骑不绝于道，已在预备迎接钦差——这就是坐轿出巡的一宗儿不好处：坐船可以屏谢官员登船请安拜望，饮食起居与外隔得断。想"私访"一下换上青衣小帽走人便当。在轿上有个"落宿"的事，吃喝拉撒不能不离轿。颙琰虽不爱热闹应酬，无奈所到之处，都是一张张热脸蹭着，一车一车好话堆着，也只好随俗敷衍，只传谕"所有酒筵一概不与"而已。直到过了青县，前头运河也还冻着，靠岸坚冰磋硪，河心薄冰凌丝覆盖，已勉强可行座舰。上了船，一颗心才渐渐定下来。

此刻，他坐在钦差座舰大舱里稳几凭栏向外眺望，但见两岸一马平川的原野都在缓缓后移，苍溟溟的天穹下村落萧索，灰得发紫的杂树林一片一片接陌天际，远到极目处像褐色的淡霭散雾，近处掠窗而过的树林中都是荆棘杂草丛生，鸦巢高悬，群鸟在乱坟中无望地嘈鸣着，翩起翩落觅食。只有隔堤远处，残雪斑驳的农田中可见阡陌界碑相连，田中冬小麦三四寸高低，在猎猎西北风中波伏抖动，深绿的秀色给这荒寒寂寥的原野略添了几分生意。听到什么细碎的响动，颙琰的目光从远处收回来，这才留意到从刑部借调来的贴身护卫任季发侧身侍立在自己身后，王小悟单膝跪在舱口，鼓着腮帮子拼命吹那炭炉子，是刚加进去的炭棒要起焰儿，发出了细凑碰撞样的铮铮声音。他没有说话，见王小悟搬来了炉子，一摆手命他退下，只打量这位任季发。

任季发穿一身便服，灰市布长袍套一件玄色套扣背心，扎裤脚挽紧身裤，脚下蹬着一双"踢死牛"桐油烧底快靴。从履历上看已是二十七岁的人，但生就一张娃娃脸，大嘴圆鼻子圆眼一副滑稽相，一看便知是个浑身消息儿一按就动的角色。他跟人出差跟老了，还是头一回侍候颙琰这样嫡脉的"龙子凤孙"。他也揣摩不了这位天潢贵胄：一路接见官员，见面执手寒暄拍肩说笑，温存大方得似乎没有架子，退下来沉默着一坐一两个时辰一语不发；吃饭不讲究好歹，不对胃口就放箸，却从不叫厨子训斥重做，穿衣不穿新衣，但衣服稍有污渍绝不再穿——这脾性说怪不怪，寻常这样的却也真的不多。他早已在偷偷审视这位阿哥，见他这样看自己，忙微笑着低了头，悄地里用舌头顶一下上腭，硬了头皮顶他目光。

"你叫任季发？"颙琰终于开口了，语气仍旧那么不愠不火，"刑部的？"

任季发如释重负，暗地透了一口气，毕恭毕敬回道："小人任季发，原是黄天霸门下弟子，跟刘墉和福康安大人出差有功叙保，福大人荐小人到刑部缉捕司挂了个堂官衔儿，其实是个捕快头儿。十五爷不必叫我官名儿，就叫'人精子'就得！"

"人精子！"颙琰失声一笑，"想来你必是伶俐过人武艺超群的了。"任季发变脸儿笑道："这就是爷抬爱我了。我是黄天霸的徒孙子，三十个师叔师伯都是跟大人出去办差，死的死伤的伤，囹圄的也都有事。瘸子里头拔将军，就轮到我跟了爷。伶俐不敢说，武艺也稀松。走道儿多些，黑白两道熟些……嘿嘿！"正说着话，王尔烈一撩棉帘子进了舱，人精子便住了口，一脸郑重退回侧边。

这是个三十多岁的中年人，中等身材略显纤弱。穿一件熟罗酱色长袍，腰里束着一条绛红腰带，白净四方脸下颏微微翘起，透着一股倔强神气，文静的脸庞上一双三角眼，瞳仁黑得深不见底，上边两道眉却甚淡，从中间剔起眉梢下垂，像俯冲升起时的鹰翼——相书谓之"鹰翅羽"，贵器腾达，那是百试不爽的证据。颙琰见他进来，遥指窗外问道："王师傅，这里看去，外边也很冷的，堤外那些水塘都没有结冰，这是什么缘故——那一大片一大片的地都荒着，白乎乎的，怎么不种起庄稼来？"说着，指了指对面舷边椅子道："请坐。"

"回十五爷。"王尔烈坐了，搓着冻得有点发僵的手，微笑道，"那是盐碱地，不长庄稼的，这里的水都化着盐碱，所以虽然冷，也结不起冰。正为咸水注进了运河，运河里的冰也就稀薄了。船再向南行，地气偏暖，反而有冰，也为有这缘故。我们家乡辽阳一带也有不少这样的地，不然还真叫爷给问住了。"

颙琰听了颔首，许久才道："那么这里的人饮食都是咸的了，难道没有治理的法子？""我不知道这乡里是怎样的，我们那里大村大镇打深井，还是能出甜水。"王尔烈说道。见颙琰用询问的目光看自己，又笑道："所谓'甜水'就是淡水——大抵一场洪水漫地过去，地中碱花融化着冲去可以种点苜蓿之类的饲草，子孙槐刺槐也是能长起来的，可以作烧柴。泡桐也能栽，能有木材桐油之利……"颙琰听着不住点头，忽然转脸问站在舱门口的随行太监卜忠："我们现在在什么地面？"

"回爷的话。"卜忠冷不防吓了一跳，忙赔笑道，"咱们在直隶地面儿。"

颙琰一笑，道："直隶地面还用你说？是哪个县治？"这一问，卜忠便一脸呆相，尴尬笑着答不上来。人精子在旁笑着代答："前头五十里水路到沧县，咱们没离青县地面儿呢！爷们说盐碱地，这地方儿还算好的。从沧县向东南大浪淀一带百里没人烟，白茫茫望不到头的大碱滩，跟下过大雪化不掉似的！"颙琰沉着脸听了，说道："师傅，我们下船——座舰和护卫船停下！"又命卜忠："你带船只管走。从沧州到德州沿途官员一概免见。我们在德州会齐再作商议——传谕刘墉、和珅、钱沣他们知道。"说毕便忙着更衣。

他这么说动就动，连王尔烈也始料不及。照王尔烈的想法，大舰这么逆水慢行，今晚无论如何到不了沧县，随便夜泊在哪个码头，悄没声上岸住进店里，神也不知鬼也不晓就离了大队钦差扈从——这大白天弃船登岸，给岸上看见了，还怎么"私访"？但他向舷窗外一瞭，便即知道自己的担心多余——外边不但天寒风大，也已经阴晦了，铅灰色略带赭褐色的云，一层一层赛跑似的你追我赶向南疾飞，黄沙尘土秸秆草节或在原野上或追逐肆野，或裹着旋儿袅袅盘转，运河堤东约里许的驿道上绰约可见推独轮车的车夫、挑担子的挑夫，也偶有赶车赶驴走道儿的，都是冻得拱背缩肩统手抱鞭，浑身裹得只剩一双眼，匆匆忙忙赶道儿。运河堤上风大，只见千树万树弱柳摇漾，丛槐荆莽迎风瑟索，更是一个人影儿不见。在这里下船，除了冷些，真的是一双外人眼也没有。思量着，王尔烈也忙着更衣，靠岸桥板已经搭好，人精子和王小悟扶着颙琰下了船，王尔烈也跟着上岸，倒是后船上买来的两头叫驴，牵着拽着死活不敢过那窄桥板，几个王府护卫几乎是抬着才把那畜生撮弄下来。颙琰登上堤之前，勾着手叫过王忠，仍旧是那种不紧不慢的神态，说道："这六条护卫船还有我的座舰，有的是我王府的人，有大内的人，有礼部的也有宗人府的，统归你管起来。谁敢泄露我下船的事，按谋害钦差的罪，杀无赦！"

"啊喳！"王忠不知冷的吓的，双腿哆嗦着软了一下，忙道，"奴才遵王爷的谕！只是上头内廷要有谕旨，奴才到哪寻主子呢？"颙琰冷冷说道："我自然派人和你联络——开船吧！"

浩浩荡荡的钦差船舰无声无息一滑开动了，桨声橹声在澹澹泊泊的大运河中逶迤南去。颙琰似乎高兴起来，站在堤岸高埠上，听凭西北风把自己的辫梢袍摆撩起老高，孩子似的轻抚着荡来荡去游丝一样的垂杨柳条，兴奋地翕动着鼻翼，尽情呼吸清冽沁寒的空气，笑着对王尔烈道："师傅，我就最爱到这样的地方儿，天高地阔自由自在，没有保姆丫头环围，没有太监谙达呼拥——"王尔烈笑道："也没有师傅督促读书，听讲学听得昏昏欲睡。""是。"颙琰微笑着点头，沿斜径下堤，一头说道，"我兄弟们说起来金尊玉贵，其实论心也是个苦，就那么个紫禁城，那么个王府，串来串去千篇一律。外官们进来看，这是巍巍天阙，龙楼凤阁金碧辉煌，似乎是天堂，见惯了也就乏味，红墙黄瓦四角天而已。每年秋狝，到木兰去，到热河去，到奉天去，面儿上庄重，其实兄弟们个个心里欢喜得没法形容儿。就是木兰野围、避暑山庄、奉天这些地方虽好，毕竟还是皇家禁苑，一旦有雕饰痕迹，就失了自然真趣。我倒觉得这田园野村更好呢！"说罢绽容而笑。

"我听晓岚公说，圆明园里也要设计一处村落，一切仿民间样式。"王尔烈笑道，"听说酒坊、肉肆、饭店、戏院、茶馆一应俱全。将来建好，十五爷带我也进去观赏观赏。"颙琰摇头道："可见皇上也寂寞，缺什么什么好——那也没什么意思，都是假的，村汉是太监，村姑是宫女，一想就腻味。已经有个模样儿了，回京我带你们瞧瞧就知道了，这是皇上读了《红楼梦》，跟大观园里的稻香村一个模子。"

颙琰一边说笑，时而弯下腰看那麦苗，时而手搭凉棚眯着眼远眺。走路腿也抬得高了，很像想要手舞足蹈一番的模样。他一路寡言罕语稳平沉重，众人不能领会他此刻心境，只是微笑注目。但颙琰一刹快心，立时想到了自家身份，向王尔烈自失地一笑，说道："我有些忘形了。"快快地垂下了臂，规矩蹈步序序而进。

下了官道往前走，来往行人轿车货车就多了。王尔烈请颙琰乘一头驴，另一头驮着行李包裹，王小悟管牵驴，人精子打前，他陪在颙琰身畔迤逦走路，像煞了是带着账房先生收债的土财主少爷下村光景，连过几个村都没有留步，颙琰一来好奇，二来也是有心人，每到一村都要王小悟进人家讨碗水来尝，果然有的甘淡，有的又涩又咸。他不好贸然闯进人家，外头"走驴观花"看那些庄户人家，尽管出来挑水的喂牲口的汉子衣裳破旧肮脏补丁连缀，拧着小脚虾着腰端簸箕喂鸡的老婆婆也都神色安详，偶尔穿巷而过的骡车马帮蹄声得得驿铃叮叮，夹着犬吠过客母鸡鸣蛋种种嘈杂，看去也是安泰平静，不像冻饿潦倒得过不去日子的光景。派王小悟去问了问路，果然这里还是青县县治，王小悟扬着驴赶棍指着南边道："再走五里就到沧县黄花镇，逢双大集，镇里饭铺骡马店干店都有，咱爷们就宿在黄花镇，明日晌午错就到沧县了。"

四个人赶到黄花镇，已是酉正时牌，集刚刚散场，背褡裢的、挑担子的、赶牲口的乱哄哄离镇而去，满街遍地的牛驴骡粪蔗渣柴屑混在浮土泥沙中，片石烂砖垒起的汤饼锅灶兀自余火未尽青烟袅袅。人精子连问几家大门面客栈，俱是"客满"，细打听才知道都住的沧县和沧州府的衙役，为因"皇子十五阿哥爷奉旨出巡山东"，这里紧临运河，是必经之道，府县连日倾巢出动维护治安，镇里大店都住的这些人。颙琰听得好笑，说道："倒不晓得他们这么张致的，咱们怎么办呢？"王尔烈道："他们也是好心，勤谨奉差总是不错——看后街有小店，寻两间房胡乱住一宿，只要洁净就成。"颙琰中午在船上只吃了一盘点心，走了这老远的路，早已饥火中烧，眼见前头大店中进进出出吆吆喝喝都是圆帽子蓝衫衙役，又不愿混迹在这些人中间吃饭，一展眼见左近一个小铺，草顶瓦檐只两间门面，门口靠一块门板，白粉写着"留饭"二字，门前打扫得十分干净，因指定了道："小悟子去定房子，我们在这里吃饭等着。"

"是啰！"

小悟子答应着蹿蹦去了。人精子在门口拴马桩系了驴缰随王尔烈、颙琰进店看时，其实是两间在前，迎门通着后边还有两间暗房。老实说话这不能叫"店"，只是个临街住户，摆摊儿卖粥饭的人家。店面里堂陈设十分简陋，靠西墙两口风箱柴锅烟囱通向屋外，像是一口锅造饭一口锅炒菜，旁边支一个案板，四张矮桌旁摆着十几张小杌子，是供客人坐着吃饭用的，桌凳地面都抹扫得十分洁净。也没有伙计，只一个五十多岁的老汉统着一袭粗青布老棉袍，挽着袖子正在洗碗。见他们进来，老汉忙揩了手，一副老实巴交的样儿哈腰赔笑道："三位爷台来了？请随意坐。我这儿寒碜得很，只有家常饭菜，白面饼子卷葱蘸酱，粥是现成的，还有自家腌的小菜，想吃面条儿现做。眼下大冬天儿也没什么鲜菜，蔓菁萝卜白菜，也有鸡子儿，随意炒点给爷台们下饭。"人精子自到锅边搅了搅那粥，尝了尝回身笑道："二位爷，是黄米绿豆粥，水也不好。连肉也没有，咱们换一家吃吧。"颙琰见老汉一脸失望，木着脸呆笑不知所措，倒觉不忍的，因笑道："这里也还洁净安静，我有素的就成。你们要吃肉，叫老板去买点熟肉过来也是一样。"说着便坐，王尔烈也坐了，说道："我也不用吃肉。现成的吃饱就好。"说着老汉已经提茶出来，每人斟上一盅，又问人精子："爷要什么肉？卤猪头，五香羊头，还是牛肉？要多少？"

"要五斤熟牛肉。"人精子无所谓地随口说话，"要淡的。你这里有酱蘸着吃，也就差不多了。"颙琰端着茶一呷，正要说话，听见这话不禁一怔。王尔烈也瞪圆了眼，迷惑地看人精子，不知他是玩笑还是真的。人精子见老汉目瞪口呆盯自己，笑道："我又不是怪物，怎么这样看人？——这里没有卖牛肉的么？"老汉这才醒过神来，连连哈腰道："啊——有有有！是我没见过世面，不知道爷恁大饭量的，叫爷给吓住了。"回身向里屋叫道："惠丫头——到后街季家汤锅上端五斤牛肉来——一会儿客人付了账就送钱过去！"

接声儿便听里屋"哎"地答应一声，一个十四五岁的姑娘挑帘出来，高挑身材杏子脸，乌鸦鸦一头青丝，又粗又亮的大辫子直垂到腰肢，青布大褂月白撒裤滚着绣梅镶边儿，一身爽净麻利出来，只看了王尔烈三人一眼，走到老汉身边小声道："这半个月赊了人家二百多文呢！我娘抓药的账也没还，就是人家不张口，我也不好意思的……"说罢转过脸，大大方方给颙琰蹲了个福儿，说道："爷们吉祥！我们实在是小本生意，没不过脚面的水，不怕爷笑话，得请爷赏了钱，才好开口买肉回来，爷们包涵些个。"颙琰生在深宫，养在王府，身边丫头多得叫不过名字，也向不在这上头留心。这样头遭觌面相对，那姑娘黑瞋瞋一双瞳仁凝视自己，顿觉浑身不自在，忙着掏袖子摸荷包，才想起钱在驴褡包里。人精子早已递过半两一块小锞子，笑道："这个连欠他的债都还上了。瞧你一家子也是老实人，不用找了。"惠丫头接了钱，忽闪着眼看了看三位客人，忽然脸一红，变得有点忸怩，躬腰一敛衽，细声细气道："谢大爷的赏……你们是菩萨心肠，老天爷照应着爷们呢……"说罢匆匆去了。

这里老汉摆出饭来，白面玉米黄白二色煎饼焦脆喷香，另有葱白儿、姜丝、醋腌蒜薹儿、红椒，芫荽，大酱碟儿里兑了小磨香油，还有生腌芹菜、豆腐丁儿……青白翠红满案扑鼻儿香。颙琰平生没吃过这色饭菜，葱蘸酱加小豆腐卷了玉米面煎饼，入口但觉齿颊生津。王尔烈吃了一口，便连叫："好，好！就这腌菜也和我东北不相上下！"老汉在旁吸着旱烟看他们吃饭，说道："只是这地分儿水不好。我们吃惯了也没什么，外来人消受不了。"人精子却似乎不在乎那碱水稀饭，煎饼卷葱猛吃，稀饭猛喝。

闲话吃喝中颙琰才知道这家姓鲁，淄川老家前年闹蝗灾落居这里，近村开了五亩碱地，变卖了行李家当在临路盖这几间房，专门照应驿道过往脚夫车把式挑担推小车一应苦作行人。颙琰因问："既然碱地能开荒，你多开些地不好？五亩能有多大收项？"

"地就在那南边。"鲁老汉用烟杆指指门外，"这地要用水洗才能种点高粱什么的。水洗过的地没劲，幸亏这镇上多的是牛马粪，沤出来再上地，夏天雨水多再洗。比我们老家种地费十倍的工不止。老伴身子骨结实还好，给人家过往客人洗洗衣裳，缝缝缀缀将就混个肚子圆。她去年老寒腿犯病，就算我一家子都病了……唉!"他满脸皱纹,仿佛在品咂旱烟的苦辣滋味瘪着嘴吮着烟嘴吞吐烟雾:"没法活命了……德州那边听说活计好找,他舅舅来说了,儿子闺女都去,儿子会木匠,惠儿能洗衣裳,针钱活计也好,正给他们凑盘缠,讨条生路去吧!"他舔了舔发干的嘴唇,沉默了。

王尔烈在旁听着,代这一家想想,也真是没有法子,因问道:"沧县既然不如淄川,你们回乡去不好?熟人熟土的到底有个照应,何必叫儿女们再去德州?"鲁老汉道:"这地方临官道靠运河。北京南京过来过去的大官多,还算有王法。我们家那块里进去就是青石山,大户人家一头通官一头通匪,忒霸道的了。今儿一个捐,明儿一个税,后日又是哪个大王来'借粮',一层层儿都压了小户人家身上。像惠儿这样的女孩子,出门走亲戚五里地都不放心,财主们巴结土匪,叫了佃户人家妮子进去'帮活',一个不对就糟蹋了——"他还要说时,惠儿已端着个条盘进来,大约在门外已听了这"不中听"话,红着脸嗔道:"爹!哪有这么多闲话!"人精子看那块牛肉,是整整一个牛后腿肩胛,上头带着汤锅里浮沫,犹自蒸腾大冒热气,整个屋里都弥散着浓烈的肉香和茴香桂皮香味,嘻嘻笑着接过来安在桌上,从腰中抽出一柄解腕尖刀割下一脔,说道:"小惠,这块筋胛板给我主子们薄薄切一盘。剩下的我来消了它!"

"不要了,我已经饱了。"颙琰连连摇手道,"王先生尽管吃,我是不用的了。"王尔烈也笑:"我连日晕船,只想清淡的,也吃饱了——倒要看你怎么吃完它!"

人精子笑道:"这点子肉何足道哉!干我这行的要不能吃,哪来的气力给主子出力卖命!"说着一刀切下,摞起又一刀,一大块牛肉分成了老粗砂碗来大四块,一手握卷饼,一手淋淋漓漓抓着肉,呜哧就一口咬下,满嘴油光光的,也不见怎样嚅动,登时就没了。他也不嫌烫口,一时葱卷饼子蘸酱,左右开弓往嘴里填,一时端碗喝粥,豆腐小菜一捞食之,并连牛肉一块又一块,肥腻腻油漉漉只情递送,竟似不怎么咀嚼,一霎儿工夫,连原来桌上剩菜都一扫尽净。众人都看得目瞪口呆,颙琰骇然道:"不连牛肉,你还吃了七张饼四碗粥,你这肚子真不含糊,别说吃,我看也看饱了!"人精子笑道:"这有什么稀罕?主子没见我七叔吃肉,三寸厚膘的肥猪肉,八斤吃下去,揉揉肚子说'将就事儿,别再破费了'。"

一句话说得众人都笑起来，颛琰还惦记着盐碱地的事，见王小悟号店回来，说道："鲁老板给他弄点吃的，他吃我们等——你方才说的用水洗地，要把大浪淀的碱水放进运河，几个夏天雨水洪水把这片地都洗出来，那要添增多少土地呀！""这位爷您可真是眼里有水。"惠儿在旁洗着碗插口道，"我们县前任季太爷来这察看，也是这么说的。说声放碱水，这里的富户都愿意出钱挖渠，老百姓说情愿出工不要钱，治出地来按工分。可下游是青县，从青县往运河放水，渠要从人家境里过。那头高太爷一张口要十万两银子。沧县是个穷地方儿，一时哪里凑得出那许多？这就撂下了。如今我们这换了柯太爷，说是熬碱也能挣钱。他老人家还以为这事容易，不晓得熬碱要手艺，要烧煤烧柴，要支锅盖作坊，说说又说'难'，依旧撂下了。"鲁老汉道："听黄花镇老人们说，三十年前这里好地府儿。大浪淀上下都通运河，淀子外一望不到头都种油菜，开起花来黄漫漫的，把村子都掩进去。淀子里出芦苇、菱角、莲菜，能打出斤来重的鱼来。后来运河几次清淤，又几次改道，上下都堵死了，碱花泛上来就成了这模样儿。"

闲话唠叨着，王小悟已经吃过了饭，打着饱嗝儿过来道："爷，咱们住后街蜂房钱家店。天这就黑了，洗个澡好好宿一晚，明个儿还得接着赶路呢！"颛琰这才笑着起身，对王尔烈道："这是厚道本分人家，多赏点银子吧！"说罢踅身出了店。他看了看天，苍雾雾的一片昏暗，街上黑魆魆的几乎没有行人，也还都没有上灯。透着门板缝约略可见临街人家晚炊的火焰闪烁不定。偶尔远处传来几声犬吠也是旋叫旋止，反而更增暮色幽暗凄凉。忽然，老大一片雪飘落在他脸颊上，几乎同时，王尔烈在身后叫道："下雪了！"

人精子拉着两头毛驴随后，小悟子打头带路，从店门口踅一个弯回到正街，颛琰这才知道：前街后街一房之隔两方世界。这边一街两厢看样子都是大户人家，即使不是店铺，一座一座的倒厦门也都吊着灯，粉橙红绿映得一片彩，各家客栈饭铺都还没有打烊，街上人看样子都是外地路过的，有的串街散步，有的在小馄饨担旁吃点心，有的像是牛马经纪，统着老羊皮袄蹲在房檐底下隔布袋拉手指讨价还价争得唾沫四溅。还有的醉汉满口酒屁臭嗝儿，趔趔趄趄摇荡着身子哼山东道情："王二姐在绣楼，空守了二八秋，思量起昨晚个那个梦，好不叫人羞……哎呀喂……好不叫人羞那么个依儿喂……"杂着各店里吆五喝六的猜拳声、罚酒声、说笑声，还有女人咿咿呀呀的唱曲儿声混成一片。

四人正走着，冷不防小巷黑地里两个女人蹿出来，一个搂住了王尔烈"叽叽"在他腮上亲了个红吻印儿，一个抱住了颙琰，绞股糖般扭定了撒娇弄痴："小哥哥屋里坐，有好东西给你看，包你百看不厌！"颙琰和王尔烈哪里见过这个？闹了个手忙脚乱。加着小悟子、人精子连吆喝带骂才撕拢开身子，王尔烈用手帕子一个劲擦脸，颙琰手足无措，摸摸帽子又拽拽衣襟，红着脸兀自心头突突乱跳，连连道："这什么话？这怎么回事？"那两个婊子勾肩拉手跑到暗地里，不知嘀嘀咕咕说了几句什么，突然发出一阵叽叽格格的浪笑。

"呸！"王小悟啐着笑骂道，"冷不丁的就蹿出两条骚母狗——这地方怎么这个德性！"人精子笑道："没有惊着爷吧！娼妇也分着三六九等呢！这是下三滥的野鸡——你到济南堂子里看看那些侍书，比大家千金还体尊些呢！"颙琰犹自心有余悸，捂着发烧的脸皱眉道："还要叫我堂子里去看看？我永不去那地方儿！"王尔烈想着方才光景直皱眉头，一眼见一家店面山墙上贴了许多纸，三两个过路人伸直脖子，就着小摊上的灯觑着眼看，便道："左右回店也没事。我看好像有什么官府告示，咱们瞧瞧吧？"颙琰一点头没言声，跟着走过去。

墙上贴的纸色甚杂，红白两色居多。大的可拟桌面，小的巴掌来大，有写"天皇皇地皇皇我家有个夜哭郎"的；有卖跌打丸狗皮膏药的；有卖春药的，"专治雄风不振，管保金枪不倒"；治杨梅大疮的"一敷光鲜永不再犯"……五花八门乱七八糟。倒真有一张告示式样的，写的却是启事：

> 奉钦差副使和大人讳珅谕：仰赖我大清列祖列宗深仁厚泽，我皇上数十年宵旰勤政夙夜匪懈，天下大治承平极盛，民殷而府实，礼兴而乐倡，文物典型春华繁茂。此世人所共知焉。德州处三省之冲要，挟运河驿道之利，轴辘相衔帆樯林立，四海富商货殖聚散，五湖贤达频临过往之地，乃学宫黉门破败不堪，庙宇园林凋散失修，街衢桥梁会馆堂肆皆不足观瞻，此我商家之责任也。用是德州十八行业主聚而议定，各自出资兴修馆驿堂楼，合资葺缮

学宫孔庙会馆庙宇，光大文明以足藻饰。奉德州知府徐讳彦光宪谕，特发启事文告周知。此冬闲之季，四方有欲谋工者，或擅山子野①，或精木艺瓦工、石匠雕工，皆可在本地投保具引，至德州码头兴工处报名投用，量材施用，工酬不菲。拟招用四千人，满员即止。见示有意者——

下面的角被撕掉了，但意思看得明了：德州在大兴土木，而且是奉了和珅的谕堂皇行事，印证惠儿兄妹要去德州做工，更坐实了是真。

颙琰一边看一边沉思，已是阴沉了脸，一言不发抽身便走。王小悟不知什么事触犯了这位"爷"，忙抢几步到头前带路，王尔烈二人也忙跟了上来。这一路七扭八折坑坑凹凹，众人谁也没再说话。遥见尽镇南头一盏米黄西瓜灯在风中摇荡着，上头写着"钱记蜂房栈"五个茶杯大小的字，已知是到了。一个伙计挑着盏小灯在门口守望，影影绰绰见他们四个过来，小跑着迎上，对王小悟道："这位爷，叫我们好等！嘿嘿……还以为您另找住处，不来这了呢！"

"笑话！"王小悟道，"我给你下了八钱定银，想捉我们老憨儿么？"说着牵驴要进大车门，那伙计狗尾巴颠连笑带哈腰点头抢在前头帮着牵驴，说道："是这么回事啊爷——方才您去后来了一批贩绸缎的客人。他们人多，还带着货，住小房子搬来搬去的也不便当。等你们又不来。小的左右为难，只好给爷们调了西院那三间上房，一样的独院儿，只是没有厢房……"王小悟笑着，听着听着变了脸："只怕没有那个规矩！老子十三岁走云贵道，下福建，什么店没住过？他有几个臭钱就挤了我们！你是狗眼不识金镶玉！什么绸缎商，叫他们腾开！"

那伙计一脸难色，强堆着笑赔着不是，还要解说，王小悟一把推开了，说道："叫你们掌柜的来！怪不得姓钱。原来钻钱眼里了！"颙琰止住了道："住西院就住西院，房子大小也就一夜，不要争这闲气了。"王小悟还要理论，看看颙琰脸色，没敢，嘟嘟囔囔到马厩上拴驴背行李去了。伙计如释重负带着他们穿正院，过一道黑魆的窄道进西院，又是开门又是点灯又是

---

① 山子野：善于设计园林的艺师。

招呼打净面水，殷勤得没缝儿可寻。王尔烈和颙琰一人一盆水泡着洗脚，王小悟伏蹲在地下给颙琰捏腿揉脚，人精子出院外转了一匝，回来说道："这是几个四合院打通了连起来的。西山墙那边是北院厢房。两位爷住东屋，这么着紧趁妥帖些。"伙计提茶给他们斟着，在旁说道："早先我们老掌柜的是放蜂收蜜发迹的；冬天放蜂箱要房子，几处院都买下了——爷们请用茶。这是自个院里深井泉水，比前街的水好了十倍去——后来没了菜花，养蜂不成改了这栈。这位爷说的不差，是几处院子连起来的。"又交代几句"小心灯火关门防贼"的话才辞了出去。

第十七回　黄花镇师生同遭变
　　　　　狠亲舅结伙卖亲甥

　　颙琰和王尔烈在东屋安置下来。"在家靠娘，出门靠墙"，颙琰的铺盖自然设在东壁下。进门一张床是王尔烈住。这屋子既小，两张床夹着一张桌子还有一把老梨木椅子，只剩下窄窄一条转侧之地。王尔烈船下步行半日，腿脚有点累，晕船的毛病却好了，精神焕发映得脸色泛红，靠墙坐在床上，就着油灯凝神看书。一转眼见颙琰双手捧着茶杯皱眉沉思，笑道："十五爷，人说你端谨木讷。我看不是的了——东宫里师傅十几个，侍讲二十几个，阿哥宗室子弟二十几个，日日在一处，看谁都一样——这次出差跟您几天，觉得和宫里看脾性举止都有不同。您才气内敛，只是个名山收藏，半点也不木讷。"

　　"是么！你看着书想这个，是一心以为鸿鹄之将至了。"颙琰一笑，目光熠然一闪，但也只是一闪而已，随即又变得恬淡自若，"公事公办出不来际遇。毓庆宫里规矩大，就是师生朝夕相处，读书作文之外揖让礼见而已，不能见真性，那就白头如新"①。他平素并不熟悉这个王尔烈，毓庆宫是康熙年太子读书所在，自经雍正朝之后，规矩越来越大，尺寸进退都有制度，总师傅（太傅）、少傅、侍讲、侍读层层地轮流当值，见面唯唯循礼如对大宾，退如游鱼相忘江湖。王尔烈也只是"知有其人"而已，只觉得他是个端学书生罢了，出京这些日子，头两天生，后来王尔烈晕船，水米不进昏得毫无精神，只是这半天同道，才算是有了点际遇。他原是觉得王尔烈有点木讷，听王尔烈说他"木讷"，这份爽直也使他好感。然他毕竟是个深沉人，天生少年老成，不愿过多流露亲近，因道："下船半日，炎凉世界判若天壤啊！一路见到那些官儿官话连篇，比照一下这百里荒地，怎么叫人不

---

　　①　邹阳致梁孝王书中语，意为一道共事相处到老，仍和刚刚见面那么陌生。

感慨？和珅还要在德州大兴土木花天酒地地闹！你今晚用我名义写信给刘墉，他这个正钦差是干什么吃的？由着和珅胡折腾！"

王尔烈放下了书，见桌上现成的瓦砚，倒了茶水橐橐磨墨，沉思着说道："十五爷，彼也一钦差此也一钦差，写信申斥恐怕于礼不合。和珅新学晚进第一次奉旨办差，无论心地如何，没有刘墉首肯，他不敢胡为的，左右我们就要和他们会面，听一听他们意见再说话不迟。依着我的见识，先给皇上发一份请安折子，把眼前情形奏知圣听，连那份启事也写录进去。我们到德州，皇上的批文也回来了。只是这要十五爷亲自缮折才成。我给您磨墨铺纸就成。"

"你说的是。就是这样的好。"颙琰说着就坐了椅上，见那笔秃不中用，喊了王小悟过来，把褡裢里的笔和请安折子取出来。他素尚俭约，见那折子红绫封面烫金压边，踌躇了一下道："就用这素纸，随分入常，皇阿玛不至于见罪的——小悟去吧——"他沉吟着缓缓濡笔，慢吞吞道："这份请安折子可以写给老佛爷和皇后……王师傅，我总觉得有许多话要建议，这一大片盐碱地老在眼前晃，种成作物粮食，或者真的仍旧满地黄花。那该多好！可又理不出头绪从哪讲起。"王尔烈不禁心下一阵感动，诸阿哥中他最看重的是八阿哥颙璇，出口成章才气横溢，为人处事落落大方，且没有一丝纨袴习气。这里一比，反觉颙琰务实坦诚，关心民瘼出于至情，和自己更贴近了些。顿了一下，王尔烈道："我一路也在想这件事。运河这一段是南高北低，想放掉大浪淀的碱水非从青县北决渠入运不可。若要根治，须得把大浪淀和堤外沟渠通连了，由沧县从运河放水，到青县碱水入运，把外边的水变成引渠变成活水，这就不是一县之力能办得到的。青县现归天津道，沧县又是沧州府治区。要办这件事，头一条要把青县划归沧州府辖理。"颙琰听得目光炯炯，说道："是！我心里模模糊糊的，不知这事谁来管。这就明白了。可以请旨把青县拨归沧州府，事权就统一了。"

王尔烈见颙琰跃跃欲试提笔要写，一笑又道："十五爷，还有更难的。我方才说的，其实是把这段运河分流为二。水势一分，运河舟楫航运就是个事。沧县再向南到德州这段运河要多注水，才能供得上这边的分流使用，因此上游运河要疏浚加宽。青县下游碱水回运，下游原来的河道要清淤，要加固堤岸。这是多大的工程？要花多少银子？又由谁来统筹治理？我们不懂水利，这要请旨，派能员干吏和河工上精通水利的官员实地踏勘。总之既不能阻断运河漕运，又把这段地用活水冲洗了，才是上善之策。"颙琰放下了笔也陷入沉思，良久，笑道："兴一利好难！你一边说我就在想，里边这道引渠可以由府县自筹工银。荒地治理出好田，我看百万亩地是有的，一亩地按七两卖，有七八百万两的银子收项，连运河疏浚的银子都有余，只是一时要朝廷抽这么多钱，交到部里要生出议论的。再说要像鲁老汉说的那样年年洗地，年年施肥，也实在太麻烦了。"王尔烈笑道："这个不必虑。我方才说的是'根治'。只要有活水常流，深挖沟排碱，碱花泛不上来，也就不是盐碱地了。真能照这样治理起来，这里双季稻都能种，十年之后十五爷再来看，准是鱼米之乡！"

"我这就写！"颙琰被他说得兴奋起来，一双眸子闪烁生光，"这样的好事，正是万世之利。我看是这样，拿得定的写成条陈，拿不定的建议皇上下部勘议集思广益。这样施为起来，算我出京办的第一件事情呢。我写后你再润色——叫王小悟去前街把那张启事揭回来，奏折附带，启事算夹片一并送进去。"王尔烈也不言声，侧身坐在床头，提起那支秃笔，他也真个好记性，笔走龙蛇顷刻之间已将启事背录出来。颙琰惊异地看了他一眼，没有说什么，就砚中提起笔来……

外面的风似乎更加狂烈，发着裂帛撕布一样的尖啸，又像猿啼狼嚎远远传来，从屋上掠顶而过。窗纸时而受了惊似的一阵战栗，一鼓一瘪掀动着，不知是雪粒还是砂石，击在窗棂上，打在门板上，一片声沙沙作响。这座小小屋宇不知历了多少年头，似乎经不起这风力肆虐，吱吱咯咯响动着呻吟。风大气寒的腊月天，炭盆子火焰也不旺，红中泛黄，像将死回光返照的人脸那样诡异难看。颙琰写得专注，勘勘收笔才觉得沁凉入骨的冷，刚要叫王小悟过来添炭，却见人精子拉了风门进来，便道："冷得很，这里加点炭，你们两屋也收拾暖和一点——你神色不对，出了什么事么？"

"没什么。"人精子道，"听见北院西厢里有人商量办坏事，来问问爷，咱们管不管。"

颙琰和王尔烈目光霍然一跳，颙琰一手紧紧抓着椅背，脸色已变得苍白，王尔烈问道："是黑店？是有贼？"

"爷们不要慌。"人精子道，"那屋里是几个人贩子。他们商量在这里买来的十几个姑娘要卖到广里。说有个叫威尔逊的英国鸦片商出大价钱买，还说先哄着她们到广州，再倒手一个能赚两千两。喊喊嚓嚓商量着，我都听了来，还要禀爷，鲁老汉一家怎么善性，她舅舅竟不是个人，人贩子里也有他！几个人贩子笑话他'外甥外甥女都敢卖，谨防鲁小惠她娘知道了一剪刀扎死你个狗东西'，他还笑，说'我姐病得七死八活不能动，怎么能知道？她要知道我送她儿子去跟洋人当跟班，女儿穿绫裹缎当姨太太，谢我还谢不及呢！'这个畜生，我听着恨得牙痒痒，一掌劈了这狗日的！"

"清平世界居然有这样的事！"颙琰苍白的面孔一下子涨得通红，一撑身子站起来，"前街住的都是沧州的衙役，带我的名刺，叫他们主事的一体给我拿下！"王尔烈道："这事容易，我出面去办！"人精子道："不成。里头还有一个师爷，我听他说话口气是沧州府衙的，来这里指挥关防。一口一个'我们府尊'，又说'县里也要打点'，他们都是一气的，前街衙役有一百多，店都住满了，声张起来反咬我们一口，现成亏就吃定了！"

王尔烈和颙琰不禁面面相觑。官府和人贩子合伙贩人，这太骇人听闻了！一时屋里静下来，呼呼风声中灯花"剥"地一爆，竟惊得颙琰一身起栗！许久，王尔烈才道："我们只有四个人，十五爷身份贵重，白龙鱼服，不能冒这险。叫王小悟去钦差座舰，发谕叫沧州知府、沧县县令到船上参谒，会同来黄花镇当面料理，十五爷看这么着可行？"

"不行。"颙琰冷冷说道，"难保他们就是一伙子蟊贼。也许府县令现在就在黄花镇！我们一传知，下头串供了，反倒落个捕风捉影的名声儿！这样，现在不要动，暗地里线上他们。他们卖人，总要上船到德州，途中拦截了一网打尽，严刑审明了连根拔掉，交刑部处置。"人精子道："照常理该这样的，我听鲁惠儿的舅说，'行李快上船，后半夜风大天冷，要弄暖一点，冻病一个路上没法张罗。'——看样子他们立马要走！"颙琰惊讶地说道："我们晚饭在鲁家。惠儿兄妹还不像要动身的样子呀！"

王尔烈道："叫起王小悟，在鲁家门口守着，有什么动静报过来再说。"人精子道："我方才已经到北院走了一遭，人都没睡，十几个姑娘都在北屋正堂有说有笑，她们还以为到德州山陕会馆去打杂工挣钱。我叫王小悟到鲁家守着，我守后半夜，看龟孙子们有什么动作。他这会子已经在那里了。"

232

正说着，便听外头风地里脚步声，王小悟一头闯了进来。他裹一身老羊皮袍，犹自冻得红头萝卜似的，又吸溜鼻子又打喷嚏，一进门就说："任爷真是老江湖，料事如神！鲁惠儿那狗日的舅舅真的去了，敲门叫着'天成、惠儿预备行李上船'我就赶回来了。我的爷，真没见过这个，天理王法人情都没有！这世道日娘的怎么这么黑，老北风也没这门凉！"

"杀人可恕，情理难容！"颙琰一击案咬着牙道。刹那间王尔烈觉得他的冷峻中带着异样的凶狠狰狞，未及说话，颙琰已在披斗篷，"走，瞧瞧去！"

外边果然又黑又冷。似乎是零星毛毛雪，夹着沙粒随风裹着，打在脸上钻进脖子里冰凉生痛，虽然都是重裘厚袍，心都像被冷气浸透了，觉得纸一样薄，出钱记客栈好远，王尔烈和颙琰眼睛才适应了那黑暗，见大地泛着淡青的雪色，才知道雪已经下了有一阵时辰了。此时正是更深子夜，连前街的灯火都撤了，寂寥空旷的街衢只能隐约听见老远处"梆梆梆——橐橐橐"的打更声，隔着风时断时续传来。正走着，从巷子口黑地里"呼"地窜出一个影子，一跃人来高，像是一条野狗的模样，直扑向颙琰！颙琰一个乍惊，扬起右手护脸，叫道："狗！狗！"趔趄一步几乎摔倒在地。那畜生正要再扑，走在前边的人精子倏地回身，也没有什么花哨张致动作，无声望空劈了一掌，那狗哼也没哼就软倒在地不动了。颙琰余惊未息，连连问："是狼是狗？是狼是狗？"

"是狼。"人精子道，"是条饿极了的狼。逮住什么撕咬一口算一口，没伤着主子罢？""没有。"颙琰颤抖着声气说道，"只是唬得我几乎走了真魂——这畜生忒胆大，我走在里边，它隔着王师傅来咬我！"王尔烈道："狼这种东西专咬胆小的。我家乡秋粮上场，全家老小露天守场，大人睡外边，孩子睡人圈儿里。""野狼总是跳进圈子里头伤人——今晚没有人精子，我这罪就百身莫赎了！亏了你好手段——我这会儿脚都是软的呢！"人精子笑道，"我也不防镇子里还钻进了狼！主子一顿五斤肉喂着我，伤一根汗毛我也是担不起的。"

说话间已到了鲁家小店门口，果然见屋里闪着灯光，影影绰绰似乎有三四个人在里头说话，人精子隔门望了望，回来小声道："除了小惠的舅，还有两个人，像是人贩子，正帮他们兄妹拾掇行李。主子，您说，拿不拿？"颙琰问道："你对付得了他们么？"人精子无声一笑，说道："这一号角色三十个人也不是我的对手，我怕的是惊动了满街衙役，伤了主子乱子可就大了。"

"不怕。"颙琰蒙在斗篷里的瞳仁晶莹闪烁，"路上我想定了，大闹一场也没干系。我要实地瞧瞧这里的府县官是什么料儿。"王尔烈本觉得照正理该与钦差座舰联络妥了，才是万全之策，不知怎的，他更想看看这位阿哥的胆气魄力，便不言声上前敲门。

是鲁老汉过来开的门，见是他们四个，老汉一时竟懵懂了，一脸迷惘望着颙琰，问道："这都半夜了，几位爷又赶回来，有什么事么？"里头三个人都坐在饭桌旁，一个抱个瓦手炉子喝茶取暖，其中一个四十多岁的汉子，像是那位"舅舅"，刁声恶气摆手儿道："不管投宿吃饭这里都没有！别处去，别处去！"

"我们有事要和你说。"王尔烈向鲁老汉点点头，侧身便挤了进去，接着颙琰、人精子、王小悟便也进来。风裹毛毛雪片立即随进来，吹得一盏豆油灯忽忽悠悠晃动灯苗儿。那"舅舅"仰着一张瓦刀脸问道："你们什么人？有这个道理么——半夜私闯人宅？"

颙琰把目光逼向了他，问道：

"你是惠儿的舅舅？"

"是又怎么样？"

"你叫什么名字？"

"叶永安！"

"你在德州做什么营生？"

"恒昌茂货栈的采办！"

"采办些什么货？到哪里采办？"

"生丝、茶叶、大黄、绸缎、瓷器、洋红、靛青，什么挣钱采办什么，北京、南京、天津卫，哪里挣钱到哪里！怎么？你是什么人？"

颙琰突然顿住了。他毕竟才十五岁，初入人间世道，从未历过事，见灯下那人目光睒睒凶相逼人，满口对答伶牙俐齿，旁坐的两个汉子也都满脸煞气，面目狰狞地盯着自己，仿佛随时都要扑上来的架势。蓦然间心头一阵恐怖，下头的话竟问不出来！王尔烈稍前一步，哼了一声，说道："我们是官府的！专管稽查缉拿作奸犯科的歹徒——我问你，你把你的甥儿甥女卖了多少银子？卖给了谁？"

这一问，连屋里正在安排儿女上路的鲁氏老太太也听见了，和惠儿兄妹一齐出了外屋。鲁老汉原是傻着眼听，一下子瞪大了眼。一家子四口站在门口盯着"舅舅"，又看看颙琰一干人，不知是在做梦，还是真的。半日，老太太颤巍巍问道："他舅，你敢情在德州又赌输了，卖我的儿女？"

"没有的事——姐，你别听这几个鳖子胡说！"叶永安脸上一笑即收，转脸向王尔烈道，"老子十三岁跑单帮，三十年的老江湖了！敲山震虎讹财诈钱的主儿也见过几个，哪里有你这起子胆大的！你们是官府的？问问他两个什么人——"他手指着，"他叫司孝祖，是知府衙门的，他叫汤焕成，是德州盐司衙门的！敢问你们是哪个衙门的？"

"不管你们是哪个衙门的，拐卖人口里通外国就是死罪！"颙琰见他夸耀身份，顿时胆壮起来，戟手指定了叶永安，"凭你们这狗颠屁股模样，敢问我的来历？呸！给我拿了！"

他一个"拿"字出口，人精子"喳"地答应一声，一个跃步冲上去，左脚甫落地，右掌疾如闪电，黄家有名的绝技"乱点梅花谱"——也看不清什么手法，司孝祖汤焕成和叶永安连窝儿没动，已被点了穴道，一齐翻倒在地，仿佛扭了筋般缩成一团！叶永安似乎会一点功夫，挣扎了几下，一个打挺骑马蹲裆站起身来，但上半身却不能动弹，扯着嗓门喊道："兔崽子们走着瞧！我日你八辈祖宗的们，敢在这地面招惹老子！"人精子狞笑一声，劈胸提起他来，一柄冰凉的精钢解腕刀比在他唇上，说道："我们爷有话问，你他妈再杀猪似的嚷嚷，舌头给你剜出来——嗯？！"

"白天这里运河过船队见了么？我们是十五阿哥钦差行辕的。"王尔烈对目瞪口呆的鲁老汉一家说道，"这几个畜生，还有你这个内弟都不是人！我们在钱家店里听见了，要卖你的儿女到广州侍候外国人，儿子当跟班，女儿当小婆——你愿意不愿意？"

鲁老汉哆嗦着嘴唇，白亮亮的眼睛灯下格外刺眼，死盯着叶永安，半晌问道："永安，你真做这事？你欠人家的赌债逃了，我替你还上，你卖我的小子闺女？"叶永安道："姐夫，我是那种人么？我是孩子他舅呀！"那鲁氏却是深知自己弟弟的为人，已是信了。她患着腿病，一直由儿女搀着，一挣脱了要扑上来却摔倒在地，就地瘫坐了拍掌打膝号啕大哭："老天爷呀……你怎么白给他披张人皮！大姐气死了，三姐气死了，你又来作践你二姐……你好狠的心呐……嗬嗬……这可真是不叫人活了……"

惠儿兄妹起初被这突然的变故吓呆了，弄蒙了，扎煞着手只是待着。那毛头小子此刻醒过神来，一窜过去抢过一柄切菜刀，咬牙切齿扑上来道："怪不得你说去德州，又说去广州！说广州离德州只有十几里，到那时一个月挣十几两银子，穿绫裹缎，还要接我爹妈去享福！你这——老狗！"说着就要用刀劈，却被人精子一把攥定了动弹不得。颙琰道："这里满街都住的府县衙役，小悟子去叫他们的头脑过来！"一语提醒了那个叫司孝祖的，身子歪着叫道："对了！叫我们的人来收拾这几个龟孙！"正说着，听见外头有人声动静，好像是几个人说笑着近来，有一个一边拍门板一边叫："老叶，怎么弄的？还没收拾好？叫我们在堤上头等，你们这里喝茶抱手炉子——敢情这屋里暖和！"

"老钱！"叶永安突然扯足了嗓门大叫，"快去叫起衙门的人——这里有劫盗！"歪躺在地下的司孝祖、汤焕成也直着脖子喊："救命啊！"外边那位老钱似乎愣了一下，隔着板缝眯一只眼觑着瞧，被人精子"嗯"地拉开门，老鹰嗛鸡般一把扯摔进屋里。他却甚是机灵，一个鲤鱼打挺跳起身来吼道："日他奶奶！真的有贼！吴成贵、田大发——快叫人来啊！这里有贼呀！"同来的两个人这才知道不是玩笑，一跳脚大声呐喊"有贼"噼里啪啦一路狼狈鼠窜，老远还能听见他们鬼嚎似的叫声："鲁家店里有强盗——拿贼呀……"顷刻之间镇子里失去了平静，门响声、狗叫声，叽里呱啦的吆喝声一片嘈杂，远处打更的大锣也筛得一片山响……

这屋里人谁也没经过这阵仗，一时都呆在当地。人精子道："眼见这几个狗娘养的通着衙门。主子，光棍不吃眼前亏，您和王师傅走，我和小悟子留着和他们打官司。大船逆水，我们的人没有走远！"王尔烈道："我们路不熟，出去乱闯是不成的。小悟子和你去追船，我和主子这里顶着，谅他们也不敢把我们怎样了！"小悟子一挺身子道："我自个去！人精子这护着主子别吃亏就成，明个我们的人来，碎剐了他们！"这么着争论，颙琰也醒过神来，说道："就是这样——小悟子去！"小悟子不待再说，提脚腾腾跑了。

两下里针尖对麦芒"各报各的衙门",鲁家一家原本已经"明白"了的事反倒又糊涂了。鲁老汉看看两拨子人,又看看自己一家,半晌憋出一句话:"这三位爷,你们弄这一出,我们小门小户人家可真禁不起。你们到底是做啥子营生的?"小惠却甚是聪明,在旁说道:"爹,你甭问。瞧这位少爷,比我大一点吧,能是寨子里的大王?他们要是强盗,还不都走了,留着等人来拿么?"叶永安在旁啐一口骂道:"小屄妮子你懂个屁,没成人胳膊肘儿就向外拐!这是起子江洋大盗,方才那人就是报信去了——他是看中了你,要劫你上山当压寨夫人,你他娘的还帮他说话!"几句话说得惠儿腾地红了脸,转眼看颙琰时,颙琰也正看过来,四目相对,忙闪眼低头,啐一口道:"反正我不信你是好人!"此刻七个人虎视眈眈,鲁家一家张皇失色,十一个人挤在一间屋里僵住,竟如庙中木雕泥塑一般,外面已是人声喧嚣,火把灯笼一片,足有二百余人围定了这里。

"把店门板都卸开。"颙琰事到临头反而定住了心,吩咐道,"这位大伯,要有蜡烛多点几支——王师傅,你来和他们对答,亮明你的身份。"

王尔烈心里一直打鼓,他最怕这群衙役一轰而入,黑夜里乱马交枪不及分辨一窝蜂大打出手,那就真不知会闹出什么漫天大祸来。谁知这些吃公事饭的衙役们听说有"劫贼强盗",只是仗着人多胆壮远远站着干吆喝,并没有敢奋勇当先的,已是心中略觉安顿。此刻门面大开,屋里又燃四五支蜡烛,里里外外通明雪亮,见颙琰全身浴在融融光亮里一动不动,自有的龙子凤孙气势,雍容矜持毫不张皇,由不得心下暗自惊讶佩服,就灯下向颙琰打了个千儿,起身又一躬缓步踱出店外。

喧闹的人群突然静了下来,数百双眼睛盯着这位沐浴在灯火中的中年人,一声咳痰不闻,等着他说话。

"我是北京翰林院的编修王尔烈。"王尔烈开口便自报身份,"乾隆三十六年二甲第一名进士及第。"

人群中一阵轻微的骚动,所有的衙役都呆了,看着被雪花和风裹着兀立不动的汉子,有的交头接耳,有的惊叹啧啧,有的满腹狐疑——"这一屋子人,谁是强盗?""这是个翰林?我看不像——那个年轻的是做什么的?还给他打千么!""我看像!是贼还等着咱们来拿?""咦,那个撂在地下的像是司师爷!""是他,我看是他,好像还有汤师爷……""那个愣小子倒像个强盗,你瞧他那副架势!"……嗡嗡嘤嘤的议论声中,王尔烈又大声道:"这里沧州知府是哪位?县令来了没有?请出来说话!"

连喊几声没人应答,人们只是面面相觑,不知是谁在人堆里尖嗓门叫:"我们高府台在刘寡妇家,睡觉睡瘪了,来不了!"话音刚落,立时引起衙役们一阵哄笑,有的龇牙咧嘴有的前仰后合,有的挂着水火棍剔牙看热闹,一场剑拔弩张戾气化得殆尽,竟是形同看马戏耍拳卖膏药一般。躺在地下的那个司孝祖急了眼,扭着身子仰头大骂:"殷树青,殷师爷!没见是我在这?娘希匹是来拿贼还是说笑格!"他一急连绍兴话也说得不三不四,前头几个像是县衙的人,仍旧笑个不住。正闹着,听见队后人群有异动,有人嚷嚷"殷师爷来了!"便听一个嗓门的在后头喝叫:"尤怀清,你带人从左路,于朝水你从中间,上!"人群立时一阵拥动,前边的人让出一条人胡同来。三十几个衙役捋胳膊挽袖子,提绳拖索挺刀拽棍吆吆喝喝互相壮着胆,"拿住贼有赏!""救司师爷呀!"气势汹汹扑了上来。

"你们谁敢!"人精子突然炸雷般大吼一声,一手提着那个司孝祖,棉花包儿般轻飘飘地"拎"出来,至门前拴马石桩旁立定了大叫,"大家听了!我是十五王爷驾前护卫!叫你们主官出来,我们跟你们主官理论!你们谁想犯灭门之罪,只管来!谁敢走过这根拴马桩,瞧着了!"他伸出左腕,相相那根桩子,一掌斜劈过去。人头来大的桩顶"嘣"的一声卸了下来。"——这就是榜样儿!"

走在前头的衙役们惊呼一声"我的娘!"支着架子又站住了,后头人仍在虚诈唬"上啊,上……啊""别叫走了!""快……快叫绿营的人来……"乱成一团胡喊。大约时辰久了,那个姓汤的师爷身上穴道解开,突然跳起身来,扬着两只胳膊大喊:"我盐政司有赏银,这三个贼拿住一个赏三千两!还有一个跑到河堤上的,拿住赏五千——兄弟们,他们就三个人,我们要发财啦!"

他这么发疯了似的歇斯底里大跳大叫,一时闹得颙琰和王尔烈手忙脚乱,上去捉他时,哪里降伏得住?一时屋里大乱,人精子顾了外头顾不了里头,连镇唬带吆喝总不中用。那二百多人顿时乱了营,"噢"的一片声呐喊着潮水般冲了上来!此时屋里所有红烛一齐熄灭,变得一团漆黑,只见无数支火把在门外黄灿灿一片杂乱无章地游走。颙琰急得大喊:"王尔烈!"被人声淹得一点也听不清楚,乒乒乓乓砸门打窗户声里两眼一抹黑几次往外冲都被挤了回来,正慌乱间,觉得胳膊被人挽住,人精子的声气在耳边说道:"主子别慌,有我保您的驾——咱们走后门出去。"觉得身子轻飘飘的,穿堂入室到了后院才眼亮些,人精子也不言声,胁下挟了颙琰"嗖"地一蹿已经到了院外荒郊野地里。走了老远,兀自瞭见鲁家院匝火把窜舞,听人喊着:"挨门挨户搜!到路口把守,到野地里捉……"

"此地不能久留。"人精子眼见火把四散开来,有的星星点点向这边围过来,擦一把脸上冷汗说道,"爷您请看,他们把房子点了,不拿到我们不歇手的……"颙琰看时,果然见鲁家院已经起火,火头已经上了房檐,他心里又惊又怒又奇怪:"这和鲁家什么相干,为什么要烧平人房子?"人精子苦笑道:"爷在深宫禁城,哪里知道外头这些无法无天的事!一是要给您栽赃,二是要把案子弄成盗案,盗案的赏银要比窃案贼案多出几倍!那个姓汤的肯出钱,这些人全都疯了,这会子红了眼,什么事做不出?"

两个人高一脚低一脚,不辨东西南北,不分沟壑渠坎只情奔命而逃,足有半个时辰才住了脚。人精子在这一带冰河环顾望望,说道:"主子,咱们遇到鬼打墙了!"

"什么?"颙琰身上汗毛一炸森竖起来,"什么鬼?"人精子道:"走夜道的人这是常事——我们又转回黄花镇了——我小时候儿讨饭有过几次。越急越转不出去,以为是鬼。大师伯跟我讲不是的。他说凡人都是一条腿长一条腿略短点,白天走路看不出来,夜里野地走,凭谁也走不直道儿。是弯的,弯成一个圈子就又回了原来地方儿……您看,那不是钱家蜜蜂店的烟囱?东边那处冒烟的不是鲁家?"

颙琰顺着他手指看着也认出来了。原来此刻房顶都白了,和漫地的薄雪连成一片,就是白天这样的天气也迷迷茫茫难辨方向,夜里这样混撞没个不迷路的。一阵风夹着雪片扑过来,颙琰才觉得前心后背冰凉,内衣汗湿了贴在身上说不出的难受。眼见镇子外阒无人迹,一片寥野,镇子里光亮闪闪鸡叫狗吠,还不时传来啪啪砰砰的敲门声,料是司孝祖的人还在搜查,颙琰心里一阵紧缩,踌躇着道:"当时太乱,王师傅出头的,我想必定吃他们拿了……小悟子也不知逃出去没有……"人精子沉默了一会儿,说道：“我忖度着王师傅怕是落到了他们手里。那个姓汤的出五千两银子，小悟子也是难逃。”他顿了一下，又道：“我闯荡江湖二十多年了，还头一遭遇这样的事儿。这也忒胆大过头儿了！他们真不怕抄家灭门？”

“可见下头这些胥吏何等无法无天！”颙琰被风吹得身上直打冷战，双手抚膺说道，“主官不在跟前，又有银子可图，别的就不去多想了。我料他们拿不到我们就会乱了阵脚。听起来这里县令口碑还好，待到天明事情就会分晓的。”人精子见他缩着身子瑟缩发抖，四下看看，指着西北边道：“那里像有个窝棚，好歹能遮遮风，主子，我瞧您有点冷得受不得。”颙琰听了没有言声，他的身子却慢慢委顿着瘫软下去，像被太阳晒融了的雪人萎缩下去，终于支撑不住，无声无息栽倒在地下！

“爷！十五爷！”人精子惊呼一声扑上去，轻轻摇晃他身子，又掐人中又摸脉息，连连问，“您怎么了？您怎么了？”他心慌意乱手足无措，已是吓得木了半边身子，带着哭音喊道：“您醒一醒儿……”正没计奈何时，颙琰动了一下，声微气弱说道：“这是……疟疾病儿犯了……真不是时候儿……”人精子这才略觉放心，在他耳边说道：“我抱您先进窝棚里安顿了。再进镇子想法子弄药。”说着，抱起颙琰就走。刚刚走到窝棚口，一脚尚未跨进去，猛地听里边有人断喝一声：“谁？你敢进来，我一剪子扎死你！”

人精子万不料这里边还藏得有人，一个垫步倒窜退出一丈有余，顿住脚想了想，柔声问道：“是鲁惠儿么？你怎么会在这里？”

“你是谁？”

“我是……下晚在你家吃饭的客人……”

“你抱的是什么？”

“是我们家主……他犯了老痫①……”

惠儿沉默了一会儿，轻轻叹息一声道：“唉……进来吧……”

这是庄稼人看秋用的窝棚，地下铺的是秫秸，两排高粱秸捆搭成“人”字形，北头风口也用高粱秆堵实了。虽说也是走风漏气，从外头乍进来，顿时觉得身上一阵暖意。人精子把颙琰靠东边平放下去，拢起秸柴掩了掩

---

① 老痫即疟疾，又称“打摆子”。

壁上漏风地方，不言声脱下自己袍子替他盖上，喘了一口粗气，说道："眼下也只能这样了。要能弄口热水就好了……"惠儿一直坐在西壁北边看他摆布，似乎在想什么心事，良久才问道："你们到底是什么人？现在镇里挨门挨户在拿你们！要是好人，衙门为什么要捉你们？要是歹人，怎么不远走高飞？"人精子道："你以为衙门拿的就必定是歹人？实话跟你讲，你们府台见我们爷也得磕头请安！要不为你一家，哪招来这场子事？"

"要不为你们，我们也招不来这么大事。"惠儿叹息一声道，"他们说我爹通匪，五花大绑捆走了，房子也烧了，我哥背着我娘不知逃哪里去……这窝棚他们也来翻过两次……天明了，这里也是藏不住你们的……""天明就好办了。"人精子道，"我们的人到了，教他们个个死无葬身之地！我就怕我们主子……现在哪怕有口热水也是好的……"

惠儿听了没吱声，人精子也没了话：这时分到哪里讨热水？过了一小会儿，惠儿衣裳塞窣站起身来，似乎犹豫了一下，便向外走去，人精子突兀问道："到哪去？"惠儿道："你听听他出气吸气又急又重的，像是发热呢！我干娘住那边，干爹也有个疟疾根儿，去讨换点水，说不定也有药的……你是怕我去报信儿啊——咱们一道去成不成？"人精子摸摸颙琰额前，果然觉得滚烫，脉息急促得不分点儿，呼哧呼哧呼吸着，身上不时惊悸地一抽一动……想想待在这里也真不是事儿，心一横对昏迷着的颙琰道："爷，咱们只有豁出去了，我抱您进镇子。放心……有人动你，我就开杀戒！"说罢，掬婴儿般连袍子裹抱起颙琰。颙琰在他肩头哼了一声，人精子忙问道："爷觉得怎么样？"颙琰只说了句"头疼得要炸了……"便歪了下去，人精子也不说什么，跟着惠儿大步向镇里走去……

此时地上的雪已有二寸许厚，镇里街衢映着雪光，极易分辨道路的，不一时来到一户人家，也是柴门小院茅房土墙，惠儿站住了脚，从门缝向里张了张，回身小声道："我干爹已经起来了，他是车把式，给东家喂牛的。"人精子努努嘴道："敲门。"

一阵剥剥啄啄的敲门声惊动了里边的老汉，一边开门出院，一边自语说道："今晚这是咋的了，三番五次敲门打户的？——是谁呀？"小惠隔门道："干爹——是我，小惠。"门"吱呀"一声拉开了，老汉隔着小惠向后觑了半日，说道："你家不是招了盗么？你舅方才还来寻过你。你后头那是谁呀？"

"这不是说话地方儿。"小惠说着便推门进院，招呼着人精子也进来，径入东厢屋里，这才对人精子道，"这是我干爹，姓黄，这里人都叫他黄老七，是给钱家大院赶车的——干爹，这早晚就起来喂牛么？这两位先生是北京过来的客人，昨晚遇了贼奔了我那里——说起来话长，这位爷发着老痫，热汤热水不拘什么先灌一口，你有治老痫的药煎一剂吃了看，到天明就走。"

黄老七皱巴巴一张脸盯着看了人精子二人多时，说道："先在这床上吧，捂上被子发发汗，这种病儿华佗爷也没法子——你舅二回来说立马要走，你娘在后头屋里给他预备干粮呢……这年头响马贼官府衙门还有传教的，都把人弄蒙了，分不清哪是好歹人，哪个窝子都有好人，也都有歹人……康熙老佛爷掌天下时候儿，哪来的这些事儿呢？唉……"他口中唠叨着出去抱柴了。

叶永安也要走！人精子和惠儿都愣了一下，但这晚上稀奇古怪五色迷乱的事太多了，二人索性不去想他，伏侍着颙琰躺下了，惠儿手脚不停添柴生火，烧火煎药。黄老七的老伴儿甚是贤惠，还窝了两个荷包蛋，细细下了一碗挂面，屋子里顿时热气腾腾，颙琰起初只是个冷，加了三重被捂着仍是上牙打下牙迭迭打战，头疼得像要裂开似的，满口谵语，一会儿叫："阿玛！"一会儿叫："额娘！"一会儿喃喃自语："王师傅……我的字怎么练也不及八哥……阿玛说过两次了……"喝了药又喂了半碗面条儿，这才回过神来，脸泛潮红闭目而卧，呼吸也平稳了。许久，睁开眼看着，轻声问道："小任子……咱爷们这是在哪？小惠……小惠怎么也在？"人精子赔笑道："主子，别想那么多，安生歇息一会儿。咱们这是到了好人家了。"颙琰点点头，看了看小惠，说道："我的勘合、印，还有奏折稿子都在钱家蜜……蜜蜂店里……得想法子取来……落到歹人手里不得了……"

正说着，听见外头有脚步声。小惠脸色一下子变得异常苍白，说道："我舅来了，怎么办？"

第十八回　穷家女不竟承贵宠
　　　　　智刘墉剪烛说政务

　　来的果真是叶永安。他身后还跟着一个人，一边在门洞里跺脚，扑打身上的雪花，一边抱怨，都是一口京腔："三爷我走过多少码头，这回算栽在你们这起小癞蛤蟆手里了！这算怎么回事呢？还要跟着你逃难！"走在前面的叶永安道："肖三爷，您省点事成不成？好意思的，这都是命！红果园要不出事，八抬大轿抬您您肯跟我来？这都怨姓汤的，他要硬顶着拿人，这会子——"他突然顿住了。嘴张得老大合不拢来，僵在东厢门口：他看见人精子站在屋里灶前，一脸冷笑在盯视自己！

　　"这可真是冤家路窄啊！"人精子目光阴郁看着叶永安，口气又缓又平，"你可真能耐！你赌输了家当，你姐姐替你还债，你又卖你姐姐的儿女挣钱发财！两千两银子，数目不错吧？还有你外甥子呢？男孩子是多少？你还敢反咬一口，说我们是贼！"

　　叶永安惊恐地看着人精子逼近自己，瞳仁缩得几乎豌豆大小，映着灯放着贼亮的光，腮边的肌肉一抽一搐，双腿抖索着向后退。突然他双膝一软"扑通"跪倒在雪地里，抡圆了胳膊左右开弓一记一记猛扇自己耳光，没口子说："大人饶命！大人饶命！我不是人！我不是人！我是畜生！我是畜生……"门口那个肖三爷起初看愣了，吓怔了，此刻醒过神来，大叫一声："不好！"掉头就跑，人精子隔着两丈许顺手一推，他竟没有逃过这一劈空掌，一个趔趄绊在门槛上，直摔出去掼了个狗吃屎！兀自在雪地里打滚挣扎，人精子一摆身子扑出去拦腰提了回来。那叶永安已连爬带跪在惠儿跟前磕头求饶："千不念万不念，念在我和你娘一母同胞……舅舅是糊涂油蒙了心，跟着歹人下了水，也是身不由己……屋里这位爷是贵人，只要你肯替舅舅求个情儿，高一高手舅舅就过去了……"他头在地上碰得砰砰作响，鼻涕眼泪地连哭带嚎夹央告："惠儿惠儿……舅舅早年不是坏人……

你小时候儿骑在舅脖子上看庙会，给你买小木梳扎红头绳儿……舅舅这是吸了鸦片，一步一步逼得走了这条道啊……呜……饶了你这不成器的舅吧……"

小惠原先兀立不动，听到后来已是泪流满面。人精子在旁喝命："跪好！都他娘给老子跪好！待会儿我们主子醒了再发落你们！"这才认真看了那个姓肖的，原是个秃子，光溜溜一个枣核脑袋一根毛也没有，在灯底下齐明发亮。人精子笑骂道："你是哪个庙的贼和尚，也跑出来当人贩子！"姓肖的大约吓破了苦胆，脸色泛青形同白痴，跪在雪地里只是打噤儿。惠儿哭着，一转眼见他这光景，撇了撇嘴，要笑又止住了，啐了一口正要说话，听见颙琰床上翻身，忙几步赶过去问道："爷，冷么？"

"我……热上来了。"颙琰喃喃说道，"扶我起来坐着，给我倒水……"他抖着手要揭掀那几床被子，却只翻开一个被角。惠儿忙扶他坐起身来，黄老七张罗着端水过来，说道："我也有这病，爷必定想喝凉的，那只一时受用，下回犯冷时更难受，就是温开水多喝一点的好……"颙琰就小惠手里将一大碗温水琼浆般一吸而尽，又解缚了背心，敞开袍扣靠墙坐着，虽然仍是热，小惠跟前已不宜再脱，但精神已经见好。喘气定心好一阵子，说道："方才的话我都听了，想必是我的身份明白了才有这事。小惠，你这舅舅真不是东西，你说，要他死要他活？"

小惠恨恨地看了一眼叶永安，叹息一声，低了头思量半晌，问道："我娘呢？"叶永安面如土色，巴巴地看着她，听见问话忙捣蒜价磕头道："你爹你娘你哥都在，都好！方才刘大人传话叫过去了，我们瞧着风头不对才……才逃出来的……"

"刘大人？"颙琰问道，"是刘墉么？"

"回……回老爷大人……小的不知道刘大人官讳。只知道是打德州来接钦差的刘大人……"

"同来的还有谁？"

"小的不知道……这里马太尊、刘太爷都传过去了。看样子是北京来的大官……"

这不用再问，必是刘墉他们迎到了沧州。不但颙琰松了一口气，人精子悬得老高的心也落了下来。人精子道："主子这会子病着，不必费精神问这杂种话。这样的东西活着只会祸害人,不如一掌打杀了省事!"吓得叶永安又复向小惠连连求告。小惠红着脸向颙琰蹲了个福儿,说道:"论起我这个'舅',这么没天理没人伦没王法,就死他一百个也不足惜儿,就我心里真是恨死了他——就算不是舅舅,是本乡邻居,有他这么下死手把人往火坑里扔的么?我是你的亲外甥女呀……"说着,眼泪已夺眶而出,掩面唏嘘着又道:"可说回来。他毕竟还是我舅……爹卖房子替他还债,妈说天不看地不看,就看着我外婆老了,算是替她尽孝……他家里还有我两个表弟,也都还小。杀了他,他一家子更没法过……"几句话说出来,竟真的触动了叶永安天良发现,突然伏地恸号一声,热泪长流,说道:"小惠儿……你别说了……你舅不是人……你也别管我求情了……叫爷一刀杀了我吧……"

"你要这么着说,我还能给你开一线生机。"颙琰见她甥舅这般样,心里也是一阵酸热,旋即抑住了,说道,"只怕你口头不似心头,这会子为了活命,半边天也许得下来,回头为了发财,你就又是六亲不认!"

"爷放心,您这么恩宽,我要不改还成个人么?您大人大量,饶了我也就是饶了我一家,您必定公侯万代……"

"你放屁!你知道我是谁?我是皇上驾前十五阿哥,现在就封着王位!甭拿你那些虚奉迎糊弄我。你改了还则罢了,你不改,哪天杀你,只是一句话的事!"

这一说,满屋里人都吃了一惊,跪着的肖三爷和叶永安也暗自对视一眼:他们一直以为颙琰不过是个跑行商家的阔少,不谙世情乍出道就出头管闲事,还充大头吓唬人,至此才明白原来竟是"当今"的儿子!小惠原以为他是外省哪个官宦子弟,是从京里投亲去的,颙琰举止安详稳重温文尔雅,少男少女原自有天生的温馨缘分,对他颇有好感,及至亮明是王爷,也不禁身上一颤,她偷瞟了一眼颙琰,见颙琰正看自己,忙低了头,心头一阵莫名的迷惘,隐隐觉得两人相距一下子变得十分遥远。她自己也说不清是什么滋味,抿紧了嘴唇,揉着衣角,脚尖不停地在地下跐动。却听颙琰又问肖三爷:"你叫什么名字?"

"啊……我啊……"肖三爷一阵慌乱,忙连连磕头,说道,"小的是北京西直门里人,做点杂货生意,是这里汤师爷拉我出来,说跑一趟广里能挣四五百两银子。糊里糊涂跟来才知道,他们是拐卖人口!小的是本分良民，也放点债，还在玄女庙里侍应供奉，实在是交友不慎，上了他们贼船……王爷……只求你高抬贵手，饶过我这一回……"他跑在门口外，已是淋得满头满脸的雪，化下来，也不知是雪水是泪，光头矗着像个葱笔头，模样要多滑稽有多滑稽，要多窝囊有多窝囊。人精子在旁要笑，忍住了，喝道："你放了一大溜子屁，王爷的问话还没回！难道叫我们也叫你'三爷'？"肖三爷忙又补上一句："小的叫肖治国。人们背地里叫我肖三癫子……"

顒琰听他说起"玄女庙"，似乎觉得耳熟，但此刻仍旧头痛，一时不能细思，身上热燥得也心烦，因道："把他两个捆起来，跪到外头房檐底下……"已是说得有气无力，又对黄老七道："劳乏你走一趟，去见见刘……刘大人……我的金鸡纳霜……金鸡纳霜……"说着已是半昏迷了，闭目仰卧着讷讷自语，却是任怎样也听不清楚说的什么了……惠儿连连叫着问："爷，啥子叫金鸡纳霜？"他也不回答，人精子道："是我们爷治疟病的药，放在钱家店里——大伯去刘大人那里一说他就知道了——快着！"黄老汉答应一声快步去了。惠儿和她干娘这边手脚不停，给顒琰灌温水，用温毛巾蒙在他头上换替着取凉，伏侍个不停。听得远处雄鸡高叫隔着雪幕隐隐传来，天已是黎明时分了。

顒琰再醒来，已经不在黄老七家，蒙蒙眬眬听得细碎的脚步声，似乎踩在楼板上的模样，觉得自己是悬空睡在楼上，眩晕得不想睁眼，一时便听人小声问话："十五爷身上热退了么？"

"没退净呢。"小惠的声气低声回道，"不过后半夜就睡稳了，不再说胡话。喂了两次盐白汤，喝的时候都半睡着。"

"小心着侍候，我就在楼下前庭，要什么只管找我。"

"是。"

"我去了。嗯……南边这扇窗户太亮，防着十五爷醒来刺眼，我叫人送块窗帘布，你给它挂上。这楼板对缝儿不好，你们来回走动脚步下轻一点儿，等爷稍安，给他换间房子。"

"是……"

接着听见窸窸窣窣的衣裳声，那人像是要走的光景，顒琰睁开眼看看，轻声道："是和珅来了？"

"是奴才，奴才和珅。"和珅已经到了楼梯口，一手扶栏一手提着袍角踮步正要下去，听见颙琰叫自己，忙转身轻步回来，凑到颙琰床前，哈腰问道，"爷醒过来了？这会子觉得怎样？仍旧是头痛？"

"你坐……"

"谢十五爷……"

颙琰这才打量周匝，果然是在楼上，一色的红松木板地，三间房都打通了，两道紫檀木屏风东西隔起来，离南窗一溜放着三个红铜木炭大座盆，红殷殷紫微微的火苗儿连盆边儿都烧得几乎透亮儿，大约怕过了炭气①，南窗一带开着三扇窗户，隔窗楼栏外可见外面白皑皑一片茫茫雪地，仍在丢絮扯棉下着大雪，吹进的风进屋顷刻就暖了。屋里陈设倒也不十分奢华，除了一张檀木桌、几张茶几靠椅之外别无长物，也许东屋是惠儿和伏侍人歇息的地方，中间挑起一道紫灯芯绒帷隔起，算是惟一的铺张——整个屋里既轩敞又不显着空落，设置得实惠又不落俗套，颙琰不禁满意地点点头，又见王小悟带着两个小厮站在楼梯口侍候，吩咐道："在炭火上放一壶水烧着。屋里太干了。"这才对和珅道："久违了，还是你在銮仪卫时见过。有一年多了吧？"

"是。"和珅笑吟吟在椅中欠身答道，"崇文门那边差使太杂，又不便去府里给爷请安，见爷的回数就少了。爷这会子觉得还好？"颙琰见惠儿垂手站在一边，笑道："麻烦给和大人倒杯茶。"和珅笑道："是我叫她过来侍候爷的，到这里她是一步登天了，爷怎么还说'麻烦'这话？"

颙琰敛去笑容，说道："她不是我的丫头，是患难之交，不能呼来喝去——刘墉呢？还有钱沣，都在这里么？你们怎么知道昨个儿的事的？"说话间惠儿已斟茶过来，一杯捧给和珅，一杯捧过来给颙琰，问道："十五……爷，您这会子气色好，用一点茶吧？"颙琰微笑着点点头，挣扎着要坐起来，惠儿忙放下茶，扳着肩头扶起他来，又拥一床被子给他靠稳了，捧过茶吹吹浮沫，却没地方放，颙琰也没接，不禁脸一红，讪讪地捧了杯站在床边。和珅低着头只装没看见，小心呷了一口茶，接着颙琰问话说道："这里是黄花镇最大的宅院，本地钱善人家腾出来暂作了钦差行辕。刘石庵

---

① 过炭气即中煤毒。

大人和钱沣、王尔烈都在前院，一件是审贼，一件是给皇上写折子奏报十五爷的事情。我们是十二月十三日接到直隶总督衙门的滚单。计算里程，昨天该到沧州。将近年关了，德州还有四千多饥民，且有传红阳教的，思量着等十五爷驾到请示如何安顿了再去济南。前天迎到沧州，上了船才知道爷在中途已经下船。这一带治安不好，原已经下牌子着沧州府到黄花镇来维持，哪里想到他自己就通着贼？——这是爷命中该有这么一劫，只差这么几个时辰这里就出了事！爷遇难成祥，蒙尘拂拭，旋即归复安详，这也是爷本命造化通天。"

这么一席话言简意赅，不疾不徐说得头头是道，还夹着几句似乎是"安慰"的奉迎，也说得分寸极当，颙琰原是对这人有几分厌嫌的，竟不由得生出好感，遂点头微笑，说道："本来无事，是我自寻出来的事，这可是佛经上所谓'心生，种种魔生'了。也是奇怪，我素来不莽撞的，不知怎的就挺身而出了——本来这种事等你们来料理，哪里会弄得这样落荒而逃？"和珅笑道："这是爷的仁心，有此一念可以通天，面对盗贼拍案而起，也是爷的杀伐决断。倘若交给奴才们料理，只怕就看不出这里沧州府的真面目了。爷虽吃了苦，为一方百姓诛锄元恶，爷又得深入民间，有为之身受无妄磨砺，算来还是得大于失的。""这是孟子说的'天将降大任于斯人'的意思了。"颙琰莞尔笑道，"我可不敢当呢！"和珅也笑，说道："阿哥爷们管部务的管部务，当差办事的当差办事。皇上可是殷殷期望着爷们呢！"

正说着，听见楼梯上脚步杂沓响动，和珅便站起身，说道："是刘中堂、钱观察和王师傅他们来了！"接着便见刘墉在前，钱、王二人鱼贯随后上来，和珅迎了两步，笑道："十五爷已经不相干了，我们坐着说了半日话了呢！"刘墉看着颙琰气色，笑道："爷这么铤而走险，可把臣吓了个半死！果然是看去好了，只是还苍白些儿。"说着领头打下千儿去。

"快都请起，请起！"颙琰在床上抬手道，"王师傅和我师生名分，更不必行这个礼。小悟子，给几位大人看座！"又问王尔烈，"他们拿到你，没有吃苦头吧？"王尔烈道："刘大人他们丑时到的，也没吃什么亏。最可恶的是沧州这个高玉成，已经在钱家店里搜到了我们的印和勘合引凭，居然敢把我们的行李物件藏起来，着力搜捕您！他是想杀人灭口啊！县令魏鹏举问他钱家店搜出的文案上写的什么，他还支吾说'没看'——这也忒煞是贼胆包天了的!"又道:"十五爷突然犯病,到现在想起来后怕。尔烈身为钦差随行官员,思虑不周赞襄疏忽,招惹出这么大的祸事,想起来就惭愧无地。百无一能是书生,请十五爷重重治罪!"颙琰道:"是我自己作的主张,王师傅何忧呢?快别这样说……我这病平时犯起来虽然难受,但从来没有昏迷过。前日晚上野地里当时就晕倒,这也真是令人不解——方才闭目躺着还犯晕,想着睁开眼还不天旋地转?真的醒过来,这会子说着话,反而好起来了,可不是透着邪?"刘墉道:"我方才问过大夫,他们说您不是犯疟疾,是个小伤寒的症候,寒热不定,是伤寒激动了爷的疟疾病根,所以疟疾也有发作。您安心将养几天,就好了的。"

颙琰默默点头,看刘墉时,拱背耸肩的,一脸倦容,眼圈也有些发暗,越发伛偻了。他和诸皇子虽不结交大臣,平日茶余饭后,偶尔也说及刘墉,是个公忠勤能有德有量的好人,方才觉得和珅不错,刘墉这份稳沉气质更对他的脾胃,因道:"今天不能说正经事了,就依着你们先歇息养病。我虽然也是钦差,其实还年轻,不通政务,只是个学习办差,观风察情而已。一件是国泰案子,是大人的专差,其余教匪猖獗、安顿盗户、绥靖治安、灾民赈济,看似各不相同,其实事事关联,也都不是小事,统是你来主持,我和王师傅只是拾遗补阙,给你参赞建议。刘大人,我们平日虽见面不多,令先刘老相国是我的太傅,把着我的手教过我写字的,所以是亲切的世兄弟,千方不要犯客气,只管放胆做事,我只有帮你的,断断不会有掣肘的事。"刘墉最怕的就是又来一位钦差,而且是帝室贵胄,阿哥"爷"们年轻好事血气方刚,"掣肘"起来既管不了也惹不起,听着颙琰说话娓娓絮絮如对良友,一片至诚溢于言表,心里泛起一阵暖意,却不肯面儿上带出来。因颙琰提及父亲刘统勋,在椅中一欠身才又坐下,说道:"刘墉不敢越礼,有事当然要请示十五爷的。就十五爷方才说的,'看似各不相同,其实事事关联'即是洞微知著的至理名言。十五爷,今天您太劳神了,先安心静养,这里的案子办完我们剪烛长谈,好么?"

颙琰不禁一笑,他的那些"洞微知著"的见识,原都自陛辞前乾隆的谆谆嘱咐,乾隆还说了"派你去不是信不过刘墉,你不能帮忙不要紧,万不可帮倒忙。前明宦官误国,就为不相信正直朝臣,派心腹太监监军,打一仗败一仗,一头叫外臣办事,一头又派人监视,办一件事坏一件"。其余的话都是一字不漏现炒现卖搬说给刘墉的，刘墉一夸，原来要说"这是圣谕"的话又吞了回去。因见他要辞，又叫住了，说道："且略坐坐再去。王师傅回头把我们遇事情由另拟一折，连同我们原来的请安折子一并奏进去。不要渲染不要夸饰，是怎样就怎样写。这也不是丢人事，所以也不用回避。用密折，传到外头又成了一台戏，不好。"

"是，这想得很周到。"王尔烈道，"一会我到楼下写，您看过再发。"和珅道："我们这边也写了折子，十五爷是不是过个目？"颙琰道："不要。你们该怎么办怎么办。不过最好也用密折，免得有骇物听——刘大人，按律令这起子人贩子该当什么罪？"

小惠的手哆嗦了一下，杯中的水溅出一点，她才意识到茶凉了，忙又去炭盆子旁重沏。听刘墉说道："这类案子每年刑部要接六七十起，比照案例，大都是流配黑龙江垦荒。"

"那就还是流配。"颙琰说道，"不要为我破例。我是皇阿哥不假，他们作案不知道这身份，你这里破例，往后比出来，杀人就多了。"

刘墉皱着眉思索顷刻，说道："该杀的还要杀。这个为首的叫殷树青，是知府衙门的师爷，通同匪类拐卖人口，与高某人狼狈为奸，还有栽赃的事，太坏了。且是把人卖给洋人，有伤国体，不杀无以儆后。还有个叫司孝祖的，几头对证，联络买卖人口，和广州十三行勾结贩鸦片，是他穿针引线，也是不能宽减的。案子还没审清，定谳之后我再来回十五爷，议妥之后上奏皇上。您别为这事劳神，这都有规矩制度的。"

"这么个案子，要惊动皇阿玛？"颙琰问道。

"是，因为事涉洋人。还有广州十三行。"刘墉笑道，"李皋陶离任广东，奏请恢复十三行，这才几个月的事儿，十三行就有买卖人口的事，这到底是个什么商家？要请旨彻查。"

颙琰嗫嚅了一下。他本是要为叶永安讨一条活路的，刘墉的话说得无懈可击，且是堂堂正正，反觉得碍难启齿。乾隆是极重华夷之辨的，广州人入天主教，进教堂礼拜都要捉了杀却，何况卖中国女孩子给他们淫乐！奏上去是一个也逃不脱个"死"字。但这一来，他在惠儿跟前不但食言，面子上也觉无光。和珅见他沉吟，略一想便知其故，因笑道："十五爷的意思我们明白了，横竖不愿张扬，更不愿杀人太多，我们理会得。爷一醒来就说事儿，太累了，午饭后爷再好好睡一觉，晚间我们再过来请安。"说着，三人同时起身告辞，王尔烈自也下楼草拟奏章去了。

楼上一时安静下来。颙琰昏晕一天多，醒过来就说这长时辰的话，也甚觉劳顿，就被窝半仰在床上，两只眼忽悠悠悠闪烁着凝视天棚，也不知在想什么心事。惠儿给他服了金鸡纳霜，熬就了的冰糖银耳汤调了一小碗端过来，用调羹勺儿轻轻搅着，说道："十……五爷。"她还不惯这个称呼，试着叫了一声，见颙琰并不在意，才自然了些，"十五爷，这也是和大人送来的，我方才尝了，实在是好得不得了。说是最能清热败毒的。您喝一点，再安稳睡一晌，敢怕就好了的。"

"哦，好——还'不得了'？"颙琰一笑说道，"既如此，你喝掉它吧。我不想喝。和珅这人我一直在想，精明太过了点吧，柔媚小意儿太周到，反而不成大器。"惠儿笑道："我可没福消受这个，没的折了我的寿。原来您大睁着眼看天花板，心里在挑剔别人——和大人做恁大官，待人又谦和体贴，怎么您反而瞧不起人家？"颙琰笑道："我是说他不成社稷之器，专在邀好人意上头用功夫。比如这碗银耳汤，再好也不能替了五谷杂粮。做板凳椅子的料儿，就算是檀香木，能当梁柱使用么？谦和周到体贴是处人常情，你看宫里那些宦侍太监，哪个不是又谦和又周到又体贴？照你说的，也都是好的了？"

"宦侍——太监？"

"对，也叫阉寺、阉人、珰人。"

"这叫我更不明白了。"

"啊——这么说不成。你看过戏没有？"

"看过。"提起看戏，惠儿眼中闪出喜悦的光，"关帝庙那里社会，都唱大戏，《拾玉镯》《锁麟囊》《柜中缘》《打金枝》——"

"对了，《打金枝》里头，公主吩咐人往门上挂红灯，挡着驸马不许回府，那挂宫灯的就是太监。"

"哦——我想起来了！"惠儿拍手笑道，"那叫老公儿！是专门儿在宫里头当差的——那都也是周周正正的人，有甚么不好的？"

她这样天真，灵秀里透着混沌未凿的傻气，颙琰竟是从没见过这色女孩子，儿女子家常嬉笑絮语中，但觉心目为之一开，精神也爽快起来，因笑道："他们不周正，都是废人。"

"废人？"惠儿睁大了眼，"都是瘸子拐子聋子，或是——瞎子？戏上下是这样的呀！"

"他们都是阉过的人，所以又叫阉人。"

"什么叫阉人？"

"听说过阉猪阉牛没有？"

"没有，十五爷说的真稀奇，什么叫'阉'？"

颙琰没辙了，想想毕竟不能说明白，一笑说道："你慢慢长大了见得多了就知道了——说这会子话，我倒觉得精神去得，有点肚饿了——小悟子，叫他们给弄点吃的来。"站在楼梯口的小悟子听他们对话一直在笑，忙上前问道："爷想吃点什么？"小惠趁他们说话，往几个炭盆子里加炭，扇起了焰儿，见颙琰还想不出吃什么，笑道："十五爷病刚见好，一定不能用荤，就是清素些儿的软饭。依着我说，醋、香油、葱花儿、姜丝儿、蒜末儿加盐拌起来，稀稀地下一小碗京丝挂面，调匀了趁热连汤吃了，准保是好！"小悟子道："既这么着，你下厨亲自给爷做，只怕爷吃得更香！"

"成，这有什么难的？"惠儿半点也没听出小悟子话里有话，"现成的开水现成的面，转眼就得——十五爷，你这一想吃饭，就是病要好了。阿弥陀佛，宁可早些好了罢！"说着轻步循阶下楼去了。小悟子见颙琰挪动身子要下床，忙过来替他套袜子蹬鞋，一边系着腰带，说道："依着奴才见识，这女子虽说出身寒贱些，模样儿周正，心眼儿也好，不如就叫跟了爷。虽说有奴才还有太监，都是粗手大脚的，跟前起来坐下的有个照应还是女孩儿细密些。"

颙琰望着楼外漫天大雪，扶着小悟子肩头站起身来，想到外头廊下眺望景致，肚里空落落的身软腿颤，只好依桌坐了，这才说道："你说得是。不过先要帮她把家安顿好，你去私地见见刘大人，出豁了他舅舅的罪——这是我答应过她家的，不能食言。要好生说，不要依我的势去压人家。她就愿跟我，我说过的，也不能拿她当使唤丫头，要再买两个丫头伏侍她，余下的事回北京再说——你懂了么？"说着，听见楼下有人上来，便住了口。一时果见惠儿端着一碗热腾腾的汤面上来，大约碗热，烫得她颦眉蹙额的，碎步快走把碗放在桌上才舒了一口气，嘘吹着拇指看着颙琰笑。

颙琰也笑，端起碗来尝一口汤，立时热香酸鲜齿颊生津，满腹暖烘烘拱上来，不禁大赞："好！一碗面也做得色香味俱全！我在宫里头生病，太医说一句'有火'，就弄一间空房子关起来，只管喝水不管饭，任你叫破嗓子哭尽眼泪，总归是不理你，这就叫'败火'。头疼脑热也就一味饿肚子，饿得你前胸贴了后脊梁，给你一碗粥——比起这个真是天上地下了。"他大病初愈胃口特好，却是自小养就的"节食惜福"惯了的，吃完了那碗面，已是通身大汗，用毛巾揩着脸连说："好，以后再病就是这饭！"却不肯再要。

"爷也真是的。"惠儿收拾碗筷，又替他拧一把毛巾递上，娇嗔道，"这回病没好就说'再病'，也没个忌讳！——您说的'败火'可真逗，那是太监们使促狭治您，您不会告万岁爷治他们？"颙琰道："万岁爷小时候儿生病也这样，代代传下的祖宗家法，你告谁去？——那碗银耳汤你把它温一温喝掉吧，白扔了可惜了的。"

"您不是说那是太监汤？"惠儿道，"我不喝那太监汤！"说着端了空碗下楼去了。颙琰怔了半日才憬悟了她的意思，和小悟子对视一眼，都笑了。小悟子道："奴才去见刘大人，主子还有话吩咐没有？"

颙琰摆摆手道："没了，去吧。"

接连三四天休息将养，颙琰的身体已见大好，便要商议启程去德州的事。这个小小的黄花镇上住了两位钦差，其中一个还是"太子"，锁拿了沧州的"高太尊"，府县三个师爷和七个人贩子都枷号在关帝庙外的冰天雪地里，大约是亘古也没有过的事，早已轰动了四里八乡的百姓，满街连日都是冒雪走几十里来看热闹的人。当地几户缙绅人家联了股实富户大宅门地主，联名上禀片请求接见。"瞻仰风采，光华桑梓"之余，吁请磨碑勒石纪胜的，捐资以助荣行的，告穷求免捐赋的，直呈冤状恳求申雪的，甚至节妇烈妇请旌立坊，族里不合争分地界种种鸡毛蒜皮申告禀帖都送了进来，钱家大院里外地面的雪都踩得绷磁溜滑，中院廊下送来的礼，大到成匹的绫罗丝缎、辂车大轿，小到点心果子包儿，还有一封一封的银子，都有专人看管，垛得满廊都是，活似行将起运的百货大贸栈的光景儿。那颙琰起先只是接了一包茶叶，弄到这样子不禁着忙，一边命人去请刘墉，又叫王尔烈上楼商议。

"我这才知道当清官难，难于上青天。"颙琰一见王尔烈就笑，示意王尔烈坐了，笑道，"还有个送戏班子的，我给打回去了。这些东西断不能入私，只是该怎样料理，请师傅来商议一下。"

王尔烈精神看去甚好，雪白的马蹄袖翻着，用碗盖拨着茶沫，笑道："一是上缴，缴给户部发皇商变卖入库；二是缴给地方上，让他们列个清单给我们，余下的事由他们料理，这是省事的。"

"户部我不知道？现下就过年，年货送他们就地分赃了，我才不作养这起子龌龊杀才呢！缴给地方官，我看也是人家俗话说的'肉包子打狗'。"颙琰道，"你说这是容易的，难的呢？"王尔烈道："也没有什么难的，略费事些。"他沉吟了一下，"我看了看，总值两三万上下罢。吃的用的，粗重搬不走的，可以就地变卖，像那些猪羊鸡鱼，六十岁以上老人每人分一斤。再加一斤酒过年。变卖出来的钱买米来，有一等过不去年的赤贫，还有讨饭大雪隔着不能回乡的，大人三十斤小孩二十斤分了它！"他没说完颙琰已听得脸上放光，击节称赏道："好！"

王尔烈接着说道："还有细软金银物什，统计核价坐实了，请刘大人留人监护，在县里把文庙黉学修茸一下。府县教谕训导这些官儿是苦缺，分他们一百两银子好好过个肥年。这事不能让府县衙门胥吏染指，一交给他们就算水泼沙滩上了。"颙琰连连点头，默谋了片刻，说道："这真真是功德善举！不过……还要和刘墉联衔出一张布告，把措置办法都写进去，说明这是朝廷的恩德，秉承皇上以宽为政拳拳爱民的至意，恤老怜贫，使鳏寡孤独皆得安生营业。这么着可好？"说完又补了一句："我不能独占其功。"王尔烈一边听，已经揣出了这位阿哥"逊功"的本意，拉上刘墉，这就做得体面堂皇，高标"皇恩"，就不至于有哗众取宠的嫌疑，小小年纪有这样的心计，也真的令人刮目相看。想着，待颙琰说完，问道："要不要缮折奏明皇上？"

"不要。"颙琰说道，"这是小事情，喋喋不休累牍上奏。为一善而恐人不知，显得小家子气了。"

王尔烈脸一红，自觉失言了。他虽为东宫洗马，其实阿哥们在宫中所受何等熏陶，祖宗家法挤兑出来的聪明，阿哥们之间连着后妃之间微妙的勃谿争斗，历练得一身防卫本领，绝非外人能略窥壶奥三昧的。颙琰自知，不管自己如何办理，怎样谦逊，刘墉绝不敢真的来"分功"，依旧要老老实实具本直奏乾隆说明情由，王尔烈却无论如何领略不到这一层。

"王师傅，你在想什么？"颙琰见王尔烈呆呆的，一笑问道。

"我在想……"王尔烈憬然回过神来，"我在想我初中秀才，府试小考取了个第一名。从试场出来，撒欢儿跑腿回家里，赶紧把喜讯报给老爷太太。这么一比，十五爷的心胸志量就看出来了，我……许是器量太小了。"

"不是这样的。"颙琰心中一丝愧赧划闪而过，温言说道，"你那是孝心，想招父母开心一笑，不是这个比法。"他一笑接着道，"我这也是孝心，不去向阿玛讨功邀好，踏实做事。你知道，天家无私事，这是给皇上料理家务。你要是在家扫扫地，给父母倒杯水，都要到父母跟前卖弄，那才是真的小气了呢！"

这是极能体谅人的话了，全用的格致功夫，君子爱人以德，细微入于毫厘，王尔烈但觉胸中一团热烘烘暖洋洋的气拱上来，正要感激陈词，惠儿从楼下上来，抱着一堆刚洗过的衣物，对小厮道："到钱家房东那去借个熨斗来——十五爷，下头刘大人他们都来了，任大叔叫我问爷，这会子见他们不见。"

"我说呢，这半日都不见你，原来洗衣裳去了！"颙琰一见惠儿，眼中立时闪露出喜悦的光，"你看你，手都冻红了，裥子边儿也湿了，头发上头也有水珠子！这些个粗活，吩咐出去他们就做了，还用到你来动手！"说着起身，对王尔烈道："王师傅，你先请，我换衣服下去说话。"两个小苏拉太监忙赶过来替他更衣。卜忠打开包裹递着朝冠、朝珠、朝服、朝靴……一件一件装裹起来。顷刻之间，颙琰已换了个人似的——片金缘金黄色蟒袍缀着绣文五爪九蟒，外套了石青底色四团龙褂，腰间束一条四行龙卧龙带，打着汉玉坠儿，却是明黄金线结络打络子，金黄缎里紫貂瑞罩，上绣四团五爪金龙，左右各有两根垂带，也是金黄色，顶金龙二层青狐朝冠，勒着朱纬，帽沿嵌着红宝石，十颗榛子大小的东珠耀目闪光，一条佛珠似的蜜蜡朝珠端正挂在项间——这么一装扮，真是一举步浑身宝气放光，静立端凝渊渟岳峙。惠儿自出娘胎，几曾见过这等人物衣裳？已是看得怔了，一手拈针一手捏线也忘了纫针儿。颙琰也不说话，冲她一笑循阶下楼去了。

楼下已是满屋子人，正庭两厢的屏风都撤掉了，八个太监恭肃垂手，侍立在楼柱东边，沿壁至门到楼外滴水檐下，站的都是礼部和刑部跟随侍从的护卫、戈什哈、亲兵马弁，迎楼梯一张八仙桌旁摆着几把椅子，却都空着，一溜肃静回避牌子静静矗在八仙桌两边。颙琰看时，王尔烈站在东首，西首首位是刘墉，接着是和珅和钱沣，钱沣下侧身后还站着几个官员，看服色是道员县令，鹄立观地连头也不敢抬，颙琰便知是盐务和漕务上的官员也都到了。人精子腰弯得虾也似站在刘墉身边正小声说着什么，一转眼见颙琰下来，忙却身退回王尔烈身后。和珅便叫："钦差王爷驾到！"刘墉弓着背，半偏着脸似乎在思量什么事，被这一嗓子喊醒了神，"啪啪"两声打了马蹄袖率先跪下：

"臣——刘墉恭请圣安！"

下边几十号人听这一声，像一齐被撅动了机簧的木偶，又像被拉动了皮影杆儿的驴皮片子，打袖——提袍角——下跪——一齐高呼"臣等恭请圣安！"响得连楼上的惠儿也忍不住一探头下窥。

"圣躬安！"颙琰在楼梯口南面而立坦然受礼，一摆手算是代天作答。接着含笑一把揽起刘墉，说道："石庵公，亏你照应！"又对众人道："大家请起！"他目光扫视着众人纷纷起身，脸色已变得端凝阴沉，举手让着道："石庵、致斋、钱大人、王师傅请安坐。"转脸问道："哪个是德州盐运使？"

一个矮胖子皮球似的从人丛后滚了出来，双下巴蛤蟆脸苦着，四肢着地趴跪在地下，一磕头身上的肉一哆嗦，说话结巴里带着颤音："奴、奴、奴才……桂清阿……给、给、给十五爷……请请请罪！"

"你有罪？什么罪？"

"汤、汤、汤焕成是是是……奴才衙门的，师爷……他、他、他……他勾勾勾……勾结匪、匪、匪匪匪、匪类，谋、谋、谋、谋害十五爷！这、这、这、这一条，就……就、就……就啊就是，奴、奴、奴……奴才的罪！还、还、还、还还还……还有……"

他歪着脖子，窝口拗牙，脸憋得紫涨了，听得众人耸鼻蹙眉替他着急，无奈这毛病儿越是着急害怕，越是发作得没完没了。颙琰还是头一次见这号角色，起初以为是他无礼，怄着和自己玩儿，心中已是恼了，后来看看才悟过来是口病，不禁又好气又好笑，冷冷说道："算了吧，这么着说到天黑我还是莫名所以。不说你的罪，就你这副好口才怎么坐堂办差？王小悟！"

"奴才在！"

"摘掉他的顶子！"

"喳！"

鸦没雀静的沉寂中，王小悟大步走向桂清阿。桂清阿五个手指哆嗦着旋下帽子上的青金石顶戴纽子。他刹那间变得嗒然若丧，舒了一口气，嘴一咧，已是两行热泪长流。

"退一边去！"

颙琰斥退了他，这才说道："失察下属，纵容幕僚在外为非作歹，自然要给你个小小处分，我还不致摘你的顶子。汤焕成在鲁家店悬赏拿人，拿到我们三人每人赏三千，拿到报信的王小悟五千，一出手就一万四千两银子！你盐政司好大的手面！"

第十九回　奸和珅一石投三鸟
　　　　　晦国泰密室计对策

　　刘墉和珅钱沣和王尔烈原也料到颙琰窝了一肚皮火，必定有一番发作，却都没想到他撇开沧州的府县不问，头一个先拿盐政司打下马威。且摘了顶子却没革职，不问汤焕成和桂清阿是否通同作案，先说钱，一时大家都有点摸不到头脑。刘墉觉得这年轻人看似稳重，其实心里没有成算，下车伊始问案，至少该和自己有个商量：现既已如此，只好走着瞧，回头下来再慢慢转圜。王尔烈和钱沣也不以为然，金银铜铁矿、茶马盐（人）参木，都是利源所在，一万多两银子有什么稀罕，汤焕成临事信口开河许愿悬赏，从情理上说不能归罪盐政司，贼盗案子却问起钱来，有点不着边际。两个人才相识几天，彼此不熟知，想头一样，只在座中交换了一下目光。和珅却是另一番心思，桂清阿和高玉成底下见面，已经缴了"议罪银子"黄金五百两，还有五百两一个月内凑齐送上。乾隆给太后造金发塔正急用的东西，因也就笑纳了，心照不宣"余外"的孝敬是"来日方长"的事，也都话外有话地说了。他一门心思要保高玉成和桂清阿，却怎么好和颙琰拗劲儿？

　　"还有这个高玉成。"颙琰却不理会众人心思，点着案上一份花名册问道，"大约已经拿下了？"

　　钱沣就坐在他身边，见问忙欠身道："是，已经革职，正在写服辩，没有传他。"

　　"让他关防钦差驻跸，绥靖地方治安。可他倒好，去睡女人！"颙琰铁青着脸道，"可见他平日所作何事！老百姓的口碑如铁，无论富无论穷，无论钱债出人命，私地合了算拉倒，千万别见高玉成——他就没这档子事，我也不能容他！"他顿了一顿，放缓了口气，"一见面就没给大家好颜色，不是我颙琰存心刻薄。据我看，就沧州这地面儿，吏治败坏到这份子上，说出事就要出事，出事就不是小事——你沧州的衙役就算误会了要拿我，烧人家鲁老汉的房子干什么？——沧州府县的师爷都要拿了查办，衙役们全部开差，另换新人！"

他前头说的都对，查办师爷也顺理成章，"衙役全部开差"是根本做不到的事。本来垂首静听的官员们立时一阵轻微的骚动，虽然没人说话，互相顾盼着拉衣襟跐脚挤眉弄眼的，甚不安生。刘墉见不是事，清了清嗓子说道："十五爷是恨铁不成钢啊！清平世界朗朗乾坤，一位嫡脉的龙子凤孙竟会在运河岸驿道旁犯难蒙尘！就这件事而论，不但是我大清开国没有过，廿四史中乱世割据也极少见的。里头有个肖三癞子，还是邪教里的人物。真的出了大事，激出变故，朝廷的法统尊严，十五爷的名声体面何存？"

他老官熟谙洞悉宦情，轻轻点出"名声体面"四字，颙琰立时已明白自己激忿之下把话说过头了——一个堂堂皇子，千金之躯，半夜三更被几个小贼撵得走投无路，传到宫里，再经太监小人润色渲染，还不知造作出多难听的谣诼中伤言语来！颙琰想到这一层，心里已是着忙，呷着茶只是沉吟，却听刘墉又道："幸而是有惊无险呐！十五爷临危不乱当机立断，一边巧为周旋，一边暗自调度，所有贼匪，无一漏网。反思回顾，我这个刑名出身的钦差大臣先就愧惶无地！各位老兄也该扪心自问，你们就在这地方，有的还是地方官，如果平日敦睦教化有方，保甲连环缙绅大户善为监护调停，哪来这样的三不管地面，匪盗贼寇又何由乘隙作乱？——这件事没有完，我和和大人要联名写折子请罪，诸位老兄，沧州府的同知、守备、驻沧县的营兵管带、沧县县令、府里教授训导、县丞县学教谕，凡有功名职分的，都要写出服辩文书，送呈十五爷处核办，待十五爷裁度处分。"说完，用询问的目光看看颙琰，又道："还请十五爷训诲！"

"该讲的，刘大人都说到了，就照刘大人的指示办。"颙琰不知怎的，倏然间想起乾隆有一次抚膝长叹，"什么玉旨纶音？什么'圣明在上臣罪当诛'？都在那里唱太平歌，打太极拳！说起来朕似乎想怎样就怎样，是定于一尊的天子，你这里疾雷闪电狂风暴雨，到下头都变了味儿，仍旧的风不鸣条雨不破块——不在其位不是个中人，哪里知道朕的难处？"如今事在自身，他也体味到"难处"了——你就是苦心焦虑说煞，下头人自有他们的章程，万变不离其宗敷衍你。你就雷霆大怒恨煞，还得指望这群人给你办事！他无奈地咽了一口唾液，说道："眼下就要过年，农闲季节社会集市多，要防邪教滋事，一头镇压，一头要安抚赈恤。过了年要备耕备荒，到麦收入仓才能安顿住人心。还要防着大户欺凌佃户，弹压小户抗租抗赋。各位大人不但要办好自己的差使，也要留心政治治安。我和刘大人虽然差使有分别，但都在山东，有什么事要随时报上来。"说罢端茶，人精子闪出来高叫："十五爷端茶送客！"

于是众人纷纷辞出如鸟兽散。这里两位钦差三个属员拾级上楼说话。

"崇如，"颙琰令众人安坐，自己也坐了，接过惠儿捧上的茶，不胜感慨地说道，"我还是太嫩，虑事不周啊……真要驱散这群衙役，还要再招募，不但费事费钱，都是生手，差使也误了。"因见钱沣和王尔烈端坐不语，恭肃如对大宾，又笑道："钱先生我藩邸里久仰了，王师傅也是自己人。这里不是外头，太拘谨了反而生分，你们随便点，有什么见识建议只管说。"王钱二人忙微笑合身称"是"。

刘墉接着颙琰话口说道："我和十五爷的心是一样的。任你官清似水，无奈吏滑如油。想起来就恨得牙痒痒。但十五爷想，搜人拿'贼'，是师爷下的令，烧房子是为逼'贼'出逃。拿对了有功有赏，拿错了有人担当，这都是通天下玩熟了的把戏，再不值和他们计较的。还有，吃衙门饭的大都是祖祖辈辈留下的，开革了他们，再招募来还是他们族的兄弟子侄。本分人家谁进衙门？勉强招来生手，不会办差，仍旧要误事的。"王尔烈道："官是虎，吏是狼，您赶走一群饱狼，招来的又是一群饿狼，敲骨吸髓刮地三尺，更是凶狠贪婪。"钱沣也道："官是虎，吏是伥。我没有当过外任官，但要胥吏不依势揸油，自秦始皇以来不曾有过。"

"先帝爷曾经说过，吏治是一篇真文章。"颙琰被他们说得心里一阵阵泛起寒意，"就是当今皇上，虽然以宽为政，吏治上头从来也没有懈怠过。你们有你们的专差，是要办国泰的案子，眼见要到年关了，不知现在情势怎样？你们几时到济南去？"

刘墉没有立刻回颙琰的话，沉思着掏摸烟荷包，从竹节筒里抽出火煤子深深吸了一口，徐徐吐着浓烟，良久才道："临出京我和和珅、钱沣反复计议过。圣旨里没有说专办国泰的案子，但国泰是手眼通天的人物儿，难保没人给他通风报信儿。但通省亏空库银一二百万两，要遮掩得天衣无缝大约也难。所以他只有挪了西墙补东墙，先尽着省城首府县这些库充实了糊弄敷衍。我们在德州兴土木、建学宫，营造苏奴王陵，赈灾放粮，一者是掩一掩国泰耳目，二者这里水旱码头人口密集，聚那么多灾民也确实容易滋出事端。国泰不是易与之辈，拿不到证据不能动他——我已经派人暗访去了。"他嘴角吊起一丝微笑，"已经有了消息。国泰这年恐怕不大好过。"

在德州大事铺张奢华原来为的掩住国泰耳目！颙琰原是对此颇有成见的，至此不禁释然，王尔烈和钱沣大约是一样的心思，觉得有点意外。和珅却吃了一惊，立刻不安起来：一到德州他就密地见了国泰家人，带口信给国泰"正月十五之后启程去济南，省垣重地不可掉以轻心，其余亏空也要赶紧补入库中。不然我也保不下你"。这个刘墉貌似忠厚稳沉，不哼不哈的在底下还有这一手！更令人惊疑的，刘墉压根没有讲过在德州这些施为是做给国泰看，更没有给自己通气说已经"暗访"去了。这些措置是不是专意防范自己的？像是在回答和珅疑窦，刘墉磕着烟灰又道："我给黄天霸写信，国泰的案子已经初见眉目，叫他黄家倾巢出动，和青帮那些人侦察国泰的庄园房产钱庄当铺生意货栈，三天前驿使口信，还有保定一处没有到，正在开列清单。十五爷，那真是个令人咋舌的数目啊！"

"我说呢！这个刘墉住在德州兵马不动，不走了！"颙琰已是听得喜笑颜开，笑谓王尔烈，"原来在明修栈道暗度陈仓！国泰这么富，那好，我请旨留一点，治好这片盐碱地！和珅，你在德州募集了多少钱？——你在想什么，有点走神儿了的模样？"

"啊？啊？"和珅吓了一大跳，回过神来还有点惊魂不定，不自然地一笑，说道，"我在想……崇如大人是连我也疑上了。这么多事连我也蒙在鼓里。"刘墉笑道："你胡思乱想些什么？跟你的那群人都是临时从理藩院调来的，国泰的亲弟弟就在理藩院！我左右也难说就没人给国泰通风报信。机事不密就会竹篮打水一场空。皇上在我的请安折子上朱批，'叫和珅唱好前台戏，你只管明松暗紧布置，他要知道就做不好看了'，我敢违旨告诉你么？"和珅听着，这解释无论如何透着勉强，想抱怨事先不让自己看折子，但他自己给乾隆的草折也没给刘墉看过，而且离京时是和珅出主意，除了会议大事共同联折，禀事折子各写各的，防着小人窃了密去。现在竟都搬石头砸了自己脚面儿！心里暗恨刘墉老奸巨猾，既然抬出了乾隆，就有一车的话也只好都笑着吞了，自说自解道："岂能有抱怨的心？只是意外些罢了。出京我就说过惟刘石庵马首是瞻嘛！我就是你的马前卒，你叫往哪里我哪里快去！"他极是心思灵动的人，已经想好，反正没有片纸只字的证据在国泰手，何必自惊自怪杯弓蛇影的？瞧着能保就帮一把，帮不得那是国泰的命里注定！

这么思量，和珅口下也就越说越畅利："王师傅几次和我说，十五爷要治理这块盐地。我想了想，从德州向西南到邯郸一带，上千里的盐碱滩呢！往北到天津卫西，也都是咸水，治好了都能变成稻田。爷既然动了这个心，手面不妨大些。请旨着户部和漕运总督衙门实地派行家踏勘，治出地来那不单是收粮食，能安置多少无业贫民呐！这是社稷大事万年基业！"他放下手中茶杯，仿佛眼前就闪动着滚滚稻浪，双手比着拢来，"千里碱滩变良田！这里水土和小站都是一样的，打下的米都和珍珠似的，半透亮儿！直隶山东两省从此就不用再调粮进来，还能补给北京多少用粮？——这真是功德无量！晚上睡觉一想起来，我就又高兴又着急，睡不着觉呢！"王尔烈和钱沣都是阅世不深的书生，听他说的令人憧憬神往，眼中都放出喜悦的光。刘墉却深知这么坐而论道不啻画饼充饥，却也不便说什么，只笑着一口一口吞云吐雾。

"你既然这么想，就是与这功德有缘。"颙琰起初也是怦然心动，但他和王尔烈商议过治理黄花镇盐碱地的事，以区区两县这么一块地，尚要再开一条排碱引渠，和珅这计划是何其浩大的工程？要多少人力钱粮？粗粗一想便知是和珅投其所好临时想出来的。"大而无当华而不实"八个字在心中一划而过，眼神已变得黯淡了，只一笑，说道："你只管把条陈写出来，请旨施行。我在皇上眼前举荐你来主持！"

和珅不禁一怔：今儿怎么这么不顺？我请示户部勘察，你顺势就把差使砸过来！现我眼见就进大军机，你倒让我带民工蹚碱水滩子修田？人一天都有三昏三迷，我这是怎么啦……他不敢再说下去了，嘻地一笑收住："这得要靳辅的魄力陈潢的才。奴才怕没这大本事。"这一刻王尔烈也醒过神来，笑道："还是先照十五爷的筹划，把黄花镇这一带治好，朝廷百姓见了实在好处，银子也有人也有，分段循序治理出去，这才切实可行。"

"我这就到德州，然后再去兖州府。"颙琰知道这事议论下去没完没了，因笑道，"那是孔圣人的故里，怎么总闹抗租抗粮的事？我的钦差行辕不动，就设在德州，你们该怎么办照自己的章程来，有大事行文咨会一下就成，我不干预。"他犹豫一下，又道，"盗贼出没饥民遍地，不是歌舞升平之时啊！修文庙修学宫我都赞成。给苏奴王陵封土，大造园亭酒肆，还有会馆，听说妓院也新建了十几座，和文庙对峙而立相映成辉！一夫不耕，天下必有饥者，一妇不织，天下必有寒者。这要虚耗多少人工财力？崇如公，你到济南，这些无益的工程还是停下来吧……"

他语气不重，却说得毫不含糊。刘墉三人屁股已经离座，又坐了回去。刘墉说道："德州这次兴工，是和珅钱沣建议，我同意了的。十五爷以为不妥，我回去一定照爷的指示办理。只是有些工程工料都已经备齐，正建到中途，忽然下令停工，浪费太大，也易给小人趁乱贪污可乘之机。可否暂时不下禁令，维持原来的会议意见，我的面子是小事，别让缙绅们说出政府出尔反尔的话就成。"

"你们的面子也不是小事。"颙琰说道，"不要下禁令停止工建，地皮钱和捐银加重些，让他们望而却步。还有，由德州府出面，凡买卖良家妇女到妓院的，那些个老鸨儿王八头儿大茶壶，跑经纪的捎客，枷号罚银子，建在文庙附近的妓院限期另选地方，这么着不禁是禁，他们也就知难而退了。"

一句话，派衙役三天两头搅扰捣乱，土木工程也就自己"无疾而终"，这就是颙琰的办法，刘墉算是头一回领教了他这份阴柔，和珅因刘墉说是自己的建议，一心思量着怎样挽回，心里恼着刘墉，却嘻嘻笑道："十五爷，这办法最好！摊子大了，原来我想着不好收场，还和石庵公说过，这不合朝廷重农抑商的宗旨。十五爷这一提点就明白了，这里工程越招人越多，不但容易出事，乡里的地撂荒了谁种？我们到济南去，把这汪水阴干了就是！"颙琰方笑着点头称是，不料旁边的钱沣却道："夫子之礼有经有权，不能以偏概全，四民①之中商居其一，以义为本取利，圣人不禁。和大人在德州广兴土木，我是赞同的，现在和大人变了主张，我没有变。这没有什么'不好收场'的。我体会十五爷的王命，是担心农民进城做工撂荒

---

① 四民：即士、农、工、商。

了土地，怕虚耗了钱粮，糜烂奢华之风兴盛，卑职以为是多虑了！"

这真是一语既出四座皆惊。颙琰给了刘墉台阶，刘墉含糊，和珅见风使舵，就腿搓绳儿完事儿了的事，孰料他横中出来点这么一炮！刘墉和珅都半张了口呆坐着，不知怎么说好了。惠儿正倒茶，愣神间茶水也溢了出来。

"哦？"颙琰自打出娘胎，除了乾隆时加庭训拂拭，还是头一遭遇到钱沣这样面斥其非的，怔了一下，笑容已凝固在脸上。他没有发作过外臣，有点不知所措，而且自己有话在前叫人"随意"的。但自尊心被这一刺，已是流出血来，冷冰道："还有'以偏概全'？愿闻请教！"

"不敢！"钱沣一拱手说道，俯仰之间气度从容英风四流，"管子《侈靡篇》有云：'夺余满，补不足，以通政事，以瞻民常。'使'富者靡之，贫者为之'，所以'雕卵然后瀹之，雕橑然后爨之——把鸡蛋画上花儿煮了吃，木柴上雕了花儿用来烧饭！十五爷，德州兴修土木，出钱的不是政府，是四方行商大贾，来做工的是乡里贫民。政府不花钱，贫民劳作换钱赡养家口，这是一举两得的事呀！"

"你说的是管子。孔子呢？"

"温良恭俭让，攸为五德，孔子还说，贫者士之常也，俭者人之性也。"钱沣直面凝视颙琰，静静说道，话语中隐隐带着金石相激的颤音，"于一人一家，俭是美德，于国计大政，也应从俭，所以卑职说这是权宜变通。北宋皇祐二年两浙大饥，范仲淹守杭州，倡导佛寺、官舍大兴土木。这一年两浙惟有杭州没有流徙之民。当时杭州监司弹劾范公'不恤荒政，嬉游不节，公私兴造，伤耗民力'，范公自辩'所以宴游及兴造，皆欲发有余之财以惠贫者。贸易饮食、工技用力之人仰食于公私者，日无虑数万人。荒政之施莫此为大'，范公一代忠良名臣，不得为非圣无法。"

这一节说得有理有据掷地有声，颙琰刚刚说过"饥民遍地"的话，便觉驳斥艰难。但他前头话说得斩钉截铁毫无余地，就"俯就"而言断断没有那个理，一时竟僵住了。正没计奈何，刘墉说道："你不要和十五爷争了。管仲也不是圣人，范仲淹就是赤足完人了？他的这一套恤荒之法，到了南宋成了规矩，穷奢极欲偏安荒淫，所以才有亡国之变。礼有经有权，还是以经为本，这才是理国正道。"

本来到这里，钱沣唯唯谢过也就完事了。但他似乎凿方眼得十分认真，侃侃又道："管仲是圣人表彰的仁者，范仲淹是千古贤臣的楷模。这件事眼见是富人掏荷包，穷人得益，何乐而不为呢？俭是奢非不能一概而论，北宋真宗年间有奢逸之风而四海晏然，神宗勤俭求治反而盗贼交起！所以《吕氏春秋》不以先王之法为法，审时度势，该俭处俭，该用奢时就用奢。一句话说透了，民为贵——老百姓挣到钱吃饱饭，谁肯做贼造反？"

颙琰越听脸色越难看，他的母亲魏佳氏出身寒苦，自小掰着口喂饭，牙牙学语时就教他"俭省些，别充大尾巴鹰"，耳濡目染，养就的"俭德"，多次蒙乾隆当众奖赞。钱沣这一套说得就是天上掉花儿，尽自驳不动，也还以为是"异端"。顿了许久，情知再争论只有更僵，因徐徐说道："权宜之计说到底仍是'权宜'。今天不再议这件事了。你们回去商量一个章程，禀奏皇上知道就是了——去吧。"

"执拗！"听着三人下楼脚步去远，颙琰狠狠将茶杯一蹾说道，"言伪而辩——查他是不是受了人家的好处！"

"言伪而辩"是孔子诛杀少正卯时数落他的罪名的一条，意思是说起歪理头头是道。这里引出了指向钱沣，站在一旁出神的王尔烈不禁吃了一惊，见颙琰气咻咻的，踱过前去一笑说道："十五爷先别生气。我方才在一旁听，心里在比较，和珅和钱沣这两个人，不知哪个好些？"

"当然是和珅！"

"他好在哪里呢？"

"……"

颙琰语塞了，偏着头紧思量，却想不出"好处"来。

"我来替十五爷说。"王尔烈莞尔一笑，"事情是他们三个商定施行的，刘墉或者另有深心，和珅识时务，钱沣不识时务。"

"唔？唔！"

"十五爷已经说了钱沣'执拗'，和珅绝不执拗。他的心思比钱沣灵动出一百倍。十五爷不信，再召他们，说您已经变了主意，要他们在济南照德州如法炮制，和珅准保赞同，妙语如珠说您'从谏如流，器量宏大'。"

"唔……"

"心逆而险，行僻而坚，言伪而辩，记丑而博，顺非而泽。"王尔烈道，"少正卯这五条罪，孔子说：'天下有大恶五，而盗窃不与焉。'五罪居其一，不得逃君子之诛，这是比贼匪更重的罪。钱沣既然是'言伪而辩'，那就有可杀之理。"

颙琰不吭气了，呆呆地看着小惠叠衣裳，心里一片茫然。王尔烈知道他已心动，徐徐下词问道："十五爷嚼过谏果没有？"

"就是橄榄。"王尔烈补一句说道，"《本草》里有注，此果'其味苦涩，久之方回甘味'。昔年圣祖在位，郭琇、姚缔虞一干名臣，在君前直批龙鳞，圣祖有时被顶得怒气勃发，却从没有挑剔过他们品行，更没有惩罚过。世宗爷的脾气爷也是知道的，发作起来满殿人人股栗个个失色，孙嘉淦尤明堂都顶过他，有时气得先帝浑身直抖脸色苍白，处分时却是'高高举起轻轻放下'，为什么呢？——

"孤臣难得、谏臣稀有啊！……钱沣这人以往和我没有过从。这次也只是偶尔见面三言两语的点头交情。他持论是非我还没有想透，但他是坦诚直言的人，明明白白的大丈夫！十五爷……如今这样的人可是越来越少了啊……"

颙琰一直没有插话，只静静地听，双眉拧紧了，仿佛吮吸什么似的噏着唇眺望窗外，至此，站起身来缓缓踱至木榻旁。惠儿已把他所有的衣服物件洗净熨平叠好了，正在打包裹，忙退到一边，小声道："十五爷，你的樟木箱子那夜里叫人给砸烂了，小悟子说得熏熏香才好。我不会……"

"常换常洗的衣服还会虫蛀了？我不用熏香，皂荚洗出的衣服就最好。"颙琰说着，取过一条卧龙带看看又放下，又亲手抽出自己常披的饰貂羔皮大氅，到楼梯口对王小悟道"你去走一趟，把这个赏钱沣。不，赠给钱沣——这么冷的天，我看他穿得太单薄了。"他回转身来对王尔烈道："王师傅，是我想事情左了。你接着说，我听着呢……"

五天之后，颙琰自德州沿运河到济宁下兖州府拜谒孔庙，刘墉一行走陵县、临邑、济阳旱路直趋济南。这是过了明路的，一路滚单驿传三百里道路骁骑不绝。每日行踪止宿，时时都有人报知巡抚衙门。

自北京看折子师爷书房莫名其妙地销声匿迹，山东巡抚国泰心里很是慌乱了一阵子，派尽了手下曾在北京当过差的回京打听，刑部、大理寺、顺天府和内务府探了个遍，回来却都是众口一词，说几个师爷"卷款逃逸"。想下海捕文书捕拿，在北京地面上外省巡抚玩不转，只能靠顺天府去办。他倒不是心疼"书房"里存着的那几千两银子，几个师爷负责和京官联络，一手托两家，知道的事情太多，落到顺天府手里不定惹出多大的祸事，因此只好忍了。他自己的事肚里明白，只是个鸭子凫水，上头静底下紧划拉，着令省里藩库和各府县库"不拘何法，着速弥补"，一头连连给乾隆上折，说赈灾，讲备耕备种备饲料备农具，报天气晴阴，写请安折子……条陈奏片几乎每天都有，又连连给纪昀于敏中写信陈说山东政情——条陈奏章书信联翩鱼翔雁飞，不为套近乎，只在察看朝廷对自己颜色如何。

从回馈的书信谕旨看，却是"没有毛病"。纪昀于敏中照例每书必回。乾隆的"颜色"也没变，有一次奏说"湖南稻种不合山东水土，一传再传秭谷空穗甚多"，还蒙乾隆圈点加批"此是汝留心处，各省巡抚亦当留心"。一语慰藉，他几天都欣慰得抱着奏折子摸了又看，睡不着觉，接着于敏中拜相入军机，又有内廷信息和珅也是钦差——于敏中能升官，于易简就没事，和珅吃进自己几十万，他当钦差我怕什么？——这么一着想，一颗心已是放下了。

饶是如此，听到刘墉动身来济南，国泰的心还是一下子悬了起来；老刘统勋正直立朝，是人见人畏的忠贞老臣，这个"罗锅子"虽然不及乃父声名，不受苞苴之贿也是有目共睹的，说是来山东"查理赈荒"，就这四个字就语焉不详得叫人扑捉不定，焉知他不是要立功进军机，来拿自己开刀？最可恼的是，和珅笑纳了自己那么多的银子，连封信也没有，一声谢也没有，见自己的信使连句定笃的话也没有！这人油滑灵动得书本上没写过、戏里没见过、鼓儿词摊上没听过——他葫芦里卖的什么药呀？

在空寂无人的巡抚衙门签押房里，国泰一杯接一杯喝着酽得发苦的普洱茶，旱烟抽得满屋云腾雾罩，眼睛都想绿了，仍旧觉得不得要领，他轻咳一声，对窗外问道："于藩台到了没有？"

"济南地面邪，说曹操，曹操到！"外头守护的戈什哈未及答话，便听有人笑道。接着帘子一响，于易简已经进来。他们平日熟极了的，也不见礼，于易简顺手撑起亮窗，回身坐了，笑道："中丞，满街都热闹翻了，阖城军政衙门出动，铲雪垫道搭彩棚彩坊，香花醴酒迎钦差！你请的戏班子在前院直脖儿吊嗓子——越往后走越静，静得森人，进了屋又满世界的雾，犹如身在庐山中了！"他白净面孔中等身材，长相走姿坐派都像乃兄于敏中。只大约公务太忙熬夜，或者是酒色淘的了，眼圈有些发暗，脸上也带了青煞之气，腮边肌肉也耷下来，看去有点松弛。此刻他却精神十分去得，连说笑带比划："怀庆堂的戏还是前年进京看过，和纪中堂一道去的。叫天子扮的林冲，一嗓子喊出'好——大雪！'满堂彩！方才我瞧见他了，手里掂着竹篾条教徒弟立倒桩儿，一个不对上去就是一篾条，这回他扮柳梦梅，你下海客串杜丽娘，我打鼓板，咱们好好热闹高兴一回！"

"给谁看？"国泰突兀问道，他舒了一口长气抬起脸来，于易简才看出他目光阴郁，深邃得像见不到底的古井，刹那间他也感染得心里泛起一股寒意，脸上也没了笑意，问道："中丞，你像是心思很重，出了什么事儿？"国泰点火抽着了烟，只吸了两口，又烦躁地磕熄了，闷声说道："必定要等出了事才着急么？他们原说要在德州过年，临到过年又急匆匆赶来！你想过没有，其中有没有别的文章？"

于易简见他神色严重，原是担了心事，听见这话，不禁一笑，说道："我还以为你在内廷得了什么信儿了呢！这事只要换过来想就明白了——他是来山东赈灾恤荒的，一入境就蹲到德州不动，在那里灯红酒绿花天酒地，不怕御史们参奏？十五爷没来，他们原说在德州的，十五爷一到，他们也说走，我看他们是挨了十五爷的训斥了！"国泰出了一阵子神，叹道："这一层我已经想过了，还派人到刑部探听过。刘墉这人虽是书生，刀枪不入油盐不浸，算得上个厉害角色呢——就怕他明里在德州张致，暗里叫刑部的人访查我们错处。谁知竟不是的——于中堂那边有没有信给你？"于易简道："有信也是三言两语，和他说不成事情的。自他晋封大学士，还没进军机，亲戚朋友一人一封信写来，让我们读司马光的《拒客榜》，还说张廷玉一生谨慎，老而贪名败身，不足为楷模，又是说宗亲子弟穷愁不能举箦的可加照应，谋差说事讲情的免开尊口！门关得死死地六亲不认，谁揭不开锅了给谁一升米！"他似乎对于敏中颇有芥蒂，国泰一问出来便大发一通私意，"十年前他还不跟我一样？还跟我说过'官当得越大，人味儿越少'。如今轮到他自己了——谁变蝎子谁螯人！"

"你们毕竟一个祖父，打断胳膊连着筋的亲情。"国泰叹道，"孙士毅调广州，你想补云南巡抚的缺，于中堂没帮你的忙，大约因为这个你不满意？老弟……你太不够斤量了！你以为他说一句话你就能当上巡抚？慢说他当时还不是军机大臣，就进了军机，上头有皇上，下头有吏部！你得知道，大清祖宗家法没有专权臣子，他还要讲个避讳不是？你这点子心事我知道。我也这把子年纪了，官也做到头了，财也发够了——过去这道坎，我要挂靴回乡观梅，一本荐上去，这位子自然是老弟来坐！"于易简原本也只是发发牢骚，听着这话心里已是平和，因笑道："他升进军机我就知道我没指望了。也没个他当宰相我升巡抚的理，也没听说有这个例，我是气他不够兄弟意思。刘墉来山东他不言声，十五爷来他仍旧装哑巴。自己兄弟，我信里又是请安又是问好，又说钦差来山东，偏是变着法子问，他又装聋子，回信都说烂了的老一套，"安生奉差，勿为吾念'，又是'如有错失，从实禀知刘大人'——这不是废话？人家要来寻找不是我怎么'安生'？"国泰听听，也觉得不得要领，但又不像是有什么大事的模样，手托下巴思量着又问："他还说有什么话？就是闲话，说说我们斟酌。"

于易简想了半晌，失望地说道："他闲话也不多……前封信里头教训我要读一点史，说昔日孙叔敖为楚相，亲君爱民，一生多有建树，临终封土不要膏腴之地，要最贫瘠的封地。后来战乱纷争，分到好地的子孙零落，惟独孙氏宗族安谧祥和得以免祸——这也说的是平常道理，后头还有一句话似乎有所指，说'今之相国知者鲜矣'——他自己就是'相国'，这是在说谁呢？"

国泰读书不多，他不知道春秋楚国宰相孙叔敖却封住地的掌故，但他听去见和珅的人回来说，和珅问过纪昀在阳信县置买庄园的事，和这封信印证起来，顿时有了一篇大文章——和珅竟和于敏中是一回事，合伙儿要扳倒纪昀——阿桂不在京，傅恒奄奄垂毙，于敏中和珅要拉手掌权，弄掉纪昀这个眼中钉了。啊哈！原来如此！颙琰不来济南，刘墉滞留德州，竟都是在观望——不是观望我国泰，是乾清门西侧那几间军机处房子里的动静！他的眼中放出了光，兴奋得呼吸也变得急促起来，双手一合，说道："好！我们不识庐山面目，原来雾太大了！"

"你说什么？"于易简不解地问道。他不明白方才还像霜打蔫了的秧子似的国泰，突地变得目光贼亮，高兴得像要从座中弹起来。

"纪昀就在我们山东置买了地。"国泰笑着仰仰身子，"阳信县有，利津也有！要不是我买庄子和他接地，连我也不知道——这个纪晓岚，外边瞧怎么都是恺悌君子，原来也怕抄家——令兄信里说的就这个意思！哈哈哈哈……"他爽气地笑着，于易简一时也明白过来，双手撑着膝，身子前俯说道："我内弟说，两淮盐政司卢见曾任上亏空几万两银子，户部也在查他的账。卢见曾可不是纪中堂的亲家？我听礼部的人说，纪中堂献县老家纪家大宅门和人争牛吃庄稼的事，争不过理把人下大牢里，苦主在狱里吞烟杆子自杀，逼出了人命！皇上虽说保了他，心里也未必喜欢——可见纪昀也不是什么高尚其志的人！"国泰笑道："人哪，谁都怕拉清单算细账——整我？我在这十八行省督抚里头还是清廉的呢！"他咬着下唇，蹦出两个字来："整他！"

这么着一切都显着豁然开朗，乾隆既然已对纪昀有了成见，于敏中和珅甚至李侍尧合伙凑成阵势盘算纪昀自然顺理成章，阿桂固和纪昀交好，但他远在西宁，有力用不上，纪昀的真正靠山傅恒又命在垂危，十五阿哥颙琰的母亲魏佳氏和傅府弥密，但和纪昀又是隔枝交情，颙琰出差山东，说不定也有站干岸看河涨的心思——既是时机，整纪昀就刻不容缓，军机处里闹起轩然大波，谁还顾得了山东一个小小的巡抚疼痒？说不定倒纪有功因祸得福也未可知！

"我们不宜打头阵。"于易简心中已经理出思路，他枯着眉头，瞳仁强力收缩，闪着一股煞气，"我哥哥也不宜出面。我有几个同年在都察院，你在大理寺也有不少朋友，先零星上奏，一股风放出去，只要皇上不加阻拦，不用我们说，一窝蜂交章论处联折弹劾——就都起来了！"

他说着，国泰一直在笑，却连连摇头："不能直接弹劾纪昀。要知道纪昀自己并没有贪贿，他官做大了，亲戚家人放纵无法，在外头给他招惹出的事儿。皇上也就是因此没处分他，又惜他的才，纪某的圣眷我看还在令兄之上，说不定背后还有训诫抚慰——皇上是何等样人？突然群起弹劾纪昀，他警觉起来，弹一指头个个人仰马翻！家中逼死人命的事已过了几年，卢见曾是纪的亲戚皇上也知道，他要整早就整了；他要保，你就是满朝文武一齐来也是枉然！"

"那你说怎么办？"

"卢见——曾!"

国泰阴险地一笑,微微瘪陷的腮颊吸着烟一鼓一翕,眯缝着眼,越发看不出他城府深邃浅显:"这是皇上要整的人。整不下去,还是为里头有个纪昀,都察院和户部碍着纪昀面子晾在那儿!从卢身上下手不但容易,也没有风险。人们见纪昀保不住亲家,自然要追究这位大军机的祖护责任,唇亡齿寒,纪昀上下牙就要打战儿了!""真有你的!"于易简道,"今晚我就写信出去!"国泰点头,说道:"我也要写信给滕县季春知县,卢见曾在那里买了好大一处宅院,问问有没有转移藏匿财物的事,你出牌子,放季春来做济宁知府,叫他暗地监护姓卢的宅子!你不要忘记,季春是令兄的门生,又是十五爷的包衣奴才。他和你我平日交往不多,办起这事一点顾忌也没有的,"于易简听得目光流移神采照人,拊掌而笑,说道:"风起于青蘋之末,遂成摧树倒屋之狂飙!可谓天衣无缝——这是我职权里的事,好办。可济宁的缺,你已经答应了解国珍,那头怎么交代呢?"国泰格格一笑,"解国珍你委他征粮道,通省钱粮从他手里过,肥得一跺脚就冒油的差,他能不愿意?"

征粮道已经许给了自己的小舅子,就等出牌子放缺了,但于易简此刻已不能顾及这头事儿,爽快地说道:"成,就是这样!"说着便起身。

"慢!"国泰摆手虚按了一下,道,"你忙什么?就在我这里吃晚饭,接过钦差回去再办不迟——"待于易简坐定,他已经变得有点抑郁,"于公啊,方才我们说的只是一头话,最要紧的事还是要把自己的脸洗干净。刘墉和刘统勋不同,他是办了一辈子案的人,又年当盛壮,一条是要学他父亲,做朝廷的柱石之臣,一条是要在百姓身上立名——他文章作不过纪昀,就在书法上头另辟蹊径。这件小事就能看出心志极高。他上次来山东杀人太多,百姓对他毁誉参半。这次他要收人望,一条是赈恤,一条就是拿我们开刀……说一千道一万,这个人不能不防!……我担心他查你的藩库啊……"

"不妨事的。我来就是要禀中丞,后来话题岔开了——济南济宁的库银已经充实。"于易简笃定地说道,"窦光鼐告我们用腐霉粮食敷衍赈灾,现在他可以来看,盈库积囤都是好粮,随时可以调运北京!我回折奏皇上,还附了库里的粮样儿。至于从前的霉粮,那是我们扫库底腾囤子扫出来的。下头人办事不力,把霉粮送出去,我们请罪,顶多落个不应就是。"

国泰听着，问道："你盘出底账，亏空共是多少？"

"二百一十七万两——有七十万是乾隆三十五年前的亏空，与我们不相干。"

"二百万两银子，是库存的一半强，你用什么来填充？"

"借的。"

"借？"

于易简无奈地一摊双掌，苦笑道："我不会屙金尿银，也没有点石成金的本事，不借有什么法子？这里山陕来的商人，本地的殷实大户，还有绿营兵驻防用的军费，能借来的都借，利息是二分五。我真是东奔西忙，到处罗掘俱穷，总算库里银账两符了——告诉中丞一句话，得赶紧把刘墉这瘟神送走，他要收人望，要粮要多少给多少。您知道，一个月就是五万多两的利息呀！"

"不管多少利息，能借到就好！"国泰舒了一口气，适意地仰仰身子，脸上已没了愁容，"要成全刘墉立功求名的心。北京那头闹起来，他回去稳稳当当光明正大地进大军机，也就未必在这里节外生枝了。如今江浙银贵钱贱，我们山东银价低，过后倒换一下都换成钱，再兑成银子，今年看来又是十成大丰收，报几个灾府，好歹也能补上几十万的亏空。二百来万两银子，几年就填平了。我就是退老东山，总算无愧朝廷不惭此生了。"

于易简不禁看了国泰一眼。他也是发了几十万两银子财的人，却是心里暗得一团黑，绝无国泰这份"光明正大"。论起学问，他是正牌子进士出身，国泰除了烂熟一部《三国演义》闲来看看戏本子，几乎可算一个白丁，但这里比到阅历胆识手面阔大，立刻便相形见绌。

"这事不再议了，总之是'小心'二字。我料接到刘墉，他准是老一套，放炮迎驾各自归府，然后出告示闭门谢客，屏绝故人旧交朋友同年门生一概不见，办完差使告别走人……"他倏地一笑而收，"我们一切遵命，别像做了什么亏心事了似的狗颠屁股撵着他巴结讨好儿——来人哪！"他突然冲门外喊道。

一个戈什哈抢步跨进来，说道："标下在！"

"叫他们上饭。"国泰吩咐道，"传戏班子那个叫天子，还有那个叫白玉兰的都过来，陪于大人吃饭！"

第二十回　笙歌楼刘墉擒婪臣
恃奸诈贪墨赖黑账

国泰和于易简密议对策，有攻有守，攻得不着痕迹，守得严密周备，说得上是算无遗策。但刘墉压根没有那么多的花哨举动，也不照他的"老一套"钦差巡视规矩办理。当晚就发来钧谕，说要在济阳县就地赈灾查办案件。"何日抵济南，另当行文通告"，又在谕中剀切知会"本钦差已入山东多日，一切以务实办差为宗旨。顷奉嘉郡王命，两项钦差入城迎迓之举徒劳无益，概行免去，如有函谕即时通禀可也"。

这就是说一切迎送晋见礼仪全免了，有什么事书信公文来往，连面也不见。虽然说是"年关将近，恐事张扬有劳军民，各官宜安分奉差，务期平安祥和为要"，但这客气得未免过分，一连几天，国泰指使刘墉的门生到济阳望门投谒，回来都说"老师在济阳指挥调拨粮食"，没有一个拒而不见的，亲亲热热师生叙情，说漕运讲垦荒，海天阔地一通快晤神聊，端茶送客欢喜归来，看样子钦差行止要等"过完元宵节"才定得下来。还说和珅和钱沣都回了北京，和兵部商议，古北口大营的棉被棉衣军鞋由山东订制，给小户人家妇女冬天寻点营生云云。国泰只探得他不查藩库，别的万事不在乎，心下也就解了，眼见将到送灶日，心情既好别无萦怀便约于易简过府堂会唱戏。

按清时送灶是在腊月二十四（今时为腊月二十三）。济南和京师风俗大同小异，这时候各家年货俱已备齐，打年糕蒸盘龙馒头，扫屋净院忌针忌线裁剪，大盆炸货腊肉冷肉都在屋里囤得满满当当。城里再穷的人家，必不可少地要供佛供神供祖宗祭百神避晦气。二十四日下午于易简升轿前往国泰府，正是出供时分，各门各户阖家老小差不多都在街门口，各色辫子爆竹扯得老长燃起，和着单响、双响、二踢脚、火箭，"一本万利"字号的烟花焰火乒乒乓乓麻麻密密响得沸反盈天，硝烟弥漫得犹似满街起了大雾，一不留神爆竹鞭炮就在头顶上噼里啪啦炸起，轿夫们走走停停，二三里路走了半个时辰才到。于易简隔轿帘看见国泰府前墙根，一溜长龙摆着各色官轿，蓝呢的、绿呢的，什么暖轿、暗轿、八人抬、四人抬、二人抬的肩舆、毡包儿纳象眼驮轿……五花八门应有尽有。于易简便知济南合城文武官员都来了。蹬一蹬轿底命落轿，国泰府的家人已飞跑着迎了上来，呼呼喘着白气禀道："我们老爷专候着您呐！"

于易简含笑点头，随着那个长随拾级升阶进倒厦门，果见满院的官员挤挤挨挨，有的在右甬道边立谈，有的在廊下木条凳上窃语，有的在说笑话互相打趣聊天，人声嗡嘤不时传来哄笑声。看见他进来，有的矜持恭肃退到一旁让道，有的迎上来，请安问好寒暄一片声嚷嚷，飞媚眼胁肩笑拉近乎套交情。于易简眼见国泰站在正厅阶下和济南道麻建邦说话，兖州府朱修性和济南首府杨啸亭站在一旁聆听，便趋过去，呵呵笑道："我来迟了！还不开戏？"环顾四周又问："葛臬台来了没有？"

"今晚你们别看戏了。"国泰先向于易简点点头致意，接着对麻建邦和杨啸亭道，"看城里还有多少回不了乡的叫化子，带上米、面和肉，一人三十斤粮二斤肉，再给一串制钱，叫他们安生过年。城里要防火，叫化子们男丁编成两拨，一拨打更叫防烛火，一拨子预备着，哪里走了火就去救火。编队值夜照衙门人的例给钱——过后我叫堂会单请你们。"这才转脸对于易简道："葛孝化身上不爽，高热头痛，方才派人来告罪，说今晚不能过来了。"应酬着凑过来请安的官员，又对朱修性道："十五爷连我也不见，不见你有什么大不了的？兖州府是孔圣人的故居地儿，他要饱览文明物化。别犯嘀咕，你要有什么事，我能不知道？你那地方有三条，孔府是天下第一家，衍圣公要维持好，二是刁佃抗租，康熙年间到如今年年出事，三是近年来邪教猖獗，有的乡家家户户供着什么'红阳老祖'，牌位和'大成至圣先师'一并儿，——这成什么体统？明天你兼程赶回去，治安不出事就是功！"说罢，麻、杨、朱三人唯唯而退。

于易简却还惦记着葛孝化称病的事，呆呆地说道："他唱丑儿是一把好手呢！这'病'也忒不凑巧的了——上回东昌闹事，叫他带人弹压，他是老寒腿发作，去不得；去年刑部查泰安知府受贿卖命案子，说是疟疾犯了。那是躲事儿我能懂。叫他来下海唱戏，这有什么？也'发热'——这人可真是的！"国泰哼了一声，说道："各人一个活法。管他呢！他的病不用问，刘大人十五爷回京，立马就欢实起来了——"一边说，一边看着周围官员，脸上绽出笑来，点头招过济南城门领①道："岳英贤你来你来！今我和于大人都下场子，缺个丑儿，听人说你在杨啸亭府里下海，把胡麻子都比下去了，你来凑一角！"岳英贤平日大约见国泰一面也难，点名叫他已是受宠若惊，听了这话身上立时轻了，脚尖踮弹着直要飘起来，满脸笑掬成一朵花，说道："这是和大中丞的缘分！丑净我都串得，嘿嘿，往日看老大人的戏，在边儿上技痒，急得拧绳搅尾巴，有葛大人在上头盖着，我怎么好毛遂……"

"行了行了……"国泰笑道，"咱们上妆去——来福儿知会院里大人到中院去——吩咐叫天子他们预备开戏！叫厨子们预备夜宵、茶水供足了！"说罢兴致勃勃往里走，岳英贤和于易简一步不落紧随了进了中院。

这是个三进四合院，"中院"其实就是二门里院子，国泰爱戏，盖房时就计划停当，大厅后边支柱出檐两丈许就是戏台，院子东西两厢一律游廊出檐，雨雪天气也能站人看戏，与大厅相对，北院南厢也出前檐，都用纱幕子蒙了挡住，女眷家属坐得高又能鸟瞰全场，中间天井院一色青砖铺地足有亩许大小，比寻常大庙和会馆的戏园子地方小，戏台子却宽敞得多。此刻下面院里一排排茶几矮椅早已摆布齐整，戏台子上叫天子白玉兰一干人都是油头粉面，指挥着众徒弟们上妆，十六支胳膊粗的蜡烛煌煌照着，乐鼓班子有的摆鼓架，有的跷足坐着调弦弄筝。天色虽苍暗下来，纱幕子后头还能绰约看见女眷们走动的影子。三个人绕至万后台上，下头官员已经鱼贯入院纷纷落座。于易简是打鼓板的，不须化妆，国泰道："你帮着岳英贤上妆，我到后头叫我的家戏班子给我点眉。"说着去了。一时众人坐定，于易简笑着向台下团团一揖，说道："兄弟今日掌鼓，出了破相各位多多包涵，兄弟是票友，梨园前辈多多指教！"拿着架势坐下，极认真地清清嗓子，手中象牙板"啪嗒"一声，叫天子身着女装，临时抓了个口髯戴上出场，台上台下立时一片笑声，听他唱道：

---

① 城门领：类似城防司令职务。

> 杜宝黄堂，生丽娘小姐，爱踏春阳。感梦书生折柳，竟为情伤。
> 写真留记，葬梅花道院凄凉……三年上，有梦梅柳子，于此赴高
> 唐。果尔回生定配，赴临安取试，寇起淮阳。正把杜公围困，小
> 姐惊惶。教柳郎行探，反遭疑激恼平章。风流况，施行正苦，报
> 中状元郎……

这是《牡丹亭还魂记》里的标目，帽子戏，概略述说戏本前后情节的，本来用不着唱，叫天子要等国泰化妆，出来临时凑磨，他半男半女，似净似丑又似旦，时而窈窕莲步，时而掀髯挥袖，极平常的段子，偏演唱得摇曳生姿声如金玉，底下人谁不要凑趣儿？早一片鼓掌喝彩声。叫天子在台上一闪眼见国泰从后院出来，一个大翻转身，不知是个什么手法，口髯已经没了，头上已裹了网巾，两道扫帚眉下一双三角眼，颧骨上还多了一颗蚕豆大的滴泪痣——只一眨眼工夫已变成活脱脱一个老丑媒婆，众人一个错愕，齐声大叫一声"好！"那老旦借机发抖，连念白带唱道，"你道翠生生出落的裙儿茜，艳晶晶花簪八宝填。原来是修罗天女下尘寰，不提防沉鱼落雁鸟惊喧，则怕的羞花闭月花愁颤，好教我老婆子丑得没处站。"他指定了后头"——那不是国大中丞来到了梨园？"

众人大张着口呆着眼正看，见这一指，蓦地偏向东轩，果见国泰纤腰绣裙鸦垂青丝，满头插戴首饰行头，脚穿撒花合欢鞋子，一身杜丽娘扮相，已经走到台角。见众人发愣，国泰嫣然一笑，袅袅婷婷至台中央对众敛衽一礼，捏台腔儿羞答答说道："列位老兄，平日受礼多有怠慢，奴家今日还礼了……"众人听了立时又是一阵哄笑叫妙。那国泰又蹲了两福，转脸向于易简一点头，"咿呀——"轻声一嘘，顿时满院肃然。于易简见他叫板，一头催白玉兰："你是丫头，还不跟上去？"手中一摇牙板道："叫《绵搭絮》！"顿时笙箫丝弦之音盈庭绕梁。国泰倩身莲步，随乐唱道：

> 雨香云片，缠到梦儿边。无奈高堂，唤醒纱窗睡不便。泼新鲜，
> 冷汗黏煎。闪的俺心悠步躯，意软鬓偏。不争多费神情，坐起谁
> 忺则待会眠……

白玉兰忙道："小姐，熏了被窝睡罢！"国泰慵懒舒袖接着唱：

> 困春心，游意倦，也不索香熏绣被眠——天啊——有心情那梦儿
> 还去不远……

余音犹自绕梁，略静一刻，满台上下爆出一阵骤雨般鼓掌声夹着喝彩声。白玉兰扶着国泰下来，叫天子早端着茶迎上来，笑道："爷没唱戏，要真下海，还有我们的饭吃么？"国泰对着扮成老道姑的岳英贤道："你去，去念白一通逗乐子。"

岳英贤忙笑着稽首称是，重重咳嗽一声出了台，暗着嗓子游步唱一段《风入松》，先念四句唐诗：

> 紫府空歌碧落寒，竹不如山不敢安。
> 长恨人心不如石，每逢佳处便开看。

接着便念白：

> 贫道紫阳宫石仙姑是也。俗家原不姓石，只因生为石女，为人所
> 弃，故号石姑——

他嘴这么一歪，众人已是笑了，岳英贤一脸无奈，又道：

> 思想起来要还俗，百家姓上有俺一家，论出身，千字文中有俺数
> 句。天呐，非是俺求古寻论，恰正是史鱼秉直，俺因何住在这楼
> 观飞惊，打扮的劳廉谨勅？……大便处似圆莽抽条，小便处也渠
> 荷滴沥，只那些儿正好叉着口矩野洞庭——

他伸出两个指头扠得开大了，摇头皱眉提裙促步：

> 俺娘说，你内才儿虽然守真志满，外像儿毛施淑姿，是人家有个

上和下睦，偏你石二姐没个夫唱妇随？便请了个有口齿的媒人信
使可复，许了个大鼻子的女婿器欲难量！

台下一片哄笑声中，国泰坐在于易简身边的戏箱上，一边装着看戏，对于
易简道："今儿我接见了泰安县，卢见曾不但有四顷多地的产业在他县，还
买了一处花园子，四至地角都下了木钉，原要起造房屋的。大约听到什么
风声吧，又停工了。"他放低了声音几乎用耳语轻声说着，于易简呆看着岳
英贤浑身解数在台上诉说"石女"的苦楚，边听说话边点头，小声回道：
"……还要防他转移，要给泰安县交代瓷实了。他送来片子，今晚就寄出
去……"说着，台下又一阵阵哄笑声起，原来岳英贤说到了石女和新郎在
洞房里鬼戏情事：

> 早是二更时分，新郎紧上来了。被窝儿盖此身发，灯影里退尽了
> 这几件乃服衣裳。天啊，瞧了他那驴骡犊特，教俺好一气悚惧恐
> 惶……他则是阳台上云腾致雨，怎生巫峡内露结为霜？他一时摸
> 不出路数儿，道是怎的？快取亮来！侧着脑要在通广内，踏着眼
> 在蓝笋象床，恼的他气不分的嘴唠叨……累的他凿不穿皮混沌的
> 天地玄黄……

他在台上一会扮新郎，时而情热欲焰炽腾，一副猴急相，时而又满脸
焦灼诧异，无可奈何地手摇足舞，转眼间又变成了新娘，故作羞涩，满脸
娇媚偏袖暗笑。连比划带说白说着唾沫星四溅，台下这一大群官儿被他逗
得前仰后合笑不可遏。于易简二人也看住了，笑着对国泰道："岳英贤这家
伙，我听他在文庙给学生讲书，一本正经的硕儒，怎么竟是一肚皮的腌
臜戏！"

正热闹不堪间，那个叫白玉兰的旦儿从对面台角斜穿过来，国泰以为
她来叫场子，忙笑道："还不该我呢！"白玉兰瞥一眼台下，对他耳语道：
"来福儿在堂角子那儿等着呢！有要紧事回你。"国泰笑道："这会子有屁的
要紧事——你问问他什么事？"白玉兰说道："他脸上气色不好，只说急等
见你，说是什么刘大人来了……"国泰不等话说完已站起身来，也不顾穿

着杜丽娘的行头，大步就穿台出去。

于易简略一慌神，便知东窗事发大变在即，头"嗡"地一响涨得老大，眼前一切立时都变得模糊一团，台上这样异样动静，台下官员立刻"瞧科"。有的凝神注目，有的交头接耳叽叽哝哝，有的伸脖子转项探窥情势，有机警的已试着离座寻茅厕解手。只有岳英贤入了戏，兀自毫无知觉说得起劲："哎哟……对面儿做的个女慕贞洁，转腰儿倒做了男效才良……"说着说着他也怔了，支着丁字步儿一手举着拂尘僵立在台上，原来台下已经大乱，所有的观众官员都站起了身，灯笼火烛下映得人人面色恐怖，目光灼灼如贼，有的惊慌四顾，有的呼朋叫友，有的在灯影里乱窜，像被戳了一竿子的蜂窝，又似一群没头苍蝇嗡嗡叫着乱搅……一片无秩序搅动间，从东壁闪进一个五品顶戴的官员，两行灯笼上一色写着"钦差大臣刘"——簇拥着他进来，走到东台角下站定了，大声喝道：

"国泰接旨，其余人等一律靠后跪下！"

人群定了一下，立刻又乱了，因为此刻满院人如惊弓之鸟散立各处，不知往哪边才是"靠后"，听这一声各自后退，你碰我腿我踩你脚，跌跟跑步儿的，绊屁股墩儿的什么花样都有，几个戈什哈恶狠狠上来，虚扬着胳膊吆喝："退后退后！你往哪退？——说你呐！一律往南！你怎么了，跟瘟头猪似的？"虽不真的打，连推带搡着推挤人往台前聚合。这些官至不济的也是县令正堂，平日哪里经过这个？可怜见的已是晕得不知哪里是北，叫化子似的由着人呵斥摆布，好容易才都按这些大头兵指挥的位置站定了。接着又是两串灯笼，一色都是带刀护卫提着，两条笔直的火线似的沿东侧甬道疾速进来，那个传令堂官大声喝令："不许乱动，不许喧哗——左右的听着，有走动的立刻拿下！"

"喳！"

那群戈什哈齐声答道。一片恐怖中，黑影里不知哪个官员撑不住，"扑通"一声晕歪了下去，此刻国泰站在大厅东壁下，早已呆若木鸡，眼看着一队一队的仪仗从眼前过去，如同身在噩梦之中浑不知疼痒，这时候才见刘墉、和珅和钱沣顺序缓步进来。见他满脸脂粉一身戏妆瑟缩在墙根儿，刘墉还以为是个戏子，和珅却是眼力极好，凑到刘墉耳边道："是国泰。"刘墉指着一个随从道："你去，请国泰大人更衣。"说罢移步进了二进院子，一眼瞧见几个戈什哈推打着戏子往台下赶，戏箱子行头往台下乱扔，皱了皱眉头站住了，说道："这是做什么？不准打人！叫他们自己收拾东西下来！"和珅便对那群变貌失色的官员们道："兄弟们奉旨办差，不干各位的事，请不要惊慌，就地等候刘大人指令。"这么一说，众人才略安定了些。

这边天井里腾出空场，一时便见国泰自二门一溜小跑出来，已经换了孔雀补服，戴一顶蓝宝石顶子，红缨没理好，都偏垂到一边耷着。因走得急，下台阶时一脚踩了袍角，踉跄几步才站定了。刘墉三人已面南而立，院里满是灯火看得真切，他虽换了官装，脸却没洗，颦眉笑晕的仍是"杜丽娘"面目。但此时院中旗旄森树刀枪如林，人们都知道国泰出了大事，心里个个紧缩得发颤，已无心理会他这副怪模样；钱沣是个方正人；和珅是一肚子鬼胎直要冒出来，脸上狞笑着，心跳得打鼓似的，强撑劲儿站在"上头"，也顾不得赏识国泰的狼狈相。刘墉打心里叹息一声，待国泰跪定，徐徐说道："有旨，着刘墉查看国泰家产！"

"奴才——"国泰从身上到心里都凉战了一下，深深俯下身去，"遵旨……"

南边台下官员早已黑鸦鸦跪了一片，都俯着身子侧耳聆听，刘墉劈头一句话，竟压得他们又低低身子，偌大天井院里几百人，竟死寂得像座荒庙，刘墉的语气仍是不咸不淡，叫道："霍洁清！"

"卑职在！"那个头一个进院的五品官闪身出来。人们这才知道他是钦差行辕的堂官。他双手贴髀垂身而立："大人请指令！"刘墉转过脸问道："怎么没见于易简？"众人听见回话说："在台下跪着，没有列班。"声音甚是耳熟，偷眼觑时，竟是本省按察使葛孝化！有人就心里暗骂："这油条老狐狸，又攀上高枝儿了！"思量不及，霍洁清已经高喊："于易简出来见大人！"

喊了两遍才有动静，靠台根跪着的于易简抖着身子站了起来，两脚软得像踩在棉花垛上，平平的地他竟走得高一脚低一脚地过来，灯光下看他的脸色，白得像刀刮过的骨头，却没有穿官服，头上戴的黑缎六合一统帽，蓝缎皮坎肩套着灰府绸棉袍，他就是"下海"来的，活脱脱也就是当时戏子"角儿"平日打扮——不等说话就跪了，一副缩头缩脑模样。

"已经请旨，革去你的顶戴，查看你的家产。"刘墉铁青着脸，不疾不徐说道，"既然没穿官服，回头再缴上——你退一边听候发落。"

当众揪出了巡抚和布政使（藩司），却还没有宣布罪状。见刘墉目光炯炯还在扫视，众官员不知还要拿谁，心一下子又都吊得老高。刘墉却不再点名，从和珅手里要过黄绫匣子，一边展纸，一边说道："现在宣布圣谕，各官一律跪听。"他顿了一下，念道：

> 奉天承运皇帝诏曰：山东巡抚国泰原为满洲一蕞尔小吏，夤缘内府办差，因其薄有小才不无微劳，蒙朕屡屡加恩不次超迁，乃得成一片封疆。国家既无负于汝，荡荡浩恩重重蒙受，理宜精白乃心，忠悃仰报，廉己奉公，勤于厥职，思报国恩之万一也。乃该抚在职游悠荒嬉耽玩政务，日事贪渎肥己损公，是忍于背负君恩，置朕于不明之地，丧心病狂乃于此极，思之曷胜愤懑！
> 前据御史钱沣、江南学政窦光鼐等人参奏，该抚贪纵营私罔顾国法，布政使于易简亦纵情攫贿，上下其手合谋害民欺君，是该抚该藩司泯不畏死，朕复何惜三尺之法成全汝等？因是着刘墉和珅持旨密查该抚不法情事。据刘墉和珅飞章密奏，历城等州县仓库亏空，仅此一县之隅，即欠银三万余两。乃竟敢收借民间余银冒充盈实欺蒙钦差查办，朕初闻而疑，既见借银实据，不得不信：是钱沣窦光鼐所奏不虚也。以是特用六百里加紧诏谕刘墉和珅，即行查看国泰于易简家产，革去于易简顶戴及二人职衔，留山东行在，待罪行勘定昭彰另行严议。

人们都在静静地细听，至此来龙去脉才大抵清楚。于易简就跪在国泰旁边，此刻已经能想事情了，不由瞟一眼国泰："一般也就这副松包样儿，平日看去还充诸葛——你说那些都是一厢情愿！"国泰却在瞟和珅，和珅是一脸庄重凝视前方，谁也不知他心里想的什么。人们提心吊胆听着乾隆在旨意中电闪雷鸣的怒斥，个个心战股栗：不知下头官员有无发落？想着，圣旨里已经说到了：

> 至于属员以贿营求，思得美缺一节。不唯国泰等受贿者未必肯露

实情，即行贿各劣员，明知与同受罪，亦岂肯和盘托出？即或密为访查，尚恐通省相习成风，不肯首先举发。惟当委曲开导，以此等贿求，原非各属等所乐为。必系国泰等抑勒需索，致有不得不从之势。若伊等能供出实情，其罪尚可量从末减。刘墉等必须明白晓谕，务俾说合过付，确有实据方成信谳。此事业经举发，不得不办。然前经甘省王亶望勒尔谨一案甫经严办示惩，而东省又复如是，朕实不忍似甘省之复兴大狱。刘墉和珅当秉公查究，据实奏闻待朕裁定，钦此！

一道数百字的谕告读完了。刘墉生在山东长在北京，半京话半鲁语读得抑扬顿挫铿锵有节，人人听得明白，只问国泰和于易简的罪，余下的只要老实坦白纳贿求缺的，一概可以从宽减末，"不忍"再像甘肃冒捐一案那样一网儿兜了，杀的杀拿的拿罢的罢，众人都打心里透了一口浊气。正不知该如何应对，和珅在旁眼一翻，极响亮地断喝一声："怎么？都不谢恩?!"

"谢……谢恩……"

众人这才醒悟过来这是在听旨，参差不齐说着，杂乱无章叩下头去。扑通扑通的像一群人走路脚步声，又像往滚水锅里下饺子一般。霍洁清便大步走到钱沣跟前，一副凶相，脸上泛着黑红的光，说道："请钱大人下令，卑职们侍候着了！"

"戏子们赏银领了回去。这里看戏的大人们也各自回府，随时听候传唤。"钱沣跨前一步吩咐道，"赶来国泰府观剧的私交朋友、眷属一律免验放行，不得刻意留难！寄居府里的亲戚，还有府里聘的清客相公师爷，或者虽是国泰一个宗族，已经分房另居了的，要问明国大人另行处置。"他说着便问："国大人，有这类情形没有？"国泰磕了头，满眼都是仇恨盯一下钱沣，说道："府内都是犯官的财产。犯官有个寡妹，五年前回府，在后花园给她造了一处佛庵静修，如果能饶，请放她一马。如果不能，那是她的命，犯官没有说的。"

旗下满洲姑奶奶还有替丈夫守节修行的！钱沣不禁肃然起敬，冷峻的眼神也变得柔和了，断然说道："那庵是她的私产了，不予搜抄——霍洁清办去！听着，所有女眷丫环使人，腾出房子先安置了，不许搜身！有借查抄之便挟带财产、欺凌家属的拿住了，照盗匪劫掠财物论处！"

他说一句，霍洁清答应一声，回身走向东墙下站着的番役兵士列队前说了几句什么，手一摆，大群人提着灯，火蚰蜒似的开进了内院，立时便传出女眷们隐隐的叫号哭声。这边官员见已无话，乱纷纷拥挤着顺东甬道狼狈退了出去。和珅趁乱，在内院门口找到刘全，声音放得极低，说道："你进去，只管查抄账房，别的一概不管，只把账目本子明细出入簿子抄到手，能烧就地烧掉，不能烧带出来给我——听着，这是要命关节，放出胆量本事，手脚利索着点！"说罢，"解手"回来，看一眼孤零零跪在地下的国泰，对刘墉道："于易简方才请求，想回府见见家人。我想，查抄他家他不在场不好，来请求一下刘公，允了他吧？"

"嗯，可以回去。"刘墉说道，"只要派人跟牢了，防着他出事就成。"和珅有意无意看一眼国泰，笑道："案子没定，哪里会有自戕的事呢？放心，我派人跟好他就是——这时候儿，他比我们还爱惜性命呢！"说着，拽着步儿去了。钱沣在旁听着，目光闪了一下，向前一步说道："我进内院看看，防着他们趁乱裹挟财物，登记造册也要交代得细些。"

钱沣说罢也去了，刘墉见国泰犹自直挺挺跪着，木着脸不知是在想事情还是发愣，叹道："国泰兄起来吧……你这成什么样子？去洗洗脸过来说话。"他这一声"国泰兄"叫出来，国泰心中一阵悲酸，两行热泪夺眶而出，簌簌淌着再揩再流，凄楚不能自胜，挣了两下竟起不来身子，早有两个戈什哈过来搀了他下去。刘墉见他这样子，也不禁黯然。一时，见和珅和刘全一前一后过来，便问："你们进去了么？情形怎么样？"

"还好。"和珅似乎轻松了许多，笑道，"我们进去转了一遭就出来了，家属们都安置下了，有茶水有点心，也能将就着歪一歪身子。霍洁清调度得不错，他在里头指挥。"又问："你在发闷？像有心事的模样。"

刘墉点点头，将手一让，缓步移着说道："别在风地里站了，我们前厅里说话——我心事很重的啊……有些事连我也弄不明白，国泰是四川总督文绶的儿子，他父亲和先父还是朋友，我们自小都认识的……"他仰望了一下天空似在寻求。上面蒙了一层稀薄的云，偶尔能见几颗亮星时时闪耀，也似乎没回答他什么，因喟然说道："当年他父亲犯罪远戍伊犁，国泰上疏请求去父亲戍所代父赎罪，侍候老亲，我原是很敬佩他的。人说忠臣出于孝子，国泰怎么会变成这样子？王亶望、勒尔谨的案子那是多大的波澜，杀了十几个，罢黜一百多，还有高恒、鄂尔善、卢焯……这么多的前车之鉴。国泰虽然浪荡纨袴，并不是笨人，怎么照旧步他们后尘？我觉得不可思议——我是不会，我儿子会不会学他们呢？"和珅边走边仔细听，却一毫没想到刘墉有警戒他的话意，只是听出刘墉对国泰尚有余情，不禁心中一动，刚要说话，刘墉又叹道："很多朋友都栽进去了，他要变国蠹民贼，我有什么办法？地里有猫眼睛①有一棵铲一棵罢了。"

和珅想好了要说"可以变通处置"，被他后边的话堵回去了，默然不语随刘墉到前厅，二人在炭盆子旁坐定，国泰已蹒跚着脚步进来。

"瑞芝，"待国泰坐定，刘墉叫着他的字说道，"你犯这样的事，我也没法子回护。你要有什么辩处，要如实说，或者写成折片。皇上不直接收你的奏疏，我和和珅可以原文代转。"国泰此时已完全从噩梦惊悸中醒过来，阴着脸盯着和珅多时，说道："亏空已经查出来，是实。请代奏皇上，我没什么辩处。事情出得突如其来，我到现在还蒙着不知东西南北，但我富察氏家累代世受国恩，我本人自幼蒙皇上耳提面命不次超迁，特简到封疆大吏，不但没有寸功建树，反而屡屡失误差使，给圣上添增董忧，部勒属下也宽严失当，小人们乘机钻营货取，致使国库银两流散失控。思量起来国泰真是罪可通天，俯地无词可对皇上。总之是国泰不成器，并不敢求皇上赦典，请皇上重加处分，以为百官儆尤。这层腑肺之言，务请两位钦差代为奏读天听。"

方才他凝视和珅时，和珅真比身加五刑还要难熬，使足了全身内劲抗着一张脸，挺出一副坦然自若的神情。他知道，这时候说话不能出一个字的差错，因此干脆封口，若无其事地听着，不时赞叹地点点头，有正钦差在，他这番做作也恰到火候。"还有一层要知会老兄，"刘墉却万难领会他二人心思，沉吟着说道，"现在既然查看你财产，这不是刘墉一处管着这事。刑部是直接受命皇上，早已着手侦看查勘了。不论你有无受贿婪索的事，你自己这么富，国库亏得一塌糊涂，这就是罪，要想清楚了。要有隐

---

① 猫眼睛：一种毒草。

匿或转移的事，及早跟我们说明白，不会为这事给你加罪，到时候查对不合，不但你要加罪，还累及你的宗族亲戚，那时后悔也就不及了。"国泰在椅上躬身说道："我的家产，皇上赐的，祖父辈留下的，也有朋友馈赠的，几十年生发下来，自然也就可观。刘公现在责我以义，反思追悔莫及，岂敢再行隐匿自增罪戾？既说到此，请代奏，抄没家产无论多少，愿充公库，赎我的罪以万一。"刘墉问："朋友馈赠是怎么回事？"国泰道："朋友有通财之义，婚丧嫁娶交通往来，我送朋友的也不少。如今宦态世情，刘公自能体察。"说着又看和珅一眼。

这自然又是"提醒"和珅，和珅虽已镇定下来，却很怕沿着这题目说下去。一笑说道："这快到子初时分了吧？于易简那边不知怎样，我去看看，别教他们胡闹出是非来。"刘墉掏出怀表看看，起身道："还是我去吧，你再和瑞芝谈谈，给他安置个住处歇下，明儿再说。"

这似乎正中和珅下怀，但和珅不知怎的又害怕这样做，心头狂跳几下，起身送刘墉出门，站在清冷的夜地里深深呼吸几口才镇定了，提足了暗劲坐下。他原想再说几句套话，打发国泰睡觉完事。不料国泰开口便单刀直入，问道："我送你的东西你收到没有？"

国泰嘴角含着一丝阴冷的微笑，两只瞳仁像土垣里的石头一动不动，等着和珅回答。这是和珅想了一千遍的事，原预备着他公堂对簿当场咬出来的话，却在这场合说出来，不禁一阵轻松。

"也算收到，也算没收。"和珅若无其事地说道，伸出铁箸去拨弄炭火。

"这怎么讲？"

"你的人去得太迟了。"和珅残酷地一笑，"我早已从军机处知道要查办你，你就搬一座金山，我也不敢用命去换——再说，就是你没事，我也不敢，因为我就要进军机处，也不敢用功名去换钱。我管着崇文门关税，缺上的正例银子足够用——我不是圣贤，视金银如粪土——但我长着个人头会想人事儿，我不敢用平安去换钱。"这个回话大出国泰意料，怔了半晌，又问："那——银子到哪去了？"

"你的人怎么跟你说的？"

"他没有信给我。"

和珅丢了箸，笑道："我没见着你的人。是我的管家见的，我让他转告三件事。一是国泰的事圣上震怒，谁也保不了他；二是可以叫国泰亲自来见我。我管着收纳议罪银子，他请罪缴银子，我按规矩在皇上跟前说情；三是太后老佛爷正造金发塔，缺金子用，这些钱换金子贡给太后。皇上是天子第一孝子，太后肯说话，一百个钱沣也参不倒他——找我没用。他就带银子走了。"

他说着，国泰已经心里乱了，所有这些回答，不但他不知道，也全都出乎他的意料：假如咬定和珅，也许就攀出太后，说得有鼻子有眼的也似乎不像谎言，即使是漫天撒谎，苦于自己手无凭据。一时间国泰心里七上八下，竟没了主张。听和珅问："怎么，你要用这诬陷我？"忙中无计回道："不敢，国泰没这个心胆。我原就是交个朋友，往后有个照应，是高攀的意思……"

"虽然没有收你的礼，我还是觉得你瞧得起我和珅。"和珅见他放了松炮儿，更加爽朗松快，笑道，"不接礼，我也要照应，你出事有罪，更要照应。不然，圣人干吗把朋友算到五伦里头呢？"

国泰低下了头，他不知道该怎样想事情，又如何办事情了。他是满洲贵介哥儿出身，在家养就的骄纵奢靡，出来做官一路青云，从未受过挫跌，官场上混久了，养了个"心有城府之严"的皮相，其实只历练出一张皮，一遭雷霆之击，"中有不足"立时便显现出来，压根不是久经风霜的和珅对手。和珅的如簧之舌三下五去二就剥掉了这张皮，立刻已是章法全乱。头埋在手里多时，国泰仰起了脸，眼睛里已毫无神采，暗哑着低声说道："和大人这时候还肯把我当朋友，这世道人情怎么说？我有出头一日，必定十倍报答！唉……我原还以为你使奸，收了银子昧账不认……"

"瑞芝呀……你也是聪明一世糊涂一时啊！"和珅语气温馨得像个老妈妈，含笑说道，"十八行省督抚谁的家产比你少？又有哪个省没亏空？你不过时运不济撞了网里就是了——你现在仍犯糊涂呢！"

国泰盯着和珅没吱声。

第二十一回　养性殿贤主慰凄情
纪才子草诏封夷女

"听我说，"和珅像先生对小学生启蒙那样用手指点点桌面，"就算我收过你的礼，你敢这时候攀咬？你早做什么去了？我查出你的亏空，你就反攀？这是一层。还有，你送过别的大臣礼没有？你都把他们攀出来，万岁爷只能当你是条疯狗！你单攀我一个，别的大臣看你这么不地道，暗地里把你往死里治，谁肯救你？高恒和钱度你知道怎么死的？这两个人一个是国戚，一个是皇上看重的，傅六爷也有意保全。原定的绞监候——这不过撒把土迷迷外人眼儿，秋决一道恩赦就完事儿了的。可他们倒好，不分上下左右亲疏远近，红了眼见人就咬，连死了的讷亲也咬。咬得人人切齿，个个提心吊胆，都想叫他们赶紧'封口'，结果怎么样，你都知道了。"说罢哼地一笑吃茶。

国泰被他说得出一身冷汗，畏畏缩缩说道："我是条汉子，没想过攀扯旁人，千罪万罪一人当了，左不过一死罢了。"

"攀扯不攀扯是你的事，这一念之差是生死分际。"和珅无所谓地说道，"国家有'八议'规矩，你有减罪的例，朝廷还有议罪银制度，那就是我管着。就怕你越弄越错，糟烂了想救你也没门儿。听我说话，想想亏空的银子到哪去了，再想想收了下头多少钱，连于易简也不要落井下石，扎扎实实写一封认罪服辩折子请刘大人代转，辞气要恳切，请罪要真诚。感动了皇上，余外都是末事。"说着，听见外头脚步声，接着便见刘全和钱沣一前一后进来，便问，"刘大人还在于家么？"

钱沣看一眼白痴似的国泰，双手搓了搓，说道："他要到天明才能回来。石庵公吩咐，夜里辛苦，叫外头饭店做点热汤给大家喝——你们一直在谈？"

"谈得不少了。"和珅轻松伸欠一下，又适度地放下双臂，打着呵欠口齿不清地对国泰微笑道，"还是那几句话，不要思量着攀扯别人，不要和别人比着委屈，不要转移财产，实实在在把自己的罪一条条奏明，仰乞皇上如天隆恩——你认罪好，我们才好替你请恩。去吧，瑞芝，回去谅你也睡不好，好好想想我的话。有什么事，可以随时进来见我们三个的。"

"是……"

"罢官犹如筵宴散，华庭空座留寂寞……"和珅似是对自己，又似对刘钱二人，吟诵了两句，笑道，"他伏罪的心是有的。要看皇上怎么办他了。"

刘墉和珅的联章，钱沣附奏，用六百里加紧发往北京，恰好是正月"破五"日子，民俗当日接"路头神"（即财神），迎接初六开市。这是利市争先的事儿，京师行户人家一家比一家起得早，金锣爆竹牲醴毕集，那爆竹打三更天响起嘣得满城炒豆子爆米花也似。于敏中当值军机处，他有个失眠症候，前半夜睡不着，后半夜没法睡，假寐着直到天明。奏事匣子递进来，一叠叠的全是外省送进的请安贺元旦折子，刘墉的火漆通封书简搁里头格外地出眼。因关心着于易简是非，先拣出来看题目：

> 臣刘墉和珅并臣钱沣跪奏山东巡抚国泰、山东布政使于易简贪渎坏法、婪索属员、辜恩溺职致使国库亏空银两二百零七万四千六百一十三两四钱事。奉旨查抄并领拿在案，具列清单，叩请御览。

厚厚的一摞子。翻了翻后边，是查抄清单，看前边奏章，也有洋洋四千余言，一色的端笔钟王小楷，版印得那般齐整。于敏中本来蒙蒙的，立时醒得双目炯炯，一目十行拣看里头关乎于易简的劣迹，待到看完，汗湿得奏稿边都有些潮了。

"于公早！"于敏中正闷着发呆，纪昀一头笑一头从外头进来，扑风而入还带了一股硝火味儿，说道，"看来不但当官爱财，老百姓迎财神也满起劲儿——五日财源五日求，一年心愿一时酬。提防别处迎神早，隔夜匆匆抢路头——钱真是个好物件儿！现在街上满街都是爆竹花纸，大栅栏那边我去看了看，有的地方积了有一尺厚！想着你未必睡得好，宫门启钥我就进来了。"见于敏中一脸呆笑，又问："有什么要紧事么？"于敏中绷着嘴唇，用手推推那份奏折，说道："刘墉的。你看看吧。"

纪昀凝住了神，取过奏折来。他和于敏中看折子方法不同，先看了题目，接着又看折尾：

> ……据此，国泰于易简贪墨婪索、侵吞库银、中饱赈灾款项情事昭然。其伪饰手法魑魅伎俩，与臣等陛辞时皇上庙测若节符合焉。仰思圣聪高远洞鉴万里之明，返观二人菅苟狼狈害民坏法之情，蚍蜉蟪蟓之计，臣等不惟深恨其阴微鬼蜮跳踉欺君，且笑其蔽悍智能，悯其穷愁无计也。用是合词奏复，请将国泰于易简即行锁拿进京到部严谳，勘定典型付诸国法，以彰我皇上至公爱民之圣德。

至此，纪昀已知奏章大致趋向，但面前这位同僚就是"贪墨婪索"犯官的哥子，该怎么说话呢？纪昀装着翻看前文，多时才抬头道："这是不能延误的，得立刻请见皇上。我们一道进去，看皇上有什么旨意再说。"

"我一夜没睡，精神都有些恍惚。今儿你当值，就由你送进去吧。"于敏中脸色苍白，带着掩不住的忧郁淡淡说道，"易简这样子，事关他的案子，我也该回避的。"纪昀品不出他的滋味，也觉无话安慰，只好笑道："我知道。这事放谁身上心里也不好过。但皇上没有为易简的事疏淡了你，你要回避了反而是自己有心障。这就不大好。"正说着，见王八耻进来，便问，"皇上有旨意么？"王八耻道："皇上在养性殿，有旨叫于敏中进去，说纪昀要是已经来了，一道过去觐见。"

"是！"两个人一同恭肃回道。

但养性殿坐落何处，纪昀和于敏中都不知道。平日召见奏事听政，大抵都在乾清门或养心殿，偶尔后宫接见不在储秀宫钟粹宫这些地方就在太后的慈宁宫。初五还是大年节中，后妃们都在绕着皇后皇太后色笑承颜天伦乐子，怎么选了这么个冷僻去处见大臣？心里诧异着跟在王八耻身后走，从景运门出去，北边是皇子读书所在的毓庆宫，迎面奉先殿宫墙向南延出，只能向偏南走，像是要去御膳房的模样，到九龙壁西二人才知道，这里直北而去又是一条长巷，比永巷还要深，连紫禁城北墙都一目了然，逶迤沿长巷向前走，过宁寿门皇极殿到宁寿宫后，王八耻见二人傻子进城般呆看，笑着指点道："这西边是茶库和绫库，这里向东就是养性殿——二位大人看，这里还有座花园，没有御花园大，比御花园更精致呢！"纪昀偏脸隔墙眺望，果见宫墙里乔木森森树影婆娑，只在墙头露个树尖儿，似乎都是常青树，不禁叹道："宫里制度不栽大树，我以为只有御花园有树呢，哪知道这里别有一洞天——园名儿呢？"

"就叫'乾隆花园'。"王八耻带二人到宫门口，一边叫人进去奏知，笑道，"制度——皇上的旨意就是制度——这些大树都是去年夏天移来的，大热天儿栽树您道容易的？都活了。这有讲究，和卓主儿是天山人，那都是红松，所以这园子里头都仿着天山的景儿；主儿爱清静，皇上下旨修缮了这处宫，谁也不挨边儿，主儿爱花，这里头暖房里头养了几千盆；主儿是信木哈木哈的，里间还修了斋宫——除了王廉，高凤梧能进这宫里头，连我也只能在这外头侍候呢！"于敏中满腹心事，只听他一口一个"主儿主儿"无心寻味，纪昀愣着半日，才想到这奴才把穆罕默德记成了"木哈木哈"，却也暗自惊讶容妃如此优蒙圣眷，不知是何等人物？笑问道："为甚的不许你进去呢？"王八耻无奈地一笑，说道："主儿嫌我的名字太丑，高凤梧有福气，和亲王爷给他改了个名儿叫高芍药，是个淫花儿，偏主儿不讨嫌这芍药花儿，就选来专一侍候了。"说着，便见高芍药打里头出来传旨"纪昀于敏中晋见"。二人忙答应着跟进去，沿游廊直趋养性殿。一路两边太监都是小帽长袍，宫女头发都打散了，梳着一丛丛小辫子，十几二十根不等，装束俨然便是新疆姑娘，锦裙筒靴的，二人也是见所未见。在滴水檐廊下趋至殿口，报了名，觑着眼瞧时，更吓了一跳，原来乾隆穿着白蓝两色条子长袍，油皮长统靴子套着酱色江绸裤——打扮得活似清真寺里的阿訇。一个青年女子也如宫女那般打扮，坐在案前用手虚拟弹琴，乾隆站在她身后，满脸微笑半偎着把手教授。两个人只看一眼便垂脸低头，心里兀自扑扑直跳。

"你们来了？进来吧。"乾隆一笑离开了容妃，招呼二人进殿，命人看座了，说道，"和卓氏是西域人，不同中原礼教，朕也不拘束她，你们也可随便些——和卓，这是朕的两位大臣，和你那边的宰桑的职务类似吧，他叫纪昀，这位叫于敏中，来给朕回报政务——把你煮的奶茶赏他们尝尝鲜儿！"

和卓氏向二人微微一笑，说道："遵从博格达汗的命令！"站起身来，这是那种让人一见忘俗的女人，只可二十上下，上身穿一件敞口紫绒对襟坎肩，直接套着件藕荷色水泻褶裙，脚下一双软底皮靴只露出脚尖儿来，动一动裙摆飘闪，不舞亦舞；掐金线小帽下一条大辫子都由小辫子总成，婀娜纤垂直至腰际，白得汉玉一样的瓜子脸上，鼻梁似乎比中原女子高了些微，几乎没有任何修饰，生的润玉笑靥，天然的眉黛翠烟，配着一双清湛如水的杏眼，不嗔亦嗔不笑亦笑。纪昀不禁暗自嗟讶：西域边陲之地，能出这样的绝尘佳丽！于敏中却想：红颜是祸水，皇上跟前有这么个人物，未必是什么好事。和卓氏却不理会这两个男人心思，无声一笑翩然而去，旋即用玉盘托着两小碗好茶出来，一人奉上一碗，操着一口生硬的汉话说道："宰桑纪、于，真主保佑你们。奶茶，请喝——"

"谢贵妃娘娘赐！"两个人忙都起身一躬，小心翼翼捧起奶茶来，因为离得近，果真嗅到她身上隐隐一阵香味，悠悠的清淡宜人，似兰又似麝，又似上好的细藏香。于敏中是道学，忙闭住气，纪昀呷一口奶茶，恭谨地说道："娘娘制的奶茶好！臣在承德喝过蒙古人的，比起来真是天上地下，这真是臣的福气。"于敏中只道："果然是好！"又道，"这殿里这么大，没见火盆子，怎么这么暖的？"

乾隆趁他们喝茶说话，已经更了衣，只散穿一件酱色江绸夹袍，套着件石青风毛坎肩，脚下也换了青缎凉里皂靴，就案后木榻上盘膝坐了，笑着说道："这是依着容妃西边的地炕仿的，地下过火，当然很暖和——说说差使吧。"见容妃要退，又道，"你就侍候我们喝奶茶，不必退避。后妃只一条，不要干政，不谈国家大事就是——你听听，也知道中原天下是怎么回事，顺便学着听懂汉话。"就有一个女翻译在旁叽里咕噜说了一遍，容妃一笑躬身从命，手里取过一个扎花竹夹子坐了桌边，反复观玩研究那套绣花家什。

纪昀双手将刘墉的折子捧着给乾隆，说道："这是山东刚刚发到的，请皇上御览。于敏中接到，因案情涉及于易简，他要援例回避，恰皇上传旨召见，我们就一齐进来了。"乾隆信手翻开，看了看题目，默然放下了折本，说道："颙琰在兖州，初一接到他的请安奏事折子，也讲到国泰在山东口碑不好，说'国泰守山东，齐鲁民不安。易简看藩库，库里老鼠哭'。朕想还不至于的吧？于易简写过《义仓论》，恤民之情溢于言表，国泰从笔帖式升到巡抚才用了几年？他们就这样子报朕的恩！他们果然是敢！你们想必是看过折子的了，说说看，怎样办他们？"他说着，已经涨红了脸，出气也变得粗重急促，喝了一口茶，拧着眉头眯缝着眼不再言语。

"于易简是我的弟弟，诚恳奏告皇上，我原是盼着钱沣所奏与事实有误。"于敏中压着声气，嗓子里已带了哽咽，沉痛不能自胜地说道，"各省库廪或多或少都有些亏损空额的，只要他不受贿，我也还能谅解他。皇上，看这份折子我真比受刑还要难过。他和国泰平时不甚相合，有些龃龉，但买卖官缺，婪索属员这罪都一样可恶。看到他贪受赃银两万多两，我真是心胆俱裂痛不欲生。他不但欺君欺祖，也辱我于氏一门清望，真不知我这军机大臣颜面往哪里放……"唏嘘着拭泪，又道，"这没什么说的。我以为不必再交部议，就命刘墉在济南将此二僚绑赴西市就地处决。家产充公，家人发黑龙江与披甲人为奴！"他顿一下，又道，"家门不幸出此逆弟，我也无颜忝居机枢面对群僚。已经不宜在军机当差。也请皇上下旨罢黜。"

乾隆听着也喟然叹息，摇头道："这没有株连的理法。隆科多当年触法，他弟弟照样升官，鳌拜有谋逆的罪，也没有株连家人，圣祖和先帝立的有例规在。你在军机处。如果从中干扰阻挠，刘墉和珅办差不能这样顺当，朕若不信任，也不会让你留在军机——刘墉查抄他们，已经轰遍了山东省，颙琰在折子里也说了，朕叫进你，就为告诉你不要不安。不要为易简的事自疑，各人是各人的账，该怎么办怎么办。"于敏中一边听一边流泪，说道："世宗爷时杀张廷璐，张廷玉也在军机。臣一定学张廷玉义而灭亲。感戴皇上圣明隆恩，真是无辞可对，只拼命办差补报万一罢了……"

"处分的事臣以为稍缓一缓为好。"纪昀自觉无事身轻，却也要做出难过模样，说道，"亏空的数目已经出来，婪索贪贿到底是多少，还没有弄清楚，不能定谳。既然亏空，就要补足它。这要着落到山东各府县官身上，还有前任巡抚藩司，已经调离山东或已经罢退告老疲弱病残官员，在任内的事都要查清，分别酌情料理。甘肃王亶望勒尔谨一案和国泰一案类似，通省官员一律锁拿勘定，然后奏明请旨才是正理。"乾隆听着，仰脸想了想，又问于敏中："你以为纪昀意见可行否？"

于敏中撕掳开了自己，已觉轻松许多，嘘了一口气说道："纪昀意见是正理。但臣以为甘肃一案不宜为例。如今吏风又是一变，前头端掉甘肃一省官员，这里又端一省，其余省份官场易起惊疑慌乱。我想，杀掉为首的，其余道府州县官员，按亏空账目分别摊账，责成限期补足。这样，既能震慑墨吏，杀一儆百，又不致引出别的枝节，似乎好些。"他这一说，纪昀立刻赞同，说道："于敏中建议好，请皇上裁夺。"

"吏风一变是实，城狐社鼠强盗横行，只能诛杀强盗不问狐狸。"乾隆说话声气有些接不上来，艰难地道，"就是这样办——还有更深的一层，甘肃一省吏治全坏，山东一省又是全坏，老百姓就会想，我这一省要来查也是'全坏'，奸民宵小之徒许就会造出些异样的事端来。啊……这真是不得已的事。论起理来，真该有一个杀一个，该端就一窝端了他的……"不知怎的，他的手有些颤抖，端起杯来兀自抖个不住，自觉头晕目眩，又放下杯，说道，"湖南布政使叶佩荪原和国泰同在山东，国泰在省如此倒行逆施，他岂有不知之理？下明旨给他，让他将在山东任内时所有见闻，国泰等如何贪纵营私之处，逐一据实迅奏。要敢瞻徇隐袒——"他哼了一声，阴沉的声调竟吓得纪昀眼皮一个哆嗦，却听乾隆又道，"就这个章程，纪昀拟旨给刘墉！"

纪昀忙答应起身，高芍药把他引到殿角，铺好纸便囊囊磨墨。纪昀见乾隆似乎还有话要说，就案边一手握笔鹄立，听乾隆说道："受贿行贿的事不能含糊混淆。买缺卖缺，不但国泰二人守口如瓶，行贿那些下作劣员，明知与他同罪，岂肯和盘托出呢？这要委曲开导，说明行贿不是各属员乐为，国泰于易简淫威之下，有不得不从之势。这事情既然出来，只能照规矩办，只要认罪，朕实不忍似甘省那样复兴大狱——就这个意思，文字你自己斟酌。""是。"纪昀答道，略一思量便即动笔。

乾隆见于敏中仍旧呆呆的，说道："毕竟是你的弟弟，还是撂不开手啊！王法无亲国法无私，这也是没法子的事。世宗爷当年诛杀弘时，那是朕的亲兄长呀……尽自他不兄，朕不能不弟，他死了的十几年里朕一想起就不好过，有时睡梦里乍的一醒，想起来就再也睡不着……别想这事了，看罢咧，他们部里议定了再说，但有一线生机，朕还要施恩的——和卓，有什么新鲜果子取给我们用！"

和卓氏听不懂三个男人方才议的什么，学了几句汉话便索然无味，正专心致志理着一堆彩线，认那空心绣花针，研究学扎花儿，听见叫自己嫣然一笑起身，进内殿去，旋又端着一大盘水果，什么紫葡萄、绿葡萄、葡萄干、哈密瓜，霜果鲜灵果香袭人艳色杂陈煞是好看，一边摆放，一边笑道："皇上，宰桑请——吃。宰桑你不（高）兴——乌鲁玛依阿罕柯应？"

"乌鲁玛依……"于敏中顿时堕入五里雾中。

"啊……我猜中了，这很难过的！"和卓向乾隆孩子气地一笑，说道，"宰桑，这样不好……"她的字腔咬得很真，但四声几乎都错了，听起来有点怪，她开始说番话，呜里呜噜的十分清脆流利好听，像是在安慰于敏中，又像在描绘着什么，但于敏中已听得稀里糊涂之至。写完旨稿刚过来的纪昀也是一脸茫然。

乾隆却听得极其注神，偶尔一笑忙又倾听，末了，说道："蛮好听的，像温泉漱玉——你且不要翻译，朕已听了个大概。她说'宰桑这样忧伤，一定是哪个帐房的姑娘拒绝了你的求婚。你的财宝和权势和你美——美丽的梦想顿时委地为尘！不要忧伤，冰清玉洁的姑娘在遥远的前方等待着你。你虽然没了星星，真主会保佑你得到明媚的月亮——朕翻得可对？"他问那位站在榻边的翻译女官。那女官惊讶地笑道："皇上翻译得真好！奴婢下辈子也想不出这么好的词儿——原来皇上学过天山南路番语？"乾隆笑道："只怕有心人耳——敏中，虽然贵妃劝得文不对题，她可是一片好心呢！"

于敏中早已臊得面红过耳。汉人道学，最怕说"情爱"二字，听见人说"人欲"便要掩耳而逃的，哪堪这位不通中原世事的贵妇人连篇累牍劝自己"情场失意"要想得开——前头还有更美的女人在"等着"？辩不可辩，驳无从驳，又羞又闷间经乾隆提醒，讪笑着忙谢恩，说道："臣必努力养性，以期不负贵妃娘娘愿望。"纪昀也道："娘娘真是善性人！"乾隆给和卓氏译了，和卓氏抿口含笑听着，说道："这里，养性殿的名字，善性好！"见他们接着要议正经事，又退了回去。

经一阵说笑款语，本来肃重沉闷的场面宽缓了许多。乾隆看着旨稿，虽没了笑容，却也不再带着狞恶之容，要过笔提着勾勒增减几字，沉吟了一会，又道："刘墉三人实力办差，卓有实绩，要奖升。和你们一样，刘墉和珅着补进军机大臣，刘墉仍兼管刑部部务。钱沣……"他凝视殿角，又摇摇头，"这是可以大用的人才，他有些长处你们不能及，常人也未必看得出来，升得太快容易招人妒忌，晋——右副都御史吧，再给他加礼部侍郎的衔，不实任部务。传旨给刘墉，就在山东勘定国泰一案。叫钱沣进京引见！"

右副都御史，这是正三品品级。钱沣现今是进拔不久的四品官，若按资循例升擢，至少要六年考成"卓异"才能转简到这位置上，乾隆的话语里透出来，似乎还委屈了些钱沣！更怪的是平空加了礼部侍郎的衔，若实任缺就是正二品，且右副都御史是主掌纠劾武员的长官，又文又武的集于一身，也是前所未有。纪昀和于敏中学术不同，都是胸罗万卷识穷天下的人中之英，但都觉得越来越摸不透乾隆的心思，他们真的也是看不出钱沣有什么令人刮目的能耐，直能如此深蒙圣眷！二人对视一眼，于敏中道："山东一案，首起钱沣弹劾国泰，查办案件钱沣只是参佐，臣还是以为升拔得快了些。太平盛世政治中和，擢级太骤容易启幸进之门。"

"不是幸进。"乾隆淡淡一笑道，"和亲王看准了的人，累亲王派人跟踪儿查考钱沣历任各职情形，没有经过吏部，所以你们不知道。你们说是异数，就算异数吧！"这么着一说，两个人都噤住了不敢言语。乾隆又道："敏中是循资格进军机的，纪昀就不是。还有张廷玉，圣祖手里的高士奇一日七迁，那难道不是太平世？你们执掌军机，总揽天下政务，不要让规例拘得成了木头人，心都成了阴沉木①就想不好事了——是么？"

"是！"

乾隆"嗯"了一声，起身在殿中背手游步，一边皱眉思索，一边说道："虽然不能一窝端，却不是不想端了它。就事论事料理，朝廷就见小气了。要借这案子整顿一下吏治，振作一下官场。各省道府、各部藩库，连同兵部武库、被服、粮库、铜政、盐运司道、内务府各织造司库，统下一道明诏，清理自乾隆二十五年以来的积欠。凡亏空的如实报上，不记档，不予处分，酌情可以减免赔补，数额大的可以展缓偿还日期。已经查实的，正在查实的要从速结案，着实严办几个。不然，下头各省又以为是虚应故事，整顿就又成了一纸空文。"他思索着又道，"像詹平正、马效成、卢见曾、

---

① 阴沉木，即木化石。

翁用俭几个，这边朝廷查他的亏空，他在外头仍旧买房置地，还有人保举他们升迁。着实都是些恶浊劣员。传旨给吏部考功司，问接了他们多少钱？这般替他们张罗！传谕户部，查清多少算多少，奏上来查抄了，有不明白的也就明白了！"

点了四个人的名字，其中便有卢见曾。纪昀眉棱骨不易觉察地抽动了一下。他下意识地看一眼乾隆，乾隆却在看于敏中。于敏中道："皇上明鉴，以往虽没有专门下过明旨布置清查亏空，但凡每次涉及钱粮案子，圣谕里都有所垂训，这样一道诏书剀切激告，确实有振聋发聩的效用。不过，臣以为似乎不宜明说'减免'二字，以示皇上决心。待亏空数额查清，有些积年呆账，事主已经破落亡故的，皇上可以特加恩典。这样，事前就不至于说那些亏空官员心存怠玩轻忽了。"乾隆笑道："就依你。还有个消息，颙琰在山东发现了林爽文的踪迹，他就在兖州一带传布邪教！颙琰已经暗中有所布置。于敏中可以写信给山东按察使葛孝化，山东周边道路都要封锁，让太湖水师携同破案，务必拿住林爽文，防着他下海逃亡台湾。朕已经有密谕给台湾知府秦凤梧，令他着意防范。"于敏中忙道："是！已经接到葛孝化的信，原也预备请示皇上的，我这就布置。葛孝化是阿桂的门人，还是会办事的。怕的是走漏风声，惊走了林爽文，他不敢通知缉捕厅，绿营又不归他管，现在山东巡抚布政使都已经出缺。不如由葛孝化越级任巡抚，以便事权统一。"乾隆便看纪昀。

"兖州曲阜是圣人故居，汉人文明渊源之地。"纪昀忙从卢见曾的事情中抽回自己的思绪，字斟句酌说道，"林爽文为什么选这地方布道传教？一来这里历来主佃不合，年年都有刁佃抗租的事，易于激起事端；二来也许想借倡导汉家文明行谋逆背反之实，事成可以就地啸聚抗拒征剿，事败又能随地下海逃亡。这人奸滑实在易瑛飘高之上！"

乾隆听着已经凛然动容，脸色变得异常苍白。从伪朱三太子杨起隆发端，至三藩之乱，乃及后来的诸多谋反造逆的绿林豪强，都是从满汉有别、驱逐鞑虏为号召扯旗放炮的，朝廷自己就是"夷狄"为主，听见"华夷之辨"四个字，就像虫豸被针刺了一下，立刻就蜷缩成一团。昔日"为明复仇"占了江山，这里头有个于情不合于理不顺的心理，亡明即是亡汉。这片乌云像梦魇中的鬼魅一样追逐着大清的每一代皇帝，难道在建国一百多年之后，这个亡灵又来惊吓他的梦寐？乾隆此刻心情一阵紧缩，如今情况不比康、雍年间，也不比乾隆初年，确实有点树大中空，要起一阵台风会怎么样？仿佛不胜其寒，他打了一个冷战，勉强笑道："纪昀确是高屋建瓴，这个林爽文不是寻常绿林匪盗。近几年时时有谣传，说朱三太子在爪哇国起兵造反什么的。居然仍旧有人相信！也不想想，崇祯甲申年到现在已经一百三十年了，什么'太子'能活到如今？朕看还是个华夷分界的心思——与其说是轻信谣诼，还不如说有人心里宁肯愿意有这样的事。这是国家绝大根本政务，万不可掉以轻心！"

"要防着兖州府出事，出事要能随时扑灭。"纪昀脸色青黯，取出烟荷包，往硕大的烟斗中按压着烟叶，他的手指都有点抖动，"我嗅着今年这个年关气味不正。南京年前赛神，听一个叫姚秦的道士讲法，在玄武湖上有五千多人聚听，讲的不是《黄庭》《道藏》，是'万法归一'，这题目就十分可疑。北京、直隶没有那么大声势，但暗地串连得猖獗。山东……山东素为绿林渊薮，从国初刘七，到蔡七，直到近年王伦之变扯旗放炮成了风气。现在国泰被拿，通省官员心思都不在民政上头，恐防有人点一把火，事情就大了。我想，十五阿哥不肯公开在地方官跟前出面，或许也是嗅出气味不对。皇上，我和敏中都不懂军政。葛孝化这人我也略知一二，官场油条，应付一下平安局面还成，大事他办不了，能不能派个熟悉军务的去调度一下——比如福康安，我看就成。"乾隆怔了一会儿，笑道："纪昀有点杯弓蛇影了吧？不过，不以危言，何能耸听呢？朕已经有旨意，阿桂布置好黑河军务就回京。军务上的事，你们把情形都用书信写给他，以免回来还要再看折子。京师是李侍尧，江南南京让金鋐着意留心，山东既然刘墉在，由他主持，葛孝化用心巡察。有什么事随时和你们联络就是了。"他手一挥，"从现在到元宵，还有十天，累你们不能休假，也不要再轮值了，都住军机处，防火防贼防闹事。就这样！"

"是！"

两个人忙都起身答应。待要辞出，乾隆又叫住了，笑道："你们稍停一停。贵妃的厨子正烤全羊，立时就好的。料你们也没进早点，就这里赏你们用了，再出去办事不迟——她那里只有肉孜节、开斋节，还有斋戒月，不过年，和中原习气大不一样，你们也来领略一下西域风味。"纪昀二人便又笑着坐了。纪昀说道："怪道得宫门前没有悬春联，原来容娘娘家乡风俗不过年！不过，这里牛街一带穆斯林也和平常人家一样的，娘娘入乡随俗，也就是中原人了，人说到什么山，唱什么歌嘛！"

他们说话及容妃，她已在认真谛听，似乎不甚明白，待女官翻译了，问道："皇上，这位宰桑想听唱歌吗？"

"啊……"乾隆一怔，接着哈哈大笑，"对，对！他想听唱歌，朕也想听呢！你们那里的女子人人能歌善舞。这会子政暇，你尽情唱一首朕听，他们就便儿也沾点清惠！"

和卓氏含笑挽首，两手轻拍了一掌，几个番妆侍女各持乐器款款从偏殿出来，向四人弯臂行礼了，主乐的一个点头会意，手鼓撞铃月琴热瓦普旱雷破寂般拔空而起。和卓氏皓腕轻舒倩步盈移，翩然起舞，女官站在乾隆身后轻声翻译，听她唱道：

> 萨里尔山口云烟漫漫，
> 云烟中半隐着透明的冰山。
> 蓝天下牧场上挥舞着长鞭，
> 把歌声直送到遥远的天边……
> 阳光下广袤的草场碧色连天，
> 清清的河塘边百花舒展。
> 我骑着马儿走遍天下，
> 梦儿里故乡的影子总在牵念……

歌词儿在纪昀于敏中耳中听来不算雅致，但周匝妙音鼓奏声调铿锵清节明快，伴着令人目眩的舞蹈，听来直令人飘然欲仙，一时乐止歌歇犹自余音袅袅。静了一刻，乾隆三人便笑着鼓掌喝彩。和卓氏和蔼地笑着，见两个厨子抬着大木条盘盛着一架烤羊过来，忙着洗手了用小刀就条盘中分割，先献一盘给乾隆，又分给于敏中纪昀，说道："我唱得不好……两位宰桑不要、笑话。请主人——用，请——用。"

"这样的歌舞谁敢说不好？"于敏中叹道，"我学生还是头一回聆此妙音，真是福气！皇上很可以让畅音阁供奉们按曲谱出来，唱给太后老佛爷听，老人家准是高兴！"乾隆道："已经给太后听过一回了，太后乐得前仰后合拍手打掌的，说和蒙古歌儿味儿不一样，意思是一样的。太后还诧异：'你那脖子就那么平着一晃一晃的，别闪着了罢？'说得大家都笑得不得了呢！"纪昀却十分眼馋那只全羊，烤得油亮焦黄，热油兀自泛沫儿嗞嗞直响，羊肉香伴着不知什么作料的香味直透心脾，半点膻味儿全无。见乾隆先下了口，喜得道："臣又要大快朵颐了！"捧起一只羊肘便咬一口。于敏中惜福修边幅，只学乾隆样儿一点点咬着品嚼。一时乾隆便吃饱了，纪昀也不敢真的放肆无忌。宫女们端水来给他们净手。乾隆笑道："这剩下的都赏纪昀，往后有得你吃的羊肉——不过你不能白吃，容妃只是口谕晋了贵妃，你打点胸中文章，写篇册文来！"

这在纪昀是再容易不过的事了，答应着"是"，已在打腹稿。芍药花儿捧砚拂纸，就桌上写道：

尔和卓氏，秉心克慎，奉职惟勤，懿范端庄，礼容愉婉。深严柘馆，曾参三缫之仪；肃穆兰宫，允称九嫔之列。前仰皇太后慈谕，今册封尔为容贵妃。法四星于碧波，象服攸加；贲五色于丹霄，龙章载锡。尚敬夫恩渥益克懋夫芳薇，尔其钦哉！

"好！"乾隆就站在纪昀身后，看着他写完了，击节称赏道，"词文并茂，毓华端庄，典故也用得允当。仓猝间能出这样文章，纪昀不愧第一才子！"

这"第一才子"是早就在朝野流传共识的了，乾隆却是头一次面许。纪昀一阵兴奋，瞳仁中放出狂喜的光，连身子都觉得轻了许多，但几乎一刹那间他便意识到了失态：乾隆自己就是诗、书、文兼长，以文武全才十全无憾自雄天下的"圣"天子，随口夸这么一句，自己就"轻狂"起来，皇上会怎么想？想着，心已经沉下来，赔笑说道："纪昀怎敢谬承皇上金奖？小有薄材，也是跟着皇上修纂《四库全书》，听皇上朝夕训诲，耳濡目染得来的。昨个儿还和敏中闲话，说起皇上的诗《登宝月楼》。嗯——淑气渐和凝，高楼拾级登——这是多么从容、多么凝重——北折已东转，西宇向南凭——真真的海阔天空包容宇宙，大气贯于六合，又着落在浑然圆融之中！比起来，臣的那点词章雕虫小技真如江中尾鱼拨水而已！"于敏中在旁听着心下暗自佩服，他们确曾议到过《登宝月楼》，两个人口是心非也"夸过"，总不及纪昀此刻临场机变现买现卖，赞得此诗只应天上有，遍观人间无处觅——马屁拍得云天雾地却又不着半点肉麻……"我怎么就没这份机灵气儿？"于敏中暗想。

"尽知你是谀美，朕还是高兴。"乾隆被他捧得浑身舒坦，笑道，"所以天下事千穿万穿马屁不穿——不过你的主旨还是实话，朕的诗用'圆融'二字评议还是中肯的——你们跪安吧，纪昀到上书房去，查一查国初睿亲王多尔衮的处分诏书存在哪里，让他们呈进御览。"

这个时候怎么突然想起多尔衮来？于敏中二人都用询问的目光看乾隆。

"当年多尔衮是受了冤屈的，经了这百年之久，愈看愈是明白。要昭雪。"乾隆说道，"这里头的奸佞小人是济尔哈朗，世祖章皇帝还在幼冲没有亲政，小人擅权蛊惑诛杀忠良，以致百年覆盆冤狱！当时八旗劲旅兵权都在多尔衮手中，吴三桂、前明胜朝旧臣举易奉迎，他要造反谋逆那是举手之劳，他想当皇帝，谁能挡住他了？他有毛病，摄政王当久了，有些个威福专擅是真的。但谋逆是什么罪，可以轻加于忠良臣子？"见二人仍旧大睁着眼看自己，乾隆叹道，"一头要肃贪倡廉杀伐整顿，一头要褒节奖忠公道理事。这有什么难解的？像世宗爷时八叔九叔的案子——这些事朕不说话，后世子孙就更不敢讲了。这不是急务，先说几句你们知道，日后再议。"

这其实是说"以宽为政"的治国宗旨不变，二人这才恍然明白过来。但纪昀还是觉得这件公案出来得突兀了些，当下不能细思，见乾隆无话，便和于敏中联袂辞出。

"这两位宰桑都很好。"和卓氏见乾隆望他们背影，在旁一字一顿说道，"他们的眼睛告诉我，他们都是忠诚博格达汗的人。纪——好！他吃肉的样子让我想起家乡的人；于——像是个有学问的长老……纪背诵您的诗，宝、月、楼，还有他写的文章肯定也很好！"

乾隆含笑听她说话，转身爱怜地抚着她的发辫说道："宰桑只是比喻，他们职务的名称是军——机——大——臣。三万万人民中精选出来的人上之人，当然'很好'。但是，你这位真主的娇女儿听我说一句，汉人聪明博学处世练达阅历深广，文明典型历代昌盛，别的哪个族也无法和他们比，这是其长。若论阴柔怀险，机械倾轧尔虞我诈——啊，这样说你不能懂，就是——骗人吧！也是谁也难比他们——所以从顺治到我，四代——博格达汗，又要防他们又要用他们，真是如履薄冰如临深渊，生怕一步不小心就落了圈套陷阱里头——我是夷狄，你也是夷狄，所以能说说，在外人跟前这话是不能说的。"

"他们——骗子？"和卓氏睁大了一双美丽的眼睛，"还有如履——？"

"就是像在结了薄冰的河面上行走，站在万丈深涧的边缘，你敢不小心吗？"乾隆笑道，"我没说他们是骗子，是说汉人，汉人的心就像深得探不到底的井——这下子明白了吧？"

和卓氏还在发傻，乾隆越看她越是可人，忍不住在她额上轻轻印了一吻，小声道："晚上我再来，可不许扭扭捏捏的了……我到太后那儿请安，她们过年，这会儿一定热闹得不堪。你不去也好，午歇后单独去请安就是了……"和卓氏顿时羞得飞红了脸，乾隆笑着去了。

第二十二回　御花园游园惊忆往事
　　　　　　福康安居丧慷慨请缨

　　接连两天乾隆都宿在养性殿容妃的寝宫里，他想趁着元宵节前政暇公余好生松散一下绷得太紧的心，紫禁城西半边无论翻哪个宫的牌子，一大早就有太监聒噪，又是叫"撤灯火，撤千两（锁）"，又是扫地，年节期间各宫妃嫔串门闲话，见面互道年喜问安。声气儿虽都不大，又远隔重垣，但他自懂事就早起惯了，醒得早，再隐隐听见这些动静，想再入梦睡个回笼觉比登天还难。容妃这女子比别个"主儿"另有一桩好处：房事上头不甚兜搭，得宠不恃宠，处得淡淡的各自随意。不像别的女人那样，只要他醒着就千方百计扭捏揉搓，"请皇上龙马精神，再……"弄得人神昏身软，因此，倒得两夜好睡。

　　初七早晨，乾隆直睡到卯正时牌才起身，和卓氏早已醒得双眸炯炯，躺在他身边看着蒙蒙清亮的窗纸出神，见他着衣，也忙起来侍候洗漱，用过早点，就大座镜前请乾隆坐了，在旁边给他梳理发辫。乾隆见她觑着眼用纤指在头发里拨弄什么，笑问道："看见白头发了么?"

　　"是，一根大（粗）的。"和卓氏孩子气地一笑，"我到北京，最可笑的就是看到男人们都留辫子，额头上的头发又剃掉了。这不好看，不过看惯了也没什么，想起来又可笑——大皇帝，您有至高无上的权力，为什么不下令不要这根辫子? ——我把它拔掉——好、吗?"

　　乾隆微笑着一摆手止住了她，叹道："这是祖宗家法，没法子的事。二十年前我就想革了这身满装。太后，还有那些王公亲贵没一个不反对的，硬要革，没准儿就把我这皇帝给革了! 满洲风俗女人剪发是大忌，剪掉头发就是说不爱她的丈夫了。男人要留辫子剃头，不剃头就是要死了!"

　　"真的!"

　　"当然是真的，就像你头顶上的真主一样真。"乾隆缓缓说道，"日后我带你出宫，在街上能看到理发匠剃头的担子，一头担着火炉子热水盆，另一头是个小抽屉桌子。"他拍了拍和卓氏的妆台，"样子和这一边有点像——上边插着一根铁条，那是一点用处也没有——你知道是干什么用的？用来挂割掉了的人头！"

"啊！"和卓氏轻轻惊呼一声，手一颤，几乎掉落了木梳，"这么残忍的？"

"不是残忍，是残酷。"乾隆怅然说道，"要汉人剃头，不剃就割头挂在铁条上。这叫'留头不留发，留发不留头'。不梳辫子就是不服从新的王朝统治，就要宰羊一样杀掉他！这是政治，要让汉人从心里到全身都明白，他们已经换了新的主人。单是扬州一个城攻下来，十天里头就杀掉了三十万汉人……所以我要以宽为政，时间能洗掉耻辱和仇恨，百年过去，不能回首也就回首了。"见镜中和卓氏玉容失色，拿着木梳怔怔，乾隆喷地一笑，说道，"这都过去一百三十年的事了，你这是怎的了，吓得这样？我们一道去太后那请安，好么？"

和卓氏勉强笑笑，用明黄丝绦在乾隆辫梢绾了个花结，又松松地把汉玉络子系在乾隆的卧龙袋边，退到一边说道："我跟从主人去。"芍药花儿在旁道："奴才这就吩咐他们备辇。"

"不必了。"乾隆站起身道，"朕同贵妃散步过去，你跟着侍候就是。"

"喳……"

三人出养性殿看时，太阳已经出来，只是宫墙殿房栉比鳞次挡着，下头阴寒冰冷，宫墙上黄琉璃瓦罘罳铜马兽头都映在初升的日阳中，金灿灿明晃晃辉煌耀目。乾隆到南北巷口，仿佛犹豫了一下，见秦媚媚从南一路小跑过来，便问："有什么事么？"秦媚媚跑得有点接不上气来，微喘说道："太后老佛爷叫奴才传话，她老人家要到御花园里头悠悠步儿，请皇上不必过去请安。叫和卓氏预备着，待会儿慈驾到养性殿来坐坐，早膳就在这儿用，不要那么多礼数，随分就好。"

"是。"乾隆听了略一躬身答应，又对和卓氏笑道，"看来你厨子做的手抓羊肉对了老佛爷脾胃了，芍药花儿去传旨叫厨子们用心巴结，侍候老佛爷受用了有赏——完了还到御花园侍候。""喳！奴才领旨！"高芍药扎地一跪，飞也似去了，秦媚媚便知乾隆要到御花园，哈腰侧身带着乾隆和卓氏趋北而行，由北五所夹道近路而西，趄一个弯儿便是御花园东门了。

乾隆一进园子便知太后还没到。偌大的园子里空落落的，只有钦安殿丹墀上几个老太监抱着扫帚闷头认真地扫地，甚是寥落冷清。和卓氏随乾隆漫步朝坤宁门走着，不禁问道："博格达汗，为什么他们不向您行礼？"

"他们啊……"乾隆微笑着说道，"这都是侍候过康熙爷的老人儿，最小的也六十多岁了，一多半还是又聋又哑，眼神精神气儿都不中用了。再说我从来不这时候来逛园子，也不走这个偏门，他们也想不到是我。"

"他们都是聋子、哑巴？"

"是啊，"乾隆笑道，"这有什么稀奇的？圣祖爷晚年宫里闹家务，有些事不能传出去，所以刺得他们聋哑了，就在这里照料一下花园子养老。"一回头见芍药花儿也跟上来，便吩咐："朕和贵妃散步，你们这瞧着，老佛爷过来知会一声。"因见和卓氏站着不动，手指西北说道，"我们到千秋亭那边，太阳晒着暖和，那边花房也好看——你怎了，有点神思不定？"和卓氏怔了一下才回过神来，一边跟着乾隆缓缓移步，说道："今天早晨听到了太多的事，都很可怕。我不知道以后会不会见到更多的事……比如说刺聋人的耳朵刺哑人的喉咙的……"乾隆也是一怔，随即笑了，说道："你是个美丽善良的公主。又生长在域外，有这想头不奇怪，女人离开政治和战争远一点有好处，所以我一见你就说，不许你干预政务。慢慢你就惯了，就明白华夏，嗯……这个文明和我们是大不一样的……"他沉吟着，回身指着东边说道，"我们刚才路过那五座低矮的宫房，曾经囚禁过一位皇太后，人们拥护她的儿子作了皇帝，却不承认母亲的地位，把她在那里幽禁二十年，待到她的儿子见到她，她已经病入膏肓双目失明，牵着儿子的衣服说了一句话'儿子长大了，我死有什么遗恨？'就此一恸而绝……"乾隆说着声音也颤抖了。

两个人几乎同时住脚，站在钦安殿丹墀下不言语。

"那边，"乾隆又指西北角，"那一处叫重华宫，那里边曾经有个太子，在里边躲藏了七年，连老皇帝也不知道自己居然还有个儿子！因为，他的母亲不能保护他，别的嫔妃为了自己的地位，宁可皇帝没有儿子，会随时害死太子……直到他长成人，才有人告诉老皇帝，父子天性，那孩子一见父亲就扑进他的怀中……"乾隆说着，眼中已溢满了泪，又指南边，"我那里叫养心殿，二百年前吧，明代第十一代皇帝叫朱厚照，是个不务正业荒淫无度的昏君。一个夜里，七个宫女用绳子要合力勒死他……"

"天哪！皇上……"

"她们没有成功。"乾隆口角带一丝狞笑，"黑地里绳子打了死结——你想想看，皇帝是什么样子，宫女又是什么样子。"和卓氏脸色苍白得毫无血色，战栗着说道："皇上，您别说……别说了……我……害怕……""听听这些有好处。"乾隆镇静地拍拍她的肩头，缓重地说道，"我说的那都是昏君当朝出的事，也已经过去了几百年。大清建极之后只出过一件案子，就是雍正初年一个叫隆科多的军机大臣，带兵闯进畅春园紫禁城搜查宫掖，雍正爷一道旨就圈禁了他。这也已经过去五十年了。说给你听是要你心里有数，这里是天下四海万物的机枢，不同于民间，更不同你家乡那般山清水秀清浅明朗，警惕戒备些子有好处。"乾隆一笑，"你是个一眼能看到心里的人，不会有人伤害你，何况有我在！"

正说着闲话，忽然隐隐听见千秋亭北澄瑞亭一带有嬉闹人声。二人循声望去，一带竹林挡得严严实实，隔林似乎是有一群小孩子捉迷藏的样子，有笑的，有拍手的，有叽叽呱呱说话的，影影绰绰的都不甚清晰。乾隆侧耳听了一阵，一边拾级上着石阶，笑道："这是才进宫的小太监了。在重华宫里听大太监调教。大概年节管得不严，都溜到花园子来玩了。"和卓氏道："小孩子，爱玩的。"说话间蹚过竹林，果然见是十几个小孩在空场上玩，却不是捉迷藏，大的十一二岁，小的只在七八岁上下，有的盘起一只脚蹦来蹦去撞着"斗鸡"，有的打陀螺，有的扯风葫芦，还有七八个人围成一堆儿在看什么稀罕。乾隆看时，是个头发花白的老太监爬跪在地上，在画着什么。孩子们谁也不认得乾隆，没有理会他们，饶有兴致地围着老太监指指画画，七嘴八舌议论：

"这是乾清门！"

"这是慈宁宫！"

"这是个女人，怎么没穿裤子，精条条的两条腿，像个妖精！这人有辫子是男人——也没穿裤子。嘻嘻……"

有人立刻反驳："外头大闺女也有留辫子的，你怎么知道是男人？"那孩子指着画儿道："你看，他腿当中没蛋！"就有人接腔："你有蛋么？亮出来我看！"一阵哄笑中一个孩子问那老太监："嘿，高疯子，你成日画的什么玩意疾步儿，是男是女？说！"

乾隆这才留意，澄瑞亭前这片砖地上到处都是画，有宫阙楼门，也有男女人物，歪斜扭曲甚无章法，有的画痕新旧重叠，有的已被脚踩得漶漫不清。留心看那老太监，约莫六十岁，发辫散乱，后脑勺儿黏得毡似的，前额的头发足有三寸多长，垂落下来遮了半边脸，手里捏一片裁缝画线用的滑石，直勾勾的眼睛看着地，抖着手歪歪斜斜地画。刹那间，乾隆觉得他面熟，寻思了一下，又摇摇头。

"老不死的，不说话！尿他！"一个孩子大声叫道。这话立刻逗起一群人兴头，连散在一边的小太监也凑过来，大家撩袍解裤子掏出小鸡鸡，站得远远的努着劲儿齐向老太监身上撒尿，老太监顿时头脸身上淋淋漓漓都是尿汁子。大冷天儿这般恶作剧，乾隆本来微笑着，一下沉了脸，正要喝止，小太监里不知谁喊了一句："秦公公来了！"轰然之间一齐如鸟兽散，撒丫子跑得一个不剩。乾隆转身，果然见秦媚媚大步过来，知道是太后到了，不等他说话，扯了和卓氏回身，一边走一边吩咐："这是哪宫的太监？有病照常份儿医治，这样子是什么观瞻？叫人给他剃头换衣裳——还有这群小混蛋，谁管的？这么作践人，没调教的，跟慎刑司说，连管带太监，每人赏五箴条！"又问，"这老太监原来在哪宫侍候？朕瞧着见过他似的——"

乾隆一边说，秦媚媚连声答"是"，小心搀着和卓氏下石阶，又道："这高疯子是老人儿了，先头在雍和宫跟主子书房侍候笔墨。主子登极他进来。那时候还是高大庸主事儿，他满得意儿的，跟了先头主子娘娘，又跟了现在主子娘娘，又跟钮贵主儿，不知怎的，跟高云从犯了生分，说他偷宫里头字画儿卖，打了一顿撵到北五所扫院子。那年皇上南巡回来，本来他还能回储秀宫当差，不知怎么的就疯了。任谁见了不说一句话，就趴地上画画儿，多少年都这样儿……别的奴才就不晓得了……"乾隆一边听他说，心里忆着，一时却想不起来。眼见太后从坤宁门那边过来，陈氏和二十四福晋一边一个搀架着她颤巍巍向钦安殿走，后头跟着一群太监，忙抢步迎上去，代乌雅氏搀了太后，笑道："不劳生受二十四婶，这么早的就进来给老佛爷请安了？——老佛爷今儿好兴致！儿子就说带和卓氏过去请安的。刚刚儿接见过纪昀和于敏中，说得头昏，就说也到园子里来的，听说您老人家也来了。这可不是母子天性？"

"我还成。"太后笑道，"今儿起得早了点，你二十四婶送进来的高丽打糕，虽说好用，怕克化不动停了食，就出来走动走动。走到这里竟还不觉得腿疼！还叫你二十四婶揽吧，你也六十多的人了，这里阳地里暖和，又没风，叫他们搬春凳子来坐着晒暖儿说话，再去扰和卓家的去！"她说着，和卓氏已经行过了礼，乾隆一迭连声命"芍药花儿，去传懿旨——和卓氏，这是二十四婶，你蹲个万福礼吧！"

于是众人忙碌，有的传旨，有的布置关防，撵去闲太监开殿门搬春凳地来回乱窜，凄静的园子立时喧闹起来。乌雅氏方才和乾隆交接之间，已被乾隆暗中在腕上挼了一把，见"芍药花儿"是个太监，不禁格地一笑，说道："芍药花儿——真好名字。"又忙向和卓氏还礼道："容主儿，您是主子我是奴才，没的折了我的皇粮——老佛爷您瞧瞧，容主儿娘娘这衣裳，这模样——比波斯国进的那个《美女牧羊图》上头画的还标致漂亮呢！呀……啧啧啧……这么着扮出去，那可不是个波斯观音？"太后笑着点头由乌雅氏来揽，乾隆的手又不老实一次，乌雅氏只赔着笑，陈氏也笑。太后却是毫无知觉，见抬来了紫藤春凳，由她们扶着坐下了，说道："方才内务府的那个叫赵什么来着回我，说和珅在山东又送进来三百两金子造发塔使。这事我本来无所谓的，既快造成了也就罢了。宫里连两三钱重的金调羹子都化进去了，下头底座儿用金银掺和两搅儿浇出来。皇帝，咱们是天家，自家屋里这些不急之需马虎一点儿无碍的。你就下旨，别那么旮旯缝隙地收罗了——好么？"

"儿子听着了。"乾隆赔笑说道，"母亲太俭省了，这发塔并没有动用国库金子，纯是儿子自己的一点孝心。母亲说的是，下头底座儿可以用金银合铸。既这么着，芍药花儿传旨给王廉，和珅送来的三百两金子，用三十两打一百把金匙送慈宁宫，余下的化进底座里，不再征用金子了。"因见乌雅氏手帕子捂着口笑，问道，"婶子笑什么？"乌雅氏笑得涨红了脸，说道："回皇上，奴婢还是笑芍药花儿这名字，这么个麻脸太监黑不溜秋的，喊个'芍药花儿'跑得狗颠尾巴似的，还'芍药花儿'呢！"陈氏道："婶子王府的太监是先帝爷留下的，名儿都不怪，你见得多了也就不怪了——五叔府里几个太监，有的叫'狗屎''混账行子''王八蛋'什么的。有一回五叔嫌菜做得不好，发脾气拍桌子骂：'这菜怎么做成这样，混账行子王八蛋！'两个太监吓得一齐跪下，苦巴着脸说'这不干奴才们的事，是狗屎去厨房交代的！'"

话音一落，立时众人笑成一片，十几个宫女叽叽格格笑得东倒西歪，太监们躬背转身咳嗽打跌，只有和卓氏没有听懂，睁着一双大眼睛微笑看众人。乾隆见母亲一手端着茶碗笑得浑身乱颤，忙掏出手巾上去照料着揩拭。陈氏一边给太后捶背，浅笑着道："是我不好，看老佛爷呛着了……"

笑了一气，园中气氛已不似安座时那般肃穆，因说起元宵观灯的事，有头脸的女官宫女也来凑趣儿，有说在御花园扎个大龙灯的，有说在慈宁宫设架灯棚的，有说叫宫里太监踩高跷扮百戏耍子的，旱船花轿舞灯……再放出象麋鹿……那景致在外头也是万万没这眼福。乾隆笑道："紫禁城赶进来一群野兽那成什么光景？这御花园要设筵款待百官，欠庄重了也不好。倒不如索性圆明园里去，宝月楼西海子边那片空场，叫内务府弄热闹起来，又宽敞又展样大方。这么着可成？"太后听着都笑着摇头："宫苑里不论怎么摆布，都得不了真趣。他们跳啊舞呀，一想都是些太监出来花梢样子，想笑也笑不出来了。这里出去到正阳门，是北京城最热闹的，先帝爷年轻时候带我去看过花灯，那焰火爆竹、那银山火树、那戏那人……宫里头怎么也装扮不出来——先帝爷给我们都是用轿车，玻璃窗户上看了半夜呢！"她眼睛向前方盯着，有些昏瞀了的瞳仁放出喜悦的光，像是憧憬当年风华，又像慨叹时光一逝似川，"唉，五十五年没再见那景致了……"

"老佛爷既有这心情，儿子当得巴结孝顺。"乾隆也被她的情绪感染，笑着说道，"先帝爷能让您看灯，儿子为什么不能？索性就大热闹一回，通告京师百姓，我陪您上正阳门观灯！皇后、贵妃、妃、嫔……还有——"他瞟一眼二十四福晋，"亲王郡王贝勒贝子福晋都上垛楼上，百官筵宴就设在正阳门内——这么着，百姓们谁不要来瞻仰观光，越发地热闹了！"太后喜道："敢情是好！这叫与民同乐金吾不禁，是盛世景象——只怕人太多了挤坏了人，鼓儿词里说的拍花贼也最爱趁乱热闹拐人家孩子的。""这个不碍。"乾隆笑说道，"李侍尧是做什么吃的？叫他着意防护保驾就是了。"说着，见太后微笑着哈腰起身，便道："还是陈氏和二十四婶扶着，咱们看花房里的花儿去。"

一众人等又纷纷起身，由乾隆陪着，簇拥着太后向西行，却不由石阶原路走，沿西门内漫坡石卵甬道上北，绕澄瑞亭、顺贞门到浮碧亭，一路沿花房隔玻璃天窗看花儿。堪堪到万春亭北，乾隆一眼瞭见高芍药回来，身后还跟着王八耻，匆匆往这边走，便知前殿有事，果然见高芍药对王八耻说了句什么，王八耻站住了脚。乾隆见高芍药一脸讪笑过来，趁太后、和卓氏、二十四福晋和陈氏正觑着眼看里头的"平地一声雷"花儿，趁步过来问道："有什么事？"高芍药小声道："傅恒公爷——薨了！"

"……"

"福康安进天街报丧，现在军机处候旨。"

乾隆脸上的笑容像被骤然袭来的冷风激了一下，立刻僵住了凝固了，尽知必有的噩耗，尽知"就这几天的事"，乍听之下，心里还是轰然一声，仿佛坍陷了似的沉落下去。惊怔移时，方才回过神，匆匆吩咐道："着王八耻叫当值军机大臣带福康安到养心殿，朕这就去——传旨叫李侍尧也进来见朕！"他又站着略定定心，转身回去，见花工太监正捧一碗蜂王蜜汁献给太后，便命："你先喝一口再献太后！"打叠起精神笑脸又道："老佛爷，前头又叫儿子有事儿，不能陪您进早膳了。你们只管过去乐子，和卓氏还有拿手的西域舞给您逗闷子呢！儿子这就去，要有空儿呢，再进去陪您，要不得闲，晚上再过去请安。和卓氏小心侍候着点——二十四婶轻易不进来，多陪陪老佛爷，也要去见见皇后，晚了就不必回去了，陈氏照料着点……"太后笑着摆手道："你忙你的去，还有人敢委屈我了？"

乾隆拿捏着步子出御花园，一乘明黄软轿已等在坤宁门北，匆匆几步上去坐了，轿子一滑已疾速前行，迎头到储秀宫门口，笔直的永巷南头养心殿垂花门口看得清爽，纪昀已经到了，和一身白孝的福康安都跪伏在门前阶下迎驾。乾隆下轿，只看了一眼浑身颤抖的福康安，叹息一声，说了句："进来吧……"便径自进殿。王八耻王廉忙着替乾隆除下皮袍，茶未及上，纪昀在前默默引路，福康安跟跄趋步已进了暖阁。

"皇上……"福康安仿佛四肢都瘫软了，几乎是贴在地上，从肩到臂都在剧烈地颤抖，平时梳理得极精致的发辫也有些松散，额前的头发足有寸半长，灰蒙蒙的毫无光泽，随着不计其数的碰头丝丝颤动，哽着嗓子只连连叫，"皇上……皇上……皇皇……"纪昀和他并排而跪，虽略撑得住，也是面色灰白目光呆滞，嘴角也有点扭曲，抽动着似乎想哭，但这个方寸之地是天下中枢之纽，历来规矩最严，别说正月年节间，就是平日说话高声过限，也是君前失礼，只强忍着哽咽拭泪，说道："傅恒撒手去了……"

乾隆一时没有言语，四边没有着落似的看看窗外，又仰脸看殿顶的藻井，恍然间泪水一下子溢满眼眶，忍了忍，还是扑簌簌走珠般淌落下来，颤着手接过王八耻递来的毛巾拭着泪，声音已变得暗哑："是么？这太伤朕的心了……才五十多岁呀……他跟了朕四十多年……就这么去了？"他泪眼模糊又看看福康安，仍是连连叩头，喉头似乎有什么哽着，全身透不过气来，细白的手指死命地抓捏滑不留手的金砖地面……乾隆说道："孩子……朕知道你难过，别这样，别……你放声儿哭一场，哭吧……别怕……"

福康安"呜"的一声放开了嗓子，身子转侧着，抽动着，扭曲着号啕大哭，几乎要软瘫在地上。长声一恸中乾隆泪落如雨，满殿宫人想到傅恒平日待人，无论贵贱从不气势凌人，简易平和恩宽施下，此时此刻无不动情动心，都陪着唏嘘流泪。纪昀随福康安哭了一会儿，心里略觉舒畅，思量还有许多大事安排，抽泣着拭泪收摄，说道："傅恒虽去了，他一生轰轰烈烈，上领皇上异数恩隆，下昭百姓明明之德，煌煌功业建树青史，由散秩大臣累累超迁居一等公，诚为我辈臣子模范。生荣而死哀复有何憾！现逢新丧，有许多恤典节仪还要安排，皇上不宜为此过于伤怀，福康安更要引荣节哀，诚谨思孝，妥当送归傅恒，移孝为忠，才能使傅公惬怀于地下……"说罢，忍泪连连叩首。

"辍朝三日为傅恒发丧。"乾隆雪涕拭面，待福康安止泪，这才说道，他的声音变得又浊又重，仿佛斟酌字句似的说道，"纪昀代朕拟一篇祭文，由皇子颙璘到傅府致祭……陀罗经被是早预备了的，朕原是还有一线希冀，所以没有赐，就由纪昀和于敏中到府颁旨赐与。其余礼仪照一等公丧葬由礼部议定报朕知道。"他沉吟着又道，"至于恤典，傅恒要入贤良祠这不消说得，大丧完毕送傅恒丹青绘像入紫光阁悬供。福隆安着加一等伯爵，福灵安加二等伯爵，都晋散秩大臣听用。福康安系傅恒正配嫡子——你这就承袭你父亲爵位，晋一等公。"

　　伏跪在地的福康安身上颤了一下。纪昀的腰也向上挺了一下，前头的赏赉都在他的意料之中，就傅恒在百官军民中的威望信义，他一生的功业，当得皇帝这些恩赏。但"一等公"是人臣的极峰功名，前代当今多少勋戚贵介沙场上头滚打一辈子也未必挣得这么高的爵位。轻与轻取不但招忌，连后头进步的余地也一点没留出来，这于福康安有什么好处？乾隆一直想提拔福康安这谁都知道，几次议加三等公军机处都顶了，这刻突然又超擢为"一等"！纪昀思量着不妥，但要他单独"顶"，他没这胆量，且是此刻情势，万不能在傅恒恤典上反复驳难，一时竟不知如何对答，只作沉思状，暗中用腿"有意无意"碰了一下福康安。几乎同时，福康安已经叩头回奏："皇上恤典乃是父亲傅恒荣誉，奴才原不该辞，记得皇上屡屡训诲，'好女不穿嫁妆衣，好男不食父母田'，奴才应当自立自强，再建功勋酬皇上高天厚地之恩，报父亲掬劳切望之心。将此恩旨为奴才悬赏之典，待奴才孝满，出来为国效力有功再行恩赏，以俾于公于私两益。"

　　"那就把这一条叙进圣旨里，朕给你留着进步余地。"乾隆说道，"但你毕竟不同福隆安福灵安。你辞了，他们辞不辞？——晋三等公，不要再辞了。"乾隆说着，一闪眼见李侍尧进来，也是满脸哭相跪了行礼，因又道，"你和纪昀都受过傅恒的恩，纪昀为主帮着料理丧葬，你也要多去去傅府。傅恒不同别人，既和朕是郎舅亲情，他又是彪炳史册的社稷之臣。朕不能再到傅府去了，怕心里受不了，有事你们商量奏朕……就是……"说着又垂下泪来。

　　李侍尧两眼一泡泪，但他是个警醒灵动人，历练得出来的，却不似纪昀书生纯情，听乾隆吩咐，叩头哽咽说道："傅恒一辈子都是臣的上司，又是良师。臣在隆宗门乍闻噩耗，真像晴天一声霹雷，震得神魂俱落，此刻心里还在蒙着，还不敢信他已去了……这会子臣能想到的，傅恒是皇上一手栽培的宰相，管领国家政务，在当兵的里头，他又是元戎大帅，三军宾服的上将，可否调拨一千士兵护送灵柩以资荣行？这不是臣工能做主的，伏请皇上圣裁。"

　　乾隆望住了李侍尧没言语，以傅恒在军中地位威信，千名兵士护柩不算铺张，但这是"僭越"，除了战场上掩埋将领没有这个先例。已经有了那么多恩荣，还要再请加。李侍尧这是什么意思？他略一沉默，三个人立刻觉得一种无形的压力透过来，但福康安不能驳，纪昀无法代辞，李侍尧无法改口，他蠕动了一下身子，已是觉得不安了。乾隆"嗯"了一声，似乎已经明白李侍尧不过是"冒失"，话凑话地想在傅恒丧事上"拾遗补阙"，释然叹道："你也是好心，想壮一壮傅恒行色。不过太出眼了，又是节下，惊动太大了，傅恒也不安。他一辈子谨小慎微忧谗畏讥，还是要成全他的心。"李侍尧连忙叩头道："是臣说的不是了，谨遵圣谕。"乾隆还要说话，见王廉进来，手里还捧着两封信，便问："是哪里递来的？"

"军机处刚才火急送进来的。"王廉把信捧给乾隆，后退一步哈腰说道，"一封是隋赫德的，一封是十五爷的，上头都加有'特急'字样，十五爷的信上还别了三根鸡毛。都是六百里加紧呈进，纪大人不在，军机章京刘保琪叫奴才——"他没说完乾隆已扬手摆着制止了他。

王廉大气儿不敢出，蹑脚儿退下去了。纪昀李侍尧不知出了什么事，都跪直了身子，连福康安也满面泪光抬起头来凝视乾隆。乾隆比着两个信封看看，隋赫德的是火漆加印通封书简，因路途遥远，已磨得稍稍有点毛边儿，颙琰的却是寻常百姓用的市面上的桑皮纸信封，是写给军机处的，上头写着"紧急密勿"四字也甚潦草，压沿封口处粘别着三根鸡毛，显见这两封信都十分急要，他却先拆看隋赫德的，只浏览了一眼便放在案上，接着拆看颙琰的，见不是颙琰笔迹便是一怔。问道："纪昀，谁跟的颙琰？"

"叫王尔烈。"纪昀被他冷不丁问得身上一颤，忙道，"在毓庆宫侍候皇阿哥读书，翰林院编修——"不待说完他便自行住口，因为乾隆已在专注看信。

暖阁里外顿时静得一点声音没有，跪着的三个人已浑忘了傅恒的丧事，连太监们也屏息侧目偷看乾隆。那信写得用纸不多，字小行密似乎很长，乾隆脸色起初木然无表情，渐渐地涨红了脸，眼睑微张着放出愤怒的光，一时又黯淡下去，脸色变得阴郁苍白。他推开了信，似乎在想什么，良久说道："怕出事，还是出事了！"他站起身来，又取信到手里，就在殿中徐步徘徊。

这是极少见的情形，乾隆的坐功其实比雍正还要在上，时常一坐下去三个时辰不动，弘昼笑说"尿憋王八耻"，军国大事万几宸谟就这么坐而理之，除非极度发怒或动情，才会像躁急的雍正那样绕室彷徨。不知过了多久，纪昀见乾隆颜色稍和，才颤声问道："皇上……出了什么事？"

"平邑县让人给端了。"乾隆突兀一句便吓得三人身上一颤，"……两个卖柴的争主顾在柴市上打架，县衙门的衙役把人拉去枷上，柴没收归公！一个卖柴的瞎眼母亲去哭儿子喂饭，他们把人家碗扔了篮子踢了……"不知是气的还是难过，乾隆咬牙切齿两手直抖，"这般样儿能不招众怒？当时正是初四，又是午时，满街的人都疯了，有个叫王炎的，十五阿哥疑他就是林爽文，站在马车上招呼聚众，五千多人一哄而起，砸了监狱打进县衙，抢了一条街，呼啸而去！……县官逃得不知去向，他大儿子被乱民打死，六口女丁全被强奸，衙役被打死二十一个，伤了不知多少。更可恨的是城外头就驻着一千绿营兵，知道城里乱了，营里也乱了，没人带队进城弹压，没人布置防务，没人设卡堵截，见贼冲出城，连军营寨门也没人关，两千乱民冲进来端了这座营，死了十三个兵，七个乱民，鸟枪丢了五支，就地炸掉一门炮，粮食和过年的肉抢了，然后人家扬长而去！"他说着"呸"地一唾，一拳重重地击在纱屉子隔栅上，打得那雕花隔栅子簌簌抖动嘤嘤作响，高声叫道："高云从进来！"

"奴、奴奴才在！"高云从一溜小跑进来，已是唬得变貌失色，一下子卧在地上，"主子有旨意奴奴才去传！"

"昨儿你问军机处，阿桂到了哪里？"

"回主子，高碑店！"

"派人飞骑传旨，走快着，大冬天路上有什么好看的，只管磨蹭？"

"是！"高云从欲起又止，复述道，"——走快着，大冬天路上有什么好看的，只管磨蹭？"见乾隆无话，爬起身快步走了。

乾隆横着眼扫视殿中，一副找人出气的模样，扫得众人都矮了一截，却见他盯住了纪昀问道："兆惠军中缺菜，军机处为什么不奏朕？"纪昀打满的心思是在山东平邑暴乱上，不禁一怔，忙叩头道："军务上头臣不大知道，只听刘保琪说于敏中调了三十万斤萝卜从开封运到西宁。兵部抱怨，萝卜二文一斤，才值三百两银子，要用六千两银子才能运上去——"

"六万两银子也得运上去！"乾隆喑哑地吼了一声，"兵部的人是一群混账，银子多了他才好捞——兆惠的兵现在一半是夜盲，半夜和卓部杀进来，和砍瓜切菜差不多——革去兵部尚书阿合穆职衔，叫他火速押运蔬菜到兆惠营，凭兆惠的收条回来换他的顶子！"

"是！"纪昀答应着便要起身，乾隆皱着眉头叫住了，"叫王八耻去吧，还传旨给于敏中办。"王八耻便忙过来听旨。乾隆躁急的情绪平息了一点，吩咐道："把山东平邑暴民造反的事知会于敏中，告诉他，兆惠营里的军务更要紧，叫他仔细看，除了蔬菜，看还缺什么都紧着补给。谨记六个字'西线安，天下宁'！去吧！"

这六个字显然是他深思熟虑过的，随口就缓缓说出了。李侍尧咀嚼片刻，立时掂出了分量：以内地军政民政四边漏气八方走风，西线得胜，尽可慢慢调元恢复，设若兵溃，那真是糜烂不可收拾。想想入京来诸事不得意不顺心，还不如还出去打仗，心里一热双手一撑正要说话，福康安已抢先说话："皇上，奴才愿意替主子分忧！兆惠是主将，奴才当先锋，扫平西疆！"

"你激切请缨，李侍尧也有点跃跃欲试，这是好的。不过事情还不至于急到这份儿上。"乾隆目光柔和地看着三个人，"摊子太大，出一点麻烦事，朕心里烦躁就是了。你父亲新丧，不要浮躁，好好安顿你父亲入土，照料好你母亲。三年孝满，朕自有用你处。"福康安生性倔强自负喜兵好武，封了公爵自觉无功，是沾了父亲的光，却不肯白白放过立功自效的机会，因连连叩头，说道："皇上忧虑，是臣子效命之秋！家中有福隆安福灵安全力护持，必定能周全丧事慰抚高堂。如皇上不愿奴才去西宁，请给奴才一道旨意，到龟蒙顶去剿灭平邑匪徒。现在这群反贼是乌合之众，仓促起事立足不稳，拖得时日越长越难征剿。皇上明鉴！"乾隆枯着眉头道："平邑之乱，朕料只是教匪临时乘势，五千多人卷进来，真正上山的加上监狱犯人不会逾千，龟蒙顶山里原来也有土匪山寨，合起来大约也就是不足两千，刘墉和珅他们就在山东应该不难料理的。"

福康安听了又叩头："刘墉是吏治能手辅相才干。和珅奴才以为是个庸臣！他何能料理军事？《左传·曹刿论战》云'一鼓作气，再而衰，三而竭'，一仗打不下来，匪寇站稳了脚跟再打就难十倍，且是山东直隶教匪猖獗，一旦蔓延，情事可虞！"

和珅由銮仪卫进军机处行走，又直擢军机大臣，正是红得如日中天炙手可热的人物，他竟不假思索亢声而出"是个庸臣"！李侍尧和纪昀都吃了一惊：都说福康安豪迈胆大，果然名下无虚——心里又痛快又担心，都向乾隆望去。

"和珅不是庸臣，调和六部、理财都是好手。"乾隆说道，"打仗、出兵放马你说他不中用，朕信，其余你的话都对。"乾隆说着，纪昀和李侍尧目光一对，心中都是暗自惊讶：这事若放别人还得了？不革职至少也是一顿痛斥！怎么福康安就这么放肆呢？乾隆却不理会二人心思，甚至带了一丝温馨的微笑，却是谆谆教诲："你已经是公爵，簪缨贵胄，不要动不动就出口伤人……你父亲温良俭让，你要学他……征剿的事另派人吧，朕不忍让你夺情从公……"

福康安眼泪夺眶而出，伏地泥首说道："父亲平时也是这样教训我的。临终时还拉着我的手说'皇上是你嫡亲姑父，我不愿你总记得这一条。皇上……是超迈千古的圣君，我愿你记牢这一条，要视皇上如父亲，如圣人……'"他断断续续，已是语哽不能连声，"……他还说'……生就的富贵靠不住，自己挣得的才算有……我后悔征金川没带你。我手里有权，蛮可以把你派到乌里雅苏台去带兵……去、去历练……'"

乾隆听着，心中又泛起一阵悲酸，咬着下唇勉强抑住了，说道："既然你父亲有这个话，朕已经变了主意，朕给你剿匪宣慰使身份，你到山东去！"

第二十三回　展孝心计议观元宵
　　　　　　傅公府墨经点家兵

　　"是！"福康安已经失望，忽然又得到这么一道恩旨，兴奋得身子一挺，挂着泪花的眼睛炯然生光，说道，"奴才父亲臣傅恒地下有知，必定望阙感恩涕零，皇上成全福康安忠孝两全！奴才这就去辞别母亲，然后到兵部办理勘合，下午进宫陛辞，再听皇上面授机宜！"乾隆见他要起身，手向下压压示意稍待，问道："你是在北京带兵去，还是用山东绿营？"福康安道："就用本地驻军。这是一群跳梁小丑，兴大兵于政治不利，惊动了百姓，容易生出疑虑谣言。请拨三十支鸟铳火枪，三十匹快马。奴才带家奴星夜前去，会同当地绿营征剿。十日之内我给皇上捷音。"

　　乾隆看着福康安，沉吟良久才道："你能懂兴大兵于政治不利，看来又有长进。一要打贼；二要护良民，不可杀人太多；三是要有善后措置。想想'宣慰'二字怎样做好。即使是小敌也不可轻忽，宁可打慢些，不可失利。你打败了，也一样是王法无亲，朕不能护你，懂么？"福康安英俊的面孔凝得异常严肃，磕了头说道："皇上屡屡教训，不可狂纵轻浮，父亲在世常有过庭之训，以马谡赵括为例，担忧奴才快牛破车，言犹在耳，福康安敢须臾忘怀君父之嘱？皇上放心，我愿立军令状！"乾隆又凝视这个"侄儿"片刻，还想叮嘱几句什么，却道："你跪安吧，纪昀同你一道去兵部，还要到你府里代朕看望你母亲。去吧……"

　　他摆了摆手，纪昀和福康安一同辞了出去。隔窗望着二人转过照壁，这才对李侍尧说道："你起来，那边杌子上坐了说话。"不待李侍尧坐稳便问道："元宵节就到了，步军统领衙门那边有什么布置？"

　　"回皇上，"李侍尧正襟危坐，双手据膝暗地揉着发痛的膝盖，说道，"一件是会同顺天府合议过了，保甲连户防火防盗。顺天府和提督衙门昼夜有人坐值，水桶水车救火队，还有缉捕厅司的衙役随时都能出动。二是防着教匪趁节作乱，所有九门提督衙门军吏一律便装，本地青帮，还有黄天霸的侦缉捕快、眼线会同防护。正阳门、西直门、东直门、北定安门、朝阳门十几处热闹地方出了匪情火情，人要卡得住，门要随时关得住，能分片控制缉捕按拿扑救，另有两千军士不换便装，由臣随时调拨使用。一是不能出事，二是出事不能乱得无法控制，确保京师祥和热闹过节。顺天府和臣衙门已经逐人造册，所有在教信徒尤其香堂堂主以上可疑人员都有专人盯梢，地棍、街痞子还有前科作案的、外地流入京师无业游民，也都随处有人监管。灯节如有意外，皇上拿李侍尧是问！"

"连'万一'也不许有。"乾隆回身盘膝坐了炕上，说道，"叫你进来也为知会你，太后老佛爷、皇后也要与民同乐，观灯。"

李侍尧眉棱骨抖了一下，问道："请皇上示下，在哪里看灯？""正阳门。"乾隆说道，"要出安民告示告知京师市民，朕亲自上城陪侍太后。正阳门的灯市要安排热闹。"因将太后上城及筵宴百官的事一一详说了。李侍尧两道眉头紧紧拧在一处听着，久久没有言语。

"嗯？有难处？"

"时辰略嫌仓促了，皇上。"李侍尧沉吟着道，"若以臣前头布置，拿贼的力量用得多。现下皇上奉圣母观灯，恩筵群臣，是褒孝褒忠藻饰平治盛世的大事。缉捕盗贼就放在次一等位子上了。单是护持正阳门关帝庙一带，没有两万人是万万不能的。这就难免在别处给叵测之徒留下可乘之机。"乾隆听得连连点头，说道："难为你有这见识，立时能想到这一条，足见睿智，即使太后不上城观灯，藻饰承平治世也是头等要紧。"李侍尧还是头一次听乾隆说自己"睿智"考语，受如此激励，立时兴奋得眼中熠熠闪光，又一阵沉思，说道："告示一出，不须官家张罗，所有商贾缙绅花样灯火，都会到正阳门外大栅栏关帝庙棋盘街大廊庙一带设棚献彩的。臣想，由顺天府出面划定灯棚摊位，大户商家缴纳摊位捐份地，备水防火临时报警都有专人管起来。臣估约这里要聚七十万人，顺天府都上，臣衙门出两万，可以游刃有余。再就是节前要切实大索一次，取缔所有杂教邪庙香堂，捕拿所有在册可疑人等。这么着，可以确保元宵无意外之虞，但也有一弊，就是不能按原来筹定的顺线侦缉捕拿一网打尽了。"他顿了一下，又道："这里只能说个大概，容臣回衙门和僚属们仔细商议，再来回奏皇上。"

　　乾隆听了无话，见他要辞，又叫住了问道："你在广州还有外地有没有买置庄园的事？"李侍尧刚刚起身，被他问得一愣，忙道："臣有三处庄园，两处是皇上赐的，一处是臣家中本宅祖茔、田地，别的没有。臣多年带兵，总督也是军政为主，带兵的将军一旦置地多了，不但自己怕死，下头将军管带的心也散了……"他料这事与"砸黑砖"有关，头一个便想到是和珅弄鬼，因话里带话说道："和珅出京前曾和臣说，顺义县有处庄园，四千多亩，八九两一亩就能成交，问臣买不买。臣说……""好了，不要辩了。朕不过顺便问你一句。"乾隆见他脑门子沁出细汗，笑着摆手道，"朕是听说于敏中纪昀傅恒在京外有买置庄园的事，问你知不知道。"李侍尧道："于敏中纪昀臣不知道，臣敢保傅恒自己没有买。五天前见傅恒，他还说傅家贵盛太过，地土庄园多了于子孙不利，他有七处庄园，都是皇上赏的，说他要走了，这时不宜说话，死后请臣密奏，福隆安要纳还，让皇上心里有数，成全他的心……"乾隆听着，低头想了想，说道："傅恒也是的，那都是朕赐的，富察氏还拦着代辞，有什么干系？敬诚审慎，产业多也不要紧，轻浮狂纵，庄园少也不能免祸——你去吧！"

　　李侍尧自养心殿退出大内，没有回衙门，一升轿便吩咐："到兵部！"话音一落，那顶四人绿呢大轿已轻轻升起，飞速向前滑出。轿子很稳，满街嬉戏追逐的儿童和年节无事闲逛的人都从轿窗上一闪而过，但李侍尧的心却定不下来，还在反复思量乾隆询问买置庄田的事。尽自乾隆反复解说，他还是疑心，这不是"顺便"问出来的。那么，就是又有人在下头搬弄什么是非了？可皇上还是赏识我的呀！"睿智"二字是轻易许人的么？但话又说回来，睿智也可作"聪明"来讲，这就是褒贬两可的话了……他一直心里隐隐约约觉得，自傅恒病重不起，皇上就有意栽培于敏中和珅。要在军机处另起炉灶，前头傅恒的"炉灶"再好，也要拆掉的。自己和纪昀都是那个炉灶的，大约纪昀也已觉得了，所以现在小心得一步路不多走一句话不多说，或许下头有些能人也瞧出了这一层，已经帮着皇上在"拆灶"了。可阿桂呢？似乎又荣宠不退，莫非这块"旧砖"还好用？再就是傅恒生前恩眷，死后哀荣，也毫无失宠迹象，福康安越级超迁，恩义泽惠令人瞠目，也不像"拆灶"的模样……循着这思路，每出一个题目，立刻又有新例证驳了回来，绕弯子半日又回到原来位置上，仍旧云里雾里不知所向，他仔细回顾乾隆召见时每一个细节，乾隆说话时或喜或怒，或从容或急迫，或爽达或沉思……每一处音容笑貌，每一句话口气甚至眼神……都在心中扫映了一遍，仍旧心里懵懂不得要领，不禁喟然以手抚额："天威不测天心难度……老了，真的是跟不上踪儿了……"正自胡思乱想得头晕，轿子一顿落地，一个戈什哈在轿窗边道："军门，兵部到了。"

"唔？唔……"李侍尧从迷魂阵一样遐想胡同里清醒过来，果见已到了六部胡同北头，路西第一个大衙门，照壁里头一大片楸树，光秃的枝桠密密交织成一片——正是兵部衙门。其时刚刚过了午时正牌，虽然兵部规例年节不放假，但其实没什么事，除了各司值班的不敢擅离，其余大堂二堂签押房的门都关得严严实实。几个书办都是油头滑脑的老吏，坐在签押房隔壁书办房门内，敞着门围火炉子坐，撮花生米喝老黄酒，见李侍尧过来，纷纷起身迎出来，说过年好的，邀请"屈驾同坐"的，打千儿请安作揖的，脸热情重套近乎，李侍尧叫不出他名字，脸儿却都极熟，拉拉这个手，拍拍那个肩头胡乱应酬，问道："胡司马高司马他们呢？"

"礼部尤老中堂叫去了——呃！"一个书办打着酒呃笑道，"尤老中堂是他们座师，退休在家，不去不好——您要见他们，这里快马去禀，半顿饭时辰就回来了。"李侍尧道："我不要见他们，我衙门缺的五百斤火药，说过的过了初五调过去，今儿都初几了？还没个影儿！这要放兆惠军务上的事，他这官就做到头了——"还要往下说，听见北首山墙外路上有脚步声，还夹着说话声渐渐近来。偏转脸看，一群人已转过墙角，却是纪昀陪福康安走在中间，武库司堂官何逢全和职方司堂官侯满仓带着五六个司官簇拥着二人过来。这群书办便都敛了笑容退到一边垂手站了。李侍尧见福康安一身重孝，也忙肃容迎上，说道："四爷，我以为您回府了呢！不想这里又遇上了。"

"四爷来这里选马、选枪要火药。"纪昀在旁说道，"今晚就要走路，先安排定了回去拜辞老夫人。"福康安只向李侍尧略一点头会意，却对何逢全道："我的人共用三十二匹马。再挑六头走骤备用，五天要赶一千五百里，路上不能掉人。委屈你忙一会儿，给我选精的排好的。误了我的事别怪我翻脸。"何逢全唯唯称是间，福康安已在问侯满仓："你方才说要派谁去补古北口大营左营管带来着？"

侯满仓忙道："回四爷，叫柴大纪。"福康安皱了皱眉，说道，"这个名字好熟。"李侍尧正想说"是我衙门的"，福康安身后的长随王吉保道："爷忘了，就是那年在扬州驿站，吃醉了酒扣押小胡克敬的那个把总吧！"

"这个人不能重用。"福康安连想也不想说道，"我知道这个人——不是好相识。"侯满仓不由看了李侍尧一眼，为难地说道："可是四爷，这是……丰台大营报上来的优叙考成，已经缴吏部票拟了——""什么优叙？"福康安怪眼睃着说道，"文官只要肯使银子，谁都能弄个优叙。如今武官也这样了？你给吏部说话，我说的这人不成！"说罢和纪昀带着一群豪奴扬长而去。

李侍尧兀自站着发怔，侯满仓苦笑着向他摊摊手，说道："您瞧，说得好好的事，福四爷一句话打塌了！"李侍尧问道："柴大纪几时得罪了福四爷了？这人不像惹是生非的人哪！"他看侯满仓和何逢全都摇头，又道，"先办我的正经事吧。柴大纪的事不急，你职方司先把他的批文留着，总归有法子的。"侯满仓笑道："最窝囊的就是我这个职方司，官小的我管不到，官大的我管不了，还都得从我这里押章盖印——职方职方，又穷又忙，真真的实话！"何逢全笑道："咱两个换换！'武库武库又闲又富'，也要看各人做派不是？你职方司权不大，也是兵部房脊儿上的姜太公！差使，在人自己调理侍候……"说着，众人一路往回走。

…………

兵部那边议论，纪昀和福康安也在说柴大纪。纪昀同着他坐了一乘轿，许久二人都没说话，见福康安脸上悲中带怒，纪昀沉思一会，问道："世兄，还在生职方司的气？"

"他不配。"福康安粗重地透了一口气，眼睛盯着前方说道，"老刘统勋有句话，一个朝代，什么时候到了买卖官职成风的光景，天下大势就去了。所以刘统勋刘墉是熬命抵死替皇上把守这道关口。我说还要加一条，武官什么时候都学文官，钻刺升官不靠厮杀，怕死爱钱不要命，天下也玩儿完！"他叹息一声，又道："十年前柴大纪还是个未入流武官，没听他打过什么仗，立的又是什么功？这就升参将！古北口大营是个干净地儿，把兵交给这样的人管，成么？"

纪昀边听边打量这位少年公爷，英俊里透着煞气，微翘的下巴稍稍偏着上仰，一副睥睨雄视目无下尘的神气，仿佛随时都在显示对别人的轻蔑……不禁暗暗摇头，试探地问道："世兄过去见过这个人？""见过。"福康安点头道，"在扬州瓜洲渡驿站。"因将当年怎样救落难姑娘黄鹂儿，派铁头蛟和胡克敬去驿站联络住处，被柴大纪一干人强行扣在驿站，约略说了过节，又道："胡克敬要是衣帽周正，明说奉我的命来的，这般样受欺，我还能原谅他。胡克敬是扮的叫花子，他们就捆翻在雪地里！这还是个东西么？"纪昀这才知道原委，思量福康安据此就认定柴大纪是"钻营"，怎么都觉得勉强。因叹道："这是冤家路窄啊！"他转了话题，说道："一会儿见了夫人，奉旨的话要说得婉转些才好，她就你这么一个亲生儿子，傅公还在床箦，乍说远离出去打仗，会心里难过的。"

"我料母亲已经知道了。只要在北京，我走哪里她都有人盯着。"福康安听他说到母亲，僵极的面孔立时变得柔和了，皱着眉无可奈何地拍拍膝说道，"她总怕我上树掏鸟儿摔死了……我一箭射落过两只雁给她瞧，她又可怜那死雁！"纪昀听得一个莞尔，说道："天下当娘的都一般心思，我娘也是这样。小时候我口里咬着笔磨墨，她也要把笔夺下了，说'摔倒了比刀子都怕人'——我站那里磨墨，无缘无故就能摔个嘴啃地？"福康安没有循这个话题再说下去，随大轿悠悠闪动，他的眼略带怅惘看着前方，许久才道："父亲一去，朝里人事又是一变局。纪公你要留神着点，如今小人太多，不小心站着磨墨也会出事的。"

纪昀目光倏地一跳，身子仰一仰没言声。

"明摆着的，皇上去了一个傅恒，还要另外再物色一个傅恒。"福康安诚挚地看着纪昀，缓缓说道，"在家侍奉父亲，足不出户，反倒看得更明白。人们去探望父亲，病势越重，中小官来得越少，大官来得越勤，后来和我兄弟们说话也越来越小心，小官们递个请安手本道乏就走人——这也没什么，本来就是嘛，平原君臣门若市。市场兴，都来赶集，日头落了，各回各家。"

纪昀听得心里一阵阵发寒，不禁问道："傅公呢？他怎么说？"

"父亲当然知道，从缅甸回来他就说……"福康安喉头哽了一下，"'三春过后诸芳尽，各自须寻各自门'……我不中用了，你们能见到平日见不到的事，只要肯动心思去想，胜得历练十年世事。要读读你纪叔叔的《阅微草堂笔记》，要顺适自然。有本领就出去自己挣，没有本领安生守在家里，还不至于有什么意外之变……"他说着，仿佛不胜其寒，双手扶膺靠在了棉垫上。

纪昀越想越觉得傅恒思虑世事深邃不可测度，透彻洞若观火，想起这些日子自己钻在大雾胡同里似的瞎摸乱撞，思量事情愈来愈无章法，连对面这个贵公子也不如，心里一阵惭愧，还带着几分悚惶——他已报信给卢见曾预备查勘"盐茶亏空"——真是自不量力！"唉！"的一声叹息，说道："世侄别读我的书，都是皮毛之见，只可一火焚之！"说着，已经落轿。

两个人一进公府大门都惊怔了，站住了脚看时，从大门到议事厅长长一条卵石甬道两边，灵幡白幔挽幛全部撤到了二门口，白汪汪雪海似的纸花飘绸在寒风中瑟瑟抖动。四百多男丁都是麻衣孝帽分在甬道两边，老的靠墙站着，年轻的夹道挺立，腰悬大刀，钉子似站着目不斜视，议事厅前两排人手里都拄着水火棍，也都立得笔直。纪昀正不知所以，身后王吉保跨前一步，小声对福康安道："老太太都知道了，这是让爷挑选随从的。"福康安略一点头，王吉保大喝一声："钦差大臣——我们福四爷回府！"纪昀被他这一声震得身上激灵一抖，没有回过神来，迎门一个家人"啪啪"跨了两步，一个千儿打下去，朗声道："奴才胡克敬给爷叩安！"满院长随听这一声，齐刷刷单膝跪地大声道：

"给四爷请安！"

声音震得树上寒鸦呱呱叫着冲飞而去。福康安横眉扫视一周，问道："老夫人呢？"

"回爷的话，公爷夫人丧服在身，不能出迎，在西花厅专候少主子、纪大人！"

"起来站着。"

"喳！"

"在这候着。"

"喳！"

雷轰一样的应声中，众人齐刷刷又站起身来。福康安不再说话，用手一让，带了纪昀穿过"兵胡同"径向西月洞门，直趋西花厅而来。纪昀忐忑不安跟着，越过这霜雪刀枪阵势，转过一带花篱，便见棠儿、福隆安、福灵安并两位和硕公主媳妇，还有福康安新封夫人黄氏都站在花厅东侧书房门口等着了。连两位公主，带福隆安兄弟，见他二人进来都跪了下去。

"额娘！"福康安见母亲满脸泪痕站在花厅灵堂前，一手拄杖、一手扶着庭柱，木怔怔地看自己，心中一阵悲酸，扑身上前趋跄到阶下，伏地就是三个响头，闷声说道，"儿子——不孝——"一下子便哑住了嗓子，只是浑身颤抖，说不出话来。

纪昀隔三差五地常来傅府，平日只是隔帘隔窗说话，像这样一大家子重孝披身齐集厅下亲面相对还是头一回。棠儿看去脸色苍白，比想象中略胖一点，家人里已经有人称她"老夫人"，但其实才四十岁出头，依旧面目姣好体态丰盈婷婷楚楚的青年妇人模样……暗地觑视着搜寻"黄夫人"——两位公主是认识的，那站在棠儿身后的少小妇人必是的了，穿一身厚大孝服似乎把她缩得很小，孝布缠头裹得几乎只剩下了眉眼，自然是没有施粉黛，八字颦眉中间簇起，淡唇微晕——唯其都没有妆饰，两位公主便都黯然失色了。纪昀心想，这么个人物，当年差点进了佃户人家给老光棍当媳妇，一个机缘出来左碰右撞，当丫头又开脸丫头，进姨娘又钦赐婚姻，如今又要晋升公爵夫人了……想着，在旁向棠儿一揖说道："夫人请节哀，万千珍重！福四公爷当殿请缨，上领天恩，下昭祖德，墨经从戎为国讨贼，那是忠孝两全的人中之杰！傅公地下有知，断然不至于有所责怪的。"

"我也不责怪。"棠儿说道。她身子看着虚弱，说话听着却异常硬气，"这也是他父亲的遗愿。我虽疼他，像鹰，该飞的时候得舍他去飞！儿子你起来听我说——朝廷封你这封你那，你有点小功劳小才气是真的，可还算不得自己挣的，就算你打下了山东的贼，我看也是点小意思。我还要请旨要你乌里雅苏台去当将军，请旨你去兆惠海兰察那儿打大仗，一刀一枪拼出来报效皇上，才对得起你阿玛。"

"额娘！"

"所有家丁都在前院了。"棠儿还是一动不动看着儿子，口气却斩钉截铁，"任你挑、任你选，银子任你取。总之你要给我争口气出来！"她放缓了口气，对纪昀道："晓岚公，你是傅恒老朋友了，一向我们当你自家人，都不大回避的，往后还是不要见外，请你到先夫灵前坐一会儿，康儿到前院去去就来。回来让隆儿灵儿陪着，三杯水酒代我给康儿送行。成不?"

"成，遵夫人的命!"

"这里除了四奶奶，所有女人无分尊卑都到后庭。"棠儿又道，"福康安不走，女人一律不准到前院去。康儿先去，办完事回来再见你父亲一面，连夜就走吧!"

"是，额娘，儿子去了!"

福康安看了母亲一眼，转身大步出了花厅内院。王吉保和胡克敬都钉子似的站在月洞门口，见他们过来，齐齐单臂抬起行了一个军礼，王吉保道："回公爷，兵部已经把鸟铳火枪还有火药送到了!"

"赏过银子没有?"

"照老公爷的例，每人赏了八两银子!"

福康安点点头不再说话，带着纪昀径往议事厅前的月台上站定。胡克敬便指挥家人，行伍走队般齐集过来，顷刻之间已列出一个二百多人的方队，都直立在院中树下听命。纪昀看时，后边持水火棍的那群人没动。所有剩余的约一百六七十人都站在东厢前阶上，大的年纪有六七十岁，小的也有四十岁上下，有的架着双拐，有的由人扶着，都是肃然正容盯着月台，脚步声止，院里顿时静了下来。纪昀见福康安向台前迈了一步，便半侧身站在一边，听他发话。

"独生子站出来——到左边!"福康安喊道。

队列动了一下，二十多个青年默不言声出列站到了东边。

"跟我阿玛到缅甸去的——站右边!"福康安又喊，"或者在缅甸战死、受伤兄弟的，也过去，到右边!"他扬了扬右臂。

队伍又是一动，这次站出来不到四十个人。

"有内疾、隐疾、身子骨软弱无力的，出列——到后边!"

人们一阵左顾右盼，却没有人出列。

"没有多余的话。"福康安气宇轩昂，半仰着脸，右手劈空一划，朗声说道，"有个叫林爽文的，带两千乱民上龟蒙顶扯旗放炮造反。我面君请旨去剿灭这群土匪，那里的官军自然要听我调度。但我带的人要组成敢死队，由我亲率攻打，给绿营兵瞧瞧怎么打仗! 所以，稍稍胆小的不能跟我，身子骨稍稍不结实的不能跟我。"他突地一扬声："有这样的站出来，不以怕死论处！"

没有人动，静了片刻，有人在队后攘臂大叫："四爷，没有孬种！您挑吧！"

"是……哦，是葛逢阳。"福康安隔着人向后看，向纪昀不无显示地一点头，说道，"老葛头的老生子儿，是我的家生子儿奴才——你哥子现在在哪里？"

"回四爷，在贵州当按察使！"

"你也想保出个道台来？"

"是！四爷！"

"好小子！"福康安下阶，几步走到那个毛头小伙子跟前，相了相他身量，突地猝不及防挥掌"啪啪"就是两记清脆的耳光，接着又是一拳，重重打在葛逢阳肩胛上！葛逢阳挺身受了两掌，身子被他搡得一个趔趄，众人愕然间已又站定了身子，亮嗓子大叫："四爷，够份子不够？"

纪昀没见过福康安还有这手做派，目瞪口呆瞧着。福康安已选定了葛逢阳，用手拍拍他肩头说道："遇变不惊！身子骨也还结实，你算头一个——到府外头招呼喂马——鸡蛋黄豆拌料，听明白了？"

"喳！"

葛逢阳愣头愣脑行礼跑了去。福康安这才开始在队里选人，却没有再打人，只是审量身材气色，偶尔也推一把试试力量。选中的都到前阶下站定，都是一副趾高气扬神气，顾盼自雄地看着余下的人。堪堪地选了二十多个，连胡克敬都挑了进去，王吉保还在一旁傻站，见福康安转过来，诧异地向前一步，问道："四爷，怎么……没我？"

"你呀……留在家里吧。"福康安目光柔和地看着有点惊怔的王吉保，说道，"你爷爷跟太老爷出兵放马，你爹跟了老爷，在金川挡炮，打得身上七十多个铅丸子，已经残废了。你不出征我也照料你。你原就是千总，已经和兵部吏部说好，票拟参将衔实授游击。家里老人要照看，你也让些功劳给别人……"王吉保似乎没听见福康安这些话，依旧懵懂着喃喃自语："怎么会没有我？这可真是奇怪……爷会挑不中我王吉保？"福康安正为难，东边队列出来两个人，一个老年人白发苍苍，是个瘸腿，却搀着一个中年人过来。中年人伤残得厉害，一只眼瞎了，两条拐杖支着一条腿，一只胳膊没了，空袖子斜吊着，瞎眼的左半边脸几乎就是一个疤，暗红闪亮煞是吓人——纪昀都认识，一个是傅府老管家老王头，一个是王吉保的父亲王小七。

爷俩相扶将着，拐杖敲地笃笃作响过来，到福康安面前站定了。老人颤巍巍的，凝视着福康安，许久才道："少主子，太老爷老公爷待我一家恩重如山，吉保怎么可以不去呢？老爷要在，能不让他去么？……吉保过来扶你爹，我给少主子下跪……"说着，吭吭地咳。

"别……别！"福康安泪水夺眶而出，声音也颤得厉害，见吉保过来，扎煞着手遥遥虚扶着，说道，"搀你爷你爹回去……放心，我带吉保去就是了！"看着祖孙三人缓缓退下，福康安倏地转身上月台，说道："奴才像奴才，我这主子更要像主子！仗有的打的，这是皇上给我的话，你们卖命升官就有的是机缘！"他挥手大喝："还是老规矩！跟我去的，家属月例加双倍！伤残的阵亡的脱出奴籍，按军机抚恤之外，赏银子赏地赏房宅！——我们傅家奴才，要打出总督巡抚，打出一斗三升芝麻官！"

人群中发出一阵轻微的鼓噪欢呼声，人人眼中熠熠放光，兴奋得捋胳膊挽袖子摩拳擦掌，连没有挑中的人也都一身躁胀，跺脚抢臂跃跃欲试。接着福康安命众人脱孝服，头上一色蒙黑纱，葛逢阳带人抬了两个大木箱，三十一支鸟铳都是刚刚启封，乌黑锃亮的烤蓝放着幽明的光，连黄油也不擦就装备下去……福康安自己也换了装，头上一顶金龙三等国公朝冠嵌着四颗东珠，四爪团龙蟒袍裹着英武的身躯，外罩石青马褂，腰间束一条四块玉版镶猫睛石玄色带子，悬着明黄流苏御赐倭刀——是乾隆早就赏给他的——最出眼的是腰间还斜挎了一支带轮子的镶金鸟铳，长只有二尺左右，还有一串铜子弹，黄蛇一样随腰带盘着：这物件别说长随们，连纪昀也是头一回开眼……噼里啪啦一阵刀剑碰撞声响过，重新列队，满院里已变得杀气腾腾。福康安马刺踩得叮叮作响，向纪昀略一点头，脸色板得铁青，大声道："请纪大人训示！"

"我只说几句。"纪昀向前站了一步，不知怎的，在这群"虎狼兵"面前他有点心怵，但很快就平静下来，"哀兵必祥！傅公英灵在天，看见小公爷如此神武忠义，看见家人如此争气，必定——佑护你们！自古将相无种，功名自个挣。傅公一世英名靠你们承继发扬，小公爷文武双全战无不胜，一定会带着你们打出威风！"他话音一落，福康安带头，满院响起哗哗掌声。

乾隆皇帝此刻在养心殿召见黄天霸。他没有坐东暖阁，端肃衣冠在正殿须弥座上批奏折。见黄天霸战兢兢进来，伸出一个指头点了点下面椅子，说了句："朕批完这件再说话。"

黄天霸觐见乾隆，从来都是随班朝见，一声招呼上去，一个手势肃然退下，在养心殿单独召见还是头一回。他的神色肃穆里带着惶惑，矜持中又有几分受宠若惊，竭力镇定自己，站在一片金碧辉煌的殿心，似乎有点不知所措。犹豫了顷刻，无声跪了下去，眼睛不时用余光掠一眼专心致志秉笔疾书的乾隆。直到乾隆放下朱笔，深深叩下头，不抑不扬唱道："我主万岁万万岁！"

"起来吧。"乾隆随随便便说道，"赏你那边椅上坐了——上茶！"这才认真打量这位江湖奇人。只见他猿臂豹背，长方脸上五绺美髯掩着一张阔口，虽然五十多岁的人了，一双眼闪烁烁仍是精光莹莹，两道剑眉直向鬓边剔去，似乎仍旧一身铮铮劲力用不完。虽然坐着，浑手拿捏得让人看着替他担心——屁股挨椅边只可半寸，身子又硬又直挺着，双手居膝不动——这样"坐"法，换了谁也准闹个仰八叉。乾隆笑道："你这样坐不受用，既然赏座，就不妨大大方方坐了，恭敬不在这上头。"

"回万岁爷，奴才这么着坐惯了。"黄天霸认真地说道，"奴才武林镖行人家，入门就是这份坐功。徒弟们见奴才是这样，奴才见皇上更不敢真坐！""这是曲不离口拳不离手啊！"乾隆也就不再强他，换了话题问道，"听说你和高恒是连襟？有没有的事？"黄天霸身上颤了一下，忙欠欠身哈腰回道："回万岁爷，高恒和奴才无亲，不过这话事出有因。当年为六十五万两皇纲被劫，是奴才和高恒共同押运，山东和'一枝花'交手，高恒和奴才同办一差。奴才内人马氏的姐姐和高恒有染。高恒犯罪服刑后，是奴才收尸，马氏姐姐由奴才赎出来削发为尼——有这些过从，怨不得大人们疑心。皇上既下问，奴才不敢有半分欺饰。"

乾隆凝视黄天霸移时，徐徐说道："你是个忠诚人，这些朕都知道。没有干系——浊者自浊，清者自清么！就为高恒收尸，有人说你与他狼狈为奸一丘之貉，朕说黄天霸不同别的官，他有他的义气道理，他在绿林替朝廷办了多少事，你们办得来？他现是伯爵，将来办差立功，侯爵公爵也赏得——说这些话你别心里去。有朕在，没人能害你。"

黄天霸一生功业几乎都是附着在刘统勋父子身上，刘统勋猝然故去，刘墉虽受乾隆信任，但官位一直不够显赫，他一个镖行出身的侦缉捕快，一路封到伯爵，文官瞧不起武官不服气，失却靠山立时就有四边没着落的味道，听来多少闲言碎语，不但自己吞了还得约束门人徒弟忍了，听乾隆这么一席话，满肚子委屈，无奈别扭顿时一化为泪，悲酸涌心不可自制，就椅中身子一软伏跪在地，已是哽得浑身抽搐，痛切说道："奴才的心天知道，天子才知道！奴才这就知足……万岁爷这么着呵护周全，奴才还有一把子气力。只可拼了命报效就是了……"

乾隆示意苏拉太监扶起他来，拧干毛巾让他拭泪坐定，待黄天霸平静下来才说道："朕告诉你，不要这么气短情长。刘墉进军机大臣的旨意已经下了，你还听他的差遣——这就有差使要你办，只是听说你的徒弟们伤残很多，又怕——"

黄天霸像一只听到主人号令的猎犬，立刻又坐正了身子，目光炯炯盯着乾隆，说道："他们那都是毛病，哪里就娇惯得不能办差了呢？奴才下头十三个徒弟，拿'一枝花'死了一个，大徒弟中风，又是个断腿。还有个小徒弟跟了十五爷去，其余的都用得。万岁爷差遣，水里火里，不能有半点含糊的！"

"哦，就是那个'人精子'，也是你徒弟。"乾隆一笑即收，神气又复严重，说道，"这就有一件差使。十五阿哥现在山东平邑一带，那县里已经乱了，恐怕有些意外，福康安这就出兵征剿，又怕联络不上，朕的意思要有人去护持十五阿哥。既然如此，差使就交给你了。"

"奴才亲自去，万岁放心，只有奴才死的，伤不了十五爷半根汗毛！"黄天霸慨然说道，"徒弟们都去！"

"不能都去，"乾隆说道，"正月十五临近，李侍尧要在京师破案。有你去朕就放心。料有你在，就没人能伤朕的儿子。"

有这样一句话，黄天霸已是十二分满足了，他笃定地沉吟片刻，说道："奴才带梁富云去，他在山东人头熟，先号令绿林里头留意不许杀人，我再从容寻找。"

"这个由你，去了先见见刘墉。有什么计议由他密奏朕知道。"乾隆想想无可吩咐，半晌说道，"你下去吧！"

看着黄天霸却步退出殿去，乾隆不胜疲倦地嘘了一口气，皱眉站起身来，见窗外天色已经暗淡，小太监抱着蜡烛正往各房分发，叫过王八耻道："这会子福康安只怕就要上路了，你骑马再到傅府传旨，福康安和刘墉各赏一袭猞猁猴丝绒披风，要明黄挂面儿的——再到皇后宫去，知会她今儿个陪了老佛爷一天，劳乏了，朕今儿翻陈氏的牌子，就不过去了。"说着，王廉便过来给乾隆加了披肩。几个太监夹护着乾隆径往陈氏住的建福宫而来。

建福宫在养心殿的西北方向，和皇后正居储秀宫平齐隔院，中间只有个咸福宫。咸福宫是顺治废皇后博尔济吉特氏所居，沾了这层晦气，建福宫这一片都被视为"冷宫"，连太监宫女都绕着走，更不用说后妃嫔御这些贵人，是内城西半最荒僻的地方。因咸福宫荒置数十年，宫门长年封锁，宫内野蒿乱草丛生，狐獾鼬鼠出没，还出过蛇伤太监，夜间时闻狐鬼啾啾，天一擦黑便人迹断绝。陈氏在乾隆众多嫔妃里位置中等，"圣眷"算是好的，和颙琰母亲魏佳氏也不差上下，偏是性格恬淡洒脱，从不和人争房。别人都争着赶热灶窝，挤着往坤宁宫钟粹宫储秀宫偏院厢房里住，她却选了这块清净地儿——抱了这个"不争"的宗旨，且又随分和气性格儿开朗，满宫里燕妒莺忌此喜彼怒，只她得了人缘儿。一行人穿过一带阴沉沉暗幽幽的巷道，后头几个太监一路吓得不敢回头，紧跟着一步不落进了建福宫大门才算定住了心。乾隆却似兴致颇好，见守门太监要进去禀报，笑着一摆手独自进了殿门。

这是两明一暗三间小殿，已经掌起了灯。外殿北墙下一座大木榻上盘膝坐着陈氏和乌雅氏，四只纤手在聚耀灯下翻绳儿交，玩得聚精会神，竟都不留意乾隆进来。恰乌雅氏翻出个新花样来，四指挑着八根红绒绒，交绳两头粘成两股，中间还挽起一个红结，乌雅氏见陈氏面露难色，掩口儿笑道："这叫'二龙戏珠'。"努着嘴指指中间的"珠"说道："二八一十六，中间这红珠子是十六条线攒起来的，单用手拈不起来——用小指挑起结上头两根，用牙咬定了，其余两手八指各自勾开，反掌向外拉，它就开了。"陈氏笑道："这会子已经看晕了眼，哪是哪的，头绪都分不清，哪里用牙咬，手指头又该勾哪根呢？"乌雅氏笑道："听皇后娘娘说，您还是咱们'开交一把抓'呢——来，把绳儿套过您手上，我来开！"陈氏答应着递手过去，半空里忽然停住了，她看见了站在榻前的乾隆——就榻上双膝跪起，呆愣愣笑道："主子来了！"

"朕看你们多时了，好一幅《美人灯下开交图》！"乾隆笑道，"这个二龙戏珠果然繁复难开。来，绳儿套朕指头上，你来翻开看。"说着伸过手去。乌雅氏便也半跪起伸手过来，小心翼翼把套在四指上的交绳套儿往乾隆手上递送，无奈乾隆的手比她大了足一倍，又有意无意往她手面上磨蹭，乌雅氏面热心跳，手哆嗦着左右套不上，陈氏笑着帮忙取绳儿套指，忙了半顿饭时辰才将"二龙戏珠"换到乾隆手上。两个妇人已是忙得鼻尖上沁出细汗来。

接着便是开交，乾隆手大，八股交绳套上才看出来，中间交线只余了四寸长短，又要手勾又要口咬，乌雅氏直是个"掩面羞涩"形容儿，连手带头被乾隆"掬"在捧里开那交。乌雅氏好容易将线头咬在口里，双手向外扯线时，忽然觉得乾隆手指头在唇上按了一下，格地一笑，扯开交，中间只剩了两根线拧成一条，乌雅氏左右掌前各缠结出两个"红疙瘩"来——已是散交了。

"这是什么？这是二珠戏龙！——亏你说嘴……"乾隆鼓掌大笑，"还傻乎乎含着绳儿做什么？你们两个这么贴面跪在朕跟前真是逗人……"二人这才笑着下炕。陈氏命人端炕桌摆果子上茶，乌雅氏娇嗔道："主子的龙手太大了么……"乾隆本来已经住笑，听见"龙手"二字又复大笑，说道："你自己吹了牛，怪朕么？"陈氏道："那年傅六爷府选家丁，有个十一二岁的毛头小子应招。福康安嫌他身子单薄，隔过去了不要。那小子指着几个家人说：'四爷，他们带绳子杠子刀，是要杀猪么！杀猪要五个人？我独个儿就办了！'说着夺过一根杠子一把刀，两手背抄着到猪圈里。福康安也就跟上了，那小子指着一头大肥猪说'就这畜生成不？'见康儿点头，不言声过去，冷不丁的一杠子扬起打下去，那猪哼也没来得及哼一声就四蹄翻过来。这小子接着一刀攘进猪脖子里还没到刀根，连打带杀一眨眼工夫就了账了……"

她说得绘声绘色，乾隆和乌雅氏都听入了神，乌雅氏刚要问"后来呢",陈氏又道:"那小子一脸神气,放开刀瞧着康儿,双手抔腰说:'四爷!怎么样?够份子么?我——'话没说完,那猪'哼儿——'一声长嚎,四蹄子'兀'地撑起身子,脖子底下带个刀'忽'地窜出猪圈,一边儿叫一边乱钻乱跑,把王吉保也拱了个仰八叉,满院子长随掂杠子攥,一路都是猪血,淋得地下都是——原来这孩子就是屠户家出来的,乡里的猪小,傅家这猪足有三百斤,照他老法子这么着杀自然是不中用……不过他自吹牛,康儿还是赏识他,到底还是收用了……"陈氏说着便笑,乌雅氏笑得捂口儿,"杀个猪也叫主儿说得一波三折,主儿真好刚口!大正月里说得血乎乎的,也不怕主子忌讳……"乾隆笑道:"这有什么忌讳?杀猪(朱)朕才不忌讳,多少姓朱的朕都杀了。明朝钱塘江闹朱龙婆①,皇上姓朱,奏折子里不敢讲'杀朱龙婆',只好说'鼋'(元),下旨叫'狠狠地杀鼋",下头发兵把鼋杀得干干净净,朱龙婆却安然无恙,该吃人还吃人,该咬牲畜还咬牲畜,竟是闹个不了……"

说笑一会儿三人升榻,陈乌二人在旁伏侍乾隆进晚点,乾隆因问乌雅氏:"你府里去的外官多,外头有些什么传言?好的歹的,随便儿说给朕听。"

"王爷病得恹恹的,我也不能见外人,听不见什么话。"乌雅氏道,"有些命妇进来给我请安,说起傅六爷的病,有些个话……"她看了看乾隆,慢慢嚼着杏仁,似乎不在意的样子,接着又道,"说皇后薨了,六爷要再有个长短,这就是傅家大运消了……眼见于敏中上来,和珅刘墉噌噌儿往上蹿,这又是一茬人物儿。可不是风水轮流转?"

乾隆心里一动,竖起了耳朵:他没听见过这话,也没想过这事,不期自然的,外人已经说出来了——见乌雅氏看自己,掩饰着一笑道:"不妨事的,朕不追问也不计较,你只管说!"

---

① 朱龙婆:疑即鳄鱼。

第二十四回　说谣传宫闱惊帝心
　　　　　　探病榻兄弟交真语

　　但乌雅氏已经觉得乾隆认真起来，反而搜寻不出话来了，嗫嚅了一下抿嘴儿笑道："老婆子嚼舌头黄达达黑达达的有什么正经话？这不是福康安又晋公爵又出钦差，傅家一门照样儿熏灼，那些话都没个准头的……"她转着眼珠想着，又道："对了，还有传言说外头邪教闹得邪乎，东直门外头左家庄北，说有个赤脚大仙附体的，四杆鸟铳一齐往身上打，铁砂子儿打身上簌簌往下落，不能伤他！舍药给人不要钱，说是南京玄武湖老道观出来的徒弟来济世。九门提督衙门的番役去拿，他拒捕，一刀砍下他一只胳膊，就地变了一团黑烟就没影儿了！地下只落了一段子莲藕……信民们敬什么似的把莲送到大觉寺供起来，人山人海地挤去看稀罕儿……"乾隆听她说得煞有介事，吞的一声笑了，说道："朕听过这谣言，那不是道士是和尚，现就押在顺天府。他要真是赤脚大仙，那还不逃遁了？你去大觉寺来着？""没有。二十四王爷不许我去……"乌雅氏叹了口气，说道，"前头捉了的那个飘高道士，是二十四王爷监刑处死，说是这人云里来雾里去，是个半仙之体，刑场上还预备了正一真人的符，都没有派上用场，一盆子女人尿泼得飘高直噎气儿，从脚碎割到头没一点怪事儿。信教的人传谣言说飘高在刑场披了大红袍驾云走了，二十四爷说那都是些……是些屁，禁不起一泡尿的教都是邪教，我家里没人信这些个。上回五阿哥去我府，说后园那棵老桃树死了半边，'家有死树必定妨主'，叫我砍了，桃木剑还可以压邪。二十四王爷还撵了他，叫他回去'读孔子的书'呢！"

　　"五阿哥——颙琪？"

　　"是啊，咱们当今可不就这一个五阿哥？"乌雅氏笑道，"我还对二十四爷说来着，虽说五阿哥是孙子辈，五阿哥跟你一样封着亲王。万岁爷膝下六个阿哥爷，五阿哥是老大呢！一棵死树值得那么抢白人家，也忒不给人存体面了的。二十四爷说我是女人见识，又是君子受人以德什么的大道理捋了我一顿。"

六个阿哥，五阿哥前头序排的都没有长成，其实就是大阿哥。乾隆一下子就听出了题外的意思，说道："你不用心障，朕自然要选有德有量有能的儿子来继大统，二十四叔训得他好！"乌雅氏本来顺口而出，此时倒掂出了分量，忙笑道："主子您说过不追究的，您要再去训诫五阿哥，可不是我来告的状么？五阿哥是个安分人，身上病多，信这些也是常情。我也犯不着巴结或得罪颙琪。有些日子风传着这个阿哥那个阿哥要立太子，没有人说过颙琪什么事儿……"她心里慌乱，急着要给颙琪撕掳清白，不防又兜出"立太子"的事情，陈氏见她越说越走嘴，忙起身给他们二人换茶，口里说道："天儿凉，这茶一时就吃不得了，二十四婶今晚住西厢，我叫他们在炉子上加个茶吊子，屋里暖和也不得燥气……"

"陈氏你不要打岔。"乾隆脸上含笑，不紧不慢说道，"朕想问问立太子的事——二十四福晋，你都听谁说朕立了太子，立的又是哪位阿哥？——啊，你别怕……朕早听别人说过的，只想印证一下。今晚只有陈氏和你，不管多大的事，你说了就了了，绝不干连你们，好么？"

他"二十四福晋"一叫出口，就带出了"诏问"的意味，所有亲情私意儿都只掩起。乌雅氏吓得傻傻的，陈氏也苍白了脸，都有点无所措手足，盘膝坐着欠庄重，起来见礼又太郑重，都不知该怎么办，乾隆笑道："还是家常话嘛，内言不出外，外言不入内，事关国本，自然要问一问的，你们这么不安，倒像是信不及朕了。"

"是听我宫里太监们闲磕牙说的……"乌雅氏终于开口了，声音怯怯的，一边说一边偷看乾隆脸色，"说五爷和十二爷身子都不好，八爷十一爷是'秀才王爷'，不大料理俗务，又都没出过花儿……说万岁爷选的十七爷，已经金册注名……"

她说着，瞟一眼满屋里宫女太监，手帕子捂着口咳嗽，乾隆已是觉得了，横着眼一挥手命道："你们都退出去！"众人像被骤风袭来的一排小树样"呼"地弯下腰，吊着心蹑脚儿退了出去。乌雅氏也就不再"咳嗽"，斟酌着字句说道："十五爷和十七爷都是魏贵主儿生的，又都出过花儿，不过有个分别，十七爷瞧着器宇大量些，十五爷像是个务实事儿的王爷，十七爷年纪又是最轻……主子如今春秋鼎盛，身子骨儿赛过壮年人，精神健旺跟小伙子似的，能活一百多岁不止……"她还要搜句子觅好话往里头添加吉利，乾隆已经笑了，手指点点乌雅氏对陈氏道："你听听二十四婶，一百多岁还'不止'！再活不成妖怪了！——你的意思朕明白了，朕在位日子还久，自然要选个年轻的来承继统绪就是了。"乌雅氏经他这一调侃，轻松了一点，忙道："是……奴婢嘴笨，主子一说就明白了……说有人还看见了皇上拟的传位诏书，是镇纸压了半截，最后一笔那一竖写得长，露了出来，可不是个'璘'字儿？"说完，如释重负地透了一口气。

"唔，是这样……"乾隆目光炯炯望着悠悠跳动的烛火，良久又问道，"你自然要查问，是谁传的话了？"乌雅氏低头想了一会儿，说道："我是个没心眼的，当时心慌得很，叫了执事的拿了传话太监就打，逼问他是谁传言的——二十四爷，啊不，允祕后来还责怪我，说'宫里的家务你能弄清？你要招祸……'可我已经知道了，那又有啥法子呢？"

"谁？"

乾隆盯着乌雅氏问道。陈氏也睁大了眼睛。

"是……是个叫赵学桧的太监，在养心殿侍候差使的……"

乾隆蹙起了眉头，但养心殿里轮班当值的太监有一百多个，平时根本无暇留意他们名字，一时哪里想得起这个人？沉思有顷，乾隆已拿定了主意，轻咳一声叫道："王廉进来！"陈氏和乌雅氏见他居然要当夜就地问案子，稔知乾隆处置太监辣手无情从不心慈手软，且又事情干连己身，顿时都唬得脸色雪白，再也坐不住，都垂手长跪起来木然不语。王廉似乎也觉出这里气氛不对，大气也不敢出，手提袍角蹑着步进来，无声无息跪了，磕头问道："主子叫奴才？"乾隆却是神气平常，啜一片茶叶口里嚼着，问道："养心殿有没有个叫赵学桧的？"

"回皇上，有。是御茶房上侍候的——"

"他今晚待驾没有？"

"他来了。"

"叫他进来！"

"喳！"

"慢！"

乾隆一脸阴笑叫住了王廉，又吩咐道："把跟朕的这起子猪狗都赶到照壁那边，你把名字造册给朕，你也进来。今晚的事，谁敢泄出一个字，送刘墉那里零割了他！哼！"他声不高色不厉，丹田鼻音一个"哼"字，乌雅氏和陈氏竟都起了一身鸡皮寒栗，汗毛都倒竖起来。王廉也吓得身子一挫，软着腿出去了。乾隆这才对陈氏二人道："外头传言可以不追究。根子在宫里，这种事断不能撒开手。此时此地朕亲自料理清白了，你们反倒更平安，懂么？"见她二人仍旧噤若寒蝉，乾隆微微一笑，柔声说道："到底是女人呐……这么怕的么？……你们到西厢去吧，别管这边的事了。"陈氏颤着声气道："这就是主子体恤我们了……我真吓得落了胆呢！二十四婶，咱娘们遵旨回避罢……"乾隆笑着还要抚慰，听见窗外脚步声，敛了笑容摆摆手，二人窸窣下炕蹲福儿低头趋步出去。赵学桧已经进来，也是脸白得瘆人，像一只被赶得筋疲力尽的鸭子，撇着腿一步一软趸到乾隆面前，扑通一声软在地上，王廉跟在他身后，双手捧着写好的花名册递给乾隆，身子躬得虾一样退后站了。乾隆只看了花名册一眼，一臂撑着炕桌斜坐，问道："赵学桧，你知罪吗？"

"奴奴奴才知知罪……啊，不，不不知是什么罪……"

"你有罪！但只说实话，朕恕你。半句假话蒙蔽，让你叫天不应，哭地无灵！"

"是是是……奴奴才有几条小命儿？不敢蒙蒙蒙蔽……"

乾隆却一时不言声，像一只吃饱了鱼的猫，有点瞧不上墙角里瑟缩的老耗子似的，端茶，用盖碗拨弄茶叶，睇了地上赵学桧一眼，喑着嗓子喝问道："你在外间传言要立哪个阿哥当太子，有的没的？！"

"有的……有的……去年个十月前后，（宫）里头都传……奴奴才也听过，传过……这就是罪——"

"不问你外头，只问里头。你听谁说的？"

"……"

"嗯？"

乾隆狞笑一声，说道："朕日理万机，忙得很，没工夫听你放虚屁！实指出来是你逃生之路！"见赵学桧怯生生偷看王廉，乾隆一转脸喝问："是你王廉？"

王廉本来就弯得头腰平齐，乍听这一声，像被雷击了一样"扑"的四脚着地瘫下来，语气涣散得连不成句子，说道："不是奴才……奴才那时候还不能进暖阁子……造不出这谣来……不过，奴才卖弄着也传过这话……听王八耻说，这事是卜义传出来的……奴才跟赵学桧说过是实，这就是罪……"他想磕头，筋软骨酥的竟是不能。

"卜义！"乾隆怔了一下，格格一笑，"这可真是好奴才——传他来！"

卜义几乎是连滚带爬进来的，平平的地走得磕磕绊绊，像个喝醉了酒的白痴一下子扑倒在地，浑身衣服筛糠似的抖个不住。但听了乾隆问话，他倒似胆壮了些，两手一撑望着乾隆，说道："主子，不是我！是王八耻栽赃陷害！这事是去年十月出来的，传言出来说主子立十七爷太子。我说能看见诏书的只有王八耻，别人也没这个胆——后来主子追究，他跟几个人放风儿往奴才头上栽！奴才那时候跑大内和圆明园监工差使，不能进东暖阁，内务府有档可查的——奴才敢和王八耻当面对质！"说罢连连叩头："奴才随主子南巡传错了旨意，主子高天厚地之恩饶了不死，依旧进内当差。怎么敢做这样的事？主子只管查，奴才愿意查明了落个清白！"

这一来乾隆倒犹豫了——再传王八耻？王八耻再扯出什么人，还传不传？查得满宫人心惶惶，就算是查明白了，能不能公然颁旨处分？外臣知道了兴起大狱怎么办？这煌煌天下中枢，"正大光明"匾额之下如此藏污纳垢，老百姓瞧着是怎么回事？……事到临头此刻，他才明白今晚是冒撞了，刘墉是断案能手，若是事前和他有个商量就好了……他蹙着眉头，越想越觉得不妥当，但在太监跟前又万没有怯阵收兵的道理，想着，口气硬硬地问道："你说得振振有词，就在朕跟前当差侍候，为什么不奏朕？"

"主子……"卜义不知是气是悲是怕是无奈，头碰在地上砰砰有声，"奴才是您有旨，交王八耻管教的人啊……他那么红，奴才敢说么？……这紫禁城里头几千人，瞒着主子的大事不晓得有多少！奴才这么个小小摇尾巴儿，又是犯过的人，家里上有老下有小靠奴才养活，怎么敢胡言乱语……"他触了心思痛处，眼泪不住地向外涌，面前地上已是湿了一大片。

乾隆看着眼前这个人没吱声，南巡时有旨捕拿王亶望，他传错了。本是要处死的，因在途中船上，他又哀恳"家有老母"，恕了他，也确有交给王八耻管辖的话，无论如何说这人还是个孝子……此刻不知怎的，他倏然想起自己给和卓氏说过的杨金英一干宫人谋弑明武宗的故事，焉知不是皇帝逼迫宫人太甚，导致杀身之祸？他心中陡起警觉：近在咫尺，人尽敌国，匹夫一怒，五步流血，这么个小道理，自己竟从来也不曾想过！

一阵啸风掠殿顶而过，隔院咸福宫不知惊了什么鸟，嘎嘎叫着飞起，愁黯阴霾的荒殿中翳草乱榛摇拽相撞，发出幽谷涧水激湍般的声气，偶尔夹着不知名的小动物似猫似鼠的啾啾鸣声，宫垣既浅夜幕深沉夜色迷蒙间隐隐透过来，诡异阴森得令人浑身发噤……乾隆打心底打了个寒战，这才意识到自己有些失态了，忙收了怯色，却对王廉一挥手道："你也退下！"这才对伏在地上的卜义一叹，说道："你真的是流年不利命中数奇！朕记得你是个孝子呢……家里穷，老母怕有八十多岁了吧？指望你养活……传错了旨意受处置，自然谁都能作践你一下，王八耻狗仗人势作威作福欺负你，朕也信得及……"

他说着，卜义已经哭得泪人一样，身子拧动着抑着哭声，憋得脖项上的筋胀得老高，磕着头泣不成声道："万岁爷这话奴才没听过……也从没人这么着体恤过说这话……奴才自己心里苦，也想不出这些话来……主子，您仁德通天，这么待奴才，奴才就是死，也是心甘情愿……有句话要禀主子，说了就是死罪，不说对不起主子。只求奴才死了有人养活我的老娘……"乾隆听着，心中惊疑不定，半晌，说道："你说就是了，怎么处置朕自有章程。朕若杀你，谁能救你？朕若想保你，谁能害你？"

"先头娘娘太贤德了，她不该薨得那么早！"卜义叩头说道，仿佛不知该怎样辞气达意，顿了一下又道，"先头娘娘太贤德了。"

乾隆听就是这么两句，冷笑一声说道："原来如此！这话要你来告诉朕？她本来的谥号就叫'孝贤'！你——"他突然悟出了卜义话里套话，语气一转，变得异常犀利："你是说当今皇后不贤？"

"……"

"咹？！"

"……"

乾隆"咣"的一声击案而起，虎视眈眈盯死了卜义，案上烛火被风带得忽明忽暗，在他身下映着，面上五官都狰狞可怖，阴森森说道："你真的是活到头了——她是皇后，是天下之母！"

卜义身上颤了一下，大祸临头无可回避，他反而镇定下来，他抬起头，白得泛青的脸上犹自带着泪痕，又伏地叩头，说道："万岁爷这话，正是王八耻背后恫吓奴才的话——王八耻现在就在钟粹宫，皇上可以去看看他是怎样伏侍主子娘娘的！当初皇上收选十三名大太监，仁义礼智信，孝悌忠信礼义廉耻——王八耻是最末一位，他怎么排到头号太监呢？又是谁荐的？记得皇上还曾笑说'本来是孝字当头，王八耻有什么好，反而爬到头位！'"

他一头说，乾隆紧张地思索着，王八耻虽然伶俐，却不甚老成，确是那拉氏几次枕边说项推荐才进养心殿当总管太监，又升六宫副都太监。思及卜义说的"伏侍"，连着又想到宫里太监宫女互结"菜户"，黉缘狎邪奸嬲嬲龊种种情事令人作呕，难道……他不敢再沿这个思路想了，且是不愿接着想，只咬牙切齿说道："你——"呼呼喘两口粗气："你敢诬蔑皇后，灭你九族！"

"皇上，知道这事的不止是我。卜信、王礼、卜廉，圆明园那边罗刹莫斯科殿的侍候宫女——都比我还清楚底细！"卜义直挺挺跪着，一点也不回避乾隆凶恶的目光，"奴才既死定了，剥皮也是死，油炸也是死，索性都说了，凭着主子杀！您今个上午在御花园见着那个老疯子是先头富察皇后娘娘宫里的老人，也是端慧太子爷奶妈子的哥子。好端端活蹦乱跳的太子爷，千珍重万小心护持着，换了件百衲衣就染天花薨了！这事儿万岁爷查过，奶妈子就中风哑了，她哥也疯了！"他突然伏地大哭，头在地上不住个儿死命地碰，"……万岁爷呀！您英明一世，没听人说过'灯下黑'……真是黑得没有底儿，黑得伸手不见五指啊……"

乾隆"呼腾"软坐回椅中，一阵晕眩接着便是焦心的耳鸣。他想再站起来，双腿软得一点气力也没有，伸手端杯子，手指手臂都在剧烈地颤抖，茶水洒得袍襟上都是。那茶已经凉透了，从来不喝凉茶的他竟大喝了一口，清凉的茶水镇住了心，才清醒过来：天哪……这都是真的？后宫嫔妃给他生过二十多个儿子，除了产下就死的，有名有姓的是十七个，只活下来六个！那十一个阿哥多半都是"出天花"，一个一个默不言声死在这紫禁城里！这里头有被人暗算的，他早就隐隐约约觉得了，但万万也没有想到那拉氏会下此毒手……这是那个长得如花似玉的女人做得出的？那拉氏妒忌，这他知道，争房争宠是人之常情，可这是他爱新觉罗·弘历的子胤，万世基业的根苗，人伦嗣兆社稷宗庙的绵绪呀……他突然想起高疯子画的画儿，有殿堂有人物，有箱笼床桌，有衣物——有百衲衣！一个画面闪电似的一跃划过，乾隆目光幽的一暗，觉得浑身毛发根都森竖起来，果真是个狐狸精，在自己身边睡了几十年！他双手抓着桌子边，十指都捏得发白，雍正晚年他的哥哥弘时暗地布置，在出巡途中千里追杀他，滔天的黄河中流被水贼劫杀，他都没有现在这样透骨的恐怖……这样的为难：那拉氏现就是正位六宫的皇后，犯这样的恶逆之罪，又该怎样料理？追究下去再翻出别的案子，甚至直追到前朝的陈案，这些人怎么办？又如何向天下臣民解释？杀了这个卜义灭口倒是省事，但还能再和这个淫邪凶狠的皇后再"夫妻"下去么？翻了脸又没有证据，太后出来干预，朝臣叩门吁请，又何词以对？乾隆一节一节左右思量，因思虑过深，眼睛像猫一样泛着碧幽幽的光。卜义从没见过乾隆这般形容，本来挺着脖子等死的，倒露出了怯色。

"事情是真是假现在还不清白。你一个蕞尔猥琐太监诋毁皇后，已经是罪无可赦。"乾隆终于想定了主意，他极力按捺着自己，下颏向回收着，像是齿缝间向外艰难的吐字，斟酌着言语说道，"但朕有好生之德，暂留你一条狗命。明日，你带你的老娘到——喀喇沁左旗皇庄上去安置，卜信卜廉王礼，还有罗刹宫所有宫监都另有发落。你到那里是皇庄副都管，只是把你养起来，有事去见图里琛将军禀报。你听着——"他压低了本来就已经很低的声音，语气里带着金属擦撞的丝丝声，"生死存亡只在你这一张嘴上。明洪武朱皇帝章法，九族之外另加一族，就是亲朋故旧也算在内，朕朱笔轻轻一摇，统都叫他灰飞烟灭！"不待卜义说话，乾隆一挥手道："滚出去——叫王廉进来！"

卜义像个梦游人，徜徉着出去了。王廉双手低垂，撅着屁股躬着腰进来，肩膊抽风一样搐动着，结结巴巴说道："奴——奴才在——奴才在……"

"方才卜义的话你都听见了？"乾隆问道。

"没有。"王廉战兢兢说道，"奴才也在照壁那边。偷听主子说话是死罪，奴才懂规矩。"

乾隆隔玻璃窗向外看了看，夜已经深了，除了西厢配殿两间房灯还亮着，其余殿房都是黑沉沉一片，只有远处高墙上照太平缸的黄西瓜灯，影影绰绰在风中晃荡，明灭不定地闪烁。他嘘了一口气，问道："陈氏和二十四福晋她们睡了没有？"王廉头也不敢抬，说道："没呢——陈主儿叫人过照壁那边耍纸牌，她们开牌①玩儿呢！"

"懂规矩就好。"乾隆冷冷说道，"从现在起，你就是养心殿总管，高云从进殿侍候，是副总管太监。好生小心侍候，六宫都太监、副都太监的位儿在空着呢！"

王廉一下子抬起头来，惊慌不定的目光只看了一眼乾隆，又忙低下头去。他进来时预备着乾隆踹自己一脚或者是掴自己一个耳光的，万料不及一句话就提拔了自己！六宫都太监是八十多岁的高大庸，侍候过三代主子的，副都太监历来兼养心殿总管，因与皇帝近在弥密，俗号"天下第一太监"，一会儿工夫说开革便都开革了，且是天上掉下来一般，就落在了自己手中！他暗地在自己腿边使劲拧了一把，才晓得不是梦，但毕竟迷离恍惚，怔了半日方道："这是主子恩宠信任，是奴才家祖坟头儿上冒青气了……"这才想起没跪，忙趴下磕头："奴才虽说是个酱尸，也晓得尽忠报国——"

"酱尸？"乾隆诧异问道。

"啊啊——"王廉不知哪句话又说错了，忙解说道，"有一回碰见纪昀大人，他说的，太监都叫'腌尸'（阉寺）——可不得使酱去腌？"

乾隆本来一肚皮的闷火，倒被他逗得一笑，摆手道："你不要啰嗦了。嗯——明早宫门启钥，你传旨内务府慎刑司，王八耻身为六宫副都太监平日游嬉荒唐办差不力，为首信传谣言，着发往奉天府故宫听候管教；卜义、卜信、卜廉、王礼着发喀喇沁左旗听图里琛约束；圆明园白金汉宫、土耳其宫、莫斯科宫、葡萄牙宫人，悉数发辛者库浣衣局当差，待勘定遴选后再行发落！"

"喳……"

"内务府接旨即刻押解发送，不得滞留！"

"喳！"

"你天明去慈宁宫，禀知老佛爷，朕要去和亲王府探望你五爷，下来和

① 开牌，一种纸牌游戏，常用来占卜。

外头臣子议事，到晚间再过去请安。完了你到和亲王府回旨。"

"喳！"

乾隆委顿地立起身来，无声叹息了一下，又吩咐道："去瞧瞧陈氏和二十四婶，朕心里烦极了，要没睡，过来说会子话——其余的人散了罢！"

因为天冷，久病不愈的弘昼已经近一个月没有起床了。听王保儿在耳畔轻声一句："五爷，皇上瞧您来了。"身上一乍惊醒过来，看门角那座自鸣钟才指不到辰初，骂道："我操你娘！催我吃药用这法子！"又一转眼，见乾隆挑帘进来，不禁眼睫毛倏地一抖，说道："混账！快扶我起来——怎么不早点禀报？"他在被中挣扎了一下想坐起来，一软又躺倒了，王保儿急忙过来从背后轻轻拥他。

"你别动，就这么躺着！"乾隆向前跨了一步，扶弘昼躺下，王保儿在后用大迎枕替他垫高了些，乾隆又替他掩掩被角，笑道，"是我不许他们禀。我们自己亲兄弟，你病得这样，迎起迎坐闹虚文儿做什么？"说着，坐了床边，用忧郁的目光打量弘昼。

弘昼本来就瘦，两个多月不见，已经干枯得像具骷髅，眼窝、两颊都可怕地塌陷下去，黝黑的皮肤泛着姜黄色，松弛地"贴"在脸上，两臂腕双手十指骨节宛然伸露在被外，也是芦柴棒似的全是筋骨，没有肉，只一双三角眼仍旧熠熠有神，不住地眨巴着看乾隆，良久，"唉"地长叹一声，说道："皇上，这回兄弟可是要走长道儿，玩不转了……"他喘息一下，又道："前日老纪来看我，跟我说人天性命顺适自然，不到寿终不作司马牛之叹，我说我知道，天津卫人的话，不到咽儿屁朝天时候儿不说短命话，到了时辰自自然然走。别看你那么大学问，想事儿差得远呢——风萧萧兮城里寒，咱到乡里热炕边……"

他达观知命，身子委顿至此，命如朝露游丝，还能如此调侃诙谐，乾隆又是欣慰又是难过，竟寻不出更好的话抚慰，半晌才道："话虽如此，先帝爷就留下我兄弟两人，我还是切盼你早点恢复康泰。你再有个好歹，我真是连个说话的人也没有的。"弘昼古怪地一笑，说道："皇上……瞧您气色，昨晚一夜没睡。这么大个天下，外头山川人民，紫禁城里深池密林，什么事没有，什么人没有呢？《红楼梦》里头海棠花开得不是时候，贾母说

'见怪不怪其怪自败'。您最英明的，仁智天纵圣祖爷也比不了，有些小事不妨糊涂些子……你也是年逾耳顺的人了，只要不是陈胜吴广揭竿儿，万事不着急，不生气，不大喜不大悲，就是臣民们的福气……"乾隆听了点头，他目光游移着，扫视满屋里一叠叠佛经《道藏》《古今图书集成》，还有一摞摞半人来高的手稿，都是弘昼手抄的《金刚经》之类，起身翻了几本，什么"麻衣""柳庄"的相书，《玉匣记》类的民间俗书应有尽有，不禁一笑，却对王保儿道："你带人回避一下，我和你五爷说几句体己话。"王保儿答应一声，嘴一努，所有的太监老婆子丫头都肃然退了出去。

"皇上，"弘昼目不转睛盯着乾隆，讷讷问道，"出了什么大事儿？"乾隆沉重地点点头，仍回床边坐了，沉默半晌才说道："算是不小一件事。还没有坐定查实——查实了就得废了这个皇后。我是满腹的苦恼，也只能在我兄弟这里诉诉……"说着，便拭泪。弘昼惊悸地颤了一下，说道："……皇上，您精熟二十四史……这真的是非同小可！前明四大案里，就有'移宫案'。几百朝臣齐给您跪到乾清宫，请您收回旨意，您该怎么料理？册封废黜皇后那是震动天下的大事，宫闱里头有些事说不清道不白，要给人说闲话的……"

乾隆点头，叹道："这些我都想到了，昨晚一夜都没睡。不见见你，我也无心见人办事儿。那年，我南巡，你在北京闯宫，救颙琰子母，我还疑你大惊小怪，谁知竟是你对！"因将昨晚建福宫夜审太监的情事端详说了，又道："家丑不可外扬。但你思量，真有这事，她这皇后还做得么？我……我六十多岁的人了，这么个离心离德的人朝夕伴着，还要一道儿葬进陵里，受得了么？可是，要抖落出来，也真不敢说'善后'二字啊……"

"听这些事，这头发根儿都往起炸……"弘昼已是目光炯炯，消瘦的头颅神经质地颤抖着，沉默许久，说道，"尽自骇人听闻。我还是劝您镇定，千万别着急上火……"他无力地喘息了一阵，又道："清官难断家务事，更何况这是紫禁城，是天家！唉……皇上，不能忍也要忍一忍，能忍不能忍之事才是大丈夫啊……和太监勾搭我还觉得能容，要是害我的皇侄儿，我心里的怒恨跟您是一样的……可皇上，这抖落出来是有害大局的。眼前处分太监查明事由，您做得对……要废掉她一是不能有冤枉，二是要看时机——不要用'秽乱中宫'这个罪名儿。这就要等，等她出了别的错儿，换个罪名整治……"

乾隆没有说话，弘昼说的这些都是他想定了的，大清早的打驾到和亲王府，与其说是来问计，不如说是来"求慰"。他一肚子的孤寂、沮丧和愤恚像洪水憋得太满，将要溢出来的海子冲崩回不溢洪不排泄，脆弱单薄的堤岸就会崩溃决洪，把一切都冲得一塌糊涂……经弘昼这一番譬讲，和自己想的居然都合若符契，他既自喜"能忍"，又觉得这个弟弟聪敏，能与自己知心换命。见弘昼身体羸弱命数危浅，不定哪一时就会撒手而去，转又悲怀不禁难以自已。感伤了一会儿，乾隆说道："和你说说，我这会子好过多了。人家小户出了这种事，还能哭一哭，闹一闹，砸家具打架写休书一哄儿算完，我呢？还得装没事人，装成个任事不知道的——大傻瓜，还要让人瞧着'英明天纵'的不得了！""那是四哥您太认真了……"弘昼用过了劲，变得格外精神不济，夆着单泡眼皮强打精神道，"这都是你一辈子没受过人欺的过。铁门槛里头出纸裤裆，哪一朝哪一代没有这种事呢？唉……我要身子去得，再顶一回泔水缸，还能帮您一把。可惜是个不成了……能在人间再过一个正月十五，我就心满意足……"乾隆忙抚慰道："别说这种短话。我原也听你病重，来看看觉得竟不相干。春打六九头，打了春草树发芽，一里一里就好起来了。别忘了你是火命，木旺了火也就旺了，要紧是不要再受寒伤风感冒的，要信太医的，别只管搬神弄鬼的折腾……要什么东西，大内只要有，只管派人去取……"说罢含泪起身，"我回养心殿办事去了……"

"不胡闹，不折腾了，不折腾了，折腾到头了……"弘昼似醒似梦喃喃谵语，他的脸色变得异样灰败黯淡，听见乾隆要走，忽然又睁大了眼叫道，"皇上——"

乾隆转回了身。

"要禁鸦片！"弘昼似乎始终心思清明，努着嗓子道，"我这病就打这上头不治的，十六叔，老果亲王，抽上了就没个救……叶天士是个神医，也死在这上头……这物件太毒……太厉害了……"说着，已沉沉睡去。

一连几天乾隆没有离开养心殿。真正撂开了手不理后宫的事，一阵烦躁过去反而提足了精神，一头连连督促李侍尧筹办元宵太后观灯盛典，命纪昀于敏中李侍尧召集兵部、刑部、礼部、户部御前会议，直接听司官禀报西部军事、内地白莲教匪异动情形，连春日青黄不接时贫瘠地方赈恤种粮牛具都详加研究，又调集新校的《四库全书》，耳中听政务，笔下手不停挥批折子写诏书，连原来积得几尺高压在养心殿里的闲案、不急之务都批了出去。又推"老吾老以及人之老"，诏令大酺天下，六十岁以上老人元宵节每人一斤肉一斤酒一串钱，所有鳏寡孤独废疾人等分发口粮一斗，以示孟子"与民同乐"之义。乾隆平生勤于政务，但像这样无昼无夜坐在养心殿心无旁骛批折子见人毫不倦怠，还是头一回。两个军机大臣跟着手忙脚乱，六部里也是人仰马翻，乾隆借公务排遣积郁，忙得兴起，也就忘了心中苦恼。

正月十四中午，阿桂返回了北京。听说他递牌子请见，乾隆竟不自禁腾地下炕，指着外头道："快叫进！"片刻之间，他高兴得脸上放光，悠了两步，又觉得自己有些失态，端了茶杯坐回炕边椅上，啜着茶静心专候。

第二十五回　承奏对阿桂谈政务
说笑话皇子献色笑

　　阿桂几乎是一路小跑进来的，直到进养心殿东暖阁，重重地双膝跪下，兀自不住地喘粗气，一边叩头一边说道："主子……想死奴才了……您身子骨儿可好？兆惠海兰察也着实惦记着主子，他们说……"说着，声音已经发哽。

　　"起来慢慢说。王廉，扶起桂中堂坐了……"乾隆见他这般情重恋主，心头也一阵发热，却笑道，"朕算计道路里程，你昨个儿无论如何该到京的。敢怕是路上不好走？"上下审视阿桂，见他穿着又厚又重的老羊皮袍，腰带挂剑钩旁还掖着两只油乎乎的大手套，也是羊皮的，黧黑的面庞被塞外的风沙吹得皴裂了，看去甚是粗糙，不由点头叹道："难为你这趟差，着实辛苦了！难道连点搽脸的油也没？嘴唇都裂得结了痂……这屋里热，把你的老羊皮袍子除下来吧。"

　　阿桂一直眼不错珠盯着乾隆，抿着嘴小心啜茶，笑道："到了主子跟前，身上是热的，心里更热，已经热了索性热到底罢了。奴才两三个月没洗澡，脱下衣服汗臭烘烘的怎么好意思的。主子说搽油，更不敢了，下头几万人马，我油头粉面的，怎么带？上回勒敏派了押粮官到凉州等交接，打扮得像个粉头，要吃青菜要洗澡，头上还打油！海兰察底下几个兵趁他独个出营游玩，摁到沙窝子里臭揍一顿，一边揍一边说，'请你这小白脸儿吃沙鸡！'他到我那里哭，说'沙迷了眼，不知道谁打的'。我很疑心是海兰察这活鬼支使的，叫了来问，他还不认账，说'我是皇上得力走狗，正经事还忙不过来，怎么会关心这畜生？'"

　　乾隆听得哈哈大笑，说道："好，好！海兰察带的好丘八爷！"阿桂道："带兵就是这样，对了缘分，他情愿当炮灰给你挡箭挡枪子儿，他觉得你不地道，再大的官势也没用。太湖水师一个参将，洗澡时候几个部下千总凫水围过来，说'帮大人醒醒酒儿'，问他何月何日冒了××的功，又暗地给谁谁穿过小鞋，黑吃了军饷又往旁人头上栽赃，又吃了多少空额？他自然不肯认承，那些人都是水性极好的，就把上司在水里倒竖过来，快憋死才又放开再问，到底问了个清白，这群部下才凫水去了……"乾隆皱眉问道："他是参将，难道没有亲兵戈什哈跟着？由着人往死里摆治？"阿桂道："这个人又贪又苛，人人恨得没法子，瞧着有人玩他，乐得躲得远远地打水仗大声嬉闹装聋子，待到他'招供'这才过来，乱哄哄连说带笑都装没事人，也就不了了之。当时也是海兰察在水师提督上，说这'风俗'不好，寻个别的不是，调了那参将去守仓库，下头的人也不说他'犯上'，都送了地方镇守使。剥了军权完事儿——海兰察和兆惠都是晓事人，大事上头不糊涂。"乾隆拈髯笑道："朕知道。起用兆惠到金川，把他仇人送到军中给他解恨，听说是捆了一耳光摔了个马趴，当众说饶了——这是德量，大将军么，以直报怨论功行赏，这才带得兵嘛！"

君臣二人久违重逢未提及政务，只是闲言絮语，温馨亲情如同家人，又说及尹继善傅恒相继故去，于敏中纪昀虽然得力，似乎都还不能总揽政务，乾隆油然又想起中宫内闹的糟心事，不禁悄然，说道："纪昀在军机处一向只管修纂《四库全书》，和于敏中一样，威信不足以统筹全局。刘墉和珅就进来，资望也不能服众。说起来可笑，朕现在其实办的是领席军机大臣的事！你回来了这就好。傅恒不在了，你要当起首席军机大臣的责任，朕肩头也能松和一些。"

"奴才等会儿退出去就到傅恒府。"阿桂大约觉得热，用手提了提前襟又放下来，沉思着说道，"傅恒一生最大的长处就是蒙宠不恃宠，诚意待下不骄下，终其生主子器重不敢稍有怠懈。这是德量，其智慧还在其次，所以皇上倚重信任，下面的人宾服。奴才是行伍出身，比起傅恒，有其坦率无其细密，奔走在军机处已经足了奴才的材料儿，不敢担这'首席'的责任，且是傅恒过去也没有首席军机的名义。据奴才看，军机处是皇上处置天下政务的书办房，似乎不必再有领班。天颜近在咫尺，小事有六部办理，大事随时能请旨统筹，也就那么三五个人，都直接对皇上负责，办事反而更灵动快捷，皇上留意，军机处和前明内阁是不同的。"

他说得坦诚真挚，俯仰之间，俨然又是一个傅恒，一边说一边沉吟，静静地望着乾隆，离别不久，却已显得城府深沉。乾隆遂点头微笑："那就依你，虽然可以不分首从，但你是满洲老人儿，和珅刘墉还稚嫩，于敏中和纪昀也不成，有事军机处集思广益，谁来集？还要你来嘛！"他一边说一边想，又道："傅恒病重，外间就有些议论。说有人亡政息，军机处人事换马的话，你听见了这话没有？你怎么想这件事？"

"奴才听见过。也有说奴才是傅恒班底的人，还有纪昀李侍尧的闲话。"阿桂老老实实说道，"傅恒在位日久位高权重，有这些议论不足为奇。当日皇后凤驾薨逝，就有人说傅恒要失势。奴才以为这是市井之徒庸俗无聊之见，谁在奴才跟前说这话都要申斥他！因为傅恒实在没有结党营私的情事，衡人论事不以私人成见。我、纪昀、李侍尧虽然私交很好，但栽培、发见、提拔任用，不是傅恒的推举，连傅恒在内也是皇上圣躬独裁晋升上来的。说这个话，雅一点是以萤虫之明度天心之月，说俗了，小看了傅恒更小看了皇上——皇上岂是可由人臣能左右的？所以听见这话，奴才不忧不惧，只是觉得可笑可怜。"这显是早已想定了的奏对，说得透彻有力，略一沉吟又道："一代后生追前辈，傅恒秉持重器二十年，乍然离去，人事有所更张使政务能顺利实施，不但应该，也必得这样做，似乎也不必在意有什么议论，皇上的宗旨从来没有变过，傅恒就是活着，升降黜陟也是朝廷政务的常事，哪有一成不变的理呢？"

乾隆听了一笑，说道："想得面面俱到，可见还在读书哦！军机处新进几个人，怕的就是新老不合。'将相不和，国家之害'，这是《将相和》里廉颇的话吧？和珅早年是你的亲兵，连戈什哈也算不上，现在和你平起平坐……嗯，这个这个……"下面的话他觉得碍难启齿，便住了口。阿桂微笑了一下，在他心目里并不对和珅有恶感，但也只觉得他是个侍候人的好料，钻营得无孔不入，伶俐得叫人眼花，要放在他来任用，抬举一点也就给他个工部司官罢了。可和珅就在他眼皮子底下自己攀龙附凤，斩将夺关连连腾达，在如此繁复纷变的中央机枢人事中如入无人之境，没有过人之处是万万不能的，他还觉得自己眼下还想不透这个人，因道："和珅跟我时日很短，是他自己的能耐主子赏识，才得平步青云的。奴才和和珅没有恩怨，既是同僚，一定好生共事，断不至因昔日分属上下逞今日之强，也不敢因昔日同部瞻徇今日是非。""很好，这样朕就放心了。"乾隆满意地笑道，"军事政务的事你多留心些，财政上的事是和珅，刘墉和于敏中分管治安和吏治。一路上朝廷诏谕都发给你看了，朕别无所虑，兆惠那边一旦冰封解冻，要立即进军，福康安这边也不能出意外，首剿不利，再剿就十倍艰难——金川就是例子。你大约还没有进餐？本想赐膳的，在朕这里你也进不香，这就跪安吧，今日不必办公了，明个儿早递牌子，先见见太后，陪朕送太后上正阳门。"

"是，奴才遵旨！"阿桂肃然说道，"石家庄到高碑店一带下了暴雪，压坍了几千间房子，奴才在那里安置了两天，得赶紧调运煤柴米面过去，奴才已经下令洛阳绿营，连夜用车运送退废了的军用帐篷，这里还要请旨，圆明园修造用的余料，残砖短木之类便宜作价给户部，贱售给这里灾民……皇上，那里雪下二尺，景象真凄惨哪！都是一家人捂一条破湿被子，缩在庙里吃冻窝头喝凉水，走一路都是哭声，奴才着令几个县衙、文庙、书院这些官用房舍都腾出来了。雪化天暖传起疫来，更是不得了的事……长江北各省巡抚，奴才也都要写信关照一下，有这种事也照此办理。皇太后、皇后和圣上都要上正阳门，奴才还要陪李侍尧城里走走，看关防治安别有什么疏漏。忙过这一阵再歇息不迟，好在奴才是个猛吃酣睡的，一觉好睡就打起精神了……"说完这才起身，臃臃肿肿行了礼退出殿去。

出了永巷进天街，阿桂看天色，只见灰蒙蒙不厚不薄的云浮翳似的凝着，看不见太阳也见不到日影，掏出怀表看时是午过一刻。在隆宗门内已站着一大群官员，六部三司的都有，有的认识，有的只是面熟，阿桂便知是得了自己回京消息回事迎候来的，还有几个翘足引颈巴巴地看着自己笑的，是离京前的"老油条串门户"，仗着早年和阿桂是"贫贱之交"，为自己调优缺的，给儿子谋差求升迁的，绿头苍蝇般没皮没脸整日缠绕，自己这刚回京，前脚进来后脚也就来了，阿桂不禁又好笑又好气，就在军机处门口站定了，双手一拱又一揖说道："诸位老兄，兄弟刚刚见了驾，回京还水米未进呢！还有多少交办差使要料理，所以这就算见面了。兄弟不敢大样，要请诸位见谅，外省远道来的有急务请在这里候着，其余老兄除了军情重务救灾政务要回的，且请回步。我就是给皇上办差的臣子，不怕麻烦，过后我们再谈，如何？"脸上笑着抱团一揖，那群人说笑着如鸟兽散。阿桂这才进军机房，却见于敏中纪昀李侍尧都在，盘膝坐在炕上都望着他笑，因问道："纪兄去六爷府回来了？你们就三官菩萨似的这么坐着，笑个什么鸟？"

"我们笑那一群鸟，乌鸦、夜猫子、麻雀、鹁儿、老鹰、白头翁什么的都有。"纪昀笑道，"也笑你是个麦秸垛儿，什么鸟都落。"说着三人都下炕来执手见礼，于敏中和阿桂还不十分相熟，打了一躬笑道："前一程子你不回来，这几日皇上亲自料理积案，都忙得手忙脚乱。我们都盼你早点回来，也好有个主心骨……路上还好吧？"李侍尧也道："忙得紧！紧着忙还有打太极拳扰你的，武官们要钱谋肥差比文官也不含糊！昨晚半夜范时绎带他侄儿来见我，让我去和于中堂说说，给兵部打个招呼，派他侄儿去丰台营里头——这拐了多少弯儿？说得红了脸，他倚老卖老骂我缺德冒烟。说我窝囊没劲，所以子孙不昌。我打干哈哈，说咱俩一样都是两个儿子，你孙子多是你儿子的劲，大约不是你的劲！"说得气咻咻的，三个人听了都笑。

说笑一阵，阿桂换了肃容，将乾隆召见的情形说了，又道："大事两件，兆惠海兰察和福康安两头；急事两件，京畿元宵治安和直隶赈抚灾民。我带李皋陶现在就出去，绕内城走一遭，拜托二位就照皇上的旨意给南方诸省布达廷谕，稳住官场安定地方谨防教匪作乱，北方几省的信我都来写，因为走了一路过来有见闻，各省情形不同，分别布置也不同。这样如何？"纪昀笑道："我没有大事急事，陪你走走。我负责着傅家丧事，回来一道你也去看看。"阿桂沉默了一下，说道："好吧。我们骑马——快些。"

于是三人一径出西华门，阿桂的扈从马弁都还等在门外，阿桂吩咐，"所有的人都回驿站，我和纪大人李大人骑马巡城，晚上我还回驿站。回得迟，过了亥时不必等我。"

"喳！"

一群几十个将校雷轰价答应一声叩千儿行礼，马刺佩刀碰得一片山响，解辔牵马，看着三人骑稳了，也都各自上骑，在马上向阿桂行了军礼，掌旗官说声"走！"一片马蹄声中众人绝尘而去。纪昀不禁赞叹："虎贲剽悍猛士，好！"阿桂在马上扬鞭南指，笑道："正阳门看灯，最要紧的去处是外城。我们从宣武门出去——走！"两腿一夹，那马低嘶一声便冲蹄奔出，李侍尧和纪昀忙也放缰跟上。

直到出了宣武门，阿桂才放缓了马步。这里已是北京外城，沿广安门、宣武门、正阳门、崇文门到广渠门是一条黄土大道，所有外城临时搭起的卖货草台摊儿、破房子烂席棚早已拆得干干净净，用白灰界出了无数的格子，是李侍尧曲划出的灯棚地面儿，都插着木牌子写着"ＸＸ商号"的占地标志，正阳门关帝庙前一大片空场有十几亩方圆没有格子，显见是用来踩高跷舞龙灯耍百戏以供皇家观赏的。李侍尧随在他身后信手指点，哪里是焰火区，哪里是马道，救火治安哪一区出了事，顺天府走哪条道，九门提督衙门又在哪里指挥，乡里来城献艺观灯的，从左安门进，右安门出……连同挤倒挤伤了人，如何控制人流，救治伤号、医药用品，棋盘街和崇文门外一带乱街房舍怎样防火，如何关防……一路说个没住口。纪昀在旁听着，很想挑剔出点毛病来，但他刚想出一点，李侍尧话里已经说到了，索性也就不想了，暗思："此人办事真是个角色！"

　　"我说三条。"阿桂却听得极认真，一句话也没插只是沉思，直直到了东便门口，从马褡子里取了块牛肉干，一边嚼一边指点着说道，"烟花起火火箭二踢脚之类，一律不准在外城施放，宣武门到崇文门之间不许放爆竹，崩伤了人不好办，要有贼匪乘乱往城楼上放火箭怎么防？这是一。二是东便门西便门要有两哨驻军站岗，不能全都用便衣，要旗甲鲜明，带出些威势来——过年贴门神，门神有什么用？能辟邪，能吓唬鬼么？！步军统领衙门的兵士驻到永定门内，叫顺天府的老衙役带着，有事出得快办得利索还少误伤人误捕人——我在西大口带兵，那些兵叫他杀人是好手，给他根绳子，他愣是捆不住人！这些事衙役是行家。第三，没有厕所。这外城至少要挤进十万人来，男女老少都有，总不能随地方便吧？马道北边六个南边也六个——至少十二个才得够用，男厕用芦席略挡一下，女厕就得严实一点，还得有掏茅夫随时往外拉粪……"他没说完，李侍尧一拍后脑勺笑道："这事还真的忘得精光！亏你想来——正阳门也没设茅厕呢！宫里女眷多，女厕还得大一点！"纪昀笑道："阿桂真能石头里挤出油来！我横竖思量李侍尧周密，别的也罢了，十二个茅厕难为你想！"阿桂听他河间口音，将"厕"说成"钗"，笑着调侃道："这容易，和过日子一样，哪一家没有'钗'呢？皇宫里有，圆明园里有，所以《红楼梦》里头也有个'金陵十二钗'呢！"说罢三人都马上大笑。

　　说笑着三人策马出了东便门。这里才真正是北京的外城，按北京清时

350

内城城墙共分九个正规的箭楼城门，除了正阳宣武崇文之外，从东便门出来直北，周转一匝是朝阳、东直、定安、德胜、西直、阜成六门。里头内城包着皇城，皇城里又包紫禁城。外城已是郊野之地，只见冻得一平如镜的护城河上，远远近近都有儿童在冰面上嬉闹，有拖冰滑子跷跷板的，有放爆竹崩冰花儿的，摔跤的斗鸡的打陀螺扯风葫芦儿的……甚是熙和热闹，褐绿色的重杨柳堤外笔直的黄土官道上行人不多，三三两两的似乎多是集散回家的乡民，也有小两口赶毛驴儿回门的杂在其间。大约每隔五十丈远近都架起了过街彩坊，都是松柏枝上插纸花，吊着各色小灯，有的彩坊扎得花样巧，也有正在插花儿的，过往行人驻足留连的也就不少，看见这三个人都是一身朝服朝褂打马疾驰而过，身后连个随从也没有，人们都看稀奇似的盯着他们，有的小孩子在后追喊："看哪！三个老疯子呀……"远远从身后传来，逗得三人不住地笑。

直到过了阜成门，阿桂兜缰下马来，笑道："用了一个半时辰绕外城一周。我们歇歇儿，海子边石凳子干净，坐坐。我是饿了……早晨从涿县走，惦记着见驾，想着皇上赐膳，没指望上。你们算算走了多少道儿，多长时辰没吃？来来，你两个'老疯子'也吃点牛肉干……"说着坐了便撕咬那肉。纪昀李侍尧都过来陪他坐了，纪昀兀自笑个不住，说道："城西这块修圆明园禁止行人，要在朝阳门那边，准有一群孩子围过来，看三个老疯子吃牛肉！"

"我还是计划不周啊！我要到傅六爷府，还要再穿一次内城，从东便门出去到朝阳门落脚，省三十里路程——要是调兵打仗，士兵们非啐我不可！"阿桂一时吃饱了，满意地舔舔干裂的口唇笑道。望着阜成门高大灰暗的垛楼，他沉静下来，说道："城外布置没什么多说的。广渠门到朝阳门，广安门到阜成门要多设几处烟火棚子备用，外城里头烟火少了，外头就放起来，烟花多了就不放。还有，东西便门外要设两个芦席大灯棚，算是官家设的。到时候多挂炮仗，要进城百姓都能看见，就更热闹了。"他看着李侍尧，不容置疑地说道："要辛苦你衙门了。"

城东是百姓进外城必经之路，城西是禁苑，又是烟花又是爆竹，给谁看？纪昀和李侍尧都觉得阿桂有点节外生枝——外城千家万户呈彩献瑞，已经布置得成了灯的汪洋，还不够人看？且是这两处在偏隅，墙头挡着，正阳门上根本瞧不见，有什么用处？但这是费不了几个钱的事，棚匠上去不用两个时辰就能停当。阿桂既已出口，谁肯拦着？因都一笑点头说好。

阿桂不知二人心思，也笑，但心中却不似脸上轻松。他虽然远在西域，因坐镇钦差行辕，每天都有京师快马递信，御辇之下的大事情都有旧部故吏随时报知，站得远了反而看得更清楚，纪昀和李侍尧都已遭人暗算，即使不得罪，黜离军机处罢掉要差可说几乎是近在眼前的事。他在乾隆面前试探，人事"升降黜陟"，乾隆回话赞同夸奖，军机处分派差使"忘了"纪昀……种种蛛丝马迹，似乎也若明若暗地印证了自己所得的讯息。这二人都算得他的知交，但以他此刻位置中央衡枢，而已不知这汪浑水深浅，如何敢私通底蕴？见二人犹自欢天喜地，说自己是"主心骨"，倒觉百不是滋味的，心里嗟讶着说道："……不能不想细一点呐！我是个武夫，是这些年逼自己读了几本书，成个半拉子秀才。你纪昀学富五车，还夸我！如今的事和乾隆初年已大不相同，《易经》所谓'穷则变，变则通，通则久'，'久'之后呢？我看就是'穷'——水车轮子再转一圈儿。汉武帝《秋风辞》里'乘楼船兮济汾河，箫鼓鸣兮发棹歌'接着便是'欢乐极兮哀情多'！读一读想一想宁不令人惊心？"他是"提醒"，纪李二人却都想到国家治乱上头了，都夸阿桂解析《易经》"透彻新颖"，"是仁智之言""要在'久'上头用功做文章'"之类话头，阿桂见他们听不懂，也就不再说，笑着起身道："把袍褂除了，进阜成门吃点什么吧。再到傅公府去，人家正办丧务，就饿也得忍住了。穿这行头进馆子吃饭，街外一群人看'老疯子'什么相生儿呢？我们现在城西，到城东吊唁，晚上我还回城西驿站，一个想不周到，往返来回劳而无功，尽走冤枉道了！"三人说笑着除了外头朝服袍褂塞进马褡子里，也不再骑，牵着马便进了内城。

此时辰光说傍晚不到傍晚，说饭时不到饭时，阿桂原想阜成门里头必定十分冷清的，进城门一看便大出意外，沿外城根南到西便门，北到西直门到处都是摊贩，到西便门原来十分宽阔的大街两边都是菜园子，也都人流熙熙攘攘，临街中又都搭起席棚，卖古玩的，打场子卖狗皮膏药的，背着糖葫芦串架儿扯嗓门吆喝的，摆饭摊的煎炸烹煮满街热香四溢，吆吆喝喝人头攒涌的竟热闹到十分。李侍尧在旁信步跟着往东走，见二人诧异，笑道："这都是外城御览灯区里赶进来的小贩，大正月里闲人多，也就热闹起来了……"听见那边卖耗子药的切口说得唾沫四溅一大群人围着听:"一包药有四味鲜,一半咸来一半甜。一半辣来一半酸,赵匡胤赐名断肠丹!"有人问:"这管事儿吗?"卖药的又道:"半夜子时正三更,没有顾得找医生。耗子何时丧的命?鸡叫三遍快天明!"包药递包儿口中不停:"耗子吃了我的药,管教它的死期到。不拉屎也不撒尿,鲜血打从七窍冒。府上的狸猫能睡觉!"手里卖药口不停说:"耗子口,赛钢枪,隔着皮箱咬衣裳。打了灯台砸了锅,哪个不值三吊多?摔了盆子砸了碗儿,哪件不值仨俩板儿……"他也真好利口,凡有人张口问,便是莲花落似的一串词儿,信口顺溜成章毫不粘滞。李侍尧见药摊儿后边就是一处饭棚,虽也是临时搭起,四周都围着毡,瞧着严实暖和些,里头已点了灯,客人也不多,便笑道:"咱们就进这家了吧!别听这油嘴叨叨了!"三人进店,那卖药的还在笑说:"……这位爷说我油嘴儿,再说一件稀罕事儿,半夜听见叫吱吱儿,偷油老鼠窜上被儿,老婆翻身使冷锤儿,打断汉子那根棍儿!"三人进店,犹自听他夸夸其谈:"十二属相排头名,它是兽中状元公。当年五鼠闹东京,多亏来了宋仁宗。买了我的耗子药,大宋才得享太平……"

三人听得直笑,一边就落座,店小二便忙得脚不沾地上来侍候。三个人都是忙人,只临时在这里打点一下肚子,只要了几碟子小菜,一盘子馒头,李侍尧和阿桂各自一碗素面,纪昀不茹素,是一碗蒸条子肉,各自闷头吃饭。但隔桌靠墙几个客人说话却渐渐听来了:似乎是几个举人换帖子拜了金兰兄弟在这里吃酒。阿桂纪昀都不理会,李侍尧听他们称兄道弟亲切热闹,忍不住多看了几眼,居然又是方令诚、吴省钦、曹锡宝、惠同济、马祥祖他们几个,不言声扯了扯纪昀衣襟,小声道:"你不是问代人写信求哥哥允婚事的么?那边桌上坐头位的就是,叫曹锡宝。边儿上坐的叫马祥祖,就是把赵高秦桧当忠臣的那位——那个叫方令诚,就是请曹锡宝捉刀代书的那位……"见阿桂凑过来听,李侍尧便将在返谈店和这几个举子邂逅的事说了,听到忠奸之辩,阿桂笑得浑身直抖。说道:"真是人生何处不相逢……也亏你好记性!"

他们几位大人物的议论,这边几位小人物一点也没有觉察。他们半个时辰前清酒酹地焚香告天,誓词掷地有声:"从兹结为金兰手足,洗心涤虑敏学上进。苟能致身青云,心在庙堂社稷,不忘尘泥交好,勠力为生民造福。即或怀志不售，处身云心野鹤，亦当洁身自好，课书明德，远绝名利营苟之行。进退扶掖，惟当以义。皇天后土实所共鉴，明窗暗室不欺予心。"……都还浸沉在一片忧国忧民的坦荡情怀之中。店内别的食客，店外一片"耗子药"的喧嚣，于他们而言，都不过是杂乱无章的尘俗扰攘而已。此刻曹锡宝据案端坐，吴省钦执杯沉吟，马祥祖侧耳静聆，方令诚抚膺正容，正在听惠同济侃侃而言，说的还是李侍尧："我还是这个想法儿，宁可用君子而无才，不可用小人之有才。凡君子未必有才，而偏偏是小人莫不有才。李大人名'侍尧'，字号叫'皋陶'，看看他的行为吧，是那么回事儿？"他顿了一下，举杯一饮，又道，"我内弟打广州来信，人说他一天单饮食就是一两二钱银子。'早晨吃个小鸡儿，白天听个小曲儿，夜里搂个小妮儿'，宴请一次西番洋人，几百两银子无声无息就没了——就像弄这个元宵灯会，京师赶走遣送了多少人？内城外城迁徙了多少人？这就叫'不恤民'！看这灯山灯海，烟花故事火树银花，一时虚热闹，过后一场空，要花多少银子？一头这般奢靡，一头穷人家无隔夜粮，想想真教人痛心疾首。"

他开头一提李侍尧，提着名字批"小人"，李侍尧已是闻言色变。阿桂怕他脸上挂不住，凑到他耳畔调侃道："老李，口碑很糟呢！"听到后来，李侍尧已变得一脸苦笑。纪昀也放下心来，笑道："这是意气，总得要人说话。"却听隔桌吴省钦昂然说道："那不都是天下人膏血？百姓的捐赋拿来就这么挥霍！刘墉刘大人号称'青天'，和和珅去山东，到处建行馆、妓院、戏园子！比起来，李皋陶要算好的了——如今的事不可问！"说着，摇了摇头。那个马祥祖却道："刘墉怎么想的我不知道，不管你们怎么说，我还觉得他是好人。济南德州那块我去过，也真是太破烂儿了，那么好的泉城景致，比杭州也不差哪里，到处都是破棚烂屋，满街的暗娼拉客，省会都城钦差关防之地，也得有个像样的文明物华才好。就是北京，国家首善之区，皇上以孝治天下，要奉圣母观瞻灯市。这是孝道大事嘛，这是那个那个——万国冕旒奉朝阳的北京城呐！这么着布置我看也不过分。"他因不通历史闹出笑话，大约平日不怎么为人所重，说起话来犹犹豫豫，左右看众人脸色神气，一副小心翼翼的样儿，又道："你们说呢？"

"祥祖别这样畏缩，如今我们是兄弟，谁还能小瞧你不成？"曹锡宝笑道，"我们在北京，不要去断山东的是非。就北京李侍尧这么做，我和祥祖见识一样，我以为是天经地义！孝道是一层，皇上的忧乐与民咸同，这就是'道'。孟子曰：'为民上而不与民同乐者亦非也。''乐民之乐者民亦乐其乐，忧民之忧者民亦忧其忧。乐以天下，忧以天下，然后不王者未之有也。'外头诏告这篇累牍，说的都是各地赈灾的事，这叫忧民之忧；就是祥祖说的，天朝京师文明典型之地，万民都在过元宵，皇上奉圣母观灯市，也就是乐民之乐。该花的钱不花，于小家子讲叫'吝啬'，于天下朝廷讲，也叫'失道'。我们未入仕禄，许多经济之道都不懂。所谓'不在其位不谋其政'，意思不是讽喻'狗拿耗子'，实在也是'不在其位，不识其味'，无论如何都难以贴切。我们这里似乎胸罗万卷志大才高的，个中人听了或许笑我们井底之蛙呢！来来，吃酒，眼下我们议议场中闹墨的事，似乎更近些个……"方令诚便笑，说道："锡宝兄说的是，我们的'政'就是进场夺进士争状元。拿耗子也用不到我们去找门口卖药的去。这里风云龙虎际会说得不着边儿，考场一个蹭蹬就变成了秋风钝秀才，只好去看'无边落木萧萧下'去！"

一席话说得两边桌上人都笑。这边三人也已吃饱，阿桂付账，纪昀李侍尧出得店来，天已经苍上来了。

…………

乾隆不愿见皇后，毕竟还是躲不过去。三个大臣在外头巡城，慈宁宫里的秦媚媚过来传太后懿旨："明个儿就是正月十五，去瞧瞧皇帝做什么，要忙，把大事料理了，别见外头臣子了。丰台花儿匠贡进来的蟠桃，特意还叫汪氏给他制了膳，叫他到我这里来，我当面看着他进。"乾隆正在看王羲之法帖，听见母亲传话，忙丢了帖子起身答应："是——你去回老佛爷话，我这就过去——都有谁在慈宁宫？"秦媚媚赔笑道："皇后娘娘、钮贵主儿、和卓贵主儿、魏佳氏贵主儿、金佳氏贵主儿、陈主儿、汪主儿……她们都在呢！老庄亲王福晋，十贝勒夫人也在，还有颙琪、颙璇、颙琟、颙瑺、颙璘五位阿哥，做的灯谜儿。皇上不过去，他们不敢走动说话，都在那候着呢！"说罢，见乾隆无话，哈了腰倒退出去。乾隆这才懒懒下炕，由王廉伏侍着褪下袍褂朝珠，穿上一身酱色宁绸玄狐便袍，松松散散束了卧龙带，望着窗外宫墙晦色转暗，心里思量，一是不能和那拉氏翻脸，惹得母亲不欢喜，二是夫妻情分已到尽头，也做不到雍熙敦睦，要留着"少来往"的余地，三是有人问起王八耻几个太监得罪情由，也要有个说法儿，还要防着卜义说的不实，留着和好的地步儿。这般心中委屈滋味竟是从来未有，但也只索暂时淡然置之……他长出一口郁气，说道："走吧……"

于是王廉前导，径往慈宁宫而来，过了后侧宫玻璃廊房，便听见太后的笑声，乾隆站住了听，原来是颙琑在里头说笑话儿：

"再说个实事儿——是那年丰台大营校场演兵，打鸟铳。三个鸟铳手，每人试三枪。枪打不响，太后老佛爷知道毕力塔那人性子，拖出去就是一顿臭揍！"乾隆知道，自己一脚跨进去，立时就扫了母亲的兴，便在门首帘外静等，果然听太后道："毕力塔我知道，先帝得用的将军，当过九门提督——你接着说。""是，"颙琑笑道，"三个鸟铳手，就叫他张三李四王二麻子吧。张三三枪顺顺当当打过了。李四上场，一手这么端着鸟铳，一手拿火媒子点炮捻儿，谁知那炮捻儿又短又粗，这么一沾火，嗤——嘣！——来不及对靶子就响了，满膛火药黑烟"噢"地一喷，眉毛胡子都燎了，脸上熏黑得跟个灶王爷似的，发了半日吃症跳到海子里洗澡去了……轮到王二麻子，偏是那药捻儿又细又长，在铳子里燃，又瞧不见，王二麻子对着靶子瞄得眼酸手困，那枪只是个哑巴一样。他急了，这么放下枪，觑着眼往枪眼儿里瞧，忽地'砰訇'一声，平地响个炸雷似的，那鸟铳就响了！把个王二麻子崩得血葫芦似的，就地死了。

"再说李四鸟铳走火，有人已经报信儿到家，李四老婆慌慌张张跑来，见个男人撂倒在地下，乌烟鲜血不辨头脸，认定就是自家丈夫扑倒身上搂住就号啕大哭。王二麻子老婆来瞧热闹，在边上劝说'人死吹灯拔蜡，嫂子再伤心他也活不转。死的自死，活的还要活。不是我说刻薄话，他活着时候有点银子都塞了桥东的王四妞儿，大年下你们也没少生气……'

"正劝着，李四洗澡回来了，见自己老婆抱着别人哭，问：'这是他娘的咋回事？'两个人一看李四活着，都瞪眼儿发愣。一时人来说，'死的是王二麻子'，他老婆一认，真的是自己男人！李四老婆起身，王二麻子老婆换上去，就哭得倒噎气发昏。李四老婆在旁边劝：'人死吹灯拔蜡。弟妹的话，死的自死，活的还要活！我也说句刻薄话，他有点钱不都填还了葛巧儿那丫头了？'"

他似乎是在里头连说带比划形容儿，说得活灵活现的，太后皇后一群女人都笑。乾隆正要进去，听太后说道："这个笑话拿死人开心，罪过的。趁你阿玛没来，罚你再说一个。他来，你就放不开了。"乾隆想了想，脸上挂了笑。一脚跨进殿里，笑着对母亲一揖，说道："母亲这话儿子当不起，没的我来了，倒不能招额娘开心？"一众人等见他进来，炕上地下墙边桌旁忽地跪倒一片，只太后不动，那拉氏偏身下炕蹲福行礼。太后道："不是不开心，在你跟前都得讲规矩，礼拘着，又要讲说话分寸，我老天拔地的人了，爱听俗话笑话儿，那些雅文章虽好，我听不懂！"乾隆笑着唯唯答应。从腰下解了玉佩放在桌上，对几个儿子道："谁来尽这个孝道？就说俗故事俗笑话儿，逗乐了老佛爷，这个就赏他！"

"儿子想得这个彩头。"几个儿子互相递了一阵眼色，八阿哥颙璇乍了胆子起身一揖笑道，"说个——傻女婿老丈母娘故事儿！"

话一出口，连乾隆也随众笑了。太后道："我就最爱听这些个——你放胆儿说，有我在，你阿玛也不得拘你！""是。"颙璇哈腰赔笑，打叠精神说道，"有个人，是个不够数儿。老丈母过生日，两口子回去，媳妇怕他丢丑，出门前千叮咛万嘱咐，'这回回去要支起样儿叫他们瞧瞧。告诉你，我们家门上那个铺首门环是古铜的，你进门时候盯着看看，用手敲敲，就说"噢，是古铜的"，堂上香炉也是古铜，也要认认敲敲，就说"嗯，这香炉也是古铜的！"我们家中堂有幅画，见了就说"这是唐朝古画儿"……再有就是吃饭——别在席上张牙舞爪狼吞虎咽，我在厨屋里筷子敲一下碟子，你就夹一口菜。还有和客人敬酒，要说"酒逢知己千杯少"，别说"话不投机半句多"'……傻女婿一一答应记住了。

"这么交代清爽，两口子骑驴回门。老岳父家是绅士人家，这日老亲故友自然不少，都知道他有个傻女婿，他们一到门上就招眼，人们都留神瞧这女婿动作。只见不慌不忙摇着方步——"颙璇学那样子，皱着眉头，拿腔作势向四周点头致意，又上下审视那"门"，用手指虚敲了敲，"嗯，这个铺首门环是古铜的！"

"众客人一听，都是一怔：这不像是个傻子呀！说话气派落落大方，彬彬有礼的，蛮好的嘛！

"接着进正房拜寿了，那媳妇都在身边，礼数风度都漂亮，他又走到香炉跟前，这么伸手一敲，侧耳听着又说：'岳丈这香炉也是古铜的，嗯，好！'这么着一手卖弄，人们谁也不敢小看这傻子了。

"接着便上席。他是娇客，自然和乡大人们同坐首桌，姑奶奶回门，照例到厨屋里帮嫂子们忙儿。那媳妇子摘菜洗盘子，眼里留神丈夫，隔一会，就用筷子'当'儿——敲一下盘子，傻女婿坐上头，衣冠楚楚正襟危坐的，专听这一声响，他就夹一口菜填嘴里满满嚼咽。"

颙璇说着，脸上板得一本正经，手伸着比个夹菜样儿，"吃"到口里，磨着嘴"嚼"了又"咽"了，逗得太后前仰后合笑不可遏，指着颙璇道："这孩子伶俐，只听说是个读书种儿，诗写得好，说古记儿也这么爱人的！"颙璇便忙收科，笑着斟了一小杯葡萄酒双手捧了敬给祖母，又斟一杯捧给乾隆，道："祖母阿玛都笑了，这是儿子孝心虔诚，请老佛爷皇阿玛赏脸用一点。"还要敬皇后，那拉氏笑道："皇上用了，也就有我的了，你只管说笑，老佛爷皇上开心就好。"乾隆听这话，真觉得入情入理无可挑剔，满心要冷淡皇后的，又复疑思不定，只向皇后点头微笑了一下，举杯饮了。

"酒席筵上丁点毛病没出，傻女婿又过了一关。"颙璇接着说道，"人们私地里交头接耳议论：谁说人家女婿傻？文雅端庄，活脱儿一个黉门秀才嘛！

"接着老丈母下来劝酒，傻女婿就起身帮着张罗——'来来来，今个儿高兴，酒逢知己千杯少——请干了这杯！'人们纷纷起身回敬，都来奉迎，说'令贤婿知书达理，日后前途不可限量''乘龙腾达''慧眼识东床'之类乱嘈。谁想偏这时候儿出了毛病。"颙璇笑着顿住。

第二十六回　叹流年皇帝强释怀　巡内城提督布防务

　　众人都用眼盯着颙璇，颙璇却颇沉得气，取茶饮了一口，这才接着说道："那老丈母一高兴，不留神就放了个屁。这女婿受了夸奖，也就忘乎所以，伸指头望空里弹了弹，似模像样侧着耳朵'听'那屁声，斩钉截铁说：'岳母大人，您这屁也是古铜的！'"

　　他话音一落，众人初时一怔，突然爆发一阵狂笑。老太后正合碗盖，连茶碗一下子扣了炕桌上，那拉皇后指着颙璇捂着胸，咳得满脸涨红，只说不出话来，乾隆手举酒杯正往唇边送，一口笑出气来吹得酒都溅出去，陈氏、汪氏、金佳氏、魏佳氏在底下笑倒了一片，满殿宫女也都东倒西歪站不稳，只和卓氏听不大懂，跟着众人讪笑而已，颙琪几个阿哥也都笑不可遏，只迫于乾隆严父在场，撑着不肯失态。

　　"他这么一说，所有的客人都愣住了。"还是颙璇拿得住，偏他不笑，上前跪到太后身边替她捶背，待稍平静，又道，"老丈人在边儿上吹胡子瞪眼，指着呵斥：'这都是什么话？'

　　"傻女婿这才想起来，指着堂房中间那幅画说'我还没说呢，这是唐朝古画！'

　　"'混账！'

　　"那女婿见丈人发了脾气，摆手儿后退，说：'算了算了不说了，跟您没话说！哦——我跟丈母是酒逢知己千杯少，跟你真是话不投机半句多！'"

　　大家听着，又复一阵一阵哗笑，太后便命乾隆"赏他！"颙璇一边领赏，一边谢过，说道："儿子的笑话儿太俗，是打冯梦龙《古今笑府》里头编掇出来的，里头难免轻浮，皇阿玛不见责儿子就欢喜了。"乾隆原疑他是在外头串馆子吃茶，狐朋狗友们喙笑打诨出来的故事儿，听见是读书得来，不禁释然，笑道："冯梦龙不同于柳三变，柳是自喜风流，冯是怀才不遇退而著书劝世，我看过他的《警世通言》，虽然不少巷街俚言，大旨劝善惩恶，于世道人心无害的，你的笑话虽俗，老佛爷听得欢喜，这就入了孝悌大道。就是老莱子斑衣戏彩，娱亲之乐的正经，说不上'轻浮'二字。"这么着说，满殿里人都放了心。太后知道乾隆尚未进膳，便命："汪氏带皇帝进内殿，侍候你主子进膳了，出来我们猜灯谜儿耍子。皇帝去吧，我还叫他们说笑话儿等着你。"

"是。"乾隆一笑躬身，随汪氏由东廊进入内偏殿。里头早已预备停当，十几支烛照得通明雪亮，小小殿房中间地下铺着猩红毡，放着小方桌，四碟子小菜摆在角上，碧绿漆青的腌黄瓜，糖拌红菜椒丝、香菇豆瓣酱、珍珠豆芽儿，中间一个镶花白玉攒盘，拼着丹凤朝阳的花样儿，蹄筋垛云、野鸡崽子扬州硝肉兑翅儿，菊花芯水萝卜雕凤，胡萝卜"太阳"，玲珑剔透，在灯下晶莹闪烁艳色不可方物。乾隆接连几天吃的都是御厨房大笼蒸的文火膳，一见这摆置便喜得眉开眼笑，一边坐了矮几上，说道："好！青红皂白四维分明，好颜色，这么好花样儿，难为你怎么做来？朕有点不忍下箸呢！"说着，汪氏已端了热菜，却是清酱烧豆腐、爆青芹、姜丝茄饼、糖醋菜心，一色全素炒锅即出，鲜香扑鼻而来。乾隆也不用酒，就着象眼小馒头老粳米粥，吃一口在嘴里品嚼一口，连连夸奖："这和外头臣子办差使一样，你这么经心，就是好的！这豆芽里的筋都一根根抽了，要多少工夫？这茄饼也都不是凡品！"

汪氏偏手站在一旁侍候，赔笑道："主子用得香，就是奴婢的忠心——我是听二十四福晋说了《石头记》里头做茄子的法儿，那么九蒸九晒又糟又腌的，弄出来都没魂儿了，兑上葱姜丝儿勾粉芡煎出来，就成了这样儿。我那里还收着一坛子，主子几时想用，就给您做。"乾隆吃着，一笑说道："连《红楼梦》里的菜都搬出来了？"汪氏道："听人家说《红楼梦》不是好书，二十四福晋说的是《石头记》。"

"《石头记》就是《红楼梦》里的前八十回。"乾隆笑道，"也有叫《情僧录》《风月宝鉴》的。就比如你是汪氏，也有人叫你淳主儿、汪主儿一样，都是一个人。"汪氏笑道："主子这一说我才巴巴地明白了，那茄子菜谱原来是钱八十回子做的！这厨子可真算能耐！"乾隆听她把"前八十回"

听成了人名儿，格格一笑，说道："这可真是你巴巴地'明白'了，朕却堪堪地糊涂了。"喝了一小口粥，又问道，"这几日朕没进里头，听见有什么话没有？黜退了王八耻一干太监，你是怎样想的？"

汪氏偏着脸想了想，说道："太后和娘娘都说主子忙，没听见别的什么话。王八耻这几个贼骨头，平日里狗仗人势的，除了老佛爷、娘娘，他眼里有谁？就是我这位分，叫他出去代买一点粉硝胭脂，打个头面首饰，要看他脸色，给他塞体己，还带搭不理的。他走了，我只有念阿弥陀佛的！"乾隆笑问道："没有翻你们牌子，该不会有怨言的吧？"汪氏红了脸，低声道："主子也忒瞧得我不堪的了，到了这把子年纪，早就锣歇鼓罢了。除了新进来的和卓贵主儿，哪不都是四五十的人了。年轻时候盼翻牌子，是指望子息，不免也有倒醋坛子的，如今都老了，也就都安生了。"

"都老了，都安生了。"乾隆咀嚼着这话没有言语：卜义揭出那拉氏的那些丑事，其实现在早已成了过眼云烟。如今要穷究，不但时日久远难以核实，就算弄得彰明昭著，又怎好像外头捕贼似的在宫中折腾？不弄清楚，只是个于心不甘，弄弄清楚，也许更大的难题出来，压根没法子摆布。既然"老了""安生了"又何必穷追不舍？唉……乾隆想到这里一阵灰心，不禁一叹，说道："不老就不安生，老了就都安生了，这话带着禅味儿……安生了就好……"

汪氏有点惊异地望着乾隆，她还从来没见过乾隆这样儿神态，像感伤又像沉吟，像唠叨又像念诵。这么平常一句话，有什么"禅味"的？怎么一会儿时辰就变得忧郁了？怔了移时，她笑道："我是说我们老了。万岁爷您可不老！我们女人老得快嘛！"

"是么？"乾隆失声一笑，看一眼汪氏，说道，"你比朕小着十六岁，你老了，朕不老？老有什么忌讳的？白发天子白发宫嫔熙乐一堂，也是千古快事嘛！"他已经吃饱，慢慢放下了碗，站起身来道："咱们前殿里去吧。"

汪氏答应一声"是"，命丫头们收拾碗具，"这几件玉盌玉碗都登记过的，哪里取的还放哪里，把册子号销掉……"随乾隆仍回格子殿来，隔门便听和卓氏在给太后说笑话儿："……阿凡提当时路过这里，听见这讨饭的和巴依在争吵，许多的人都围着看热闹，就挤进去对巴依说：'巴依老爷，他路过您这里，嗅到了您烤羊肉的香味，你向他要钱，因为香味是羊肉的

一部分，是吗？'巴依老爷说'是的！'

"'我愿意代替他还钱。'阿凡提说，'他没有钱给您。'

"巴依说：'可以！'

"阿凡提从褡包里取出钱袋子，摇了摇，袋子里传出了钱币碰撞的叮当声。阿凡提问：'这是什么？'

"'钱！'

"'这就对了。'阿凡提说，'香味是羊肉的一部分，这钱的声音也是钱的一部分，您听到了钱的声音，就是付了您的账了，我的巴依老爷！"

人们初时一怔，回过味来，立刻便是一片欢笑，有啐那巴依老爷贪财黑心的，有赞阿凡提机灵多智的，太后起初没听明白，皇后在旁细细解说了，老人笑得手里纸牌撒了一炕，说道："还真是有意思！彩霞——把皇帝孝敬我的那只玉柄聚耀灯台取过赏了和卓氏！"因见乾隆进来，挪身下炕道："廊下灯谜已经设齐了。这都是咱们自家制的，叫皇帝先猜，猜中了我有赏，猜不中世法平等，也要罚他的。"乾隆便知，自己在这里，众人毕竟不得快意，笑道："成，我也领赏，也认罚，总之逗得老佛爷乐子就好！"说罢，搀太后出了格子殿，只见玻璃窗外院子里也扎着不少灯，天井里正中央是两盘硕大无朋的二龙戏珠灯样，映得廊房下也是一片通明，所有带诗谜的灯都悬在廊下，周匝隔玻璃看着，走马灯、龙宫吊儿、西瓜灯、宫灯，花样虽不多，星星点点连缀起来也颇有情致。廊下地龙暖气氤氲，又能看外头的灯又不得受凉，乾隆不禁点头，说道："秦媚媚还算能办差，晓事。皇后不要猜了，你扶着老佛爷，我来——"

那拉氏因王八耻等人被拿，她自己备位中宫，连个罪名也不知道，皇帝又一连几日不进内宫，大样儿上掌着一如既往，心里其实忐忑鬼胎不定，听乾隆发话给自己派差使，顿觉一阵松快，忙就过来代乾隆搀了太后，笑道："这都是几个阿哥编的，下头缀的有名字，有些谜太后不懂，我也稀里糊涂的。谜儿不好，皇上只管指教。"乾隆笑着点头道："那是自然——"看迎门第一盏灯上谜语，写着：

画时圆，写时方，寒时短，热时长
——打一字

乾隆看时，是颙琪所制，便道："这是个'日'字么？"颙琪忙笑道："是。"乾隆接着又看下一个：

> 用之则行，舍之则藏，惟我与尔。
> 危而不持，颠而不扶，则将焉用。

乾隆道："这是颙璇的——拄杖就是了，很好。只是多少有点怀才不遇味道，志量还好。"太后便忙道："这是我要的。"乾隆笑着点头道："是。"再看却是颙瑾的：

> 瞻之在前，忽焉在后，乐然后笑，人不厌其笑。

乾隆不禁回头看看骨瘦如柴的颙瑾，心中暗自叹息，言为心声果然不假，身子骨都这么晃晃荡荡的……因道："这是秋千。"颙瑾弱声弱气答道："是。"又看颙珵的，写着"长明灯"三字，注着打四书一句，乾隆沉思有顷，说道："可是——不息则久？"颙珵忙笑道："是。下一个也是儿子的。"乾隆看时，写着：

> 云谁之思，西方美人——打一词牌名

颙珵挂这灯谜原是心里犯嘀咕，担心触了什么圣忌，不料乾隆看了竟大为赏识，鼓掌笑道："雅得很，这是颙璇捉刀制出来的罢——是《忆秦娥》？"颙璇和颙珵不禁对视一眼，颙珵笑道："皇阿玛怎么知道的？"乾隆笑而不语，再看颙璇的，是独独一个"睪①"字，打《易经》一句，乾隆见今晚灯谜多有不祥之语，心下暗自叹息，怔怔站住，心思惝恍着脸上似悲似喜。太后以为他猜不到，便笑道："我说过的世法平等。可是要罚皇帝酒了！璇儿，给你皇阿玛斟上！"颙璇便忙斟一杯，赔笑道："这谜造得不

---

① "睪"为《易经》中"泽无水"。

好，儿子代父亲认罚了吧！"见乾隆点头，一仰脖子便喝下去。接着是颙璘的，写着：

　　无边落木萧萧下——打一字

　　这句诗谜乾隆听纪昀说过，谜底也是"日"字，按南朝史序宋齐梁陈，齐梁二朝皇帝都姓萧，"萧萧下"就是"陈"，去掉"边"和"木"就是。这句唐诗此时看去也是一派索漠荒寒，大数将尽的模样，乾隆脸上已没了笑容，只说道："太穿凿了，不是猜你不出。你还年轻，该当有些奋发有为峥嵘向上的气势，这么江河日下的玩味诗词，于你学习事业无益，懂么？"说着环视众阿哥。阿哥们这才恍然：起头一个太阳，这里又个"太阳落"，无意之间好好的事，弄出个"颓唐"模样。你看看我，我看看你，竟一时噤住了。颙璘正要请罪，颙璇在旁一躬身赔笑道："这个谜儿也是儿子代拟的，一来皇上现在整肃吏治，横扫贪贿玩渎之风，要有些个肃杀之气，有秋风一过败叶纷坠之象，二来取其余意，下句就是'不尽长江滚滚来'。除旧布新，更张而振聩。使太平极盛之世再登层楼——这是莫大的吉祥呀！"

　　变得有些紧张的氛围一下子松缓了。乾隆听颙璇巧鼓如簧之舌辩解，原是觉得有点牵强，但听完品味，又觉得不无道理，因换了霁颜，笑道："是我想左了。就这两句诗，确有新旧更张的意思，落木萧萧下，那不是枯枝败叶？"太后原为乾隆消乏设这个小灯谜会，里头文字太雅她也不甚懂的，见他高兴了也就宽了心，笑道："还是颙璇儿解得透彻明白，这是好意思嘛！璇儿，代我斟一杯，罚皇帝饮了！"颙璇忙笑着答应，乾隆接过酒一饮而尽，递杯子笑道："这酒吃得畅快！"又转脸吩咐王廉："派人去养心殿把和珅进上来的那个箱子抬过来。里头的物件都分成了份儿，这就要赏人了！"回头又对母亲笑道："儿子这些日子忙得有点晕了头，今儿好日子，一定多陪母亲乐一乐，讨额娘个欢喜。我们一大家子对对儿，热热闹闹岂不是好？这些诗谜儿虽好，太文气的了，不合您老脾胃。"

　　"那敢情是好。"太后笑道，"我过节不过节一样，天天都是过年，图的就是你松泛一下。你，皇后还有这些人都来对对儿我听，只是有个言事不到的，只许罚酒，不许纠查训斥了，你训得他们都成了避猫鼠，我想乐也乐不起来。"乾隆忙笑着谢道:"儿子总归遵母亲的懿旨就是了。不过母亲也得略赏儿子个面子,也来一道儿对词儿——母亲放心,这次不对诗不对词,就是京师事物儿,都是平常说话儿。就比如'香山寺'对上个'臭水塘'——不难的!"太后合手笑道:"这么着,成!我和几个老太妃、老亲王福晋也常对这些对儿取乐子呢!——我也有赏!秦媚媚,把我的利物儿摆出来!"

于是众人随太后乾隆复入内殿,太后居中坐了,左边是五位阿哥,右边依次是皇后、魏佳氏、金佳氏、和卓氏、陈氏、汪氏、高氏、陆氏、柏氏、乾隆又接了颙璘,一群人环围了个大圈子。太监们忙着摆椅子放茶果,见是这么个坐法儿都觉新奇有趣的。一时太后和皇帝的赏赐利物也摆放出来。太后的是金瓜子银锞子、钗钏头面、小如意之类,乾隆的是文房四宝、题幅扇面儿、云子儿(围棋)、汉玉坠儿卧龙袋、剑钩、扳指……都一扎扎垛在殿门口卷案上,或翰墨香色或宝气灿烂,更给满殿热闹和熙的气氛增色。乾隆坐在对面笑道:"颙琪挨老佛爷坐着,不要太监招呼,就是你侍候,老佛爷想不起来的,你和皇后记着提个醒儿!"颙琪忙欠身答应,皇后也笑着道:"明白。"太后笑得满脸开花,说道:"不一定我就比不过他们,你听着了,我起首——"随口便说道:

王姑庵

皇后忙就对上"韦公祠"。又说:"我出'珍珠酒'。"魏佳氏就对"琥珀糖!——单牌楼——"金佳氏对上"双塔寺"。又出"象棋饼",和卓氏尚在发愣,陈氏忙在她耳边叽咕一句,和卓氏操一口半生不熟京话对道:"骨牌糕——棋盘街!"陈氏被她逗得直笑,忙道:"——幡竿寺!我出'金山寺'——"汪氏便对"玉河桥——文官果!"下头高氏笑道,"文官果对孩儿茶——打秋风!"陆氏一笑,偏着头想想道:"打秋风,打秋风——对上个种太岁可好?"众人一阵哄笑。陆氏又出对儿"六科郎",柏氏却腼腆,"嗯"了半响,对了个"四夷馆——我出'白靴校尉'——请万岁爷对!"

"我对……"乾隆只顾看她们对对儿乐子,忘神之间已轮到自己,怔了一下,竟一时对不出来,颙璘眼见太后指乾隆要罚,忙悄声对乾隆说了句什么，乾隆一想果然不错，一拍桌子笑道："是了——红袍将军！"

这一对，众人便都笑了，太后道："这是白云观里的门神，是'红盔将军'，颙璘给你阿玛作弊，还弄错了，爷两个我都不饶，罚酒！"颙璘便接过太监递来的酒，要连乾隆的都喝掉，乾隆笑道："这不能是罚酒，该是贺酒。白云观有个红盔将军，我们朝廷有兆惠海兰察，号称'红袍双将军'，家也在北京，所以不错！他们两个现在西边冰天雪地里出兵放马。叫我说，除了太后，我们都举杯给他们纳福，祝他们旗开得胜，马到成功！"太后忙道："这个如何轻慢得？我也举杯！"

于是男女老少一齐欢笑举觥饮了。乾隆接着出对："这算替他们遥祝了，我出'诚意高香'！"颙璘笑道："皇阿玛对得真切贴入实，儿子对个细心坚烛，我出——细皮薄脆。"颙瑅便对上"多肉馄饨——天理肥皂"。颙瑆却一时结住，抓耳挠腮想了半日，一拍掌道："这可真是十二弟要的——地道药材！我出椿树饺儿——"颙璇也是怔住，攒眉拧目想着，说道："有了！桃花烧卖！我出——京城里外巡捕营！"

"人家都是三两个字，你就这么一大串！"颙琪笑着抱怨道，"我对——礼部南北会同馆。我也出个难的给老佛爷：秉笔司礼签书太监——"众人原以为这是前明掌故，太后必定要犯踌躇的，不料他话音一落，太后笑道："对个'带刀散骑勋卫舍人！'"

至此十六人一个大圆围转了一个周匝，众人大发一笑，太后便吩咐"取我的利物来，哥儿们是颙璇双份子，魏氏以下各人一副头面，和卓家的才进宫，没家底子，可怜见的娘家又远，不论皇帝的还是我的，样样有她的份儿——秦媚媚快着些了。"乾隆呵呵笑着道："王廉，就照老佛爷的吩咐赏大家，给颙瑆加一柄缠金丝如意！"于是众人纷纷而起，妃嫔在前阿哥续后依次到卷案边领了赏，又喜气洋洋到太后皇后跟前行礼，又到乾隆跟前谢恩。太后笑道："就这么将尽兴没尽兴的最好，再接着对下去还能勉强敷衍些子，到了没词儿时候就无趣了。"乾隆含笑承欢，说道："若论属对工巧，还要算纪昀。据儿子看来，不但本朝，就是历代才子竟没有及得上他的。上回我到四库编纂房去，陆柄南他们几个出街上招牌名儿难他。说个'神效鸟须丸'他对'祖传狗皮膏'；'追风柳木牙杖'对'清露桂花头油'；'博古斋装裱唐宋元明名人字画'他就对个'同仁堂贩卖云贵川广地道药材'。后来陆柄南问他'方才上朝路过三眼井……'话没说完，他就对上个'待会面君笑说陆耳山'——原来纪昀对着对子偷眼瞧见我进来了，陆柄南的号就叫'陆耳山'！这般敏捷，真真古今罕见。"他看了看俯首帖耳恭肃聆听的儿子们，忽然没有了再说话的兴致，起身踱了几步坐到母亲身前，面向阿哥们说道："你们生在天家，自来就有的富贵，用不着像外头举子们样儿，束发苦读皓首穷经，苦挣一个芝麻官儿再慢慢攀升，这原是你们的福。据朕看来，历朝皇家子弟出息不及我大清，其缘由就是仗了这福，一代比一代骄奢淫逸的过！"

大殿上静了下来，只听乾隆款款而言："宫闱宗室里什么风，外头就是什么雨。看看徽昆戏如今昌盛，还不是从北京风靡了天下的？王爷们带了个头，旗人就跟上，大家都唱戏！刘墉和珅在山东拿国泰，他还正在下海唱戏，一头一脸的脂粉！"他用手指东边："那边王府里，各家都养着上千笼子的鸟，你怎么能怨那些没差使的破落子弟提着鸟笼子串茶馆——一对好鸽子上千两银子，一只斗鹌鹑八百两！一个坏风气倡导起来半点不费事，要想扑灭下去就下一百道旨意也不济事，所以这一条要警惕。你们现在读书尚属用功，在部里办差只是学习，闲暇时候琴棋书画自娱也无可厚非。但看你们送来的窗课本子，里头抄的那些诗词，嗯——什么'打叠红笺书恨字，与奴方便寄卿卿''但得再从人缱绻，何妨长任月朦胧'，还有什么'最是断肠禁不得，残灯景里梦初回'，什么'欲把禅心销此病，破除才尽又重生'……你们不要对着看，都有！你好好读书养性，道尊孔孟，哪来的断肠梦，又是哪个狐媚子'卿卿''奴奴'的给你病害？"说到这里，乾隆也不禁莞尔一笑。他心底里其实也很赏识这些个销魂绮语的，都记得烂熟，这会子教训儿子现成就搬了出来。太后见他训出了调侃言语，在旁笑道："孙子们要说都算好的了！里头孝顺，外头办差人没说出个不是来——他们哪能和你比呢？先帝爷那脾气，丁点差错出来，鼻子不是鼻子眼不是眼，当着外人当时就叫你下不来台！要听见这些诗，那就是反了！""母亲说得是！"乾隆听了忙笑着起身，亲自给太后奉茶，说道，"儿子见他们兄弟齐在一处也难得的，这也还是爷们家里家常话，不是训斥他们，富贵自来有，世俗奢靡淫逸混账风气，又骄又嫩，哪里经得风雨？尹继善您知道的，那是多练达、多聪明的人！当年有个举人去见他，那举人九次会考都落榜了，他就有点瞧不起人家，说'秀才该闭门读书'，钻刺什么？"还对李卫说：'这么个老孝廉，还有什么指望？'结果如何——他轻慢了个状元！就是光禄寺的正卿陈伯玉，前头你们毓庆宫的总师傅……尹元长活着只要说起这事就羞得满脸通红。"他又面转阿哥们："尹元长两督江南再入军机，治绩劳勋垂于竹帛，你们除了个好爹妈，拿什么和他比？他尚且有过失误，何况你们？是不是？嗯？"这下子儿子们再也坐不住，一齐起身躬身答道：

"是！"

"稚子不闻过庭之训，何以琢玉成器？"乾隆笑谓太后，"儿子实在事见任臣，缺帮手啊！趁了老佛爷这个灯会，敲打一下他们，要乐中不忘忧，成就盛世贤王。这就有点扫您的兴了。"

"不扫兴！"太后说道，"打虎还得亲兄弟，上阵还得父子兵么！傅恒尹继善过世，老五（弘昼）又病得那样。纪昀才学好，于敏中有德量，我瞧着还不是掌总的料儿。如今天下事比乾隆初年多得多了，就忙你独个儿。我一则心疼，二则也为你着急。乐一乐，也有个解秽的意思。我还惦记着十五阿哥在山东，听说那里出了点乱子，也不知有干碍没有？"说着，叹了口气。

这是问颙琰的下落，乾隆觉得无法回话，此刻他才觉得，自己连日心绪不好，对后宫的事只是个反感烦乱，真正的担心是在山东，恐惧颙琰身罹不测，又忧心别的地方再出大事震动朝廷，"藻饰太平繁华盛极"的治世名声就要大打折扣，岂知这位索居深宫的老太后，竟和自己想的是一件事……他微笑着点点头，柔声安慰道："无碍的，这都是国泰平日敲骨吸髓剥克百姓惹出的事。据各省情势说，大体上无事。江南一个制钱板儿能买三个饽饽，穷人还过得。有几个跳踉匪类，刘墉就把他们对付了，母亲放心，穷地方都有赈济，咱们有的是钱粮……至于十五阿哥，更甭操他的心。"他看一眼直盯盯望着自己的魏佳氏，笑道："外有刘墉内有黄天霸师徒护着他呢，前天还接到他的驿传密奏，他若不和官府联络，信怎么寄来呢？阿哥们沉下去，历练历练，有些学问在宫里头一辈子也学不来！就是有些惊险，不见得就是坏事。我年轻时候下江南，几乎让人杀在路上——金佳氏她就知道。先帝爷年幼时也遭过洪水住过黑店……"他似乎觉得这样比较不妥，又道："别说平常人家千里万里出去谋斗升之粮，就阿哥们保姆师傅护着，哪个不是三灾八难的？吃点苦头有什么？十三叔在世吃了多少苦，杀他的毒他的，鞭子抽牢房禁，还圈禁了十年。结果怎样，成就了一代名垂千古的贤王！"他本来面对太后的，此时已转向儿子们，问道："是不是？"

"是！"儿子们又齐鞠一躬答道。

乾隆一看，又成了训诫格局，回身向母亲一躬，笑道："儿子不去，毕竟这里不成热闹景儿，现今普天同庆薄海共欢过元宵，正是融融与乐之时，今儿该放开孙子们陪母亲高兴——除了颙琛，你们今晚都要在慈宁宫尽情承孝——我还到养心殿，有几件要紧奏折还没批下去呢！"

"是这个话。"太后见宫嫔阿哥人人面带轻松笑容，也不禁笑了，"这也就是立规矩立惯了。就像《法门寺》里的贾桂，'站惯了'，怎么好在你跟前儿放肆玩笑？你去吧，只别坐夜坐的时辰久了——明儿下晌定住了时辰，咱娘们都上正阳门！"

第二日下午申时是钦天监择定的大驾出城吉时。从午时正牌，长年封禁的天安门、地安门、午门、正门，随着石破天惊三声炮响，一齐卸下房梁粗的门闩，哗然洞开。善扑营和西山健锐营的数千名御林军早已在五凤楼前集结，听这三声号炮，李侍尧在午门前一挥令旗，各营棚管带将军带着兵，踏正步举着军旗出来驻跸关防，沿紫禁城中轴分内外两线，将皇道和内城隔断开来。成千上万的京师老百姓哪个不要来观瞻圣母出城，四面八方从内城聚过来，被拦在御道两侧，已是人流如潮万头攒动。天安门到正阳门东西两侧，已成人的海洋。看见皇家如此森严威仪。议论声，啧啧惊叹声，挤倒了人的哭叫声，顺天府衙役的口令传递声……汇成一片喧嚣。顺天府尹郭志强一头热汗，跑了这头跑那头，指挥衙役们布置东西便门外安排彩灯烟火，回到天安门前，恰遇李侍尧出来，刚说了句"灯棚里火药太多，要借提督衙门的牛毛毡挡一挡——"话没说便被李侍尧打断了。

"那是怎么回事？"李侍尧也是一头油汗，指着天安门东南角，"你衙门的人，在用鞭子抽人！"郭志强回头看了看，笑道："人太多了，不拦着都挤到皇道上了——大人放心，这都是祖传练出来的鞭头本事，打灯头不伤蜡烛的——我从东便门挤过来。轿子差点挤扁了——那边得开出个通道来。"

李侍尧揩了一把汗，说道："不行，不能用鞭子，用墨汁子，或香灰水往上泼！人散开算完。这种好日子，鞭子扫谁一下一家子不高兴，吓着了老头老太太小孩子也不好——叫你的人立刻传话去！"郭志强便回头命从人："赶紧照大人指令去办！"李侍尧这才问："你方才说什么？"郭志强道："东西便门外官设灯棚垛的火药，外头油纸都毛了，万一火星子溅上去烧透了，就会炸起来崩坏了城墙，看这天儿，说不定要下雪，受潮了也不好。"李侍尧仰脸看看，果然不知什么时候已经阴了天，彤云霾烟布满天空，随着微微朔风缓重地向南移动。心里思量，下点雪也好，一来人少，二来火灾少，但这是扫兴话，不能对郭志强这样下属说的，因笑道："我那里没有牛毛毡，只有羊毛毡，你派人去用车拉就是了——听着，不许把炸药堆在城墙根，离城至少十丈，图省事出了事唯你是问！"说着话，见王廉打头，六十四名太监骑着马从地安门内按辔徐徐而出，忙道："我骑马进去见桂中堂，你也骑马到正阳门，百官已经齐了，叫他们按品级列队，把周围闲人赶开——大驾已经动了！"郭志强觑着眼手搭凉棚向里望一眼，果见里头午门笔直的皇道上旌麾蔽空，黄灿灿一片压地金山般卤簿车驾已经启动，已隐隐传来鼓乐之声，忙答应一声牵马拾镫飞骑而去。

此刻成千上万的众人都已知道车驾已经在午门出动，一片狂热的欢呼鼓噪喧嚣如潮。正热闹不堪，忽然之间雅静下来，原来天安门东西两侧门洞里各走出一只朝象，接着又是一对，又一对……共是九对大象，卷鼻奋耳地举着粗壮的腿走得十分齐整，都是金丝绒搭背，明黄璎珞套身，个头都在一丈高低，穿着镶黄红坎肩的象奴都是头戴平底小帽，手持黄绒鞭坐在房来高的象背上听哨音如意指挥——自雍正末年金川战起，接着缅甸内乱。大象停贡，大内原有的象只剩了三只，只可内宫观赏，已不足配备仪仗。这已是十分稀罕之物，这时一下子出来这么多，康熙朝过来的老人都不曾如此开眼。王廉带太监们出天安门，由着他们往正阳门去布置城上观礼座席，自己留下来站定在金水河正中玉带桥前，待到东西两行宝象站定，王廉扯着公鸭嗓子可嗓门喊了一声：

"跪！"

十八名象奴听令，一齐把手向象项间一按——这都是下头不知练过多少回的，那些浑身裹着绫罗的畜生们前蹄一弯，后腿一伏便趴了地下。周围立刻传来一片啧啧称奇声。看象奴动作时，每人都取一根截好的甘蔗喂那象，象鼻子卷了碗来粗的甘蔗伸展自如地吃着。有头年轻小象大约驯得不到家，鼻子玩弄那尺许长的蔗棒儿调皮地顶立柱儿，不肯往嘴里送，象奴举着鞭子扬了一下，这家伙却是不怕，横鼻子把那象奴扫了个马趴，他站起来瞪眼扬鞭好怒，那象已将甘蔗填了口里，津津有味地大嚼起来，逗得远观的人群一阵哄笑。

正热闹得眼花缭乱间，丹陛大乐丝竹旱雷聒耳已近，前头六十四面龙旗各由力士挺执而过，紧接着五十四架盖伞飘摇出城，翠华紫芝明黄纯紫艳色杂呈，豹尾枪龙头竿高高矗着杂处其间，看得人眼花缭乱。信幡红旗导引着，又是羽葆如林从门中拥出，七尺宝扇上一面面都写得有字，"教孝表节""明刑弼教""行庆施惠""褒功怀远"四葆在前，接着"振武""敷文""纳言""进善"随后，四金节、四仪锽氅、四黄麾、八旗大纛、羽林大纛、前锋大纛、五色金龙纛旌麾蔽天而过，什么仪凤、翔鸾、仙鹤、孔雀、黄鹄、白雉、赤鸟、华虫、振鹭、鸣鸢种种祥禽，游鳞、彩狮、白泽、甪端、赤熊、黄熊、辟邪、犀牛、天马、天鹿诸多灵兽都绘在片金青旗上，招招摇摇浩浩荡荡从天安门拥出。前头已到正阳门，后头还在无休无止地向外拥流。直到六十四名乾清门侍卫金盔银甲挎刀骑马威风凛凛，蹄声叮叮踏石过道，后边无数太监拥着黄络龙舆，车轮辗石辚辚有声渐出城门，有年纪见过世面的人都知道天子车驾已到——此刻万目睽睽，都是眼花缭乱，人们已是看傻了不知哪里是北。待到车驾出来，尽显于天安门玉带桥南，人们才看清，一顶六尺高的龙辇上遮九龙华盖，玉座方轸正中坐着白发苍苍满面慈祥笑容的"圣母"皇太后。旁边侍立一人，头戴中毛熏貂珍珠珠顶冠，江牙海水瑞罩披肩下，石青缂丝面貂皮金龙褂子，外套着黄缂丝二色金面黑狐膁金龙袍，瑞罩下微露半边珍珠朝珠，一条束金镶碧牙瑶线纽带斜露在龙褂外边，瓜子脸弯月眉三角星眸微微带笑，三绺长髯垂在脸前，虽然已是年过六十的老人，渊渟岳峙站在舆步中，精神气象看去不过五十，一手扶着挡栏，一手执着巾栉站在车中，时而向车外招手致意，时而又俯身和太后说笑着什么——人们便知，这就是御极天下垂裳政治四十年的"当今"——乾隆皇帝了。顷刻之间，一片山呼海啸的欢呼腾跃：

"乾隆皇帝万岁，万万岁！"

"皇太后老佛爷千岁，千千岁！"

大约从来没有从紫禁城正门出来观过礼，太后东西眺望，只见广袤的东西长安街面上人山人海跪在皇道两边，像大片倒伏了的麦田俯跪下去，听着响彻云霄的欢呼声，显得有点兴奋，孩子般地笑着，眼中闪着惊喜的光，手扶着挡栏叹道："太监们整日说'去了一趟内城'，内城原来这么大，这么宽敞的？我老婆子今儿也算开了眼了！"因人众欢呼声浪太大，乾隆听不清母亲说什么话，哈身凑近了听太后道："……好开心！我比圣祖爷跟前的老太妃，还有先帝爷跟前的老姐妹们都有福。自打康熙六十年随先帝上过一回五凤楼，那个场面儿也不及这个的……皇帝，这是你给娘挣的体面！"

"是！"乾隆赔笑道，"这是您老洪福齐天，累世积德行善的果报……"说完，又直起身子招手。

太后含笑点头，四周瞭望着，又说了句什么。乾隆又俯身听，太后却道："这些人都这么忠爱君恩感沐皇化，该赏点什么才好。只是人太多了，怕……""不干碍的。"乾隆笑道，"儿子叫阿桂去办。"说着转身下了车轸边的小梯子。阿桂骑着马就紧随在步辇后边，乾隆招手，双腿一夹马肚子几步赶了上来，垂鞭拱袖听乾隆说道："太后懿旨，要赏这些百姓，你来办。新制的乾隆制钱预备的有没有？"

"奴才遵旨，遵太后的懿旨！"阿桂笑着揖手，说道，"原来预备的到正阳门灯会上赏的，十万小串（一百文一串）制钱。这里人都跪下了，好办——不然要挤坏人的——可这样到灯会散时候就没钱了，要不要叫礼部再提些钱来？"

乾隆笑着说道："你瞧着办，总之要办得高兴，不要挤死了人。"说着转身拾级又上了舆顶方轸。阿桂便急招手叫李侍尧和郭志强上来说了太后懿旨的事。

两个人一听都愣住了：一街两边人挤人人垛人，赏钱还不许挤死人，这怎么弄？李侍尧却是心思极清明，略一怔急急说道："桂中堂，请车驾略慢一点走，老郭带顺天府的人两头封路，我这头传懿旨，叫顺天府的衙役编队领赏。人群不能乱，一乱非死人不可！"阿桂笑道："你是个角色，皇上有便宜行事的旨。就这么办——要规矩不要乱——这里的人分钱分到半夜了，外城人少这么多，警备也稍松和一点……"说着打马往前来寻王廉。王廉便命一百零八名随舆太监"压着些步子，跟我后边慢走！"那舆辇顿时慢了下来。李侍尧远见郭志强已到衙役群中布置，打马一跃径至御辇前头，众目睽睽中从容下骑，先向御辇行了三跪九叩大礼，才转身面向南方。一片热闹得开锅稀粥般的人群渐次安静下来，听李侍尧高声布达：

"奉皇上圣谕，遵皇太后老佛爷懿旨。今日皇辇前迎驾人等，皆我大清忠诚良实子民。无论男女老幼，皆有赏赉。着顺天府依次按发赏钱——钦此！"

本来凝重的空气，仿佛又被什么无形的东西压缩了一下，又猛地膨胀开来。不知是谁带头声嘶力竭大叫一声："皇上万岁！太后千岁，千千岁！"接踵又是一静，随即便是山崩地裂价一片狂呼："万岁万万岁！千岁千千岁！"人们似乎一下子着了魔，全都晕了、醉了、疯了，跪在那里，有的捶胸挺身踢腿，有的抽羊角风价激动得浑身哆嗦，喊得满嘴白沫，念佛的，叫天爷的，喊皇恩，都是歇斯底里红头涨脸叫起。

一片欢呼鼓腾的喧闹潮啸之中，御辇缓缓行使到正阳门北，这里是纪昀、于敏中领率百官迎驾。北面是呼声如浪如潮阵阵涌来，百官群却是一片雍穆和熙之气。细细的鼓乐声中，畅音阁的供俸们在礼部司官指挥下曼声吟唱：

> 祥云丽九天，丹陛欢承圣母前。寿恺祝洪延，垂裕绵长纪万千。宝鼎袅香烟，双璧合，五珠联。雅乐叶宫悬，恩泽普，福寿全……彩仗导丹辇，韶咸乐奏八风宣。宫花绕御筵，镂槛文墀展细斿。璆佩释仪虔，慈颜煦，曼福骈。山呼遍九埏，元正月，万斯年……

群臣嵩呼拜跪中，乾隆扶着母亲含笑受礼，却也不再多说什么话，只吩咐"赏筵"，又躬身请道："老佛爷，您还是乘轿上城，这箭楼也老高的。"太后笑道："我能上去，不用轿。下头办事人都在这里，你甭照料我。"说着便登城。乾隆到底还是搀着母亲上了城，安置在围幕屏中歇坐了，才下城楼和臣子欢宴，一切仪礼席面都有规矩，也不必细述。

满城喧闹，锣鼓爆仗声中，天色暗了下去。雪花悄无声息地在晦色冥冥中散散荡荡飘落下来。正阳门箭楼内因要防风，所有窗洞都用毡封得严严实实，里头正楦厅是太后和皇帝皇后的驻驾宴息处，中间围幕隔着，西边是贵妃嫔御共处一室，东边隔起全用竹编屏风，里头都是杂物，什么茶具器皿随用点心果品，应急药物之类垛了有寻常房子来高。太监太医都在这边听支使。阿桂在外边平台上，和纪昀于敏中三个人另搭一间席棚，这也就是临时的军机房了，负责一切灯市灯会提调事宜。里头尽自也生着大盆子炭火，只城上瞭高风大，向火的一面暖，背上重裘还是觉得纸一样薄。阿桂出去巡视一遭回来，见纪昀和于敏中一人手里捧着杯热茶，坐了个背对背，不禁笑道："你们这弄的哪一出儿？反贴门神不对脸儿么？"说着搓手烤火。

二人这才笑着转过身来，纪昀说道："老于架子大，不和我这凡人说话，这么冷冰冰对坐着无味，不如转圈儿烤着暖和。"于敏中说道："是你先转脸的，倒说我？——外头雪下大了么？"

"雪不大，飘零儿丢星的，雪片子不小。"阿桂笑嘻嘻地，提起炭盆子上煨着的水壶也倒了一杯暖手，说道，"我方才出去看了看，下头灯都点起来了，倒显得城楼上头暗了些。又加了六十四盏灯，都挡在窗口外，没的看着一个个黑洞，不好看相。"又笑道："同是一场雪，冷暖味不同，喜乐各自别哟！二位向着火还叫冷，角楼旁边执戈挺戟风地里站的兵怎么办？还有海兰察、兆惠怎么办？我小时就听人说笑，说皇帝、大臣、财主、讨饭的联诗。皇帝说'大雪纷飞落地'，大臣忙就跟上，'这是皇家瑞气'，财主统手炉子喝暖酒，说'下它三年何妨？'那叫化子就骂财主'放你妈的屁'！"

二人听了哈哈大笑，纪昀笑道："最后一句少了一个字！"阿桂道："那就再加一个字——'放你妈的狗屁'……"于敏中正要说话，见王廉走来，便道："皇上叫进呢，咱们别放狗屁了！"说罢三人起身，联袂而入。

第二十七回　盛世元宵龙楼惊变　上九潜龙夜宿荒店

　　乾隆和皇太后就在迎门正中的暖幕中说笑，见他三人鱼贯而入，太后便笑了，说道："办事人来了！叫他们免礼。里头暖和，只管坐着说话。"阿桂笑道："奴才才打西边回来，只陪驾出城时见着老佛爷慈颜一面，无论如何要请个安的！"说着便行礼，于敏中纪昀便跟着跪拜。待太后笑呵呵叫起了赐坐，乾隆问道："说是外头下雪了，妨碍不妨碍？人多不多？"

　　"回主子话。"阿桂在椅中一欠身说道，"只是稀稀落落，杨花儿似的，地下还盖不满一层儿。下头外城的人约有十万。内城七八万，都还忙着领老佛爷的赏。这回是里里外外都热闹，老天爷也凑趣儿给场小雪。雪地里看灯，一来没火灾，二来关防也好办。瑞雪兆丰年——都喜到一处了！"太后笑得满面开花，说道："阿桂说的是——咱们就是图这喜庆气儿！方才我还和皇帝讲，我给阿桂出了难题儿，那么多人怎么赏钱呐，别挤坏了人罢？"阿桂又忙赔笑，说道："这是老佛爷慈悲心肠，奴才们怎么敢办砸了这份差使？只是外城不能照那样儿办。散了灯市，有些乡里来的老头老太太，都由顺天府的人分发汤圆儿，带一小包儿回去煮着吃，也是皇恩雨露均沾的了。"太后忙道："好，就是这么着，就合了我的意了。乡里人大老远的半夜三更跑路也不容易的……"

　　乾隆趁太后和他们三人絮语闲话，起身踱至箭楼门口，仰脸看看，经阿桂又一番布置，整个正阳门城楼上上下下密密匝匝都用明黄纱灯布满了，金山似的黄光灿烂，灯光映照着看得分明，大片大片的雪花都像金黄色的蝴蝶，沿着斗拱飞檐前游游荡荡飘飘摇摇，不肯轻易往下落似的滑动着、盘旋着、游弋着、追逐着忽起忽落，渐渐沉在了堞雉下头。他孩子气地接了一片，看着那团绒一样的雪花化了才回屋里，笑道："这雪下得好！明早是谁当值？黄河以北各省的晴雨表送进来朕看！"于敏中忙起身答应"是"。

太后道："民谚说'麦盖三床被，头枕馍馍睡'，我最爱雪——这是咱们大清的瑞气嘛——你们三个笑什么？"纪昀忙赔笑道："老佛爷高兴，臣子们自然一样欢喜。"

说着闲话，听得禁城那边景阳钟遥遥传来，阿桂掏出怀表看看，起身道："主子，戌初时牌到了。奴才三个先出去，让百官上城楼，文官东边由纪昀带领，武官西边是于敏中为首，安排定了就请太后皇上大驾临幸。"乾隆说道："使得！这里太后和皇后也要更衣，还由朕陪着出去，臣子们遥遥跪了行礼就是——去吧。"

这里三人出来分头行事，阿桂指挥东西堞雉上两条彩虹龙灯一齐点亮，随着三声炮响，正阳门从东到西十八挂万响鞭炮一齐燃放，都垂向城外，顿时，那硝烟伴着密不分点的噼噼剥剥声蒸腾而起，整个正阳门像被电火紫光烟花云雾托起来的黄金楼阁，弥漫在烟火之中，把畅音阁的乐声湮没得一点儿也听不见。震耳欲聋的爆竹声中，乾隆搀着母亲从箭楼正门出来，皇后率宫嫔徐徐随后，接受东西两厢文武官员拜贺，凭着临时修起的轩栏向下望，只见自东便门一带到崇文门、宣武门至西便门外宽约数百丈，绵亘十数里已成了一片灯海，火树银花淬在灯火烟花之中，黄龙一般横在外城。用千里眼旋调着观望，只见"黄龙"中栉比鳞次彩棚连陌，各店铺楼肆悬灯不断争奇斗胜花样穷出翻新，人流涌动的街衢两边还摆着不少地摊儿，商彝周鼎秦镜汉画货色齐全，大栅栏好大一片空场上，格子界似的摆着八台大戏，台上名班演剧，台下百戏杂陈，笙歌之声金鼓之乐不绝于耳。在城上都能隐隐听到。兰麝旃檀之香氤氲馥郁，城上都能隐隐嗅到。乾隆伴着母亲，纪昀于敏中随驾侍从，走一处一处欢呼腾跃，看一处一处景致新异。纪昀于敏中随口承欢说笑，信手指点下头富贵繁华文采风流，直把太后高兴得合不拢口来，一时招手，城下立时一片欢呼应和。

阿桂在席棚坐镇，却是半点随喜玩赏之心也没有，一时要听王廉卜仁等太监报说皇上观灯行止，楼北楼南都要照应，一头要听李侍尧报告城下踩街放烟火情形，看着满街旱船故事高跷扮戏，龙灯火蚰蜒般翻飞滚流，眼瞪得不错珠儿，只关心哪里人流拥挤，何处不慎烧了灯棚，哪里敢有一毫分心？将近亥正时，内城领过赏的人也渐次流入外城，那人越发多了，只见灯海中万头蚁钻，人流东西蠕涌，片片雪花都坠入紫漫漫的微霭之中，起火、烟花、平天雷、地老鼠种种花样，时而地走金蛇，倏又彩霓升空，正看得眼顾不过来，忽然大栅栏口不知谁家放了个"高庆云"彩花儿，那彩花直升入半天云里，迸开，又迸开，红紫万千映亮夺目，不及消散，又是两筒打上来，缓缓八方流散，阿桂最怕这些玩意疾步，没准头一筒子打到城楼上就是大麻烦，正要叫人去传知李侍尧"五十丈以内不放焰花"，忽然觉得脖子上一疼，以为是被风里吹的沙子打了一下，下意识用手摸了一把，从脖子里掏弄了一下，捏在手里看：竟是民间土铳用来打獾狐兔鸡的那种铁砂子！

阿桂大吃一惊，头"轰"地一鸣涨得老大，连耳鼓都吱吱直响。他霍地立起身来，几步跨到垛口伸脖子探身往下看。

但正阳门下太乱了，烟雾弥漫灯火混浊淆乱成一团，两队舞狮子的，四条龙灯，还有十几条旱船，一队打莽式的在密不透风的人流中撺舞着时走时停，只是绰约可见大致，要细辨认竟是万万不能，他的望远镜已呈给太后使用，且看形势，就有望远镜也未必看得出个什么名堂，只好凭经验审量察看。一边派人去叫李侍尧上城，一边心中紧思量。好一阵才得了主意，径往正中乾隆所在位置而来。乾隆就坐在正中特设的高脚座上，身后薄纱帷幕后边是太后和宫中后妃，他刚刚接见了云贵总督和洛阳大营提督，见阿桂过来，笑道："你那边没有箭楼挡着，风大，冷坏了吧？谅你也未必有心思看景致，这千里眼你还拿去，得便瞭上一眼，也不枉了这一夜热闹。"王廉便呈上望远镜。

"这雪下得大了点。"阿桂接过镜筒捧在手里，笑嘻嘻说道，"奴才那边好歹还有盆火烤，主子这儿才冷呢！冰天雪地的，太后又有岁数的人了，娘娘们怕也受不得。奴才斗胆劝驾，且回楼里头暖和暖和身子。定下的子初还宫，到时候再出来打个照面。奴才还预备的有焰火，放起来，今晚可真是圆圆满满！"乾隆笑道："朕不冷。方才已经有旨，哪个冷了累了不必硬陪着，可以自便。"阿桂笑道："皇上不冷不累，谁敢歇着？依奴才见识，进屋歇一会儿，暖和了高兴再出来看。如何？"

乾隆这才起身，笑道："好好！朕听你的！"连纪昀于敏中都陪侍着进了箭楼。阿桂踅反身回来，已是脸上没了笑容。见李侍尧站在席棚口等着，开口便问："怎么半日才来？"李侍尧道："崇文门口的人太挤，倒了两间棚子烧了衣裳，两造里打起来，我去了一下刚回来。内务府方才来报，说五爷和二十四爷都殁了，问要不要报奏皇上。他们还在下头等着呢！"见阿桂脸色，又问道："出了什么事么？"

"下头有人冲城上开火打枪！"阿桂压低了嗓子说道，见李侍尧吓得愣在当地，一把扯过他到垛口，说道，"你醒醒神，不要忙乱，听我说，皇上并不知道——我看仔细了，对面大栅栏那边远，一般土枪根本打不到城上，城楼下头禁放鞭炮，公然打铳子也万不能够。游人里头谁带枪一眼就看见了。所以，只能疑到这几队龙灯狮子，十拿九稳里头有人作逆！"李侍尧起初唬蒙了，此刻才回过神，咬牙看着渐渐东去的几队龙灯，说道："中堂解析得是！枪可以藏在狮子肚里，也可以当龙灯把儿舞弄——这好办，一下子就拿了他们！"

阿桂咬着牙关不言声，死盯着下头，焰火一明一灭映在他脸上，瞧天时红时青时紫，煞是狰狞吓人，许久才从齿缝里蹦出一句话："不成！这里不能拿人。派人线上他们，东便门外下手！"李侍尧道："明白！这用着青帮，叫他们上去打群架，顺天府一古脑全都拿了！嘿，这狗东西们，油炸了他们！"阿桂呵呵冷笑，说道："好，比我想得周到！你快去布置！"

李侍尧又瞄了下头一眼，脚步匆匆去了。阿桂沿着垛口边轩栏处周匝巡视，一边察看下面动静，一边等待李侍尧的消息，又怕乾隆出来，担心着还有逆民朝上打枪，几乎每次有起火火箭之类冲起空中，都是一个惊乍，用望远镜仔细瞧一阵才罢。但下边却再也没有打上枪来。城楼上东文西武交串着指点灯火，箭楼内乾隆一拨一拨不时召见外省大员，城下头万众欢腾灯火如沸，算来只阿桂一人急得热锅蚂蚁般焦灼难耐——又不能对人说。

将到子时，终于有了动静，崇文门东约里许，突然几间灯棚同时着火，像是烟花爆竹铺子也烧着了，一片火光熊熊里人影幢幢。阿桂急持望远镜看，恍惚中似乎有人救火有人打架，顿时提起了精神，眯着一只眼仔细用手调旋望远镜，却见不少文武官员也往东头聚，傻眼儿看，一个太监惊乍着叫："起火了！有人打劫！"阿桂回身立眉横目喝道："放屁！我用千里眼都看不清，你倒看见了？你要惊驾，我板子抽死你！"吓得那太监忙抽自己嘴巴告饶："中堂恕我的罪……"

"滚！"阿桂断喝一声，撵去了太监，铁青着脸逼视着一群赶过来看热闹的官员。他年纪虽不大，这多年从来都是出将入相上马管军下马管民，位置威望仅次于傅恒。在他目光逼视下，一众官员都像做错了事的孩子，讪笑着干笑着谀笑着颔首点头打躬作揖纷纷散去。再用望远镜看，火势已经减小，渐渐熄灭，正阳门下的人们似乎连着火的事都不觉察，依旧从容涌流，阿桂放下望远镜，眯着的一只眼闭得太久，已睁不开，揉了揉，才两只眼一般大，一颗心略放下，想起自己睁一眼闭一眼训人形容儿，肚里也好笑。因干等李侍尧不来，阿桂一边派人打探，自过来进楼要请旨下城巡视。却见乾隆踱出来问："听说是起火了？"

"是。"阿桂恭恭敬敬回道，见纪昀于敏中身后还跟着太监侍卫，一边陪乾隆到轩栏边测览，赔笑道，"东便门西南上头有家烟火铺子着火了，李侍尧郭志强已经带人扑灭——皇上瞧，就是那片——事情不大，皇上不必挂心。"说着便递望远镜。乾隆笑道："就这么也瞧见了，不妨的。宁可无事就好，下头棚连着棚，火烧大了就不成灯市，成了火海了。"纪昀道："方才也有几家灯棚走水，我还奏老佛爷，这种事年年都有的。"于敏中却道："年年都是顺天府，今年是朝廷指挥。也这个样子！事先划出格子，棚和棚不连，能省多少事？"

阿桂笑着没有递声，纪昀几次信中言及于敏中"严刚细心明察"，读懂了就是个"苛刻薄情"四字。刚刚回京初交共事，他立刻领教了。李侍尧在下头忙得要死不能活，他说这站干岸看河涨话，也真叫人寒心。但此刻绝不是争辩时候。正此听见了景阳钟响，阿桂笑道："该请太后皇后娘娘凤驾出来了，又要热闹起来了！"

话音刚落，魏佳氏和金佳氏一边一个扶着太后颤巍巍出来，后头那拉皇后也依次出来，城上头供奉们忙就举乐。一曲《庆升平》刚刚开头，城下四面八方爆竹声轰然炸响成一片，把音乐一下子就湮没了。东便门、西便门、广安门、广渠门、左安门、右安门、正中的永定门，似乎号令统一同时举火放焰花。在鼎沸海潮般的爆竹声中"通——通——"一个劲发出震耳欲聋的轰鸣。这一阵喧腾都是竭尽全力不留余地，更比御驾登楼时热闹十倍，连下头的腰鼓抬鼓都全然听不见。天上万紫千红霓光流彩花散花开，菊、梅、牡丹、大雨花、西番莲、葵花……数不尽的花样争开斗妍，前花未消后花又开，城上城下无贵无贱君臣民商，万众仰头看那满天烟花，足有一顿饭时候才算兴尽。

阿桂直到把车驾送进天安门，因于敏中要进军机处当值，自和纪昀跪了辞驾，这才舒了一口气，遣散了从驾百官，抹着头上的冷汗对纪昀道："总算办完了这件大事。你也回去吧。我方才见李侍尧。来不及说话，我还要听听他和郭志强说差使。"纪昀笑道："那就偏劳你了。我也有几封信要写，皇上旨意交代的，虽然没有急务，还是今日事今日毕的好。"说着便辞去了。阿桂在华表前站了移时，呆愣着想明日如何向乾隆奏明，一阵风吹起来，裹着雪花钻进脖子里，这才发觉雪下大了，几十个书办师爷亲兵戈什哈都跟自己一道傻站着。看正阳门一带，灯火渐次阑珊，满地的雪约有寸许来厚，在灯火的余光中像铺了一层蛋清样泛着淡蓝色的微霭，正要说"太冷，我们回正阳门说事"，见远远几盏灯笼过来，却是顺天府的衙役们簇拥着李侍尧过来。郭志强也陪在旁边，看样子都累得要死，平平的地，人人都走得脚步蹒跚。阿桂便没动，直待他们走近，问道："怎么样？"

"这一伙人共是十一个人。"李侍尧搓着手道，"拿到七个。下余四个青帮的人正带衙役们追捕——九节龙灯，用了四支鸟铳当龙灯把儿。开了三枪，有一枪哑火儿没打响，枪膛里的药、铁豌豆都塞得满满的。"

"招了吗？"

"现在还嘴硬。"郭志强笑道，"说告示里头没讲不许带枪进城，说想放鸟铳凑热闹儿，说用鸟铳作龙灯把儿舞着顺手。我问他们'枪里头装铁砂子儿什么意思？'就都封口儿。放心，这种案子好审，逃掉的四个也准定捉得！这种人到大堂上，夹棍绳子一收就下软蛋！"

阿桂抿着嘴听完，点点头说道："那就交给你顺天府。要连夜熬审，一定要追出主使人。"又问："我们的人有伤没有？我看当时起火了。"李侍尧笑道："我的兵有个叫人咬了一口，耳朵掉了，别的人没伤。东西两个便门设灯棚我还不以为然，青帮和他们打架烧了几家灯棚，引的人都往东边挤，焰火烧起来满天飞花，算把这事遮掩过去了。"

"立刻用重刑熬审。"阿桂刹那间改变了主意，不愿再耗时辰询问东便门捕拿犯逆情由，说道，"一是查问谁是首凶，生情造逆的元恶；二要弄清是教匪造乱，还是另有其人，是仅仅北京一地，还是数地共同举事，三者尤其要查清这些人与军队、京师各衙各府有没有瓜葛——我不到顺天府，在刑部等信儿，审案情形每隔一个时辰报我一次。"他看了二人一眼，又补了一句："偏劳你们了。这事不能迁延，我担心的不单北京这一处。红果园剿了，仍有这样的事，南京前报也有异动，加上山东闹事，都要联到一处去想。"李侍尧道："我劝中堂一句话，这件事明日您就递牌子请见，奏明了皇上最好。"见阿桂盯着自己不言语，又道："那匪徒朝城上打枪，上头多少文武官员？不会只有你一个人知道……军机处也今非昔比，都是单打一，各自有自己一套拳路。皇上先从您这知道讯儿，要比别人说出去好得多。"阿桂听了，"于敏中"三字立刻在心中一划而过，原定主意审讯结案之后，统一卷宗再报乾隆的打算顿时觉得不妥。因笑道："多承指教了。我原也是明日要奏的。军机处的事你是多心了一点，历来从张廷玉、讷亲、傅恒过来，有议论有商量，没有决议的规矩，都是'自己一套拳路'打给皇上看。明早辰时我进去，在西华门口等你们回话。"

这些大人物说话有真有假，都是腹有机械齿含贝珠，一头心照不宣，一头"光明正大"，郭志强先听在"刑部"，又听在"西华门"，犹自发蒙，李侍尧在旁一扯他褂襟，笑道："把轿子叫过来，咱们走吧……"

乾隆和皇太后、魏佳氏都牵挂着颙琰，但颙琰却顾不得思念他们。颙琰、王尔烈、人精子和鲁惠儿在兖州府建了钦差行营，立刻微行出巡到平邑县实地踏勘。平邑县到兖州府是二百四十里旱路，他们骑着毛驴，王尔烈和颙琰扮作去枣庄采办煤炭的行商，日出行路日没宿店。起初也还如常，但一过泗河入平邑县界，便觉气氛大不相同。官道上绝少单行客人，时而过道的少则十几个人一伙，多则百十人一群，家丁长随都绑腿短扎，带着刀棍矛枪土铳夹护着骡车，立眉瞪眼气势汹汹匆匆往西走，问个道儿攀谈几句，都像防贼似的死盯着人翻白眼，操着家伙随时准备大打出手的模样。沿途山沟河边的村落都像死绝了人似的荒寒萧索，村巷里弄里连出来玩耍的小孩子也不见，家家关门闭户巷落冷静，仿佛连鸡狗也都塞住了口，偶尔吠鸣几声，旋又默声如噤。问了几个出门打水的老汉，说话也都含含糊糊，只知道县里衙门已经"没了管事的"，"县太爷上吊了，县太爷一家子都死了"，有的还说"龟蒙顶的龚寨主已经占了县城"，"朝廷派了福大将军来剿匪，要把平邑人斩光杀净鸡犬不留寸草不生"……如此种种谣诼纷纷。

这样的情势，别说王尔烈鲁惠儿，就是人精子也没见过没经过没听说过，都觉得凶险万端。县城劫毁土匪盘踞，护着这位金枝玉叶实在势单力薄，王尔烈愈走愈觉得心头沉重忐忑不安，人精子一头负着朝命一头担着师命，更是把心越提越高。眼见前头到一个镇子口，人精子看看天，是午时错时分，站住了脚，说道："十五爷，王师傅，不能往前走了。"

三个人同时勒住了驴缰绳。他们几乎一个时辰谁也没有说话。听这一声，都有些受惊，颙琰腮边肌肉不易觉察地抽搐了一下，仍旧没言声，皱着眉头盯视人精子。人精子的脸色有点苍白，指着东边说道："前头这镇子叫恶虎村。"听到这个名字，三个人同时惊悸得一个冷噤儿，顺着他手指方向看，果见两山夹峙犹如石门封天，狼牙嵯峨怪石乱木卵累高矗，偏窄的狭道两边乌鸦鸦郁沉沉的老树亘卧着一座镇子，镇口一块虎皮斑纹石，也是古藤怪树翳遮幽暗如晦的一座石山，仿佛也是虎形，虎爪膀上摩崖大字分明：

恶虎石

字也写得张牙舞爪跋扈狰狞。因离得远，看不清题跋署名——一望可知，恶虎村得名缘由此来。

"十五爷瞧这山险。"人精子叉手不离方寸，脸色阴郁里微微带着一丝惊恐，"从这里正东四十里就是平邑，向南是圣水峪，东南是抱犊崮，东北六十里就是龟蒙顶。无论走哪条道都是越走越险，越走越窄，有些地方都是峭壁，深涧石栈树深林密。就是太平日子，单身客人也是万不敢走这条道儿的——这山里村落居民也都是半民半匪，都和各山寨主暗地通连着，家家都有土铳，也打猎，防着人劫也用来劫人。有句俗语儿说：'过了恶虎村，劝你莫单身。白日豺虎当道卧，夜宿黑店命难存。就算你命大，鬼门关里吓软筋！'我倒没什么，粉身碎骨一堆灰就是，您和王师傅是何等样人物？我敢带你们冲险犯难？"

颙琰看了一眼那山，眉棱骨急速颤了一下，眼又转望来路光秃秃阒无人迹的官道。许久，从鼻子里透了一口长气，决绝地说道："我一定要到平邑！你们要怕，只管带惠儿回兖州去。我今晚宿这镇驿站，明儿四十里道儿，白天就赶到平邑了。"鲁惠儿道："我跟爷走！这一道上逃难的都是富户，并没听说谁叫人劫了去的。我们扮成穷人白天走道儿还会出事？"人精子白了惠儿一眼，说道："我没说不跟爷走，我是说爷别涉这险地！这叫'恶虎村'，我师父当年就在这和窦尔敦你死我活拼过一场。我也想在这挣块侍卫腰牌戴戴呢！"

王尔烈一直皱着眉听，用眼不住审量那山，和影影绰绰的镇子。见他们拌嘴，说道："你们别吵，我布一卦看看再说。"惠儿道："您原来会算卦？我这里有乾隆哥子，我们那里程瞎子都用这钱。"王尔烈一笑，说道："这只讲究意会默运，我用蓍草——是孔林里专门采的。"

只见他从怀中取出一个小油布包儿，里头是一束码得齐整的蓍草棒儿——共是六十四根——就土道上铺了油布，沉吟了片刻，随手将蓍草分式两堆，各按奇正之数布列卦象。人精子和惠儿看着东一堆西一堆的不明所以，颙琰跟着纪昀学了个皮毛，已看出是个"☲"，便道："是个'无妄'卦象。"

"十五爷说的是，是无妄卦。"王尔烈嘘了一口气，"往前走于性命无碍，是个有惊无险的象数。卦有小心谨慎之意，妄动则有灾，'上九，无妄行，有眚，无攸利'《周易通义》注'无妄行！有眚'。阳爻第一就是'上九潜龙勿用'。这些话在兖州府没有动身就说过。"他咽了口唾沫，不再说下去。

这是正宗的用《易》理诠释卦象，与民间的"金钱摇"六壬象数之学大相径庭，惟其没有六神官鬼死绝小人勾陈螣蛇青龙白虎朱雀玄武那一套捣鬼弄神，测得活灵活现如临其境，反而更显得正大肃穆，惠儿和人精子都顿起敬畏之色，人精子道："明说着妄行有灾，我们何苦硬往'眚'里头撞呢？回头五里，靠路边那个村子人都迁走了，寻间空房子我们住起来。福四爷大约走的是北路蒙阴，等有了他的信儿，我们到他营里汇合，多少是好！"鲁惠儿道："我也不是撺掇您往险地里去，我是说您走哪我跟着侍候到哪。阿弥陀佛！孔圣人的点化还得有错儿了？我们爷属龙，明说是'潜龙勿用'么！"

"潜龙勿用不是你那个说法。我不是'潜龙'，"颙琰盯着卦象道，"且我们也不是妄行。如果说吉凶悔吝生乎动，从北京一开头已经'动'过了，见事而疑，宜行而往那才是'妄'。这不是王师傅在青宫讲过的书么？"王尔烈嘿然不语，他心中其实极赏识颙琰这份执拗坚毅的性格，然他是扈从臣子，自有应份的责任，不能拿着主子的安危试自己的运气，鲁惠儿新攀龙凤，主仆虽无名分，对这少年一则以爱，一则以托靠有望，自然颙琰说什么是什么。四个人其实是一样心思，各人身份责任不同，意见也就有异。人精子道："主子原来属龙，那这镇子更不好住了。"颙琰冷冷回问一句："你敢说镇中居民没有属龙的？住到这里就是龙虎斗了？"王尔烈道："平邑是座空城，已经死了县官散了衙门，不知是乱成什么模样，有点身份的乡下土财主都往境外投亲靠友，我们硬要进去。所谓'妄'字就是不当而行，十五爷还要深虑。"

他们言来语去劝颙琰，颙琰心里却另有一本账，平邑城外就有两千驻军，不能剿贼，自保绰绰有余。别说帮福康安打打太平拳攻山夺寨，战毕善后料理平邑，即便旁观，只要自己在平邑"境内坐镇"，就是一件震动宫掖，令乾隆赏心悦意的大功。福康安奏捷明章拜发，只要挂一挂名字，"十五阿哥"立时便在阿哥里鹤立鸡群——连带而来的结果那就更难说了！他"到兖州"，冲的就是"去平邑"，这一份热辣辣的心思自从得知平邑事变就愈燃愈炽，折腾得他白天迷糊夜里翻烧饼，岂是他们几个口舌辞辩所能动的？但这心思中有公也有私，不能和盘儿端，只好拣着可说的说道："平邑出事我在兖州不动，皇上将来申斥，你们谁来对答？别说两千人的大暴动，平日哪县几十人饥民骚扰，皇上睡梦里还要起来批朱批料理，从后果追查原因，由征剿思虑善后。我这不是为皇上分忧？他除了是皇上，还是我的阿玛！平邑衙门坏了，人民并没有起反，我敢说城里没有走的都不是歹人，我往那里一坐，立刻就有了政府！这一条你们想过没有？"

这一说真的是气壮理直光明正大。句句掷地有声，王尔烈已经若明若暗想到了颙琰心底里的隐藏之秘，自己心里也是扑地一动，说道："壮哉，十五爷！这是忠贞为国分忧，器宇闳深人所难及！既然决心已定，今晚我们夜宿恶虎村，明日进平邑！"鲁惠儿道："既这么着，把钦差旗号打出来，派兵护着进平邑岂不更好？"颙琰笑道："我想让人精子立一功，补个旗籍就能保出个侍卫来。"王尔烈道："鲁姑娘，你想过没有——钦差卤簿仪仗半道上让逆匪给砸了劫了，张扬出去十五爷体面哪里摆？"人精子一时也大悟过来，精神一振，朗声说道："爷既说是这么大事，值得搏他娘一场，我也跟着得个彩头！"

"不是彩头，是头彩。"颙琰笑着上驴策鞭就走，见惠儿骑着驴一脸迷惘，说道，"不用多想了。你虽伶俐，眼下还想不明白这个理。"王尔烈一旦明白，思路反而更加缜密清晰，一头想一头说道："平邑乱了，不但朝廷乱，原来的土匪也乱了方寸，这个时候大约只会有劫财的，不大会有绑票的。我们只要全身进平邑就是成功。所以，人精子不可随意动手，不到万不得已更不能杀人。遇到强人，要钱给钱要东西给东西……"

颙琰笑道："王师傅说的是。要钱还是要命的事还要犹豫，那就笨透了。"想着前途吉凶未卜，他脸上倏地敛去了笑意。王尔烈又对惠儿道："前头一落店，你把十五爷的钦差关防缝进你鞋子里，印信你带着，所有带明黄色的物件全都销毁了……听着，宁可性命不要，十五爷要紧，印不能丢了。"惠儿道："我怕也得草灰把脸抹了，或竟扮个男人？太平世界，忽然变得这么吓人巴巴的，跟唱戏似的，八府巡按还丢了印！"颙琰想笑没笑出来，只说道："那比八府巡按的印重得多。"四个人一头低语商计着走路，半顿饭辰光，已是进了恶虎村。

他们在村外谈"虎"色变，犹如身临生死大难般畏怖恐惧，待到进村却都松了一口气。这村子外头瞧着峥嵘狞恶，待转过石门，里边却是山明水秀。这村子外乡人多称它为"镇"，其实也只二百多户人家的模样，比之平原地方寻常大村还颇有不及。南边山势陡险危崖蔽日，崖上崖下悬冰如柱积雪盈尺，北边山坡都是上陡下缓，坡顶断崖壁立千仞直插云霄，一刀切下似的那般平滑，坡下几场地或许大片河湾都是向阳地，有北山这道高高的"墙"挡了风寒，不但日色温暖村落明媚安详，河湾的水也没有结冰，清水一碧藻绿新染滑落东下，扶风柳丝沿河蜿蜒，土堤上居然间或可见茵草向荣。乍从一派晦暗苍凉的"村外"进来，几个人顿时眼头心目一亮：这是什么"恶虎村"？一旦新春草树荣茂，准是个"桃花源"了！

村子就在河边，依着山势官道只东西一条街。可煞作怪的是，一路走过来各村各镇都是人心惶惶，冷街空巷的一副死样活气光景，和人说不上三句话就变貌失色，防贼似的躲开你，这村子却看去异样平安祥和，沿街各类杂货、竹木作坊，瓷器绸缎店，饭店客栈酒肆都照样开业。街上人不多，来来往往长袍马褂的体面人，运煤的骡夫，赶牲口的老人，带孩子的老婆婆，卖烟叶桂花糖的村姑……形形色色来来往往，北坡上遥遥可见放羊放牛的举鞭吆喝，河滩上也有三三两两的妇女棒槌捣衣。这里离"出事"的县城只有四十多里山道。过来的路上尚且人心惶惶，这里反而一片太平！四个人一边沿街寻打尖歇脚处，互相用目光询问着，心里都不得要领。

几乎从西到东走了一遍，问过来所有的店都是"客满"。末了在村子尽东头才寻到一处店落脚。这是过去一家骡马干店改的客栈，运煤的运瓷器的车夫住的。房子大，都通连着，中间用芦草编成的笆排糊了泥皮算是"隔墙"，前头也没有饭店门面，只东边一个大车门，进院东北角设着煤火炉子，烧水做饭客人自便，想吃得像样一点，还得绕到街上另寻饭铺。店伙计将他四人引进北屋大间房里，颧琰见那房子烟熏得乌黑，洞窗破纸败坏，房梁蛛网灰絮尘封一根大杉木连通的木板铺，铺上铺下草节席片狼藉，连屋门都是用草苫搭着当"帘子"，不禁枯着脸皱眉头。店小二知他不如意，笑道："爷别嫌弃，就这样的也是城东杂货铺涂四爷号定了的，原说昨个儿就过来的，或许城外头太乱过不来。爷要长住，明儿叫扎作房来拾掇拾掇，裱糊一下能当新房！不想做饭，小人们到老祥和那边给您端盆盒子，走时候多赏几个乾隆子儿就什么都有了……"

"我们就在这住一夜。"人精子一边打量房子，左右顾盼着看这干店出入门路，一边对店伙计说道，"你只管弄热水来，再弄盆子炭火夜里取暖，再拿把笤帚我们自己打扫一下，明儿赏你双份子房钱！"听着西隔房有几个男人声气划拳猜枚，满口污言秽语议论女人，说笑着吃酒，人精子又问："那屋里住的什么人？"店小二压低了声音，诡秘地扮鬼脸儿笑道："是从县城过来的军爷。爷们原来不知道？有个叫王炎的外省蛮子砸了县城，上山投靠了龟蒙顶的龚寨主，扯旗放炮与朝廷作起对头来！县城边上蒋千总的兵打了几仗都攻不上去，一头到省城告急，一头各路口布哨加兵，防着别的山头也反了。这村里派了二十多个，吃住都在我店里——好房子都是城里老财们占了，这些爷们满肚子都是火，不好侍候，您家爷们千万别招惹他们！"

伙计说着退了出去。听着隔壁十几个兵吃醉了酒，有捏着嗓子唱女人腔道情的，有提耳灌酒的，有搂抱着亲嘴打嗝放酒屁的，比鸡巴说长道短论粗言细的，讲说自己偷寡妇睡尼姑的，夹着酒呃呕吐声、笑声、哭声、吵闹声噪杂不堪入耳，阵阵传来，颙琰王尔烈都觉得恶心，惠儿红着脸不言声，低头跪在床上打理铺盖。王尔烈无可奈何一叹，说道："想不到每年几百万军费，花到这些人身上。"颙琰听着隔壁的话愈来愈脏，直想掩耳朵的样子，却不知口中念叨些什么，盘膝坐着闭目努力入定。人精子笑道："将就些儿吧，这种地方这种人就这种样儿。"因见店伙计端着火盆子进来，腋窝里还夹着把笤帚，过来帮他安放了，问道："一路过来，都没有你这镇里平安，敢情是因为驻了兵？"

"指望他们？"店伙计瞥了西屋一眼，一哂低声道，"土匪来了他们比兔子逃得快！咱这镇子三十年土匪不进来，是沾了村名儿好的光！"这一说连鲁惠儿也听住了，颙琰王尔烈都注视着店伙计说话，"三十五年前北京的黄总镖头和龟蒙顶的窦寨主就在这外头河滩上搭擂比武。当时刑部刘统勋老爷也在，约定黄总爷输了，刘老爷脱黄马褂另寻道路下江南，皇上赐的御马奉送窦寨主。窦寨主输了，无论蒙山哪个山头的绿林英雄不许进恶虎村一步，不许劫过路皇纲，打了三天，窦寨主一胜两负算是败了，留下了这条规矩。说起来也蹊跷，头两年抱犊崮的王寨主、圣水峪的刘大麻子，还有微山湖的水寨主胡克强还来闯过恶虎村，回去都大病一场，放了票退了银子病就好了，王伦大前年带兵打这里过，回去就中了埋伏让官军给拿了，剐在济南城——这镇子风水是利君子不利小人，是寨上头人的忌地儿。其实窦寨主本事比黄天霸还强些，偏偏就失手胸上挨了一镖，也为他犯了这忌——'恶虎镇邪'，这是当年贾神仙进京路过说的话！这时候你出镇试试看，东西都是不平安！"

他这么绘声绘色活灵活现一说，众人这才悚然而悟：一派景明熙和，原来是托了风水的福！颙琰虽厌恶这群污糟猫兵，但他们毕竟是朝廷治辖的人，土匪又视这里是忌地儿，一时也放了心，由惠儿侍候着洗了脚，站起来说道："我们出去走走，吃过饭再回来，不要听这些醉汉胡呲。"又对惠儿道："王师傅的身量小，你换穿他的袍子，再扣顶瓜皮帽，暂且充个小子吧，四个人挤一个房子，也免得别人说闲话。"

四个人其实是为了避嚣出店转悠的。镇子不大，转回西头又转到东头，又绕村转，没人处就议论着算计福康安的道里路程，有人处就答讪闲话，说风景讲生意，直到天黑才寻了一处饭铺，闲聊着吃饭消磨时辰，待起了更才回店里，听隔壁那群兵时，似乎是睡了，鼻息如雷打呼噜说梦话咬牙放屁的，听着不受用也比方才那阵胡噪要好听些，此刻也无由说话，铺褥展衾吹灯睡觉。

不料到半夜，隔壁那群人又闹起来。王尔烈睡觉惊醒，听得有人吵架叫骂，还夹着女人哭叫，一下子醒得双眸炯炯，接着一声响，像蓦地有人放了个爆竹，又像什么东西突然倒在地上。这下子连惠儿也醒了，睁眼看着人精子已站在床下黑地里谛听。但那些女人的哭叫声似乎被噤住了，一阵死寂过后，才听一个粗嗓门儿道："你还敢问我为什么拿人？你们聚众赌博，还玩窑子嫖女人！"

"军爷……"稍停移时，听得一个男人声音颤颤地说道，"她们都是我一家人哪……闲着没事，自家斗斗雀儿牌……这，这……这犯的哪门子法呢？这……这是我家里的，这是我妹子，这是小星……她是……梅香丫头……没，没外人……"正说着，一个尖嗓门儿失惊地叫道："啊哈！你这龟孙蛮有艳福的嘛，这小娘们嫩得一掐就出水儿，你太太也是个活西施——"但他的话立刻被一个人打断了，嗓音却甚沉浑："你说你们是一家子，谁是证人？"

"长官……我们是打县里逃这避难的，哪来的证人呐……"

"哨长，别听他胡鸡巴扯！我们进去捉赌，他们吓得乱窜，是他妈一家人，躲你妈屄什么？"

"军爷……我们以为是强……强人……"

还是那个浑嗓子说道："军爷没工夫跟你穷唠叨！这几个婊子留下，你取二十两银子来，没你的事！"